Robyn Lee Burrows

Der wilde Duft der Akazie

Australien-Roman

Aus dem Englischen von
Susanne Kregeloh

Sonderausgabe für GALERIA Kaufhof GmbH
November 2009

Vollständige Taschenbuchausgabe

Dieses Werk wurde vermittelt durch die Literarische Agentur
Thomas Schlück GmbH, 30827 Garbsen.
Titel der Originalausgabe: »When wattles bloom«

Umschlaggestaltung: Kirstin Osenau
Umschlagmotiv: © panthermedia.net/Reiner Weidemann

Satz: hanseatenSatz-bremen, Bremen
Druck und Verarbeitung: CPI – Ebner & Spiegel, Ulm

Printed in Germany
ISBN 978-3-404-77359-6

Für meine Großmutter
Elizabeth Annie Barton
(geb. McLaughlin)
1894–1972

Akazie f., Bezeichnung für über 800 Arten der Akazie, die in Australien beheimatet ist. Immergrün. Blüht vom Spätwinter bis zum Frühling mit gelben Blüten, die zu kugelförmigen Köpfchen angeordnet sind. Aus den Blüten entstehen die schotenähnlichen Früchte, die die Samen enthalten. In den Anfängen der Kolonialzeit errichtete man die Wände der Häuser aus einem Flechtwerk aus Zweigen des Akazienbaums, das mit Lehm versiegelt wurde. Dieses Verfahren ist der Ursprung des Ausdrucks »wattle and daub«. Die Goldakazie *(Acacia pycnantha)* ist das florale nationale Symbol Australiens.

KAPITEL 1

Callie stand auf der hinteren Veranda und sah auf den Garten. Sie hatte die Arme vor der Brust verschränkt, und die Tränen, die in ihren Augen brannten, verschleierten ihren Blick auf die üppig wachsenden, sonnenbeschienenen Sträucher. Ein bleiernes Gefühl breitete sich in ihrer Brust aus und setzte sich in ihrem Magen fest.

Das Haus verkaufen?

Die Worte ihrer Mutter wirbelten wie verrückt durch Callies Kopf, vermischten sich mit einer Abfolge willkürlicher, Jahre zurückliegender Bilder: Rufus, der Irische Setter, der einem geworfenen Stock hinterherjagte und seine steifen Beine dabei auf seltsam gestelzte Art bewegte; ihr Vater Alex, der den alten Rasenmäher über die Wiese schob, während ihre Mutter sich nach der Wäscheleine reckte, um die Bettlaken festzuklammern. Die Bilder schienen so real, dass Callie meinte, das frisch gemähte Gras zu riechen, zu sehen, wie sich die weißen Laken im Wind aufblähten und deren Flattern zu hören.

Das Haus verkaufen?

Callie schüttelte kaum merklich den Kopf und verscheuchte die Erinnerungen. Zurück in die Vergangenheit, wohin sie gehörten, in eine weit zurückliegende Kindheit, in der die Träume noch bunt und strahlend gewesen waren.

Das Haus in der Brunswick Street 27 war um 1900 von Callies Ururgroßeltern John und Elizabeth gebaut worden, und deren drei Kinder waren die erste Generation der Cordukes gewesen, die dort aufwuchsen. Thomas, der jüngere Sohn, war im

Ersten Weltkrieg gefallen. Hannah, Thomas' Zwillingsschwester und die einzige Tochter, hatte einen Viehzüchter von der Westküste geheiratet. Nur der älteste Sohn David, Callies Urgroßvater, war hier geblieben. Nach Davids Tod war der Besitz an dessen Sohn Davie übergegangen, der ihn wiederum seinem einzigen Sohn Alex hinterlassen hatte, Callies Vater.

Callies Gedanken wanderten zurück zu ihrem Vater. Seit dessen Tod teilte sich Bonnie, Callies Mutter, das Haus mit Alex' unverheiratet gebliebener Schwester Freya.

»Wozu gutes Geld ausgeben und zwei Haushalte führen«, hatte Bonnie zu ihrer Schwägerin gesagt, nachdem ihr Kummer abgeflaut war und ihr praktisches Wesen einmal mehr die Oberhand gewonnen hatte. »Ich sitze hier ganz allein in diesem großen alten Haus herum, dabei ist Platz für eine ganze Armee.«

Freya Corduke, der finanzielle Engpässe nicht fremd waren, hatte dem Vorschlag bereitwillig zugestimmt.

Das ist vor fast zehn Jahren gewesen, stellte Callie jetzt mit einigem Erstaunen fest.

Niedergeschlagen stieg sie die Treppenstufen hinunter und ging durch den Garten. Obwohl die Sonne schien und die Luft warm war, verspürte sie ein leichtes Frösteln und schlang die Arme um sich. Ein riesiger Maulbeerbaum beschattete den Hof. Die Sonnenstrahlen tanzten durch das Laubdach des riesigen Maulbeerbaums, der im Hof stand und dessen Blätter ein gedämpftes grünes Licht und eine Spur von Kühle spendeten. Jenseits des hinteren Zauns schlängelte sich träge ein kleiner Bach durch sein Bett, ehe er sich über eine Schwelle aus Steinen in einen großen, von Schwertlilien gesäumten Teich ergoss.

Der Garten war Freyas Stolz und Freude. Er wirkte einladend, mit seiner wunderbaren Mischung aus einheimischen Gewächsen und traditionellen englischen Pflanzen: Rosen, Campherlorbeer und Grevilleen, Myrten und Bauhinien und Koniferen, eine mächtige Palme, Bougainvilleen, die sich über Beeten mit Narzissen rankten, Stiefmütterchen und Schmucklilien. Am meisten jedoch liebte Callie die Akazien, die entlang des hinteren Zaunes verschwenderisch wuchsen. Seit jenen letzten kalten Winterwochen vor einigen Monaten trugen sie keine Blüten mehr, und jetzt, Mitte September, schienen die hellen Blätter mit den grünen Spitzen ein doch eher farbloser Ersatz für die goldenen pelzigen Blütenbälle zu sein.

Das Haus verkaufen?

Mit einem tiefen Seufzer wandte sich Callie um und blickte zurück in die Richtung, aus der sie gekommen war. Geräumig und von ansprechender Architektur war das Haus typisch für seine Ära. Genau die Art von Haus, für das die Leute zurzeit übermäßig hohe Preise zahlen, dachte sie sarkastisch. Bonnie würde daher kein Problem haben, einen Käufer zu finden.

Der Zuschnitt der Räume war Callie so vertraut wie ihr Herzschlag. An den Vordereingang schloss sich ein großzügiger, zentraler Korridor an, von dem die Haupträume abgingen: drei große Schlafzimmer, ein riesiges Wohnzimmer, das Esszimmer und die Küche, die noch immer den alten *AGA*-Herd beherbergte, obwohl Bonnie ihn nur noch selten benutzte. Sie zog den modernen elektrischen Herd mit dem Backofen vor, auf dessen Kauf Alex vor Jahren bestanden hatte.

Callies Ururgroßvater John Corduke hatte als Direktor die Bank der Stadt geleitet und bei der Innenausstattung des Hauses keine Kosten gescheut. Die Zimmer hatten hohe Decken, deren Randleisten in einem Muster aus Blüten- und Blattornamenten schwelgten. Lampen aus Messing hingen aus passenden Deckenrosetten herab, und die Wände bestanden noch aus dem ursprünglichen Gips, der oberhalb der taillenhohen Wandverkleidung aus Holz begann. Irgendwann – Callies Erinnerung reichte nicht so weit zurück – war die hintere Veranda verglast worden, um so einen Wintergarten zu erhalten, während die Veranden vorne und an den Seiten sich mit einer Vielfalt an Kletterpflanzen schmückten: Jasmin und Geißblatt, und, zu der Vorderseite, eine tiefrot blühende Bougainvillea, die immer von einer Fülle von Blüten bedeckt zu sein schien, ungeachtet der Jahreszeit.

Das Haus verkaufen?

Traurigkeit legte sich wie ein Mantel um sie, als sie durch den Garten zurück auf das Haus zuging. Sie lag in ihrer Brust wie eine schwere drückende Last, die sich zu einem Übelkeit erregenden Knoten zusammenballte, der ihr in die Kehle stieg. Wie könnte sie es ertragen, diesen Ort zu verlieren? Niemals wieder durch den Garten zu gehen? Niemals wieder den Duft der Rosen zu riechen?

Ihre Mutter wartete am Fuß der Treppe auf sie. »Ich weiß, dass du schockiert bist, Liebes«, stellte Bonnie ruhig fest und legte den Arm um Callies Schulter, »und es tut mir leid, aufrichtig leid. Wenn es einen Weg gäbe, dass wir bleiben könnten, würden wir es tun.«

Callie wandte den Kopf ab und starrte angestrengt in den Garten. Noch immer saß dieses bleierne Gefühl in ihrer Brust. Sie fragte sich, ob ihre Mutter es für seltsam halten würde, würde sie jetzt weinen. Du bist zweiunddreißig, ermahnte sie sich. Es ist dumm, wegen eines alten Hauses sentimental zu werden. Doch dieser Ort hatte etwas …

Bonnie lächelte ihre Tochter mitfühlend an. »Es ist viel zu groß für uns, Liebes. Wir werden älter, Freya und ich. Wir können das Haus nicht mehr so instand halten, wie es nötig wäre. Und der Rasen, der Garten. Freya kann sich nicht mehr so gut bücken. Die Arthritis …«

Es stimmt, dachte Callie und versuchte, die Argumente ihrer Mutter zu verstehen. Bonnies Gesicht schien faltiger als gewöhnlich, fiel ihr nun auf, und das Haar lag silbergrau um ihre Schläfen. Und Freya, der Callie vorhin begegnet war, als sie über die von Bougainvilleen überrankte Vorderveranda das Haus betreten hatte, war kaum fähig gewesen, die Gartenschere in ihren von der Krankheit gezeichneten Händen zu halten.

»Und wo wollt ihr hinziehen?«, fragte sie bedrückt. Sie gab

sich Mühe, die Verzweiflung aus ihrer Stimme zu verbannen, doch es wollte ihr nicht gelingen.

»Wir dachten an eine Wohnung.«

»Eine *Wohnung*! Ihr würdet euch niemals darin wohlfühlen!«

»Nun, eigentlich ist es keine Wohnung, sondern eines von diesen Stadthäusern. Unten an der Bucht sind sie dabei, welche zu bauen. Zwei Schlafzimmer mit einem schönen Blick über das Wasser und ein kleiner Garten. Wir dürften einen guten Preis für das Haus bekommen und noch etwas übrig behalten für eine Reise und vielleicht ein paar neue Möbel. Wir dachten, dass wir das meiste von dem alten Zeug mit dem Haus verkaufen.«

Callie dachte an Davie Cordukes Schreibtisch, der in der Ecke des Esszimmers stand, und sie zuckte unwillkürlich zusammen, als weitere Erinnerungen aus irgendeinem verborgenen Winkel ihres Bewusstseins aufblitzten, aneinandergereiht wie die Bilder alter Schwarzweißfilme im Kino. Briefumschläge, die auf dunklem Mahagoni liegen, weißes Löschpapier, Federschale und Tintenfass, das Gesicht ihres Großvaters – ein Bild tiefer Konzentration, während seine knotigen Hände sich mühten, vollkommene gestochene Buchstaben zu formen. Hände, die so steif und geschwollen gewesen waren wie die ihrer Tante Freya.

Ein Mischung aus Trauer und Wut erfüllte sie. Worte des Protestes strömten aus ihrem Mund, und sie war machtlos, sie aufzuhalten. »Ich verstehe nicht, wie du es ertragen kannst, dieses Haus aufzugeben. Es ist seit so langer Zeit in der Familie!« Sie verstummte, da ihr plötzlich ein Gedanke durch den Kopf geschossen war. Wie der Griff nach einem Strohhalm, dachte sie sarkastisch. »Wenn der Garten das einzige Problem ist, dann werde ich jemanden einstellen, der sich um den Garten kümmert.«

»Es ist nicht nur das Geld, Liebes. Es ist das Haus selbst; es verlangt nach jüngeren Leuten.« Bonnie wandte sich um und stieg die Treppe hinauf.

»Jüngere Leute?«, fragte Callie und sah ihrer Mutter hinterher.

»Was dieses Haus braucht«, erwiderte Bonnie ernst, »ist eine Schar Kinder, die durch die Zimmer tobt.«

Michael Paterson verlangsamte die Fahrt, als er an die T-förmige Kreuzung kam. »Brunswick Street« stand auf dem Schild, das nach links wies. Er bog in die Straße ein und schaute sich aufmerksam um.

Es war eine dieser breiten, schnurgeraden, von Bäumen gesäumten Straßen. Flammenbäume warfen gefleckte Schatten auf die grasbewachsenen, akkurat geschnittenen Seitenflächen. Nur die Mitte der Straße war geteert und durch einen schmalen Kiesstreifen vom Rasen getrennt. Die Häuser lagen ein Stück weit von der Straße zurück, zum Teil verborgen hinter dichten Mauern aus Büschen.

Er bremste und sah auf den Zettel, der auf dem Beifahrersitz lag. Nummer siebenundzwanzig, entzifferte er seine unordentliche Handschrift. Und dort war es, die Ziffern standen groß und weiß auf dem dunkelgrünen Briefkasten.

Michael hielt den Wagen an und nahm den Fuß vom Gas, ehe er die Zündung ausstellte. Man erwartete ihn, da er am vergangenen Wochenende angerufen hatte. Die Frau, Bonnie, die am Telefon gewesen war, hatte freundlich geklungen, wenn auch merklich überrascht. »Wenn ich Sie aufsuchen könnte …«, hatte er hinzugefügt und war damit auf den Punkt seines Anliegens gekommen.

»Nun«, hatte sie erwidert, »vielleicht sollten Sie wirklich kommen. Das alles klingt sehr interessant, aber ich bin sicher, dass ich keine große Hilfe für Sie sein werde.«

Sie hatten dann den Termin vereinbart. Sonnabend. Um zwölf Uhr.

Michael sah auf seine Uhr, deren Zeiger sich unaufhaltsam

auf die verabredete Zeit vorgeschoben hatten, wie er jetzt feststellte. Er nahm seine Brieftasche, öffnete die Tür und schwang seine langen Beine aus dem Wagen.

Das Haus lag still schlafend im Sonnenschein, verborgen hinter einem Meer aus Bleiwurz, dessen Blüten größtenteils schon abgefallen waren und einen mauvefarbenen Teppich geschaffen hatten. Auf einem gepflasterten Fußweg ging er auf das Haus zu, über die große Veranda und blieb vor der Eingangstür stehen. Die Farbe schälte sich in schmalen Streifen davon ab, obwohl das Holz darunter unversehrt schien. Es gab einen Türklopfer aus Messing und eine Glocke an der Wand neben der Tür. Michael entschied sich für die Glocke und konnte deren melodische Töne durch das Haus hallen hören. Kurz darauf folgte der Klang von Schritten, und dann wurde die Tür geöffnet.

»Bonnie?«, fragte er und versuchte, die junge Frau, die vor ihm stand, mit der Stimme am Telefon in Einklang zu bringen. Irgendwie hatte die Stimme viel älter geklungen.

»Nein, ich bin Bonnies Tochter Callie.«

In diesem Moment tauchte eine Frau hinter ihr auf. Sie war älter und untersetzt und hatte kurzes graues lockiges Haar. »Ich bin Bonnie.«

Michael streckte ihr die Hand hin. »Michael Paterson. Ich hatte vor einer Woche angerufen.«

Bonnie starrte ihn an, einen nichtssagenden Ausdruck auf dem Gesicht. Plötzlich veränderte sich ihre Miene. Sie strich sich mit der Hand durch das Haar und lächelte angespannt, während sie ihre Tochter ansah. »Ach herrje, bei all dem Gerede über den Hausverkauf hatte ich das ganz vergessen.«

Er hatte nicht bedacht, dass Bonnie nicht dasselbe Interesse wie er haben könnte. Am Telefon hatte sie sich ziemlich neugierig angehört. Eine Welle der Enttäuschung dämpfte seine Begeisterung. »Ich kann ein andermal wiederkommen, wenn es jetzt nicht passt.«

Bonnie lachte und winkte ihn herein. »Du meine Güte, nein. Freya und ich wollten gerade essen. Bleibst du, Callie?«

Callie sah auf die Uhr und lächelte. »Sehr gern. Stuart wird mich nicht vor eins abholen.«

Das Mittagessen bestand aus einer Auswahl an Sandwiches – Schinken und Lachs und Hühnchen, garniert mit Petersilie –, die auf dem großen Mahagoni-Tisch im Esszimmer serviert wurde. Die Tischdecke war steif, wahrscheinlich gestärkt, und war an den Rändern mit einem zarten Muster bestickt. Vermutlich ein Familienerbstück, dachte Michael und fragte sich unwillkürlich nach dem Alter der Decke. Er kam sich linkisch vor, als er Platz nahm und feststellte, dass er kaum Appetit hatte.

»Nun, Michael, dann erzählen Sie uns doch einmal, warum Sie hier sind«, forderte Freya ihn auf, die Frau, die Bonnie als ihre Schwägerin vorgestellt hatte, während sie sich von dem Tablett mit den Sandwiches bediente.

Die drei Frauen sahen ihn groß und fragend an und warteten auf seine Erklärung. Doch er hatte keine. Keine wirklich überzeugende jedenfalls. Der Anlass dieses Besuchs war eher ein … Ja, was denn eigentlich?, fragte er sich, und für einen Augenblick fehlten ihm die Worte. Ein Zufall? Eine Kleinigkeit, die er vor zwei Wochen entdeckt hatte?

»Vor ungefähr vierzehn Tagen habe ich eine Kiste mit Dingen durchgesehen, die meinem Vater gehört haben. Es waren Dinge, die er aus seiner Kindheit aufbewahrt hatte. Sie wissen schon … das erste Paar Schuhe, ein Taufkleid, die Taufurkunde, solche Dinge eben.« Michael kramte in seiner Tasche, und seine Hand schloss sich um ein Stück kaltes Metall. Er zog es hervor und legte es auf den Tisch. »Dies hier habe ich zwischen den Fransen einer Babydecke gefunden.«

»Was ist das?« Callie griff nach dem j-förmigen Gegenstand und hielt ihn ins Licht.

»Es ist ein Hufeisen«, erklärte Michael. »Oder genauer gesagt, eine Hälfte davon.«

»Merkwürdige Farbe für ein Hufeisen«, stellte Freya mürrisch fest.

»Es ist versilbert. Schauen Sie sich die Bruchstelle an. Darunter können Sie das ursprüngliche Material durchschimmern sehen.«

»Ich weiß nicht, was ein altes Hufeisen mit uns oder unserer Familie zu tun haben soll«, meinte Bonnie, die ein wenig ratlos aussah.

Michael beugte sich über den Tisch und legte die Hand auf das Metall. »Wenn Sie genau hinsehen, werden Sie den Namen ›Ben‹ oben im Bogen eingraviert finden. Und es gibt noch eine weitere Gravur, entlang der Seite. Sie ist kaum leserlich, aber sie sieht aus wie ›immer lieben‹. Und auf der Rückseite sind noch die Worte ›Hannah Elizabeth Corduke, Brunswick Street, 1915‹ zu erkennen.«

Bonnie nahm die Hufeisenhälfte und betrachtete sie eingehend. »Das ist ganz sicher Großtante Hannah«, sagte sie und strich mit einem Finger über die Worte. »Wir sind die einzigen Cordukes, die jemals hier in der Gegend gelebt haben.«

»Und wer ist Ben?«, fragte Callie, auf deren Gesicht ein Ausdruck großer Überraschung lag.

Bonnie zuckte die Schultern und legte das Hufeisen auf den Tisch zurück. »Ich habe keine Ahnung.«

»Was veranlasst Sie zu glauben, es könnte irgendeine Verbindung zwischen dem da«, Freya machte eine Pause, während sie auf das Hufeisen deutete, »und Ihnen geben, Michael?« Ihr Blick war offen, ihre Frage direkt. »Wie ist Ihr Vater zu diesem Hufeisen gekommen? Kann *er* Ihnen nicht bei der Beantwortung Ihrer Frage helfen?«

»Nun, um ehrlich zu sein, ich habe nicht die leiseste Ahnung, wie es in den Besitz meines Vaters gelangt ist. Und was das Fragen angeht – er ist seit fast zwei Jahren tot.«

Es war nicht seine Absicht gewesen, seine Worte so harsch klingen zu lassen, aber die ältere Frau und ihr schroffer herablassender Ton hatten ihm das Gefühl gegeben, sich verteidigen zu müssen.

Freya wandte den Blick ab. »Das tut mir leid«, murmelte sie, offensichtlich verlegen.

Michael berührte kurz ihre Hand und bemerkte die geschwollenen Fingergelenke. Sie lächelte ihn ein wenig schief an. »Das muss es nicht. Sie kannten ihn ja nicht.«

Freya stieß ein lautes missbilligendes Schnauben aus und nahm sich ein weiteres Sandwich.

Michael legte einen Finger auf das Hufeisen und brachte das Gespräch auf den Grund seines Besuches zurück. »Ich war überrascht, als ich es gefunden habe, das ist alles«, erklärte er mit einem Achselzucken. »Und vermutlich war meine Neugier einfach zu stark. *Wie* ist es unter die Sachen meines Vaters geraten? Welche mögliche Verbindung könnte meine Familie zu Ihrer haben? Ich hatte gehofft, jemand von Ihnen könnte ein wenig Licht in das Dunkel bringen.«

»Vielleicht können wir das, wenn Sie uns ein bisschen über Ihre Familie erzählen«, schlug Bonnie vor. »Stammt sie hier aus der Gegend?«

»Das ist ja das Seltsame. Mein Vater war ein Einzelkind, und seine Eltern waren schon älter, als er geboren wurde. Sie alle waren Stadtmenschen und hatten überhaupt nichts mit der Gegend hier zu tun. Ich war noch sehr jung, als meine Großeltern starben, und kann mich kaum an sie erinnern.«

Bonnie schien interessiert zu sein, deshalb erzählte er ihr, was er wusste. »Es ist seltsam, nicht wahr?«, schloss er mit einem Grinsen. »Erst vor kurzem habe ich den Wunsch verspürt, mehr über meine Abstammung zu erfahren. Als ich das Hufeisen fand, dachte ich, es könnte ein Schlüssel sein, ein Hinweis, um etwas herauszufinden. Vermutlich habe ich mich geirrt.«

Freya hatte schweigend zugehört. Abrupt streckte sie jetzt die Hand nach dem Stück Metall aus und unterzog es einer flüchtigen Prüfung, ehe sie es klirrend auf den Tisch zurückfallen ließ. Ihr Gesicht war eine undurchdringliche Maske. »Es könnte jedem gehört haben, und jeder hätte Hannahs Namen auf die Rückseite gravieren lassen können, aus welchem Grund auch immer.

Soweit ich es sehen kann, ist es wertloser Plunder«, schnappte sie, »und gehört in den Mülleimer. Und was das Herumwühlen in der Vergangenheit betrifft, so weiß ich nicht, warum Sie sich die Mühe machen. Es ist nichts als Wichtigtuerei, mehr nicht.«

Michael schaute auf und sah, dass Callie ihre Tante anstarrte, ihre grauen Augen groß vor Verwunderung. »Es tut mir leid«, sagte er steif angesichts der Feindseligkeit in der Stimme der älteren Frau. »Es war seltsam, einen solchen Gegenstand zu finden, und vermutlich ist meine Neugier mit mir durchgegangen. Normalerweise habe ich Spaß an einem Rätsel, und dieses hier schien mir geradezu auf einem Tablett serviert worden zu sein.«

Bonnie warf Freya einen nicht misszuverstehenden ärgerlichen Blick zu. »Mir tut es auch leid, Michael. Ich habe auch keine Erklärung dafür, wie das Hufeisen in den Besitz Ihres Vaters gekommen ist, aber es ist ausgeschlossen, dass Hannah in irgendeiner Verbindung zu Ihrer Familie stand. Sie hat die meiste Zeit ihres Erwachsenenlebens im westlichen Queensland verbracht und hatte keine Kinder. Deshalb gibt es auch niemanden sonst, den Sie fragen könnten.«

Sie schob Michael das Hufeisen zu, doch er lehnte enttäuscht ab. »Nein, behalten Sie es«, beharrte er. »Wenn es Hannah gehört hat, dann sollten Sie es haben.«

»In den Mülleimer damit«, drohte Freya, während sie geräuschvoll die Teetassen verteilte, die ineinandergestellt in der Mitte des Tisches gestanden hatten, und begann, den Tee einzuschenken. Bonnie schnitt vier Scheiben von dem Kuchen ab, den sie aus der Küche geholt hatte.

Michael sah den trotzigen Ausdruck auf Freyas Gesicht und fragte sich, was er als Nächstes sagen könnte. All die Fragen, die ihm vorher durch den Kopf gegangen waren, fielen ihm jetzt nicht mehr ein. Plötzlich wünschte er sich, er wäre nicht gekommen.

»Ich würde es gern behalten«, sagte Callie und wies auf das Hufeisen. »Wenn niemand sonst es will, heißt das.«

»Hmm!«, brummelte Freya.

Gerade als Callies Finger das Metall berührten, ertönte vor dem Haus eine laute Autohupe. »Das wird Stuart sein«, sagte sie und ließ das Hufeisen in ihre Manteltasche gleiten. »Für mich bitte keinen Kuchen. Ich muss los, Mum.«

Freya stieß ein ärgerliches Schnauben aus. »Ich weiß nicht, warum dieser Freund von dir nicht wie jeder normale Mensch hereinkommen und Bescheid sagen kann, dass er da ist«, brummelte sie ärgerlich und ging in die Küche, um die Teekanne wieder aufzufüllen.

»Es war nett, Sie kennenzulernen, Michael«, sagte Callie, während sie aufstand.

Verschwörerisch lächelte Bonnie ihrer Tochter zu. »Ärgere dich nicht über Freya«, flüsterte sie, während sie Callie aus dem Zimmer begleitete. »Sie ist in letzter Zeit ein wenig garstig.«

Von der Veranda her konnte Michael die Stimmen der beiden Frauen hören, leise und gedämpft. »Ich weiß, Mum, die Arthritis …«

Ein Lachen. Es war Bonnie. »Nein, eigentlich glaube ich, dass sie befürchtet, dieses alte Haus zu vermissen, wenn wir wegziehen. Aber es gibt keine andere Möglichkeit, Liebes. All das wird einfach zu viel. Aber mach dir nicht zu viele Gedanken.«

Durch die geöffneten Fenster konnte Michael das schrille Zirpen der Zikaden hören und von etwas weiter entfernt das schwache Dröhnen eines Rasenmähers. Er füllte einen Löffel Zucker in seinen milchigen Tee, beobachtete, wie die Körner in die Flüssigkeit glitten, und rührte geistesabwesend in seiner Tasse herum. In der Küche hörte er Freya eine Schublade mit lautem Knall schließen.

Die Autohupe ertönte wieder, diesmal ungeduldig.

»Ich gehe jetzt besser, Mum. Wiedersehen.«

Kies spritzte auf, als der Wagen davonschoss und mit aufkreischenden Rädern um die Ecke verschwand.

Callie lag wach und starrte an die Decke. Aus dem Wohnzimmer klangen gedämpft die Geräusche aus dem Fernseher herüber. Irgendein Agentenfilm mit jeder Menge Autoverfolgungsjagden und mit genügend Gewalt, um für eine Woche Albträume zu garantieren. Und mit der üblichen aufreizenden Blondine. Mein Gott, seufzte sie. Sie *hasste* solche Filme. Sie hätte lieber das verdammte Ding ausgeschaltet und eine CD aufgelegt, sich entspannende Musik angehört, um ein versöhnliches Ende für das zu finden, was sich als aufregender Tag herausgestellt hatte. Aber Stuarts Augen hatten wie gebannt am Bildschirm gehangen, und er hatte ihren Gutenachtgruß kaum wahrgenommen.

Das Haus verkaufen!

Als sie an die Worte ihrer Mutter dachte, begannen ihre Gedanken sich wieder zu überschlagen, wie es schien, schon zum tausendsten Mal heute. Vorhin war ihr eine Überlegung durch den Kopf gegangen, die sie durch ihre Einfachheit überrascht hatte. »Wir könnten die Wohnung verkaufen und von dem Geld das Haus meiner Mutter kaufen«, hatte sie Stuart nach dem Abendessen vorgeschlagen. »Auf diese Weise würde es in der Familie bleiben.«

Stuart, der auf einem Stuhl aus Chrom und Leder an einem Kaffeetisch aus Chrom und Glas gesessen hatte, war entgeistert gewesen. »Himmel, Callie!«, hatte er gerufen. »Du machst wohl Witze!«

»Nein«, hatte sie ruhig entgegnet. »Es ist mir todernst.«

Aus schmalen Augen hatte er Callie streng angesehen. »Mir auch. In diesem Mausoleum wohnen? Niemals!«

Michael löschte das Licht und streckte sich auf dem Bett aus. Nach dem Lärm der Stadt war es in dem kleinen, an der Bucht gelegenen Motel angenehm ruhig. Kein Verkehrsrauschen, kein Heulen von Sirenen war zu hören, nur das träge Schlagen des Wassers gegen den Strand und das Seufzen des Windes in den Kasuarinen.

Er schaute zum Fenster und beobachtete die sanften Bewegungen der Vorhänge im Wind. Ein blasser Mond war aufgestiegen und tauchte das Zimmer in perlenglänzendes Licht. Michael schloss die Augen und ließ seine Gedanken zur Ruhe kommen. Die Geschehnisse des Tages zogen im Geiste an ihm vorüber, zufällig und unzusammenhängend, scheinbar ohne irgendeine Ordnung. Bonnie und ihr freundliches Lächeln, Freya mit den zusammengepressten Lippen und ihrer feindseligen Art. Callie mit den rauchgrauen Augen und einer Ansammlung von Sommersprossen auf ihrer Nase, das kastanienbraune Haar schulterlang und zu einem Pagenkopf geschnitten. Sie war auf eine ungewöhnliche Weise hübsch, trotz des zu breiten Mundes, dessen Winkel sich nach oben zogen, wenn sie lächelte.

Nun gut, dachte Michael grimmig und verdrängte die Bilder. Der ganze Tag hatte sich als Zeitverschwendung herausgestellt. Das Hufeisen hatte sich als Blindgänger erwiesen. Und er hatte die mürrische Miss Corduke verärgert. Kurz gesagt, er war aus einer Laune heraus in ihr Leben geplatzt und hatte nichts erreicht.

Trotz seines Grübelns kam der Schlaf zu ihm. Er konnte ihn spüren, war fast betäubt von dessen Schwere. Dunkelheit verschmolz mit gedämpften Schatten, das verschwommene Bild eines Hauses im lichtgesprenkelten Schatten eines Baumes tauchte auf. Das Haus in der Brunswick Street, dachte er schläfrig und fragte sich, ob er schon träumte. Ein Stück zurückgesetzt von der Straße sah er es vor sich, wie eine Katze, die träge in der Sonne döste.

Ein wunderschönes Haus, das Erinnerungen an eine andere Zeit barg, die lange vergangen war. Wer war dieser unbekannte Ben? Warum war Hannah Cordukes Name auf der Rückseite des Hufeisens eingraviert? Und warum hatte dieses halbe Hufeisen in einer Babydecke gelegen, wo es Jahre später an einem anderen Ort gefunden worden war?

Wie seltsam, dachte Michael, dessen Gedanken im Halbschlaf planlos durcheinanderwirbelten. Und wie enttäuschend, weil er zu gerne Teil von dem allen sein wollte, mehr als alles andere.

KAPITEL 2

Es war Sonntag. Die Hauptstraße lag verlassen da – bis auf ein paar Teenager, die in Richtung Strand gingen, ihre Rucksäcke lässig über die Schultern geworfen. Bei ihrem Anblick wunderte sich Callie über deren Zähigkeit. Es war kaum Frühling, und der starke Wind, der von der Bucht herwehte, erinnerte noch an kältere Tage. Während die Gruppe um die Ecke verschwand, gab Callie einem unwillkürlichen Frösteln nach und ging auf den Eingang der Gärtnerei zu.

Vor dem großen Schaufenster blieb sie stehen, als ihr Blick an einem leuchtend gelben Farbtupfer hängen blieb: ein Topf mit Narzissen. Sie passen perfekt auf den Balkon, dachte sie. Zu dieser Zeit des Jahres wirkte er stets etwas trostlos. Sie bezahlte an der Kasse und schlug das Angebot des Ladeninhabers aus, ihr den Einkauf zum Auto zu tragen. Der Topf war nicht schwer, nur ein wenig ausladend. Sie konnte kaum über die hohen nickenden Blütenköpfe hinwegsehen, als sie vorsichtig zu ihrem Suzuki ging, den sie in der Nähe geparkt hatte.

»Hallo.«

Mühsam den Topf balancierend, wandte sie sich um und versuchte herauszufinden, wem die Stimme gehörte. Es war Michael, der Mann, der am Tag zuvor in die Brunswick Street gekommen war. »Hallo.«

Er griff nach dem Blumentopf. »Lassen Sie mich das tragen.« Mühelos hob er den Topf in seine Arme und schenkte Callie ein breites Lächeln. »Haben Sie es weit?«

»Der Wagen steht dort drüben.« Sie deutete auf den blauen

kleinen vierrädrigen Untersatz, den sie im Schatten eines riesigen Feigenbaums abgestellt hatte.

»Kellie, nicht wahr?«, fragte er.

»Callie, genau genommen.«

Er sah sie fragend an, ein Netz feiner Fältchen lag auf seiner Stirn. »Mit einem C«, erklärte sie und betonte den Buchstaben. Sie waren beim Auto angekommen, und Callie kramte in ihrer Handtasche nach dem Schlüssel. »Es ist die Abkürzung für Calliandra. Der Name ist ein wenig lang, also nennen mich alle Callie.«

Endlich war die Autotür aufgeschlossen und geöffnet. Michael beugte sich hinunter und stellte den Topf in die Mitte des Rücksitzes. »Dort steht er sicher«, meinte er, während er wieder aus dem Fahrzeug auftauchte.

Einen Augenblick lang stand er da und sah Callie an; ein nachdenklicher Ausdruck lag auf seinem Gesicht. »Kann ich Sie zu einem Kaffee überreden?«, fragte er schließlich.

Y Old Coffee Shope lag ein ganzes Stück weiter von der Straße zurück als die benachbarten Gebäude, wodurch vor dem Haus ein kleiner Hof entstand. In Holztrögen wuchsen Zwergkoniferen und Geranien, die bis zum Boden herunterrankten, und auf den Tischen lagen rot-weiß karierte Decken. Michael schlug vor, dass sie sich draußen hinsetzten. »Der Tag ist zu schön, um drinnen zu sitzen«, lächelte er und bestellte bei der Serviererin zwei Cappuccino.

Geschützt vor dem Wind, spürte Callie die Sonne auf ihrem Gesicht. Die Frühjahrssonne verströmte eine sanfte Wärme, die sich in ihrem Körper ausbreitete und sie entspannte. Michael lehnte sich im Stuhl zurück, streckte seine langen Beine aus und verschränkte die Arme hinter dem Kopf. »Angenehm so?«, fragte er.

Callie nickte. »Wie lange bleiben Sie in der Stadt?«

»Ich weiß noch nicht. Vielleicht ein paar Tage. Ich dachte, dass ich mich vor Ort ein wenig umschaue, um ein bisschen von der Atmosphäre mitzukriegen – wenn ich jetzt schon hier bin.«

»Das wird nicht viel Zeit in Anspruch nehmen«, meinte Callie lachend. »Die Stadt ist sehr klein – verglichen mit einer Großstadt, meine ich.«

Michael beugte sich vor und deutete mit einer ausholenden Handbewegung auf die umstehenden Gebäude. »Es sieht nicht so aus, als hätte sich der Ort im Laufe der Jahre sehr verändert.«

»Nein, nicht sehr. Der Schlachter, das Schuhgeschäft, der Kurzwarenladen. Diese Läden gibt es schon so lange, wie ich denken kann. *Clarke's Emporium* war noch älter, aber es ist vor zwei Jahren abgebrannt.« Sie lachte ein wenig. »Himmel, was habe ich als Kind diesen Laden geliebt. Dort gab es Rohre, die an der Decke entlangliefen, in denen das Geld in kleinen Metallgehäusen zu einem Kassierer transportiert wurde. Ich war davon fasziniert, genauso wie von dem lauten klirrenden Geräusch, das das Wechselgeld machte, wenn es zurückkam. Aber jetzt ist alles verschwunden. Dafür gibt es ein paar neue Läden ... den Feinkostladen, die Bäckerei – die *Patisserie*, sie bestehen darauf, so genannt zu werden – und den Supermarkt am Stadtrand. Aber die meisten der anderen Geschäftshäuser sind ungefähr zwischen achtzig und hundert Jahre alt.«

Michael wirkte einen Moment lang nachdenklich, dann wechselte er das Thema. »Wegen gestern – ich hoffe, ich habe niemanden verärgert.«

Callie zuckte mit den Schultern. »Freya schien nicht besonders angetan. Laut meiner Mutter, die mich heute Morgen anrief, hat Freya Sie einen ungezogenen jungen Mann genannt, nachdem Sie gegangen waren.«

»Ungezogen?« Ein Ausdruck der Verwirrung überzog sein Gesicht. »Ich war eigentlich eher nervös als alles andere.«

»Ich weiß.«

»Sind Sie immer so scharfsinnig?«, neckte er sie, und seine Miene entspannte sich zu einem Lächeln.

»Nein, aber ich kenne Freya. Sie kann recht einschüchternd sein.«

Er lachte. Es klang angenehm, tief und warm, und Callie ertappte sich bei der Feststellung, dass sie den Mann mochte, der ihr gegenübersaß. Die Bedienung kam zurück und servierte den Kaffee. Während Callie an ihrem Cappuccino nippte, erzählte Michael ihr ein wenig von seinem Job. Er sei Fotograf, erklärte er, bei einer der führenden Zeitungen der Stadt. Er habe dort klein angefangen und sich seinen Weg nach oben erarbeitet. Es hatte mit Fotos von Einweihungen öffentlicher Gebäude begonnen, mit Aufnahmen hoffnungsvoller Kandidaten für die Ratsversammlungen und so weiter. Das war vor zwanzig Jahren gewesen. Jetzt machte er Aufnahmen für den tagesaktuellen Teil der Zeitung, womit meistens das Arbeiten vor Ort verbunden war. Daneben übernahm er auch freiberuflich Fotoaufträge. Callie empfand so etwas wie Erleichterung. Irgendwie hatte sie sich nicht vorstellen können, dass er den ganzen Tag in irgendeinem Büro saß. So wie Stuart, dachte sie unwillkürlich.

Verstohlen betrachtete sie ihn über den Rand ihrer Tasse hinweg, während er erzählte. Er trug leicht ausgeblichene Jeans und ein langärmeliges Hemd, dessen Ärmel bis gerade über die Ellenbogen aufgerollt waren. Er war groß, bestimmt über 1,80 Meter, und von schlanker Gestalt. Sein sandfarbenes Haar lockte sich auf eine zerzauste Art und rahmte ein interessant aussehendes Gesicht ein. Er ist wahrscheinlich Ende dreißig, entschied Callie. Sie schaute auf seine Hände, als er den Zuckerstreuer über den weißen Schaum des Kaffees neigte, Zucker hineinrieseln ließ und den Cappuccino dann gründlich umrührte. Er hatte kräftige schlanke Finger, deren Nägel sorgsam geschnitten waren, und trug keinen Ring.

» ... ist wichtig, die Familie. Meine Eltern sind beide tot, und es gibt nur noch mich und meine Schwester Anne. Timothy soll seine Abstammung kennen.«

»Timothy?« In Gedanken versunken, hatte Callie den Faden des Gesprächs verloren.

»Mein Sohn.«

»Oh.« Sie spürte eine vage, unerklärliche Enttäuschung. »Sie sind also verheiratet?«

»Ich *war*«, korrigierte Michael. »Gaby und ich haben uns vor einigen Jahren getrennt. Es war, wie man so sagt, eine saubere Scheidung. Keine schmutzigen Affären, wir haben uns einfach auseinandergelebt. Eines Tages haben wir Bilanz gezogen und erkannt, dass unser Kind das Einzige war, was uns noch verbindet. Wir sind gute Freunde, was wichtig für Tim ist.«

Callie nickte und dachte an die Abwesenheit ihres eigenen Vaters. »Sie haben es gestern also geschafft, Freya unbeschadet zu entkommen? Ohne Bisswunden?«

Michael lachte herzlich. »Nicht eine«, sagte er und streckte seine Arme aus. Seine Unterarme waren nackt bis auf eine teuer aussehende Taucheruhr. »Ich bin kurz nach Ihnen gegangen. Die Lage schien ein wenig angespannt zu sein. Aber das kann ich durchaus verstehen. Es war mein Fehler, so hereinzuplatzen, ohne wirkliche Fakten nennen zu können. Das nächste Mal werde ich meine Hausaufgaben gründlicher machen.«

»Machen Sie sich nicht zu viele Gedanken wegen Freya. Ich denke, nächste Woche wird sie das Ganze schon wieder vergessen haben. Und unter ihrer rauen Schale ist sie wirklich ganz nett, wenn man sie näher kennt.«

»Oh, jede Wette«, grinste Michael. »Schade, dass ich nie die Gelegenheit dazu haben werde.«

Er hat so ein nettes Lächeln, dachte Callie, als sie ihre Tasse wieder zum Mund führte.

Die folgenden Tage vergingen ruhig und ereignislos. Mit der Minolta um den Hals erkundete Michael die Stadt und fotografierte die alten Häuser. Vielleicht würde er einen Artikel über diese Gegend zusammenstellen. Sechs oder sieben der besten

Aufnahmen, dazu einige hundert Worte Text. Der Zeitungsherausgeber war immer auf der Suche nach etwas Besonderem.

Und diese Stadt ist besonders, dachte Michael, mit ihrem Gerichtsgebäude, der Bank und dem Pub, den gelben Steinfassaden, die im Sonnenlicht buttergold leuchteten. Gotisch, viktorianisch, alter Queensland-Stil: die Baustile ergänzten einander zu einer malerischen Mischung und erzielten eine interessante Wirkung. Die Bibliothekarin der örtlichen Bibliothek war sehr zuvorkommend gewesen und hatte ihm verschiedene Publikationen vorgelegt, die die Geschichte und die Entwicklung der Gegend aufzeigten.

Er empfand eine unerklärliche Anziehung zu dieser kleinen Stadt mit ihren engen Nebenstraßen, die sich durch das hügelige Terrain zogen, den schmucken Häusern in den üppig wachsenden Gärten, der ruhigen Atmosphäre. Sogar die Menschen mit ihren Einkaufskörben, die sie über dem Arm trugen, schienen sich langsamer zu bewegen, mit mehr Muße. Er schlenderte durch den Park und beobachtete die Spatzen, die durch den alten Musikpavillon flogen. Es muss hier früher ganz bezaubernd gewesen sein, vermutete er. Sonntagnachmittage, an denen eine Blaskapelle spielte, Paare und Familien, die vorbeischlenderten, Kinder, die umherrannten.

Hinter dem Pavillon lagen die Tennisplätze, umgeben von sorgsam gestutzten Hecken, und das Kriegsmahnmal. Michael streckte sich in der Sonne auf dem Rasen aus und fühlte durch den dünnen Stoff seines Hemdes, dass die Halme ihn am Rücken kitzelten. In den Baumkronen über ihm veranstalteten die Vögel eine lärmende Kakofonie. Morgen würde er nach Hause zurückfahren und dies alles hier hinter sich lassen. Der Verleger hatte am vergangenen Abend angerufen, um ihm einige Aufträge anzubieten.

An diesem letzten Abend, in dem kleinen Motelzimmer, lauschte Michael auf die Wellen, die unaufhörlich auf die Küste zurollten, ihn einlullten, ihn beruhigten mit ihren geflüsterten, gemurmelten Abschiedsgrüßen. Ungebeten, in jener schattenhaften undefinierbaren Zone zwischen Wachen und Schlafen, glitten seine Gedanken zurück zu dem Haus in der Brunswick Street, zu Bonnie und Freya, und zu Callie mit den grauen Augen. Zurück zu dem Haus, das in der Sonne döste, und zu dem Garten, der in der Mittagshitze ruhte. Und zu dem Hufeisen. Er dachte daran, wie Callie es vom Tisch genommen hatte, neugierig, aber auch fast ehrfürchtig, wie sie es einen Augenblick lang betrachtet hatte, ehe sie es in ihre Tasche steckte.

Ein seltsames Gefühl der Enttäuschung regte sich in ihm, als er daran dachte, dass das Hufeisen jetzt Callie gehörte, dass es fort war und er nicht mehr wusste als vor einer Woche.

Der folgende Sonntag zog hell und klar herauf und versprach, warm zu werden. »Ich dachte, du könntest mit mir zu Mum zum Mittagessen gehen«, schlug Callie Stuart beim Frühstück vor. »Auf dem Dachboden stehen noch ein paar Kisten mit Schulsachen von mir. Du weißt schon, Projektbücher, alte Berichtshefte, Aufsätze und solche Sachen. Ich könnte etwas Hilfe brauchen, sie herunterzuholen.«

Stuart, der, wie Callie wusste, eine Abscheu vor alten Dingen hegte, zog eine Augenbraue hoch. »Für mich hört sich das nach einem Haufen Staub und Müll an. Wo gedenkst du die Kisten unterzubringen?«

»In der Garage, bis ich sie durchgesehen habe.«

»Die Vorboten irgendwelcher Krabbeltiere«, verkündete er finster. Dann: »Entschuldige, Cal. Ich fürchte, es geht nicht. Ich bin zu einer Partie Squash verabredet.«

Callie stand auf und begann, das Frühstücksgeschirr abzuräumen. Stuart wandte sich ab und lief die mit Teppichboden bedeckten Stufen der Treppe hinauf, die zu ihrem gemeinsamen Schlafzimmer führte. Nach einer Weile kam er in weißen Shorts und weißem Hemd wieder herunter, pfeifend und immer zwei Stufen auf einmal nehmend, seine Sporttasche in der Hand.

»Ich seh dich dann später«, verabschiedete er sich und küsste Callie flüchtig auf den Mund.

Callie spürte seine kalten Lippen auf ihren und fröstelte. Ein unerklärliches Gefühl der Verlassenheit erfüllte sie, als Stuart die Tür hinter sich schloss. Und später, als sie allein mit ihrem kleinen Suzuki in die Brunswick Street fuhr, fühlte sie sich seltsam enttäuscht, als sei sie irgendwie von ihm im Stich gelassen worden.

Als Callie über den vorderen Weg auf das Haus zuging, konnte sie Freya auf der anderen Seite des Vorgartens sehen, die sich über die Büsche beugte. Sie war dabei, sie zu schneiden, was die in der Nähe stehende, voll beladene Schubkarre vermuten ließ, über deren Rand abgeschnittene Zweige und Äste ragten.

Nach der Helligkeit draußen schien es im Haus im ersten Augenblick dunkel zu sein. Bonnie hatte die Vordertür gehört und rief: »Bist du das, Callie? Ich bin in der Küche.«

Sonnenschein fiel schräg durch die Fenster und verlieh dem Raum eine heimelige Atmosphäre. Köstliche Essensdüfte erfüllten die Luft.

»Hmmm. Das riecht gut.«

Bonnie eilte geschäftig hin und her und stand mit dem Rücken zur Tür, während sie eine Quiche aus dem Backofen holte. Ein Tablett mit kaltem Fleisch und Salat stand auf dem Tisch. »Ich habe dein Lieblingsessen gemacht«, sagte sie, als Callie in die Küche kam. Dann wandte sie sich um: »Was ist los, Liebes?«

»Nichts. Warum?«

»Wo ist Stuart? Ich dachte, er würde auch kommen?«

»Er hat sich zu einer Partie Squash verabredet.«

»Mmmm.« Bonnie runzelte die Stirn. »Ihr zwei scheint nicht mehr allzu viel Zeit miteinander zu verbringen. Ist alles in Ordnung?«

Ist das so offensichtlich?, fragte Callie sich im Stillen. »Aber ja, Mum«, erwiderte sie und versuchte, ihre Stimme unbeschwert klingen zu lassen. »Manchmal hast du wirklich komische Ideen.«

Als sei sie nicht ganz überzeugt, sah Bonnie ihre Tochter einige Sekunden lang nachdenklich an, ehe sie sich wieder zum Backofen umdrehte.

Freya kam aus dem Garten und berichtete mürrisch über rote Spinnmilben, die sie entdeckt hatte, und einen Angriff von Blattläusen auf ihre geliebten Rosen. Callie küsste ihre Tante pflichtschuldig auf die wettergegerbte Wange und unterdrückte ein Lächeln, dann half sie ihrer Mutter, das Essen aufzutragen.

Freya murrte noch immer über den Besucher, den sie am Sonnabend der vorigen Woche gehabt hatten, wie Callie mit einem amüsierten Lächeln feststellte. »Das ist Schnüffelei, nichts anderes. Im Leben anderer Leute herumzuwühlen. Ich weiß nicht, was dabei Gutes herauskommen kann, wenn man Dinge hervorzerrt, die längst Vergangenheit sind.«

»Wenn man was hervorzerrt?«, fragte Callie. »Das Hufeisen war nur ein kleiner Teil eines Geheimnisses, mehr nicht. Michael dachte, es könnte eine Verbindung zwischen unseren Familien geben. Seine Eltern sind tot; er kann sie nicht fragen. Er hat niemanden.«

»Er hat eine Frau und ein Kind«, warf Freya triumphierend ein. »Das hat er uns letzten Samstag erzählt. So ist es doch, Bonnie, nicht wahr?«

Bonnie nickte. »Ja, meine Liebe.«

»Er ist geschieden«, stellte Callie richtig. »Aber wie dem auch sei, das eine hat absolut nichts mit dem anderen zu tun. Okay, die Sache mit dem Hufeisen und mit Hannah hat sich als Sackgasse erwiesen. Aber du kannst ihm nicht zum Vorwurf machen, dass er gefragt hat. Es war nur harmlose Neugier. Und du hättest auch nicht so unfreundlich sein müssen.«

»Callie!« Bonnie warf ihrer Tochter einen strengen Blick zu. Freya schürzte die Lippen und stieß ein lautes Schnauben aus.

»Freya und ich haben vor, nach dem Essen zu den neuen Stadthäusern zu fahren. Man kann sich dort jeden Nachmittag eine Musterwohnung ansehen. Möchtest du nicht mitkommen?«, wechselte Bonnie das Thema.

Callie schüttelte den Kopf. »Auf dem Dachboden stehen ein paar Kisten von mir. Dad hat sie hinaufgebracht, als ich mit der Schule fertig war. Ich dachte, ich werde sie mitnehmen. Dann ist später weniger auszuräumen, wenn das Haus verkauft wird.«

»Eine gute Idee«, stimmte Freya knapp zu. Callies frühere Kritik gärte offensichtlich noch in ihr. »Es gibt eine Menge alter Sachen da oben, die seit Jahren nicht angerührt worden sind. Und wenn wir so lange Zeit ohne etwas davon ausgekommen sind, dann werden wir sie auch nicht mehr brauchen. Auf den Müll, dorthin gehört das alles. Vielleicht könnte Stuart demnächst mit anpacken, um alles herunterzuholen.«

Nach dem Essen machten sich die beiden Frauen auf den Weg zur Bucht hinunter. Freya hielt das Lenkrad des langsamen alten Vauxhall fest umklammert, als er die Brunswick Street hinuntertuckerte und dabei eine Fahne bläulicher Abgase zurückließ. Callie sah die beiden in einer Mischung aus Bedauern und Erleichterung davonfahren. Durch den Verkauf des Hauses würden sie zumindest in der Lage sein, sich einen neuen Wagen leisten zu können, einen von diesen spritzigen vierzylindrigen Flitzern, der sie zum Einkaufszentrum und Bonnie zu ihrem Kunstzirkel bringen würde.

Jetzt, da Bonnie und Freya nicht mehr da waren, war es im Haus plötzlich ruhig. Eine würdige Stille breitete sich wie eine Decke darin aus, während draußen ein Glockenvogel lärmte. Der Duft von Jasmin schwebte durch die Fenster herein. Der Duft des Frühlings, dachte Callie, und fragte sich für einen Moment, ob es wirklich ihr letzter Frühling hier wäre. Mit einem Seufzen beendete sie den Abwasch und ging die Leiter holen.

Das Licht der Taschenlampe vermochte kaum den höhlenartigen Bauch des Dachbodens zu erhellen. Callie ging vorsichtig von Bohle zu Bohle und sah, wie die Schatten zu tanzen schienen, im Schein der Lampe hin und her schwebten. Auch hier oben war es still. Es war kein Laut zu hören, bis auf das leise Knarren alter Dachbalken und Holzträger.

Jede Oberfläche war von Staub und Spinnweben bedeckt. »Freya hat recht. Es sieht so aus, als sei seit Jahren niemand hier oben gewesen«, murmelte sie undeutlich vor sich hin und ließ den Worten ein lautes Niesen folgen. »Gesundheit«, fügte sie hinzu und lachte dann über diese einseitige Konversation.

Das Haus hatte ein Spitzdach, was es Callie möglich machte, in der Mitte aufrecht zu stehen. Neugierig schaute sie sich um, Erinnerungen zerrten an ihrem Unterbewusstsein. Wie alt war sie gewesen, als sie das letzte Mal hier heraufgekommen war? Zwölf? Vielleicht dreizehn?

Es war ein Samstagnachmittag gewesen, so wie heute. Unbemerkt war sie die Leiter hinaufgeklettert und hatte die Truhen mit den altmodischen Kleidern entdeckt: Kleider mit Rüschenkrägen und Volants und weiten ausladende Röcken, Schals mit Fransen. Aus einem anderen, runden Behältnis hatte sie eine Auswahl an Hüten zutage gefördert: steife Strohhüte und breitkrempige Damenhüte, geschmückt mit farbigen Bändern oder Sträußen aus Seidenblumen, ein blauer Dolly Varden, eine kecke kleine Kappe, die nicht mehr war als ein zarter Stoff mit einem kurzen Schleier und einem Tuff aus Federn. Zuunterst in einem Koffer in der Nähe hatte sie einige Paare Damenstiefel entdeckt, deren Leder vom Alter steif und rissig geworden war.

Bonnie hatte sie hier oben gefunden, Stunden später, als sie mit ihren Entdeckungen vor dem hohen Spiegel im Mahagonirahmen hin und her spaziert war, die Kleider gegen ihren schmächtigen Körper haltend. »Oh Callie! Hier steckst du! Dein Vater hat sich schon Sorgen gemacht.«

Callie lächelte, als sie wieder das erstaunte Gesicht ihrer Mutter vor sich sah, deren unterdrückter Ärger sich schnell in Erleichterung verwandelt hatte.

Callie hob die Taschenlampe hoch und schaute sich suchend nach vertrauten Gegenständen um. Plötzlich erstarrte sie, als die Schatten einer dunklen Gestalt zu ihrer Rechten nach ihr griffen. Dann unterdrückte sie ein Kichern. Es war Bonnies Schneiderpuppe, verhüllt von Laken.

Sie bahnte sich ihren Weg durch das Durcheinander: zwei Büro-Drehstühle, beide nicht mehr zu gebrauchen; eine alte Remington-Schreibmaschine, deren Tasten unter der Staubschicht kaum zu erkennen waren; eine Reihe bunter Küchendosen, die meisten davon leer. An einer Wand standen einige *Folkstone*-Koffer verschiedener Größen, alte Tennisschläger, deren Bespannung zerrissen war, und ein Bollerwagen für Kinder, der einmal in einem leuchtenden Rot gestrichen gewesen war, das jetzt zu einem Kastanienbraun verblichen war.

Der Dachboden war überwiegend vollgestellt mit Gerümpel, genau wie Freya gesagt hatte. Callie strich mit den Fingerspitzen über einen reichverzierten runden Vogelkäfig. Er war leer, doch ein paar Samenhülsen lagen noch verstreut am Boden. Dahinter stand ein hochrädriger Kinderwagen mit zerrissener Haube. Ein alter Bücherschrank enthielt eine Sammlung von Büchern, die schon lange nicht mehr verlegt wurden.

Zu ihren Füßen stand eine Kiste, die eine Auswahl an Gläsern und Dosen enthielt: *Lamb's* Bohnerwachs, *Nye's* Nähmaschinen- und Fahrradöl, Metallpolitur, einige Stücke *Colgate & Co Castille*-Seife. Fasziniert von den altmodischen Etiketten hockte sich Callie auf den Boden und nahm den Inhalt in Augenschein.

Irgendwann fiel ihr Blick auf ihre Uhr, und Callie stellte überrascht fest, dass sie schon seit fast einer halben Stunde hier oben war. Nun gut, dachte sie, legte die Seife zurück zwischen die seit langem ungeöffneten Gläser und Dosen und richtete sich entschlossen auf, um nach den Kisten zu suchen, die ihr gehörten.

Sie waren schnell gefunden. Verschnürt mit Band, stand ihr Name in großen Buchstaben an deren Seiten. Da Callie sie kaum vollgepackt die Leiter hinuntertragen konnte, holte sie einige Supermarkt-Plastiktüten aus Bonnies Küche und transportierte den Inhalt der Kisten stückweise nach unten, wo sie die

Sachen wieder in den jetzt leeren Kisten verstaute und diese schließlich auf den Rücksitz ihres Wagens stellte.

Als Callie sich daranmachte, die Leiter das letzte Mal hinunterzusteigen, bemerkte sie in einer Ecke des Dachbodens einen Koffer, den sie bis jetzt übersehen hatte. Der Staub lag zentimeterdick auf seinem Deckel. Ihre Neugier war geweckt, also machte sie sich auf die Suche nach einem Eimer, Wasser und einem Putzlappen.

Unter dem Schmutz kam rotes Leder zum Vorschein. »Ich glaube, das ist eine Art Handkoffer«, vermutete sie, während sie mit einem Finger über die gekörnte Oberfläche strich und dabei einen unerklärlichen Anflug von Aufregung verspürte. Sie kniete sich auf die rauen Dielen, beugte sich über den Koffer und klappte den Deckel hoch.

Die rostigen Scharniere knarrten beim Öffnen wie ein bedauerndes Seufzen. Callie merkte, wie sie den Atem anhielt, als sie den Inhalt betrachtete. Einen nach dem anderen nahm sie die Gegenstände heraus: alte Kochbücher, Karten zum Geburtstag und zu Weihnachten, Ausschnitte aus Zeitungen. Es gab eine Reihe von Schulheften, Einladungen zu Hochzeiten und Taufen, Bücher, einige Traueranzeigen – alle waren an den Rändern vergilbt. Sie rochen modrig und waren vermutlich seit vielen Jahren nicht mehr in die Hand genommen worden. Darunter lagen Dutzende von Briefumschlägen, in denen offensichtlich noch die Briefe steckten, die sie Jahre zuvor befördert hatten. Es gab drei Stapel davon, jeder zusammengebunden mit einem blassblauen Band. Nach der Handschrift zu urteilen, schienen sie von verschiedenen Personen geschrieben worden zu sein.

Callie schaute sie sich genauer an und entzifferte die Anschrift auf dem obersten Umschlag. *Miss Hannah Corduke. Bright Street, Kangaroo Point, Brisbane*, lautete sie. Der Poststempel war ausgeblichen, aber noch zu entziffern. *Bleu. Frankreich. 28. November 1916.*

»Hannah«, wisperte sie, während ihre Hand auf dem brüchigen Papier ruhte und sie sich augenblicklich an das halbe Hufeisen erinnerte, das sie vorige Woche zum ersten Mal gesehen hatte. Der Name hallte beharrlich in ihrem Kopf wider, verlangte Aufmerksamkeit, als sie auf die langsam zerfallenden Erinnerungsstücke ihrer Urgroßtante starrte. Behutsam strich sie mit der Hand über einige der Dinge, betrachtete sie nachdenklich, während ihr Freyas Worte durch den Sinn gingen:

In den Mülleimer, dorthin gehört das alles.

Hannahs Leben zwischen Abfall und Dreck, vermischt mit dem Leben anderer Menschen? »Nein!«, stieß sie hervor und nahm einen Arm voll von Papieren aus dem Koffer. Es durfte nicht geschehen, dass Freya das vernichtete, was noch übrig war.

Callie arbeitete schnell. Sie rechnete damit, jeden Moment das Schnaufen und Keuchen des zurückkommenden Vauxhalls zu hören. Sie konnte nicht sagen, warum es so wichtig war, dass Hannahs Habseligkeiten aufbewahrt wurden. Nachdem sie den Koffer geleert hatte, war er beträchtlich leichter. Mit einigen Schwierigkeiten gelang es ihr, ihn die Leiter hinunter zu bugsieren und ihn auf dem Autorücksitz zu verstauen, zusammen mit den anderen Kisten. Wenig später befand sich der ganze Inhalt wieder wohl verwahrt darinnen. Bonnie und Freya waren noch nicht wieder zurückgekehrt, also stellte Callie die Leiter zurück in die Garage, verließ das Haus und verschloss die Tür hinter sich.

Nach dem Abendessen verkündete Stuart, dass er früh zu Bett gehen wollte. »Kommst du auch?«, fragte er und strich mit dem Finger über Callies Nacken.

Sie schüttelte den Kopf. »Noch nicht. Ich habe ein paar Ideen für das Buch und will sie notieren, solange sie noch gegenwärtig sind.«

In der Wohnung war es still, nachdem Stuart das Fernsehgerät ausgeschaltet hatte und zu Bett gegangen war. Callie machte sich eine Tasse Kaffee und nahm sie mit nach unten in das Zimmer, das sie zum Arbeiten nutzte, und schaltete den Computer an.

Die Maschine erwachte brummend zum Leben. Rasch fand Callie die Datei, in der sie zuletzt gearbeitet hatte, und der Cursor blinkte ihr von dem mit Worten übersäten Monitor zu. An der Tür nahm sie eine Bewegung wahr. Oscar kam hereingeschlendert. Er war ein großer Kater, überwiegend weiß, aber mit unregelmäßig geformten schwarzen Flecken. Lässig sprang er auf ihren Schoß, machte es sich dort bequem und schnurrte dabei laut.

Callie starrte auf den Bildschirm. Es war drei Jahre her, seit ihr erster Roman erschienen war. Seitdem hatte es noch einige Veröffentlichungen gegeben, die alle sowohl von den Kritikern als auch von den Lesern mit wohlwollendem Beifall aufgenommen worden waren. Es reichte aus, um ihr ein bescheidenes, wenn auch nicht regelmäßiges Einkommen zu gewährleisten. Aber dieser Roman jetzt, das wusste sie, würde ihr den Durchbruch bringen. Sie hatte die meisten der Kapitel skizziert und einen detaillierten Abriss festgelegt und war von der Handlung ebenso angetan wie von der Art, wie die Charaktere begonnen hatten, sich in ihren Gedanken zu entwickeln. Er *wird* gut, dachte sie. Verdammt gut. Auch ihr Agent war davon überzeugt.

Callie setzte dort an, wo sie vor kurzem aufgehört hatte, und tippte ein paar Sätze, ehe sie die Stirn runzelte und die Worte wieder löschte. »Verdammt«, murmelte sie und schob die Tastatur von sich.

Trotz ihrer Absicht zu arbeiten war sie mit ihren Gedanken nicht bei dem Roman. Vielmehr lenkten sie die Erinnerungen an die vergangene Woche ab, die ihr durch den Kopf gingen. Bonnies Absicht, das Haus zu verkaufen. Michaels unerwarteter Besuch. Hannah.

Hannah! Als sie an ihre Urgroßtante dachte, fiel ihr der Koffer ein. Begleitet von lautem Murren und Schimpfen über die Möglichkeit einer Kontaminierung durch Kakerlaken oder Silberfische, hatte Stuart ihr am Nachmittag geholfen, ihn aus dem Wagen in die Wohnung zu tragen. Jetzt stand er wie ein

Schemen aus verblichenem Leder unter dem Fenster ihres Arbeitszimmers. Sie hatte gedacht, dass sie sich den Inhalt auf der Suche nach irgendetwas von Wert vielleicht genauer ansehen könnte, wenn sie ein paar freie Stunden hatte.

Doch der Wunsch, den Koffer schon jetzt wieder zu öffnen, war stärker als der, weiterzuarbeiten. Ohne zu überlegen, schob Callie die Katze von ihrem Schoß hinunter, ging zum Koffer und kniete sich auf den grauen Teppich, während sie den Deckel zurückklappte.

Derselbe modrige Geruch wie beim ersten Öffnen schlug ihr entgegen. Die Papiere klebten aneinander und fühlten sich trocken und brüchig an unter ihren Fingern. Eines nach dem anderen nahm sie heraus und legte sie auf sauber aufgeschichtete Stapel. In einem Umschlag fand sie einige Fotografien. Überwiegend waren es Aufnahmen aus dem Ersten Weltkrieg, von einem Soldaten in Uniform, und eine von einer Frau mit dunklem schulterlangem Haar, die ein kleines blondhaariges Kind hielt, das auf ihrer Hüfte saß. Die Frau lächelte ein wenig unsicher in die Kamera.

Schließlich hatte Callie alles aus dem Koffer herausgenommen bis auf ein zerschlissenes Buch, das ganz zuunterst gelegen hatte. Sie griff danach und versuchte zu schätzen, wie alt es sein mochte. Ob es ein Tagebuch ist?, fragte sie sich. Ihr fiel auf, dass zwischen den Buchseiten etwas zu liegen schien, das die Seiten auseinanderdrückte.

Vorsichtig öffnete sie den Buchdeckel. Dort, fest gegen das Papier gedrückt, lag ein metallener, wie ein J geformter Gegenstand. Callie erstarrte augenblicklich und dachte sofort an den vergangenen Sonnabend und Michaels Besuch in der Brunswick Street. Sie griff in die Tasche ihres Mantels, den sie nachlässig über die Lehne ihres Schreibtischstuhls geworfen hatte, und zog den Inhalt heraus, dann hielt sie die beiden Gegenstände aneinander.

Auf der rechten Seite war der Name »Ben« eingraviert; auf der linken »Hannah«. Über dem gebogenen Grund des Eisens standen verblasste Worte, die aber noch zu lesen waren. »Ich werde dich immer lieben.« Die Buchstaben waren gleichmäßig auf jeder Seite der Bruchstelle angeordnet.

Es passt perfekt zusammen, dachte Callie verwirrt. Das silberne Hufeisen, jetzt wieder vollständig, glänzte schwach auf ihrer Hand.

KAPITEL 3

August 1914

»Hannah! Thomas! Davie!«

Enid Corduke stand auf der Hintertreppe des Hauses in der Brunswick Street und strich sich mit den Händen über das dunkle Haar. Der Tag begann zu verblassen, und der Sonnenschein wich gedämpften Schatten. Selbst der Kampferlorbeer und die Akazien am Ende des Gartens hatten sich zu einem grauen Schemen aufgelöst.

Alles schien ruhig. Enid wartete, hielt die Arme verschränkt, und ein ärgerliches Runzeln verunzierte ihre Stirn. Die Luft hatte sich schon abgekühlt. Sie schaute zum Haus und zu dem gelben Lichtschein hinter den geschlossenen Vorhängen, der Wärme versprach. Sie fröstelte.

Aus Richtung des Stalles tönte jetzt das Klirren von Metall herüber. Ben Galbraith, der Sohn des örtlichen Hufschmieds, beschlug dort das letzte ihrer Pferde. Eigentlich werden die Tiere jetzt nicht mehr gebraucht, dachte sie. Denn ihr Mann David hatte vor einigen Monaten den Cadillac Phaeton erworben.

Ein leichter Wind kam auf und trug den schwachen Klang des Holzhackens von der Ablaufrinne hinter dem Haus heran. Das musste Thomas sein, Davids jüngerer Bruder, der eine frische Ladung Holz für den Herd zurechtmachte. Tom war diese Woche schon früh nach Hause gekommen, mit dem Nachmittagszug aus der Stadt, wo er seit Anfang des Jahres an der Universität studierte. Er war ein freundlicher, bei allen seinen Altersgenossen beliebter Bursche, und David versuchte erst gar nicht, den Stolz auf seinen Bruder zu verbergen.

Als Enid an Tom dachte, schweiften ihre Gedanken unweigerlich weiter zu Hannah. Wie konnten zwei Kinder, die sich den Platz im Leib der Mutter geteilt hatten, so verschieden sein?, fragte sie sich. Hannah, der um fünfzehn Minuten jüngere Zwilling, war das genaue Gegenteil ihres Bruders. Sie hatte kein Interesse an wissenschaftlichen Themen, ihre Neigung galt mehr der Kunst und der Musik. Enid war der Meinung, dass Hannah manchmal dazu neigte, verträumt zu sein. In Gedanken war sie meilenweit entfernt, wenn sie auf dem Klavier, das in der Ecke des Wohnzimmers stand, mit großer Fertigkeit eine Melodie spielte, oder auch, wenn sie auf dem Herd in einer Pfanne mit Eiercreme rührte, unempfindlich gegen den Geruch von angebrannter Milch und den Klumpen, die sich bildeten.

»Ich komm schon, Mum.«

Es war Davies Stimme, ihr Erstgeborener. Jungenhaft, laut.

Enid fröstelte es wieder in der kühlen Luft, und sie schlang die Arme um ihren Leib, in dem sie die feste Form des Kindes spürte. Das langerwartete Baby sollte jetzt jeden Tag kommen. Noch ein Junge wäre schön, dachte sie, noch ein männlicher Erbe, um den Namen der Familie Corduke weiterzugeben. David hatte bereits vorgeschlagen, ihn nach seinem Vater John zu nennen. Widerwillig hatte Enid zugestimmt, dass es eine angemessene Geste wäre, besonders nach dem Trauma des Unfalls …

Sie hielt inne und zwang ihre Gedanken fort von der Erinnerung, von diesem schlimmen Tag, der ihrer aller Leben verändert hatte. Auf Drängen ihres Mannes waren sie sofort in das Haus in der Brunswick Street gezogen – sie, David und Davie – und hatten versucht, einen Anschein von Normalität in Thomas' und Hannahs Leben zu bringen.

Zwei Jahre waren seitdem vergangen. Zwei sich lang dahinziehende Jahre, in denen sie, wenn auch ungern, dazu gezwungen gewesen war, ein Maß an Verantwortung zu akzeptieren, nicht nur für ihre eigene kleine Familie, sondern auch für die Angehörigen ihres Mannes. Mit Thomas kam sie zurecht. Er war jetzt nur noch selten da, denn während der Woche wohnte er in seiner Wohnung in Brisbane und widmete sich seinen Studien. Aber Hannah!

Sie stieß einen ungeduldigen Seufzer aus, als sie an das Mädchen dachte, und vermochte nicht einmal zu sagen, was sie am meisten an Davids Schwester störte. Hannah war hübsch, räumte sie widerwillig ein, mit ihren langen dunklen Haaren, dem blassen ovalen Gesicht und der zarten Haut. Ein Ebenbild ihrer Mutter, das, sie wusste es, im Herzen ihres Mannes einen wehmütigen Schmerz auslöste. Oft überraschte sie David dabei, dass er seine Schwester anstarrte, und sie stellte sich vor, dass er daran dachte, wie die Dinge hätten sein können, wären seine Eltern in jener kalten windigen Nacht nicht mit dem Einspänner ausgefahren. Aber sie hatten es getan, und im Bruchteil einer schrecklichen Sekunde hatte sich der Lauf ihrer aller Leben verändert. Hannahs ständige und unvermeidliche Anwesenheit im Haus schien Enid eine Art Störung zu sein, ein Eindringen in ihre ureigene weibliche Domäne.

Langsam ließ Enid die Arme sinken und wischte sich die Hände an ihrer Schürze ab. Sie schaute wieder zurück zu den erleuchteten Fenstern des Hauses. Drinnen war der Tisch mit einem neuen blauweiß karierten Tischtuch gedeckt. Dort stand ein Teller mit kaltem Fleisch, übrig geblieben vom Roastbeef, das es mittags gegeben hatte, frischer Salat, saure Gurken und ein Laib Brot, der noch warm war. Und danach gab es ein Glas Marmelade und eine große Schale mit Milch. Eigentlich gehörte das Tischdecken zu Hannahs Aufgaben, aber sie hatte sich heute nicht blicken lassen, und resigniert hatte Enid schließlich selbst diese Arbeit übernommen.

Inzwischen schien Thomas mit dem Holzhacken fertig zu sein,

und er würde sicher gleich kommen. *»Hannah!«*, rief sie wieder und spähte in die schwärzer werdende Dämmerung. Wo steckte dieses verflixte Mädchen bloß? David würde bald aus der Bank nach Hause kommen, und er würde, wie er es gewohnt war, seinen Tee um halb sechs haben wollen.

Es kam keine Antwort. Mit einem weiteren Seufzen zog Enid die Jacke fester um sich, ging ins Haus und schloss die Tür.

»Komm schon, Hannah. Nur noch einen Kuss.«

Hannah Corduke, den Rücken gegen die Stallwand gedrückt, hob den Kopf und sah Bens Gesicht vor sich. So nah, war sie sich seiner zutiefst bewusst, seiner blonden Haare, der Art, wie seine Haut im Licht der Lampe schimmerte, in der Farbe roter Äpfel. Er riecht gut, nach Heu und süßer Melasse, dachte sie, als sich seine Arme wieder um sie legten und sie dieses seltsame verwirrende Gefühl tief in sich spürte. Sie stellte sich vor, dass Götterspeise sich so anfühlen müsse, würde man sie in der Sonne stehen lassen.

Es war warm im Stall, vertraut, die große Holztür war fest zugezogen, und der Schein der Lampe spielte über den Boden und die Wände. Eines der Pferde stampfte ungeduldig mit dem Huf auf und peitschte mit dem Schweif. Bens Mund auf ihrem fühlte sich weich an, zart. Jetzt richtete Ben sich auf, legte die Hände um ihre Wangen und schaute sie an. Seine Augen blitzten mit kaum verhüllter Intensität. »Ich liebe dich, Hannah.«

»Und ich liebe dich. Ich wünschte, wir könnten für immer so wie jetzt hier bleiben, für immer und ewig.«

»Du würdest nach einer Weile hungrig werden«, sagte er lachend.

»Hannah!« Enids beharrliche Stimme, leise, weit entfernt. Ein gedämpftes Rufen, herangetragen vom Wind. Plötzlich registrierte Hannah, wie spät es schon war. David würde bald zu Hause sein, wenn er es nicht schon war, und sie hatte die üblichen

Pflichten zu erledigen. »Ich muss gehen. *Sie* ruft«, wisperte sie und wandte das Gesicht von ihm ab, wobei sie die Nase krauszog.

»Ich liebe dich, Hannah«, sagte Ben noch einmal und griff nach ihren Händen. Doch sie hatte sich schon so weit zurückgezogen, dass nur noch ihre Finger sich berührten. »Morgen dann? Princess muss noch beschlagen werden. Ich werde das heute nicht mehr schaffen.«

Hannah nickte und biss sich auf die Lippen. Sie *musste* gehen. Wenn sie es nicht tat, könnte Enid kommen und nach ihr suchen, mit ihrem dicken Bauch auf dem Hof herumlaufen, ungeduldig und ärgerlich. Und was würde ihre Schwägerin sagen, wenn sie Hannah im Stall fand, mit dem Sohn des Hufschmieds?

Sie hob die Hände und küsste Ben wieder auf den Mund; mit der Fingerspitze strich sie über die rauen Stoppeln auf seiner Wange. »Morgen dann? Ich werde die ganze Nacht von dir träumen.«

Als Hannah die Stalltür hinter sich schloss, stellte sie überrascht fest, wie dunkel es inzwischen geworden war. Sie zitterte in der kalten Luft und zog ihren Mantel fester um sich. Vor ihr lag das Haus, dessen Dachlinie mit den vielen Giebeln sich als blasse Silhouette gegen den indigoblauen Himmel abhob, Lichtschein fiel aus den Fenstern.

Plötzlich hungrig lief sie über das taufeuchte Gras und suchte sich ihren Weg durch die Schatten. Ihre Beine schienen sich in einem eigenen Rhythmus zu bewegen, trugen sie vorbei an dem sich auftürmenden Umriss der Zisterne und dem Haufen von frisch gehacktem Feuerholz.

An der Treppe stieß sie fast mit ihrem jüngeren Neffen Davie zusammen. Er war vom Bach heraufgelaufen und schnappte nach Luft, dabei hüpfte er aufgeregt auf seinen stämmigen matschbespritzten Beinen umher. »Schau, Hannah! Kaulquappen!«, rief er und hielt ihr ein Glas mit schlammigem Wasser hin. »Hunderte davon! Warte nur, bis sie alle zu Fröschen geworden sind.«

»Aber das werden sie nicht im Haus deiner Mutter«, mahnte Hannah ihn eingedenk Enids ausgeprägter Ordnungsliebe und unterdrückte ein schiefes Lächeln. »Lass das Glas drüben an der Zisterne stehen. Sie werden morgen früh auch noch da sein.«

Davie sah sie geknickt an. »Du, Hannah. Mum wird es bestimmt nicht merken, wenn ich die Kaulquappen ins Haus schmuggele …«

Im Dämmerlicht kauerte Hannah sich vor ihm auf den Boden und legte das angemessene Maß an Autorität in ihre Stimme. »Schau dich mal an, junger Mann! Fort mit dir, und wasch dich vor dem Tee. Und das, *ehe* dein Vater nach Hause kommt, oder du wirst uns beide in Schwierigkeiten bringen«, fügte sie mit Nachdruck hinzu. Liebevoll berührte sie seine Wange, als er an ihr vorbeiging. Sie fühlte sich kindlich-zart an und warm vom schnellen Laufen. Lieber Gott, er wächst so rasch, dachte sie flüchtig.

Langsam wandte sie sich um und folgte Davie die Hintertreppe hinauf, in die Wärme des Hauses und zu einer weiteren Mahlzeit in belastender Atmosphäre.

Ben band die Stute los und führte sie in den hinteren Teil des Stalls. Dann trat er hinaus in die Kälte und verriegelte sorgfältig die Stalltür hinter sich. Er schaute hoch in Richtung des Hauses und sah die Umrisse der Bewohner, die sich hinter den Vorhängen bewegten. Ein Bild stieg in seinem Kopf auf. Enid Corduke eilte geschäftig hin und her und teilte das Abendessen aus, ihr Mann thronte an der Kopfseite des Tisches. Davie rutschte auf seinem Stuhl hin und her und wartete ungeduldig darauf, mit dem Essen zu beginnen. Thomas sprach das Dankgebet. *Gesegneter Vater, danke für die Gaben, die du uns an diesem Tag bescheret hast.* Hannah hatte die Augen geschlossen, ihre dunklen Wimpern ruhten auf den blassen Wangen.

Der Gedanke an diese Menschen als eine Familie verursachte ein seltsames Gefühl, das von irgendwo tief in seinem Bauch in ihm aufstieg. All dies war ein starker Gegensatz zu seinem eigenen Leben. Das Galbraith-Haus würde im Dunkeln liegen, wenn er heimkam. Die Asche im Ofen wäre wahrscheinlich kalt, sein Vater würde auf dem Bett liegen, hustend, sein Gesicht jetzt ständig eingefallen und grau.

Als Ben an seinen Vater dachte, spürte er, wie sich seine Stirn zu einem Runzeln zusammenzog. Er hatte seit Monaten geahnt, dass etwas nicht in Ordnung war, lange bevor Harold Galbraith schließlich Einsicht gezeigt hatte und zum Arzt gegangen war. Ein plötzlicher Mangel an Energie, Gewichtsverlust, Schmerzen und Beschwerden, und ein ständiger Husten: die ersten Symptome ähnelten denen einer gewöhnlichen Erkältung und waren unbehandelt geblieben. Sein Vater, Ende vierzig, war ein robuster Mann, der in seinem ganzen Leben nicht einen Tag lang krank gewesen war.

»Wenn ein Mann stark genug ist, kann er gegen alles kämpfen«, hatte Ben ihn oft sagen hören. Genau genommen hatte Harold sich damit gebrüstet, dass das letzte Mal 1892 ein Arzt ins Galbraith-Haus gekommen war – der Tag, an dem Ben geboren worden war. Das war auch der Tag gewesen, an dem seine Mutter gestorben war, an einem geheimnisvollen Frauenleiden, das irgendwie mit seiner Geburt zusammengehangen hatte.

Entgegen Harold Galbraiths eigener fester Überzeugung erholte er sich nicht. Er hatte regelmäßig Schweißausbrüche. Das plötzliche Auftreten einer Rippenfellentzündung Anfang des Winters veranlasste ihn, sich zitternd ins Bett zu legen, der Schmerz in seiner Brust brannte wie Feuer. Der Auswurf, den er beständig aus seinen Lungen aushustete, war mit Klumpen hellen Blutes durchsetzt.

Tuberkulose. Eine schreckliche, heimtückische Krankheit. Der Arzt hatte es fast beiläufig gesagt, das Wort war ihm auf eine unerwartet schockierende Weise über die Lippen gekommen. Ben hatte das Gesicht seines Vater beobachtet und die Angst darin gesehen.

»Zwei Jahre, im günstigsten Fall«, hatte der Arzt verkündet, während er seine schwarze Tasche mit einem Schnappen geschlossen hatte.

Zwei Jahre! Die Schmiede musste betrieben werden, Dutzende von Aufträgen warteten. Und jetzt würde sein Vater ständige Pflege brauchen.

»Und im schlimmsten Fall?«, hatte Ben wissen wollen.

»Sechs Monate.«

In der Zeit danach hatte Ben sich anfangs gefragt, ob der Arzt einen Fehler gemacht, vielleicht eine falsche Diagnose gestellt hatte. Im Laufe der Wochen jedoch, die folgten, hatte er den beständigen Verfall seines Vaters mitangesehen, und widerstrebend hatte er akzeptiert, dass er das, was war, hinnehmen musste, ohne je noch etwas daran ändern zu können.

Und deshalb kehrte Ben jetzt in ein dunkles Haus zurück. Die Luft legte sich feucht um ihn, während er die überwucherten Seitenwege hinunterging. Er war taub gegen das gelegentliche Bellen eines Hundes und blind gegen die lauernden Schatten der überhängenden Baumkronen. Am Horizont, über den Hügeln im Westen, war das letzte Aufleuchten von Rot zu sehen, ehe der Himmel plötzlich verblasste. Der Rauch von Herdfeuern erfüllte die Luft mit einem holzigen Geruch.

Im Trog neben der Hintertür wusch Ben sich die Hände und ging in das Zimmer, in dem sein Vater zusammengesunken in seinem Bett lag, nur noch die Hülle eines Mannes. Eine Lampe erhellte das Zimmer, beleuchtete das ausgemergelte Gesicht, das hohle Nichts seiner einst runden Wangen, die geschlossenen Augen. Ist er tot?, fragte sich Ben, und sofort erfüllte Angst seine Brust.

»Da?« Die Augenlider öffneten sich in Verwirrung. »Sohn?«

Es war ein heiseres Flüstern, eher wie ein lang gezogenes Seufzen. Ben trat ans Fenster und zog die Vorhänge zu, um die Nacht auszusperren, den Raum abzuschließen, mit diesem trüben Licht und diesem strengen Geruch nach … Nach was denn eigentlich?, fragte Ben sich. Nach Siechtum? Drohendem Tod? Dem schrittweisen Verfall des Mannes, der ihn aufgezogen und sich um ihn gekümmert hatte, seit er auf der Welt war?

Ben verdrängte diese Gedanken und setzte ein Glas Wasser an die Lippen seines Vaters. Er sah einen Tropfen entfliehen und am Kinn seines Vater herablaufen. »Es dauert nicht mehr lange, Da«, sagte er, als er zur Tür ging. »Ich werde jetzt das Abendessen machen.«

Im Küchenherd waren noch ein paar warme Kohlen, Reste des Feuers, das die Frau angezündet hatte, die Ben eingestellt hatte, damit sie jeden Tag zur Mittagszeit kam und sich um Harold kümmerte. Rasch knüllte Ben einige Seiten der gestrigen Zeitung zusammen und legte die Papierbälle auf das glimmende Holz. *Thomas Brown und Söhne*, war auf einem zu lesen. *Importeure von Stoffen, Modewaren, Tabakwaren, Spirituosen und Lebensmitteln.* Er sah zu, wie die Flamme aufloderte und gierig die gedruckten Worte verschlang.

Zum Essen gab es die Reste von einem Stück Roastbeef, übrig geblieben vom Vortag. Ben schnitt einige dicke Scheiben davon ab, verteilte sie auf zwei Teller und legte ein paar Tomaten und Käse dazu. Als Letztes schnitt er zwei Stücke Brot ab und bestrich jedes mit Butter. Auf einem Tablett trug er alles ins Zimmer seines Vaters.

Mit Hilfe seines Sohnes setzte sich Harold im Bett auf. Ben bemerkte, dass sein Vater das Essen kaum anrührte, sondern es auf seinem Teller hin und her schob.

»Mrs. Murphy war hier, als du bei den Cordukes warst. Sie hat gesagt, dass es Krieg geben wird«, sagte sein Vater schließlich und schob den Teller fort. »Sie hat was von einem Telegramm erzählt, das im Postamt ausgehängt worden ist. Eine große Menschenmenge hat davorgestanden, um es zu lesen.«

»Stimmt das?«

Seit Monaten wurde jetzt schon über einen Krieg geredet. Erst vor ein paar Wochen hatte Andrew Fisher, der Führer der *Labor*-Partei, eine leidenschaftliche Rede gehalten, in der er versprochen hatte, dass Australien England »bis zum letzten Mann und bis zum letzten Schilling« verteidigen würde.

»Vermutlich ist das auch wieder nur Gerede«, meinte Ben.

Zurückgezogen im Stall mit Hannah hatte er nichts von einem Telegramm gehört.

»Nein«, beharrte Harold. »Sie hat gesagt, dass der Krieg erklärt worden ist. Sie meint, dass wir dieses Mal wirklich dabei sind.« Er schwieg eine Weile, während er auf sein Essen starrte. Plötzlich hob er den Kopf und sah seinen Sohn aus dunklen Augen an. »Du wirst doch nicht fortgehen? Du wirst deinen alten Vater nicht allein lassen, nicht wahr?«

»Natürlich nicht.« Ben versuchte zu lächeln. »Ich könnte dich nicht so krank zurücklassen. Aber wenn es dir wieder besser geht, werde ich darüber nachdenken müssen.«

»Die Chance ist nicht groß«, entgegnete Harold eigensinnig und fügte dann hinzu: »Der Doktor war heute da.«

»Was hat er gesagt?«

»Er hat für mich einen Platz gefunden, wo ich hin kann. In der Stadt. Es ist eine Art Krankenhaus. Sie werden sich dort wirklich gut um mich kümmern, hat er gesagt.«

»Nein!«

Harold schloss die Augen, und als er sie wieder öffnete, konnte Ben sehen, dass helle Tränen darin standen. Unfähig, diesen Anblick zu ertragen, wandte Ben den Kopf ab und sah den Schatten zu, die über die Wand huschten. Die Unausweichlichkeit des nahenden Todes zu akzeptieren war das eine, aber den eigenen Vater fortschicken? Er konnte sich selbst um ihn kümmern. Irgendwie würde er das hinbekommen.

»Ben?« Die Stimme klang beharrlich, leise.

Widerstrebend wandte er sich um. »Ja?«

»Ich kann nicht hierbleiben. Das ist Wahnsinn. Du hast genug damit zu tun, die Schmiede am Laufen zu halten. Mach dir keine Gedanken, dich um einen dummen alten Kerl wie mich zu kümmern. Außerdem ist Krankenpflege Frauensache und nichts für jemanden wie dich. Ich werde gute Pflege bekommen in der Stadt. Auch wenn es wahrscheinlich ein paar Mäuse kosten wird. Meinst du, wir können das Geld aufbringen?«

Ben schob den Teller mit der erst halb gegessenen Mahlzeit

zur Seite, denn er hatte plötzlich keinen Appetit mehr. »Natürlich, Dad«, sagte er entschieden und sah fest in die hohlen Augen seines Vaters. »Und wenn ich dafür doppelt so viel arbeiten muss – aber wir werden es irgendwie schaffen.«

Noch erhitzt von ihrem raschen Lauf über den Hof schlüpfte Hannah auf ihren Platz am Tisch, während Tom sich anschickte, das Dankgebet zu sprechen. Enid warf ihr einen abschätzenden Blick zu und runzelte die Stirn, wobei sie leicht die Lippen schürzte.

»Gesegneter Vater …«

Hannah schaute auf das blau-weiß karierte Tischtuch und konzentrierte ihre Gedanken auf die Anordnung der farbigen Quadrate, um nicht ständig an Ben denken zu müssen. Die Art, wie er sie geküsst hatte, wie er seine Zunge gegen ihre Lippen gedrückt hatte, wie er die Hände um ihr Gesicht geschlossen und ihr in die Augen gesehen hatte. Kühle Hände, die ihre Wangen streichelten und eine unerwartete Hitze durch ihre Adern sandte, die ihr Herz in einem wilden verrückten Rhythmus schlagen ließen.

Ich liebe dich, Hannah.

Sie rutschte auf ihrem Stuhl hin und her und fühlte plötzlich einen süßen Schmerz in ihrer Brust, als sie an seine Worte dachte. Als Hannah den Kopf hob, sah sie, dass Enid sie unter gesenkten Lidern hervor noch immer musterte.

Toms Stimme murmelte weiter. » … wollen wir zutiefst dankbar …«

Als sie rasch wieder die Augen schloss, um dem Anblick von Davids Ehefrau zu entgehen, ließ ihr ein plötzlicher Gedanke den Atem stocken. Vielleicht war sie durchsichtig geworden, und die anderen konnten ihre Gedanken lesen! Konnten die Abdrücke von Bens Mund auf ihrem sehen! Sofort hatte Hannah das Gefühl, ihre Wangen würden brennen.

»Amen!«

Tom griff nach seiner Gabel und begann, ganz unheilig das Essen in seinen Mund zu schaufeln. Davie stocherte auf seinem Teller herum, schob eine Tomatenscheibe auf eine Seite und versuchte, sie unter einem Salatblatt zu verstecken. David und Enid unterhielten sich an ihrem Ende des Tisches halblaut. Auf dem Gesicht ihrer Schwägerin lag ein angespannter Zug.

Hannah starrte auf ihren Teller. Es schien, als ob all ihre Sinne plötzlich hellwach waren, eine neue Art von Bewusstheit empfanden. Irdische Dinge hatte sie immer als gegeben genommen, jetzt sah sie sie mit neuer Wahrnehmung, mit einer Klarheit, die sie verwirrte: das perlenverzierte Musselintuch, mit dem der Milchkrug abgedeckt war, dessen vollkommene Symmetrie; die Kerben des Brotlaibes, der in der Mitte des Tisches lag. Die zufälligen Vertiefungen und kleinen Erhebungen darauf, die kein Muster erkennen ließen. Die Art, wie Enids dunkles Haar in deren Nacken zu einem Knoten geschlungen war, der ihren Hals unbedeckt ließ, weiß und milchig.

Ein plötzlicher Gedanke. Ihr Bruder hatte wahrscheinlich dieselben Dinge getan: den Mund seiner Frau geküsst, ihre Wangen, ihren blassen Nacken. Offensichtlich tat er es immer noch, nach der Schwellung von Enids Leib zu urteilen, die auch das unvorteilhafte zeltähnliche Kleid kaum verbergen konnte. Hannahs Wangen brannten wieder bei dem Gedanken.

»Hannah, du isst ja gar nichts. Fühlst du dich nicht wohl?«

Die plötzliche Frage riss sie zurück in die Gegenwart. Ihr Bruder sah sie an, und ein besorgter Ausdruck lag auf seinem Gesicht.

»Doch«, flüsterte sie, während sie nach ihrer Gabel griff und sich automatisch das Essen in den Mund steckte, ohne es zu schmecken.

Toms Woche in der Stadt war das Thema der Unterhaltung, auf das Davies lange und ausgeschmückte Schilderung der Gefangennahme seiner Sammlung von Kaulquappen folgte. Hannah hörte halbherzig zu, ohne die Worte richtig aufzunehmen.

Nach einigen Minuten schob David seinen leeren Teller zur Seite und räusperte sich. »Die Nachricht ist heute Nachmittag gekommen. Der Krieg ist erklärt worden. In der Stadt stehen die Männer offenbar schon Schlange, um sich registrieren zu lassen.«

Krieg! Das Wort erschreckte sie. Es bedeutete Gewehre und Kämpfen und Tod. Der Bruder ihres Vaters, Onkel Thomas, nach dem ihr eigener Bruder benannt worden war, war 1901 während des Krieges in Südafrika bei Mafeking getötet worden. Sie und Tom waren damals erst fünf Jahre alt gewesen, aber sie erinnerte sich noch daran.

Toms Augen leuchteten auf. »Hab ich Ihre Erlaubnis, mich ihnen anzuschließen, Sir?«, meinte er mit schiefem Grinsen.

»Tom, nein!« Hannah streckte die Hand nach ihrem Bruder aus, die andere hatte sie vor den Mund geschlagen.

»Das wirst du nicht tun!«, erwiderte David Corduke aufgebracht. »Ich verbiete es dir! Verdammt dumme Idee, mein Junge! Du hast eine Karriere, an die du jetzt denken musst. Und du tätest gut daran, Rücksicht auf die Gefühle deiner Familie zu nehmen.«

»Dein Bruder hat recht«, fügte Enid nachdrücklich hinzu, und ihre dunklen Augen blitzten. »Wir zahlen viel Geld dafür, dich auf die Universität zu schicken. Jetzt abzugehen wäre Wahnsinn.«

Tom ignorierte sie und wandte sich ausschließlich an seinen Bruder. Hannah wusste, dass er ausprobierte, wie weit er würde gehen können. »Und was, wenn ich ohne deine Erlaubnis gehe?«

Davids Gesicht hatte sich in ein dunkles Braunrot verfärbt. »Du bist noch zu jung, Thomas. Neunzehn, das ist das niedrigste Alter, das sie akzeptieren.«

»Ich könnte mich für älter ausgeben und mich einschmuggeln.«

Es war in einem scherzenden Ton gesagt, aber Hannah konnte die Spannung spüren, die in der Luft lag.

»Du kannst deine Energien auf etwas Lohnenderes konzentrieren, zum Beispiel auf dein Studium«, erwiderte David scharf. »Aber wie auch immer, das Ganze ist ohnehin nur ein Sturm im Wasserglas. In einer Woche oder zweien wird alles schon wieder vergessen sein.«

Hannah lenkte das Gespräch rasch auf das neue Theaterstück, das am nächsten Tag in der Stadthalle Premiere haben würde, während Enid vom Tisch aufstand und begann, die Teller und das Besteck abzuräumen; ihr Mund war zu einem festen wütenden Strich zusammengepresst.

Später am Abend, alle anderen waren schon zu Bett gegangen, stieß Hannah in der Küche auf Tom, der am Tisch saß und die Tageszeitung durchblätterte. Sie wollte ihn nicht stören und wartete, bis er damit fertig war.

»O Tom«, flüsterte sie und ließ sich auf den Stuhl neben ihn sinken. Sie drückte ihre Wange gegen seine breite Schulter, während er sorgfältig die Seiten zusammenfaltete. »Warum muss es so sein? Wenn doch nur Mutter und Vater noch …«

Sie verstummte mitten im Satz und presste die Faust gegen den Mund, um den Strom der Worte aufzuhalten.

»Sie sind aber nicht da«, erwiderte Tom harsch, legte aber tröstend einen Arm um ihre Schultern. »Und selbst wenn wir es uns noch so sehr wünschen, wird sich nichts daran ändern. Es ist so, wie es ist, Hannah, und wir müssen das Beste daraus machen.«

»So wie Enid darüber redet, könnten alle denken, es ist *ihr* Geld, mit dem sie dich zur Universität schickt!«, erwiderte Hannah hitzig.

Tom nickte. »Ich weiß, ich weiß. Es ist Vaters kleine Lebensversicherung, die es mir möglich macht, in der Stadt zu leben, die Gebühren zu bezahlen und die Miete für die Wohnung. Aber wenn sie sich besser fühlt zu glauben …«

»Aber sie tut so, als würde sie sich aufopfern.«

»Nicht, Hannah«, sagte er leise. »Es ist den Kummer nicht wert, sich darüber aufzuregen. Noch ein paar Jahre, und du wirst einen gut aussehenden jungen Mann zum Heiraten finden, und ich werde die ganze Zeit über in der Stadt wohnen.

Wir müssen nie mehr hierher zurückkommen, wenn wir es nicht wollen.«

»Wie du das sagst, klingt es so einfach.«

Obwohl zwei Jahre vergangen waren, gab es immer noch Tage, an denen sie sich daran erinnern musste, dass ihre Eltern gestorben waren, und die dazwischenliegende Zeit hatte wenig vermocht, diese plötzlichen und unerwarteten Ausbrüche von Verzweiflung zu lindern. Sie fühlte, wie heiße Tränen sich hinter ihren Augenlidern sammelten und drohten, sie zu überschwemmen und ihr die Wangen hinunterzulaufen. »O Lieber, ich habe es mir versprochen, nicht mehr zu weinen«, murmelte sie, als Tom in seiner Tasche nach einem sauberen Taschentuch suchte und ihr schließlich die Augen trocknete. Sein Gesicht wirkte besorgt.

Als Hannah sich wieder beruhigt hatte, kehrten ihre Gedanken zu der Unterhaltung beim Abendessen zurück, zu dem Gespräch über den Krieg. »Warum willst du gehen?«

Überrascht schaute Tom sie an. »Jeder will das, vermute ich«, erwiderte er nach einiger Überlegung. »Die Burschen an der Uni reden schon seit Wochen darüber, dass es Krieg geben könnte. Außerdem ist es die perfekte Gelegenheit, ein bisschen von der Welt zu sehen.«

»Denkst du gar nicht daran, dass du getötet werden könntest?«

Er lachte, als er sich erhob und seine schlanke Gestalt zu voller Höhe von über einem Meter achtzig aufrichtete. »Getötet? Sei nicht dumm, Hannah. Wir werden sie einfach überrennen. Türken. Deutsche. Wir werden den Krieg gewonnen haben, ehe du Franz Ferdinand sagen kannst. Aber wie auch immer«, er zuckte die Schultern und schnitt ein anderes Thema an. »Wo bist du heute Nachmittag gewesen? Enid hat immer wieder nach dir gerufen.«

Hannah sah ihn ernst an. »Versprichst du, es nicht zu verraten?« Sie musste sich jemandem anvertrauen. Das geheime Tun nagte an ihr, war begierig auf Freilassung.

Er nickte. »Versprochen.«

Ein strahlendes Lächeln erhellte ihr Gesicht, das sie nicht zu unterdrücken vermochte. »Im Stall.«

Seine Stirn legte sich in Falten. »Im Stall? Mit Ben Galbraith?« Er stieß ein herzliches Lachen aus und schlug sich mit der Hand auf den Oberschenkel. »O Gott! Enid macht Hackfleisch aus dir, wenn sie es erfährt.«

»Ich weiß«, erwiderte Hannah. Auch für ihre Ohren klang ihre Stimme so atemlos, als sei sie meilenweit gerannt.

KAPITEL 4

Am Tag nach der Mobilmachung erwartete Hannah, sich irgendwie anders zu fühlen oder alles anders zu sehen, aber nichts hatte sich geändert. Wie immer schien die Sonne hell und strahlend. Die Brunswick Street sah aus wie immer, der Wagen ihres Bruders parkte am Straßenrand, die Flammenbäume beschatteten den Weg zum Haus. Vögel lärmten in den umstehenden Bäumen, und Enid schnitt unter den Akazien am Ende des Gartens die letzten Narzissen. Und dennoch hatte Hannah das seltsame Gefühl, dass ein kleiner Teil ihres Lebens sich gewandelt hatte, auf einen anderen Kurs eingeschwungen war.

Es gelang ihr nicht, dieses Gefühl abzuschütteln. Enids Einkaufsliste fest in der Hand ging sie auf die Geschäfte zu und sah den Registrierungsstand, der vor dem Rathaus aufgebaut worden war. Einige junge hoffnungsvolle Bewerber standen, gegen die Wände gelehnt, davor und warteten im Sonnenschein.

»Sechs-Schillinge-am-Tag-Touristen«, murrte der alte Mr. Parsons, der Inhaber der Gemischtwarenhandlung, der sich mit dieser Bemerkung auf die sechs Schillinge bezog, die der übliche

Tagessold für einen Soldaten waren, unabhängig vom Gerede über das schnelle Ende des Krieges und der Vermutung, dass keiner der Angeworbenen jemals das Land verlassen würde, ganz zu schweigen davon, aktiv Dienst zu tun.

Wie Mr. Parsons schienen auch alle anderen über den Krieg zu reden. Petherbridge, der Apotheker. Miss McKillop, die Bibliothekarin. Selbst der Metzger blieb für einen Schwatz stehen und äußerte Unheil verkündende Voraussagen, die nicht unbedingt mit denen der anderen übereinstimmten.

Obwohl Hannah auf ihn wartete, kam Ben weder an diesem Nachmittag, um Princess zu beschlagen, wie er es versprochen hatte, noch am darauf folgenden Tag. Das Wochenende ging quälend langsam vorbei, und am Sonntagnachmittag war sie über seine lange Abwesenheit so verzweifelt, dass sie sich nach dem Mittagessen mit dem Vorwand vom Tisch entschuldigte, einen Spaziergang machen zu wollen. Rasch ging sie in Richtung der Schmiede.

Es war ein heller Tag, voller Sonnenschein, ab und zu unterbrochen von dahinjagenden Wolken, die um die umliegenden Hügel schwebten. Der Rauch aus den Schornsteinen stieg spiralförmig und träge auf, um sich mit dem Blau der Luft zu vermischen. Die Stadt schien verlassen, schlafend. Katzen hockten auf Fenstersimsen, die Köpfe der Sonne zugewandt. Hunde dösten auf Veranden, kaum dass sie den Kopf hoben, als Hannah vorüberging.

Die Schmiede sah verlassen aus. Das schief in den Angeln hängende Gartentor war geschlossen und verriegelt, die Tür aus Wellblech mit einer Stütze geschlossen. Unkraut wucherte durch die Risse in dem Weg aus Beton, der vom Fußweg abging und auf das Häuschen zuführte. Hannah spähte durch den Drahtzaun, der vor dem Haus verlief. Ben und sein Vater lebten in einem Häuschen im rückwärtigen Teil des Grundstücks, aber auch das schien verlassen. Die Fenster waren geschlossen und die Vorhänge zugezogen.

»Ben?«, rief sie zögernd, aber auch hoffnungsvoll.

Es kam keine Antwort.

Sie dachte an das, was David vor zwei Tagen verkündet hatte, und an Toms Reaktion auf die Neuigkeit, dass der Krieg ausgerufen worden war. Plötzlich schoss ihr ein Gedanke durch den Kopf. Was, wenn Ben sich bereits gemeldet hatte und in die Stadt gefahren war? Nein, entschied sie und schüttelte den Kopf, da sie an Mr. Galbraith, Bens Vater, dachte. Er war krank. Ben würde nicht fortgehen und ihn zurücklassen.

»Suchst du jemanden, Kleine?«

Hannah fuhr herum, als sie die Stimme neben sich hörte. Es war Mrs. Murphy, die gegenüber wohnte und nach Mr. Galbraith sah, wenn Ben arbeitete.

»Ich … ich habe Ben gesucht«, stammelte Hannah und versuchte, gleichmütig zu klingen. »Er sollte schon vor Tagen Princess beschlagen. David hat überlegt, was wohl mit ihm ist.«

Sie hatte es klingen lassen, als hätte ihr Bruder sie geschickt, was nicht stimmte. Es war jedoch keine Lüge, nur eine vorsichtige Verdrehung der Fakten. David Corduke hatte sich den ganzen Morgen über die Tugenden der Verlässlichkeit und der Pünktlichkeit ausgelassen, besonders was die Sorge für Tiere und vor allem die eines bestimmten ortsansässigen Hufschmieds anging.

»Er ist in die Stadt gefahren«, teilte Mrs. Murphy mit. Sie hielt mit einer Hand ihren Hut fest, der von einer rosafarbenen Seidenrose geschmückt wurde, wie Hannah bemerkte.

»In die Stadt?«

Mrs. Murphy beugte sich vertraulich vor, als wollte sie ein bedeutendes Geheimnis mit ihr teilen. »Du musst wissen, dass Mr. Galbraith die Schwindsucht hat. Ben hat ihn gestern Morgen mit dem Zug weggebracht. In eines von diesen modernen Krankenhäusern. Aber er wird nicht wieder zurückkommen, wenn du mich fragst.«

»Wer? Ben?«

Ungeduldig winkte Mrs. Murphy ab. »Nein. Mr. Galbraith.« Sie schien unbedingt weitergehen zu wollen, jetzt, da sie ihr Wissen mitgeteilt hatte. Angelegentlich rückte sie die Brille zurecht und schaute hinüber zu ihrem Haus. »Du solltest in den nächsten Tagen noch einmal herkommen. Ich bin sicher, der junge Ben wird dann zurück sein.«

Hannah schlenderte die Straße entlang zurück in die Brunswick Street. Vorbei an den schlafenden Katzen und den dösenden Hunden, vorbei an den geschlossenen Läden und dem verlassen daliegenden Registrierungsstand, vorbei an der Bibliothek und dem Rathaus und an *Clarke's Emporium*, wo sie in der vorangegangenen Woche ein Paar Stiefel erstanden hatte.

An diesem trägen Sonntagnachmittag schien die ganze Welt auf etwas zu warten, schwebend, von der Sonne eingehüllt. Nur Hannahs Herz war von Schatten umgeben, fühlte sich kalt und einsam.

Als Hannah in die Brunswick Street einbog, bemerkte sie überrascht, dass der Einspänner des Arztes fast quer auf der kiesbestreuten Straße vor dem Haus abgestellt war. Davie saß auf der Vordertreppe, ein niedergeschlagener Ausdruck lag auf seinem Gesicht. »Was ist passiert?«, fragte sie und setzte sich neben ihn auf die Holzstufe. »Geht es um deine Mum?«

Als Davie sie ansah, spiegelte sich all das Leid des Sechsjährigen auf seinem Gesicht wider. »Der Doktor sagt, dass ein Baby kommt. Hast du das gewusst?«

»Ja«, bestätigte Hannah.

»Ich hasse Babys. Sie schreien immer.«

»Wenn es ein Junge ist, könnt ihr Spielkameraden sein, wenn er größer ist.«

Davies Miene nahm einen Ausdruck von Zweifel an. »Und wenn es ein Mädchen ist?«

Hannah lachte, nahm ihn fest in den Arm und drückte für einen Moment ihre Wange gegen sein weiches Haar. »Du wirst immer mein Lieblingsneffe sein, ganz egal, was kommt.«

»Versprochen?«

»Versprochen. Und jetzt lass uns hineingehen und was Kaltes trinken.«

In ihrem Zimmer hörte Enid Hannah und Davie, als sie durch den Korridor zur Küche gingen. Dann wurden ihre Stimmen leiser. Der Arzt stand am Bettende und nahm mehrere Instrumente aus seiner Tasche, die er mit einem Klirren auf ein kleines Tablett aus Metall legte.

Das Geräusch reizte Enid, irritierte ihre angespannten Sinne. Geh weg, wollte sie rufen, während sie verzweifelt um ein Ende des quälenden Schmerzes betete, als eine weitere Wehe ihren Bauch anspannte und ihr Leib sich in Erwartung anhob. Trotz ihres Vorsatzes entwich ein tiefes Stöhnen ihren Lippen, als sie den Drang niederkämpfte, ihren Mund zu öffnen und den Schrei auszustoßen, der sich darin gebildet hatte.

»Nun, nun, Mrs. Corduke«, beruhigte der Arzt sie und legte seine kühle Handfläche auf ihre Stirn. »Lassen Sie uns versuchen, ruhig zu bleiben, nicht wahr? Ruhig und damenhaft. Das zweite Kind kommt gewöhnlich ohne viel Aufhebens. Eine Stunde vielleicht, dann ist es vorbei, und all das wird nur noch eine Erinnerung sein.«

Eine Stunde! Wie sollte sie das überleben?

Enid ließ sich wieder in ihr Kissen sinken, als der Schmerz für einen Moment abklang, und hielt eine scharfe Erwiderung zurück. Stattdessen hob sie die Hände und legte sie auf ihr Gesicht. »Bitte, Gott«, flüsterte sie, ohne sich darum zu kümmern, ob der Arzt es hören konnte, »lass dieses Kind einen Jungen sein, damit er niemals diese Art von Schmerz wird ertragen müssen.«

Es fiel Ben unerwartet schwer, seinen Vater im Sanatorium zurückzulassen und ihn hochgestützt im Bett sitzen zu sehen. Er trug den dort üblichen Schlafanzug, und sein Gesicht war von fast derselben Blässe wie die Laken. Ein steriler antiseptischer Geruch lag in der Luft und verursachte einen Übelkeit erregenden Druck in Bens Magen. Ein Geruch nach Desinfektionsmittel und der eingebildete Geruch nach Tod.

Es würde das erste Mal sein, dass sie überhaupt voneinander getrennt sein würden.

»Nun, Da«, sagte Ben, da er nicht wusste, wie er sich verabschieden sollte, »ich werde versuchen, nächstes Wochenende zu kommen.«

»Keine Eile, Sohn. Komm, wenn du die Zeit dazu hast.«

Harold Galbraith streckte die Hand aus, und als Ben sie nahm, fühlte er die trockene, papierne Haut unter seinen Fingern. Ihm saß plötzlich ein Knoten in der Kehle, der ihm für einen Moment das Sprechen schwer machte. »Nun gut, dann auf Wiedersehen.«

Am Tresen in der Empfangshalle zahlte Ben die Kosten für zwei Monate im Voraus. Sie waren höher, als er erwartet hatte, und er hatte sein Bankkonto dafür fast ganz leeren müssen. Doch er hatte schon entschieden, dass das Geld nicht wichtig war. Allein das Wohlergehen seines Vaters war wichtig. Sechs Monate, hatte der Arzt gesagt, oder zwei Jahre. So oder so blieb kostbar wenig Zeit.

Ben hatte hart gespart, weil er plante, dass er eines Tages, wenn er es sich leisten könnte, Hannah bitten würde, ihn zu heiraten. Wie auch immer, dachte er jetzt, als ein Gefühl der Bedrückung ihn überschwemmte, das alles lag nun in ferner Zukunft. Der Krieg war ausgebrochen. Sein Vater lag sterbenskrank danieder. Hannah war erst achtzehn. Wenn sie einundzwanzig wird, dachte er verzweifelt, dann werde ich David Corduke um ihre Hand bitten. Er hatte schon ein Jahr gewartet, was also bedeuteten da drei Jahre mehr? Zur Hölle! Schließlich hatten sie doch noch ihr ganzes Leben vor sich, oder etwa nicht?

Ja, dachte er, als er im Sonnenschein, der ihn blinzeln machte, die Eingangstreppe des Sanatoriums hinunterging. Drei Jahre, um zu sparen und Hannahs Familie zu beweisen, dass er ein verlässlicher, verantwortungsbewusster Mann war, der für seine Frau sorgen konnte.

Ben schlenderte in Richtung des Bahnhofs. Es war Montagmorgen. Straßenbahnen rumpelten vorbei, transportierten Menschen in ihren Arbeitskleidern: eine Mischung aus Overalls und Anzügen, Krawatten und Arbeitshosen. Er dachte an die Aufträge, die in der Schmiede auf ihn warteten, und er seufzte. Es war leicht gewesen, bevor sein Vater krank geworden war, denn sie hatten sich die Last geteilt. Aber jetzt …

Ein Zeitungsverkäufer an der nahen Straßenecke hielt den Vorbeigehenden die Tageszeitung entgegen. Die Schlagzeilen, stellte Ben fest, waren geprägt von Neuigkeiten über den Krieg. Durch die Ereignisse der letzten Woche, die plötzlich anstehende Fahrt in die Stadt wegen der Einlieferung seines Vaters ins Sanatorium, war ihm wenig Zeit geblieben, über die Mobilmachung nachzudenken, die vor einigen Tagen verkündet worden war.

Er ging die Caxton Street hinunter und gelangte an eine Kreuzung; das Straßenschild informierte ihn, dass er jetzt Petri Terrace betrat. Auf den Fußwegen hatten sich Schlangen von Männern gebildet, die miteinander scherzten und lachten.

»Was ist los?«, fragte Ben einen der Männer.

»Es ist Krieg, Kumpel«, erwiderte der. »Hier sind die *Victoria Barracks*, und wir lassen uns alle registrieren. Es sind schon vierzehnhundert Freiwillige. Sieh zu, dass du schnell auf die Liste kommst, bevor die Quote voll ist. Wir haben jetzt nur noch die Untersuchung, und dann sind wir dabei.«

»Yeah«, sagte ein anderer begeistert. »Raus aus *dieser* Stadt. So wie ich's sehe, ist es 'ne Chance zu reisen, und die Bürokraten bezahlen uns dafür.«

»Richtig! Verdammtes Südfrankreich, wir kommen! Wir machen Urlaub an der Riv-i-era.«

Der Mann grinste, als er das Wort so in die Länge gedehnt aussprach, einen kleinen Stepptanz auf dem Gehsteig aufführte und dabei einen imaginären Spazierstock schwenkte. Die anderen Männer lachten, teilten eine Kameraderie, von der Ben ausgeschlossen war. Er ging weiter und überquerte die Straße, während ein Gefühl der Niedergeschlagenheit ihn ergriff. Großkotzige Bastarde, dachte er und konnte sich über deren Dummheit nur wundern. Dort, wo sie hinfuhren, wartete kein Urlaub auf sie.

Sein Weg führte ihn an schmalen Holzhäusern vorbei. *Trout's* Schlachterei. *Weetman & Co*, die Sackhändler. Das *Bizzy Cycle Works.* Ein Laden für Militärzelte. Die Upper Roma Street entlang.

Schließlich tauchte der Bahnhof vor ihm auf, ein imposantes Gebäude. Ein Strom von Frühmorgenzügen fuhr ein und aus. Als Ben den Bahnsteig erreichte, fuhr gerade die *South Coast Mail* mit kreischenden Rädern und zischend entweichendem Dampf ein. Geduldig wartete er, bis die Fahrgäste ausgestiegen waren und über den Bahnsteig davoneilten. Dann schwang er sich die Stufen in das Abteil hinauf und stieß dabei fast mit einem Mann zusammen, der einen großen Seesack trug.

»Entschuldigung«, murmelte er und trat auf dem Gang zur Seite, um Platz zu machen.

Der Mann blieb stehen. »Ben? Ben Galbraith?«

Die persönliche Anrede und die räumliche Enge zwangen Ben, sein Gegenüber anzusehen. Blaue Augen schauten ihn an. Das Gesicht wurde von kurzem schwarzem Haar umrahmt, das sich in den Spitzen ein wenig lockte. Blauschwarzes Haar, dass ihm plötzlich vertraut schien. Aber natürlich, begriff er sofort. Thomas Corduke, Hannahs Zwillingsbruder.

Er erinnerte sich vage an Tom, der vier Jahre jünger als er war und demzufolge vier Klassen unter ihm die Schulbank gedrückt hatte. Gelegentlich hatte Tom Werkzeug oder andere Dinge zur Schmiede gebracht, die repariert werden mussten, doch seit Anfang des Jahres hatte Ben ihn nicht mehr in der

Stadt gesehen. Hannah hatte erzählt, dass ihr Bruder an der Universität in Brisbane zum Ingenieurstudium zugelassen worden war.

»Stimmt«, erwiderte Ben, dem der teure Schnitt von Thomas' Hemd und Hosen nicht entgangen war, ebenso wenig wie die lässige Art, mit der er den Mantel über eine Schulter geworfen hatte.

»Hannah hat mir von deinem Vater erzählt. Und Mrs. Murphy hat erwähnt, dass du ihn in die Stadt gebracht hast, ins Krankenhaus.«

»In ein Sanatorium, genau genommen«, erwiderte Ben und sah wieder das wächserne Gesicht seines Vaters vor sich.

Tom nickte. »Hannah sagte, es gäbe keine Hoffnung …«

Die Worte hatten eine niederdrückende Wirkung auf seine Stimmung, und seine Antwort klang gezwungen. »Nein. Keine Hoffnung. Überhaupt keine.«

Der Zugschaffner ging über den Bahnsteig und blies in seine Pfeife. »Alle einsteigen!«

Hannahs Bruder warf seinen Seesack auf den Boden und kramte in seiner Tasche. »Ich weiß, es ist nicht viel, aber immer, wenn du ihn besuchen willst, bist du eingeladen, bei mir zu wohnen. Die Wohnung ist zwar winzig und kaum groß genug, sich darin umzudrehen, aber es gibt ein Sofa, wenn du eine Schlafgelegenheit brauchst. Ist zwar nicht sehr bequem, aber es ist umsonst.«

Ben versteifte sich bei dem Wort. *Umsonst!* Glaubte Tom etwa, dass er auf seine Mildtätigkeit angewiesen sei? Er konnte für sich selbst bezahlen.

Aus seiner Tasche brachte Tom ein zerknülltes Stück Papier und einen Bleistift zum Vorschein. »Das ist die Adresse. Jeder Freund von Hannah ist willkommen.«

»Ja, danke. Wenn ich es brauche, lasse ich es dich wissen.«

Tom schwang seinen Seesack vom Boden hoch, sprang die Stufen hinunter und war verschwunden. Fast zur selben Zeit ruckte der Zug an, begleitet von einem Ächzen. Ben ließ sich auf den nächstbesten Sitz sinken und schob das Fenster hoch, um hinauszusehen. Durch die Dampfwolke konnte er Hannahs Bruder sehen, der seine schwere Last den Bahnsteig entlangschleppte.

Bald gewann der Zug an Geschwindigkeit, glitt über die Schienen, eilte vorwärts. In rollender Bewegung fuhr er dahin, vorbei an anderen Bahnsteigen mit uniformierten Bediensteten, die in den Türen standen, vorbei an den rußbedeckten Nebengebäuden des Bahnhofs. Ebenmäßig dahingleitend nahm er die Kurve, die das Gleis beschrieb, bis der Bahnhof außer Sicht war. Ben schloss das Fenster und sah auf den Zettel, den Tom ihm gegeben hatte. *Wohnung 3, 21 Wickham Terrace. Komm jederzeit*, stand darauf.

Nach dem Getriebe der Stadt fühlte es sich merkwürdig an, wieder zu Hause zu sein. Die Stille in den Nächten entmutigte Ben, der es nicht gewohnt war, allein zu sein. An den ersten Abenden, wenn er von der Arbeit heimkam, hätte er fast einige Male nach seinem Vater gerufen, aber immer wurde es ihm noch rechtzeitig bewusst: Es war niemand mehr da, hier gab es nur lähmende Stille.

Am Tag nach seiner Rückkehr kam Hannah in die Schmiede, um Neuigkeiten über seinen Vater zu erfahren. Ben war stark eingespannt, die Aufträge stapelten sich. Es gab eine Reihe von Maschinen, die auf ihre Reparatur warteten, einige Kutschenräder mussten gerichtet werden. Dennoch nahm er sich ein paar Minuten Zeit für eine Tasse Tee, die sie in der winzigen Küche in einer Ecke der Schmiede zubereitete.

»Enid hat ihr Baby bekommen. Ein Mädchen. Sie wollen es Lily nennen.«

»Das ist hübsch.«

»Davie ist gar nicht begeistert. Er sagt, wenn es schon ein Baby im Haus geben muss, dann sollte es ein Junge sein. Wenigstens schreit sie nicht so viel.«

Ben lehnte sich gegen die Bank, während er an der heißen Flüssigkeit nippte. Er fühlte sich wie bezaubert von Hannah, die in ihrem blassgelben Organzakleid dastand, das so gar nicht zu dem Schmutz in der Schmiede und den Werkzeugen passen wollte, mit denen er arbeitete. Die rußgeschwärzte Schmiede, die Blasebälge, die in der Nähe des Feuers lagen, die Sammlung von Zangen in verschiedenen Ausführungen, Blasebalgröhren, der zentnerschwere Amboss aus Stahl. In der Ecke standen noch die Gussrohre, die sein Vater gekauft hatte, ehe er krank geworden war. *F. E. Myers & Bro.*, stand darauf. *Ohio. U.S.A.* Die staubigen Balken darüber waren von einer Schicht Spinnweben überzogen.

»Ich habe Tom gestern am Bahnhof getroffen. Er hat mir seine Adresse gegeben. Ich soll zu ihm kommen, wann immer ich ein Bett in der Stadt brauche.«

»Und wirst du das Angebot annehmen?«

Hannah sah ihn an, ihr Gesicht wirkte blass gegen ihr schwarzes Haar. Sie sah so verletzlich aus, so zart. Er verspürte den plötzlichen Drang, sie zu küssen, doch er gab ihm nicht nach. Er dachte an ihr Kleid, das an seine schmutzigen Arbeitskleider gedrückt werden würde. Stattdessen zuckte er die Achseln und wandte den Blick ab, denn er war beinahe unfähig, ihren Anblick zu ertragen, die Nähe, ohne sie berühren zu können.

»Ich weiß nicht. Wahrscheinlich nicht. Ich kenne ihn doch kaum. Ich würde mich fremd fühlen.«

»Das musst du aber nicht«, erwiderte sie und drohte ihm spielerisch mit dem Finger, als sie auf ihn zuging. »Tom hätte es nicht angeboten, wenn er es nicht so gemeint hätte. Außerdem kommt er an den meisten Wochenenden heim. Du würdest die Wohnung für dich allein haben.«

»Vielleicht.«

Ben dachte über ihre Worte nach. Wenn er Toms Angebot annahm, bedeutete das, dass er sonnabends in die Stadt fahren konnte, um dort den ganzen Sonntag bei seinem Vater zu verbringen. »Ich überleg es mir«, erwiderte er und stellte seine leere Tasse auf die Bank.

Er konnte Hannahs Atem an seiner Wange spüren. Als er aufschaute, lächelte sie ihn an, ihr Mund war nur Zentimeter von seinem entfernt. Die Hitze, die sich in seinem Bauch gebildet hatte, breitete sich langsam in seine Beine aus, erfüllte seine Lenden.

Darauf bedacht, ihr Kleid nicht zu beschmutzen, beugte er sich zu ihr und küsste sie flüchtig, dann schob er sie zur Tür. »Du bist die hübscheste Ablenkung, die ich mir denken kann, aber ich habe eine Menge Arbeit und …«

»Eine Ablenkung?« Sie lächelte schelmisch. »Ist das alles, was ich bin?«

»O Gott, Hannah«, stöhnte er. »Geh jetzt besser, ehe ich etwas tue, was ich später bereuen könnte.«

Nachdem Hannah ihn dazu gedrängt hatte, akzeptierte Ben dankbar Toms Angebot. Die Wohnung, eine von vieren, die erst vor kurzem in der oberen Etage eines weitläufigen Hauses eingerichtet worden waren, war klein. Es gab einen Raum, der als Wohn- und Esszimmer diente, einen alkovenähnlichen Schlafraum und eine winzige Küche. Das Bad, das am Ende eines langen Korridors lag, war ein Gemeinschaftsbad, das mit den anderen drei Bewohnern der Etage geteilt wurde. Wie Tom angekündigt hatte, war das schmale Rosshaarsofa die unbequemste Schlafstatt, auf der Ben jemals gelegen hatte.

Für das erste Wochenende hatte Ben geplant, den ganzen Sonntag mit seinem Vater zu verbringen. Doch schon nach einer Stunde merkte er, dass sein Vater müde wurde. Deshalb verabschiedete er sich und versprach, später wiederzukommen. Um sich die Zeit zu vertreiben, schlenderte er durch die umliegenden Straßen. So verschaffte er sich einen Eindruck von der Stadt und konnte sich besser zurechtfinden. Er sah auf seine Uhr. Elf Uhr. Der Tag schien sich endlos vor ihm auszudehnen. Sein Magen knurrte. Voller Vorfreude auf das Wiedersehen mit seinem Vater hatte er das Frühstück ausgelassen. Flüchtig dachte er daran, dass er sich eine Zeitung und ein Brot kaufen könnte, um beides mit in Toms Wohnung zu nehmen.

Als er weiter den Bürgersteig entlangging, erregte ein plötzlich einsetzendes Glockenläuten seine Aufmerksamkeit. Er befand sich auf der Höhe einer kleinen, aus Sandstein gebauten Kirche, die ein Stück von der Straße zurücklag und im Sonnenschein buttergelb leuchtete. Etwas an der Kirche weckte sein Interesse und veranlasste ihn, stehen zu bleiben. Er schaute die Straße entlang. Kaum eine Menschenseele war noch zu sehen. Die meisten Mitglieder der Gemeinde hatten sich schon im Kircheninneren versammelt. Die leisen Klänge der Orgel erreichten ihn, zogen ihn hinein.

Auf den Bänken war kaum noch ein Platz frei. Einige Männer in Armeeuniform standen am Eingang stramm, bis das letzte Mitglied der Gemeinde vorbeigegangen war. Die Wände waren mit Fahnen geschmückt. Ben fand einen freien Platz in der letzten Reihe des Kirchengestühls, zwischen einer stämmigen Frau, die einen lächerlich großen Hut trug, und einem kleinen Jungen, der während des Gottesdienstes beständig die Nase hochzog.

Neugierig sah Ben sich um. Es war Jahre her, seit er in einer Kirche gewesen war. Bei all der Arbeit in der Schmiede und am Haus war wenig Zeit geblieben. Hannah, das wusste er, ging jeden Sonntag in die Kirche.

Er hatte einen merkwürdigen Drang verspürt, das Bedürfnis, für seinen Vater zu beten. Er war sich nicht sicher, um was genau er beten sollte, doch der Gedanke hatte sich in seinem Kopf eingenistet. Die Möglichkeit, dass sein Vater sterben könnte, lastete wie ein bleiernes Gewicht auf ihm. Wenn Da starb, hatte er niemanden mehr. Nur noch Hannah.

Als Ben in den Choral einstimmte, erkannte er mit einem leichten Schrecken, dass er nicht einmal wusste, welcher Glaubensrichtung die Kirche angehörte. Worte tanzten auf der Seite des Buches, unbekannte Worte, die aber dennoch tröstlich vertraut waren. Er schloss die Augen, als er gehorsam mit betete.

Die Predigt wurde laut und eindringlich vorgetragen. Selbst innerhalb der Kirchenmauern wurde nicht darauf verzichtet, über den Krieg zu reden. »Ich bitte Gott, uns zu helfen und unsere Leiden und unser Opfer anzunehmen. Hilf uns, die teuflischen Bestrebungen Deutschlands zu bezwingen«, rief der Priester laut von der Kanzel herab.

Dann folgte das letzte Loblied.

God bless our native land;
God's all protecting hand
Still guard our shore.

Und er ging hinaus in den Sonnenschein, der ihn blinzeln machte.

Die Besuche an den Wochenenden wurden zu einer regelmäßigen Einrichtung. Am Sonnabend brachte ihn der Spätzug nach Norden zu den Häusern, Geschäften und Fabriken und zu Toms winziger Wohnung in der Wickham Terrace. Obwohl sein Vater noch schnell ermüdete, hatte Ben den Eindruck, er sähe ein wenig besser aus. Auf seinen Wangen lag ein leichter Hauch von Farbe, und sein Appetit schien etwas besser geworden zu sein.

Oft traf Ben ihn ihm Garten an, wo er auf einem Stuhl saß, eine bunt karierte Decke über den Beinen.

Sie sprachen über die Schmiede, die Ereignisse im Distrikt und die neuesten Nachrichten über den Krieg. Im September hatte die *Omrah* als erstes Truppenschiff mit dem *9th Battalion* an Bord Queensland verlassen. Auch ein paar junge Burschen von zu Hause waren an Bord gewesen. Ben hatte mit einigen von ihnen die Schule besucht und an den heißen Sommernachmittagen am Bach mit ihnen gespielt. Jetzt waren sie fortgezogen zu irgendeinem fremden Ort, den er wohl nie sehen würde, und vielleicht würden sie nie mehr zurückkommen.

Auf eine seltsam selbstzerstörerische Art wünschte sich Ben manchmal, Teil von ihnen sein. Ein Teil der wundersamen Widersprüchlichkeit junger Männer, die sich einem sinnlosen Tod gegenübersahen, der sorglosen Missachtung des Lebens, des Glaubens, dass sie unbesiegbar seien. Manchmal beneidete er Tom darum, keine Geldsorgen zu haben. Wenn er dann erkannte, was er gedacht hatte, hatte er sich gottverdammt schuldig gefühlt.

Irgendwo auf seinem Weg hatte er die Kontrolle verloren. Seine eigene Existenz wurde in eine Richtung gelenkt, die er nicht für sich gewählt hätte. Er fühlte sich wie in einer Falle. Gefangen durch die Krankheit seines Vaters und der wachsenden Zahl der Rechnungen für die Pflege, gefangen von einem Geschäft, das zu verlieren er sich aus finanzieller Sicht nicht leisten konnte.

Selbst seine Beziehung zu Hannah schien nicht voranzukommen, besonders nicht, seit er begonnen hatte, die meisten Sonntage in der Stadt zu verbringen.

Hannah! Gott, er wünschte, er könnte sie heiraten!

Und bei allem das ständige, niemals endende Gerede über den Krieg. Ben fiel auf, dass sein Vater zum Ende eines jeden Besuches mürrisch wurde und seinem Sohn immer wieder das Versprechen abnahm, sich nicht registrieren zu lassen. Dann überließ er seinen Vater der Obhut der Krankenschwester, die ihn in sein Zimmer zum Schlafen zurückbrachte, und versprach hoch und heilig, später noch einmal wiederzukommen.

In der Zeit, die Ben währenddessen zu seiner Verfügung hatte, schlenderte er durch die Straßen der Stadt. Einmal kam er an einem Exerzierplatz vorbei, auf dem Reihen von weißen Zelten das Gelände übersäten und Soldaten ihre Ausbildung absolvierten. Einige Minuten lang stand er da und beobachtete sie, und ein Gefühl zwischen Mitleid und Neid brodelte in seiner Brust.

Die Monate vergingen. Weihnachten war gekommen und wieder gegangen, begleitet von einer Welle heißen feuchten Wetters, welches das Innere der Schmiede in einen Glutofen verwandelt hatte. Hannah schaute regelmäßig vorbei. Oft brachte sie eine Kleinigkeit mit, die sie aus der Küche des Hauses in der Brunswick Street geschmuggelt hatte. Eine Portion Eintopf, Obstkuchen, einige Flaschen mit selbst gebrautem Ingwerbier. Aber Ben war nur hungrig nach ihr, nach dem Geschmack ihres Mundes an seinem. Er konnte ihre Brüste fühlen, wenn sie sich an ihn schmiegte, klein und rund unter ihrer Bluse. Seine Gedanken an sie bewirkten, dass er sich nachts schlaflos in seinem Bett hin- und herwälzte, dass er aufwachte, die Bettwäsche feucht von Schweiß und Verlangen. In seinen Träumen schrie er sein verzweifeltes Verlangen nach ihr heraus, die heiße hungrige Sehnsucht, die sie in ihm zurückließ.

An einem dieser Wochenenden später im Jahr blieb Tom in der Stadt, angeblich um eine Arbeit fertig zu stellen. Doch wie Ben später erfuhr, war ein Streit mit David Corduke der Anlass gewesen, bei dem es um Toms mögliche Registrierung ging, sobald dieser neunzehn geworden war.

Ben und Tom verbrachten den Samstagabend in einem der Wirtshäuser in der Gegend, hockten an einem kleinen Tisch und diskutierten das Für und Wider des Krieges. Einige von Toms Kommilitonen hatten sich auch zu ihnen gesellt. »Ich würde mich sofort melden und mein Alter heraufsetzen«, sagte Tom mürrisch und trank den Rest eines weiteren Bieres, »aber David würde mich daran hindern, das weiß ich.«

Zur Sperrstunde wurden sie vom Wirt hinausbeordert. Die Straßen waren menschenleer. Der Herbst war gekommen, um die Blätter aufzuwirbeln und sie den Rinnstein entlangzutreiben. Die Nächte waren schon recht kalt. Auf unsicheren Beinen wankten sie zur Wohnung. Tom lamentierte lautstark über das ungerechte Verhalten seines Bruders und dessen mangelndes Verständnis. Seine Worte hallten von den Häusern und Mauern wider, schossen wie Kugeln auf die beiden Männer zurück.

KAPITEL 5

Unter dem Vorwand, für seine halbjährlichen Prüfungen arbeiten zu müssen, begann Tom, an den meisten Wochenenden in der Wohnung in der Wickham Terrace zu bleiben. Ben war überrascht, dort eines Samstagsabends auf ihn zu treffen; mürrisch saß er am Fenster, eine halb leere Flasche Whisky auf dem Tisch vor sich. Das Zimmer lag im Halbdunkel, Toms Gesicht und die Flasche hoben sich gegen den blassen Schein der Laternen draußen auf der Straße ab.

Tom wandte sich um, als Ben die Tür hinter sich schloss. »Gesellschaft. Gott sei Dank!«, stieß er hervor.

Ben stellte seinen Koffer neben dem Sofa ab und meinte, leichten Spott in der Stimme wahrzunehmen.

»Fährst du übers Wochenende nicht nach Hause?«

»Nein!« Tom schüttelte den Kopf, stützte dann sein Kinn in die Hand und sah Ben nachdenklich an. »Hast du Lust auf einen Spaziergang zum Pub? Diese Wohnung macht mich wahnsinnig.«

»Klar doch.« Ben zuckte die Schultern. »Was immer du willst.«

Sie schafften es, sich sinnlos zu betrinken. Ben erinnerte sich nur noch bruchstückhaft an den Rückweg zur Wohnung. Vage sah er das Bild vor sich, wie sie beide eine dunkle Straße entlangtorkelten, Arm in Arm und singend, obwohl sie später nicht mehr sagen konnten, welches Lied es gewesen war. Und er erinnerte sich daran, dass er sich am nächsten Morgen ziemlich spät auf den Besuch bei seinem Vater vorbereitet hatte, sein Gesicht blass und geisterhaft im Spiegel über dem Waschbecken und mit einem Schädel, in dem eine Basstrommel zu dröhnen schien.

Danach war Tom für einige Wochenenden auffallend abwesend. Ein paar Mal ging Ben am Samstagabend allein in das Wirtshaus, doch das war nicht dasselbe. Zwei Männer, die an der Theke saßen, waren zwar freundlich, doch er fühlte sich fehl am Platze, so, als seien die Stadt und die Schmiede getrennte Welten.

An einem Freitagabend einige Wochen später wartete Tom auf dem Bahnsteig, als der Zug einfuhr. Ben empfand einen Anflug von Freude, als er ihn sah, lässig gegen das Schild mit der Aufschrift *»Coates & Sons – Premium Gin Distillers«* gelehnt. Während die Monate vergingen, wurde dies zu einem Ritual: Tom wartete am Samstagabendzug, dann Abendessen und ein paar Drinks in einem der vielen Pubs. Und irgendwann schließlich stellte Tom seine Wochenendbesuche zu Hause in der Brunswick Street ganz und gar ein.

Von Hannah erfuhr Ben von den Auseinandersetzungen zwischen Tom und seinem Bruder, die meistens von Enid ausgelöst wurden – Meinungsverschiedenheiten, die die Familie zu spalten schienen. Tom erzählte ihm schließlich von seinen frustrierenden Bemühungen, sich seinen Freunden anzuschließen, die bereits unterwegs an die Front waren, und von seinem glühenden Wunsch, einer »von den Jungs« zu sein.

Auf manche Weise war Ben froh über die Gesellschaft am Wochenende. Es verringerte sein eigenes Gefühl der Einsamkeit. In der Woche war er meistens allein in der Schmiede oder in dem kleinen Haus und hatte niemanden zum Reden, während die Stunden langsam vergingen. Manchmal glaubte er, kein Laut würde aus seinem Mund kommen, würde er ihn zum Sprechen öffnen, da seine Stimme wegen des mangelnden Gebrauchs versagen könnte.

Er begann, sich auf seine wöchentlichen Fahrten in die Stadt zu freuen, auf die laute verräucherte Kneipe, die endlosen Debatten und Streitereien der Gäste. Der Alkohol betäubte seinen Verstand und lenkte seine Gedanken weg von den täglichen Ärgernissen, irgendwohin, wo es warm war, fernab der Wirklichkeit. Für eine Weile ließ ihn das seinen Vater vergessen, die Sorge um das Geld, seine verzweifelte Sehnsucht nach Hannah.

Der Schmied und der Sohn des Bankers: Trotz allem sind wir

gar nicht so verschieden, dachte Ben. Und irgendwie, zwischen Verrücktheit und Schnaps und dem Reden über den Krieg, wurden sie zu Freunden.

Die Monate vergingen wie in einem Nebel, einem Einerlei aus Arbeiten und Schlafen. Die Samstagsabende mit Tom und die Sonntage mit Da lösten sich ab mit den wenigen, kostbaren Minuten mit Hannah. Sein Vater sah jetzt viel besser aus, und Ben fragte sich, ob die Ärzte sich nicht doch geirrt hatten.

Plötzlich stand Hannahs und Toms Geburtstag kurz bevor. Ben hatte im Fenster eines Juwelierladens, an dem er jeden Sonntag auf dem Weg zu seinem Vater vorbeikam, ein Auslagekästchen mit Ringen betrachtet – und sich gewünscht, er hätte sowohl genügend Geld als auch den Mut, bei David Corduke um Hannahs Hand zu bitten. Er ließ den Blick über die Auslage schweifen. Dort, zwischen den kostbaren Schmuckstücken, zwischen Taschenuhren und Armbändern, lag ein silbernes Hufeisen.

Er stand eine lange Zeit da, betrachtete es und stellte missmutig fest, dass der auf dem Schild angegebene Preis doppelt so hoch war wie der Betrag, den er auszugeben geplant hatte. Jedes Mal, wenn er an dem Geschäft vorbeiging, blieb er vor dem Fenster stehen, um das Hufeisen zu betrachten. Während die Wochen vergingen, schloss er einen Pakt mit sich selbst. Sollte das Hufeisen an Hannahs Geburtstag noch immer dort liegen, würde er es für sie kaufen. Sollte es dann jedoch nicht mehr da sein, hatte das Schicksal bestimmt, dass sie es nicht bekam.

Aber es *war* dort, lag zwischen einer *Waltham*-Uhr und einem Tablett mit vergoldeten Broschen. Ben schob das Geld über den Ladentisch und steckte die verpackte Schachtel in seine Tasche. Er spürte sie in seiner Tasche, als er auf das Sanatorium zuging. Später, in der Abgeschiedenheit der Wohnung, nahm er das Hufeisen aus der Verpackung und betrachtete die Inschrift, die der Juwelier nach Bens Anweisung in das Silber eingraviert hatte.

Auf der rechten Seite stand »Ben«, auf der linken »Hannah«. In die Rundung des Hufeisens waren die Worte »Ich werde dich immer lieben« eingraviert, die Buchstaben gleichmäßig angeordnet zu beiden Seiten.

Als Ben das Hufeisen in der Hand hielt und dessen perfekte Symmetrie bewunderte, wusste er, dass er das Richtige getan hatte.

An einem Sonntag, wenige Tage nach ihrem Geburtstag, kam Hannah in die Stadt. Ben nahm sie mit zum Sanatorium, wo sein Vater sie herzlich begrüßte, obwohl er, wie Ben sehen konnte, überrascht war.

»Nimmst du dir da nicht ein bisschen zu viel heraus, junger Mann?«, flüsterte Da ihm zu, bevor sie gingen. »Mit der Schwester des Bankdirektors zu poussieren?«

Nach dem Besuch schlenderten sie durch den Botanischen Garten. Noch monatelang sollte sich Ben an diesen Tag als an eine Reihe von Bildern erinnern, die in seinem Bewusstsein miteinander verbunden und dennoch getrennt waren, bis sie mit der Zeit verschwammen und mit anderen verschmolzen, wirrer und unklar wurden. Ein blasser Frühlingshimmel vergoss fahlen Sonnenschein auf die Blaskapelle, die in der Rotunde spielte, sich darin brechend fiel Licht durch die Wassertropfen, die der Springbrunnen versprühte. Menschen schlenderten über die breiten Wege und verweilten unter den Palmen.

Sie waren in der Stadt, kannten niemanden. Ben hatte eine karierte Decke mitgebracht, die er im Schatten eines riesigen Feigenbaumes ausbreitete. Er lag da und wandte kein Auge von Hannah, die laut aus einem Buch vorlas. Er war unfähig, den Blick von ihrem Gesicht zu wenden – klare helle Haut, schwarze Locken, die sich aus ihrer Frisur gelöst hatten und sich im Nacken kräuselten, die Art, wie ihre Augen den Zeilen des Textes folgten, der Ausdruck der Konzentration auf ihrer leicht gerunzelten Stirn. Am Ende zwang sich Ben dazu, den Blick abzuwenden, die Augen gegen ihren Anblick zu schließen, während das verzweifelte Verlangen nach ihr ihn mit aller Stärke zu verschlingen drohte.

Später in der Wohnung gab er ihr das kleine Päckchen. Sie schaute überrascht darauf und drehte es hin und her.

»Mach schon«, drängte er sie sanft. »Mach es auf.«

Vorsichtig entfernte sie das Papier und hielt schließlich das Hufeisen in ihrer zitternden Hand. Das schwindende Tageslicht lag auf dem Silber wie ein matter Glanz.

»Oh, es ist wunderschön«, rief sie und fuhr mit den Fingerspitzen über die eingravierten Worte. Als sie sich zu Ben wandte, sah er, dass ihr Tränen in den Augen standen.

»Alles Gute zum Geburtstag, Hannah«, flüsterte er, schloss seine Hände um ihre Wangen und küsste die Tränen fort.

Der Frühling ging, und bald verabschiedete sich der Sommer. Ben verbrachte den ersten Weihnachtstag mit seinem Vater, und er vermisste Hannah. Sein Vater war recht lebhaft und sah um vieles besser aus als noch vor einem Jahr, sodass Ben einen Moment lang überlegte, den Arzt zu fragen, ob es seinem Vater gut genug ginge, um ihn nach Hause zu holen.

Einige Wochen darauf, es war ein grauer wolkenverhangener Sonntag Ende Januar, fand er beim Besuch des Sanatoriums das Bett seines Vaters leer vor.

Er wird im Garten sein, dachte Ben und machte sich auf den Weg dorthin. Doch es hatte plötzlich ein leichter Sprühregen eingesetzt, und die Stühle, die verstreut auf der Rasenfläche standen, waren leer. Ratlos kehrte Ben in das Zimmer seines Vaters zurück, setzte sich auf den schmalen Stuhl neben dem Bett und überlegte, was er tun sollte. In der Hand hielt er ein mit braunem Papier umwickeltes Paket, in dem sich saubere Schlafanzüge befanden.

Erst jetzt fiel ihm auf, dass das Bett abgezogen worden war. Er bemerkte die blau-weiß gemusterte Matratze, und auch das Kissen trug nicht den üblichen Bezug. Die wenigen persönlichen Dinge seines Vaters lagen nicht mehr auf dem Nachttisch aus Metall. Ein strenger Geruch nach Desinfektionsmittel hing in der Luft. Ben wartete. Eine Krankenschwester kam den Flur entlang, offensichtlich war sie in Eile. Niemand schien ihn wahrzunehmen.

In seiner Ratlosigkeit ging er schließlich zum Empfangsschalter und fragte: »Wo ist mein Vater?«

Fast ein ganzes Jahr lang war Ben jede Woche ins Sanatorium gekommen; die Frau am Empfang war jedoch neu, und sie kannte ihn nicht. »Harold Galbraith«, erklärte Ben. »Ist er in ein anderes Zimmer verlegt worden?«

Das erschrockene Gesicht der Angestellten, als er den Namen nannte, verursachte ihm ein leichtes Unbehagen in der Brust.

»Wo ist er?«, verlangte er zu wissen und beugte sich, plötzlich von Angst erfüllt, über den Tresen.

Die Worte der Frau kamen stockend, als würden sie übereinanderstolpern. Abwägende, zögernde Worte, die am Rande seines Bewusstseins zu tanzen schienen. Schleichende, gleitende Worte, die wie eine unsichtbare Substanz in seinen Verstand eintauchten und einschwebten. Ben schüttelte den Kopf, begriff nicht. Es kann unmöglich wahr sein, sagte er sich. Es muss ein Irrtum sein.

»Mein Vater ist tot?«, fragte er tonlos.

Die Frau nickte. Sie sah beunruhigt aus. »Es tut mir leid, Mr. Galbraith ... Ihr Vater ... er ist letzte Nacht verstorben. Doktor Hastings ...«

Sie schaute den Gang hinunter, als würde der Arzt bei der Erwähnung seines Namens gleich auftauchen und ihr diese unangenehme Pflicht abnehmen, aber es war niemand zu sehen. »Man hat versucht, Sie zu benachrichtigen, über einen Nachbarn, aber jemand sagte, Sie wären in der Stadt, dass sie aber nicht wüssten, wo.«

Seine Beine zitterten, verweigerten es ihm, ihn zu tragen. Ben sank auf den nächstbesten Stuhl und versuchte, die Nachricht zu begreifen. Den Kopf in die Hände gestützt, mühte er sich, die schwarze Leere zu vertreiben, die sein Bewusstsein bedrohte. »Da ist tot?«, fragte er wieder, aber seine Stimme war nur noch ein Flüstern.

Die Frau war um den Tresen herumgekommen und stand jetzt besorgt neben Ben. »Sind Sie in Ordnung, Sir? Kann ich jemanden für Sie anrufen?«

Ben schüttelte den Kopf und blinzelte die Tränen fort. Er schluckte hart, als er aufstand. »Nein, mir geht es gleich wieder gut.«

Er setzte einen Schritt vor den anderen, vorbei am Tresen, durch die Eingangstür, den Weg hinunter, der zur Straße führte. Regen schlug ihm ins Gesicht, schleuderte sich ihm gnadenlos entgegen wie scharfe kleine Nadeln. Doch er spürte es nicht. Alles, was er fühlte, war fest hinter der Wand aus dumpfem Schmerz verschlossen; alles, was er sah, war das blau-weiße Muster der Matratze und die leeren Stühle auf dem nassen Rasen.

Eine Straßenbahn kam die Straße entlanggerumpelt, hielt an und spuckte eine Ladung Fahrgäste aus. Ohne zu überlegen, stieg Ben ein; er wusste nicht, wohin die Bahn fuhr, doch es kümmerte ihn nicht. Es gab keinen Ort, an den er wollte. Tom war in der Wohnung. Wenn er dorthin zurückkehrte, würde er gezwungen sein, Erklärungen abzugeben, und dazu war er nicht bereit. Der Gedanke an irgendwelche Beileidsworte war mehr, als er ertragen konnte.

Er kramte in seiner Tasche und förderte eine Münze für den Schaffner zutage, dann saß er in dumpfem Schweigen da, während die Bahn durch die Straßen fuhr. Eine Berührung an seiner Schulter riss ihn aus seiner Versunkenheit. Er schaute auf und sah den Schaffner über sich gebeugt stehen. »Endstation, Kumpel. Willst du nicht aussteigen?«

Verwirrt starrte Ben aus dem Fenster. Er war in einem unbekannten Vorort mit Gebäuden, die er nicht kannte. Die hohen

Häuser des Stadtzentrums hatten kleinen Wohnhäusern und Bauernhöfen Platz gemacht. Regen strömte am Fenster hinunter und behinderte die Sicht, versteckte die Häuser hinter einem nebligen Schleier, verwischte sie zu einer Reihe blassgrauer Bilder.

Unfähig zu sprechen, schüttelte er den Kopf.

»Hast wohl die falsche Bahn erwischt, was? Kein Problem. Wir fahren in ein paar Minuten zurück. Kostet dich aber nochmal das Fahrgeld.«

Die Bahn fuhr zurück, doch Ben nahm von all dem kaum etwas wahr. Zurück im Zentrum, in der vertrauten Umgebung, machte er sich auf den Weg zur Wickham Terrace. Sobald er in Toms Wohnung war, wollte er seine Habe zusammenpacken und sich auf den Heimweg zur Schmiede machen. Er konnte sich nicht vorstellen, woandershin zu gehen.

Während er an einer Straßenecke wartete, um einige Kutschen und Straßenbahnen passieren zu lassen, kam eine Frau auf ihn zu und drückte ihm einen Umschlag in die Hand. Überrascht hob er den Kopf, doch sie lächelte ihn nur höhnisch an und ging rasch davon. Einen Moment lang fragte er sich, ob sie eine Prostituierte war.

In der Wohnung stopfte er seine Sachen in den kleinen Koffer. Tom war ausgegangen, deshalb schrieb er ihm eine kurze Nachricht und schaute dann auf die Uhr. Zwei Uhr. Wenn er sich beeilte, würde er gerade noch den Nachmittagszug erreichen. Als er den Stift auf den Tisch zurücklegte, fiel sein Blick auf den ungeöffneten Umschlag.

Er war fest zugeklebt. Bens Neugier war geweckt. Er nahm ein Messer aus der Küchenschublade und schlitzte den Umschlag entlang der oberen Falz auf. Als er mit der Hand darüber strich, glaubte er einen Moment lang, der Umschlag sei leer. Doch nein, da war etwas. Etwas Hartes und gleichzeitig Weiches.

Ben erstarrte, als er den Inhalt herausnahm.

Lange Zeit stand er da und hielt den Umschlag in seiner Hand. Seine Wahrnehmung verschwamm und vermischte sich mit anderen Bildern, dem Gesicht seines Vaters, Hannah, dem silbernen Hufeisen. Ein Knoten aus Übelkeit setzte sich in seinem Magen fest und verursachte in ihm den Drang, sich zu erbrechen. Langsam öffnete er die Hand, und der Gegenstand sank auf den Boden.

So fand Tom ihn, Stunden später.

Am Fenster stehend.

Auf die belebte Straße hinunterstarrend.

Zu seinen Füßen lag eine weiße Feder.*

»Komm, Hannah. Es ist Zeit.«

Hannah seufzte innerlich, als sie nach dem Korb griff und hinter Enid, die Lily auf dem Arm trug, die Treppe hinunterging. Die Dienstagsvormittage beim Roten Kreuz im Rathaus waren ermüdend. Hannah hasste das ständige Reden über den Krieg und fürchtete sich davor, die Neuigkeiten zu hören, die über die jüngst geschehenen Katastrophen durchsickerten. Sechs junge Männer aus der Stadt waren schon getötet worden und hatten trauernde Familien hinterlassen. Sie erinnerte sich an einen von ihnen, einen beliebten jungen Mann mit blonden Haaren namens Bill. In der Schule war er einer von Toms besten Freunden und zudem Kapitän der örtlichen Cricket-Mannschaft gewesen.

Der schreckliche Gallipoli-Feldzug ging weiter. Ende April waren in den australischen Zeitungen die ersten Meldungen über die Landung erschienen. »Großartige Leistung« und »Feuertaufe« lauteten die Schlagzeilen. Mitte Juni waren die Zeitungen voll der Listen mit Namen der Verwundeten und Gefalle-

* Wurde jemandem die »weiße Feder« übergeben, bedeutete dies, dass man ihn für einen Feigling hielt – ein Stigma, das man für den Rest seines Lebens trug. Diese Tradition reichte schon einige hundert Jahre zurück, wurde aber 1914 in England zu einer populistischen Geste, nachdem Admiral Charles Fitzgerald die Frauen dazu aufgerufen hatte, jedem jungen Mann, der sich nicht zum Kriegsdienst gemeldet hatte, eine weiße Feder zu geben. (Anmerk. d. Übers.)

nen. Seite um Seite, Hunderte – nein, Tausende – von Namen, gedruckt auf weißem Papier, ein Meer von Buchstaben, das irgendwie weit weg und entfernt schien. Hannah fühlte sich innerlich krank.

Jetzt saß sie im Rathaus, auf einem unbequemen Stuhl, strickte eine weitere Socke und hörte um sich herum die Gesprächsfetzen.

»Der Hammond-Junge. Das ist jetzt der Dritte, den sie schon verloren haben …«

»Der junge Peters wird nächste Woche fahren …«

»Jims Postkarte kam aus Kairo, aber der Zensor hat sich richtig ausgetobt. Sie kam in kleinen Stücken. Es war wirklich verrückt …«, klang es empört.

Cape Helles. Ari Burnu. Gabe Tepe. Die Worte und die Namen spülten über Hannah hinweg und zogen sie in eine Art von dumpfer Erstarrung. Sie vermisste Toms Wochenendbesuche. Und durch Ben, der jetzt jeden Sonntag in die Stadt fuhr, waren ihre Wochen auseinandergebrochen, zweigeteilt.

Sie schaute sich um, sah die rundlichen Gesichter der Frauen, die Körbe voller Wolle, die Kisten mit den fertigen Sachen, die am Monatsende pflichtgetreu an den Landesverband des Roten Kreuzes weitergegeben werden würden. Hoch aufgetürmt in den Zimmerecken standen die Kisten, die Lebensmittelkonserven, gerollte Bandagen, Decken und Berge gestrickter Kleidungsstücke enthielten. Kisten und Gesichter, Gespräche, alles stürzte auf Hannah ein, machte sie atemlos. Sie musste hier raus, fort von dem Gerede über den Tod.

Enid war in eine Unterhaltung vertieft, und Hannah legte ihr die Hand auf die Schulter. »Ich gehe für einen Moment hinaus.«

»Geht es dir nicht gut? Du siehst ein wenig blass aus.«

»Ich brauche nur ein bisschen frische Luft, das ist alles.«

Sie schlug die Richtung zur Bank ein. John Corduke war bis zu seinem Tod deren Direktor gewesen. Jetzt war David dort der Hauptbuchhalter, sein Büro lag neben dem, das einst seinem Vater gehört hatte.

Nach dem Regen des vorangegangenen Tages war es heiß und feucht. Die Sonne ergoss ihre Hitze und ließ den Bürgersteig glühen. Schweißtropfen liefen Hannahs Rücken hinunter. Die Straßen waren nahezu verwaist. Nur gelegentlich begegnete sie jemandem, der, den Korb über dem Arm, zum Einkaufen ging. Ein Hund döste vor der Tür zu *Clarke's Emporium*. Schließlich erreichte sie das alte Sandsteingebäude. *Union Bank of Australia – gegründet 1837* stand auf dem Schild über dem Bogen des Haupteingangs.

Hannah trat durch die offene Eingangstür in das kühle stille Innere. Es war Vormittag. Eine Reihe von Kunden wartete am Schalter. Einige von ihnen wandten sich um und lächelten sie an. Hinter dem Schalter konnte Hannah das Büro ihres Bruders sehen, dessen Glastür ein Stück offen stand. Sie nickte dem Hauptkassierer zu und schlüpfte hinter den Tresen, in der Hoffnung, ihren Bruder überraschen zu können.

Hannah blieb an der Tür zu dem kleinen Büro stehen, denn David war nicht allein. Doch es verwunderte sie, Tom hier zu sehen. Durch den Schreibtisch getrennt standen sich die beiden Männer gegenüber und starrten sich an. Keiner der beiden bemerkte Hannah.

Tom beugte sich abrupt vor, und seine Stimme klang wütend. »Nein, ich werde nicht zuhören. Du kannst mein Leben nicht länger kontrollieren. Es kümmert mich nicht, was du sagst! Ich werde gehen, das ist mein letztes Wort!«

Ohne Vorwarnung fuhr Tom herum und rannte zur Tür, wo er fast mit Hannah zusammenstieß, als er mit zorniger Miene an ihr vorbeistürmte. David Corduke ließ sich auf seinen Stuhl fallen und stützte den Kopf in die Hände.

Die unterschiedlichsten Gedanken wirbelten durch Hannahs Kopf. Was tat Tom an einem Montag zu Hause? Um diese Zeit war er normalerweise in der Stadt und besuchte die Vorlesungen an der Universität. Um was war es bei dieser Auseinandersetzung gegangen, die eine so heftige Reaktion ausgelöst hatte?

»Was ist los?« Eine plötzliche Angst durchströmte sie. Haltsuchend lehnte sie sich gegen den Türrahmen und wartete auf irgendeine Versicherung, irgendein Zeichen, dass der Streit nicht mehr war als ein simples Missverständnis. »Warum ist Tom zu Hause?«

David Corduke hob den Kopf und sah sie aus leicht zusammengekniffenen Augen an. »Dein Bruder«, sagte er und hieb mit der Faust auf den Schreibtisch, dass es knallte, »hat sich bei der Armee gemeldet. Gegen meinen Willen. Wie es scheint, haben sich Thomas und der junge Galbraith von der Schmiede gestern registrieren lassen.«

Wie blind wandte Hannah sich ab. Tom, sie musste Tom einholen! David hatte gesagt, dass auch Ben sich gemeldet hätte. Es musste ein Missverständnis sein. Ben musste an seinen Vater denken.

Vorbei an den erstaunten Bankkunden rannte sie durch die Halle. Die offene Tür schien meilenweit entfernt zu sein, sie verschwamm ihr vor den Augen. Ein festes Band des Schmerzes umschloss ihre Brust. Sie flüchtete durch das Portal aus Sandstein, die Treppen hinunter auf den Gehsteig und blinzelte in die Sonne, als sie die Straße hinunterschaute.

»Tom!«, schrie sie, und die Hitze schien das Wort zurück gegen ihre Ohren zu drücken.

Doch auf der Straße war niemand mehr.

KAPITEL 6

Callie schlief unruhig, der Traum wiederholte sich in ihrem Unterbewusstsein. Wieder und wieder tauchten dieselben Bilder auf, wie bei einer Schallplatte, bei der die Nadel sich verhakt hatte: flimmernde Bilder der Fotografien, die sie im Koffer gefunden hatte, verschlungen mit einem silbernen Hufeisen, dem Haus in der Brunswick Street und den Akazien am Ende von Freyas Garten. Einzeln ergaben sie einen gewissen Sinn. Alle Bilder zusammen formten jedoch ein bizarres Mosaik, ein Kaleidoskop aus Form und Farbe, zersplittert in ein verwirrendes Durcheinander.

Sie war in einem Zimmer aufgewacht, in dem es noch dunkel gewesen war. Halb sechs, zeigte der Wecker an, als er zu der nächsten erleuchteten Zahl vorrückte. Vorsichtig, um Stuart nicht zu stören, erhob sie sich aus dem Bett und tappte durch die stille Wohnung. In der Küche füllte sie den Kaffeekocher und lauschte auf das Summen der Maschine, als das Wasser sich erwärmte. Oscar kam hereinstolziert, strich ihr um die Beine und schnurrte laut.

Callie verbannte alle Gedanken der vergangenen Nacht aus ihrem Kopf und arbeitete zwei Stunden an ihrem Roman, bis sie hörte, dass Stuart sich rührte. Nach dem Frühstück rief sie Bonnie an.

Ohne sich allzu lange mit Vorreden aufzuhalten, brachte sie die Sprache rasch auf den Mann, der sie in der vergangenen Woche in der Brunswick Street besucht hatte. »Ich habe mich gefragt, ob Michael eine Telefonnummer oder eine Adresse hinterlassen hat.«

»Nein, hat er nicht. Es schien wenig Sinn zu machen.« Bonnie schwieg für einen Moment. »Warum, Cal?«

»Oh, aus keinem besonderen Grund«, erwiderte sie, vielleicht ein wenig zu schnell, aber sie wollte ihre Absichten nicht näher ausführen. Was könnte sie sagen, das einen Sinn ergab? Ich habe Hannahs Sachen aus dem Haus geholt. Ich habe die andere Hälfte des Hufeisens gefunden. Für sich genommen, bewies das gar nichts. »Ich war nur neugierig«, schloss sie lahm.

Nachdem das Gespräch beendet war, saß Callie an ihrem Schreibtisch und schaute auf das Blatt Papier, das vor ihr lag. Michael Paterson, hatte sie darauf geschrieben. Sie wusste nichts über ihn, außer, dass er aus der Stadt kam, geschieden war und einen Sohn namens Timmy hatte. Keine Adresse. Keine Telefonnummer. Sehr wenig, um weiterzukommen.

»Ruf die Auskunft an«, schlug Stuart vor, nachdem sie ihm erzählt hatte, was ihr in der vergangenen Nacht durch den Kopf gegangen war. Er machte sich fertig für die Arbeit und band sich gerade die Krawatte.

Warum hatte sie nicht selbst daran gedacht?

»Ein ›t‹ oder zwei in Paterson«, fragte die unpersönliche Stimme am anderen Ende der Leitung.

Callie wusste es nicht.

»Welche Adresse?«, beharrte die Stimme. »Es gibt vierundzwanzig M. Patersons, wenn man beide Varianten des Nachnamens in Betracht zieht …«

Schweigend legte Callie den Hörer zurück und schüttelte den Kopf.

»Schade«, meinte Stuart knapp. »Aber wie auch immer, ich weiß nicht, warum das Ganze dich so sehr interessiert. An zwei Hälften von einem Hufeisen ist nichts Geheimnisvolles … Vermutlich gibt es eine logische Erklärung, und schließlich bist du mit diesem Burschen weder befreundet noch hast du sonst was mit ihm zu schaffen. Er ist nichts als ein verdammter Fremder, um Himmels willen!«

Callie schaute auf und sah, dass Stuart sie unter halb geschlossenen Lidern hervor anstarrte. »Ich bin nur neugierig«, murmelte sie und fühlte sich aus einem unbekannten Grund den Tränen nahe.

Stuart griff nach seiner Brieftasche und küsste Callie flüchtig auf die Wange. »Ich muss los, sonst komme ich zu spät zur Arbeit. Kopf hoch. Und mach dir nicht zu viele Gedanken wegen dieser Sache, okay?«

Sie nickte und zwang sich zu einem Lächeln. »Versprochen.«

Noch lange nachdem er fort war, hing der Duft seines Rasierwassers in der Luft. Sie dachte an Stuarts Ausbruch und die Art, wie er sie angesehen hatte, mit diesem Ausdruck von …

Von was denn?, fragte sie sich.

Eifersucht?

Am nächsten Morgen, nachdem Stuart zur Arbeit gefahren war, ging Callie zum Postamt, suchte in den Telefonbüchern der Stadt nach den in Frage kommenden Telefonnummern und notierte sie sich. Zurück in der Wohnung, telefonierte sie alle durch. Die Hälfte der Anrufe blieb unbeantwortet. Vermutlich sind sie zur Arbeit, sagte sie sich, und verbrachte die nächsten Abende mit Telefonieren, heimlich vom Apparat in ihrem Arbeitszimmer, während Stuart vom Fernsehprogramm in Anspruch genommen wurde. Nach drei Tagen schließlich wusste sie, dass sie in einer Sackgasse steckte.

Stuart hat vermutlich recht, dachte sie wütend. Ohne jeden Zweifel *gab* es eine logische Erklärung für die Existenz des Hufeisens. Inzwischen nahm diese Sache sie ohnehin viel zu sehr in Anspruch und lenkte sie von ihrer Arbeit ab.

Der Nachmittagsverkehr war nicht sehr dicht, als Michael in die Stadt zurückfuhr. Sein Mercedes brummte in gleichmäßigem Tempo über den Highway, und er wechselte nur auf die Überholspur, wenn er hin und wieder ein langsameres Fahrzeug überholen wollte.

Er hatte den Wagen vor zehn Jahren aus zweiter Hand gekauft. Es gab ein paar Risse in den Polstern, und der Motor war eigentlich für eine Generalüberholung fällig. Doch er war verlässlich und sprang stets beim ersten Starten an, selbst an den kältesten Wintertagen. Michael fühlte sich wohl in dem Wagen und fand ihn so bequem wie einen eingelaufenen Schuh.

Im Radio lief die Titelmelodie des Films *Endless Summer*. »Mein Gott.« Michael lachte leise in sich hinein und stellte das Radio lauter. Die Bassrhythmen des Soundtracks erfüllten das Auto, während er überlegte, in welchem Jahr der Film gelaufen war.

Er klopfte mit den Fingerspitzen gegen das Lenkrad und schwelgte in Nostalgie. Die Melodie rührte etwas in ihm auf, verschwommene Erinnerungen, die er in keine Form bringen konnte. Die Musik, wenn auch schon vor Jahren herausgekommen, war irgendwie mit der Zeit verbunden, in der er Gaby begegnet war. Sorglose Tage am Strand, am Himmel die heiße Sonne. Der Geruch nach Sonnencreme und Salz.

Michael war vierzehn gewesen, als ihre Familie in ein Haus in der Nachbarschaft gezogen war, und vom ersten Augenblick an hatte es zwischen ihnen eine Verbindung gegeben, hatten sie sich zueinander hingezogen gefühlt. Gaby, zwei Jahre jünger als er, war damals ein echter Wildfang gewesen. Am liebsten zog sie mit den Jungen der Nachbarschaft herum. Ebenso gut wie der beste von ihnen konnte sie einen Cricketball werfen und auf die Bäume am Fluss klettern, deren Kronen über das Ufer hingen.

Er lächelte, als er jetzt daran dachte, wie sie damals gewesen waren: hoch aufgeschossene Jugendliche, die begierig darauf waren, die Welt zu erobern. Voller Pläne und über die Maßen idealistisch. Während der Schulzeit waren sie ein Paar gewesen, unzertrennlich. Dann war Gaby an die Uni gegangen und er zur Zeitung.

Es war im Frühling 1981 gewesen, Gaby hatte ihr Studium halb fertig, als sie ihm eröffnet hatte, dass sie schwanger war. Sie war entsetzt und aufgebracht über die Unterbrechung ihres Studiums gewesen. »Ich will Lehrerin sein, verdammt noch mal!«, hatte sie Michael angeschrien, und die Tränen waren ihr dabei über das Gesicht gelaufen. »Nicht Mutter!«

Die Erinnerung rüttelte ihn auf, überraschte ihn durch ihre Plötzlichkeit, und Michael ertappte sich dabei, dass er das Lenkrad umklammert hielt, seine Finger steif vor Anspannung. Nach all diesen Jahren meinte er, noch immer ihre Hände zu spüren, die gegen seine Brust schlugen.

»He«, hatte er gesagt und ihr tränennasses Gesicht zärtlich umfasst. »Gaby, es ist *unser Kind*, über das wir reden. Ein Teil von dir und mir. Wir haben es nicht geplant, aber vielleicht soll es so sein.«

Insgeheim war Michael entzückt gewesen. Er liebte Kinder, wollte am liebsten ein ganzes Haus voll davon haben, obwohl allein die Götter wissen mochten, wie er sie mit seinem bescheidenen Einkommen durchbringen würde. Und dieses Kind schien wie eine wunderbare Fügung, eine ständige Erinnerung an die Liebe, die er und Gaby teilten, ein Teil von ihnen, der in die Zukunft wies, die festgefügt und irgendwie tröstlich schien.

Gaby hängte ihr Studium an den Nagel, und am Nachmittag des darauffolgenden Freitags heirateten sie. Es war nur eine schlichte Zeremonie auf dem örtlichen Standesamt, an die sich ein Essen in einem nahen Restaurant anschloss. Einige Familienangehörige und Freunde nahmen teil, die gekommen waren, um ihnen Glück zu wünschen. Gaby hatte in ihrem wadenlangen Kleid aus cremefarbener Spitze hinreißend ausgesehen. Sie hatte fest seine Hand gehalten und gesagt: »Ich will.« Das sanfte Strahlen, das die Schwangerschaft auf ihre Wangen zauberte, und deren pfirsichfarbene Weichheit hatten ihm die Kehle eng werden lassen.

Drei Wochen später verlor sie das Kind.

»Eine spontane Fehlgeburt«, erklärte der Arzt, nachdem Michael Gaby in die nächstgelegene Klinik gebracht hatte. »Zwischen zehn und zwanzig Prozent der Schwangerschaften enden so. Niemand ist daran schuld, und es ist nichts, worüber man sich Sorgen machen müsste. Ihre Frau wird kein Problem haben, wieder schwanger zu werden.«

Als Michael jetzt daran dachte, trommelte er mit den Fingern frustriert auf das Lenkrad. War dieses eine Ereignis zum Katalysator für das Scheitern ihrer Ehe geworden, Jahre später?

Gaby hatte es abgelehnt, ihr Studium wieder aufzunehmen und stattdessen eine Reihe von Jobs ausgeübt, unzufrieden und gelangweilt. Sie gab sich die Schuld am Verlust des Babys. Timmys Geburt sieben Jahre später hatte sie vorübergehend zur Ruhe kommen lassen, und für eine Weile war sie damit zufrieden gewesen, zu Hause zu sein und »sich in mütterlicher Fürsorge« zu üben, wie sie es nannte. Als Timmy in die Schule kam, hatte sie eine Stelle als PR-Managerin für ein großes Unternehmen in der Stadt ergattert.

Die Veränderungen, die mit diesem Job einhergegangen waren, kamen so allmählich, dass Michael es versäumte, sie rechtzeitig zu beachten. Rechtzeitig wofür?, fragte er sich. Jetzt wusste er, dass er machtlos gewesen wäre, die unbarmherzige Flut der Ereignisse aufzuhalten.

Mit Gaby war etwas geschehen. Sie war härter geworden, stellte er fest, strenger mit sich selbst. Weniger emotional. Sie hatte ein Ziel, und das war nicht er. Michael war durch seine Arbeit ständig unterwegs. Gaby war voll von ihrem Beruf in Anspruch genommen, von der Aufmerksamkeit, die ihr Sohn forderte. Es schien, dass nur wenig gemeinsame Zeit blieb.

Jahrelang hätten sie sich so weitertreiben lassen können, doch eines Tages hatte Gaby das Thema Scheidung angesprochen. Die Entscheidung war dann relativ schnell gefallen. Auf angespannte, aber höfliche Art sprachen sie wieder und wieder über die Möglichkeiten, die ihnen noch blieben. Michael fühlte sich unbeholfen und irgendwie aus dem Gleichgewicht geraten. Es schien ihm unmöglich, sich sein Leben ohne sie vorzustellen. Sie war so lange ein Teil davon gewesen.

»Zuerst und vor allem sind wir Freunde, denk daran«, hatte er am Ende gesagt. »Ganz egal, was zwischen uns sein wird, Gaby, ich werde dich immer auf eine ganz besondere Weise lieben.«

Er hatte dagestanden und sie einen Augenblick lang angesehen, hatte die Art und Weise in sich aufgenommen, wie das blonde Haar ihr Gesicht umrahmte, den festen Zug um ihren Mund. »Freunde?«

Sie hatte genickt und sich abgewandt, und Michael war sicher gewesen, den schwachen Glanz von Tränen in ihren Augen gesehen zu haben.

Das war vor drei Jahren gewesen. Ein Jahr lang hatte er das schmerzliche Gefühl des endgültigen Verlustes empfunden, als hätte er sie beide, Timmy und Gaby, auf eine bestürzende Weise enttäuscht. Eine Ehe sollte für die Ewigkeit geschlossen werden, oder nicht? Wurde sie nicht geschlossen, damit man zusammen alt wurde, alles miteinander teilte? Doch sie hatten nichts davon getan. Innerlich hatte Michael sich wie betäubt gefühlt, wie tot.

Es hatte seitdem einige andere Frauen gegeben, unbedeutende Beziehungen, denen es versagt geblieben war, sich zu mehr zu entwickeln. Es gab Tage, an denen sich Michael sehr einsam fühlte. Verglichen damit war die Zeit, die er mit Timmy verbrachte, ein Segen, und die Freude, die sein Sohn ihm jetzt machte, erinnerte ihn an die glücklichen Jahre seiner Ehe.

Inzwischen war er an dem Schild, das die Abfahrt vom Highway einen Kilometer voraus ankündigte, vorbeigefahren. Die letzten Töne der Filmmusik zu *Endless Summer* verklangen, und die Stimme des Radiosprechers drang in die letzten Noten ein und unterbrach Michaels Gedanken. Er schüttelte unmerklich den Kopf und schob die Erinnerungen beiseite. Es brachte nichts, in ihnen zu schwelgen. Sie waren Vergangenheit, unwiederbringlich.

Während er über die Ausfahrt in das Herz der Stadt hineinfuhr und an einer Reihe ungefälliger Verkehrsampeln zum Halten gezwungen wurde, wandten sich seine Gedanken dem Haus in der Brunswick Street zu und wanderten zu Bonnie und Freya. Er spürte wieder die Enttäuschung, die sich in ihm ausbreitete. Er hätte so sehr gewollt, ein Teil von ihnen zu sein.

Und Callie? Er gab wieder Gas, als die Lichter auf Grün wechselten, und ordnete sich in das ständige Fließen des Verkehrs ein.

In den vergangenen Tagen hatte er festgestellt, dass seine Aufmerksamkeit sich ihr häufig zuwandte. Callie, mit einer Ansammlung von Sommersprossen auf dem Nasenrücken und mit diesen grauen, seelensuchenden Augen. Sie war selbstbewusst, mit einer guten Portion Humor, und hatte eine freundliche, angenehme Art. Eine unabhängige Frau, bis zu einem gewissen Grad, aber keinesfalls überdreht. Gott, wie er diese Emanzen hasste! Callie war vielleicht fünf oder sechs Jahre jünger als er, vermutete er, und sie hatte einen Freund namens Stuart, von dem Michael bereits beschlossen hatte, dass er ihn nicht mochte.

Nach einigen Blocks bog er nach links ab und lenkte den Wagen auf seine Einfahrt. Das Gras war seit Wochen nicht gemäht worden und stand knöchelhoch. »Ich werde jetzt den Rasen mähen«, murmelte er entschlossen, auch weil er spürte, dass der Rest des Nachmittags sich leer vor ihm ausdehnte.

Als hätte er auf der Lauer gelegen, kam der beigefarbene Labrador ums Haus herumgesprungen. Er schien erfreut, Michael zu sehen, denn seine Rute wedelte wild hin und her. Michael hockte sich auf den Boden und kraulte ihm die Ohren. »Hallo, Bess«, sagte er und nahm den schwachen Hundegeruch wahr. »Ich bin froh, dass wenigstens einer mich vermisst hat.«

Anthony, ihr Agent, rief einige Tage später an. »Wie geht's voran, Callie? Der Verleger bittet dich um eine kurze Skizzierung und die ersten Kapitel des neuen Buches. Wenn du in der kommenden Woche liefern kannst, denke ich, dass wir den Roman ein gutes Stück voranbringen können.«

»Kein Problem.« Sie lachte. »Sie können die ersten sechs Kapitel haben. Ich werde sie heute zur Post bringen, dann solltest du sie Ende der Woche haben, spätestens Anfang der kommenden.«

»Oh, ehe ich es vergesse. Schau mal in die Zeitung, Seite fünfundvierzig. Im Teil über Kunst, Musik und diese Dinge. Da steht ein Artikel über einen Autor bei dir in der Gegend. Lies ihn mal.«

Sie versprach es und legte auf.

Die Zeitung war am Morgen geliefert worden und lag noch in ihrer Plastikhülle auf dem Küchentresen. Sie hatte eine unhandliche Größe, deshalb breitete Callie sie auf dem Tisch aus und strich die Knicke aus den Seiten.

Sie fand den Artikel und las ihn rasch durch. Unter anderem

enthielt er eine Buchbesprechung, eine nicht besonders vielversprechende. Dem Rezensenten hatte, wie es schien, nur wenig von dem gefallen, was er gelesen hatte, und er hatte sich große Mühe gegeben zu erklären, warum dies so war. Die Figuren, die Handlung, sogar der Bucheinband wurden mit einem vernichtenden Kommentar bedacht.

Callie ließ den Blick über den Rest der Seite wandern. Ein beträchtlicher Teil davon wurde von einem Bericht über kürzlich vergebene Preise für Fotografie in Anspruch genommen. Einige der Siegerbeiträge waren abgedruckt worden. Es begann ganz oben auf der Seite mit dem Siegerfoto.

Es ist leicht zu erkennen, warum es gewonnen hat, dachte sie. Das Foto zeigte einen kleinen Jungen, der eine leere Eistüte in der Hand hielt und dessen Elfengesicht voller Eiskrem war. Irgendetwas an dem schlichten Ausdruck der Verwunderung auf dem Gesicht des Kindes berührte sie auf eine traurig machende, unerklärliche Weise.

Callie las den Namen des Fotografen, der unter dem Bild abgedruckt stand: Michael Paterson. Michael! Sie legte für einen Moment die Finger auf die Worte, fast ungläubig. Sofort fiel es ihr wieder ein: Er arbeitete für die Stadtzeitung. Was hatte er gesagt? Irgendetwas darüber, dass er vor Jahren klein dort angefangen und sich zum Fotografen für das Feature hochgearbeitet hatte und dass er außerdem als freier Fotograf arbeitete. Wie hatte sie das vergessen können?

Sie spürte die Aufregung in ihrer Brust, als sie die Nummer der Zeitung wählte und bat, mit Michael verbunden zu werden. Sie hoffte, sie würde ihn im Büro erreichen.

»Hallo. Paterson am Apparat.«

Callie hätte seine Stimme überall erkannt. Sie war tief, fast heiser, mit einem sinnlichen Ton darin. Aus einem unerfindlichen Grund zitterten ihre Hände.

»Hier ist Callie Corduke. Wir haben uns im Haus meiner Mutter kennengelernt. In der Brunswick Street.«

»Ah ja. Die Nichte der unbeugsamen kriegerischen Tante

Freya. Wie geht es der Drachenlady?« Es lag ein neckender, freundlicher Ton in seiner Stimme, als würde er sich freuen, von ihr zu hören.

»Es geht ihr gut«, erwiderte Callie lachend. »Und meine Glückwünsche zum Preis. Ich habe das Foto gerade in der Zeitung gesehen. Sehr beeindruckend.«

»Danke.«

Es entstand eine plötzliche Pause in der Unterhaltung. Callie wusste, dass sie etwas sagen sollte, doch dieser Anruf war so spontan erfolgt, dass ihr im Moment nichts einfiel, was sie hätte sagen können.

»Okay«, ergriff Michael das Wort. »Was gibt es? Ich bin sicher, Sie haben nicht angerufen, um mit mir über Tante Freya oder meine fotografischen Lorbeeren zu reden.«

»Nein«, gab Callie ihm recht. »Darüber nicht. Es geht um das Hufeisen, das Sie hiergelassen haben.«

»Das Hufeisen?«

Sie hatte plötzlich das Gefühl, dass sie dabei war, einen entscheidenden Schritt zu machen, und dass die Neuigkeit, war sie erst enthüllt, die Ordnung ihres Lebens auf eine nicht umzukehrende Weise verändern würde. Was hatte Stuart gesagt? *Du bist mit diesem Burschen weder befreundet noch hast du sonst was mit ihm zu schaffen. Er ist ein verdammter Fremder, um Himmels willen!*

Vielleicht hatte Stuart recht. Sie hätte das ganze Thema fallen lassen sollen, statt zu versuchen, es zu einem unlogischen und zufälligen Ende zu bringen. Aber es war zu spät. Das Gespräch hatte schon eine Richtung genommen, die jetzt nicht mehr geändert werden konnte.

Sie schluckte hart. Dann atmete sie tief durch und sagte: »Ich habe die andere Hälfte gefunden.«

Aus dem Hörer hörte sie ein rasches Luftholen. Als Michael wieder sprach, klang seine Stimme fast gehetzt. »Wo?«

»In einem Koffer mit Hannahs Sachen. Sie lag in einem Buch.« Ihre Worte strömten weiter in dem Eifer, gehört zu werden. »Ich wollte Sie anrufen, aber ich hatte Ihre Telefonnummer nicht. Sie haben sie bei Mum nicht hinterlassen, und ich konnte sie bei der Auskunft nicht finden …«

»Nein, das konnten Sie auch nicht. Sie ist dort nicht registriert.«

»Deshalb wusste ich bis heute nicht, wo ich Sie finden kann. Bis ich das Foto in der Zeitung gesehen habe.«

»Und nun …«, sagte er nachdenklich. »Wie geht es jetzt weiter?«

»Ich habe offen gestanden keine Ahnung.«

Sie hörte im Hintergrund ein Flüstern. »Hören Sie«, sagte Michael dann, »ich muss los. Ich muss meinen Flieger kriegen. Ein Auftrag im Westen. Ich werde mindestens eine Woche nicht in der Stadt sein. Können wir uns über diese Sache unterhalten, wenn ich zurück bin?«

Aus einem Impuls heraus lud Callie ihn für die darauf folgende Woche zum Abendessen ein. »Kommen Sie am Samstag«, sagte sie, »dann können wir uns ansehen, was sonst noch in dem Koffer ist. Ich hatte noch keine Zeit dazu. Vielleicht findet sich dort irgendetwas, ein Hinweis. Und Sie können Stuart kennenlernen«, fügte sie hinzu, als wäre ihr dies erst jetzt eingefallen.

Michael nahm das Angebot gerne an. »Das wäre großartig. Bis dann.«

»Ich gebe Ihnen noch meine Telefonnummer und meine Adresse. Rufen Sie mich an, wenn Sie es am Samstag nicht einrichten können. Ansonsten erwarte ich Sie gegen sechs Uhr.«

Callie war eifrig mit dem Schreiben ihres Romans beschäftigt, sodass sie die Existenz des Koffers fast vergaß. Am späten Freitagnachmittag der darauffolgenden Woche hatte sie weitere Kapitel beendet. Jetzt lagen sie auf dem Tisch im Eingangsbereich, eingewickelt in braunes Papier und adressiert an den in Sydney beheimateten Verlag, und warteten darauf, abgeholt zu werden.

Der Bote kam im selben Moment, in dem das Telefon klingelte. Sie schloss die Tür hinter dem Mann und lief dann zum Telefon.

Es war Stuart. »Hör mal, ich werde noch ein paar Stunden im Büro bleiben müssen. Mach dir keine Gedanken wegen des Essens für mich. Ich werde was mitbringen.«

»Oh.« Da die Arbeit beendet war, hatte Callie gedacht, dass sie und Stuart ausgehen könnten, um das zu feiern. Nahe der Bucht gab es ein kleines Steak- und Fischrestaurant. Es war relativ preiswert und das Essen gut. Und danach … Himmel! Es war mindestens eine Woche her, dass sie miteinander geschlafen hatten.

»Na schön. Wenn du nicht rechtzeitig zu Hause bist, werde ich auf einen Sprung zu Jill hinübergehen.«

»Ja, das ist gut.« Er schien es eilig zu haben, aufzulegen. »Geh nur, Cal. Die Arbeit wartet. Bis später.«

»Ja. Bis später.«

Sie hörte ein hartes Klicken und starrte den Hörer an, während das gedämpfte tuut-tuut aus der Hörmuschel kam.

Die Wohnung war dunkel, als Callie gegen zehn Uhr zurückkam. Sie ging durch die Zimmer und schaltete überall Licht an. Oscar kam die Treppe herunter und miaute laut nach Futter. Sie hob ihn hoch und drückte die Wange gegen sein warmes Fell.

Als sie seine Milchschale füllte, hörte sie das Klirren von Schlüsseln an der Eingangstür. Stuart kam herein, er trug eine Plastiktüte und brachte den Duft nach Gewürzen mit in die Wohnung.

»Es ist thailändisches Essen«, sagte er, während er die Schalen mit dem Essen auspackte, die mit Reis, Nudeln und etwas Gelbem gefüllt waren, das den unverkennbaren Geruch von Kokosnuss verströmte. »*Gaeng Kari.* Curryhuhn. Bedien dich nur.«

Callie rümpfte die Nase. »Nein, danke.«

Er hat getrunken, stellte sie fest. Und zwar mehr als nur die üblichen zwei oder drei Bier am Freitagabend nach der Arbeit. Stuart blieb stehen und sah sie nachdenklich an, er schwankte leicht. »Komm schon, Cal. Sei kein Spielverderber.«

»Du bist betrunken«, erklärte sie angewidert und ging die Treppe hinauf ins Schlafzimmer.

Callie erwachte beim ersten Tageslicht, und es überraschte sie nicht, dass sie allein im Bett lag. Stuarts Seite war leer, unberührt, die Bettwäsche noch glatt gestrichen.

Sie lag da und schaute durch das offene Fenster, während der Himmel von Schwarzblau zu Indigoblau und immer blasseren Farben wechselte. Es versprach, ein schöner Tag zu werden. Nach einer Weile stand sie auf, ging durch die Wohnung und fand Stuart schnarchend auf dem Sofa im Wohnzimmer, noch vollständig angezogen. Sein benutzter Teller und sein Glas standen vor ihm auf dem Kaffeetisch. Zeitungsseiten lagen verstreut auf dem Teppich, und im Zimmer herrschte ein strenger Geruch nach Zigaretten, Rasierwasser und Alkohol.

In der Küche folgte Callie ihrem morgendlichen Ritual. Sie nahm den Teekessel vom Regal, füllte die Teeblätter hinein, ließ Wasser in den Kessel laufen und stellte Tasse und Untertasse bereit. Auf der einen Seite des Küchentresens standen die Essensbehälter vom vorigen Abend und eine leere Weinflasche. Einige Tropfen gelber Soße klebten kalt und erstarrt auf dem Laminatboden.

»Nun sieh dir die Küche an! Es sieht hier aus wie im Schweinestall«, murmelte Stuart, der hinter ihr aufgetaucht war und sich das Kinn mit den Bartstoppeln rieb.

Callie bedachte ihn mit einem flüchtigen Blick, während sie das kochende Wasser in die Kanne goss. »Ich habe die ganze Woche wie verrückt an dem Manuskript gearbeitet«, entschuldigte sie sich, während sie die Milchkanne aus dem Kühlschrank nahm. »Du weißt doch, dass ich nach einem festen Zeitplan arbeite. Außerdem wohnst du auch hier, und diese Unordnung stammt nicht von mir.«

»Nein, aber es ist dein Job, sie zu beseitigen.«

Stuarts Ton war kämpferisch, unnachgiebig. Er war offensichtlich in schlechter Stimmung aufgewacht und schien entschlossen zu sein, einen Streit vom Zaun zu brechen. Gut, dachte sie mit einem Seufzen, vielleicht würde sie ihm die Genugtuung geben.

»Wer sagt das?«

Sie stellte den Krug mit einem vernehmlichen Knall auf den Tresen und fühlte langsam Ärger in sich aufsteigen, während ihr Herzschlag in einen unregelmäßigen Rhythmus verfiel. Es stimmte, dass normalerweise sie alle Hausarbeit erledigte und Stuart nur selten um seine Hilfe bat. Sie verbrachte die meiste Zeit zu Hause, und es war leicht, diese Pflichten in ihren Tagesplan einzubauen. Aber genau dieses Mal …

Stuart antwortete nicht. Stattdessen zeigte er in Richtung des Arbeitszimmers. »Und wann schaffst du diesen alten Koffer hier raus? Gott allein weiß, welcher Müll darin ist, ganz zu schweigen von den Kakerlaken und den Silberfischchen.«

Wie typisch für ihn, dachte sie, ein wenig verwirrt über die plötzliche Erkenntnis, dass er stets ihr den schwarzen Peter zuzuschieben versuchte, wenn er sich in die Ecke gedrängt fühlte.

Der Koffer! Als Callie an ihn dachte, fiel ihr plötzlich noch etwas ein. »Du meine Güte, das hatte ich fast vergessen. Ich habe Michael für heute Abend zum Essen eingeladen. Wir müssen nachschauen, was wir noch im Haus haben.«

»Was nicht viel sein wird! Und was ist mit der Party?«

»Party?« Für einen Moment konnte sie nicht denken. »Was für eine Party?«

»Die Party bei Miranda. Ich habe dir letztes Wochenende davon erzählt.«

Eine vage Erinnerung bahnte sich den Weg durch ihren Kopf.

Stuart *hatte* etwas von Samstagabend erwähnt, aber sie war zu sehr mit ihrer Arbeit beschäftigt gewesen, um genauer hinzuhören. Innerlich stöhnte Callie auf. Miranda war eine kokette Blondine, die in Stuarts Büro arbeitete. Sie gab die schrecklichsten Partys, langweilig und fade, und die Gäste, meistens Cliquen, standen herum und versuchten, sich über die dröhnend laute Musik hinweg zu unterhalten. Callie traf dort nur selten jemanden, den sie kannte.

Sie legte die Hand an die Stirn und dachte nach. Sie könnte Michael anrufen und das Essen auf die nächste Woche verschieben. In Anbetracht der ohnehin schon angespannten Atmosphäre war das vielleicht besser als ein handfester Streit mit Stuart gleich zu Anfang des Wochenendes.

»Ich könnte ihn anrufen«, schlug sie vor. »Und absagen.« Dann fügte sie fluchend hinzu: »Verdammt!«

»Was ist los?«

»Ich weiß noch immer nicht seine Telefonnummer.«

Sie rief stattdessen bei der Zeitung an, aber nur, um von einer anonymen kultivierten Frauenstimme zu erfahren, dass Michael nicht vor Anfang kommender Woche zurückerwartet wurde.

»Es tut mir leid, Stuart. Ich kann wegen heute Abend nichts weiter tun. Du wirst allein gehen müssen.«

Er starrte sie an und ging mit steifen Schritten in Richtung Schlafzimmer davon.

Callie begann, die Unordnung vom vorigen Abend zu beseitigen, leerte die Schalen in den Müll und wischte alle Spuren seines Essens von der Anrichte. Nach einer Weile kehrte Stuart zurück, angekleidet und frisch rasiert.

»Ich gehe aus«, verkündete er mit ausdrucksloser Stimme. »Ich habe es nicht nötig, in diesem Dreck auszuharren!«

Damit stürmte er aus der Tür und schlug sie laut hinter sich zu.

KAPITEL 7

Callie hatte Stuart kennengelernt, als sie in der Lobby des Bürogebäudes auf Jill gewartet hatte, ihre Mitbewohnerin und beste Freundin. Ein paar Wochen zuvor war ihre drei Jahre dauernde Beziehung in die Brüche gegangen, und Callie hatte sich niedergeschlagen gefühlt und war mürrisch gewesen. Irgendwie war es Stuart gelungen, sie aufzumuntern und sie wieder zum Lachen zu bringen.

»Er nutzt dich aus«, hatte Jill finster kommentiert und Unheil verkündende Warnungen darüber ausgesprochen, wie leicht sich Stuart in Callies Leben eingefügt hatte. »Es wird nicht von Dauer sein. Außerdem seid ihr zu verschieden. Er trägt Armani-Anzüge und *Guy Laroche*, um Himmels willen. Ich weiß nicht, wie du ihn überhaupt mögen kannst, er ist so *smart*.«

Das ist er tatsächlich, überlegte Callie. Smart und sexy, sein Körper durchtrainiert durch die Stunden, die er jede Woche im Fitnessclub verbrachte. Und er war, wie sie bald herausfand, außergewöhnlich gut im Bett.

So wurden sie ein Paar. Stuart und Callie. Callie und Stuart. Ineinander verschlungen klangen ihre Namen in Callies Kopf wie eine Melodie. Sie schrieb seinen Namen auf jedes Stück Papier, wenn sie eigentlich arbeiten sollte. Sie konnte an niemand anderen denken als an ihn.

Nach einem Monat war sie aus der Wohnung ausgezogen, die sie mit Jill teilte. Stuart hatte eine Wohnung gefunden, die neu war und zum Kauf angeboten wurde. »Lass sie uns kaufen, Callie«, hatte er gedrängt. »Die Abzahlung ist kaum höher als das, was wir an Miete zahlen müssten.«

Ihr Anteil an der Finanzierung der Wohnung entsprach dem, was Stuart beitrug. Der Kauf hatte ein tiefes Loch in ihre Ersparnisse gerissen. Glücklicherweise war in der darauf folgenden Woche ein Scheck mit dem Erlös aus dem Verkauf ihres letzten Buches gekommen. Und Anthony, ihr Agent, hatte angerufen und ihr die Neuigkeit mitgeteilt, dass der Verleger vom nächsten Manuskript sehr angetan wäre und ihr ein fast unanständig hohes Honorar dafür bot.

Das war vor zwei Jahren gewesen.

Zwei Jahre, die sie sich wie im Himmel gefühlt hatte – und wie in der Hölle.

Nachdem sie sich in der Wohnung eingerichtet hatten, war Callie schnell klargeworden, dass nicht alles, was Stuart betraf, so war, wie es auf den ersten Blick zu sein schien. Wenn er gute Laune hatte, war er hinreißend: glücklich und gesellig, impulsiv und nachsichtig. Ein Dutzend langstieliger Rosen, Schachteln mit importierter Schokolade, Flakons mit französischem Parfüm: seine Großzügigkeit kannte keine Grenzen. Wenn die Dinge jedoch nicht nach seinen wohl zurechtgelegten Plänen liefen, war er mürrisch und reizbar und ein unglaublicher Nörgler.

Wie heute, dachte sie mit einem Seufzen.

Es war an Tagen wie diesem, an denen Callie sich fragte, ob sie gehen sollte, ob sie einfach ihre Sachen nehmen und in ihren Wagen steigen sollte, um niemals zurückzukommen. Aber wohin würde sie gehen? Jill hatte eine neue Mitbewohnerin. Blieb noch die Brunswick Street? Nein, sie konnte nicht nach Hause zurück. Nicht, nachdem sie all die Jahre fort gewesen war und eine eigene Auffassung von Freiheit gewonnen hatte. Und da ihre Mutter jetzt plante, das Haus zu verkaufen, war dies keine wirkliche Option mehr. Auch wenn die Versuchung noch so groß ist zu gehen, überlegte sie, gehört mir doch die Wohnung zur Hälfte. Ihr Geld war in die Kredittilgung eingeflossen, hatte geholfen, die Hypothek abzutragen und die Einrichtung zu kaufen.

Als sie an die Möbel dachte, zog sie die Nase kraus. Sie waren eher Stuarts Geschmack, nicht ihrer. Modern, überwiegend aus Chrom und Glas und Leder. Sicherlich passten sie hervorragend zu den Farben der Wohnung und dem Teppichboden, die in Grau gehalten waren. Unpersönlich. Neutral. Kühl. Eine sachlich-nüchterne Umgebung. Hätte sie die Wahl gehabt, so hätte sie warm wirkendes Holz vorgezogen, das raue Gefühl eines Ber-

berteppichs, eine creme- oder apricotfarbene Umgebung. Das Sammelsurium persönlicher Dinge.

Callie schaute sich in der Wohnung um und seufzte, als sie an die notwendige Hausarbeit dachte. Die Möbel waren von einer feinen Staubschicht bedeckt. Weiß der Himmel, wie der Staub es immer schafft, seinen Weg ins Innere der Wohnung zu finden, dachte sie frustriert. Die Wohnung war voll klimatisiert und die Fenster normalerweise geschlossen. Es war erst eine Woche her, seit sie gründlich sauber gemacht hatte. Aber heute würde Michael zum Abendessen kommen, und sie wollte, dass alles in Ordnung war.

Sie dachte an Michael, und der Gedanke an seinen Besuch munterte sie merklich auf. »Verflixter Stuart!«, sagte sie, während sie den Knopf der Hi-Fi-Anlage drückte und ihre Lieblings-CD der *Dire Straights* einlegte. Sie drehte auf volle Lautstärke und ging dann durch die Zimmer, um schmutzige Kleidung zusammenzusammeln und sie zur Waschmaschine zu tragen.

Zur Mittagszeit glänzte die Wohnung. Der Chrom funkelte, und die Fliesen strahlten. Callie sah ihr Spiegelbild in jeder Glasoberfläche reflektiert und verspürte plötzlich das Bedürfnis, sich von der schimmernden Perfektion ihrer Umgebung zu distanzieren. Es war das Bedürfnis, fortzukommen von den Erinnerungen an Stuart und dem missglückten Beginn des Tages. Sie griff sich ein Handtuch und ihren Badeanzug und ging hinaus zum Wagen.

Der Strand war fast menschenleer. Einige zähe Surfer waren auf dem Wasser jenseits der Brecher, und ein paar der üblichen Jogger liefen am Rand des Wassers entlang. Die Kälte des Wassers verschlug Callie augenblicklich den Atem; sie watete tiefer, bis sie keinen Boden mehr unter den Füßen spürte, und begann dann mit kräftigen Zügen zu schwimmen. Sie versuchte sich vorzustellen, dass sie von oben auf sich selbst hinuntersah, wie mit den Augen der Möwen, die scheinbar schwerelos über die Wellen mit den weißen Schaumkronen und über den Strand dahinglitten.

Wassertretend schaute Callie schließlich zur Küste zurück. Entlang der Bucht standen Ferienhäuser, verschlossen und verschlafen in der späten Nachmittagssonne; ihr Blick schweifte weiter zu der Reihe der fast fertigen Stadthäuser, zum Kai und der Mole. Dahinter schlossen sich das Geschäftszentrum und die Häuser an, die auch den Weg hinauf in die Hügel säumten, die die Stadt umschlossen. In der Ferne erhob sich eine Rauchspirale in den Himmel.

»Es ist mir egal, dass ich nicht zu dieser verdammten Party gehe!«, rief sie laut, und die Worte verloren sich gleichsam in der blauen Leere des Himmels. Ausgelassen lachte sie über ihre Albernheit.

Auf dem Heimweg hielt Callie beim Supermarkt und nahm in der Fleischabteilung zwei dicke Steaks mit. Versorgt mit dem Fleisch, einigen frischen Brötchen, Obst und den Zutaten für einen Salat ging sie zur Kasse und fuhr zurück nach Hause. In der Wohnung verstaute sie ihre Einkäufe und duschte dann, um sich das Salz von der Haut zu waschen.

Sie dachte an Michael und stellte gut gelaunt fest, dass es ihr gelungen war, vorübergehend Stuarts Verdrießlichkeit am Morgen zu vergessen – bis auch er etwas später nach Hause kam, mürrisch und verschlossen. Er schaute sich in der sauberen Wohnung um, sagte aber nichts.

Callie, die in der Küche gerade dabei war, die Erdbeeren für einen Obstteller zu waschen, hörte das Rauschen der Dusche. Nach einer Weile kam Stuart die Treppe herunter, in seinen guten Jeans und einem hellen Hemd, glatt rasiert und stark nach seinem Lieblingsparfüm duftend. Er wirkte zerknirscht und blieb einen Moment stehen.

»Entschuldige wegen heute Morgen, Cal. Vermutlich war ich schlechter Laune.«

»Vermutlich warst du das«, erwiderte sie und bemühte sich, den leichten Sarkasmus zurückzuhalten, der ihre Stimme zu färben drohte.

»Ich bin dann weg. Wir sehen uns, wenn ich zurückkomme.«

»Ja.« Sie nickte und wandte sich zum Küchentresen um.

Es überraschte sie, dass sie ein Gefühl der Erleichterung empfand, als sie ihn die Wohnungstür hinter sich schließen und kurze Zeit später sein Auto die Straße hinunterfahren hörte. Langsam öffnete sie die Faust, zu der ihre Hand sich geballt hatte, und ihre Schultern entspannten sich. Was habe ich erwartet?, fragte sie sich. Eine weitere Konfrontation? Böse Worte?

Stattdessen hatte es eine Entschuldigung gegeben.

Michael traf pünktlich um sechs Uhr ein und brachte zwei Flaschen Wein mit. »Ich wusste nicht, was auf dem Speiseplan steht«, erklärte er, als er die Flaschen auf den Küchentresen stellte, »also habe ich zwei mitgebracht. Einen roten und einen weißen.«

Er sah sich um, als erwartete er, dass noch jemand anwesend sei. »Stuart ist ausgegangen«, sagte Callie und verzog das Gesicht. Da sie das Gefühl hatte, dass eine Erklärung angezeigt war, fügte sie hinzu: »Zu einer Party.«

»Oh! Und Sie wollten nicht hingehen?«

Sie lächelte. »Er sagt, ich hätte ein furchtbar schlechtes Gedächtnis. Ich hatte es völlig vergessen, und Ihre Telefonnummer hatte ich auch nicht, um absagen zu können.«

Michael schlug mit der Hand auf sein Bein. »Das tut mir leid. Was halten Sie davon, wenn wir die Einladung für heute Abend vergessen und ich mich wieder auf den Weg mache? Oder kann ich Sie vielleicht zu der Party bringen? Es wäre nicht schlimm, wenn Sie später kämen, nicht wahr?«

Callie lächelte ihn schief an. »Eigentlich war ich froh, eine Entschuldigung zu haben, zu Hause bleiben zu können. Würden Sie einen von Stuarts Freunden kennen, würden Sie auch nicht hingehen wollen«, erklärte sie, als er fragend die Augenbrauen hochzog. »Wirklich, ich bin lieber hier.«

»Nun, wenn Sie sich sicher sind …«

»Ganz sicher«, erwiderte sie lächelnd. »Nehmen Sie sich einen Stuhl, während ich den Salat anmache. Und ein Glas von Ihrem Wein wäre großartig. Weißen«, fügte sie hinzu. »Den roten werden wir uns zum Essen aufheben. Es gibt übrigens Steaks.«

»Callie, wegen des Hufeisens …«

Sie schob einen großen braunen Umschlag über den Küchentresen. »Es ist da drin. Schauen Sie es sich nur an.«

Michael fügte die Teile des Hufeisens auf dem Tresen zusammen, genauso wie sie es fast zwei Wochen zuvor getan hatte. Einen Moment lang saß er da und betrachtete es. Er hatte das Kinn in eine Hand gestützt, mit der anderen berührte er das Metall. »Zwei Hälften ergeben ein Ganzes.«

Callie halbierte eine Avocado und entfernte sorgsam die Samen. »Aber was beweist es?«

»Nichts.«

»Eben.«

Er hob den Kopf und sah Callie an, ein fragender Ausdruck lag auf seinem Gesicht, »Nun«, fuhr Callie fort, »da gibt es den Koffer. Briefe. Fotografien. Bücher. Ich hatte noch nicht die Zeit, aber vielleicht wenn wir die Sachen durchsehen …« Sie beugte sich vor und lächelte. »Ich liebe Geheimnisse, Sie nicht auch?«

Er lachte und schob die Metallteile zur Seite. »Nicht, wenn es keine Hinweise auf die Lösung gibt.«

»Aber es könnte welche geben. Wollen Sie jetzt nachsehen oder bis nach dem Essen damit warten?«

In gespielter Bestürzung zog er die Augenbrauen hoch. »Wissen Sie, dass ich seit dem Frühstück nichts gegessen habe?«

Michaels Sinn für gutes Benehmen, vermutete Callie, ließ ihn seinen Wunsch zurückstellen, herauszufinden, was der Inhalt des Koffers enthüllen könnte. Und irgendwie war sie auch froh darüber. Es ließ ihnen Zeit, mit der neuen Situation umzugehen und auf später zu verschieben, was dieses Gefühl von … Von was?, fragte sie sich und suchte im Stillen nach einem Vergleich. Am höchsten Punkt einer Klippe zu stehen und sich zu fragen, wie es wäre, zu fallen, wenn es unten nichts gab, was einen auffangen konnte? Durch einen See zu schwimmen, der so groß war, dass man das andere Ufer nicht sehen konnte? Oder wie der Aufbruch in ein unbekanntes Land, ohne Karte oder Kompass, nach denen man sich richten könnte?

Die Analogien waren zahllos.

Wie albern!, rügte sie sich im Stillen und lachte innerlich über diese Vergleiche. Es war wieder einmal die typische Art einer Schriftstellerin, ihre Gedanken so auszuschmücken. Sie unterhielten sich, ohne auf den Anlass für Michaels Besuch zu sprechen zu kommen. Als Callie den Salat angemacht hatte und den Obstteller hinstellte, war der Inhalt der ersten Flasche Wein verschwunden.

»Wir können die Steaks drinnen zubereiten oder den Grill auf dem Balkon anzünden«, stellte Callie zur Wahl, als sie das Fleisch aus dem Kühlschrank nahm.

»Draußen«, erwiderte Michael ohne Zögern. »Es ist viel schöner als drinnen.« Er nahm ihr die Steaks ab. »Um das Fleisch werde ich mich kümmern. Früher habe ich einige gute Barbecues zustande gebracht.«

Callie legte einige CDs in den CD-Player, wählte den Zufallsmodus und wischte dann die Möbel auf dem Balkon ab. Mit bewundernswerter Beharrlichkeit schaffte Michael es, zwei der drei Gasflammen zum Brennen zu bringen. Callie schaute zweifelnd auf die bläulichen Flammen. »Wir haben ihn ewig nicht mehr benutzt. Ich hoffe, dass noch genug Gas da ist.«

Ihre Sorge war unbegründet. Michael wendete geschickt die Steaks auf dem Rost und ließ sie rösten, bis sie eine appetitliche Farbe angenommen hatten. Callie trug Salat und Brötchen hinaus auf den Balkon, obwohl sie den Tisch im Esszimmer bereits eingedeckt hatte.

Die Sonne war untergegangen, und der Himmel hatte sich verdunkelt, nur ein Streifen von Rot war noch über der Baumlinie am westlichen Horizont verblieben. Aus dem nahe gelegenen Park kam das Rufen von Kinderstimmen, in der Ferne tönte eine Autohupe. Ein kurzes scharfes Hupen, dann war es still.

Die Steaks waren genauso, wie Callie sie mochte. Außen fast schon schwarz, aber innen rosa und saftig. Michael holte die zweite Flasche Wein und öffnete sie mit dem Korkenzieher.

»Wir sitzen nie draußen«, bemerkte Callie zwischen zwei Schlucken. »Ich weiß auch nicht, warum, denn es ist so schön zu dieser Zeit des Abends.«

Eine leichte Brise wehte vom Meer herüber und fuhr durch ihr Haar. Sie fühlte es über ihre Wangen streichen, ganz leicht, wie einen hauchdünnen Schleier. Für einen Moment dachte sie an Mirandas Party, stellte sich Stuart in dem rauchgeschwängerten Raum vor und war froh, nicht hingegangen zu sein.

»Wie lange sind Sie und Stuart schon zusammen?«, fragte Michael, als er sich eine kleine Portion von dem Salat auf seinen Teller füllte.

»Zwei Jahre.«

»Und, haben Sie Heiratspläne?«

Callie, die dabei war, eine Brotscheibe mit Butter zu bestreichen, verzog das Gesicht. »Nein. Keine Pläne.«

»Aber Sie würden gern?«

»Es hat keine Priorität. Ich meine, man heiratet, wenn man Kinder haben möchte, nicht wahr? Und das steht im Moment wirklich nicht zur Debatte …«

Sie verstummte und schwieg eine Weile. Während sie versuchte, mit der Gabel ein Salatblatt aufzuspießen, fragte sie sich, warum der Gedanke eine seltsame Unruhe bei ihr hinterließ.

»Sie möchten Kinder?« Er schien die Absicht zu haben, das Thema weiterzuverfolgen.

Callie lächelte. »Ich liebe Kinder. Ich habe sogar ein paar Kinderbücher geschrieben und sie auch illustriert. Sie haben sich ganz gut verkauft, aber jetzt werden sie schon seit einiger Zeit nicht mehr neu herausgegeben.«

»Sie schreiben Bücher? Ich bin beeindruckt.«

»Ach, Unsinn.« Sie lachte und fühlte sich gleich entspannter. »Es ist ein Job wie jeder andere auch, nur dass die Bezahlung unregelmäßig ist und das Schreiben manchmal schrecklich sein kann. Aus irgendeinem seltsamen Grund schreibe ich meine besten Sachen zufällig zwischen zwei und sechs Uhr morgens.«

Er stöhnte dramatisch. »Wie unzivilisiert!«

»Richtig, das ist es. Aber genug von mir. Erzählen Sie mir etwas über sich.«

»Okay«, erwiderte Michael, während er den Rest des Weines in ihre Gläser füllte. »Ich werde achtunddreißig. Vor zwei Jahren bin ich geschieden worden, aber das wissen Sie ja schon. Timmy, mein Sohn, ist zehn. Er ist ein toller Junge. Steht mit beiden Beinen auf der Erde und ist aufgeschlossen. Ich versuche, so viel Zeit mit ihm zu verbringen, wie ich kann, normalerweise jedes zweite Wochenende. Seit der Scheidung wohne ich in einem gemieteten kleinen Haus in der Stadt. Zu der Zeit wollte ich für eine Weile ungebunden sein, mich nicht festlegen. Ich habe einen guten Job und verdiene ganz anständig. Vermutlich sollte ich daran denken, mir etwas Eigenes zu kaufen, irgendwie scheine ich aber nie die Zeit dazu zu haben. Nach einem Haus für eine Person zu suchen ist nicht unbedingt das, was mir vorschwebt.«

Callie betrachtete Michaels Hände, wie er sie bewegte, während er sprach, fließend und ausdrucksvoll. Obwohl er bis vor ein paar Wochen ein Fremder für sie gewesen war, fühlte sie eine seltsame Verbundenheit mit ihm, als würde sie ihn schon seit Jahren kennen. Unsinn, sagte sie sich. Wahrscheinlich erinnert er mich an jemanden. Wortlos griff sie nach ihrem Weinglas und presste den kühlen Rand gegen ihre Unterlippe.

Eine Weile sprach keiner von ihnen, doch das Schweigen war nicht belastend, sondern angenehm. Es schien keinen Bedarf an bedeutungslosem Geschwätz zu geben, um den Raum zwischen ihnen zu füllen. Von drinnen war leise die Musik vom CD-Player zu hören. Eine Gruppe von Fledermäusen erhob sich aus den Bäumen in der Nähe und flog davon, ihre Silhouetten hoben sich gegen den samtenen Himmel ab.

Michael lehnte mit einem Winken Callies Angebot ab, noch

mehr von dem Salat zu nehmen. Es war jetzt dunkel, der Balkon wurde nur noch von dem Licht erhellt, das aus dem Wohnzimmer herausfiel. Das Mahl war vorüber, die leeren Teller zur Seite geschoben, als sie den letzten Schluck Wein austranken. Callie fühlte sich ein wenig schwindelig, wie betrunken von der ungewohnten Situation. Die kühle Nachtluft strich um ihre Schultern, und sie zitterte unwillkürlich.

»Ihnen ist kalt«, sagte Michael. Er stand auf und stellte das Geschirr zusammen. »Lassen Sie uns hineingehen. Außerdem ist mein Hunger jetzt gestillt, und ich platze fast vor Neugier zu sehen, was in dem Koffer ist.«

Callie machte ein Tablett mit zwei Tassen Kaffee und dem Obstteller zurecht und stellte es im Arbeitszimmer auf ihren Schreibtisch, während Michael den Koffer in die Mitte des Zimmers zog. Er hob den Deckel und starrte wortlos auf die Unordnung darin. Callie setzte sich neben ihm auf den Teppich und strich die Reste eine Spinnwebe zur Seite. Darunter fand sich eine Ausgabe von *The War Illustrated*, datiert von 1917, mit einer Federzeichnung auf der Titelseite. Sie zeigte zwei Infanteristen, die über den hohen Rand eines Schützengrabens kletterten.

Es folgten Rezeptbücher, Traueranzeigen. Stücke von brüchigem vergilbtem Papier, winzige konfettigleiche Bruchstücke der Vergangenheit fielen auf den Teppich. Zerbröckelnde Überbleibsel des Lebens anderer Menschen, die vor langer Zeit gestorben waren. Verstaubte Reste, die wieder den Geruch des Zerfalls verströmten. Den Geruch von Zerstörung und das Gefühl, dass die Erinnerungsstücke an Hannahs Existenz sich zu einem Staub auflösten, der vom Wind davongetragen werden könnte.

Die Fotografien, die in dem braunen Umschlag gesteckt hatten, wurden einer Prüfung unterzogen. »Wissen Sie, wer das ist?«, fragte Michael und zeigte auf die Soldaten und das Mädchen mit dem dunklen Haar.

Callie schüttelte den Kopf. »Ich könnte Mum fragen, obwohl sie nicht weiß, dass ich den Koffer habe.«

Aufmerksam sichteten sie den restlichen Inhalt des Koffers, und Callie war sich nicht bewusst, wie schnell die Stunden vergingen, während sie einander ihre Entdeckungen mitteilten. Sie lachten zusammen über die Kochrezepte. Kalbsfußsülze, Pudding. Tanzkarten, Schulhefte. Eine Weihnachtskarte, sorgsam aufgehoben. *An die liebe Großtante Hannah*, lautete der Gruß. *Von Alex und Bonnie. 1963.* Zeitungsausschnitte. Einladungen zu Hochzeiten. Zu Taufen.

»Sehen Sie sich das mal an!«, rief Callie plötzlich und zog eine weitere Karte hervor. »John und Elizabeth Corduke haben die Ehre, Sie anlässlich der Hochzeit ihres Sohnes David –« Sie verstummte und sah Michael an. »Das ist mein Urgroßvater.«

Auf dem Boden des Koffers lag das Buch, in dem Callie die andere Hälfte des Hufeisens gefunden hatte. Sie reichte es Michael und ging in die Küche, um eine neue Kanne Kaffee zu kochen. Als sie zurückkam, blätterte er durch die Seiten.

»Sehen Sie hier«, sagte er und hielt ihr das aufgeschlagene Buch hin. In energisch wirkenden Buchstaben, geschrieben mit einem Federhalter, standen dort die Worte: *Dieses Tagebuch gehört Benjamin Galbraith, 11th Field Company Engineers, A.I.F.* »Es ist ein Kriegstagebuch.«

»Der geheimnisvolle Ben«, vermutete Callie. »Wer war er, was meinen Sie? Ein Freund? Ein Liebhaber?«

Michael nahm die Tasse Kaffee, die Callie ihm anbot, und saß dann eine Weile schweigend da, während er in die heiße Flüssigkeit starrte. »In dem Koffer sind eine Menge Erinnerungen«, meinte er schließlich leise. »Eine Tanzkarte von 1914. Eine Einladung zur Hochzeit von 1920. Notizen über Beerdigungen. Ereignisse, die eine Familie formen, Freundschaften. Es scheint seltsam, nicht wahr, dass ein ganzes Leben zusammengeschnürt und auf so engem Raum verwahrt werden kann und dass eine Existenz aus Papierfetzen rekonstruiert und wieder lebendig werden kann.«

Er wandte sich um und sah Callie eindringlich an, seine Hand berührte unbewusst den Stapel von Papieren, Umschlägen und

Zeitungsausschnitten. »Es ist Hannahs Koffer, ihre Habseligkeiten. Aber sie sagen einem nichts über sie. Wie war sie?«

Callie zuckte die Schultern. »Ich weiß es nicht. Nachdem Hannah Onkel John geheiratet hatte, sind sie nach Westen gegangen, um dort zu leben. Er war Farmer, recht erfolgreich, und hat viel Land besessen. Als Kind habe ich einige Male die Ferien bei ihnen verbracht. Natürlich ist auch für Hannah die Zeit seitdem nicht stehen geblieben, aber nach Onkel Johns Tod hat sie doch sehr schnell abgebaut. Nicht lange danach erlitt sie einen Schlaganfall, und meine Eltern holten sie zurück nach Hause, um bei ihnen zu wohnen.«

»In das Haus in der Brunswick Street«, fiel Michael ein. »Zurück an den Ort, an dem sie aufgewachsen ist.«

Callie nickte. »Mum hat sie bis zu ihrem Tod gepflegt. Deshalb sind auch all ihre Sachen dort gewesen.«

»Sie werden vermutlich sagen, dass es mich nichts angeht, aber offen gestanden bin ich neugierig. Warum befand sich die eine Hälfte des Hufeisens bei den Sachen meines Vaters? Welche mögliche Verbindung hat meine Familie zu Ihrer? Oder ist es einfach nur ein Zufall?«

Michael betrachtete die Papierstapel, die Bücher und Zeitungsausschnitte, die auf dem Teppich lagen. »Vielleicht«, vermutete er, »liegen die Antworten auf meine Fragen irgendwo zwischen all diesen Dingen. Ich würde sie gern durchsehen, wenn Sie nichts dagegen haben, und möchte hiermit beginnen.« Er nahm das Tagbuch und wiegte es in der Hand.

»Hören Sie«, sagte Callie, der plötzlich eine Idee gekommen war. »Warum nehmen Sie das Tagebuch nicht mit nach Hause und sehen es sich in Ruhe an? Ich werde inzwischen damit beginnen, die Briefe durchzusehen und sie wenn möglich zu ordnen. Vielleicht schaffen Sie es, bis nächste Woche damit fertig zu sein, dann könnten wir die Hinweise abgleichen.«

»Sind Sie sicher?«, fragte er. »Ist Ihnen das nicht zu langweilig?«

»Nein, ich würde es wirklich gern machen. Es fasziniert mich.«

»Aber dieses Mal lasse ich Ihnen meine Telefonnummer da, nur für den Fall.«

Während sie sich die Nummer notierte, schaute Michael auf seine Uhr. »O Gott! Ein Uhr!«, stöhnte er. »Ich habe Timmy versprochen, dass wir morgen segeln gehen. Um sieben!«

Callie lachte. »Nun, das haben Sie davon, wenn Sie vorschnell Versprechungen für den Sonntagmorgen machen.«

Gerade als sie ihn zur Tür begleitete, wurde von draußen aufgeschlossen. Es war Stuart, der mit eisigem Gesichtsausdruck in der Tür stand. Er sah ein wenig mitgenommen aus.

»Oh, Stu«, sagte Callie, ging zu ihm und schob ihren Arm unter seinen. »Das ist Michael. Michael, Stuart.«

Die beiden Männer gaben sich reserviert die Hand. »Also dann«, sagte Michael und trat einen Schritt zurück, das Tagebuch hielt er fest in seiner linken Hand. »Ich muss los. Wir hören voneinander, Callie.«

Michael fuhr durch das Zentrum der Stadt in Richtung des Highways, als er sich an den Park und das Kriegerdenkmal erinnerte. Aus einem Impuls heraus hielt er den Wagen an, parkte ihn am Bordstein und nahm die kleine Taschenlampe aus dem Handschuhfach.

Vor ihm dehnte sich die weite Fläche des Rasens aus, der vom Tau nass unter den Füßen federte und seine Schritte verschluckte. Die Stadt um ihn herum schlief, dunkel und schweigend. Nur in der Ferne war das Bellen eines Hundes zu hören.

Michael blieb vor dem Denkmal aus Sandstein stehen. Trotz der erleuchteten Straßenlampe, die in der Nähe stand, waren die Buchstaben, die in dessen eckiges Fundament gemeißelt waren, kaum zu erkennen. Er schaltete die Taschenlampe an und ließ deren Strahl den Stein entlanggleiten. Die Inschrift *musste* dort sein, er wusste es.

Die Luft war kalt, und sein Atem schwebte in kleinen Wölkchen vor seinem Gesicht. Die Taschenlampe warf nur einen schwachen Lichtschein, vermutlich gingen die Batterien zu Ende. Er hatte drei der vier Seiten des Mahnmals abgesucht, als er schließlich fand, wonach er gesucht hatte.

Schweigend legte Michael die Hand auf den Stein. Einige Minuten lang stand er da und nahm die Worte in sich auf. *Benjamin Galbraith*: eine Reihe miteinander verbundener Buchstaben, die jemanden benannten, der einmal gelebt hatte, geatmet hatte. Der Schreiber des Tagebuchs. War er vielleicht durch diesen Park gegangen, war er durch den alten Musikpavillon geschlendert?

Die Schläge einer Uhr wurden zu ihm herangetragen. Eins. Zwei. Er hatte nicht bemerkt, wie lange er hier gestanden hatte. Vor ihm lag noch eine Stunde Fahrt, ehe er sich in sein Bett fallen lassen konnte. Wenn er Glück hatte, würde er vor dem versprochenen Bootsausflug noch vier Stunden Schlaf bekommen. Mit langsamen Schritten ging er auf der Spur zurück, die er im nassen Gras hinterlassen hatte.

Wieder zurück in dem warmen Wagen fuhr Michael über den Highway. Ein Gefühl der Verwirrung erfüllte ihn, ein überwältigendes Gefühl, dass die Dinge dabei waren, sich zu verschieben, dass er dabei war, sich selbst in die Richtung von Ereignissen zu stoßen, die außerhalb seiner Kontrolle lagen. Was um alles in der Welt würde geschehen, wenn er sich noch stärker darauf einließ? Warum hatte er das Tagebuch mitgenommen? Weshalb hatte er versprochen, bald wieder Kontakt zu Callie aufzunehmen? Er hatte das silberne Hufeisen seinem rechtmäßigen Besitzer zurückgegeben. Sein Job war erledigt. Oder doch nicht?

Ben. Hannah. Das Tagebuch. Ein Koffer voller Erinnerungen. Was zog ihn hierher, in diese verschlafene Stadt, die in die Bucht geschmiegt dalag, in dieses Haus in der Brunswick Street, das hinter einer Mauer aus Bleiwurz vor sich hin döste?

Lass es, vergiss es, sagte eine leise gewissenhafte Stimme in ihm. Aber er war so weit gekommen, seine Neugier war geweckt, und etwas in ihm akzeptierte die Richtung, in die er unterwegs war. Es gab keinen zwingenden Grund, die Richtung zu ändern. Noch nicht.

Und Callie, dachte er, als eine Reihe von Bildern plötzlich durch sein Bewusstsein zog. Callie, die das Dressing über den Salat gab. Callie, die im Halbdunkel auf dem Balkon saß, ihr Profil hervorgehoben vor dem Licht, das drinnen brannte, ihr Haar, das über ihre Wange fiel. Callie, die in der Tür stand, eine Tasse Kaffee in jeder Hand, als er vom Koffer hochschaute.

Callie, die Stuart liebte.

Bei diesem Gedanken spürte Michael einen bitteren Geschmack im Mund. Wie erwartet, hatte er sofort eine Abneigung gegen diesen Mann empfunden. Aber warum?, fragte er sich. Sechster Sinn? Schwingungen, die Callie unbewusst aussandte? Er war sich nicht sicher.

Gott verdammt! Er wollte – nein, er *musste* sie wiedersehen, ganz egal, was dann geschehen mochte.

Draußen sauste die Nacht vorbei: dunkle Bäume, gelegentlich eine hell erleuchtete Tankstelle, weit entfernt die Lichter von Häusern. Und vor ihm dehnten sich die durchbrochenen weißen Linien aus, die die Mitte der Straße markierten und unter dem Auto davonschossen, wieder und wieder.

Michael ärgerte sich, dass er so spät dran war. Timmy wartete bereits am Eingangstor und hüpfte aufgeregt von einem Fuß auf den anderen.

»Wo warst du, Dad? Ich dachte schon, du würdest *nie* mehr kommen.«

Gaby lief leichtfüßig die Treppe hinunter und sah in einem kurzen geblümten Kleid, ihre Beine braun und bloß, so makellos aus wie immer. In ihren Armen trug sie einen Beutel.

»Hallo«, begrüßte er sie, wobei er sie rasch umarmte und auf die Wange küsste. »Du siehst so bezaubernd aus wie immer.«

»Schmeichelei wird dich nirgendwohin bringen«, erwiderte sie mit einem Lächeln und gab ihm die Tasche. »Ich habe ein paar Sachen für Timmy zusammengepackt. Kleider zum Wechseln, ein bisschen was zum Knabbern. Was denkst du, wann ihr zurück sein werdet?«

»Gegen drei oder vier«, entgegnete er nach einem abschätzenden Blick auf die Uhr.

Timmy war schon dabei, ins Auto zu klettern. »Lass uns losfahren, Dad. Tschüss, Mum.«

»Schätze, ich werde noch meine Befehle für den heutigen Tag bekommen«, grinste Michael. »Es ist sinnlos, sich auf eine Diskussion mit einem Zehnjährigen einzulassen. Bis dann, Gaby.«

Er lenkte den Wagen über den Highway nach Süden. Es war kaum Verkehr, und die Sonne schien von einem klaren Himmel. Timmy plapperte unaufhörlich neben ihm, berichtete alle Einzelheiten seiner Schulwoche und erzählte von dem Video, das er sich am Abend zuvor angesehen hatte. Michael hörte amüsiert zu, eine Hand auf dem Lenkrad.

Nach einer Weile verließen sie die Hauptstraße und fuhren Richtung Osten weiter, durch Zuckerrohrfelder und vorbei an windschiefen Hütten. Die Sonne stand als heller Ball über ihnen. Schließlich lenkte Michael den Mercedes auf einen kleinen Parkplatz.

Der Bootsschuppen war heruntergekommen, die Farbe schälte sich von seinen Wänden. Über der Tür hing ein verwittertes Schild mit der Aufschrift »Smith's Angelausrüstungen. Köder. Bootsverleih. Stunden- und tageweise«. Michael entrichtete die Gebühr für ein Boot, und sie verstauten ihre Sachen an Bord – Timmys Tasche, ein alter Matchbeutel, den er und Gaby als Hochzeitsgeschenk bekommen hatten, sowie Hüte und Handtücher. Sorgsam rieb er die helle Haut seines Sohnes mit Sonnenschutzcreme ein und verteilte etwas davon auch auf seinem Gesicht und den Armen.

Das Meer war ein wenig unruhig, das kleine Boot hüpfte über die kurzen Wellen und landete jedes Mal mit einer Reihe von

Plumpsern, die von Timmy mit Jubelrufen begleitet wurden. »Los, Dad, mehr!«

Sie kreuzten vor der Kette der Inseln – Russell, Lamb, Macleay, Coochiemudlo – und fuhren bei Ebbe an den Sandbänken vorbei. Auf ihren Gesichtern lag warmer Sonnenschein, auf ihren Lippen der Geschmack von Salz. Zur Mittagszeit zog Michael das Boot auf einen Sandstrand, und sie setzten sich in den Schatten einer Gruppe von Kasuarien, breiteten eine Decke aus und plünderten den Inhalt des Picknickkorbes. Timmy vertilgte die Brötchen, den Käse und das Obst mit einem gesunden Appetit.

Es war schon dunkel, als sie in die Stadt zurückkehrten. Timmy lag schlafend auf dem Beifahrersitz, den Kopf gegen das Fenster gelehnt. Mühelos trug Michael ihn die Stufen zu Gabys Haus hinauf und brachte ihn gleich in sein Bett.

»War es ein schöner Tag?« Gaby schloss leise die Tür des Kinderzimmers und folgte Michael in den Korridor.

»Es war toll.« Er rieb sich seinen Nacken. »Aber ich bin hundemüde! Ich freue mich auf mein Bett, so viel ist sicher.«

Gaby stellte sich hinter ihn, schob seine Hände fort und begann, die Muskeln in seinem Nacken zu massieren. »Tut das gut?«

»Mmmmm.« Michael schloss die Augen und legte den Kopf zurück. Er genoss es, ihre Hände auf seiner Haut zu spüren. Kühl. Erfahren. Wirkungsvoll. »Gaby?«

»Ja?«

Er wandte sich um, sah sie an und entzog sich ihrer Berührung. »Die Scheidung … hast du sie je bereut?«

»Nein. Und du?« Die Arme verschränkt, den Kopf zur Seite geneigt, sah sie ihn aufmerksam an. Ihr Mund hatte sich unmerklich angespannt. Für den Bruchteil einer Sekunde war ihm, als wollte er sie schütteln.

Stattdessen zuckte er mit den Schultern und ging zur Tür. »Gute Nacht, Gab«, rief er, ehe der Riegel hinter ihm vorgelegt wurde.

Endlich zu Hause, fütterte er Bess und ging unter die Dusche.

Mit nassen Haaren, das Handtuch um die Hüften geschlungen, wanderte er ruhelos durch das Haus. Der Kühlschrank barg wenig an Lebensmitteln, deshalb aß er einen Apfel und spülte ihn mit einem kalten Bier herunter. Schließlich nahm er das Tagebuch und legte sich aufs Bett.

Stunden später wachte er auf. Das Licht brannte noch, und das Tagebuch war ihm auf die Brust gerutscht. Vorsichtig legte er es auf den Nachttisch und machte die Deckenlampe aus. Der Schlaf kam wieder und trug ihn zurück durch die Jahre. Er fühlte, wie er zurückeilte durch die Zeit, und spürte, dass er machtlos war, den Fluss aufzuhalten.

Am Morgen konnte er sich nur noch an einige Bilder seines Traums erinnern: an einen Soldaten, ein Hufeisen und ein Mädchen mit pechschwarzem Haar.

KAPITEL 8

Es waren nur ihr langer Rock, der feucht an ihren Beinen zu kleben schien, und die überwältigende Hitze, die Hannah davon abhielten, zu rennen, als sie auf die Schmiede zueilte. Schweiß lief ihr den Rücken hinunter. Sie konnte sie spüren, die nasse Spur, die sich an ihrem Rückgrat hinunterschlängelte. In ihrer Brust saß die Angst, ein winziges Flattern, das sich schließlich in ihrer Kehle festsetzte, als sie an die Worte ihres Bruders dachte.

Wie es scheint, haben sich Thomas und der junge Galbraith von der Schmiede gestern registrieren lassen.

Was hatte sich Ben nur dabei gedacht? Und Tom, der sich Davids Wünschen widersetzte? Trotz der Hitze fröstelte sie unwillkürlich, während sie wieder Davids wütendes Gesicht vor sich sah und wie Tom sie in der Bank beiseitegeschoben hatte.

Als Hannah um die letzte Wegbiegung kam und sich der

Schmiede näherte, entdeckte sie Ben. Er kniete vor dem Drahtzaun und brachte ein großes weißes Schild an. Sie lief zu ihm und konnte die beiden Worte darauf deutlich erkennen. ZU VERKAUFEN.

»Ben?«

Er fuhr herum. Ein sorgenvoller Ausdruck lag auf seinem Gesicht, als er Hannah ansah. Er trug nicht seine übliche Arbeitskleidung, sondern einen dunklen Tweedmantel, in dem es ihm sichtlich zu heiß war. Seine Arme hingen schlaff herunter, die Schultern waren gebeugt. Hannah sah den Kummer in seinen Augen.

»Was ist passiert?«

»Es ist wegen Da.«

Er wirkte durcheinander, seine Augen waren blicklos. Sie hörte das leichte Zittern in seiner Stimme, ein Hinweis auf unterdrückte Angst. Er hob die Hände, schlug sie für einen Moment vor das Gesicht, ehe er die Arme wieder sinken ließ.

Hannah nahm ihn am Arm und führte ihn in die Schmiede. Nach dem hellen Licht draußen war es hier drinnen stockdunkel, und sie blinzelte einige Male, bis ihre Augen sich an das Dämmerlicht gewöhnt hatten.

In der Schmiede herrschte ein einziges Chaos. Gerätschaften, die repariert werden sollten, übersäten die Werkbank, zu einem Stapel neben dem Ofen aufgetürmt lagen einige kaputte Kutschenräder. Werkzeug lag verstreut auf dem Boden. Ben sank gegen die offene Tür und starrte Hannah an. »Ich dachte, es würde ihm besser gehen«, sagte er mit gebrochener Stimme. »Letzte Woche schien er fast wieder der Alte zu sein. Dann am Sonntag …« Seine Stimme erstarb, und er schluckte mühsam.

»Was ist am Sonntag passiert?«, drängte Hannah sanft und nahm seine Hand. Sie fühlte sich kalt an.

»Da ist tot.«

Hannah schloss für einen Moment die Augen vor dem Jammer, der ihm offen ins Gesicht geschrieben stand. »Oh, Ben. Es tut mir so leid«, wisperte sie.

»Er ist gestorben, und ich war nicht bei ihm.«

»Du konntest es doch nicht wissen. Du hast selbst gesagt, dass er viel besser ausgesehen hat.«

Es waren nichts als geflüsterte, besänftigende Worte ohne Bedeutung, und sie wünschte sofort, sie hätte sie nicht gesagt. Sie verstand seinen Schmerz, denn sie dachte zurück an den Verlust, den sie vor Jahren erlitten hatte. Doch wie konnte sie Ben trösten? Sein Schmerz war ein zutiefst persönliches Gefühl, eines, das sie nicht teilen konnte.

Hannah wusste nicht, was sie tun sollte, und legte deshalb einfach die Arme um ihn, schloss ihn ein in ihrer Umarmung. Ben atmete schwer, seine Brust hob und senkte sich in angestrengtem Rhythmus. Er legte das Gesicht an ihren Nacken, und sie fühlte die warme Nässe seiner Tränen.

»Mein Vater war nicht in seinem Zimmer. Ich habe gewartet und gewartet, aber niemand kam. Das Bett war abgezogen, all seine Sachen waren fort. Ich dachte, sie hätten ihn in ein anderes Zimmer verlegt. Aber so war es nicht.«

Langsam entlockte Hannah ihm die Einzelheiten. Am darauffolgenden Nachmittag hatte eine Trauerfeier stattgefunden. Außer dem Priester waren Ben und Tom die einzigen Trauernden gewesen. Dann erzählte Ben ihr von der weißen Feder, die man ihm am selben Tag zugesteckt hatte, an dem er vom Tod seines Vaters erfahren hatte. Es hatte sein Gefühl der Verzweiflung nur noch verstärkt.

»Mein Bruder David hat gesagt, ihr hättet euch in die Liste eintragen lassen, du und Tom«, sagte sie rau, als er geendet hatte.

Ben zog sich von ihr zurück. »Wie kann ich erwarten, dass du es verstehst, Hannah«, erklärte er mit resignierter Stimme, »wenn ich es doch selbst nicht verstehe? Außer dir war Da alles, was ich hatte. Jetzt, da es ihn nicht mehr gibt, fehlt auch ein Teil von mir. Es ist, als wäre ich kein ganzer Mensch mehr … Ich muss fortgehen, um Abstand von all dem zu bekommen. Zur Armee zu gehen war der einzige Weg, der sich anbot.«

Ein irrationaler Zorn bahnte sich seinen Weg durch ihre Brust. »Du willst also all das hier aufgeben?«, fragte sie. Sie ließ den Blick durch die Schmiede schweifen und machte eine weit ausholende Geste. »Willst du alles wegwerfen, nur weil eine Frau, der du noch nie zuvor begegnet bist, dir eine weiße Feder gegeben hat, und weil dein Vater …« Mit erstickter Stimme hielt sie inne und schluckte hart. Irgendwie musste sie ihn überreden, seine Meinung zu ändern und zu bleiben, falls es nicht schon zu spät war. »Dein Vater hat hart gearbeitet, um diesen Betrieb aufzubauen«, schloss sie heftig, einen leicht hysterischen Klang in ihrer Stimme, während sie sich an den ersten Gedanken klammerte, der ihr in den Sinn gekommen war.

»Verstehst du denn nicht, Hannah?« Er wandte sich ihr wieder zu, der Ausdruck von Hoffnungslosigkeit beschattete sein Gesicht. »Ich kann nicht hierbleiben und in jedem Schatten meinen Vater sehen. Es gibt zu viele Erinnerungen, zu viele Jahre, in denen wir mit diesem Ort verbunden gewesen sind. Zu viel Schmerz und zu viel Herzeleid.«

»Und was ist mit uns?«, fragte sie leise.

»Um Gottes willen, Hannah. Glaubst du etwa, dass ich nicht an uns gedacht hätte? Du, ich. Wir gehören zusammen. Und wenn dieser Krieg vorbei ist, werden wir zusammen sein. Verheiratet. Als Mann und Frau. Nicht ein paar gestohlene Minuten hier und da. Keine heimliche Geschichte. Ich werde mich unserer Liebe nicht schämen.«

»Ich will nicht, dass du weggehst. Ich kann den Gedanken nicht ertragen, nicht zu wissen, wo du sein wirst, was du machst.«

Ihre Stimme klang drohend in ihrem Kopf, die Worte wirbelten unzusammenhängend durcheinander wie ein weit entfernter Schrei, der in einem endlos langen Tunnel widerhallte.

»Schscht«, beruhigte er sie und zog sie an seine Brust. Sie spürte den Stoff seines Mantels rau an ihrer Wange. Plötzlich waren die Rollen vertauscht, und es war Ben, der sie tröstete. »Schau, es wird noch eine ganze Weile dauern, ehe wir aufbrechen. Zuerst wird es in der Stadt eine Ausbildung geben, im Camp der Armee. Der Krieg könnte bis dahin schon vorüber sein.«

»Ben«, sagte sie und löste sich von ihm, »wie lang, glaubst du, wird die Ausbildung für dich und Tom dauern?«

Die Sonne war höher gestiegen, und ein Strahl fiel durch ein kleines Loch weiter oben in der Wand. Staubfäden schwebten in dessen Licht, winzige sich bewegende Stäubchen. Ben zuckte die Schultern. »Nicht lange. Einen Monat, vielleicht zwei, höchstens. Warum?«

»Ich könnte auch nach Brisbane kommen.«

Er stand einen Moment lang da, als müsste er ihre Worte erst verarbeiten. »Hannah, sei vernünftig. Wir werden in Baracken wohnen, und es wird nur wenig Freizeit geben.«

»Das ist mir egal«, entgegnete sie starrsinnig. »Zu Hause wird es ganz schrecklich sein, wenn Tom geht. Ich glaube nicht, dass ich es ertragen kann, auch nur daran zu denken. Und du ...«

»Pssst.«

Ben zog sie heftig an sich und erstickte ihre Worte mit einem Kuss. Sie schmeckte seinen Mund, süß wie Honig, und sie nahm den schwachen Duft nach Rauch in seinem Haar wahr, den nach gebrannter Zichorie, nach Feuer.

Als ihre Lippen sich auf seine pressten, fühlte sie die rauen Stoppeln an seinem Kinn. In Bens Berührung schien ein Drängen zu liegen, als er mit der Hand über ihren Rücken fuhr, in kurzen kreisenden Bewegungen, als er ihre Hüften gegen seine presste. Sie war sich seiner Erregung bewusst, als seine Zunge ihre Lippen teilte, ihren Mund erkundete. Wie eine Ertrinkende öffnete sie ihm ihren Mund, suchte verzweifelt nach Trost.

Ich gehöre dir.

Die Worte schwebten durch ihr Bewusstsein, und eine geheimnisvolle Hitze pulsierte durch ihre Adern.

Du gehörst mir.

Eng umschlungen spürte sie seine Haut an ihrer, und es schien, als seien sie eins. Vereint, verschmolzen durch diesen Kuss. Untrennbar zusammengefügt.

Abrupt zog Ben sich zurück, wandte sich von ihr ab und fuhr sich mit den Händen nervös über das Gesicht. »Nicht, Hannah«, stöhnte er, seine Stimme klang schroff. »Tu das nicht.«

Was hatte sie getan? Ben hatte diesen Kuss begonnen, sie ermutigt. Doch jetzt, am Ende, war er es gewesen, der sich zurückgezogen und sich mit einigen raschen Schritten von ihr entfernt hatte. Aber er hatte es eigentlich nicht gewollt. Sie konnte es spüren, konnte es sehen an der Art, wie seine Brust sich hob und senkte, an dem angespannten Ausdruck auf seinem Gesicht.

»Was soll ich nicht tun?«

Eine andere Szene stieg vor ihr auf, Worte und Bewegungen tanzten zusammenhanglos in ihren verschleierten Sinnen. Sie beide in der Schmiede, allein, so wie jetzt. Ben, der sie von sich wegschob. *O Gott, Hannah. Geh jetzt besser, ehe ich etwas tue, was ich später bereuen könnte.*

Er starrte sie an, die Luft zwischen ihnen prickelnd vor Emotionen. »Ich liebe dich, Hannah. Bezweifle das nie«, sagte er schließlich. »Aber es gibt einige Dinge, die am besten ungetan bleiben. Eines Tages wirst du meine Frau sein, das verspreche ich dir. So sicher wie die Akazien in jedem Frühling blühen, werden wir zusammen sein. Kein Krieg kann uns je trennen.«

Er zog sie noch einmal in seine Arme, hielt sie fest an seine Brust gedrückt. Durch den Stoff seines Mantels konnte sie den wilden Schlag seines Herzens hören. In seinen Worten hatte Verzweiflung gelegen, ebenso in der Art, wie er ihr Gesicht gegen den rauen Tweed seines Mantels presste, sie so fest hielt, als wollte er sie nie wieder gehen lassen. Doch stärker als all das brodelte in ihr das Gefühl der eigenen Verzweiflung, das Gefühl, dass sie die Kontrolle über all das verlor, was normal und vertraut war. Das widersprüchliche Gefühl, zu spät an ein Ziel gekommen zu sein, das ebenso fremd wie auch erschreckend vertraut war.

Nachdem Hannah in das Haus in der Brunswick Street zurückgekehrt war, ging sie sofort ins Wohnzimmer. Denn das Zimmer enthielt Gegenstände, die ihr gut vertraut waren. Ein Sofa. Zwei Schaukelstühle. Der kleine Tisch, auf dem Enids Bibel lag und Davids Whiskyflasche stand. Ein weiterer runder Tisch in der Ecke mit der Manhattan-Lampe. An der Wand das Harmonium. Sie blieb an der Tür stehen und lehnte sich gegen die Einfassung aus Holz, tröstete sich durch deren Vertrautheit, sah alles wie durch einen Schleier von Tränen.

Was würde aus ihnen werden, aus ihr und Ben? Schon war er dabei, sich von ihr zu entfernen, Wege zu gehen, auf denen sie ihm nicht folgen konnte. Wie sollte sie es ertragen, ihn gehen zu lassen?

... wir werden erst in einer Weile aufbrechen ... Der Krieg könnte bis dahin zu Ende sein.

Was, wenn er sich irrte? Was, wenn der Krieg Jahre dauerte? Was, wenn ...? Sie hielt inne, erinnerte sich an die Verlustlisten in der Zeitung und wagte es nicht, weiter zu denken.

Die Schlange vor den Victoria Barracks schien endlos lang, als Ben und Tom auf ihre endgültigen Papiere warteten. Quälend langsam schoben sich die Männer vor, und es war bereits nach Mittag, als sie endlich an der Reihe waren.

Sie waren zur *11th Field Company Engineers* eingeteilt worden, Ben wegen seines Berufs und Tom als Ergebnis seines teilweise absolvierten Studiums. Wenigstens waren sie zusammen, und das war Anlass genug zum Feiern.

Von den Victoria Barracks fuhren die Männer mit dem Zug zum Bahnhof von Enoggera, von wo aus sie einige Meilen bis zum Ausbildungslager laufen mussten. Sie sangen während ihres Fußmarsches. Es war ein warmer Tag, kaum eine Wolke unterbrach das endlose Blau des Himmels, und das Gefühl war eines von ... Hochstimmung? Furcht? Das Gefühl, sich unaufhaltsam auf etwas Unbekanntes zuzubewegen; auf etwas Dunkles und Unheilvolles, doch auch irgendwie Befreiendes.

Im Lager, das unter dem Namen Bell's Paddock bekannt war, wurden sie mit Kleidung, einer Decke und einem Tornister ausgestattet. Dann führte man sie zu einem Gelände, das von Steinen und niedrigem Buschwerk bedeckt war und frei geräumt werden musste. Bei Einbruch der Dämmerung stand ihre Unterkunft dann bereit: die kleinen weißen Zelte, die Ben früher bei seinen Fahrten durch die Stadt gesehen hatte.

Einen Käufer für die Schmiede hatte er rasch gefunden. Nachdem Ben die wenigen noch offenen Rechnungen vom Sanatorium und für die Beerdigung seines Vaters beglichen hatte, hatte er das restliche Geld auf einem neu eingerichteten Bankkonto deponiert. Es war, wie er Hannah erzählte, nur wenig übrig geblieben. »Aber es ist unser Hochzeitsfonds«, fügte er hinzu, legte die Hände um ihre warmen Wangen und küsste sie herzhaft. »Vielleicht wird es für die Anzahlung auf ein kleines Haus reichen, wenn ich zurückkomme.«

Nachts, wenn die Lichter gelöscht worden waren, lag Ben in dem Zelt und starrte in die Dunkelheit. Er versuchte, sie sich zusammen vorzustellen: ein kleines Haus, ein von Rosen gesäumter Gartenweg, Rauch, der aus dem Schornstein aufstieg. Sie würden Kinder haben, kleine Mädchen mit dunklen Locken wie Hannah sie hatte und Jungen von seiner schlanken Statur und mit seinem hellen Haar.

Ben spürte den Schlaf kommen und seufzte. Er ließ seine Fantasie schweifen und sich mit seinen Träumen verweben, die das Bild des Hauses ins Nichts verschwinden ließen. Und als Ben aufwachte, war es wieder Morgen, ein neuer Tag.

Die Spannung im Haus in der Brunswick Street war unerträglich. Hannah hatte gewusst, dass es so kommen würde. In diesen letzten Tagen vor seiner Abreise war Tom voller Triumph gewesen, voller Hochstimmung darüber, sich endlich seinen Freunden anschließen zu können. David war angespannt gewesen, wortkarg. Enid dagegen wortgewaltig und verärgert. Lange und laut ließ sie sich über die Undankbarkeit einiger Leute aus und jammerte darüber, dass Tom sein Universitätsstudium unterbrach. Lily, das Baby, war quengelig, als würde sie die Disharmonie spüren. Nur Davie schien wie immer zu sein, glücklich mit sich selbst, verträumt in seiner Nach-der-Schule-Welt, die voller Kaulquappen und dem Bach war, der durch den hinteren Teil des Gartens floss.

Gleichsam über Nacht war Hannahs Welt zusammengebrochen, zum zweiten Mal in ihrem Leben. Ohne Ben schienen die Tage endlos: lange, sich ausdehnende Stunden voller Nichts, die sie auszehrten und sie lähmten. Vormittage beim Roten Kreuz. Päckchen packen für den *Comforts Fund*. Das niemals endende Gerede über den Krieg. Und immer wieder die Stimmen, die die Zahl der Toten und der Verwundeten verkündeten, während Enid über die Unannehmlichkeiten der Rationierung schimpfte. Für Hannah war alles, was einmal vertraut gewesen war, jetzt unerträglich, engte sie ein.

Sie vermisste Ben schmerzlich. Vermisste seinen fröhlichen Enthusiasmus, sein rasches Lächeln. Und sie vermisste die Art, wie er seine Hände um ihr Gesicht legte und sie küsste. Unbewusst lenkte sie ihre Schritte zur Schmiede und war einen Moment überrascht, ein fremdes Gesicht über dem Blasebalg zu sehen.

Dann und wann dachte sie an den Vorschlag, den sie Ben an dem Tag gemacht hatte, an dem er ihr vom Tod seines Vaters berichtet hatte – dass sie ihm und Tom in die Stadt folgen würde. Es waren spontane Worte gewesen, dahingesagt ohne Nachdenken, aus dem Gefühl des Augenblicks heraus. Doch wenn sie jetzt darüber nachdachte, fragte sie sich, wie Enid und David reagieren würden, sollte sie ihr Vorhaben wahr machen.

In ihrem Kopf nahm ein Plan Gestalt an, gewann an Stärke, während die Tage vergingen. Ein Plan, der so einfach war, dass

Hannah sich fragte, warum sie nicht schon früher darauf gekommen war. Ein Plan, der es ihr ermöglichen würde, mit Ben zusammen zu sein, wann immer es seine freie Zeit erlaubte.

Sie nahm all ihren Mut zusammen und ging zu Enid, die sich im Schlafzimmer ausruhte, die Vorhänge zugezogen. Hannah schaute sich um und sah das Zimmer vor sich, wie es gewesen war, als ihre Mutter noch gelebt hatte: das Doppelbett, eine Waschkommode mit Wasserkrug und Waschschale; einige Lieblingsschmuckstücke, die auf dem Ankleidetisch neben den Bürsten mit den silbernen Rücken und den Kämmen lagen, zusammen mit den drei Fotografien im Silberrahmen – sie selbst, Tom und David als Babys.

Jetzt waren die Fotografien verschwunden und mit ihnen das Gefühl von Familie, von einer Einheit. Aber der Schmuck lag noch da, achtlos auf den Tisch geworfen, eine goldene Kette, die sich in der Schließe einer Brosche verhakt hatte, und ein Ring mit einem Türkis. Lily schlief in ihrer Wiege in der Ecke des Zimmers. Enid lag auf dem Bett. Der Alhambra-Quilt war zurückgeschlagen und enthüllte weiße Laken.

»Bist du wach?«

Beim Klang von Hannahs Stimme drehte sich Enid um. »Weck das Baby nicht auf!«, zischte sie und legte einen Finger an die Lippen. »Es hat ewig gedauert, bis sie eingeschlafen ist.«

Mit einem raschen Einatmen hob Hannah trotzig den Kopf, ohne auf die Worte ihrer Schwägerin einzugehen. »Enid, ich werde in die Stadt gehen.«

»Du wirst was?«

»Ich muss es tun«, fuhr Hannah hastig fort. »Ich will in Toms Nähe sein.« Und in Bens, fügte sie im Stillen hinzu, weil sie es nicht wagte, seinen Namen laut auszusprechen. »Sie suchen Freiwillige, die den Kriegseinsatz unterstützen, und ich will helfen. Aber nicht, indem ich Socken stricke. Ich will etwas mehr als das tun.«

Für einen Moment glitt ein Ausdruck der Überraschung über Enids Gesicht. Als sie schließlich die Bedeutung der Worte begriff, zog sie die Brauen zusammen, glitt vom Bett, packte Hannah am Arm und zog sie auf den Korridor.

»Der *Comforts Fund* ist ein sehr wichtiger Teil der Kriegsarbeit«, sagte Enid leise, während ihre Finger sich hart in Hannahs Arm gruben. »Aber abgesehen davon, wird David dich nicht gehen lassen. Ich brauche dich hier, damit du mir mit den Kindern hilfst.«

Seit dem Tod von Hannahs Eltern lebten die beiden Frauen in einer unbehaglichen Allianz, und Hannah, die angenommen hatte, Enid würde froh sein, sie gehen zu sehen, war auf diesen unerwarteten Widerstand nicht vorbereitet. »Mein Entschluss steht bereits fest«, erwiderte sie scharf und entzog sich Enids Griff.

»Nun, wir werden ja sehen, was dein Bruder dazu sagen wird!«, entgegnete Enid und presste die Lippen zu einem festen, abweisenden Strich zusammen.

Ein lautes Weinen drang aus dem Schlafzimmer. Lily war offensichtlich aufgewacht.

Wütend starrte Enid auf die Tür, hinter der das Weinen zu hören war. »Du dummes Ding!«, schnappte sie, die Augen eng vor Zorn. »Hör nur, was du angerichtet hast!«

Hannah sah, dass Enids Arm sich hob, wie in Zeitlupe auf sie zukam, und war doch zu erstarrt, um dem harten Schlag auf die Wange, der folgte, auszuweichen. Schockiert taumelte sie zurück und presste eine Hand an ihr Gesicht, als könnte sie auf diese Weise den plötzlichen Schmerz lindern. Tränen schossen ihr in die Augen, und sie blinzelte sie fort, denn sie wollte nicht, dass Enid ihre Qual sah.

Die beiden Frauen starrten sich an, Enids Gesicht war ausdruckslos. Langsam ließ Hannah die Hand sinken, während ihr Herz vor Aufregung noch hämmerte in ihrer Brust. Dann, befürchtend, was sie sagen könnte, würden die Worte erst strömen, wandte sie sich ab und ging davon.

»Wie kannst du es wagen, du undankbares Mädchen! David und ich haben dich aufgenommen …«

Enids Anklagen folgten ihr, eine bittere Tirade. Aber es waren hauptsächlich Halbwahrheiten, und Hannah verschloss die Ohren vor ihnen. Enid: voller Ressentiment wegen der Ungerechtigkeit, zwei halbwüchsige Kinder, die Waisen geworden waren, unter ihre Fittiche nehmen zu müssen. Enid: überströmend vor Zorn auf sie alle. Endlich ließ Hannah es zu, dass ihr die Tränen über die Wangen liefen. Sie ging in ihr Zimmer, schloss wütend die Tür hinter sich und sperrte die Hassworte aus.

Versonnen saß sie schließlich auf dem Bett und überdachte ihre Möglichkeiten. Es war offensichtlich, dass sie nicht bleiben konnte. Jetzt nicht mehr. Die Vorkommnisse der vergangenen Minuten hatten das nur zu deutlich gezeigt. Zu viele Dinge waren geschehen. Wie schwierig und dürftig ihre Beziehung zu Enid war, war endlich offen zutage getreten, Anklagen waren ausgesprochen worden, die nicht zurückgenommen werden konnten. Natürlich würde sie Davie vermissen. Und Lily: die Art, wie ihr warmer pummeliger Körper sich an sie schmiegte, den süßen Babygeruch. Und David.

Die Entscheidung war gefallen, und es gab keinen Grund, noch länger zu zögern. Der Gedanke, Ben wiederzusehen, ließ ihr Herz rasen. Laut schlug es in ihrer Brust, in einem beständigen, aufgeregten Rhythmus. Mit einem Seufzen zog sie den Koffer unter ihrem Bett hervor und begann, ihre Sachen aus der Kommode zu nehmen.

Sie legte gerade die letzten Dinge in einen Koffer, als ihr Bruder, der früher von der Arbeit nach Hause gekommen war, eintrat. »Enid hat gesagt, ihr hattet einen Streit«, meinte er und blieb an der Tür stehen.

»Das könnte man sagen.«

»Was geht hier vor?« Misstrauisch blickte er auf den Koffer.

»Ich fahre in die Stadt«, erwiderte Hannah und wagte es, den Kopf mit einem trotzigen Neigen ihres Kinns zu heben.

»Ich weiß, dass Enid ein bisschen unangenehm sein kann«, sagte er mit gesenkter Stimme. »Aber das wird sich alles wieder einrenken. Morgen hat sie das Ganze schon wieder vergessen. Lass uns keine übereilten Entscheidungen treffen.«

Hannah wandte sich um und starrte ihren Bruder an, Zorn auf ihn wallte in ihr auf. »Sie hat mich geschlagen«, entgegnete sie wütend. »Und wenn du ein Mann wärest, würdest du dich gegen sie wehren.«

Davids Blick glitt über den Teppich, seine Augen wichen ihren aus. »Es tut mir leid, Hannah. Ich wollte nicht, dass so etwas passiert. Enid kann manchmal ein wenig energisch sein ...«

Hannah stieß ein spöttisches Lachen aus, um zu verbergen, dass sie den Tränen nahe war. »Energisch! Ist das alles, was du sagen kannst?«

»Bitte denk noch einmal darüber nach, und bleib hier. Irgendwie werden wir das wieder hinbekommen.«

»Nein!«, erwiderte sie und wandte sich wieder ihrem Koffer zu, ihr Rücken war stocksteif. »Und du wirst mich auch nicht umstimmen können.«

Ihre Stimme bebte, aber ihr Entschluss stand fest. Für einen kurzen Moment hasste sie sich, hasste sie David dafür, was aus ihnen geworden war. Sie hatten sich einmal so nahe gestanden in der Vergangenheit, als sie eine Familie gewesen waren und ihre Eltern noch gelebt hatten. Jetzt waren sie fast Fremde, und Enid war wie ein Keil zwischen ihnen. Sie suchte nach Worten, die sie miteinander verbinden würden, und versagte kläglich.

»Wo willst du wohnen? Was willst du anfangen?« Davids Stimme klang leise, es war kaum mehr als ein Flüstern.

Unverantwortlicherweise hatte Hannah nicht weiter gedacht, als den Zug in die Stadt zu nehmen und Ben wiederzusehen. Ihre Pläne für danach waren verschwommen. Aber irgendwie, nach ganz hinten in ihrem Bewusstsein geschoben, lauerte das Wissen, dass sie sich auf unbekanntes Gebiet vorwagte. Sie hatte ein paar Pfund gespart. Das Geld würde einige Wochen reichen, wenn sie sparsam war, aber danach ...

»Ich weiß es nicht«, erwiderte sie kläglich.

»Hier.« David schob etwas Hartes, Kaltes in ihre Hand und legte ihre darüber.

»Was ist das?« Hannah öffnete die Hand. Es war ein Schlüssel, der im weichen Nachmittagslicht grau glänzte.

»Geh in Toms Wohnung«, drängte David sie und legte eine Fünf-Pfund-Note zu dem Schlüssel. »Dort wirst du gut aufgehoben sein.«

Entschlossen klappte Hannah den Deckel ihres Koffers zu, während sie den Schritten ihres Bruders lauschte, der den Korridor hinunter davonging.

Vermutlich gab es ein paar Leute, denen sie auf Wiedersehen sagen sollte. Alte Schulfreunde, hauptsächlich, und einige Bekannte ihrer Eltern. Doch sie konnte den Gedanken nicht ertragen, sich von ihnen zu verabschieden und dabei die unvermeidlichen Fragen zu hören, die folgen würden. Am besten ist es, einfach zu gehen, dachte sie. Einfach zu verschwinden. Jedes Aufsehen zu vermeiden.

Wenn sie später zurückdachte, erinnerte sie sich an den Rest des Nachmittags wie in Zeitlupe, der endlos langsam verging, ein Nebel aus Schwarz und Weiß, bar aller Farbe. Flimmernde Bilder wie in den Filmen in dem alten Kino unten bei den Lagerhäusern, eine Reihe unzusammenhängender Szenen. Enid, die weinte. Davids angespanntes Schweigen gegenüber seiner Frau. Irgendetwas war geschehen, es hatte einen Streit zwischen den beiden gegeben, doch Hannah war zu müde, zu erschöpft, um sich darüber Gedanken zu machen.

Als sie ihren Koffer durch den Korridor trug, stand der kleine Davie an der Eingangstür, mit großen runden Augen; der Himmel hinter ihm war fast schon dunkel. Schweigend nahm David ihr den Koffer aus der Hand.

»Auf Wiedersehen, Enid.«

»Hannah.« Enid nickte, als könnte sie es nicht über sich bringen, mehr zu sagen. In letzter Minute warf sich Davie Hannah entgegen, schlang seine kurzen Arme um ihre Beine, während Lily, aufgeregt durch das Durcheinander, prompt in Tränen ausbrach und untröstlich an Enids Schulter schluchzte.

Die Fahrt zum Bahnhof verlief schweigend. Sie saß neben David im Cadillac Phaeton, sein Gesicht war eine starre Maske. »Bitte, Hannah. Es ist nicht zu spät, deine Meinung noch zu ändern«, sagte er, als die hell erleuchteten Wagen des Zuges mit einem Zischen von entweichendem Dampf am Bahnsteig zum Stehen kamen.

Versöhnlich legte sie ihm die Hand auf den Arm. »Lass mich gehen und sei glücklich. Das vor allem, bitte sei glücklich.«

Die Tränen waren nur einen Wimpernschlag weit entfernt. Sie wandte sich um und erklomm die Stufen des Wagens, eine, zwei. Absichtlich sah sie ihren Bruder nicht an, schaute sie nicht zurück. Trockenen Auges beobachtete sie, wie die Lichter der Stadt verschwanden und die Dunkelheit sie dann ganz verschluckte. Eine seltsame Leichtigkeit, vermischt mit einem Gefühl von unbeschreiblicher Erregung brodelte in ihrer Brust. Der erleuchtete Waggon war ein warmer sicherer Kokon, der sie nach Norden brachte, in die Stadt, zu Ben.

Vom Bahnhof nahm Hannah eine Pferdedroschke und ließ sich direkt in die Wickham Terrace fahren. Es war spät, als sie ankam, und erschöpft kroch sie in das schmale Bett, das Tom gehört hatte, und schlief bis zum ersten bleichen Licht der Dämmerung, die sich am östlichen Himmel zeigte.

Als sie sich in der kalten harten Realität des Tages in der Wohnung umschaute, wurde ihr bewusst, dass sie hier nicht bleiben konnte. Es war zu klein, zu beengt. Sie würde verrückt werden. Für Tom war die Wohnung gut, denn er verbrachte den größten Teil der Tage an der Universität und kam erst am Abend nach Hause. Und wie sollte sie die Einsamkeit ertragen?

Sie brauchte eine Arbeit, um Geld zu verdienen, auch wenn es noch so wenig war, und sie musste zusehen, dass sie irgendwie Gesellschaft fand. In einem Anflug von Verzweiflung zog sie sich an und lief den Fußweg hinunter, bis sie zu einem Zeitungsstand kam. In der Zeitung gab es einige Angebote für Arbeitsstellen in der Stadt; eine jedoch erregte ihre Aufmerksamkeit besonders: ein Rekonvaleszentenheim für in die Heimat zurückgekehrte Soldaten suchte die Dienste von zusätzlichem Hauspersonal.

Das Haus lag in Kangaroo Point auf der Südseite des Flusses, eine kurze Fahrt mit der Fähre nicht weit entfernt vom Stadtzentrum. Es stand ein gutes Stück von der Straße zurück auf einem weitläufigen Gelände, inmitten einer sorgsam gepflegten Anlage. Hannah ging über die weit geschwungene Auffahrt auf den Eingang zu. Die Auffahrt beschrieb einen Halbkreis, in dessen Mitte eine Statue stand, die einen Engel darstellte, der einen Krug trug. Aus diesem Krug rann ein dünner Wasserstrahl.

Das Haus, das vor Hannah aufragte, war groß und beeindruckend und die Glasfenster glänzten hell in der Sonne. Einige Männer hielten sich auf dem Rasen auf. Ein paar von ihnen trugen Verbände, andere humpelten mit Hilfe von Krücken und Stöcken umher. Eine Krankenschwester mit gestärkter weißer Haube schob einen Rollstuhl, in dem ein Mann saß, über die Auffahrt auf Hannah zu und sah sie neugierig an.

Es entsetzte Hannah zu sehen, dass der Mann keine Beine hatte. »Ich bin wegen der Stellung hier«, stammelte sie und wusste nicht, wo sie hinschauen sollte. Wie magisch wurde ihr Blick von den Hosenbeinen des Mannes angezogen, die jeweils in Kniehöhe zusammengeknotet waren.

»Gehen Sie zum Haupteingang, dann die Treppe hinauf. Sie finden Mrs. Worthington im Büro zur Linken.«

Und damit ging sie weiter; ihr Rock raschelte, und die Räder des Rollstuhls quietschten.

Zaghaft klopfte Hannah an die Bürotür. »Herein«, kam die knappe Antwort. Hinter einem wuchtigen Schreibtisch saß eine Frau, das graue Haar zu einem schlichten Nackenknoten frisiert, und hielt den Kopf über einen Stapel von Papieren gebeugt. »Ja?«, fragte sie, ohne aufzusehen.

»Ich bin wegen der Stelle hier, die in der Zeitung stand«, stammelte Hannah wieder.

»Mmmm.« Die Frau hob den Kopf und betrachtete sie nachdenklich. »Es handelt sich um Hilfeleistungen bei der Pflege der Männer«, sagte sie schroff, »und wir brauchen dringend jemanden für's Haus. Ein Mädchen für alles, wenn Sie es so nennen wollen. Ich nehme an, Sie verfügen über einige Erfahrung?«

Hannah nickte. Sie war sprachlos und hoffte, sie würde nicht nach Einzelheiten gefragt werden.

»Die Arbeit wird mit den üblichen Sätzen entlohnt, plus Unterkunft und Verpflegung«, erklärte die Frau weiter mit abgehackter Stimme. »Und die Sonntagnachmittage sind frei.« Sie stand auf und ging zum Kamin, dann wandte sie sich plötzlich um und sah Hannah an. »Das Wohlergehen der Männer ist unser vorrangigstes Bestreben. Sie alle sind auf irgendeine Weise verletzt worden. Vielen fehlen Gliedmaße, einige leiden unter den Auswirkungen der Gasangriffe. Manche sind blind. Unsere Aufgabe ist es, sie wiederherzustellen, auch wenn viele sich nie völlig erholen werden. Wie lautet Ihr Name, Mädchen?«

»Hannah. Hannah Corduke.«

»Clare Worthington«, stellte die Frau sich jetzt auch vor. »Sie werden oben ein eigenes Zimmer haben. Es darf kein Fraternisieren mit den Männern geben. Sie können morgen früh anfangen. Seien Sie pünktlich um acht Uhr hier.«

Hannah hüpfte fast zurück zur Fähre.

Arbeit! Arbeit!

Sie hatte eine Arbeit!

Jeden Morgen um sechs Uhr war Appell im Bell's Camp Paddock. Die Männer taumelten schlaftrunken aus den Zelten und stießen beim unvermeidlichen Verlesen der Anwesenheitsliste fast unhörbare Antworten aus. Darauf folgte die Körperertüchtigung, oder, wie es auch genannt wurde, die Gymnastikübungen, danach standen Morgenwäsche und Rasieren an. Anschließend wurde das Frühstück an den langen Kantinentischen eingenommen, heruntergeschlungen mit Hilfe von vielen Tassen heißem Tee.

Sie waren vier, die sich zu einer Gruppe zusammenfanden. Ben, Tom, ein junger Kartoffelfarmer aus Toowoomba, der von ihnen prompt den Spitznamen Spud, Kartoffel, verpasst bekam, und Jack. Jack war der Sohn eines Viehzüchters aus der Gegend von Roma und hatte sandfarbene Haare. Er war noch nie zuvor in der Stadt gewesen, und er hatte, laut seinen eigenen Worten, »beschlossen, sich von zu Hause zu verziehen und sich zu melden«.

Dann war da die mühselige Arbeit: Zelte errichten, Übungsmärsche, Gräben ausheben. Ben fand, dass er sich leicht an dieses Leben gewöhnte, seine Fähigkeit, Befehle entgegenzunehmen, war durch die Jahre harter Arbeit in der Schmiede geübt.

Marschieren. Schritt halten.

Ja, Sir. Nein, Sir.

»Du kannst mich mal kreuzweise«, knurrte Spud, der keinen Respekt vor Ranghöheren hatte.

Am Ende der zweiten Ausbildungswoche, es war Sonntagnachmittag und sie hatten den Drill für den Tag gerade beendet, überraschte Hannah Ben damit, dass sie am Zaun wartete, der den Exerzierplatz umgab. Sie stand im Schatten eines der großen Gummibäume, hatte die Arme erhoben und die Finger durch das Metallgeflecht gesteckt.

»He, Tom«, rief er und deutete auf sie, als er über den Platz zu ihr lief. »Sieh mal, wer uns besuchen kommt.« Als er den Zaun erreichte, steckte er die Hand hindurch und berührte ihre Fingerspitzen. »Ich habe dich vermisst«, flüsterte er, während Tom hinter ihm herangestapft kam.

»Ich habe dich auch vermisst.« Sie zog sich zurück, ihr Gesicht bewusst ausdruckslos, unnatürlich blass. Zu blass, dachte Ben, der auch die dunklen Ringe unter ihren Augen bemerkte.

»He, Schwesterherz!«, schnaufte Tom, als er sich zu ihren Füßen ins Gras warf. Ein albernes Grinsen lag auf seinem Gesicht. »Was tust du denn hier?«

»Ich habe einen Job gefunden.«

»Du hast was?«, rief Ben.

»In Kangaroo Point. Mrs. Worthington, die Dame, der das Haus gehört, hat im Erdgeschoss eine Pflegestation für heimgekehrte Soldaten eingerichtet.«

»Du bist aber keine Krankenschwester«, warf Tom ein.

»Nein«, gab Hannah zu. Sie beobachtete ihn, bemerkte Ben, als wollte sie genau sehen, wie er reagierte. Die Spur eines Lächelns umspielte ihre Mundwinkel. »Ich arbeite als Hausmädchen.«

»Als Hausmädchen!«, explodierte Ben. »Warum um alles in der Welt tust du das, Hannah? Wenn du in die Stadt willst, schön und gut, aber hättest du nicht in Toms Wohnung bleiben und irgendeine freiwillige Arbeit für das Rote Kreuz machen können?«

Tom saß in amüsiertem Schweigen da und zupfte an den Grashalmen. »Er hat recht, Schwesterherz«, meinte er schließlich. »Ich will auch nicht, dass du arbeitest. Es besteht keine Notwendigkeit. Geh wieder nach Hause.«

»Nein«, erwiderte Hannah stur. Sie schwieg einen Moment und verzog das Gesicht. »Ich dachte, du würdest dich freuen, mich zu sehen.«

»Natürlich freue ich mich«, besänftigte Ben sie. »Aber sieh dich doch an. Du siehst mitgenommen aus, jetzt schon, und du hast diesen Job erst seit …«

»Vier Tagen«, unterbrach Hannah.

Tom kam mühsam auf die Füße. »Ich werde euch zwei mal allein lassen.« Er steckte einen Finger durch das Drahtgeflecht und berührte ihre Hand. »Versteh mich nicht falsch. Es tut gut, dich zu sehen, Schwesterchen, aber nicht auf diese Weise. Hör auf das, was Ben sagt. Geh zurück nach Hause.«

Ben sah Tom nach, wie er davonschlenderte, dann wandte er sich wieder an Hannah. »Was ist wirklich los? Was tust du hier?«

»Ich wollte in deiner Nähe sein«, erwiderte sie schlicht.

»Großer Gott, Hannah!« Er strich sich mit der Hand durch das Haar und runzelte die Stirn. »Versteh doch, hier ist nicht der Ort, um zu reden, und auch nicht die Zeit. Ich muss dich allein sehen.«

»Ich habe jeden Sonntagnachmittag frei.«

Er dachte kurz nach. »Dann nächsten Sonntag. Um ein Uhr. Komm in den Botanischen Garten. Ich werde neben der Statue von Queen Victoria auf dich warten.«

»Galbraith!«, bellte eine Stimme vom anderen Ende des Exerzierplatzes herüber. Ohne hinzusehen, erkannte Ben die Stimme eines der Leutnants.

»Ich muss gehen«, sagte er hastig, obwohl er sich noch nicht von ihr trennen wollte. Er steckte einen Finger durch das Geflecht und streichelte ihre Wange. »Ich liebe dich, Hannah.«

»Ich liebe dich auch«, bekräftigte sie nickend. Ben dachte, sie würde gleich anfangen zu weinen. Ihr Mund hatte sich verzogen, als hätte sie die Kontrolle über die Muskeln verloren. Hannah, die nie in ihrem Leben hart gearbeitet hatte, schuftete jetzt wie ein Bauarbeiter in einem Rehabilitationsheim. Hannah, die es nicht ertragen konnte, von ihm getrennt zu sein, die ihn genug liebte, um in diese große Stadt zu kommen.

»Bis Sonntag dann.«

Er sehnte sich danach, sie mit den Armen umfangen zu können, ihre Zartheit zu spüren. Sehnte sich danach, die Süße ihres Mundes zu schmecken, ihr zu sagen, dass das alles nichts machte. Doch es *macht* etwas, dachte er grimmig und verdrängte den Gedanken. Es machte etwas.

Stattdessen wandte er sich um und ging über den Exerzierplatz zu seinem Ausbilder, der, die Hände in die Hüften gestemmt, dastand und auf ihn wartete. Ben schaute nicht zurück, weil er wusste, dass er seiner Selbstbeherrschung dann nicht mehr würde trauen können.

KAPITEL 9

Das Haus am Kangaroo Point lag auf einem Hügel, von dem aus man die Stadt und den Fluss überschauen konnte. Das obere Stockwerk beherbergte einige Schlaf- und Badezimmer, ein kleines Esszimmer, ein Billardzimmer sowie die Räume der Mädchen. Das Wohnzimmer war mit massiven viktorianischen Möbeln eingerichtet und mit Nippes geschmückt. Eine große Veranda zog sich um das ganze Haus herum.

Im Erdgeschoss befand sich die Küche, ein gewölbeähnlicher Raum mit polierten Metallflächen und einem Gasofen. Auf einer Seite lagen die Vorratskammer und die Spülküche, von der aus steinerne Stufen hinunter in den Keller führten. Täglich kam ein Mann ins Haus, um die Eistruhe aufzufüllen.

Zusätzlich zu dem riesigen Ballsaal waren noch der Salon und die Bibliothek, das Arbeitszimmer sowie eine Reihe anderer Wohnräume vor sechs Monaten umgestaltet worden, damit dort Verwundete aufgenommen und von medizinischem Personal betreut werden konnten. All das war aus unmittelbarer Betroffenheit heraus geschehen, wie Hannah bald herausfand, und die Schroffheit ihrer Arbeitgeberin war in gewisser Hinsicht nur Fassade. Clare Worthington war kurz vor Ausbruch des Krieges Witwe geworden und hatte ihren ältesten Sohn während des Gallipoli-Feldzuges verloren. Das Familienunternehmen, eine große, in der Nähe gelegene Fabrik, die sich auf die Herstellung von Lokomotiven spezialisiert hatte, trug nach wie vor den Namen Worthington & Söhne und wurde jetzt von Clares zweitem Sohn Maurice geführt.

Maurice war ein unkonventioneller Mann, der eine Vorliebe für steife Strohhüte und junge Frauen hatte. Er war Mitte dreißig und mit einer jungen Dame verlobt, die aus einer der führenden Familien der Stadt stammte. Mit einer Hochzeit schien man in absehbarer Zeit jedoch nicht zu rechnen. Hannah lernte es bald, ihn zu meiden und seine Bemerkungen und unverhüllten Anträge mit einem Kopfschütteln zu übergehen. Jeder ihrer Gedanken galt Ben, und die Angebote des jungen Mannes interessierten sie nicht im Mindesten.

Neben dem medizinischen Personal beschäftigte Clare Worthington ihr eigenes Personal, das sich um den reibungslosen Ablauf des Haushalts kümmerte. Da waren Mavis, die Spülmagd, ein Stalljunge und der Gärtner sowie Mrs. Bonham, die Köchin. Mr. Bonham agierte zugleich als Pferdeknecht und als Mrs. Worthingtons Chauffeur und kümmerte sich um die Wartung der Fahrzeuge, die in den angrenzenden Ställen untergestellt waren, wo sich auch die Zimmer der männlichen Angestellten befanden.

Es war Lottie, das Zimmermädchen, die Hannah zur Freundin wurde. Sie war siebzehn, ein Mädchen vom Lande mit frischem Gesicht, und hatte ihren Dienst im Haus einen Monat vor Hannahs Ankunft begonnen. Schlau und scharfsichtig hatte Lottie ihre eigenen Ansichten über alles, angefangen vom Preis für Fisch bis zum Fortgang des Krieges. Sie kannte jeden Klatsch, der im Hause kursierte, wusste um den bedenklichen Zustand der Bonham'schen Ehe und von Clare Worthingtons seltsamen Angewohnheiten. Auch Maurices Neigungen waren ihr bekannt. Insgeheim verachtete sie die Familie, und deren Mitglieder waren oft Gegenstand ihrer ätzenden Bemerkungen.

»Ihnen macht es nichts aus, dass wir Krieg haben«, sagte sie eines Abends verärgert, während sie mit Hannah durch das Haus ging und prüfte, ob alle Türen verriegelt waren. »Er ist gut fürs Geschäft, wenn man zufällig eine Maschinenfabrik besitzt und ein paar Staatsaufträge hat.«

»Was ist mit dem Sohn – mit dem, der gefallen ist?«, fragte Hannah und legte den Riegel an der Küchentür vor. »Kein Geld der Welt könnte jemals diesen Schmerz auslöschen.«

»Alles, was ich sehe, ist, dass einige Leute durch das Elend der anderen reich werden.« Lottie zuckte mit den Schultern. »Irgendwie scheint das nicht gerecht zu sein.«

»Aber das Haus?«, beharrte Hannah. »All diese Zimmer den

Soldaten und Krankenschwestern zur Verfügung zu stellen und sich selbst mit den engen Räumen oben zu begnügen. Das ist sehr großzügig.«

»Eine Hand wäscht die andere«, erklärte Lottie und ging auf die Treppe zu. »Das beruhigt das Gewissen.«

Am folgenden Sonntagnachmittag trafen sich Hannah und Ben wie verabredet im Botanischen Garten. Als er sie kommen sah, lief er ihr entgegen; atemlos und lachend stand er dann vor ihr. »O Hannah, ich habe dich so sehr vermisst!«, rief er. Sein Gesicht strahlte, als er sie küsste, sie herumwirbelte, bis ihre Füße sich vom Boden lösten und sie mit einer Hand ihren Hut festhalten musste, damit er nicht herunterfiel.

»Hallo, Ben«, sagte sie, als er sie wieder auf den Boden gestellt hatte. Sie empfand eine seltsame Scheu. Hier in der Stadt gab es eine plötzliche, fast kaum wahrnehmbare Veränderung in ihrer Beziehung. Es war nicht Ben der Schmied, der manchmal ein Tweedjackett trug und in der Schmiede geraubte Küsse einforderte, der jetzt vor ihr stand, sondern es war Ben, der Soldat, in seiner neuen Uniform aus Serge. Ein anderer Ben. Ohne den Geruch nach dem Rauch des Schmiedefeuers in seinem Haar, dem nach Pferden und heißem Metall. Dies war ein Stadt-Ben, schmuck und rasiert. In dieser neuen Umgebung sah sie ihn mit anderen Augen.

Hannah ergriff Bens Arm, und sie schlenderten durch den Park. Er trug seine Khaki-Uniform, und sie fühlte Stolz, als sie die bewundernden Blicke der anderen Frauen bemerkte, wenn sie vorübergingen. Eine Kapelle spielte in einer vielgiebeligen Rotunde. Segelboote und Ruderboote schaukelten auf dem Fluss. Das Wasser reflektierte das Sonnenlicht, und unzählige von verwirrenden widergespiegelten Bildern hüpften und glitten in der Bewegung der Tide dahin.

Sie gingen am Ufer entlang in Richtung der Stadt und blieben nur am Verkaufshäuschen im Park stehen, um Eiscreme zu kaufen und später noch eine Zeitung von einem Stand am Ende der Alice Street. Einige Blocks weiter führte Ben sie in die Queen Street. Sie war voller Pferde und Wagen, Einspänner, Fahrräder und hin und wieder einem Automobil. Straßenbahnen hielten, und Menschen stiegen aus und gingen zwischen dem Verkehr so sorglos auf der Straße umher, dass Hannah sicher war, mindestens einen von ihnen müsste ein schrecklicher Unfall ereilen.

Die Straße war nicht gepflastert und wurde von Häusern gesäumt, die überwiegend aus Holz erbaut worden waren: In regelmäßigen Abständen entlang des Gehsteigs standen Gaslaternen. Wieder rumpelte eine Straßenbahn vorbei, betrieben von den Leitungen, die über ihr liefen. *Nummer 30* stand vorne auf dem Schild. *New Farm, Ipswich Road.* Bestehend aus einem einzigen Wagen hatte sie keine Fensterscheiben, und das Innere war offen. Hannah konnte den Schaffner sehen, der einen runden weißen Hut trug und am Ende des Wagens stand und die Fahrscheine einsammelte.

Ben fand eine kleine Imbissstube, die eingezwängt zwischen einem Barbier- und einem Süßwarenladen lag. Er bestellte Tee und Scones bei der Kellnerin, die eine weiße Kappe trug, dann lehnte er sich auf dem Stuhl zurück und streckte seine langen Beine aus.

»Ich habe dich vermisst, Hannah«, sagte er und nahm ihre Hand. Er sah Hannah ernst an, und es gelang ihr nicht, den Ausdruck auf seinem Gesicht zu deuten, der sich in den feinen Linien andeutete, die um seinen Mund und um seine Augen lagen. »Bist du einsam hier, in dieser großen Stadt, in der du niemanden kennst?«

»O nein.« Das Lachen, das diese Worte begleitete, klang selbst für ihre Ohren gezwungen. Sie vermisste das Haus in der Brunswick Street, ihr eigenes Zimmer. Besonders vermisste sie die Kinder, Davie und Lily. »Bei den Worthingtons gibt es niemals eine freie Minute, und ich habe viel Gesellschaft. Lottie mag ich besonders. Sie ist sehr lustig.«

»Lottie?«

»Eigentlich heißt sie Charlotte, aber sie sagt, sie hasst es, so genannt zu werden. Sie ist sehr hübsch und sehr gescheit.«

Die Kellnerin kam mit einer Kanne Tee und den Scones, Konfitüre und Sahne. Nachdenklich gab Ben zwei Teelöffel Zucker in seine Tasse. Während er an der heißen Flüssigkeit nippte, starrte er aus dem Fenster auf die vorbeigehenden Passanten.

»Lottie sagt, dass der Krieg für das Geschäft der Worthingtons gut ist, da er die Reichen reicher macht, während die Armen ärmer werden.«

»Und sind sie es? Reich, meine ich.« Er wandte sich ihr wieder zu und sah sie über den Rand seiner Tasse hinweg an.

»Ja, schrecklich reich.«

Ausdruckslos starrte Ben in seinen Tee. Die Gespräche im Hintergrund waren plötzlich verstummt und betonten das Schweigen zwischen ihnen. Hannah spürte den unerträglichen Wunsch, etwas zu sagen, das Schweigen mit Worten zu füllen, die sie aneinanderbinden würden, nicht auseinanderbrachten. Das Leben in der Kaserne, die Stadt – er war dabei, sich von ihr zu entfernen.

»Sie haben mehr Geld, als du oder ich uns vorstellen können. Es scheint nie auszugehen. Maurice hat für jeden Tag der Woche einen anderen Anzug. Lottie sagt …«

Hannah verstummte und sah Ben aus großen Augen an. Sie wusste, dass sie nur daherplapperte. Bedeutungsloses Geschwätz, leere Worte und Sätze, die nichts darüber sagten, wie sie sich fühlte, bei ihrer Arbeit in einem Haus zwischen Beinamputierten und Hustenden, die Flure voll gestellt mit Rollstühlen, Sauerstoffmasken und Flaschen, Krücken und künstlichen Gliedmaßen; mit Betten, in denen die verstümmelten Reste einst gesunder Männer lagen, ihre Körper von Schmerzen gequält.

Hannah sah auf die Scones und fühlte ihren Hunger schwinden; stattdessen stieg eine unerklärliche Furcht in ihr auf. Ben würde bald zu den weit entfernt liegenden Orten gehen, an denen diese Männer gewesen waren. Würde er gesund bleiben? Würde er unversehrt zurückkommen, oder würde ihm ein Arm oder ein Bein fehlen? Oder würde er einen irreparablen Schaden an seinen Lungen davontragen? Würde er überhaupt zurückkommen? Sie konnte es nicht ertragen, daran zu denken. Die Vorstellung, was alles geschehen könnte, war zu schrecklich.

Verzweifelt wandte sie den Blick ab und versuchte vergeblich, ihre Gedanken auf etwas anderes zu konzentrieren. Da saß sie nun an diesem Sonntagnachmittag, in einer gut besuchten Teestube, doch ihr Leben schien aus den Fugen geraten und nicht mehr im Einklang mit dem Rest der Welt zu sein. Die Menschen um sie herum schienen sie zu bedrängen, fremde Gesichter, alle unbekannt bis auf Bens, und das Gewirr der Stimmen schwoll zu einem dumpfen Dröhnen an. Die anderen lachten und scherzten, aßen und tranken, doch Hannah spürte, dass ihr die Tränen kommen wollten.

Sie hatte das Gefühl, nicht dazuzugehören, ein Gefühl von Einsamkeit, das so schneidend war, dass es ihr die Luft zu rauben schien. Und da war diese seltsame Benommenheit, als wäre sie betäubt worden, als wollte ihr Verstand sich vor den ständigen täglichen Schrecken verschließen. Verstümmelte Körper, die Listen der Toten in den Zeitungen.

Straßenbahnen fuhren vorbei, die Anzeigetafeln verkündeten deren Zielort, Logan Road, Toowong. Hannah beobachtete sie, das Gesicht zum Fenster gewandt, und sie wusste, dass Ben sie ansah.

Langsam streckte er den Arm aus, nahm ihre Hand und verschränkte seine Finger mit ihren. Sie spürte die Wärme seiner Haut, seine Kraft. »Hannah, das ist verrückt«, sagte er schließlich. »Was tun wir hier? Was tust *du* hier? Du solltest zu Hause sein, in der Brunswick Street, nicht in dieser hektischen Stadt. Der Krieg …«

Er schwieg einen Moment und spielte mit den Krümeln auf der Tischdecke, schob sie zu einem ordentlichen Häuflein zusammen, dann lachte er voller Bitterkeit. »Du solltest einmal diese Burschen in der Kaserne erleben, Hannah. Und Tom nehme ich da nicht aus. Man könnte denken, es wäre eine Urlaubsfahrt, auf die sie gehen werden. Irgend so ein gottverdammter Familienurlaub! Sie denken überhaupt nicht daran, dass sie *sterben* könnten.«

»Ben! Nicht!« Sie legte die Hand auf seine und spürte, dass er zitterte.

»Dumme junge Narren. Sie *wissen* es einfach nicht.«

Abrupt schob er den Stuhl zurück, stand auf und strich mit den Händen seine Uniformjacke glatt. Am Tresen zahlte er für den Tee, dann nahm er Hannah am Arm und führte sie hinaus auf die belebte Straße.

Es war später Nachmittag, der Himmel wirkte dunstig. »Ich muss gehen«, sagte er. »Ich will es nicht, aber ich muss.«

Sein Haar schimmerte golden im Licht, und auf seinem Gesicht lag eine sanfte Traurigkeit. Er legte den Handrücken an Hannahs Wange und streichelte sie, ehe er die Hand um ihr Kinn schloss und ihr Gesicht zu seinem hob. »Hannah?«

»Ja?«

»Wenn dieses Elend vorbei ist, wenn die Welt wieder zur Besinnung gekommen ist, dann werde ich dich heiraten, und wir werden uns nie wieder trennen müssen.«

Nach einigen Wochen wurde die Kompanie von Bell's Paddock zum *Exhibition Ground* verlegt, was den Vorteil bot, näher am Stadtzentrum zu sein. Wie Ben feststellte, würden sie nun statt auf nackter Erde auf Holzfußböden schlafen.

»Verdammt großartig«, bemerkte Spud voller Hoffnung. »Als Nächstes werden sie uns dann in einem Hotel unterbringen.«

Die Ausbildung wurde verschärft. Die Männer wurden im Gebrauch von Gewehren und Bajonetten unterwiesen, und es gab Übungsmärsche durch die Stadt, in voller Montur und mit Waffen, Provianttasche und Wasserflasche. Es waren Stunden der Anstrengung unter gepackten Tornistern.

»Himmel, ich könnte ein Bier vertragen«, keuchte Jack, als sie sich eine der Straßen im Stadtzentrum entlangschleppten.

»Und ich würde alles dafür geben, pinkeln zu können«, erwiderte Spud und verzog das Gesicht in gespielter Qual, was alle zum Lachen brachte.

Es herrschte eine Art beginnender Kameraderie zwischen den vier Männern. Spud war der eigensinnige Spaßmacher, Jack dagegen der ernste, ruhigere Typ, der gern ein oder zwei Glas Guinness genoss. Tom lebte ganz sein gewohntes jungenhaftes Selbst. Ben empfand sich durchaus als einer von ihnen, fühlte sich aber dennoch auf eine seltsame Weise von ihnen getrennt. Mehr an seine eigene Gesellschaft gewöhnt als an diese kameradschaftlich scherzende Gruppe, empfand er die Vertraulichkeit und den Mangel an Privatsphäre zunächst als frustrierend. Toiletten und Duschen ohne Türen, Gemeinschaftsunterkünfte, ständig Menschen um ihn herum: er sehnte sich nach Stille, nach einem Buch, nach Schlaf, der nicht von Spud gestört wurde, der auf der Matratze neben seiner schnarchte.

Nach einigen Tagen wurden Urlaubsscheine ausgegeben, die es ihnen erlaubten, abends ins *Valley* oder in die Stadt zu gehen. Die Pubs waren voll mit Soldaten, die an den Theken saßen und lautstark grölten, während die Straßen von Patrouillen kontrolliert wurden. Es war ein unwirkliches, berauschendes Leben.

Hannah war verpflichtet, ihren Dienst bis um neun Uhr abends zu versehen, bis die Patienten für die Nacht fertig gemacht worden waren. Danach mussten noch die letzten Bettpfannen geleert und die Böden gewischt werden. Hin und wieder schenkte ihr eine der Krankenschwestern eine Tasse Tee ein, und während Hannah dasaß und daran nippte, lauschte sie auf die Geräusche im Krankensaal: das unablässige Pfeifen von gasgeschädigten Lungen, das unbewusste Stöhnen der Männer, wenn sie im Schlaf noch einmal schreckliche Szenen durchlebten.

Ihre morgendlichen Pflichten wechselten, und an manchen Tagen schien es, als würde ihr jede nur denkbare Aufgabe übertragen. In der Waschküche plagte sie sich über dem heiß dampfenden Waschkessel und dem Waschbrett ab, spülte die Bettwäsche in den runden Eisenwannen, die von Hand befüllt und entleert werden mussten, bis sie endlich mit Hilfe einer schweren Mangel den letzten Rest von Wasser aus dem Stoff wringen konnte. Mrs. Worthington verlangte, dass alles gebügelt wurde, selbst die Laken, die Hannah mit dem Bügeleisen der Marke *Mrs. Potts* in Angriff nahm, das auf dem Ofen erhitzt wurde.

Am liebsten ging sie jedoch für die Rekonvaleszenten einkaufen – einen neuen, dringend benötigten Schlafanzug, Briefpapier, Tabak, eine Pfeife. Hannah fand bald heraus, dass die besten Geschäfte im Stadtzentrum lagen, besonders in der Queen Street. *Finney Isles* war das größte Geschäft. Vier Stockwerke hoch, mit einem eleganten Türmchen auf dem Dach und einem Schild, auf dem *»Universal Providers«* stand, beherrschte es den gesamten Block zwischen Queen Street, Edward Street und Adelaide Street. Das Angebot umfasste alles nur Denkbare einschließlich Kleider von der Stange, Unterwäsche, Hüte, Hemden und Möbel. Verglichen mit *Finney Isles,* dachte Hannah, ist das *Clarke's Emporium* zu Hause ein Kleinkrämerladen.

Besonders fasziniert war Hannah vom *Fortitude Valley,* oder *The Valley,* wie man es kurz nannte. Es war ein Arbeitervorort, dessen Straßen einem bunten Basar ähnelten, denn das riesige Warenangebot der Läden quoll förmlich heraus bis auf die Fußwege. Der größte Laden dort war *Beirne's* Stoffhandel, in dem man Stoffe zu sehr günstigen Preisen erstehen konnte.

Nach dem Leben in der Brunswick Street schien die Stadt ein Bienenstock an Aktivität zu sein, eine Mischung aus Alt und Neu. Es gab viele beeindruckende, aus Stein oder Ziegeln errichtete Gebäude wie den *Supreme Court* und das *Treasury Building*, das *Parliament House* und *Government House* und das Hauptgebäude der *Queensland National Bank*, das im korinthischen Stil erbaut war.

Das Worthington-Haus lag nicht weit entfernt von der Stadt. Hannah musste nur einen kurzen Fußweg am Fluss entlang zurücklegen, um zum Fähranleger zu kommen, von dem aus die *P. S. Hetherington*, ein Seitenruderdampfer, jede Viertelstunde ablegte. Die Überfahrt dauerte nur Minuten, doch Hannah genoss es, auf dem Wasser zu sein und den Wind zu spüren, der über ihr Gesicht strich. In diesen Momenten fühlte sie sich frei und unabhängig.

Von der Fähre aus konnte sie, am unteren Ende der Alice Street, die vom Fluss abgetrennten Schwimmzonen sehen. Dahinter lagen Brauereien und Firmen, in denen Sodawasser und Likör hergestellt wurden. Es gab Fabriken, die Marmeladen machten, Brot und Kekse, Butter und Stiefel; kleine Gießereien, einen Schlachthof, Druckereien und Werke, die Automobile und Kutschen produzierten. Andere Leben, andere Existenzen, die nicht stillstanden und doch in dem gleichen Kreislauf gefangen waren.

Bei all der Geschäftigkeit der Stadt und den verrückt-wahnsinnigen Tagen des Krieges war Lottie ihre einzige Freundin. Lottie, die den Männern zuzwinkerte und anzüglich die Hüften schwang, wenn sie auf dem Rasen vor dem Haus an ihnen vorbeiging, die die Blicke herausforderte und dabei lachte. Lottie, die unbekümmerte Zynikerin, die sich jeden Abend ans Fußende von Hannahs Bett kauerte, die Knie hochgezogen und die Füße unter ihrem Nachthemd verborgen, um die Probleme der Welt zu sezieren. Lottie, die untröstlich weinte, als in der Pflegestation der junge Jim starb, Veteran der ersten Landung in Gallipoli und beinamputiert.

Jim, erklärte Lottie später unter einer Flut von Tränen, war ein Freund ihres Bruders Frank aus deren Kindertagen gewesen. Frank war vor sechs Monaten in Gaba Tepe getötet worden, von der Kugel eines türkischen Heckenschützen. Auf eine seltsame Weise schien Jims Tod eine Katharsis für Lottie zu sein, vermutete Hannah, ein Werkzeug, mit dessen Hilfe sich die Freundin von den letzten Resten ihres Schmerzes befreien konnte. Lottie sparte eisern, um für Frank den Grabstein zu kaufen, für den ihre Eltern, arme Farmer, nicht das Geld aufbringen konnten.

Gibt es überhaupt noch jemanden, der nicht auf verheerende Weise vom Krieg berührt wird?, fragte Hannah sich.

Lottie war für Hannah ein Rätsel, eine wundersame Mischung aus Naivität und Erfahrung, aus altmodischen Vorstellungen und modernen Ideen. Was ihre Eltern ihr an schlichten Lehren beigebracht hatten, stand im Widerspruch zu Tod und Zerfall und Verzweiflung, von denen in jeder Zeitung zu lesen war. Lottie hingegen hatte etwas Unbekümmertes an sich, etwas Sorgloses.

Im Laufe der Wochen war es Lottie, der Hannah von Ben erzählte und der sie ihre verzweifelten Sorgen anvertraute. »Was ist, wenn er stirbt? Wenn er nie wieder zurückkommt?«, fragte sie und fand endlich Worte für ihre Ängste.

»Du wirst damit fertig werden«, erwiderte Lottie pragmatisch. »Tausende von anderen Frauen schaffen das auch.«

Es war nicht das, was Hannah hören wollte, aber welche Antwort hatte sie denn von Lottie erwartet? Tröstende Worte voller Hoffnung? So idealistisch war Lottie nicht.

Später nahm Hannah das Hufeisen aus ihrer Kommode, hielt es in der Hand und fühlte dessen Gewicht. Es war fest, greifbar. Ein Beweis für Bens Liebe. Sie spürte die leichten Vertiefungen, als sie mit der Fingerspitze über die eingravierten Worte fuhr.

Hannah.
Ben.
Ich werde dich immer lieben.

Sie hob den Kopf und drückte das kalte Metall an ihre Wange.

Als Hannah am darauffolgenden Sonntagnachmittag das Haus verließ, stand Ben wartend auf dem Fußweg. Der Tag war warm und sonnig, und sie hatten sich kein bestimmtes Ziel vorgenommen. »Lass uns spazieren gehen«, schlug Hannah vor und hakte sich bei ihm ein.

Am Flussufer entlang schlenderten sie in Richtung *South Brisbane*, vorbei an Lagerhäusern und Trockendocks. Ein Stück vom Fluss entfernt lagen Eis- und Konservenfabriken und Betriebe, in denen Bekleidung hergestellt wurde. Alle waren während des Wochenendes geschlossen. In der Nähe der Fabriken standen die Unterkünfte der Arbeiter, armselige Wohnungen mit Gemeinschaftseinrichtungen. Ein Schiff glitt flussabwärts und sandte Wellen aus, die träge gegen das Ufer schlugen.

Für Hannah war die Stadt ein Ort unglaublicher Widersprüche, von den Herrenhäusern in New Farm und Kangaroo Point hin zu diesen Hütten, die sich in Ufernähe aneinanderreihten. Behausungen, die Schulter an Schulter geduckt im Sonnenschein standen. Im Botanischen Garten spielten Frauen in ihren langen Röcken Tennis. Hannah hörte ihr Lachen und das träge plonk-plonk der Bälle. Neben ihr ging Ben, aufrecht und groß, in seiner Uniform. Eine Gestalt in Khaki.

Sie erreichten den Eingang zum Bahnhof in der Roma Street. Züge fuhren ein und aus und transportierten die Sonntagnachmittagsausflügler. »Lass uns an den Strand fahren«, sagte Ben plötzlich. »Die salzige Luft und den Sand schmecken. Ich will den Geruch des Ozeans einatmen.«

Der Zug war voller Familien. Hannah saß Ben gegenüber, und sie spürte sein Knie an ihrem, als der Zug über die Schienen rumpelte und schaukelte. Eine feuchte Brise wehte durch die geöffneten Fenster herein. Ein Stück den Gang hinunter spielte jemand Mundharmonika. Die Fahrt schien ewig zu dauern, zumal der Zug an jeder Station entlang der Strecke anhielt. Als sie endlich am Bahnhof ankamen, war Hannah durstig, und ein drückender Kopfschmerz meldete sich an.

Ihr Ziel war eine geschützte Bucht, in der die Wellen sanft

und beständig gegen den Strand rollten. Am Strand tummelten sich die Urlauber: Frauen, die ihren Sonnenschirm aufgespannt hatten, Männer mit hochgerollten Hosenbeinen, die weiße Knöchel enthüllten. Kinder hüpften durch die seichten Wasserstellen. Weiter entfernt standen Badekabinen und Reihen von Liegestühlen.

Als Hannah ihre Schuhe auszog, schaute Ben sie erheitert an. »Du Schamlose«, flüsterte er in gespieltem Entsetzen, und sie lachte über seine Bemerkung. Der Sand zwischen ihren Zehen fühlte sich rau und körnig an. Sie spürte, wie er sich unter ihren Füßen bewegte, deren Abdrücke aufnahm, ehe er sich zurückformte, wenn sie weiterging. Am Wassersaum war der Sand fester und kälter, unnachgiebig.

Weit draußen tanzten und hüpften Boote auf den Wellen, und ihre Segel hoben sich bunt gegen das Blau des Himmels ab. Ben führte Hannah zum Pier, und sie ging bis an den Rand. Auf den ausgeblichenen Holzplanken stehend, schaute sie über das Wasser, dessen Schaumkronen in der Ferne mit dem gischtverschleierten Himmel verschmolzen. Meer und Himmel verbanden sich zu einem blaugrauen Schatten, wurden zu einer undeutlichen Linie, Meilen entfernt.

Ihr war, als würde sie in die Ewigkeit schauen, in einen bodenlosen Abgrund, der ihr Leben war, ihres und Bens. Sie hatte plötzlich das Gefühl, dass alles bald enden würde. Die Sonntagnachmittage. Die Spaziergänge am Fluss. Die heimlichen Küsse.

»Es heißt, dass wir in ein paar Wochen aufbrechen«, sagte Ben, als könnte er ihre Gedanken lesen.

Hannah nickte. Sie wagte es nicht zu sprechen, und die Ungewissheit tanzte vor ihr wie ein mystischer Schemen.

»Er wird bald fortgehen«, sagte sie am Abend zu Lottie. »Ich weiß nicht, was ich tue, wenn er geht. Ich kann es nicht ertragen, daran zu denken.«

»Wirst du nicht nach Hause zurückgehen?«

Hannah schüttelte den Kopf. »Ben will auch, dass ich das tue, aber ich kann nicht. Nichts ist mehr so, wie es einmal war. *Alles* hat sich verändert. *Ich* habe mich verändert. Ich kann nicht zurückgehen.«

Lottie nickte. »Es ist der Krieg. Wir denken anders, wir fühlen anders.«

Sie saßen auf Hannahs Bett, die Decken waren zurückgeschlagen und enthüllten die weißen Laken. Lottie hatte sich eine Bürste genommen und fuhr damit durch Hannahs Haar. Das Prickeln auf ihrer Kopfhaut wirkte beruhigend, und sie neigte den Kopf weiter zurück. »Das fühlt sich gut an. Hör nicht auf.«

»Hannah«, sagte Lottie und hielt mitten in der Bewegung inne, »hast du mit ihm geschlafen? Du weißt schon … Sex gehabt?«

Entgeistert schaute Hannah auf. Die Frage hatte sie so verwirrt, dass ihr keine Antwort einfiel. Lottie warf die Bürste auf das Bett, legte die Arme hinter ihren Nacken, verschränkte die Hände ineinander und lehnte den Kopf zurück. Es war eine sinnliche Bewegung. Das Nachthemd rutschte von ihren Schultern und enthüllte den Ansatz ihrer Brüste. Sie sah klein und geheimnisvoll aus, fast wie eine Elfe. Wie ein Kobold.

»Nein«, erwiderte Hannah knapp und senkte die Lider, als sie spürte, wie ihr die Röte in die Wangen stieg. Es war schließlich eine sehr persönliche Angelegenheit und kein Thema für eine Unterhaltung.

Lottie schlang die Arme um die Knie und legte die Wange auf ihren Arm. Es ist eine symbolische Geste für Vertrautheit, dachte Hannah, von einladendem Vertrauen. »Warum nicht?«, drängte sie. »Du liebst ihn doch, oder nicht?«

»Natürlich tue ich das«, erwiderte Hannah hitzig.

»Denkst du nicht manchmal daran, fragst dich, wie es ist?«

»Nun …« Hannah schluckte hart und betrachtete ihre Hände, die nicht mehr weich, sondern arbeitserfahren waren, und in deren Innenflächen sich raue Schwielen zu bilden begannen.

Sex vor der Ehe? Da war das Gefühl, dass es falsch war, das Wissen, dass »anständige« Mädchen so etwas nicht taten.

»Wie denkt Ben darüber?«, fragte Lottie unbarmherzig weiter, wie ein Hund, der einen Knochen witterte. »Wenn er dich küsst, hast du dann das Gefühl, dass er mehr will? Alle Männer wollen das, weißt du. Es ist ein natürlicher Trieb.«

Hannah sah plötzlich ein Bild vor sich. Sie in der Schmiede mit Ben, der sie von sich schiebt. *O Gott, Hannah. Geh jetzt, ehe ich etwas tue, was ich später bereuen könnte.*

Sie dachte an ihre Reaktion, an das Prickeln in ihrem Körper, und sie errötete wieder, als sie sich dessen Bedeutung eingestand. Natürlich wollte Ben sie, aber er würde sie niemals auf irgendeine Weise kompromittieren. Warum also drängte Lottie sie, sich mit diesem Thema zu befassen?

»Darüber haben wir noch nicht gesprochen, nicht so richtig jedenfalls«, entgegnete sie ausweichend. »Außerdem bin ich mir sicher, dass er warten will, bis wir verheiratet sind.«

»Viele Mädchen tun es, weißt du, ehe ihre Männer fortziehen in den Krieg«, sagte Lottie vertraulich. »Es ist eine Art von Abschiedsgeschenk, wenn man so will. All das Warten, das Richtige zu tun. Das scheint es kaum wert zu sein, falls die Männer nicht mehr wiederkommen.«

»Ben wird wiederkommen«, erwiderte Hannah ruhig. »Außerdem besteht immer das Risiko, schwanger zu werden. Auf diese Weise würde ich kein Kind haben wollen.«

»Man kann beim ersten Mal nicht schwanger werden. Das weiß doch jeder«, erklärte Lottie in einem überheblichen Ton.

»Woher weißt du das?«

»Maurice hat es mir gesagt.«

Hannah würde nie etwas glauben, was Maurice Worthington ihr erzählte. Er schien ein eher unzuverlässiger Charakter zu sein, vermutlich die Art Mann, die einem alles erzählen würde, solange es in die eigenen Absichten passte. »Du und Maurice, ihr habt darüber gesprochen? Über …«

Lottie bedachte sie mit einem geheimnisvollen Lächeln und

sprang vom Bett auf. An der Tür wandte sie sich um und zwinkerte Hannah wissend zu.

»Oh, wir reden über eine Menge Dinge«, erwiderte sie leichthin und verließ das Zimmer mit einem vieldeutigen Hüftschwung.

KAPITEL 10

Das Haus am Kangaroo Point summte vor Geschäftigkeit. Mrs. Worthington hatte zu einer Tanzveranstaltung eingeladen, die am kommenden Samstagabend stattfinden sollte. Die Patienten, denen es gut genug ging, daran teilzunehmen, waren ebenso dazu gebeten worden wie die Krankenschwestern und einige der ortsansässigen Familien.

Köstliche Düfte drangen aus der Küche, in der Mrs. Bonham am Gasherd stand. Aus einem der Salons war der Teppich entfernt worden, nachdem das Zimmer zuvor von den Betten und persönlichen Besitztümern freigeräumt worden war. Auf den Holzböden war großzügig Borsäure versprüht worden, um sie zum Tanzen glatter zu machen. Entlang den Veranden waren provisorische Tische und Stühle aufgestellt worden, und Papiergirlanden spannten sich von Wand zu Wand und hinauf zu den Decken. Es herrschte eine festliche Atmosphäre.

Die Kapelle, ein Quartett, traf um sechs Uhr ein. In der Küche konnte Hannah hören, wie die Instrumente gestimmt wurden, und sie spürte, wie aufgeregt sie war. Sie und Lottie waren gebeten worden, das Abendessen um neun Uhr zu servieren, danach würden sie frei haben und könnten an den Festlichkeiten des Abends teilnehmen.

Nach und nach trafen die Gäste in Automobilen und Einspännern ein, die die kiesbestreute Auffahrt entlangfuhren. Wenig später erklangen die lauten Stimmen der Besucher in den Räumen, die an die Küche grenzten. Die Musik setzte ein. Eins, zwei, drei. Ein swingender Rhythmus.

»Hör dir das an«, murrte Lottie, während sie Mrs. Bonham half, ein Tablett mit kleinen Kuchen zu glasieren. »Für die ist es in Ordnung, das Tanzbein zu schwingen. Und was ist mit uns, die in der Küche festhängen?«

Hannah wusste, dass Lottie sich schon den ganzen Tag über schlecht gefühlt hatte, nachdem sie zuvor an einer Magenverstimmung gelitten hatte. »Mrs. Worthington hat gesagt, wir können nach dem Abendessen mitmachen«, erwiderte sie munter und legte die Hand auf den Arm der Freundin. »Komm schon, Lottie, lächle mal. Es hat keinen Sinn, schlechter Laune zu sein. Niemand wird davon die geringste Notiz nehmen, außer mir.«

Lottie warf ihr ein zögerndes Lächeln zu. »Vermutlich hast du recht, wie immer.« Mit einem Kopfnicken wies sie in Richtung der Musik. »Alles, woran *die* denken, sind sie selbst.«

Clare Worthington brachte eine große Schale aus Bleikristall in die Küche. »Hannah«, sagte sie im Befehlston, »die Kuchen und die Sandwiches können jetzt aufgetragen werden. Und Lottie, können Sie bitte die Schale wieder mit Punsch auffüllen?«

Lottie begann, einen frischen Vorrat von Saft in die Schale zu schöpfen. Hannah ging die Sandwiches holen, während Mrs. Bonham ein Tablett mit heißen Pasteten aus dem Ofen nahm. Plötzlich gab es einen lauten Knall. Hannah fuhr herum. Lottie stand neben der Bank und hatte die Augen weit aufgerissen. Der vordere Teil ihres Kleides war nass und fleckig, und die Punschschüssel, deren Inhalt sich langsam ausbreitete, lag zersplittert auf dem Boden.

»O du dummes Mädchen«, schimpfte Mrs. Worthington. »Hannah, beseitigen Sie sofort diese Unordnung! Und Sie, Lottie, sehen Sie sich nur an! Gehen Sie nach oben, und ziehen Sie sich um!«

Als Lottie an Hannah vorüberging, zwinkerte sie ihr zu.

Hannah lief geschäftig zwischen der Küche und der Veranda hin und her und trug Teller und Besteck ab. Das Abendessen war eingenommen und noch mehr Punsch in einer neuen Schüssel serviert worden, aber von Lottie war noch immer nichts zu sehen.

»Wo steckt dieses Mädchen nur?«, murrte Mrs. Bonham, während der Berg mit dem schmutzigen Geschirr wuchs.

»Sie hätte inzwischen längst wieder herunterkommen müssen.« Clare Worthington stand in der Küchentür, die Lippen zusammengedrückt zu einer festen Linie. »Hannah, gehen Sie hinauf und sehen Sie nach, wo sie bleibt.«

Hannah band die Schürze ab und legte sie auf die Bank. Als sie die mit Teppich belegten Treppenstufen hinaufstieg, spürte sie plötzlich, wie müde sie von diesem Tag war. Vielleicht würde sie doch nicht unten bleiben, wenn ihre Pflichten erledigt waren. Die Füße taten ihr weh, ihre Beine schmerzten. Sie würde froh sein, wenn die Arbeit erledigt war und sie ins Bett kriechen konnte.

Lotties Zimmer lag am anderen Ende des Hauses, neben Hannahs Schlafraum. An diesem Abend schien der Korridor Meilen lang und von verschwommenen Schattenbildern bevölkert zu sein. Aus einem der Schlafzimmer fiel gelbliches Licht auf den Flur.

Ein leises Geräusch war plötzlich auf dem Korridor zu hören. Ein Lachen, auf das geflüsterte Worte folgten. Aber es war nicht Lotties Stimme, sondern eine tiefe, männliche. Verwirrt blieb Hannah stehen. Das Fest war in vollem Gange, und ganz sicher war außer Lottie niemand hier oben. Hannah schüttelte den Kopf und lächelte vor sich hin. Wahrscheinlich sind die Stimmen durch den Treppenschacht zu hören, dachte sie. In großen Häusern wie diesen hallten die Geräusche von den unerwartetsten Orten wider.

Wieder hörte Hannah ein unterdrücktes Lachen. »Schscht!«, sagte eine Stimme, die entschieden nicht die der Freundin war.

Eine plötzliche Bewegung in Lotties Zimmer schickte schattengleiche Bilder über den Teppich des Korridors. Zwei Schatten, die sich berührten, sich voneinander lösten, schwebend fast.

Licht flackerte kurz auf, ehe die Lampe gelöscht wurde und das Ende des Korridors in Dunkelheit lag.

Instinktiv drückte Hannah sich in eine offene Tür. Die Stimmen kamen näher, zwei Personen gingen an ihr vorbei auf die Treppe zu, an der sie verharrten. Im Licht, das vom Treppenschacht her schwach leuchtete, erhaschte sie einen Blick auf die beiden Gestalten: Lottie, den zierlichen Körper aufreizend an Maurice geschmiegt; Maurice, der ihre Wange streichelte, mit der Hand ihren Hals entlangfuhr bis zu ihrer Brust, die er umschloss.

Eine Ewigkeit lang schienen sie so zu verharren – Lottie, die zu ihm aufschaute, ihr Gesicht, das sich gegen das Licht abhob. Plötzlich zog sie sich lachend von ihm zurück, und Maurice wandte sich um und ging an ihr vorbei in sein Zimmer. Lottie strich ihre Bluse glatt und richtete ihre Haube, ehe sie die Treppe hinunterging. Hannah beobachtete, wie ihr Schatten an der Wand entlanghüpfte, immer weiter nach unten, bis er nicht mehr zu sehen war.

Lottie und Maurice! Hannah konnte kaum glauben, was sie eben gesehen hatte. Diese offene Sinnlichkeit! Lottie hatte es offensichtlich genossen, auf diese Art von Maurice berührt zu werden. Lottie, die immer so verächtlich über die Worthingtons sprach und die ihren Abscheu über die elitäre Art des Reichtums nicht verhehlte.

Bruchstücke von Gesprächen gingen Hannah durch den Kopf. Vergangene Unterhaltungen, Worte, die zu der Zeit wenig Sinn gemacht hatten, bekamen jetzt eine neue Bedeutung. Lottie, die am Fußende ihres Bettes saß, die Arme um die Knie geschlungen. *Hast du mit ihm geschlafen? Du weißt schon … Sex gehabt.*

Ben in der Schmiede, wie er sie küsste, sie von sich schob. *O Gott, Hannah. Geh jetzt, ehe ich etwas tue, was ich später bereuen könnte.*

Zwei Schatten, die wie einer aussahen. Lottie, die sich an Maurice schmiegte. Maurices Hand, die über Lotties Körper glitt und dann ihre Brust umschloss.

Viele Mädchen tun es, weißt du, ehe ihre Männer fortziehen in den Krieg. Es ist eine Art von Abschiedsgeschenk, wenn man so will. All das Warten, das Richtige zu tun. Das scheint es kaum wert zu sein, falls die Männer nicht mehr wiederkommen.

Lottie, die sich über sie amüsierte, sie wegen ihrer Unerfahrenheit auslachte. *Man kann beim ersten Mal nicht schwanger werden. Das weiß doch jeder.*

Besitzergreifend kehrten die Worte in den seltsamsten Momenten zu ihr zurück und veranlassten Hannah innezuhalten, ganz egal, mit welcher Aufgabe sie auch gerade beschäftigt war. Sie versuchte, sich als Bens Frau vorzustellen, nachdem der Krieg überstanden war. Sie stellte sich vor, wie Ben jeden Abend zur Tür hereinkam, wie die – nur in ihrer Vorstellung vorhandenen – Kinder zu ihm liefen, um ihn zu begrüßen. Sie malte sich aus, dass sie sich vom Ofen zum Willkommensgruß umdrehen würde, und fast meinte sie, das köstliche Aroma des Abendessens riechen zu können, das sie in ihrer Fantasie zubereitete. Ben würde sie hoch durch die Luft schwingen, lachend, wie er es an jenem Tag im Botanischen Garten getan hatte, und sie würde seine Kraft spüren, die sie stützte, sie nie fallen ließ. Später dann würde er sie in das Zimmer tragen, das sie teilten, und sie auf das Bett legen, ihr langsam die Kleider ausziehen, sie auf den Mund küssen, auf ihren Nacken.

An diesem Punkt hörten ihre Fantasiebilder auf. Hannah konnte sich nicht vorstellen, was als Nächstes geschehen würde, und die Erkenntnis der eigenen Naivität verursachte Panik in ihr, die in ihr hochsprudelte, um sich irgendwo in ihrer Kehle zu sammeln. Was, wenn Lottie recht hatte? Was, wenn Ben niemals aus dem Krieg zurückkam? Was, wenn er starb und niemals erfahren hatte, wie es sich anfühlte, sie an jenen heiligen unbekannten Ort zu bringen?

Sie beobachtete Lottie, wann immer sie die Gelegenheit hatte, beobachtete den provozierenden Schwung ihrer Hüften, wenn sie ging, sah verstohlen zu, wenn sie offen mit den Männern flirtete, die über die Rasenflächen schlenderten. Sogar Mr. Bonham, der stets auf der breiten kiesbestreuten Einfahrt vor den Garagen zu finden war, wo er eines der Automobile der Worthingtons wusch oder an einem der Motoren herumbastelte, hielt inne und schaute Lottie nach, wenn sie vorbeiging; ein amüsiertes nachsichtiges Lächeln lag dabei auf seinem Gesicht.

Es schien, als hätte Lottie Zeit für sie alle. Ein fröhliches Winken, ein paar nette Worte. Die Männer schienen nach ihr Ausschau zu halten, schienen begierig zu sein nach einem Zeichen des Erkennens. »He, Lottie«, riefen sie vom Rasen herüber, wenn sie die Matratzen am Geländer der oberen Veranda ausklopfte. »Wirf uns einen Kuss zu, tust du das?«

»Du flirtest immer, gehst aber nie aufs Ganze, Lottie«, murrte Mavis, die Küchenhilfe, wenn sie in der Küche zusammensaßen und ihren Tee tranken. »Sie anmachen, das ist alles, was du tust. Einige von den Kerlen haben Frauen und Freundinnen.«

»Nun, da wo sie gewesen sind, gab es keine Ehefrau oder Freundin«, erwiderte Lottie wütend. »Und genau genommen sehe ich auch nicht allzu viele von ihnen hier, die ihre Männer besuchen. Was ist mit dem neuen Burschen, diesem Walter? Erst gestern ist ein Brief von seiner *Freundin* gekommen, in dem sie ihm die Verlobung aufkündigt. Sie hat geschrieben, dass sie keine Zukunft darin sieht, einen Mann zu heiraten, der nur einen Arm hat.«

Mavis stieß ein verächtliches Schnauben aus. »Und vermutlich hilfst du dabei, sein gebrochenes Herz zu heilen, so wie bei den anderen auch?«

Ein Ausdruck von Traurigkeit huschte über Lotties Gesicht. Nur für einen Moment war er da, flüchtig, dann war er wieder verschwunden. Hannah dachte an Lotties Bruder Frank, der in Gaba Tepe gefallen war.

Lottie schüttelte den Kopf. »Wenn es sie glücklich macht, dann sehe ich dabei kein Problem. Außerdem«, fügte sie hinzu, »ist es nur ein harmloser Spaß. Sei nicht so ein Miesepeter.«

Lottie war ein Rätsel, eine seltsam unvorhersehbare Mischung aus Leidenschaft und Grobheit. »Ich sehe die Männer da unten liegen, und ich sehe solchen Schmerz, solches Entsetzen in ihren Gesichtern«, vertraute sie Hannah später an, und ihre Augen schwammen in Tränen. »Und ich sehe Frank in jedem von ihnen. Sie könnten leicht er gewesen sein. Gestorben auf einem widerlichen Schlachtfeld in einem fremden Land.«

Sie schwieg und schaute auf ihre Hände, die zitterten. Dann holte sie tief Luft und sprach weiter. »Nachdem mein Bruder gefallen war, habe ich von einem seiner Kameraden einen Brief bekommen. Er hat mir darin geschildert, wie es passiert ist. Wie die Kugel Frank das Gesicht zerfetzt hat, das Fleisch von innen nach außen gewendet hat, ein Klumpen rohes Fleisch. Frank starb schreiend vor Schmerz, hat Obszönitäten ausgestoßen. Er konnte nicht mehr sehen. Seine Augen waren weg, und niemand konnte ihn in ein Lazarett bringen, damit er Morphium bekam. Zwei Stunden hat es gedauert. Zwei lange, schreckliche Stunden.«

»Wie kannst du es ertragen, das zu wissen?«

»Irgendein perverser Teil in mir wollte diese ekelerregenden Einzelheiten wissen, die einem schier den Magen umdrehen. Es schien mein eigenes Leben irgendwie kostbarer zu machen.« Lotties Gesicht spannte sich kaum merklich an, und ihr Mund wurde zu einer festen Linie. Als sie sprach, klang auch ihre Stimme hart. Hart, unnachgiebig und voller Hass. »Ich kann nicht verstehen, dass Menschen andere so behandeln können. Ein Tier verdient es nicht, so zu sterben. Und *diese* Männer«, sie wies mit den Fingern nach unten, wo im Krankensaal die Schutzbefohlenen lagen, »tragen Bilder wie dieses in ihren Köpfen mit sich herum, in jeder wachen Minute. Es ist eine entsetzliche Last. Sie können nicht darüber reden. Es zu tun würde etwas Schreckliches in ihnen lostreten.«

»Was denn?«, fragte Hannah.

Lottie zuckte die Schultern und wandte sich um. »Eine Art Dämon, nehme ich an. Vielleicht auch den Teufel höchstpersönlich.«

Eine Woche später sah Hannah, wie Lottie am frühen Morgen auf Zehenspitzen aus Maurices Zimmer schlich. Sie hatte nicht mehr schlafen können und war in die Küche gegangen, um sich einen Becher Kakao zu machen. Als sie über den schwach beleuchteten Korridor zurück in ihr Zimmer ging, hörte sie ein unterdrücktes Kichern und ein leises Klatschen. Sie verbarg sich im Schatten, als sie Maurice sah, der den Kopf aus der Tür steckte und nach links und rechts schaute. »Alles klar. Niemand zu sehen«, hörte Hannah ihn sagen. Dann war Lottie hinter ihm aufgetaucht und in ihr Zimmer gelaufen.

Eingehüllt in die Wärme ihres Bettes, aber noch immer nicht fähig wieder einzuschlafen, ließ Hannah die kleine Szene wieder und wieder vor ihrem Auge abspulen: Lottie, die den Korridor entlanglief und dabei ihr Nachthemd raffte, dessen Saum um ihre nackten Beine wehte; Maurice, der die Tür hinter ihr schloss, mit einem scharfen, befriedigenden Klicken; der Korridor war so plötzlich leer gewesen, dass Hannah sich für einen kurzen Moment fragte, ob sie sich die Episode vielleicht nur eingebildet hatte.

Das habe ich nicht, sagte sie sich. Alles ist wirklich geschehen. Zu wirklich. Was dachte sich Lottie nur dabei? Sie hatte sich Maurice gegenüber immer so verächtlich gezeigt, so geringschätzig über das Worthington'sche Geld gesprochen. »Aber Geld ist nicht alles«, hatte sie einmal zu Hannah gesagt. »Denn sie wissen nicht, was Liebe ist.«

Was also tat Lottie in Maurices Zimmer? Hannah empfand eine tiefe Verwirrung, wenn sie daran dachte, was sie gesehen hatte und dass das Bild, das sie sich von ihrer Freundin gemacht hatte, langsam eine neue Dimension annahm. Lottie, so schien es, war nicht länger einfach nur ihre Freundin, nüchtern und asexuell und unerklärbar, sondern sie war jetzt auch eine Frau, eine Liebende. Zwei Jahre jünger als sie selbst, war sie offensichtlich viel welterfahrener; sie war ein sinnliches Geschöpf, das ohne Zweifel wusste, wie man mit Männern umging.

Mit diesem Wissen ging eine Beunruhigung einher und ein unbestimmtes Gefühl von Macht. Hannah stellte sich vor, wie sie vor Ben stand, wie sie ihren Körper an seinen schmiegen würde, so, wie Lottie es bei Maurice getan hatte. Aber jetzt war es Ben, der mit der Hand ihren Hals entlangfuhr. Es waren Bens Hände, die ihre Brust umschlossen. Und sie war es, die aus Bens Zimmer kam und über den Korridor lief.

Wie mag es sich anfühlen, fragte sie sich wieder, als sie in ihrem Bett lag, starr und angespannt. Hitze kochte in ihren Adern, und eine sich langsam ausbreitende Wärme ergriff ihren ganzen Körper. Und irgendwo, jenseits von all dem, jenseits des Sichfragens und des Sichausmalens, tauchte eine unbekannte Sehnsucht auf, ein Gefühl schmerzhafter Verzweiflung, die sie nicht kontrollieren konnte.

Als Hannah schließlich einschlief, träumte sie von der Dunkelheit – von der Dunkelheit und von herumwirbelnden Mächten, die sie in einen tiefen Abgrund zogen. Namen und Gesichter vermischten sich. Ben. Lottie. Maurice. Sie taumelten auf sie zu, winkten ihr zu, eine nicht enden wollende Parade, bis sie aufwachte, weil Lottie über sie gebeugt stand und sie an der Schulter schüttelte. »Aufstehen, du Langschläferin. Es ist schon spät, und Mrs. Worthington wird Hackfleisch aus uns machen.«

Es ging das Gerücht um, dass die Kompanie noch vor Ende des Monats nach Europa aufbrechen würde, und die Tatsache, dass den Männern für ein ganzes Wochenende Urlaub gegeben worden war, verstärkte dieses Gerücht noch. Tom beschloss, nach Hause in die Brunswick Street zu fahren, um David, Enid und den Kindern auf Wiedersehen zu sagen. »Es ist richtig, das zu tun«, sagte er zu Hannah, »wie auch immer du darüber denken magst.« Dann fügte er hinzu: »Warum kommst du nicht auch für ein Wochenende nach Hause?«

Hannah schüttelte den Kopf.

»Nun komm schon. Was kann es schaden? Es ist doch nur für zwei Tage.«

Ben befand sich in der Verlegenheit, wie er das Wochenende verbringen wollte. Es gab niemanden, dem er auf Wiedersehen sagen konnte – außer Hannah, und der Gedanke daran lauerte unheilvoll in seinen Gedanken. Was sollte er sagen? Wie? Wo? Bis jetzt hatte er noch nicht einmal ein festes Datum bekommen, an dem sie abfahren würden.

»Warum kommst du nicht mit nach Hause übers Wochenende?«, fragte Tom gegen Ende der Woche. »Es gibt eine Tanzveranstaltung.«

»Eine Tanzveranstaltung? Du meinst doch nicht etwa einen *Wettbewerb*?«, fragte Ben barsch und bezog sich auf die übliche Sitte, für die registrierten Soldaten im Saal des *Mechanics' Institute* ein Abschiedfest zu veranstalten.

»Tanz. Wettbewerb. Nenn es wie du willst«, erwiderte Tom unbekümmert. »Es ist jedenfalls eine gute Gelegenheit, das Tanzbein zu schwingen. Willst du nicht kommen?«, fügte er anklagend hinzu. »Ich hätte gedacht, du willst ein wenig Extrazeit mit meiner Schwester verbringen.«

Ben seufzte. Rührselige Lieder zu singen vertiefte den Kummer nur, und er hatte nicht den Wunsch, das mitzumachen. Trotzdem hatte Tom in einem Punkt recht. Es wäre eine Gelegenheit, Hannah zu sehen. »Mal sehen«, erwiderte er abwägend. »Wir rufen sie heute Abend an und fragen, ob sie für die Zeit frei bekommt.«

»Und wenn nicht?«

»Dann werde ich verdammt noch mal hier bleiben.«

Am Ende beugte sich Hannah Toms Vorschlag und gab nach. Schließlich war es sein letztes Wochenende. Und Bens.

Widerstrebend hatte Clare Worthington ihr erlaubt, ab Freitagnachmittag fünf Uhr das ganze Wochenende frei zu nehmen. Der Zug war voller Reisender, die zu den Stränden der Südküste fuhren. Ben und Tom fanden ein Abteil mit drei leeren Plätzen, und Hannah saß eingezwängt zwischen einer Frau mit einem scharf geschnittenen Gesicht und einem Schuljungen und versuchte, die vor ihr liegenden Tage in einem positiven Licht zu sehen.

Auch wenn sie durch gelegentliche Briefe den Kontakt gehalten hatte, so kehrte sie doch das erste Mal in die Brunswick Street zurück – seit jenem schrecklichen Tag vor knapp zwei Monaten. Einiges würde sich verändert haben. Der Garten würde kahl sein, und Herbstblätter würden den Boden bedecken. Da es jetzt auch kühler war, würde ihr Bruder ohne Zweifel das Feuer im Wohnzimmer angezündet haben. Davie und Lily waren vermutlich um einige Zentimeter gewachsen, und Enid …

Hier verharrten Hannahs Gedanken. Sie dachte an ihre Schwägerin und wie sie sie das letzte Mal gesehen hatte, im Flur stehend, die Hand vor den Mund gepresst.

Hannah schaute zu Ben hinüber, der ihr aufmunternd zulächelte. Sie schloss die Augen und schluckte hart. Die langen Stunden, die schrecklichen Bilder des nahenden Todes in den Krankenzimmern des Worthington-Hauses, ihre totale Erschöpfung, wenn sie abends zu Bett ging: all das ertrug sie allein deshalb, weil sie so in Bens Nähe sein konnte. Sie dachte an die Nachmittage, die sie für alles entschädigten und doch viel zu schnell vorbeigingen, die hastigen Küsse am Fähranleger in der Alice Street. Kostbare gestohlene Augenblicke, die zu schnell vorüber waren. Aber all das war besser, als sich überhaupt nicht zu sehen.

Die Spannung im Haus in der Brunswick Street war greifbar. Enid brachte einen angespannten Willkommensgruß zustande, während der kleine Davie Tom und Hannah stürmisch umarmte. Lily hielt sich schüchtern erst einmal zurück. »Es ist schön, euch beide wieder hier zu haben«, flüsterte David, als Enid außer Hörweite war. »Wie in alten Zeiten.«

Schweren Herzens half Hannah am folgenden Nachmittag dabei, die Halle des *Mechanics' Institute* zu schmücken und Luftballons und Luftschlangen an die Wände zu hängen. Ben war im örtlichen Hotel untergebracht, und sie hatte ihn seit dem gestrigen Abend, als der Zug in den Bahnhof eingefahren war, nicht mehr gesehen.

»He, nun lach doch mal«, versuchte Tom sie aufzumuntern und beugte sich von der Leiter herunter, die in der Mitte der Halle stand. »Du siehst ja aus wie drei Tage Regenwetter.«

Sie lächelte ihn schief an. Es war das Beste, was sie unter den Umständen zustande bringen konnte. Tom und Ben, zwei der Menschen, die sie am meisten liebte, gingen fort. Schon jetzt fühlte sie sich allein.

Sie kleidete sich sorgfältig an, denn sie wollte, dass der Tanzabend für Ben zu etwas Besonderem würde. Er hatte keine Familie, die ihn unterstützte, niemanden, der die üblichen Reden auf ihn hielt. Sie saß an ihrem Frisiertisch, bürstete ihr Haar und war erfüllt von einer überwältigenden Angst. Ein Teil von ihr wehrte sich gegen diesen Abend, auch wenn sie sich noch so sehr wünschte, sie möge fähig sein hinzugehen. Doch er schuf ein Gefühl der Endgültigkeit, vermittelte den unterschwelligen Eindruck, dass es kein Zurück gab. Am liebsten hätte sie sich stattdessen auf dem Bett zusammengerollt und sich die Laken über den Kopf gezogen und so getan, als sei der ganze verdammte Krieg irgendein schrecklicher Albtraum, aus dem sie schon bald erwachen würde.

Die Folge war, dass Hannah sich verspätete. Ben stand schon, lässig gegen eine Wand gelehnt, in einer ruhigen Ecke, eine Zigarette in der Hand. »Ich dachte, du würdest nie kommen«, sagte er leise, während er die Kippe mit dem Absatz austrat. »Möchtest du tanzen?«

Sie nickte, und er nahm ihre Hand und führte sie auf die gebohnerte Tanzfläche, wo sie sich unter die anderen Paare mischten. Seine Nähe war zugleich belebend und schmerzlich, denn seine bevorstehende Abreise war ständig in ihren Gedanken. Was sie auch versuchte, sie konnte diese unerträgliche Traurigkeit nicht loswerden. Die Tränen waren nur einen Wimpernschlag weit entfernt. Fest schloss sie die Augen und grub die Finger tiefer in den Stoff seiner Jacke, während sie versuchte, diese Gedanken auszublenden. *Er soll diesen Abend genießen*, nahm sie sich vor, wieder und wieder.

Nachdem sie ein paar Mal miteinander getanzt hatten, machte sie sich auf die Suche nach einem kalten Getränk. Enid stand am Tisch mit den Erfrischungen, kleine Ärgerfalten zeichneten ihre Stirn. »Hannah«, sagte sie und zog sie zur Seite. »Mrs. Murphy hat mich gerade darauf hingewiesen, dass du schon drei Mal mit dem jungen Mr. Galbraith getanzt hast. Für eine Dame schickt es sich nicht, sich den ganzen Abend nur einem Partner zu widmen. Ich bin überzeugt, dass dein Bruder für eine Weile gern das Vergnügen deiner Gesellschaft hätte. Und der junge Gentleman dort drüben …«

Sie hielt inne, und Hannah folgte ihrem Blick. Es ging um Jimmy Driver, stellte sie fest und verzog das Gesicht. Er war hoch aufgeschossen und schlaksig, und eine horngefasste Brille betonte den ernsten Ausdruck seines Gesichts. Jimmy war der Sohn des Herausgebers der lokalen Zeitung.

» … nun, auch der junge James versucht schon den ganzen Abend, deine Aufmerksamkeit zu erregen, Hannah. Er ist solch ein lieber Junge.«

Während Hannah von Tanzpartner zu Tanzpartner wechselte, war sie sich bewusst, dass Ben sie beobachtete und sie kaum aus den Augen ließ. Was denkt er nur?, fragte sie sich.

Nach dem Essen gelang es ihr, hinauszuschlüpfen. Ben stand gegen den Zaun gelehnt und rauchte wieder eine Zigarette. Sie konnte deren rote Spitze in der Dunkelheit glühen sehen, und sein Gesicht zeichnete sich gegen das Licht ab, das aus den Fenstern der Halle fiel. »Es tut mir leid«, sagte sie und zuckte in einer Geste der Hilflosigkeit die Schultern. »Du kannst Mrs. Murphy die Schuld dafür geben. Sie hat Enid erzählt, was für ein schönes Paar wir abgeben.«

Er zog sie an sich, drückte ihre Wange gegen den rauen Tweed seiner Jacke, und sein Mund berührte ihr Haar. »Schscht«, wisperte er. »Sag nichts. Ich will nur hier mit dir zusammen sein, um mich an dich erinnern zu können, wie du in diesem Moment bist.«

Hannah spürte den Druck seiner Hand, seine Wärme. Drinnen setzte die Musik wieder ein. Die langsamen Weisen eines Walzers schwebten hinaus in die Nacht, klangen nach durch die Bäume und seufzten im Wind, der sie mit sich forttrug. Gedämpftes Lachen war zu hören, das Weinen eines Kindes. Dann ein tiefes Rumpeln, ein Trommelwirbel von Füßen auf dem Boden aus Eschenholz. Donnernd, donnernd wie Soldaten, die marschierten, passte es zu dem wilden Klopfen ihres Herzens. »O Ben, ich wünschte …«

Er küsste sie und schnitt so den Fluss der Worte ab. Voller Leidenschaft presste er seinen Mund auf ihren und setzte ihre Haut in Flammen, bis ein seltsames zitterndes Gefühl in ihrem Schoß zu pulsieren begann. Ihr Körper schien sich ihm zu öffnen wie eine Knospe sich der Sonne öffnete, ihre Blütenblätter entfaltete.

Es schien, als würde die Hitze, die er ausströmte, sie zum Schmelzen bringen, bis sie sich in Nichts aufgelöst hätte, wie Rauch in die Dunkelheit aufsteigen und in ihr verschwinden würde, ungesehen. Dieser Gedanke machte sie benommen, schwindelig.

»Mein Gott, Hannah, ich liebe dich.«

Geflüsterte Worte, doch sie bedeuteten alles. Sie neigte den Kopf, und er legte die Hände um ihre Wangen und schaute in ihre Augen, eine Ewigkeit lang.

Reden wurden gehalten, Lieder gesungen: *Soldiers of the King, Rule Britannia, Sons of the Sea*. Anrührende Lieder, die die Herzen anschwellen ließen und starke patriotische Gefühle weckten. Lieder, um die Mütter zum Weinen zu bringen, dachte Hannah, als sie die Stimmen hörte, die sich wie hinter einer Wand aus Kummer erhoben und wieder leiser wurden, ein Klagelied, ein Trauergesang, eine Wehklage um die Toten.

It's the soldiers of the Queen, my lads
Who've been, my lads, who've seen, my lads
In the fight for England's glory, lads
Of its world-wide glory let us sing.

»Englands Herrlichkeit«, flüsterte sie gequält. »Aber nicht meine.«

KAPITEL 11

Wie Ben es erwartet hatte, war die Tanzveranstaltung eine rührselige Angelegenheit gewesen. Und in die Stadt seiner Kindheit zurückzukommen hatte sich auch als ein Fehler herausgestellt. Wo er auch hinging, wurde er von einem Gefühl der Endgültigkeit erstickt. Vertraute Landstriche schienen jetzt so anders, so fremd, dass sie leicht in einem anderen Land hätten liegen können. Und da war das Gefühl, fehl am Platze zu sein, nicht mehr dazuzugehören. Der Tod seines Vaters, seine Registrierung, der Verkauf der Schmiede: Es schien, als hätte er auf eine endgültige, unumkehrbare Weise alle Rechte aufgegeben, Bürger der Stadt zu sein, in der er geboren worden war.

Als er an der Schmiede vorbeiging und einen Fremden an den Blasebälgen stehen sah, kamen die Erinnerungen an die guten Zeiten zurück, bevor sein Vater erkrankt war. Sie lösten ein Gefühl der Verlassenheit in ihm aus, das so überwältigend stark war, dass er sekundenlang nicht atmen und keinen Schritt weitergehen konnte. Er stand da, und sein Blick nahm die vertrauten Bilder auf: Kutschenräder lagen herum, ein Durcheinander von Holz und Metall; ein Einspänner stand, sich zu einer Seite neigend, unter dem sich üppig ausbreitenden Pfefferbaum.

Von drinnen hörte er lautes Hämmern, das ihn aus seiner Träumerei riss. Ben atmete tief durch und ging weiter. Traurigkeit überschwemmte ihn, der verzweifelte Wunsch, all dies nicht verlassen zu müssen: Hannah, die Schmiede, *Clarke's Emporium*, die Apotheke, den Metzgerladen, die schmalen, sich windenden Wege, die zum Strand hinunterführten, das Haus in der Brunswick Street. Gott allein wusste, wann er das alles wiedersehen würde.

Sein Leben hatte sich in so kurzer Zeit unwiderruflich geändert, so unvermittelt, wie er es nie erwartet hatte. Selbst seine Beziehung zu Hannah schien auf eine subtile Weise verändert. Hannah zeigte plötzlich eine ungewohnte Heftigkeit, eine seltsame Unruhe, die er an ihr nicht kannte. Sie schien von einer Welle unerklärlicher Energie getrieben, ihre Augen glänzten unnatürlich hell, das Gesicht erstrahlte in aufgesetzter Fröhlichkeit.

Ben kehrte in die Kaserne zurück, und die Woche, die folgte, verging nur langsam. Das Wissen über die bevorstehende Abfahrt lastete auf ihm wie ein schweres Kreuz, das er nicht ignorieren konnte. Jeden Tag erwartete er eine Information, einen Hinweis, wann die Kompanie aufbrechen würde. Doch der Marschbefehl kam nicht.

Er hatte es eingerichtet, sich am Sonntag wie üblich mit Hannah zu treffen. In Hamilton würde eine Regatta stattfinden. Einige seiner Kameraden hatten während der Woche darüber gesprochen, und er hatte sich überlegt, dass sie hinfahren könnten. Ehe er ging, steckte er sich den Schlüssel zu Toms Wohnung in die Jackentasche. In der Kaserne wurde er nicht vor Montagmorgen zurückerwartet. Deshalb würde er vielleicht in die Wohnung gehen und die Nacht über dort bleiben, nachdem er Hannah zur Fähre nach Kangaroo Point gebracht hätte.

Kurz bevor sie aufbrach, ließ Hannah ihren Schlüssel zu Toms Wohnung in ihre Rocktasche gleiten. Da war etwas, woran sie die ganze Woche gedacht hatte, ihre Gefühle hatten zwischen Sitte und Emotion geschwankt. Als sie an der Fähre stand, tastete sie nach dem Schlüssel und schloss die Hand um ihn. Sie spürte die harte, spitze Form.

Seit fast zwei Monaten waren sie und Ben nicht mehr allein gewesen, sondern hatten sich an den Sonntagnachmittagen stattdessen immer nur an belebten Orten getroffen. Zwischen ihnen war nicht mehr geschehen als ein Berühren der Hände und einige gestohlene Küsse. Als sie sich jetzt vorstellte, sie beide wären allein in Toms Wohnung, erfüllte sie eine unbändige prickelnde Freude. Es war etwas Verbotenes an diesem Gedanken, das dennoch verlockend war. Dort würde sie auch sicher niemand entdecken. Ein Brief von David Corduke war am vorhergehenden Tag gekommen, in dem stand, dass Tom für das Wochenende im Haus in der Brunswick Street erwartet wurde.

Ben wartete an der Anlegestelle in der Alice Street. Die Hände tief in die Taschen vergraben, ging er an den Booten vorbei. Er lächelte, als er Hannah auf sich zukommen sah, ein jungenhaftes Grinsen erhellte sein Gesicht. Einige Straßenblocks weiter nahmen sie eine Straßenbahn, die sie nach Hamilton, ihrem Ziel, brachte.

Ben hatte eine Decke mitgenommen. Er breitete sie auf dem Gras aus, bevor er zu dem Stand mit den Erfrischungen hinüberging, dessen Besitzer ein gutes Geschäft mit dem Verkauf von Tee und Kaffee, Eiscreme und Cadbury-Schokolade machte. Hannah streckte sich auf der Decke aus, schloss die Augen und lauschte auf die Jubelrufe der Zuschauer, wenn die Boote vorüberfuhren. Sie spürte die warme Sonne auf ihrem Gesicht, fühlte, wie deren Hitze von ihrer Haut aufgenommen wurde. Hinter ihren geschlossenen Augenlidern tanzte ein Farbenspiel, wirbelte durcheinander und formte sich neu wie die Steinchen in einem Kaleidoskop.

Ben kam mit zwei Tassen dampfendem Tee zurück, und Hannah setzte sich auf, um an der heißen Flüssigkeit zu nippen. Von ihrem Aussichtspunkt aus sah sie die schnittigen Boote zurückkommen, die leicht durch das Wasser glitten. Ruderblätter blitzten auf, Sonnenlicht fing sich in funkelnden Tropfen. Mit präzisen Schlägen tauchten sie ins Wasser, während die Ruderer sich mit angespannten Muskeln gegen die Stemmbretter stemmten. Ben saß im Schneidersitz neben ihr und zeichnete mit einem langen Grashalm die Umrisse der bunten Quadrate auf der karierten Decke nach.

»Ich weiß nicht, wie lange wir noch in Brisbane bleiben«, sagte er, nachdem er sich plötzlich Hannah zugewandt hatte, und sah ihr in die Augen. »Wir rechnen jeden Tag damit, den Befehl zum Aufbruch zu kriegen.«

Hannah senkte den Kopf und schloss die Augen. Sie hasste die Endgültigkeit dieser Worte, und sie hasste das Gefühl der Hoffnungslosigkeit, das sie empfand. Verhasste, schreckliche Worte, die sie innerlich zerrissen und eine Welle der Angst in ihr weckten.

Sie musste irgendetwas sagen, um dieses schreckliche Schweigen zwischen ihnen zu füllen. »Weißt du, wohin man dich schicken wird?«

»Nach dem, was man hört, zuerst nach Adelaide. Wir brauchen noch mehr Vorräte und mehr Ausrüstung. Werkzeugwagen, Pontons, Bockbrücken, Wasserwagen.«

»Ihr nehmt das alles mit?«

»Wir sind eine technische Kompanie«, erinnerte er sie sanft, weil er wusste, dass sie den Unterschied nicht kannte, »und keine Frontsoldaten. Unser Job spielt sich hauptsächlich hinter dem Geschehen ab. Erkundung des Geländes, Brücken und Eisenbahnlinien unbrauchbar machen, Vermessen, Karten anfertigen. Diese Art von Dingen.«

»Oh.« Sie seufzte tief. »Bedeutet das, dass du in nicht so großer Gefahr sein wirst?«

Ben schüttelte den Kopf. »Vermutlich werden wir nicht in Nahkämpfe verwickelt werden, aber das heißt nicht, dass es weniger gefährlich sein wird. Aber wie dem auch sei«, er lachte gezwungen und griff nach ihrer Hand, »ich habe nicht vor, das Schicksal herauszufordern. Immer den Kopf unten halten und den Feind dorthin zurücktreiben, wo er hingehört. Danach werde ich schnurstracks zu dir nach Hause kommen, Liebes.«

Wieder Worte. Nur Worte. Hannah wandte den Blick ab, die Szene löste sich vor ihr auf. Dieser Tag war so anders, so besonders. Das grelle Strahlen der Sonne, das sich mit dem schrillen Ruf der Vögel verband, die über sie hinwegflogen, das Gefühl unbeherrschbarer Furcht, das an ihr zerrte. Plötzlich hatte sie nur noch den einen unbändigen Wunsch, den zu unterdrücken sie machtlos war – von all diesen Menschen fortzulaufen, die den Park bevölkerten, das Flussufer, fort von deren Freude und Ausgelassenheit.

»Lass uns gehen«, sagte sie und stand abrupt auf.

»Und wohin?«

Hannah ergriff Bens ausgestreckte Hand und zog ihn hoch. »Lass uns einfach herumlaufen und sehen, wo wir landen.«

Kaum hatten sie den Park verlassen, wusste Hannah, dass ihr Ziel die Wohnung in der Wickham Terrace sein würde. Jeder Schritt trug sie dorthin. Ben ging neben ihr, schweigend. Er schien geistesabwesend, weit weg. Straßenbahnen rumpelten vorbei. Schließlich winkte er einer zu halten und half Hannah die Stufen hinauf. Sie saß neben ihm und spürte seinen muskulösen Arm, als er ihren streifte.

In der Leichhardt Street stiegen sie aus. Jetzt am Nachmittag hatte es sich abgekühlt, und der Himmel hatte sich bezogen. Wolken so weiß wie Baumwolle waren über den nahe gelegenen Hügeln aufgestiegen und kündeten Regen an. Hannah zitterte, doch sie wusste nicht, ob der Grund dafür der kalte Wind oder die Aufregung war, die sich in ihr aufbaute.

»Du frierst ja«, sagte Ben, legte ihr seine Jacke um die Schultern und lächelte sie an. Als sie an die Ecke Wickham Terrace kamen, blieb er stehen und sah Hannah fragend an. »Wohin gehen wir denn?«

Sie warf ihm einen wissenden Blick zu und ging weiter. Die ruhige Entschlossenheit, die in ihren Schritten lag, veranlasste Ben, ihr zu folgen. Sie war sich des feinen Nieselregens bewusst, der die Bürgersteige benetzte, weiche, federleichte Regentropfen, die kühl auf ihr Gesicht fielen. Vor ihnen lag Toms Wohnung, nur Sekunden entfernt. Sie schaute zurück. Ben war ein Stück hinter ihr zurückgeblieben und schüttelte den Kopf.

»Nein, Hannah.«

»Doch«, lachte sie. Plötzlich begann sie schneller zu gehen, lief auf den Eingang des Hauses zu und suchte dabei in ihrer Tasche nach dem Schlüssel.

Die Wohnung war dunkel, die Vorhänge zugezogen. Das einzige Licht fiel vom Korridor durch die noch offen stehende Tür. Es herrschte ein schaler Geruch, der Geruch von Zimmern, die selten benutzt wurden.

Ben nahm eine Schachtel Streichhölzer aus dem Küchenschrank und wollte die Lampen anzünden, doch Hannah hielt ihn zurück. »Nein«, sagte sie lächelnd, und ihre Mundwinkel hoben sich mutwillig. »Lass uns lieber ein Feuer anzünden. Kalt genug ist es ja.«

Es gab Papier und kleine Hölzer zum Anzünden, aber keine ausreichend großen Holzscheite. Ben nahm sich einen großen Eimer und ging die Treppe hinunter auf den Hinterhof, wo das Feuerholz am Zaun hochgestapelt lag. Für einen Moment wartete er, lehnte sich gegen den Lattenzaun, schloss die Augen und holte einige Male tief Luft. Er hatte das seltsame Gefühl, dass Hannah es geplant hatte, ihn hierher zu bringen, die ganze Zeit schon. Sie hatte ihn von der Regatta auf Umwegen hierher geführt, den Schlüssel in ihrer Tasche, hatte ihn geneckt, als wollte sie ihn ermutigen, ihr in die dunkle Wohnung zu folgen. »Lass uns ein Feuer machen«, hatte sie gesagt, und er stellte sich das Zimmer vor, warm und erhellt von den Flammen. O Hölle! Er wusste nicht, ob er widerstehen könnte. Wenn er erst wieder nach oben gegangen war …

Es ist nicht das, was ich will, dachte er und diese Erkenntnis verwirrte ihn für einen Moment. Nein, verbesserte er sich sofort. Es war das, woran er seit langem dachte. Aber nicht auf diese Weise. Er wollte seine Liebe zu ihr nicht zu einer heimlichen, verbotenen Angelegenheit machen. Er wollte sie heiraten, um Himmels willen, wollte ihre Verbindung heilig machen, gesegnet durch die Kirche.

Tief Luft holend versuchte er, seine Gedanken zu ordnen. Er würde das Holz in die Wohnung hinauftragen, eine Tasse Tee für Hannah zubereiten und sie dann zur Fähre bringen. Er würde nicht zulassen, dass aus dieser Situation etwas entstand, was Hannah später vielleicht bereuen würde.

Rasch legte Ben einige Holzscheite in den Eimer und lief die Stufen hinauf, immer zwei auf einmal nehmend.

»Ich bin wieder da«, rief er, während er die Wohnungstür öffnete. Überrascht sah er, dass das Zimmer in einen gelben Glanz getaucht war. Er blinzelte, bis seine Augen sich an das Licht gewöhnt hatten.

Das Papier und die kleinen Hölzchen brannten inzwischen hell. Hannah saß auf einer Matratze vor dem Feuer und wandte ihm den Rücken zu. Sie saß nach vorn gebeugt, den Kopf gesenkt, ihre Arme um die Knie geschlungen. Und sie war nackt. Die blasse Weichheit ihres Nackens und Rückens boten sich seinem Blick dar, gebadet in gelbem Lichtschein. Die Flammen des Feuers reflektierten von den Wänden und den Möbeln, betonten die Erhöhungen und Vertiefungen ihres Rückens, die Spalte zwischen ihren Pobacken. Ihr Haar war noch hochgesteckt, aber ein paar Locken hatten sich gelöst und rieselten in feinen dunklen Spuren über ihren Nacken und ihre Schultern.

Verzaubert von dem Anblick verharrte Ben für einen Moment. Er trug noch immer den Holzeimer, die Tür stand ein Stück weit offen. Hannah ließ langsam die Arme sinken und wandte sich zu ihm um. »Warum schließt du nicht die Tür, Ben?«

Alles schien wie in Zeitlupe zu geschehen, wie ein Film, der langsam ablief, Bild um Bild. Mit dem Fuß stieß er die Tür zu, die krachend ins Schloss fiel, bückte sich ruckartig und stellte den Eimer auf den Boden. Seine Kehle war wie zugeschnürt. Lag es am sanften Schwung ihrer Hüften, ihrer schmalen Taille, der leichten Wölbung ihres Leibes? Oder waren es die schwarzen Locken, die das unberührte Weiß ihrer Haut streichelten? Als er sie so sah, vereinten sich die langen Jahre des Wartens zu einem so starken Verlangen, dass er dachte, er müsse vor Schmerz aufschreien.

»Hannah, weißt du, was du tust?«

Er ging zu ihr und kniete sich hinter sie, berührte ihr Haar und streichelte mit den Lippen ihren Nacken. Bei seiner Berührung schien ein Beben ihren Körper zu erfüllen.

Sie nickte und wandte ihr Gesicht, ihren Mund zu seinem. »Ja«, wisperte sie. »Ich weiß *genau*, was ich tue.«

Ben ließ die Hände über ihren Nacken gleiten, über ihre Schultern, ihre Taille. Sie hob die Arme und verschränkte die Hände hinter seinem Kopf. Ihre Brüste hoben sich mit der Bewegung. Sie waren klein und fest, und als seine Hände sich darum schlossen, fühlte er die Brustwarzen, die hart waren wie winzige Steine.

Er beugte sich zu ihr hinunter und ließ seine Zunge über ihre Haut gleiten. Wenn er später daran zurückdachte, erinnerte er sich an das Gefühl unerträglichen Drängens, das ihn durchströmt hatte. Und da war auch das Wissen, dass er und Hannah schon zu weit gegangen waren, um umzukehren, ganz egal, welche moralischen Bedenken er zuvor gehabt haben mochte und welche Zurückhaltung er sich auferlegt hatte.

Die kleinen Holzstücke im Kaminofen flackerten auf und schickten einen Flimmer ersterbender Funken den Schornstein hinauf. Die Holzscheite im Eimer, sie waren vergessen. Ben sah auf Hannahs Hände, die sich auf sein Hemd legten, als er sich neben sie sinken ließ, die zu den Knöpfen glitten und sie geschickt öffneten. In einer fernen Zeit und an einem fernen Ort würde er sich auch daran erinnern, dass er den rauen Teppich unter sich gespürt hatte, die Härte des Bodens, und wie weich sich dagegen Hannah angefühlt hatte, als sie ihn mit sich in einen sinnlichen Abgrund zog, aus dem es kein Entrinnen gab.

Das Zimmer wurde vom Schein der Gaslaternen unten auf der Straße schwach erhellt, als Ben neben Hannah aufwachte.

Das Geschehen, das ihn dorthin gebracht hatte, war nur eine vage Erinnerung, eine Reihe quälend süßer Bilder. Er erinnerte sich, dass er sich neben ihr auf dem Boden ausgestreckt und seine Kleider abgelegt hatte. Er erinnerte sich an Hannah, die ihn mit einer Hingabe wie niemals zuvor küsste und seinen Mund mit kurzen zaghaften Stößen ihrer Zunge erkundet hatte.

Er hatte jegliche Kontrolle vergessen, seine Zurückhaltung war wie ein verbannter Dämon vor ihm geflohen, und Ben hatte den Druck gespürt, der sich in seinen Lenden aufstaute. Er war sich seiner eigenen Unerfahrenheit bewusst gewesen, als er seine Hand nach unten bewegt und ihre Brüste gestreichelt hatte, ihren Bauch, und das Verlangen in ihm war unerträglich geworden. Und während der ganzen Zeit hatten ihre Hände sein Gesicht gestreichelt, hatte sie ihn geküsst und ihn mitgenommen an einen Ort, an dem er nie zuvor gewesen war, und von dem er wusste, dass er dorthin zurückkehren wollte.

Behutsam hatte er sich auf sie gelegt, ihre Beine sanft mit seiner Hand geöffnet und instinktiv seine Härte gegen diese weiche feuchte Öffnung gedrängt. Zuerst hatte sie sich mit einem kleinen überraschten Schluchzen zurückgezogen, in ihren Augen hatte für einen Moment ein Ausdruck des Schmerzes gelegen.

»Ich habe dir wehgetan«, hatte er gerufen und wollte sich zurückziehen.

»Nein! Hör nicht auf«, bat sie, hatte ihre Hände um sein Gesicht gelegt und ihn mit ihrem Mund zum Schweigen gebracht.

Auf diese Weise ermutigt hatte er sich gegen sie gedrängt, getriebener jetzt, hinweg über jenen kurzen Widerstand, war irgendwie enttäuscht gewesen, dass schon die ersten wenigen Bewegungen in ihr ihm fast sofort Erleichterung gebracht hatten.

Danach hatte sie ihn angelächelt und an sich gezogen, hatte ihre warme Hand auf seinen Rücken gelegt. So hatte er in ihr geruht und das Gefühl dieser ungewohnten Intimität genossen.

Und nun lag Hannah neben ihm, ihre helle Haut schimmerte im Halbdunkel, und ihr Arm lag auf seinem Bauch. Als er sich auf dem Ellbogen aufstützte, wachte sie auf. »Wie spät ist es?«, murmelte sie.

»O Gott! Schon spät!«, erwiderte er und versuchte, sich unter ihrem Arm herauszuziehen. »Komm. Wir müssen am Anleger sein, bevor die letzte Fähre geht.«

Doch sie streckte die Hand aus und hielt ihn zurück. »Nein. Bleib. Es ist alles in Ordnung. Ich habe Lottie gebeten, Mrs. Worthington auszurichten, dass ich heute Abend nicht zurückkomme.«

Ich hatte recht, dachte er und lächelte in der Dunkelheit vor sich hin. Sie hatte das alles geplant. »Du berechnende kleine Hexe.« Er lachte, als er die Hand über ihre Brüste gleiten ließ und sie auf ihren Bauch legte. Hannah berührte ihn, und er spürte, wie ihre Hände ihn zu dieser vertrauten Härte streichelten.

Später ging er in die kleine Küche, füllte den Kessel und entzündete den Gasring. Er sah zu, wie der Kreis blauer Flammen zum Leben erwachte. Von hier konnte er Hannah sehen, die schicklich mit einem Laken bedeckt im Bett saß, die Arme um die Knie geschlungen.

»Es tut mir leid, wir müssen ihn schwarz trinken, fürchte ich. Es gibt keine Milch«, entschuldigte er sich und goss das kochende Wasser in die Kanne. Hannah glitt aus dem Bett und wickelte das Laken um sich.

Zusammen saßen sie am Tisch und tranken den Tee. Ben war unfähig, seine Blicke von ihr zu wenden. Nachdem sie ausgetrunken hatten, verließ er die Wohnung und ging die Straße hinunter zu dem kleinen Eckladen. Als er zurückkehrte, brachte er Eier, Tomaten, Brot und Käse, Milch und Butter mit. Hannah hatte sich inzwischen auch angekleidet, und im Kamin flackerte ein Feuer.

Sie machte sich daran, Omelette zuzubereiten. Ben bot ihr an, das Kochen zu übernehmen, doch sie schob ihn zur Seite und schwang drohend einen Löffel gegen ihn. So soll es sein, dachte Ben, der am Tisch saß und ihr zuschaute. Hannah, mit offenem Haar, das ihr wie ein dunkler Schleier bis über die Schultern fiel, das Gesicht erhellt von einem inneren Strahlen, das er niemals zuvor an ihr gesehen hatte. Hannah, die an dem kleinen Gasherd stand und zweifelnd den Inhalt der Pfanne betrachtete. Der Ausdruck auf ihrem Gesicht ließ ein stilles Vergnügen in ihm aufsteigen. So *würde* es sein, wenn er aus dem Krieg zurückgekehrt war. Hannah und er, verheiratet; nicht länger müssten sie ihre Liebe verstecken wie etwas Anstößiges.

Seine Gedanken wurden von schweren Schritten unterbrochen, die vom Hausflur zu hören waren, dann folgte das Klirren eines Schlüssels im Schloss. Die Tür schwang auf, und eine Gestalt stand dort, die sich gegen den Türrahmen lehnte.

»O Tom!«, rief Hannah, warf sich ihm entgegen, schlang die Arme um seinen Hals und vergaß das Omelett.

Ben rettete die Pfanne vom Herd, während Tom seinen Mantel auszog und sich einen Whisky aus der Flasche vom Sideboard einschenkte. Hannah hatte ein Dutzend Fragen. »Was tust du hier? Wie geht es David und Lily? Und Enid«, fügte sie mit einem leichten Naserümpfen hinzu. »Und Davies Kaulquappen? Es ist nur eine Woche her, seit ich ihn das letzte Mal gesehen habe, aber ich vermisse den kleinen Burschen.«

Tom trank einen großen Schluck Whisky. »Alles in Ordnung.« Er zuckte die Schultern, sein Gesicht wirkte verschlossen.

»Was ist los, Tom?«

»Das Wochenende war eine absolute Katastrophe, wenn du es unbedingt wissen willst«, knurrte er und stellte das leere Glas auf dem Sideboard ab. »Enid hat unentwegt darüber lamentiert, dass ich mein Studium aufgegeben habe. Zum Schluss hatten wir einen schrecklichen Streit. Ich wollte das alles nicht, also bin ich früher zurückgekommen. Wie dem auch sei«, wechselte er das Thema, »ich hatte nicht erwartet, dass jemand in der Wohnung sein würde. Es hat mich ziemlich überrascht, euch beide hier anzutreffen.«

»Bleib zum Abendessen«, drängte Hannah. »Es ist genug da.«

Ben sah, wie Tom zum Schlafzimmer schaute. Aus diesem Blickwinkel war das ungemachte Bett deutlich zu sehen, die Laken, die zurückgeschlagenen Decken, die Kissen, die auf dem Boden lagen. Toms Blick kehrte zu Hannah zurück, und er sah sie prüfend an. »Nein. Ich glaube nicht. Ich sehe, dass ihr beide beschäftigt seid. Ich werde in die Kaserne gehen.«

Hannah protestierte, doch Tom war schon auf dem Weg zur Tür. Im Gehen zog er sich den Mantel an.

»Nacht alle zusammen«, murmelte er, als er ging.

Um Mitternacht wachte Ben auf und spürte Hannah warm und tröstlich neben sich. Sie bewegte sich, streckte sich. »Bist du wach?«, fragte er.

»Ja.« Sie rollte sich zu ihm. Er konnte ihre Brüste spüren, ihre Hüften, die Wärme, wo ihre Körper sich berührten.

»Tut es dir leid? Ich meine, das hier.«

»Nein«, wisperte sie und fuhr mit den Lippen über seine Brust. »Dir?«

Er schüttelte den Kopf. »Ja … nein. Ich weiß es nicht. Es war nicht, was ich für uns gewollt habe. Ich wollte, dass es ehrenhaft ist, etwas Besonderes …«

»Sag das nicht! Es *war* etwas Besonderes!«, unterbrach sie

ihn heftig; ihre Stimme zitterte und klang nah an den Tränen.

Ben schüttelte wieder den Kopf, eine Geste der Hoffnungslosigkeit. »Es kommt mir irgendwie so verstohlen vor. Sich in die Wohnung zu schleichen, Tom, der uns so hier findet. Er *weiß* es.«

Er schwieg eine Weile und dachte an die Geschehnisse des Nachmittags, der Nacht. Gefangen in diesem Wunder, dem puren Entzücken, hatte er nicht die Konsequenzen bedacht. Auf einmal hasste er sich dafür, es zugelassen zu haben, dass sie ein Risiko eingegangen waren. »Hannah?«

Sie bewegte sich in seinen Armen und legte ein Bein provozierend über seines. »Ja?«

»Ich hätte Vorkehrungen treffen müssen, aber ich dachte nicht … ich meine … ich war nicht darauf vorbereitet. Was, wenn wir ein Kind gemacht haben?«

»Sei nicht dumm. Lottie sagt, man kann das nicht beim ersten Mal.«

»Bist du sicher?«

»Ja«, erwiderte sie schläfrig und berührte seinen Mund mit den Fingerspitzen.

Seine Arme umfingen sie wieder, zogen ihren Körper heftig gegen seinen. Dort lag sie, ihr Kopf ruhte unter seinem Kinn, eine Hand spielte mit den Haaren auf seiner Brust.

Ben konnte nicht schlafen. Er starrte in die Dunkelheit und wünschte, dass dieser Augenblick ewig dauern würde, dass er niemals fortgehen musste.

Doch er wusste, dass dies eine vergebliche Hoffnung war.

Eines Abends, gegen Ende der darauffolgenden Woche, kam Lottie in ihr Zimmer gestürmt. »Hannah! Da ist ein Telefonanruf für dich im Büro.«

»Wer ist es?«

Lottie zuckte die Schultern. »Mrs. Worthington hat gesagt, dass ich dich holen soll, mehr weiß ich nicht.«

Atemlos lief Hannah die Treppe hinunter und den langen Korridor entlang. Telefonanrufe, das wusste sie, waren wie Telegramme und bedeuteten schlechte Nachrichten. Vielleicht war zu Hause jemand krank geworden. David, oder vielleicht Enid. Oh nein, dachte sie. Nicht Davie! Zitternd griff sie nach dem Hörer.

»Hannah?«

Die Stimme klang angespannt, unsicher. »Ben, bist du das?«

»Ja. Ich habe nur eine Minute. Hier stehen wohl an die hundert Kameraden, die auch telefonieren wollen.«

Die Verbindung war ständig gestört, und Hannah musste sich anstrengen, die Worte zu verstehen. Ben hatte noch nie zuvor mit ihr telefoniert, und der Klang seiner Stimme, der über die Leitung zu ihr kam, rief sofort ein ungutes Gefühl in ihr wach. »Bist du in Ordnung? Was ist los? Was gibt es?« Sie merkte, dass ihre eigene Stimme leicht hysterisch klang.

»Es geht los.«

Drei Worte, immer erwartet, und doch verursachten sie ihr ein Schaudern. »Wann?«, wisperte sie.

»Morgen Vormittag. Mit dem Mittagszug. Es tut mir leid, Hannah. Es gibt nichts, was ich tun kann. Es ist der Marschbefehl. Nach Frankreich, nehme ich an. Zumindest lautet so das Gerücht, auch wenn niemand es bestätigt hat.«

Sie konnte kaum atmen, und ein fester Ring legte sich um ihre Brust und drückte wie eine unsichtbare Kraft gegen ihre Rippen. Sie hatte geglaubt, darauf vorbereitet zu sein, doch jetzt merkte sie, dass dem nicht so war. Als sie zu sprechen versuchte, brachte sie kein Wort heraus.

»He, vielleicht wird das alles in ein paar Monaten schon vorbei sein«, sprach Ben weiter, doch seine Stimme klang gezwungen munter. »Alle sagen, dass es nicht viel länger dauern kann.«

Plötzlich war ein Schweigen am anderen Ende der Leitung. Einen Moment lang fragte sie sich, ob sie getrennt worden waren. »Ben? Bist du noch da?«

»Hannah?« Seine Stimme kam von weit her, wie ein schwaches Knacken. »Ehe ich aufhänge, gibt es noch etwas, was ich dir sagen will.«

»Ja?«

»Auf dem Formular mussten wir die nächsten Verwandten angeben, nur für den Fall, dass …«

»Nein!«

»Bitte, Hannah, hör mir zu. Ich habe deinen Namen in das Formular eingetragen. Das bedeutet, sie werden meine Sachen an dich schicken, falls irgendetwas passiert.«

»Nichts wird passieren!«, fiel sie ihm heftig ins Wort. »Nichts!« Die Tränen strömten ihr über die Wangen, über den Mund, liefen in ihren Kragen. Die Telefonverbindung war wieder gestört. Rauschen, Knacken. »Ben?«

Es kam keine Antwort. Plötzlich war die Verbindung unterbrochen, und am anderen Ende war nur eine leere widerhallende Stille, aus der keine Worte kamen. Langsam hängte sie den Hörer auf den Haken. Morgen! Am Vormittag. Irgendwie würde sie freibekommen und zum Bahnhof gehen. Sie musste Ben sehen, und auch Tom. Ein letztes Mal.

Der Bahnsteig war gedrängt voll. Die Menschen, die Abschied nehmen wollten, standen eingekeilt hinter den Sperren, die in der Nähe des Fahrkartendurchgangs errichtet worden waren. Hannah bahnte sich ihren Weg durch die Menge und hielt dabei auf dem Bahnsteig Ausschau nach Bens Gesicht. Doch da waren hunderte von Soldaten, die sich in Richtung der Waggons schoben, ein wogendes Meer aus Khaki, ein Mann fast nicht zu unterscheiden vom anderen.

Als Hannah am Abend zuvor die Treppe zu ihrem Zimmer hinaufgestiegen war, hatte in ihrem Kopf eine Idee Gestalt angenommen. Mr. Bonham hatte ihr eine kleine Bügelsäge geborgt, und es hatte fast zwanzig Minuten gedauert, das silberne Hufeisen in zwei Hälften zu trennen. Ihre Hand hatte geschmerzt, als sie das Sägeblatt stärker bewegt hatte, und sie hatte einen plötzlichen Stich von Schuld empfunden, nachdem das letzte Stück Metall durchtrennt gewesen war und das Hufeisen in zwei gleichen Hälften vor ihr lag. Einen Moment lang saß Hannah da wie betäubt. Ihr Tun war in Eile geschehen, ohne viel Nachdenken. Was würde Ben denken, wenn er sein sorgsam ausgesuchtes Geschenk auf solch grobe Weise traktiert sah?

Sie saß lange da, drehte das Metall in ihren Händen und fühlte dessen scharfe Kanten. Nein! Sie schüttelte den Kopf. Dieses Hufeisen war ein Symbol ihrer Liebe, und jetzt würde sie ihm eine Hälfte geben, ihre Hälfte, auf der »Hannah« stand und »Ich werde dich«, damit er es mitnehmen konnte, wohin auch immer er gehen würde. Er würde eine Hälfte von *ihr* mitnehmen, nicht nur das Hufeisen, und er würde es verstehen.

Sie hatte die Hälfte genommen, auf der Bens Name stand, und sie zurück in ihren Schrank gelegt. Die andere Hälfte hielt sie jetzt fest in ihrer Hand, während sie über das khakifarbene Gedränge schaute. Wo ist er?, fragte sie sich verzweifelt und stellte sich in der Nähe der Sperren auf die Zehenspitzen, um eine bessere Sicht zu haben. Und dort, wie die Antwort auf ihr Flehen, ging er vorbei, den Seesack über die Schulter geworfen, und sah unverwandt geradeaus.

»Ben! Ben!«, rief sie laut, damit er sich umdrehte, doch der ohrenbetäubende Lärm der Menge verschlang ihre Worte. Einige Leute in der Nähe schauten zu ihr herüber, Menschen bewegten sich vor ihr und verdeckten sofort sein Gesicht. Ihr schoss durch den Sinn, dass er weitergehen und sie gar nicht hören könnte.

Verzweifelt drängte sie sich auf die Sperren zu und fand schließlich eine Lücke, durch die sie sich hindurchquetschen konnte. »BEN!«, schrie sie und, wie durch ein Wunder, stand er fast neben ihr. Er wandte sich um, starrte sie blicklos an. »Hannah«, hörte sie ihn sagen, auch wenn der Klang von anderen Geräuschen verschluckt wurde und sie fast nur die Bewegung seiner Lippen sah. Sie sah, wie seine Augen bei ihrem Anblick aufleuchteten.

Die Menge hinter ihnen drängte sich gegen ihn, riss ihn fort. Vergebens streckte sie die Hand aus und hielt ihm das halbe Hufeisen hin. Ihre Finger berührten sich, ein kurzes Gefühl der Wärme – und dann war ihre Hand leer.

»Hannah! Hannah!«

Es war Tom, der einige Schritte weit entfernt war und heftig winkte. Er lachte sie an, als sie sein Winken erwiderte. Die Menge umschloss sie, nahm ihr augenblicklich die Sicht. Als sie endlich wieder etwas sehen konnte, erhaschte sie nur noch einen flüchtigen Blick auf Ben, als er in einen der Waggons stieg und darin verschwand.

Dann waren keine Soldaten mehr auf dem Bahnsteig, und die Schaffner gingen den Zug entlang, um zu überprüfen, ob die Türen geschlossen waren. Angespannte Gesichter spähten aus den Fenstern, als der Zug zögernd anfuhr. Ein Murmeln lief durch die Menge, wie ein langsam ersterbendes Seufzen, das in der Luft schwebte und widerhallte, das die Gegenwart mit der Vergangenheit verband. Um Hannah herum standen ältere Männer, denen die Tränen über das Gesicht liefen, Frauen und Kinder, die schweigend Wache hielten. Hände griffen nach ihren, die Hände von Fremden, die sie hielten. Hände, aneinandergebunden durch Liebe und Angst.

Sie sang mit, die Worte kamen wie aus einem Mund. Ich muss stark sein, dachte Hannah. Ich werde nicht weinen. Ganz fest schloss sie die Augen, wollte nichts sehen. Ihr gingen die Worte durch den Sinn, die so treffend und angemessen waren.

Should auld acquaintance be forgot …

Worte, die sich über den Schmerz legten, über all ihre Qual.

And never brought to mind …

Worte, die sich vermischten und miteinander verschmolzen, die wie die Wellen seufzten, die an ein fernes Ufer schlugen. Ich liebe dich, Ben! Geh nicht fort!

For the sake of auld lang syne …

Hannah wisperte die Worte, und sie brannten wie Galle in ihrer Kehle.

KAPITEL 12

In ihrer Freizeit wandte Callie ihre Aufmerksamkeit dem Koffer zu. Während sie dessen Inhalt zum dritten Mal auspackte, stellte sie überrascht fest, wie vertraut ihr die Dinge inzwischen schon waren, wie alte Freunde. Langsam blätterte sie durch die vergilbten Seiten eines Rezeptbuches und amüsierte sich über die altmodischen Gerichte: pochierte Eier, Marmeladenpudding, Tapioka-Pudding. Ein ganzer Abschnitt war dem Einkochen von Obst und dem Pökeln von Fleisch gewidmet, und einige Seiten beschäftigten sich mit dem Häuten und der Zubereitung von Kaninchen.

Yorkshirepudding, dachte sie, als sie ans Ende des Registers kam. Bonnie hatte ihn seit Jahren nicht gemacht, obwohl er eine von Callies Lieblingsspeisen als Kind gewesen war. Vielleicht würde sie nachher ein großes Stück Rindfleisch aus dem Supermarkt holen und Stuart mit einem Braten zum Essen überraschen.

Sie verstaute die Karten, Einladungen und Zeitungsausschnitte in einem alten Schuhkarton, um diese später einmal durchzusehen, und legte die Schulhefte wieder zuunterst in den Koffer. Die Seiten waren brüchig, zerbröselten an den Rändern, und es war besser, sie nicht anzufassen.

Zudem waren es die Briefe, die sie mehr interessierten. Am

Ende der ersten Woche hatte Hannah sie chronologisch geordnet, wobei sie sich an den Poststempeln auf den Briefmarken orientiert hatte, und zu Stapeln sortiert, die nun auf dem Teppich lagen. Ausgehend von den Handschriften konnte man sie eindeutig drei Verfassern zuordnen: Ben, Hannah und einem gewissen Jack. Jacks Briefe waren leicht herauszufinden, denn sie trugen seine Unterschrift auf der Rückseite der Umschläge. Sie bildeten nur einen kleinen Stapel, und die Poststempel zeigten, dass sie viel später geschrieben worden waren als die anderen Briefe. Deshalb legte Callie sie beiseite, nachdem sie sie mit einem blauen Band zusammengebunden hatte. Blieb noch Hannahs und Bens Korrespondenz, und sie überlegte, mit welcher sie sich zuerst befassen wollte.

Bens erster an Hannah adressierter Brief trug einen Poststempel aus Südaustralien und den Absender: Mitcham Camp, bei Adelaide. Das Datum war die erste Woche im Mai 1916. Neugierig zog Callie die Blätter aus dem Umschlag. Ben hatte geschrieben:

Liebe Hannah,
für die ganze Kompanie ist Ausbildung angesagt, während die noch fehlenden Vorräte beschafft und die Ausrüstung zusammengestellt werden. Wir haben endlich Pferde bekommen – keine jungen Militärpferde, sondern alte Klepper. Wir üben mit ihnen, so lange wir hier sind, was ein lohnender Anblick ist, weil sie nicht völlig willenlos sind. Zurzeit üben wir uns daher mehr im Umgang mit störrischen Pferden als in der Reitkunst. Es geht das Gerücht um, dass wir vor Ende des Monats aufbrechen. Die meisten der Vorräte sind verstaut – Werkzeugwagen, Pontons (die gerade von den Cockatoo Docks in Sydney gekommen sind) und andere verschiedene Dinge, obwohl wir immer noch auf die Weldon-Brückenköpfe und auf die Wagen für die Pontons warten und auf die Wasserwagen …

Callie überflog den Rest des Briefes. Es waren einige Seiten, gefüllt mit Informationen derselben Art: Einzelheiten über die technischen Geräte der Kompanie und die Ausbildung, amüsante Anekdoten über die Männer. Erst in der letzten Zeile kam Ben auf seine persönlichen Gefühle zu sprechen. *Ich vermisse deine sanfte Berührung*, hatte er gekritzelt, ehe er seinen Namen darunter gesetzt hatte.

Callie las die Worte noch einmal und grübelte über deren Bedeutung nach. *Ich vermisse deine sanfte Berührung.* Waren Hannah und Ben ein Liebespaar gewesen? Waren sie die persönlichste und intimste aller Verbindungen eingegangen, bevor er fortgegangen war? Hatten sie sich auf die einzige Art aneinandergebunden, die Zeit und Ort zugelassen hatten? Sie schüttelte den Kopf, da sie es nicht wusste, dann zog sie den nächsten Umschlag hervor.

Er enthielt eine Postkarte, auf der die Fotografie eines Schiffes zu sehen war, das den Namen H.M.A.T. A29 s.s. *Suevic* trug. Die Buchstaben auf der Rückseite der Karte drängten sich sehr eng aneinander, und sie brauchte einige Minuten, um die Worte zu entziffern.

Meine liebste Hannah,
wir sind am 31. in Outer Harbour eingeschifft worden, zusammen mit der 11th Field Ambulance. Die Burschen sind ein netter Haufen, und wir kommen meistens gut miteinander aus. Es gibt ein paar Frotzeleien zwischen den verschiedenen Dienstgraden und ein paar unverbesserliche Spaßvögel. Die Fahrt durch die Große Australische Bucht war ziemlich rau – ich denke, es waren die schlimmsten Tage meines Lebens; bis auf die Hartgesottensten hat die Seekrankheit alle niedergestreckt. In Freemantle ist dann die 44th Batallion an Bord gekommen, was die Lebensbedingungen sehr viel schwieriger gemacht hat. Der Drill geht immer noch weiter – zwei Stunden jeden Tag.
Ich vermisse dich schrecklich,
in Liebe
Ben
P. S. Wie findest du den Kahn?

Callie drehte die Postkarte um und betrachtete das Foto des Schiffes. Das Bild war nicht nur schwarz und weiß, sondern zeigte verschiedene Schattierungen von körnigem Grau: die Masse des Stahls hob sich gestochen scharf und dunkel von den dagegen schlagenden Wellen ab, drei der Schornsteine – insgesamt zählte Callie vier – spuckten wütend Rauchwolken aus, die eine lange Spur zogen, die sich im helleren Ton des Himmels auflösten. Weiße Gischt hüllte den vorderen Schiffsrumpf ein, während das Schiff durch ein windgepeitschtes Wellental Fahrt machte und sich dabei leicht zu einer Seite neigte.

Als sie auf die Fotografie starrte, empfand Callie das seltsame Gefühl, durch die Zeit zurückgezogen zu werden, fühlte sich versetzt auf das Deck dieses Schiffes, während es seinen Weg durch die See pflügte, Jahrzehnte zuvor. Für einen kurzen Moment stellte sie sich vor, das Salz auf ihren Lippen zu schmecken, das Donnern der Wellen zu hören, und sie sah die dunklen aufragenden Gestalten der Männer, die sich wie Schatten an Deck bewegten. Schweigende Schatten mit verblichenen, fleischlosen Gesichtern, so grau und ätherisch wie der Himmel über ihnen. Ein blasser Dunst hüllte den Tag ein, es konnte Nebel sein oder salzige Gischt, Callie vermochte es nicht zu sagen. Er bildete einen unheimlichen Schleier aus Weiß. Und über allem lag der üble Geruch des Todes, oder die eingebildete Bedrohung durch ihn, verpestete die Luft, wirbelte und drückte seine Fäule in ihre Nase, ihr Gesicht, bis dieser Geruch sie fast würgen ließ.

»Callie, bist du zu Hause?«

Sie zuckte zusammen, als sie die Stimme hörte und die Haustür, die geschlossen wurde. Sie starrte auf die Postkarte in ihrer zitternden Hand. s.s.Suevic. Sei nicht albern, schimpfte sie mit sich selbst, als sie die Karte auf den Schreibtisch legte. Es war nicht Juni 1916, sondern ein sonniger Oktobertag mehr als achtzig Jahre später, und die Bilder waren nichts als das Produkt der überaktiven Einbildungskraft der Schriftstellerin. Trotz dieser Einsicht und der Wärme des Tages schüttelte sie sich unwillkürlich.

»Callie?«

Die Stimme klang nun lauter, eindringlicher. Es war Stuart, der früh von der Arbeit nach Hause kam, begriff sie. Sie schüttelte den Kopf, verdrängte die Bilder darin an einen fernen Ort und zwang sich zurück in die Gegenwart.

»Cal, da bist du ja.« Er beugte sich zu ihr hinunter, und in seiner Miene lag ein Ausdruck der Aufregung, wie nur ein Kind sie empfinden mochte. »Meinst du, du könntest für ein paar Tage freimachen? Man hat eine zweitägige Konferenz angesetzt, und in letzter Sekunde hat sich ein Problem ergeben. Der Boss kann nicht weg, also will er mich statt seiner schicken.«

Sie starrte ihn verwirrt an. »Ich … ich weiß nicht. Wo ist die Konferenz denn?«

»Ein paar Autostunden die Küste hoch. Ein tolles Hotel. Fünf Sterne. Und es wird alles bezahlt. Wir wären verrückt, uns diese Chance entgehen zu lassen. Wie können morgen hochfahren. Donnerstag und Freitag werde ich auf der Konferenz sein, aber ich dachte, wir könnten übers Wochenende bleiben. Ein bisschen Zeit zusammen verbringen.«

Callie nickte und ordnete im Stillen ihren eigenen Zeitplan neu. Es lag keine dringende Arbeit an, nichts, was nicht warten konnte. Außerdem würde es schön sein, zu verreisen, sei es auch nur für ein paar Tage.

»Aber sicher«, sagte sie und gab ihm einen Kuss auf die Wange. »Und wenn du mich jetzt entschuldigst, werde ich gleich packen gehen.«

»Stuart und Callie können gerade nicht ans Telefon kommen. Wenn Sie Ihren Namen und Ihre Nummer hinterlassen, rufen wir Sie zurück …«

Michael hielt den Telefonhörer in der Hand und lauschte den Worten des Anrufbeantworters. Seit zwei Tagen versuchte er, Callie zu erreichen und hatte ihr Nachrichten hinterlassen, die bis jetzt unbeantwortet geblieben waren. Und er bezweifelte, ob er sie heute zu Hause erreichen würde, denn es war Freitagnachmittag, und das Wochenende stand vor der Tür.

Resigniert legte er den Hörer zurück und blätterte das Bündel Fotos durch, das vor ihm auf dem Schreibtisch lag, doch seine Gedanken waren nicht bei der Arbeit. Er musste mit Hannah sprechen, er brannte darauf, ihr von den Entdeckungen zu berichten, die er in Bens Tagebucheinträgen gemacht hatte.

Mit Gaby hatte er schon darüber gesprochen, aber sie war nicht allzu interessiert und mit anderen Dingen beschäftigt gewesen. »Das ist super, Dad«, hatte Timmy hingegen gesagt; doch Michael wusste, dass die Details für den Jungen keine Bedeutung hatten. Außer seiner Aufregung empfand er ein seltsames Gefühl der Enttäuschung, als wäre er der einzige Mensch, der sich dafür interessierte. Vielleicht hatte Freya recht gehabt mit ihrer Bemerkung, dass all das in die Vergangenheit gehörte. Aber Callie, davon war er überzeugt, hätte es wissen wollen, wenn sie nur endlich an dieses gottverdammte Telefon gehen würde.

Wütend starrte er auf das Gerät, und wie aufs Stichwort stieß es ein schrilles Klingeln aus. Rasch nahm er den Hörer und hielt ihn an sein Ohr. »Paterson hier«, meldete er sich knapp.

»Hallo, Dad!«

Es war Timmy. Michael fühlte, dass seine Anspannung augenblicklich von ihm abfiel. Sein Sohn hatte üblicherweise diese Wirkung auf ihn, dass er auf den Boden zurückkam, die Dinge wieder im richtigen Licht sah.

»Selber hallo. Was tust du gerade? Solltest du nicht in der Schule sein?«

»Ach, Dad, komm schon!«, kam die amüsiert-entrüstete Antwort. »Es ist fast sechs Uhr. Die Schule ist schon seit einer Ewigkeit aus.«

Überrascht drehte Michael sich mit seinem Stuhl um und schaute aus dem Fenster. In seinem vollklimatisierten Büro mit den getönten Fenstern hatte er nicht bemerkt, wie die Zeit vergangen war. Die Sonne war fast schon hinter den Hügeln im Westen verschwunden und warf lange purpurfarbene Schatten auf die Landschaft. Die Hausdächer waren nur noch dunkle Schemen. Licht fiel aus den Fenstern, deren Vorhänge noch nicht geschlossen waren, blitzte in der Ferne auf wie winzige Leuchtkäfer. Müde fuhr er sich mit der Hand über die Augen.

»Stimmt. Ich muss die Zeit vergessen haben. Womit habe ich mir die Ehre dieses Anrufs verdient?«

»In der Schule fangen wir eine Projektarbeit an, und Mum hat gesagt, ich soll dich anrufen.«

Michael streckte sich auf seinem Stuhl und schlug die Beine übereinander. »Tatsächlich? Was möchtest du denn wissen?«

Timmys Stimme zitterte vor Aufregung. »Es ist ein Projekt über Ge-ne-a-lo-gie. Weißt du, was das ist?«

»Sicher. Du findest etwas über deine Vorfahren heraus, richtig?«

»Ja«, bestätigte Timmy wichtig. »Mum hat mir alles über ihre Familie erzählt. Jetzt muss ich alles über deine wissen.«

»Nun, ich werde dir sagen, was ich weiß, aber viel ist es nicht. Dein Großvater Paterson hieß mit Vornamen James, und er wurde in Brisbane geboren. Grandma hieß Pauline Long, bis sie 1953 Grandpa geheiratet hat. Grandma ist 1990 gestorben. Grandpa zwei Jahre vorher.«

Michael konnte hören, wie Timmy vor sich hin murmelte, während er geflissentlich alle Informationen niederschrieb. »Was ist mit den Eltern von Grandpa und Grandma?«, wollte er schließlich wissen. »Unser Lehrer sagt, wir sollen vier Generationen zurückgehen. Und wir sollen auch versuchen, Fotos zu finden.«

Michael legte den Finger gegen seine Lippen und dachte nach. Über die Abstammung seiner Mutter war schnell berichtet. Die Longs waren eine weit verzweigte Familie gewesen, die seit Generationen in der Stadt gelebt hatte und dort ihren Geschäften nachgegangen war. Seine Schwester Anne besaß einige umfangreiche Alben darüber, angefüllt mit Todesanzeigen und Ähnlichem. Sie würden sicherlich eine Fülle von Informationen liefern. Über die Familie seines Vaters hingegen wusste er nur wenig.

»Die Eltern deines Großvaters sind gestorben, als ich noch ganz klein war, und ich kann mich kaum an sie erinnern. Hör mal, wie wäre es, wenn ich Tante Anne anrufen würde? Sie hat den ganzen Familienkram. Fotos, Zeitungsausschnitte. Vielleicht können wir hinfahren und sie am Wochenende besuchen.«

»Ja, Dad. Das wäre toll. Du weißt ja, ich komme übermorgen. Wann holst du mich denn ab?«

Michael nannte eine Zeit und sagte seinem Sohn auf Wiedersehen. Er stellte das Telefon zurück, griff erneut danach und wählte die Nummer seiner Schwester. Als sie sich meldete, klang ihre Stimme erschöpft.

»Hallo, Schwesterherz. Was ist los?«

»Ach, du weißt doch, das Übliche halt. Das Baby bekommt Zähne, und Tony muss für ein paar Tage weg. Mein Körper rebelliert gerade gegen die dürftige Ration von ungefähr drei Stunden Schlaf jede Nacht.«

»Ich erinnere mich nur zu gut an solche Zeiten«, sagte Michael. »Hör mal, ich dachte, dass Tim und ich am Wochenende bei dir vorbeischauen, wenn das für dich in Ordnung ist.«

»Ich werde mich dann in einem komaähnlichen Schlaf befinden«, warnte Anne finster, dann lachte sie. »Ihr seid jederzeit willkommen, das weißt du doch. Kommt am Sonntag zum Essen. Dann wird Tony zurück sein, und ich habe Timmy schon eine Weile nicht gesehen. Ich werde etwas Schönes zu essen zaubern.«

Sie unterhielten sich noch ein paar Minuten, dann legte Michael den Hörer auf. Er hatte Anne einige Wochen nicht gesehen, und es würde eine gute Gelegenheit sein, das Baby wieder einmal zu sehen. Vielleicht würde er seine Kamera mitnehmen und ein paar Filme machen. Mittagessen am Sonntag ist perfekt, dachte er und notierte sich in Gedanken, auf dem Nachhauseweg in der Weinhandlung vorbeizuschauen. Einige Flaschen Chablis würden die angeschlagene Stimmung seiner Schwester vermutlich heben.

Die Konferenz war am vorhergehenden Tag zu Ende gegangen. Da Callie Stuart seit ihrer Ankunft vor drei Tagen kaum zu Gesicht bekommen hatte, war sie oft an dem von Mangroven gesäumten Fluss spazieren gegangen, der den südlichen Teil des Hotels begrenzte, und hatte ihre Stunden mit Lesen und Faulenzen verbracht.

An den beiden vergangenen Abenden waren für die Konferenzteilnehmer Abendessen arrangiert worden, zu denen Callie nicht eingeladen wurde, doch sie war damit zufrieden, sich vom Zimmerservice das Essen in die Suite bringen zu lassen und die Abende vor dem Fernseher zu verbringen. Was sie störte, war Stuart, wenn er in den frühen Morgenstunden lärmend ins Zimmer zurückkam, im Halbdunkel gegen die Möbel stieß; sein Haar und seine Kleidung rochen nach Zigarettenrauch und Alkohol.

Und heute, am Sonnabendvormittag, als noch das ganze Wochenende vor ihnen lag, war er mürrisch und schweigsam und hatte sich hinter einer Zeitung verschanzt. Callie hatte versucht, sich mit ihm zu unterhalten, ihn aus dieser Stimmung – in welcher er sich auch befinden mochte – herauszuholen, doch er war nicht darauf eingegangen und hatte ihre Anwesenheit kaum zur Kenntnis genommen.

Die Hotelanlage bestand aus mehreren modernen flachen Gebäuden, die verstreut auf dem hügeligen Gelände standen und die Aussicht auf einen großen, palmengesäumten Pool boten. Jetzt war später Vormittag. Callie lag auf einem Liegestuhl, einen Sarong um sich gewickelt, und ein Buch lag ungeöffnet auf ihrem Schoß.

Der Sommer nahte, und sie spürte die zunehmende Hitze der Sonne. Unter der Schicht schützender Sonnencreme sog ihre Haut sie auf und wärmte sie innerlich. Stuart lag neben ihr auf dem Rasen. Er hatte sich auf den Bauch gedreht und schlief, die Haut auf seinem Rücken hatte schon einen dunklen Rosa-Ton angenommen. Callie betrachte seinen Rücken, der sich hob und senkte, und plötzlich ärgerte sie sich über diese gleichmäßige Bewegung. Noch ein wenig mehr Sonne, und er würde für den

Rest des Wochenendes über einen Sonnenbrand klagen und so alles andere, was sie unternehmen würden, total verderben.

Callie beugte sich über ihn und schüttelte ihn an der Schulter. »Du solltest dir besser etwas überziehen oder hineingehen. Du verbrennst.«

Stuart gab ein Grunzen von sich und rollte sich auf den Rücken, während er schützend den Unterarm vor seine Augen hob. »Mach um Himmels willen nicht so ein Getue. Ich bin ein großer Junge, schon vergessen?«

»Okay, wie du willst. Ich gehe jetzt ein bisschen spazieren.«

Callie schüttelte Stuarts Laune mit einem Achselzucken ab und ging zum Strand. Es war fast Ebbe, und das sich zurückziehende Wasser hatte große Sandbänke freigelegt. Dahinter erstreckte sich der Ozean, dessen Wasser das Blau des Himmels widerspiegelte, bis sie miteinander verschmolzen und eins wurden, Meilen entfernt, in einem Dunst, der die gekrümmte Linie des Horizonts vor den Blicken verbarg. Weiter draußen flog ein Schwarm Möwen über die Wellen, hin und wieder tauchte eine von ihnen hinunter in die dunklen Tiefen. Einige Kinder wateten durch das flache Wasser am Strand und bückten sich immer wieder, um Muscheln zu sammeln.

Callie saß auf dem trockenen Sand nahe der Hochwassermarke und ließ die Körner durch ihre Finger rieseln, winzige Teilchen verwitternder Felsen, verfallender Muscheln und Tiere. Der Sand fühlte sich auf ihrer Haut wie Seide an. Die Sonne schien auf ihr Gesicht, und der Wind strich durch ihr Haar, als sie dasaß und dem Kommen und Gehen des Wassers zusah. Stunden vergingen. Der sich ewig wiederholende Fluss der Wellen, die sich auf die Küste zubewegten, versetzte sie in eine nachdenkliche Stimmung.

Auf der einen Seite schien das Leben täuschend einfach, doch ihr Verstand beschäftigte sich mit Fragen, auf die sie keine Antwort wusste. Was ging nur in Stuart vor? Er hatte so sehr darauf beharrt, dass sie ihn begleitete, doch jetzt ignorierte er sie fast. Zwei Jahre waren sie nun zusammen, und während es zu

Beginn meist schön mit ihm gewesen war, hatten seine Launen und seine Unbeständigkeit in letzter Zeit zugenommen. Er war mürrisch und gereizt, als könnte er ihre Anwesenheit manchmal kaum noch ertragen. Langweilte er sich mit ihr? Vielleicht steckte ihre Beziehung in einer Sackgasse? Sie wollte – nein, sie musste – mit ihm darüber reden, doch zurzeit war er wieder so einsilbig und neigte zu unerwarteten Ausbrüchen. Aus Widerwillen vor einem weiteren Streit hatte sie bis jetzt darauf verzichtet, dieses Thema anzuschneiden.

Es schien keine einfache Lösung zu geben. Mit einem Seufzen stand Callie auf und machte sich auf den Rückweg. Sie hielt sich an die Hauptwege, kam an den Rasenflächen und der Sonnenterrasse vorbei und betrat schließlich durch die schwere Schiebetür aus Glas das Wohnzimmer. Stuart lag auf dem Sofa und telefonierte mit seinem Mobiltelefon.

»Es ist besser zu gehen«, hörte Callie ihn sagen, während sie die Tür aufschob. »Wiederhören.«

»Hallo«, sagte sie und zwang sich zu einem Lächeln. »Wie ich sehe, hast du dich von der Zeitung und der Sonne losgerissen. Wer war am Telefon?«

»Oh, niemand Wichtiges«, erwiderte er ausweichend und machte eine wegwerfende Handbewegung. »Niemand, den du kennst.« Anklagend fügte er dann hinzu: »Du bist nicht zum Mittagessen gekommen. Ich habe eine Ewigkeit auf dich gewartet und bin dann allein gegangen.«

Sonnenlicht fiel über den Boden. Es lag Milde in diesem Nachmittag, eine sanfte Trägheit. Dennoch konnte Callie das Gefühl nicht abschütteln, dass etwas nicht stimmte. Es nagte an ihr, forderte ihre Aufmerksamkeit.

Stuart stand langsam vom Sofa auf und kam zu ihr. Er legte die Arme um ihre Schultern, und seine Hände streichelten mit sicheren, geübten Bewegungen ihren Rücken. Seine Lippen streiften ihre Wange, und sie fühlte seinen warmen Atem.

Callie fühlte unerwartetes Verlangen. Er *ist* ein attraktiver Mann, dachte sie. Und trotz der sich häufenden Streitigkeiten und seiner Launenhaftigkeit genossen sie noch immer eine befriedigende sexuelle Beziehung.

»Ich gehe duschen. Kommst du mit?« Callie löste sich aus seiner Umarmung und streifte den Badeanzug ab. Sie beugte sich vor, um ihn aufzuheben und warf ihn über den Stuhl. Ein Regen aus Sand folgte dieser Bewegung und verteilte sich über den grauen Schieferboden. Die Körner fingen für den Bruchteil einer Sekunde das Sonnenlicht ein, wirbelten wie winzige Prismen durch die Luft.

Stuart bedachte Callies Nacktheit mit einem nachsichtig-einschätzenden Lächeln, ohne etwas zu sagen.

»Komm schon«, lud sie ihn ein.

Sie verteilte gerade das Shampoo in ihrem Haar, als Stuart zu ihr in die eckige Duschkabine kam. Er seifte sich die Hände ein und strich massierend über Callies Rücken und ihre Brüste, knetete ihre Haut mit einem Können, das aus Erfahrung geboren war. Der Seifenschaum machte ihre Haut glatt und gleitend, und sie spürte seine Erregung, als sie sich gegen ihn lehnte.

Es ist schön gewesen, wenn auch nicht gerade welterschütternd, entschied Callie. Sie lag neben Stuart, hatte sich auf den Ellbogen gestützt und beobachtete ihn im Schlaf. Er schien mit den Gedanken woanders gewesen zu sein, als sie sich geliebt hatten, weit weg, als würden andere Dinge seine volle Aufmerksamkeit in Anspruch nehmen. Vielleicht gab es Probleme im Job, Dinge, von denen er meinte, er könnte sie nicht mit ihr besprechen, aus welchem Grund auch immer. Das würde seine wechselnden Stimmungen in den letzten Wochen erklären. Wenn sie wieder zu Hause waren, würde sie Jill anrufen, die im selben Bürogebäude wie Stuart arbeitete, und die Sache weiter verfolgen.

Leise glitt Callie aus dem Bett und zog sich den Bademantel über. In der winzigen Küche machte sie sich eine Tasse Tee, nahm noch ein paar Kekse aus einer offenen Packung mit und ging ins Wohnzimmer. Obwohl sie sich vorgenommen hatte, ein paar Tage Urlaub zu machen, hatte sie vor der Reise in letzter Minute noch einige von Bens Briefen in ihren Koffer gelegt. Es ist wie eine Droge, dachte sie, als sie die Tischlampe anschaltete und nach dem Briefstapel griff. Sie wusste so wenig über ihn und war begierig darauf, mehr zu erfahren. Es schien, als füllte sie mit der Enthüllung von Bens und Hannahs Geschichte irgendwie eine Leere in ihrem eigenen Leben.

Sie breitete die Umschläge auf dem Teppich aus und strich mit den Fingerspitzen über das vergilbte Papier. Es sind Kreise, dachte sie und fuhr über die Schwünge und Bögen der fließenden Handschrift. Kreise, die uns alle durch die Zeit miteinander verbinden: Hannah, Ben, sie selbst und die anderen Cordukes, die in dem Haus in der Brunswick Street gelebt hatten. Die Kreise verbanden sie auf eine ebenso unbestimmte wie unerklärliche Weise.

Es war fast schon dunkel, als Stuart an der Tür auftauchte, gähnend und mit wirren Haaren. »Mein Gott, Callie!«, rief er. »Du wirst noch blind, wenn du bei diesem Licht liest.«

Sie hatte gar nicht bemerkt, dass es so spät war. Sorgsam faltete sie die Briefe zusammen und steckte das Bündel Umschläge in eine Plastiktragetasche. Stuart stand mit gerunzelter Stirn in der Tür. »Du beschäftigst dich doch wohl nicht immer noch mit diesen alten Sachen?«, fragte er gereizt.

Callie zuckte die Schultern und stand auf. Sie ignorierte seine Bemerkung und küsste ihn auf die Nasenspitze. »Komm, ich hab Hunger. Wir sollten uns zum Abendessen fertig machen.«

Sie hatten in einem der Restaurants des Hotels einen Tisch bestellt. *La Trattoria* hatte sich auf die italienische Küche spezialisiert, und Callie, die das Mittagessen ausgelassen hatte, dachte hungrig an Teller voller dampfender Pasta. »Was denkst du?«, fragte sie und zog die Nase kraus, während sie überlegte. »Spinat und Ricotta-Tortellini oder ein köstliches Hühnchengericht an Basilikumsoße?«

Am Ende gingen sie doch nicht und einigten sich später auf

ein Clubsandwich, serviert vom Zimmerservice, und die Auswahl an alkoholischen Getränken aus der Minibar. Stuart hatte sie zurück ins Schlafzimmer geführt, sie aufs Bett gezogen und ihr geschickt den Bademantel abgestreift.

Danach lag sie neben ihm, und Callie stellte überrascht fest, dass es der beste Sex gewesen war, den sie seit langer Zeit gehabt hatten. Sie fuhr mit den Fingern über seine Brust und fragte sich für einen Moment, ob sie sich die Probleme mit ihm nur einbildete. Stuarts Launenhaftigkeit, sein Mangel an Verständnis – vielleicht hatte sie diese Dinge zu losgelöst aus dem Ganzen betrachtet, hatte sie durch ihre Gedanken zu einer beunruhigenden Dimension gesteigert. Vielleicht war es ihre eigene Schuld? Wenn sie vor dem Computer saß und schrieb, Tag für Tag, kapselte sie sich mehr und mehr ab, und manches Mal hasste sie es regelrecht, wenn sie in ihrer Arbeit unterbrochen wurde.

Das Schreiben, ihre Beschäftigung mit den Briefen, die plötzliche und unerwartete Freundschaft mit Michael: Stuart war in nichts davon eingebunden. Aber sie *hatte* es ihm angeboten, ihn einzubeziehen, erinnerte sie sich schnell, wenn auch die Umstände dann etwas anderes ergeben hatten. Die Dinge werden sich ändern, wenn wir wieder zu Hause sind, nahm sie sich vor. Ich werde mir mehr Mühe geben, ihn einzubinden, und wir werden auch anfangen, mehr Zeit miteinander zu verbringen.

KAPITEL 13

Für Hannah fühlte es sich merkwürdig an, in die Wohnung in der Wickham Terrace zurückzukehren. Es war der Sonntag nach Bens Abreise, ein trüber Junitag mit tiefhängenden Wolken, die über die Baumwipfel jagten. Eine eisige Brise peitschte die Oberfläche des Flusses zu kurzen, abgehackten Wellen. Als die *Hetherington* dröhnend und ächzend am Pier in der Alice Street anlegte, erwartete sie halbwegs, Ben zu sehen, der sie von der Fähre abholte, wie er es an jedem Sonntag während der letzten beiden Monate getan hatte. Doch der Anleger war leer bis auf zwei Jungen, deren Angelschnüre ins Wasser hingen, und einen alten Mann, der sich beim Gehen auf seinen Spazierstock stützte.

David hatte an Hannah geschrieben und sie gebeten, ihn in der Wohnung zu treffen und dabei zu helfen, Toms Habseligkeiten zusammenzusuchen, die in das Haus in der Brunswick Street zurückgebracht werden sollten. Ihr Bruder würde nicht vor zwei Uhr mit dem Zug eintreffen, und Hannah war absichtlich so früh zur Wohnung gegangen. Sie hatte dem unwiderstehlichen Drang nachgegeben, dort allein und ungestört ein wenig Zeit zu verbringen.

Die vertrauten Straßen, die sie auf ihrem Weg dorthin nahm, schienen angefüllt mit Erinnerungen und den Gedanken an jenen Sonntag, an dem sie zum letzten Mal mit Ben hier gewesen war. War es erst drei Wochen her? Sie ging die Vordertreppe hinauf und durch den Eingang, den Flur entlang, in dem es nach Kohl und anderen Dingen roch, die auf das Leben anderer Menschen hinwiesen. Sie sah es fast vor sich, wie Ben sie angeschaut hatte, fragend, und sie konnte ihn beinahe sagen hören: »Wohin gehen wir?« Und sie sah sich selbst, wie sie vorausgetanzt war und noch im Gehen nach dem Schlüssel in ihrer Tasche gegriffen hatte.

Die Dunkelheit in der Wohnung wirkte bedrückend, und trotz der Enge durch die schweren Möbel herrschte hier eine Leere, die fast greifbar zu sein schien. Hannah zündete die Lampe an, wanderte durch die Wohnung und berührte vertraute Gegenstände, als sähe sie sie zum ersten Mal. Sie griff nach der Schachtel mit den Streichhölzern, die im Regal neben dem Gaskocher lag, hielt sie in der Hand und erinnerte sich daran, wie Ben die blaue Flamme vorsichtig angezündet hatte. Auf dem Regal lagen zwei Eier und eine Tomate und die eingewickelten Reste eines Brotlaibes, die Reste ihrer gemeinsamen Mahlzeit.

Das letzte Abendessen, dachte sie traurig, als sie die Überbleibsel in eine Papiertüte tat und hinunterging, um sie in den Müllbehälter am Ende des Hofes zu werfen.

Wieder zurück in der Wohnung, fühlte sie sich mit einem Mal zu dem kleinen Schlafzimmer hingezogen. Das Bett war gemacht, die Laken und Decken glatt gezogen. Die Kissen lagen unberührt da und wiesen keine Spuren der Abdrücke ihrer Köpfe auf. Sie nahm eines, hielt es gegen ihr Gesicht und atmete tief ein. Vielleicht war Bens Duft darin geblieben, etwas, was sie an ihn erinnerte? Aber da war nichts. Kein Zeichen, dass sie je hier gewesen waren, überhaupt keine Spur.

Wieder in dieser Wohnung zu sein, die Leere der Zimmer zu spüren und sich den Erinnerungen an die gemeinsame Nacht hinzugeben, die Realität von Bens Abreise, das alles überwältigte sie. Es traf sie unerwartet und abrupt und brachte ihr unerträglichen Schmerz. Er ist fort, dachte sie, und diese Endgültigkeit machte, dass sich in ihren Augen Tränen sammelten. Heiße Tränen, die brannten, die lautlos über ihre Wangen liefen, das Kissen benetzten. Tränen, die sich seit Wochen in ihr aufgestaut hatten, die sie nicht hatte weinen können und die jetzt plötzlich aus ihr herausbrachen.

David traf eine Stunde nach ihr in der Wohnung ein; er sah müde und mitgenommen aus. »Enid besteht darauf, dass die Wohnung weitervermietet wird«, erklärte er Hannah. »Sie sagt, dass wir es uns nicht leisten können, sie leer stehen zu lassen. Vermutlich hat sie recht. Es *ist* Verschwendung.«

»Ich denke auch«, stimmte Hannah rau zu.

»Deshalb dachte ich, wir räumen die Sachen gleich raus. Es kann Monate dauern, bis Tom zurückkommt.«

Monate, dachte Hannah niedergeschlagen und sah zu, wie ihr Bruder die Fenster aufstieß und die kalte Brise durch die Vorhänge wehte. Sekunden, Minuten, Stunden und Tage, alles wurde zu einer unbestimmten Zahl von *Monaten*, vielleicht *Jahren*, bis sie Ben wiedersah.

Eine Abfolge von Bildern schwebte durch ihre Erinnerung,

und sie hielt den Atem an. Das Aufwachen neben Ben in dem schmalen Bett. Ben, der am Herd steht und die Pfanne von den Flammen zieht. Ben, der am Bahnhof die Hand nach ihr ausstreckt und das Hufeisen aus ihrer Hand nimmt.

»Ist alles in Ordnung mit dir?«

Sie schaute auf. Ihr Bruder starrte sie an, einen fragenden Ausdruck auf dem Gesicht. Er legte seine kühle Hand an ihre Wange, die sich dagegen plötzlich heiß anfühlte. »Du siehst blass aus. Isst du genug?«

»Ja«, murmelte Hannah und wandte sich ab.

Nachdem sie sich pflichtschuldig nach ihrer Schwägerin erkundigt und David sie über die neuesten Entwicklungen bei den Kindern informiert hatte, schien es nur noch wenig zu geben, über das sie reden konnten. Enid trennte sie, war wie eine Barriere zu der so unbeschwerten Vertrautheit, die sie als Kinder geteilt hatten. Während sie die wenigen Kleidungsstücke und die Küchenutensilien einpackten, war das Schweigen zwischen ihnen fast greifbar.

»Es tut mir leid, auf welche Weise die Dinge sich entwickelt haben«, sagte David schließlich, als sie sich bereit machten zu gehen. »Ich habe mich gefragt … das heißt, ich hatte gehofft, jetzt, wo Thomas fort ist, dass du vielleicht zurückkommen würdest.«

Hannah sah den erwartungsvollen Ausdruck auf dem Gesicht ihres Bruders, das zögernde Lächeln.

»Ich denke, wir beide wissen, dass das unmöglich ist.«

»Und wenn ihr es versucht und euch beide mehr Mühe gebt?«, sagte er hoffnungsvoll.

Hannah schüttelte den Kopf und verwarf diesen Gedanken. Sie konnte nicht zurückgehen. Das Haus in der Brunswick Street gehörte zu einem anderen Leben, zu jenen Tagen vor dem Krieg, als Mutter und Vater noch gelebt hatten und bevor Enid sich in ihrer aller Leben eingemischt hatte.

»Ich kann nicht«, sagte sie nur. »Ich muss hier bleiben.«

Nahe bei den Erinnerungen, wollte sie hinzufügen, aber sie konnte es nicht.

Es war spät, als Hannah in das Haus am Kangaroo Point zurückkehrte, fast schon dunkel. Sie brauchte etwas Gesellschaft, suchte aber vergebens nach Lottie, die nirgendwo zu finden war.

»Sie ist vor Stunden mit Mrs. Worthington im Automobil weggefahren«, teilte Mrs. Bonham ihr mit, die Hannah schließlich in der Küche antraf. »Und sie haben nicht gesagt, wann sie zurück sein werden«, murrte sie, während sie das Roastbeef aus dem Ofen holte, um es mit seinem Bratensaft zu begießen. »Ich weiß nicht mal, ob sie noch essen wollen oder nicht.«

Hannah nahm sich eine Handvoll Kekse und ging zu den großen Zubern in der Waschküche, um sich die Haare zu waschen. Als sie fertig war, wickelte sie sich ein Handtuch um den Kopf und ging in ihr Zimmer hinauf. Überrascht bemerkte sie, dass unter der Tür zu Lotties Zimmer Licht zu sehen war.

»Lottie?«

Sie öffnete die Tür und steckte den Kopf hinein. Lottie lag auf der Seite auf ihrem Bett, zusammengerollt zu einem Ball, die Arme um die Knie geschlungen. Sie stöhnte leise.

Hannah lief zu ihr. »Was ist los? Bist du krank? Ich werde Mrs. Worthington holen.«

»Nein!« Lotties Hand schnellte vor und packte Hannah. Sie sah, dass Lottie weinte. Ihr Gesicht war qualvoll verzogen.

»Was ist los?«, fragte sie wieder, und Angst stieg in ihr auf. »Hast du Schmerzen?«

Lottie starrte sie einen langen Moment nur an. »Sie haben mich gezwungen, mein Baby wegmachen zu lassen«, flüsterte sie schließlich gequält.

Hannah beugte sich über das Bett, legte die Hände auf Lotties Schultern und schüttelte sie leicht. »Dein Baby? Was für ein Baby?«

Lotties Gesicht verzog sich, und Hannah konnte sehen, wie die Haut über ihren Fingerknöcheln sich weiß färbte, als sie die Knie fester anzog. »Sie haben mich festgehalten und etwas in mich hineingeschoben.« Lottie sprach weiter, als hätte sie

Hannah nicht gehört. »Es war lang und aus Metall, wie eine geschwungene Schere. Ich konnte es fühlen, so kalt wie Eis. Und der Schmerz, solch ein Schmerz. Ich habe geschrien, obwohl sie mir gesagt haben, dass ich das nicht darf. ›Halt den Mund‹, haben sie immer gesagt. ›Halt einfach den Mund.‹ Aber ich konnte nicht. Dann haben sie mir etwas über den Mund gelegt, und ich weiß nicht mehr, was dann geschehen ist.«

Lotties Stimme war zu einem Wispern geworden, kaum noch hörbar. Hannah setzte sich auf die Bettkante, nahm die Hand ihrer Freundin und drückte sie an ihre Wange. Aber Lottie richtete sich auf, zog den Arm weg, ein wilder geistesabwesender Ausdruck lag auf ihrem Gesicht. Die Worte kamen in einem Schwall, durcheinander. »Das Baby war von Maurice. Als ich es ihm gesagt habe, hat er gemeint, er will nichts mehr mit mir zu tun haben. Ich will auch gar kein Baby haben von diesem verlogenen Schuft ...«

Erschöpft ließ sie sich in das Kissen zurücksinken; ihr Gesicht war so blass wie die Laken.

»Warum hast du mir nichts gesagt?«, murmelte Hannah schockiert. »Vielleicht hätten wir irgendeinen Weg gefunden, einen anderen als diesen.«

Lotties Gesicht verzerrte sich zu einer Maske der Qual. »Glaub mir«, stöhnte sie, »wenn es einen anderen Weg gegeben hätte, ich hätte ihn genommen. Aber *sie* hätten mich nicht hier bleiben lassen, und ich kann nicht nach Hause zurückkehren mit dem Bastard irgendeines Kerls in meinem Bauch; deshalb hatte ich keine andere Wahl, als es loszuwerden.«

»Aber es war auch dein Kind, nicht nur das von Maurice!« Hannah drehte den Kopf zur Wand und hoffte, dass Lottie ihre Tränen nicht sehen würde. »O Gott«, flüsterte sie. »Was für eine Katastrophe.«

Lotties Stimme klang kalt, als sie weitersprach. Ohne Emotion. Gleichgültig. »Ich habe mir gesagt, dass es nicht wirklich ein Baby ist, nur ein Klumpen Fleisch. Und ich habe getan, was ich tun musste. ›Seien Sie ein braves Mädchen, Lottie‹, hat Mrs.

Worthington gesagt. ›Machen Sie nicht so ein Theater um eine so kleine, dumme Sache.‹ Sie hat mir fünf Pfund gegeben und gesagt, ich könnte auch eine Woche frei nehmen.«

Sie verstummte plötzlich, und ihre Stirn legte sich in Falten. »Du wirst es doch niemandem verraten, Hannah, nicht wahr? Es ist gegen das Gesetz, weißt du. Mrs. Worthington hat gemeint, falls was passiert, muss ich sagen, dass ich die Fehlgeburt selbst herbeigeführt habe.«

»Es war nicht nur ein Klumpen Fleisch!«, entgegnete Hannah hitzig. »Es war dein Kind, ein lebendes Wesen. Und Maurice hat eine Verantwortung dir gegenüber, ob er das Kind nun gewollt hat oder nicht.«

Plötzlich sah Lottie Hannah an, und Tränen strömten über ihr blasses Gesicht. »Du fragst dich, warum, nicht wahr? Warum ich diesen widerlichen Kerl an mich rangelassen habe.«

»Schscht«, besänftigte Hannah sie und strich Lottie das Haar aus der feuchten Stirn. »Versuch zu schlafen. Vielleicht fühlst du dich morgen früh besser.«

»Nein! Ich will, dass du es weißt. Denn sollte mir irgendwas passieren …«

»Nichts wird dir passieren«, fiel Hannah ihr ins Wort.

Lottie schnitt eine verächtliche Grimasse. »Es war das Geld. Erinnerst du dich, dass ich Geld für Franks Grabstein spare? Nun, mit dem von Maurice hatte ich fast genug zusammen.«

»Maurice hat dich bezahlt …?«

Lottie begann wieder zu weinen, lange würgende Seufzer, die ihren Körper schüttelten. »Sag es nicht«, keuchte sie. »Ich bin nicht besser als eine Prostituierte. Wie konnte ich Geld von einem Kriegstreiber nehmen, um es für etwas so Heiliges wie den Grabstein für meinen Bruder zu verwenden? Gott, Hannah. Ich habe alles falsch gemacht.«

Später fing Lottie an zu bluten; es war helles Blut, das durch ihr Nachthemd drang und in die Bettwäsche sickerte. »Ich habe Angst«, stöhnte sie. »Es tut so weh.«

Bis in die frühen Morgenstunden saß Hannah bei ihr und

hielt Lotties zitternden Leib an sich gedrückt, bis die verstümmelten Reste von Maurices Kind in einer blutigen, unförmigen Masse abgingen. Mit sanften Händen wusch sie Lottie und kämmte ihr das Haar, wechselte die Bettwäsche und half ihr in ein frisches Nachthemd. Während der ganzen Zeit ließ Mrs. Worthington sich nicht sehen.

Als das erste blasse Licht der Morgendämmerung den Himmel erhellte, ging Hannah in ihr Zimmer. »Es kümmert sie nicht! Es kümmert sie einfach nicht!«, stieß sie hervor, als sie sich auf ihr Bett legte, unfähig zu schlafen. Sie fühlte sich müde, so unendlich müde. Ben war gegangen. Tom ebenso. Und Lottie hatte ihr Baby verloren. Sie hatte keine Empfindungen mehr, konnte nichts mehr fühlen. Und in ihr, dort, wo sich ihr Herz befunden hatte, war jetzt eine Leere, die sie, davon war sie überzeugt, niemals wieder würde füllen können.

Noch tagelang danach war Lottie blass und schwach und ans Bett gefesselt. Hannah brachte ihr Schalen mit klarer Brühe und berichtete ihr, was es Neues über die Patienten gab. Mrs. Worthington blieb in ihrem Büro, mit fest zusammengepressten Lippen und verschlossenem Gesicht. In den Zeitungen der Stadt erschien die Ankündigung von Maurices bevorstehender Vermählung.

»Miss Cynthia Frogmeyer«, verkündete Lottie. Ihre Stimme klang ätzend, als sie die Neuigkeit vorlas. »Nun, ich bin sicher, sie kommt ihm gerade recht.«

Hannah verbrachte ihre Freizeit mit Malen. David hatte ihr den Kasten mit den Aquarellfarben, Pinsel und Papier mitgebracht, und es schien ein therapeutischer Nutzen darin zu liegen, die Farben aufzutragen, sie zu mischen und Formen zu gestalten. Am Ende gab es zwei Bilder, auf die sie recht stolz war. Eines zeigte die Fassade des Hauses in der Brunswick Street, das andere die Akazien im hinteren Teil des Gartens. Eines Tages, nachdem sie ein wenig von ihrem Lohn gespart hatte, ging sie in die Stadt und ließ sie rahmen. Sie hängte sie an die Wand ihres Schlafzimmers. *Hannah Corduke, 1916*, schrieb sie in kühnen Buchstaben auf die Rückseiten. Sie gehörten ihr. Sie hatte diese Bilder gemalt, und sie erinnerten sie an das Haus, das nicht länger ihr Zuhause war.

Ben genoss es, auf der *Suevic* zu sein. Manche Tage auf See waren ruhig und klar; das Wasser erstreckte sich, so weit das Auge sehen konnte, und die Sonne spiegelte sich in dessen schimmernder Oberfläche wider. Dann wieder stürzte das Wasser wie ein wildes Tier heran, unvorhersehbar, dunkel und grün und gesäumt von Schaum, und der Blick ging nicht weiter als bis zu den nächsten sich auftürmenden Wellen. Er mochte es, auf dem Deck zu stehen, wenn das Schiff sich hob und senkte, eine Minute hoch oben auf dem Wellenkamm ritt, um sich in der nächsten zur Seite zu neigen und in ein Wellental einzutauchen.

Sie fuhren über den Indischen Ozean nach Westen, hinein in den nördlichen Sommer, ein Schiff von vielen in einem großen Konvoi. Von Deck aus erhaschte Ben von Zeit zu Zeit einen Blick auf die anderen Schiffe, große, sich auftürmende Formen, die ihren Schatten auf sie zu werfen schienen und dunkle Rauchbänder aus ihren Schornsteinen spuckten. Schiffe, die Männer trugen wie ihn, zunächst nach England und dann nach Gottweiß-wohin.

Meistens war das Wetter schön, und die Männer verbrachten die Stunden damit, auf dem Deck zu liegen, zu lesen, zu reden und Karten zu spielen. Abgesehen von den täglichen zwei Stunden, in denen sie im Gebrauch des Gewehrs und des Bajonetts unterwiesen wurden, schien der Krieg nur eine in weiter Ferne zu liegende Bedrohung zu sein.

Eine weitere Runde von Schutzimpfungen begann, und die erste Postlieferung traf ein. Sie kam mit einem Schiff der *White*

Star-Linie, das den Konvoi einholte, nachdem dieser schon einige Tage auf See war. Ein Brief von Hannah war dabei, den Ben in seine Tasche steckte, um ihn später, an einem ruhigen Plätzchen, zu öffnen und jedes Wort einzusaugen, jeden lieben Satz, den sie geschrieben hatte. Die Briefe waren wie ein wohltuender Balsam, waren seine einzige Verbindung zu seinem früheren Leben. Gierig nahm er alles in sich auf, die kleinen Einzelheiten aus Hannahs Alltag, die beruhigende Normalität ihres Lebens.

Mein Liebling Ben,
Lottie geht es viel besser, und sie ist wieder auf den Beinen. Gott sei Dank ist dieser Schurke Maurice nirgendwo zu sehen. Meine Tage verlaufen wie gewöhnlich. In meiner Freizeit male ich. Nur ein paar Aquarelle, und ich vermute, sie sind sehr amateurhaft; aber wie dem auch sei, es hält mich in meiner Freizeit beschäftigt. Wenn ich mich nicht ablenke, fange ich sofort an, dich zu vermissen. Ich liebe dich. Komm bald zu mir nach Hause.
All meine Liebe für dich
Hannah.

Er las die Worte wieder und wieder und zog den Brief zu den seltsamsten Stunden hervor. Was tut sie jetzt gerade?, fragte er sich und überschlug im Geiste, wie spät es zu Hause war. Arbeitete sie gerade auf der Pflegestation? Schlief sie? Oder war sie in die Stadt gefahren, um für einen der Männer eine Besorgung zu machen?

Er liebte es, sie sich in der Wohnung vorzustellen, wie sie ausgesehen hatte an jenem letzten Morgen, verschlafen und weich, ihr dunkles Haar in Wellen ausgebreitet über das Kissen. Er stellte sich ihre Lippen vor, die »Guten Morgen« gemurmelt und dabei so sinnlich ausgesehen hatten. Am stärksten war seine Erinnerung an ihre Berührung, warm und gebend, als sie ihn jenes letzte Mal in sich aufgenommen hatte. Für immer würde diese unvergesslich schöne Erinnerung in seinem Bewusstsein versiegelt sein.

An der *Suevic* wurde ein kleines Leck festgestellt, und sie machte in Durban fest, dem einzigen natürlichen Hafen im Umkreis von 800 Meilen, bis die Reparatur durch einen Taucher erledigt war.

Die Stadt ist sehr sauber und ordentlich, und es gibt überall Bäume und Gärten, schrieb Ben später an Hannah. *Alle Welt fährt in Rikschas. Sie werden von kräftigen Zulu-Männern gezogen, die ihre Körper mit Klecksen von bunter Farbe schmücken und wunderlichen Kopfschmuck tragen, der aus den Hörnern von Ochsen und Straußenfedern gemacht ist. Als Tom ihnen Geld für unsere Fahrt zurück zu den Docks anbot, hüpften sie herum wie Ponys ...*

Je weiter sie nach Norden und dann nach Westen fuhren, desto drückender wurde die Hitze. Sie ist wie eine schwere Decke, dachte Ben, wenn er nachts in seiner Koje lag und ihr Gewicht auf ihm lastete. In Cape Town kamen die Truppen in den Genuss eines Ausflugs nach Cable Mountain, den die Damen vom Roten Kreuz organisiert hatten. Auf den Kapverdischen Inseln wurden Kohlen gebunkert; doch die gelbe Flagge war gesetzt und kein Landurlaub gegeben worden; immerhin absolvierten die Männer jedoch einen Übungsmarsch durch die Stadt und nahmen an einem Sportwettbewerb teil.

Einige Tag lang ankerten sie in den ruhigen Wassern vor Madeira. Vom Liegeplatz aus gesehen schien das Land wie eine einzige grüne Fläche. Tagsüber kamen die Einheimischen in ihren Ruderbooten längsseits und boten Früchte zum Verkauf an. Tom ließ einen Eimer herunter und erstand für den fürstlichen Betrag von zwei Schillingen einen stattlichen Vorrat an Bananen und Weintrauben. Als die *Suevic* aus dem Hafen dampfte, verkündete sie ihre Abfahrt mit einem durchdringenden Tuten der Schiffssirene, und die Einheimischen folgten dem Schiff in ihren Booten einige Meilen weit hinaus aufs Meer, wo die kleinen Fahrzeuge auf der Dünung hüpften und tanzten.

Ihr Weg führte sie auf die marokkanische Küste zu, und Ben verfolgte die Route in dem schon arg zerfledderten Atlas, den er in seinen Habseligkeiten mit sich führte. Marrakesch. Casablanca. Fremd klingende Namen, die zu Städten jenseits des östlichen Horizonts gehörten. Nachdem sie Cape St. Vincent an der Südwestspitze Spaniens passiert hatten, wurde der Konvoi von zwei britischen Zerstörern begleitet. Der Rest der Reise führte durch die deutsche Unterseebootzone, und die Pontons wurden auf das obere Deck geschafft, um im Notfall als Rettungsboote eingesetzt werden zu können.

Die Tage vergingen in ruhiger Gleichmäßigkeit. Essen, schlafen, Ausbildung – all das mit dem Gedanken an den näher rückenden Krieg, der wie ein grauer Nebel über ihnen hing. Einige der Männer, einschließlich Tom, waren voll lautstarken Mutes.

»Wir werden es dem verdammten Fritz schon zeigen …«, sagte Spud und fuchtelte mit seinem Gewehr, das er gerade reinigte, in Richtung des noch unsichtbaren Festlandes.

»Und wir werden sie dorthin zurückjagen, woher sie gekommen sind, schnell und zackig«, warf Tom ein.

Entweder sind sie wirklich so mutig, dachte Ben, der sich mit einem Stirnrunzeln abwandte, oder sie sind unglaublich dumm. Aber die Angst hat eine seltsame Art, sich zu zeigen. Ben verbrachte die Stunden damit, die Wellen zu beobachten und Ausschau nach irgendeinem Zeichen zu halten. Für was?, fragte er sich, ohne eine Antwort zu wissen. Das war das Problem mit dem Krieg. Man konnte nicht sicher sein, was einen erwartete.

Der erste Blick auf England bot sich ihnen durch einen Salznebel. Als die *Suevic* sich dann der Küste näherte, sah alles grün aus, wie frisch gewaschen und vorbereitet für ihre Ankunft. Sie dampften an Dörfern vorbei, die bedenklich nah am Rand der Klippen lagen. Ben lieh sich ein Fernglas und starrte angestrengt auf die fernen Häuser mit den roten Dächern, auf deren weiß getünchten Mauern das Sonnenlicht tanzte. Von seinem Aussichtspunkt an Bord schienen sie weit entfernt und so winzig wie Kinderspielzeug. Er meinte fast, die Wäscheleinen vor sich zu sehen, an denen die Wäsche in der Brise flatterte und sich aufblähte. Oder die Kinder, die durch das kupferfarbene Gras auf den Klippen liefen, die Hunde, die ihnen tollend folgten, bunte Papierdrachen, die hoch im Wind dahinglitten.

Es war ein vollkommener Tag. Zu vollkommen eigentlich, wie die Szene auf einer Ansichtskarte, die er Hannah schicken könnte. Und er musste sich selbst daran erinnern, dass über dem Kanal ein Krieg tobte, auch wenn es schien, dass nichts von all dem dieses Land berührt hatte.

Zu den Klängen von »Land of Hope and Glory«, gespielt von einer örtlichen Kapelle, legte die *Suevic* in Plymouth an. Es war Sommer, doch der kalte Wind, der über das Wasser pfiff, ließ die Männer frösteln, als sie auf dem Landungspier auf den Weitertransport warteten. Ben stand da und beobachtete die Möwen, die knapp über den Wellen flogen; er hatte das Gefühl, noch immer an Bord des Schiffes zu sein, denn der Boden schien sich unter seinen Füßen zu heben und zu senken. Endlich, zwei Stunden später, und nachdem Ben wiedergefunden hatte, was er seine »Landbeine« nannte, wurden sie mit dem Zug nach Amesbury weiterbefördert. Der Zug hielt nur in Exeter, wo eine Gruppe Frauen auf dem Bahnsteig einen Stand errichtet hatte und Kaffee und süße Brötchen anbot. Als die Wagen sich wieder in Bewegung setzten, erhaschte Ben einige flüchtige Blicke auf das Dorf, auf die engen, sich windenden Straßen, die altmodischen Geschäfte und strohgedeckten Häuser.

Von Amesbury aus marschierte die Kompanie, zusammen mit der *3rd Australian Division*, in das zwei Meilen entfernt liegende Lark Hill Camp auf den Salisbury Plains. Die Landschaft war grün, und Ben sah überrascht, dass die großen, gut gepflegten Koppeln alle eingezäunt waren. Weizenfelder wogten und schimmerten in der Brise, und die Luft roch nach der Reife des Sommers. In der Ferne erhoben sich die dunklen monolithischen Formen von Stonehenge, die sich scharf gegen den blassblauen Himmel abhoben.

Ehe das Exerzieren begann, bekam die Kompanie vier Tage Urlaub.

»Also, was wollen wir machen?«, fragte Spud, nachdem sie ihre Seesäcke in den Unterkünften verstaut hatten.

»Ich bleibe nicht hier, wenn ich nicht muss«, erwiderte Tom und schaute durch das offene Fenster auf den trostlos aussehenden Exerzierplatz.

»Ich habe entfernte Verwandte in Schottland«, meinte Jack. »Meine Mum hat gesagt, ich soll sie besuchen, wenn ich die Gelegenheit dazu habe.«

Spud kratzte sich am Kopf. »Mensch, Kamerad. Man braucht allein schon vier Tage, um überhaupt dorthin zu kommen, so langsam wie die Züge hier fahren.«

»Was also machen wir?«

»Wir fahren nach London!«, sagten Spud und Tom wie aus einem Mund.

Und so saß Ben schon wieder in einem Zugabteil. Er schaute aus dem Fenster, als der Zug die ersten Ausläufer Londons erreichte. Nach dem Wunder der Rolltreppe, über die der Bahnhof verfügte und die keiner von ihnen zuvor gesehen hatte, war ihre erste Station das Australische Hauptquartier in der Horseferry Road, wo sie die Erlaubnisscheine und Geld in Empfang nahmen. Auf Nachfrage wurde Ben eine Unterkunft empfohlen, und es gelang ihnen, in der billigen Pension, die nur ein paar Straßen entfernt lag, zwei Doppelzimmer zu bekommen.

Die Stadt war voller Menschen, die aneinander vorbeiströmten. Auf den Gehsteigen wimmelte es von Soldaten, die Khaki und Schlapphut trugen, an dem das Emblem mit der aufgehenden Sonne zu sehen war, das Kennzeichen der australischen Soldaten. Auf den Bahnhöfen versahen weibliche Träger ihren

Dienst, in den Bussen gab es weibliche Schaffner, und Ben hatte den Eindruck, noch nie so viele Frauen gesehen zu haben, die Jobs verrichteten, die vor dem Krieg Männern vorbehalten gewesen waren.

Es gab viel zu sehen: die *St. Paul's Cathedral, Big Ben*, das Britische Museum, Madame Tussauds Wachsfigurenkabinett. Mit Oscar Asche in der Hauptrolle wurde das Musical *Chu Chin Chow* in *His Majesty's Theatre* gespielt. Gruppen australischer Soldaten, gelangweilt von der Stadt, trafen sich an der Nelsonsäule und beobachteten die Menschen, die vorübergingen oder die aus den Theatern und Pubs strömten.

Am zweiten Abend aßen Ben und Tom in einem Restaurant zu Abend, als eine Frau auf ihren Tisch zukam. Sie war hochgewachsen und gut gekleidet, ihre Lippen waren hellrot geschminkt. Sie schwang beim Gehen die Hüften. »Haben Sie etwas dagegen, wenn ich mich setze?«, fragte sie. Sie war stehen geblieben und lächelte Ben an.

Tom sprang auf, bot ihr seinen Stuhl an und nahm sich einen vom freien Tisch nebenan. Die Frau bestellte eine Flasche Champagner und ließ ein Päckchen Zigaretten herumgehen. *Capstans*, bemerkte Ben, als Tom eine nahm und der Frau ein brennendes Streichholz hinhielt. Sie zog heftig an der Zigarette, deren Spitze rot aufglühte. Die Beine übereinandergeschlagen, lehnte sie sich aufreizend auf dem Stuhl zurück und blies eine Rauchwolke in seine Richtung.

Der Kellner brachte den Champagner. »Na komm schon, Tom«, murmelte Ben, »wir müssen gehen.«

»Aber wir haben noch nicht bestellt«, widersprach Tom.

Ben versetzte ihm unter dem Tisch einen Tritt. Er fühlte, wie sein Fuß gegen Toms Schienbein stieß und sah ihn vor Schmerz zusammenzucken. »Wir müssen zurück ins Camp.«

Die Frau zog wieder an der Zigarette. Ein amüsiertes Lächeln umspielte ihre Lippen, als Ben seinen Stuhl zurückschob und aufstand. Auch Tom erhob sich, auf seinem Gesicht lag ein ungläubiger Ausdruck.

»Was ist denn los? Warum tust du das?«

»Sie ist eine Prostituierte«, zischte Ben.

Er sah, wie Tom herumfuhr, aber die Frau unterhielt sich bereits mit einer Gruppe Soldaten, die an einem Tisch in der Nähe Platz genommen hatten. Offensichtlich hatte sie Tom und Ben bereits vergessen.

Die Arbeit in Lark Hill hatte kaum begonnen, als die Kompanie nach Brightlingsea in Essex verlegt wurde, um im Depot der *Royal Engineers* für den Bau von Brücken ausgebildet zu werden. Die Reise mit dem Zug zog sich endlos lang dahin: oft hielten sie, größtenteils nachts, ohne zu wissen warum. Irgendwann wachte Ben in einem verdunkelten Abteil auf. Der Zug hatte angehalten. Ben setzte sich auf und versuchte, sich zu orientieren. Neben ihm schlief Tom, den Kopf an Bens Schulter. Spud lag ausgestreckt auf den beiden Sitzen gegenüber, während Jack nur ein dunkler Schatten auf dem Boden war.

Es war Vollmond, und durch das Fenster konnte Ben dessen silbrigen Glanz sehen, der über die Felder fiel. Dort, wo ein kleiner Wald sich einen Hügel hinaufzog, verschmolz er mit der Dunkelheit. Bens Atem bildete einen Schleier auf der Scheibe. Er legte sein Gesicht dagegen und spürte die Kühle an seiner Wange. Er dachte an Hannah. Am Tag zuvor war ein Brief angekommen, der vor acht Wochen aufgegeben worden war. *Ich bin wohlauf*, hatte sie geschrieben, *und ich vermisse dich*. Seine Gedanken verweilten bei den Worten, und er sah ihre klare Handschrift vor sich.

Ohne Warnung ruckte der Zug mit einem Zischen von ausströmendem Dampf an. Auf dem gegenüberliegenden Sitz gab Spud ein Stöhnen von sich, zog seine Beine an die Brust und rollte sich zusammen. Vor dem Fenster sprühte ein Funkenregen auf; die Funken glühten wie Leuchtkäfer, ehe sie auf den Damm fielen und erloschen. Bäume und Häuser waren nur dunkle Formen, die für einen Moment aus der Nacht auftauchten, wenn der Zug vorüberfuhr.

Der Himmel glänzte jetzt silbern, hatte die Farbe von dunklem Metall, und Ben dachte plötzlich an das Hufeisen. Er suchte in seiner Manteltasche danach und holte es hervor. Als er es hin und her drehte, fing sich das schwache Licht in den eingravierten Worten.

»Hannah«, wisperte er, fuhr mit dem Finger über die Höhen und Kanten und versuchte, sich an Hannahs Gesicht zu erinnern.

Langsam rollten die Räder über die Gleise, gewannen an Fahrt, trugen sie weiter durch die Nacht. Ich vermisse dich, ich vermisse dich, schienen sie zu sagen, wieder und wieder, wie ein niemals endendes Flehen.

Der Zug brachte sie nach Osten, durch London, bis nach Chelmsford. In Brightlingsea standen keine militärischen Unterkünfte zur Verfügung, deshalb wurden die Männer in Häusern in der Stadt untergebracht. Sie blieben zwei Monate; der Aufenthalt wurde nicht nur deshalb verlängert, um die angekündigte Ausbildung im Brückenbau zu absolvieren, sondern auch, weil sie an einem umfassenden Lehrgang der *Royal Engineers* teilnahmen.

An seinem freien Tag lieh Ben sich in seiner Unterkunft ein Fahrrad und erkundete die Gegend. Er genoss das Gefühl des Windes in seinen Haaren, die Sonne auf dem Gesicht, die Einsamkeit. Draußen auf den schmalen gewundenen Wegen, hart in die Pedale tretend, den Kopf vor dem Wind gebeugt, hatte er beinahe das Gefühl, meilenweit der einzige Mensch zu sein. Und ebenso gut könnte der Krieg eine Million Meilen weit weg sein.

KAPITEL 14

Hannah kam es vor, als gäbe es nur noch Frauen in der Stadt. Sie bedienten an den Ladentheken, verkauften in den Zeitungsständen an den Straßenecken oder sammelten an den Bahnhofssperren die Fahrkarten ein. Sogar der Wagen des Gemüsehändlers wurde von zwei jungen Mädchen gefahren, die kaum alt genug zu sein schienen, die Schule schon verlassen zu haben. Es waren die Töchter des Besitzers, der sich vor einigen Monaten zur Armee gemeldet hatte. Die Männer, die zu Hause blieben, waren entweder aufgrund ihres Alters oder wegen körperlicher Gebrechen nicht für den Militärdienst genommen worden. Die jüngeren, die noch durch die Straßen der Stadt schlenderten, wurden als »Drückeberger« betrachtet. Wie Maurice, ging es Hannah durch den Sinn, wenn sie daran dachte, wie gemein er mit Lottie umgegangen war.

Essen, schlafen, arbeiten. An Ben denken, sich fragen, was er tat; jede Minute schien sich hinzuziehen und zur Unendlichkeit auszudehnen. Dennoch vergingen die Tage, langsam ging einer in den anderen über. Hannahs Arbeit lief weiter wie bisher. Saubermachen, Wischen, Einkäufe erledigen. Niedere Aufgaben, die sich ständig wiederholten, die irgendwie ihre Stunden füllten und nur wenig Zeit für anderes ließen.

Jeden Abend fiel sie unendlich erschöpft in ihr Bett. Manchmal saß Lottie am Fußende, plauderte wie früher über nebensächliche Dinge und bürstete der Freundin dabei das lange Haar. Doch Hannah spürte in diesen Wochen eine Traurigkeit an ihr, eine stille Verzweiflung. Lottie lächelte nur noch selten, und ihr Gesicht war blass. Selbst das freundliche Flirten und Plaudern mit den Patienten des Hauses hatte sie weitgehend eingestellt.

»Ist alles in Ordnung mit dir?«, fragte Hannah eines Abends und legte die Hand auf den Arm der Freundin. Außer Clare Worthington und deren niederträchtigem Sohn war sie die Einzige, die Lotties Geheimnis kannte.

»Es geht mir gut, wirklich«, tat Lottie Hannahs Besorgnis mit einem Schulterzucken ab. »Es war nichts, und am besten vergisst man es.«

Doch es schien, als könnte Lottie es nicht vergessen.

Im Pflegebereich des Hauses hatte Hannah eine zurückhaltende Kameradschaft zu den Männern aufgebaut. Der Anblick von Prothesen und Krücken, von leeren Ärmeln oder zusammengeknoteten Hosenbeinen, von Urinflaschen und Sauerstoffmasken belastete sie nicht mehr so sehr wie zu Anfang. Sie vermutete, dass sie härter geworden war gegenüber dem Anblick des Leids, den arm- oder beinlosen Existenzen. Nun, da sie weniger verletzbar war, schien es ihr, als habe sich eine Mauer herabgesenkt, die sie von ihren Gefühlen trennte. Stattdessen erfüllte sie der Schmerz über Bens Abwesenheit, der alles andere auslöschte. In ihrem Herzen war für Mitgefühl kein Platz mehr.

Sie zählte die Wochen seit seiner Abreise, strich die Tage auf dem kleinen Kalender durch, der in ihrem Schlafzimmer an der Wand hing. Ein Monat, zwei. Plötzlich war es August, und Ben war seit über drei Monaten fort.

Seine Briefe trafen unregelmäßig ein. Manchmal gab es eine oder zwei Wochen keinen, dann wieder wurden am selben Tag zwei oder drei Briefe zugestellt. Sie brachten ihr Herz dazu, heftig und wie wild zu schlagen, wenn sie die Umschläge aufriss und die Worte verschlang.

Er war noch in England, in der Ausbildung. Die Briefe klangen munter und waren voller Neuigkeiten, berichteten von den Übungsmärschen, den Einschränkungen, den sportlichen Aktivitäten.

Du solltest das hier sehen, schrieb er. *Die Landschaft ist unglaublich grün, wie ein Smaragd. Und wenn ich hinausschaue auf das Wasser, kann ich mir kaum vorstellen, dass irgendwo jenseits des Horizonts ein Krieg geführt wird …*

Tom ließ immer liebe Grüße ausrichten, aber meist fügte er einige Zeilen am Ende von Bens Brief hinzu. Wenigstens sind sie weitab von den Kämpfen in Europa, dachte Hannah dankbar. In den Zeitungen konnte man lesen, dass die Gefechte jeden Tag schlimmer zu werden schienen.

Der *Exhibition Day*, ein Feiertag, der die Eröffnung der *National Association's Exhibition* auf dem Ausstellungsgelände markieren sollte, rückte näher. Wunderbarerweise gab Mrs. Worthington Hannah und Lottie für diesen Tag frei. »Aber seien Sie zur Teezeit zurück«, mahnte sie streng. »Und ich erwarte, dass Sie diese Extra-Stunden am Wochenende nacharbeiten.«

Hannah kümmerte es nicht. Es war eine Chance zu entkommen.

Sie nahmen die Straßenbahn aus der Stadt und schlossen sich der Menschenmenge an, die sich durch die Eingangstore des Geländes drängte. Es war ein herrlicher Tag mit einer leichten Brise. Lottie fuhr sich mit der Hand durchs Haar und strich sich ein paar Strähnen aus der Stirn. »O Gott«, rief sie. »Schau dir das an! Das normale Leben geht trotz allem weiter!«

Im Hauptpavillon fand eine Ausstellung über Viehhaltung und landwirtschaftliche Produkte statt. Daneben gab es eine Schau mit den neuesten importierten Maschinen wie auch mit Werkstücken aus Schulen und Exponaten der schönen Künste. Hannah und Lottie schauten sich genau die Stickereien und die Strickstücke an und bewunderten die winzigen, perfekt ausgeführten Maschen. Hannah blieb für ein paar Minuten vor dem Stand mit den Aquarellgemälden stehen und dachte, dass sie vielleicht doch ihr Bild vom Haus in der Brunswick Street hätte einreichen sollen. Am Ende zog Lottie sie mit sich fort, hin zu den riesigen Türen und dem Tageslicht draußen.

Auf dem Hauptplatz fanden Trabrennen und Springturniere statt. Feine Staubwolken wirbelten unter den Hufen der Tiere auf und legten einen weißen Film über den Platz. Der Anblick der Pferde ließ in Hannah Traurigkeit aufsteigen. Ein Bild tauchte plötzlich vor ihrem geistigen Auge auf, sie und Ben in der Scheune, an diesem lange zurückliegenden Tag, an dem der Krieg erklärt worden war. Über den Amboss gebeugt, hämmerte er ein glühendes Stück Metall zu einem Hufeisen. Hannah seufzte, als sie daran dachte. Fast zwei Jahre waren vergangen. So vieles war seit damals geschehen.

Am anderen Ende des Ausstellungsgeländes wurde gerade ein Wettbewerb im Holzhacken veranstaltet. Hannah hörte das dumpfe Donnern der Äxte und die Jubelrufe der Zuschauer. Doch schon zog Lottie sie weiter, zu einer Nebengasse, aus der Lärm zu ihnen herüberdrang. »Komm schon«, drängte sie. »Wenn wir uns nicht beeilen, ist es schon bald Zeit, nach Hause zu gehen, und wir werden nicht alles gesehen haben.«

Kinder mit Luftballons in den Händen rannten vorbei. Marktschreier priesen vor den Eingängen der Zelte ihre Produkte an, und ihre lauten Stimmen setzten sich gegen das Dröhnen der Karussell-Musik durch. Aus der Ferne klangen die schrillen Töne einer Blaskapelle herüber. Hum-ba-ba. Hum-ba-ba.

Es gab so viel zu sehen. Vor einem Zelt stand ein Mann und rühmte die Talente der Meister-Boxerin, die drinnen zu sehen sein würde. »Treten Sie ein! Treten Sie ein! Zu Ihrer Unterhaltung, meine Damen und Herren, den ganzen weiten Weg von Europa ...«

Die Worte verloren sich für Hannah, als die Menge sie weiterschob.

Es gab jede Art von Fahrgeschäften. Große Karussells und Schiffsschaukeln, Kinderkarussells und eine kleine Lokomotive, die winzige Anhänger über einen ebenso winzigen Schienenkreis zog. Das skelettartige Gerüst eines Riesenrades drehte sich vor einem unbeschreiblich blauen Himmel.

Ein Stück die Zeltgasse hinunter stand eine reich verzierte, bunt bemalte holländische Straßenorgel, deren mechanische Figuren sich bewegten und ruckartig zum Takt der Musik tanzten. Es gab Kokosnussweitwerfen und einen Stand, an dem bunte Taschen verkauft wurden. Ein Grammophon ließ eine dünne kratzende Musik ertönen, die durch die Kakofonie der Geräusche kaum zu hören war. Daneben war eine Ausstellung aufgebaut, in der es die neuesten phonographischen Ausrüstungen zu sehen gab, dunkle kastenähnliche Kameras, Stative und Flaschen mit Chemikalien.

Unter einem schräg geneigten Baldachin saß eine alte Frau an einem Tisch, auf dem eine Reihe Karten fächerartig ausgebreitet lag. »Kommt her, und lasst euch die Zukunft voraussagen, ihr Hübschen«, rief sie Lottie und Hannah zu. Hannah schüttelte den Kopf und ging weiter. Sie glaubte daran, dass der Krieg bald vorüber sein würde und dass Ben dann wieder bei ihr wäre. Alles andere war undenkbar.

Köstliche Düfte kamen aus bunten Wohnwagen und erinnerten Hannah daran, dass Essenszeit war. Lottie blieb stehen und kaufte ein Brötchen mit Roastbeef und Soße. Hannah sah lachend zu, wie die dicke braune Soße auf die Finger ihrer Freundin tropfte. Sie konnte nicht leugnen, dass sie auch Hunger hatte, doch nach dem Frühstück hatte sich ein Gefühl der Übelkeit in ihrem Magen eingenistet, das im Laufe des Tages spürbarer geworden war. Einige Male, als das Gedränge um sie herum zu stark geworden war, hatte sie gegen einen Schwindel ankämpfen müssen, eine plötzliche Schwäche, die aber so schnell vorübergegangen war, wie sie gekommen war. Jetzt brannten ihre Augen, und ein Kopfschmerz kündigte sich an. Hannah sehnte sich nach einem schattigen Flecken Gras, auf dem sie sitzen konnte.

»Geht es dir gut?«, fragte Lottie. »Du siehst ziemlich blass aus.«

Hannah fuhr sich mit der Hand über die Stirn. »Es geht mir gut«, versicherte sie der Freundin. »Es ist nur die Hitze, glaube ich.«

Lottie wischte sich mit einem sauberen Taschentuch die Soßenreste von ihrer Hand und führte Hannah zu einem Zelt am Ende der Gasse, vor dem einige Leute standen. Die Plakate vor dem Zelt zeigten ein Kind ohne Arme. Ein dunkelhaariger Mann winkte sie heran. »Kommen Sie, sehen Sie!«, bedrängte er sie und legte seine fleischige Hand auf Hannahs Arm. Sie zog ihn abwehrend zurück, doch er schien es nicht zu bemerken.

»Es ist das achte Weltwunder! Dieses Kind schreibt, malt und isst mit den Füßen.«

Lottie stand wie vom Donner gerührt da und starrte auf das Plakat, auf die Armstümpfe, die aus den Schultern ragten. »Hannah«, sagte sie über das Stimmengewirr hinweg und zeigte mit dem Finger aufgeregt auf das Plakat, »ich glaube, dass es jetzt Hoffnung für sie gibt.«

»Für wen?«

»Für die Männer auf unserer Pflegestation, für die, die ihre Arme verloren haben. Wenn dieses Kind all diese Dinge tun kann, können die Männer es auch.«

Sie zog Hannah zum Zelteingang. »Komm. Ich muss das sehen.«

Drinnen war die Luft drückend und verbraucht. An einer Seite war eine schmale Holzbühne errichtet worden, auf der ein kleiner Junge von vielleicht neun oder zehn Jahren auf einem Stuhl saß. Auf einem niedrigen Tisch vor ihm stand eine Schüssel. Mit geschickten, geübten Bewegungen führte er seinen Fuß zum Mund.

Es schien eine sehr unnatürliche Bewegung zu sein, dass sich ein Bein wie ein Arm zu beugen vermochte und der Junge es bis an sein Gesicht heran führen konnte. Hannah drängte sich vor, um besser sehen zu können. Sie konnte den Umriss eines Löffels erkennen, der mit den Zehen gehalten wurde. Bei jedem Bissen des Jungen kamen Bemerkungen von den Zuschauern, und sie lachten.

»Es ist ein Monstrum!«

»Ein gottverdammtes verfluchtes Monstrum!«

Ein kleines Mädchen begann zu weinen. »Mummy, ich will nach Hause.«

Hannah fühlte sich innerlich krank; einer langsam aufsteigenden Übelkeit folgte der Geschmack von Galle, die ihr in der Kehle brannte. Sie presste die Hand vor den Mund, drängte sich zum Ausgang durch und schlug heftig gegen die Zeltplane, um ihn zu finden. Wie blind drängte sie sich an den Zuschauern vorbei, die sie verwundert ansahen. Auf der Rückseite des Zeltes hockte sie sich schließlich hin, keuchte und würgte und erbrach sich in den Staub.

Ihre Augen tränten, als ein weiteres Würgen in ihrer Kehle aufstieg und sie wieder zwang, sich vorzubeugen. Sie spürte einen Druck auf ihrem Arm, hörte Lotties Stimme, leise und beharrlich, leicht anklagend. »Es geht dir *nicht* gut!«

Hannah erhob sich zitternd auf die Füße. Sie suchte in ihrer Tasche nach einem sauberen Tuch, wischte sich den Mund ab und putzte sich die Nase.

»Besser?«, fragte Lottie und nahm Hannahs Arm.

»Ich glaube schon.« Zumindest war die Übelkeit abgeklungen.

Argwöhnisch sah Lottie sie an. »Du warst schon letzte Woche einen Tag krank. Ich habe dich im Bad gesehen. Was ist denn los?«

»Ich weiß nicht.« Hannah zuckte die Schultern und ging weiter. »Vielleicht geht irgendetwas um. Es ist nichts weiter. Aber ich würde jetzt gern nach Hause gehen.«

»Hannah!«

Lotties Griff zwang sie zum Stehenbleiben. Sie hörte die blechernen Klänge der Orgel, die über die Menschenmenge dröhnte. Der Klang war gellend, abgehackt und unnatürlich laut. Essensgerüche wehten heran, gefangen in einer unsichtbaren Brise, und brachten das gallebittere Rumoren in ihrem Magen zurück. Die Menschen um sie herum schienen zu schweben und sich zu verformen, sie waren eine Masse sich bewegender und neu mischender Farben.

Lottie starrte sie aus großen runden Augen besorgt an, kleine Falten krausten ihre Stirn. »Bevor Ben weggefahren ist, hattest du da Sex mit ihm?«, fragte sie, und ihre Finger drückten sich hart in Hannahs Arm.

Hannah wandte den Blick ab, doch langsam kroch Röte über ihre Wangen. Sie spürte deren Wärme und war machtlos, sie aufzuhalten. »Ja«, wisperte sie, gepeinigt durch Lotties prüfenden Blick.

»O Gott!«, flüsterte Lottie und verdrehte die Augen. »Und wann hattest du deine letzte Monatsblutung?«

Hannah versuchte, sich zu erinnern, und ging in Gedanken die langen, einsamen Wochen seit Bens Abreise zurück. »Ich … ich weiß es nicht.«

»Denk nach!«, befahl Lottie, ihre Finger drückten fester. »Letzten Monat, den Monat davor? Sag es mir, Hannah. Es ist wichtig.«

Wortlos schüttelte Hannah den Kopf.

»O mein Gott! Ist es dir nie in den Sinn gekommen, dass du *schwanger* sein könntest?«

Das Wort fuhr wie ein Schlag in ihr Bewusstsein und löste sofort Panik aus. »Es war nur eine Nacht«, sagte sie heftig, einen leicht hysterischen Ton in der Stimme. »Du hast gesagt, beim ersten Mal kann ich nicht schwanger werden. Maurice hat gesagt …«

Lottie zuckte die Schultern. »Ich *weiß*, was Maurice gesagt hat, und du weißt, was mir passiert ist. Ich würde nichts mehr glauben, was er sagt, niemals.«

»Das ist wirklich tröstlich«, murrte Hannah, die nicht daran glaubte, dass es wirklich wahr sein konnte. Eine Schwangerschaft war nicht denkbar. Nicht jetzt. Nicht, wenn Ben tausende Meilen entfernt war.

Aber irgendetwas *stimmte nicht*. Sie hatte es seit Wochen gewusst, nein, gespürt, ohne es sich einzugestehen. Ihre Lethargie, die sanfte Schwellung ihrer Brüste.

»Du solltest zu einem Arzt gehen«, mahnte Lottie, die sie jetzt zum Haupttor und dann ein Stück weiter zur Straßenbahn führte. »Und du solltest dich schon mal an den Gedanken gewöhnen. Wie lange ist Ben schon fort?«

»Fast vier Monate.« Hannahs Stimme klang hölzern, verglichen mit Lotties gebieterischem Ton.

»Dann könnte noch Zeit sein, etwas dagegen zu unternehmen, solltest du wirklich schwanger sein.«

Hannah blieb abrupt stehen und starrte Lottie entsetzt an. »Eine Abtreibung, meinst du?«

»Hannah«, sagte Lottie geduldig. »Sei vernünftig. Viele Mädchen tun es. Wie könntest du denn allein ein Kind aufziehen? Ben ist auf der anderen Seite der Welt. Was ist, wenn er nicht zurückkommt?«

Hannah spürte den Zorn, der in ihr aufwallte, als sie daran dachte, sich Bens Kind aus dem Leib kratzen zu lassen. Sie erinnerte sich daran, wie Lottie auf den blutgetränkten Laken gelegen hatte, an ihren Schmerz, ihre Tränen. Die unaussprechliche Schuld. Sie konnte das nicht tun.

»Ich bin nicht schwanger«, zischte sie, »aber wenn ich es wäre, würde ich es auf keinen Fall so machen, wie du es gemacht hast. Und was Ben betrifft … er wird zurückkommen, und wage es nicht, etwas anderes zu sagen!«

Sie stürmte voran zur Straßenbahn, die langsam die Straße herunter auf sie zugerumpelt kam, und ließ die sprachlose Lottie einfach stehen.

Zurück im Haus am Kangaroo Point rechnete Hannah als Erstes nach. Ihre letzte Periode, erinnerte sie sich, war am Wochenende der Tanzveranstaltung gewesen, acht Tage, bevor sie und Ben sich in der Wohnung in der Wickham Terrace geliebt hatten. Vor vier Monaten. Sie saß auf der Bettkante, ihr Atem kam in stockenden Wellen. Zaghaft strich sie mit der Hand über ihren Bauch. »Es kann nicht wahr sein. Ich werde es nicht zulassen«, sagte sie leise.

Am Ende verschloss sie ihr Bewusstsein vor dieser Möglichkeit, weigerte sich auch, Lotties Drängen nachzugeben, einen Arzt aufzusuchen. Wenn sie die Möglichkeit leugnete, schwanger zu sein, so sagte Hannah sich, dann würde sie es auch nicht sein. So einfach war das.

Auf Davids Drängen fuhr sie im darauffolgenden Monat für eine Woche nach Hause. Es war Mitte September und Frühling, die Jahreszeit für neues Leben. Schwalben schossen um das Dach des Hauses in der Brunswick Street und bauten ihre

Nester. An den Bäumen im hinteren Teil des Gartens bildeten sich Knospen, neue Triebe drängten sich zögernd der Sonne entgegen. Unten am Bach waren die Akazien schon fast verblüht, die zusammengeknüllten Klumpen der gelben, einst flaumigen Kugeln sahen schäbig und schlaff aus.

In der Stadt folgte eine Veranstaltung auf die andere. Treffen des Roten Kreuzes an den Vormittagen, Treffen des Comforts Funds an den Nachmittagen: es schien, dass Enid, mit Lily auf dem Arm, ständig von einem Treffen zum nächsten unterwegs war.

Davie war in der Schule, und sein Vater ging seiner Arbeit in der Bank nach. Hannah schlenderte durch das Haus und hörte ihre Schritte in den stillen Zimmern widerhallen. Ein Gefühl von Panik erhob sich in ihr und breitete sich unbarmherzig in ihrer Brust aus. Die Wahrheit ließ sich nicht länger leugnen. Sie stand nackt vor dem Spiegel im Badezimmer, betrachtete sich, drehte sich hin und her, legte die Hände auf ihre stärker gewordenen Brüste und streichelte den winzigen Hügel, zu dem ihr Bauch geworden war. Schützend legte sie die Arme um ihren Leib, und Tränen liefen über ihr Gesicht, die sie nicht länger zurückhalten konnte.

In der Abgeschiedenheit ihres Zimmers versetzte sie die Knöpfe ihrer Blusen, Kleider und Röcke und gewann so den zusätzlichen Zentimeter Platz, den sie jetzt brauchte. Dankenswerterweise plagte die Übelkeit sie nicht mehr, und obwohl sie schlecht schlief, schimmerte ihre Haut. Im Badezimmer starrte sie auf ihr Bild im Spiegel, ein inneres Leuchten schien von ihr auszugehen. Ihr dunkles Haar glänzte, ein zartes Rosa färbte ihre Wangen, die Wochen vorher noch so blass gewesen waren. Enid, die zwischen ihren verschiedenen Aktivitäten und Treffen hin und her hetzte, hatte eines Morgens bemerkt, dass Hannah an Gewicht zugelegt zu haben schien. »Es scheint dir zu bekommen, in der Stadt zu leben«, hatte David gesagt.

Sie empfand ein Gefühl der Unwirklichkeit. Dies kann nicht geschehen, sagte sie sich wieder und wieder. Es war wie ein Albtraum, ein Traum, der schrecklich falsch endete. Unaufhörlich schwankte sie zwischen Ungläubigkeit und Verwirrung.

In mutigen Momenten wollte sie ihren Bruder zur Seite nehmen und ihm das schreckliche Geheimnis offenbaren, aber die Worte wollten nicht aus ihrem Mund kommen. Was würde David sagen, wenn er die Wahrheit wüsste? Hannah stellte sich Enids wütende Reaktion vor, hörte fast deren Worte: *Du hast uns verraten, du hast Schande über die Familie gebracht.*

Sie würde es nicht sagen, sie *konnte* es nicht sagen. Das Geheimnis war ihres, und sie würde auf ihre eigene Weise damit umgehen müssen.

Lily war unglaublich gewachsen und war nicht länger ein Baby, sondern ein kleines Mädchen, gesegnet mit einem rosigen Teint und blonden Locken. Nur Davie schien unverändert. Nach der Schule verbrachte er endlose Stunden am Bach. Hannah sah ihm nach, wenn er bei jeder sich bietenden Gelegenheit durch den Garten hüpfte und sprang, das Marmeladenglas in der Hand. Nur einmal in dieser Woche sah sie Traurigkeit in den Augen des Jungen. Es war der Tag, an dem er ihr eine Postkarte von Tom zeigte. »Ich vermisse ihn, du nicht auch?«, fragte er, und seine Lippen zitterten.

»Ja, Tiger«, sagte sie und strich ihm durchs Haar. »Wir alle vermissen ihn. Aber er wird nach Hause kommen, ehe du dich versiehst. Der Krieg wird bald vorüber sein, du wirst schon sehen.«

Ist es Davie, den ich zu trösten versuche, fragte sie sich später, oder mich selbst?

In der Stadt war man von den sonst üblichen Tanzveranstaltungen und Gesellschaften schon seit längerem abgekommen, denn es waren nicht mehr genug Männer vorhanden, um solche Aktivitäten durchzuführen; stattdessen wurden Basare, Gartenfeste und Gedenktage veranstaltet. Mrs. Worthington hatte eine Gartenparty auf dem Gelände des Kangaroo Point Heimes organisiert, und Hannahs Rückkehr am Vorabend des großen Ereignisses fand in der Hektik deshalb kaum Beachtung.

Mrs. Bonham, unterstützt von Lottie, wachte in der Küche über riesige Tabletts mit Kokosnusseis und Marshmallows, kandierten Äpfeln, Pasteten mit Wurstfüllung und winzigen Hackfleischpasteten. Der köstliche Duft nach Gebackenem hing in der Luft.

»Wo ist Mavis?«, fragte Hannah, auf der Suche nach dem Küchenmädchen, von dem keine Spur zu sehen war.

»Frag nicht!«, schnappte Mrs. Bonham mürrisch und stellte heftig ein weiteres Tablett mit Konfekt auf dem Tisch ab, ehe sie sich mit dem Handrücken eine feuchte Haarsträhne aus dem Gesicht strich. »Letzte Woche ist sie auf und davon, ohne auf Wiedersehen und ohne Dank. So ein undankbares Mädchen! Hier herrscht seitdem ein einziges Durcheinander, und das bei all dieser zusätzlichen Arbeit.«

Obwohl Hannah nicht verpflichtet war, ihren Dienst vor dem nächsten Tag wieder aufzunehmen, nahm sie sich eine Schürze vom Türhaken und wollte sie sich umbinden. Doch Lottie schüttelte den Kopf. »Mrs. Worthington hat gesagt, du sollst zu ihr ins Büro kommen, sobald du zurück bist.«

Überrascht zog Hannah die Augenbrauen hoch und legte die Schürze auf die Bank. »Warum? Was ist los?«

Lottie zuckte die Schultern und wandte sich ab. Sie schien Hannahs Blick auszuweichen.

»Lottie?« Hannah machte einen Schritt auf die Freundin zu, die zurückwich. »Du hast doch nicht … hast du …?«

»Nein«, schnappte Lottie. »Ich habe kein Wort gesagt. Aber sie hat eine Menge Fragen gestellt.«

»Denkst du, sie weiß es?«

Aber Lottie war schon in der Vorratskammer verschwunden und hatte die Tür hinter sich geschlossen.

Mit klopfendem Herzen ging Hannah langsam die Treppe hinauf zum Büro ihrer Arbeitgeberin. Mrs. Worthington saß an ihrem Schreibtisch und trug etwas in ein ledergebundenes Buch ein. »Herein«, erwiderte sie auf Hannahs Klopfen, ohne aufzuschauen.

Hannah wartete nervös, bis Mrs. Worthington den Stift zurück in den Halter steckte und den Kopf hob. »Ah, Hannah«, sagte sie mit ausdruckslosem Gesicht. »Ich habe mich schon gefragt, wann Sie kommen würden.«

Während das Automobil durch die Straßen rollte, überlegte Hannah hinten auf dem Rücksitz, wohin sie wohl gebracht wurde. Sie fuhren an Pferdekarren vorbei, durch das Stadtzentrum, in dem Menschenmengen die Bürgersteige bevölkerten und Straßenbahnen den Verkehr aufhielten. Vor sich sah sie den Umriss von Mr. Bonhams Kopf mit dem grauen Haar und die lange glänzende Haube des Automobils.

Neben ihr saß Clare Worthington, deren Miene keinen Hinweis auf das Ziel der Fahrt verriet. »Ich möchte, dass Sie sich mit jemandem treffen«, war alles, was sie vor weniger als einer halben Stunde im Büro gesagt hatte.

Wohin fuhren sie? Wer war die geheimnisvolle Person, mit der Mrs. Worthington sie bekannt machen wollte? Warum konnte Clare Worthington es ihr nicht einfach sagen? Hannah hasste Überraschungen.

Schließlich wurde das Automobil langsamer, bog in eine baumgesäumte Straße ein und hielt dann. Mr. Bonham öffnete die beiden Türen, und die Frauen stiegen aus dem Wagen. Die Häuser, die den Gehweg säumten, waren aus Ziegeln erbaut, mit beeindruckenden Treppenaufgängen. Soweit Hannah es sehen konnte, waren die meisten der Namensschilder aus Messing.

Clare Worthington führte sie zu einem der Häuser mit dunklen Ziegeln und einer frisch gestrichenen Eingangstür.

»Ich … ich verstehe nicht«, stammelte Hannah. »Warum haben Sie mich hierher gebracht?«

Clare Worthingtons Gesicht blieb ausdruckslos. Schweigend führte sie Hannah die Stufen hinauf und in einen kleinen Warteraum und nickte der Frau zu, die hinter einem Tresen saß.

Die Frau stand auf. »Ist das Hannah?«, fragte sie und schob einige Papiere zu einem Stapel zusammen.

»Ja«, sagte Mrs. Worthington.

»Hier entlang bitte. Der Doktor wartet schon.«

KAPITEL 15

Das Leben holt einen doch immer wieder auf den Boden der Tatsachen zurück, dachte Callie, als sie die Fotos vom vergangenen Wochenende durchsah: Stuart, ausgestreckt am Pool; sie selbst, in die Brandung watend, kreischend und die Arme hochgerissen, als könnte sie so den Moment des Eintauchens hinauszögern; sie beide, lächelnd, Stuarts Arm lässig um ihre Schultern geschlungen, die Szene auf Film eingefangen von einem Fremden, den sie gebeten hatte, sie zu fotografieren.

Callie betrachtete das letzte Foto und verweilte auf dem Ausdruck auf Stuarts Gesicht. Es war leicht von ihr abgewandt, seine Augen groß und dunkel. Sein Lächeln wirkte aufgesetzt, und seine Aufmerksamkeit schien irgendwo anders als bei der Kameralinse zu sein. An was hatte er gedacht? Hatte er sich gewünscht, woanders zu sein?

Während sie dasaß und auf das vertraute Gesicht schaute, hatte Callie plötzlich das Gefühl, Stuart überhaupt nicht zu kennen. Ist es möglich, überlegte sie, mit jemandem zusammenzuleben und sich dennoch seiner Gefühle, seiner Bedürfnisse nicht bewusst zu sein? Manchmal, wenn sie ihn ansah, war er ein Fremder, sprunghaft und schwer zu durchschauen.

Sie schloss die Augen und kämpfte gegen ein überwältigendes Gefühl der Verwirrung an. Stuart – das waren Gefühle, die zwischen heiß und kalt wechselten. Seine Taten und Worte führten sie zu vagen Schlussfolgerungen, die nichts aussagten und sie in einem Zustand der Unsicherheit zurückließen. Sie fühlte sich ausgeschlossen. Etwas stimmte nicht, doch sie konnte es nicht greifen, keine Erklärung dafür finden.

Widersprüchlich – das ist das Wort, das ihn am besten beschreibt, dachte Callie mit einem Seufzen, als sie die Fotos auf den Tisch zurücklegte und ihren Tee trank. In der letzten Nacht im Hotel hatten sie sich geliebt, wild und impulsiv. Sie erinnerte sich an einzelne Augenblicke, daran, wie er ihren Körper mit seinem erregt und sie schließlich zu unerwarteten Höhen getragen hatte. Als sie am folgenden Tag nach Hause gefahren waren, war er gesprächig gewesen, überschwänglich fast, und er hatte an einem Kiosk an der Straße gehalten, um ihr einen ganzen Kübel voller Blumen zu kaufen.

»Ich liebe dich, Callie«, hatte er feierlich verkündet und ihr durch das Autofenster den roten Plastikeimer überreicht, ehe er sie auf die Nasenspitze geküsst hatte.

Doch am heutigen Morgen war er mürrisch und einsilbig gewesen, so wenig kommunikativ wie immer. »Stuart, gibt es ein Problem?«, hatte sie gefragt und auf eine verbale Attacke gewartet.

Stuart war dabei, zwei Scheiben Toast in den Toaster zu stecken. Er hielt mitten in der Bewegung inne und sah Callie aus zusammengekniffenen Augen an. »Was für ein Problem?«

»Du und ich, wir beide scheinen zurzeit nicht die gleiche Wellenlänge zu haben.«

Stuart zuckte mit den Achseln, und seine Mundwinkel zogen sich zu einem nachsichtigen Lächeln nach oben. »Ich verstehe wirklich nicht, wovon du sprichst, Cal. Wahrscheinlich ist es wieder einmal nur deine lebhafte Fantasie.«

Ein kurzer Austausch, der keine Erklärung brachte. Stuart hatte getan, als sei all das ohne Bedeutung, belanglos.

Hör auf zu bohren, hatte der Ton in seiner Stimme verlangt.

Hin und wieder an diesem Tag dachte Callie daran, dass sie

Michael anrufen könnte, um ihm vom Stand ihrer Fortschritte bei den Briefen zu berichten. Aber sie wusste, dass es eigentlich nur wenig Neues gab, denn ihre Arbeit war durch die Tage, die sie mit Stuart fort gewesen war, liegen geblieben. Doch da war die unterschwellige Befürchtung, dass sie im Grunde nur anrufen wollte, um seine muntere Stimme zu hören. Und dass sie in unkontrollierbare, nicht enden wollende, unerklärliche Tränen ausbrechen würde.

Nach zwei Monaten in Brightlingsea kehrte Bens Kompanie zur Division in Lark Hill zurück. Es fühlte sich seltsam an, wieder dort zu sein. Die Kompanien und Regimenter, die zuvor in Lark Hill gewesen waren, hatten den Ort schon seit langem verlassen, über den Kanal, und auf den Exerzierplätzen und in den Kantinen sah man lauter fremde Gesichter. Täglich trafen neue, unerfahrene Rekruten ein, voll des Mutes und voll der Reden über den Krieg. Nur die Gebäude waren noch dieselben, und die ständige nervtötende Routine. Inzwischen begannen sie jedoch auch zusammen mit der Infanterie die Ausbildung in der Feldbefestigung.

Die Männer wurden ungeduldig und brannten darauf, fort zu kommen. »Wann werden wir endlich was vom Krieg zu sehen bekommen«, war eine der ständigen Nörgeleien. »Von hier aus können wir den verdammten Krieg jedenfalls nicht gewinnen.«

Aber ihre Ausbilder erinnerten sie daran, dass sie Pioniere waren, keine Soldaten für den Grabenkampf.

In Brightlingsea war es leicht gewesen, den Krieg zu vergessen. Doch nun, zurück in den Baracken, war die Realität ständig präsent. Eines Morgens bekamen die Männer den Befehl, vor den Zelten anzutreten. In Gruppen von zwanzig wurden sie zu einem langen flachen Gebäude geführt, das seitlich neben dem Exerzierplatz lag.

»Was steht an?«, fragte Spud einen der Captains, als sie hintereinander einen Raum betraten, der eine Art Unterrichtszimmer zu sein schien, in dem Tische und Stühle standen. In der hinteren Wand befanden sich mehrere Türen.

»Gasübung«, lautete die knappe Antwort.

Die Männer stellten sich vor einem Tisch auf, wo ihnen, einer nach dem anderen, Atemmasken und Schutzbrillen ausgehändigt wurden.

»Vier Freiwillige!«, bellte der diensthabende Sergeant und winkte Spud, Jack, Ben und Tom zu sich an den langen Tisch.

»Himmel«, brach es aus Spud heraus, der sich seine Maske vor das Gesicht hielt und ein Lachen zurückdrängte. »Wir sehen nicht übel aus!«

»Stimmt«, fügte Jack lakonisch hinzu. »Wir werden dem Fritz Angst einjagen. Ein Blick, und er wird nach Hause zurücklaufen, als wäre der Teufel höchstpersönlich hinter ihm her.«

Die Männer brachen in schallendes Gelächter aus.

Ben bekam eine kleine Tasche ausgehändigt, die er zögernd öffnete. Sie hatte zwei Fächer innen, eines enthielt eine kleine Schachtel, das andere eine Maske. Darüber hinaus gab es ein kleines Reparaturset, das verschiedene Werkzeuge und eine Gebrauchsanleitung enthielt.

Ein Soldat ging durch das Zimmer und verteilte ein kleines Heft, während der Corporal eine dieser Taschen hochhielt. Das Raunen verstummte.

»Okay, Leute. Ihr habt eure Schutzbrille und eure Gasmaske bekommen, sowie ein Exemplar der Anleitung zur Handhabung.« Sein Blick glitt durch den Raum, als wollte er sie herausfordern zu widersprechen. Sein Blick ruhte auf Ben, als er brüllte: »Euer Leben hängt von der Pflege und dem richtigen Gebrauch dieser Ausrüstung ab. Innerhalb von drei Meilen ab der Frontlinie muss sie immer getragen werden.«

Er hängte sich die Tasche um den Hals, die lose Taschenklappe war dabei seinem Körper zugewandt. »Während eines Gasalarms muss die Tasche so getragen werden. Wenn bei einem Angriff schon Gas ausgetreten ist, habt ihr keine Zeit mehr, an der Tasche herumzufummeln und nach der Maske zu suchen.« Er wandte sich an Tom und zeigte mit dem Finger auf ihn. »Haben Sie schon mal einen Menschen gesehen, der von Gas vergiftet worden ist?«

»Nein, Sir.«

»Nun, das hatte ich auch nicht erwartet. Es ist ein verdammt schrecklicher Anblick.«

Er nickte einem anderen Mann zu, der im hintern Teil des Zimmers stand. »Sergeant.«

Der Sergeant ging zu ihm. Ben sah, dass er noch ziemlich jung war, Anfang zwanzig vielleicht, auch wenn er das Auftreten eines erfahrenen Soldaten hatte. »Heute werde ich die verschiedenen Gasarten erklären, danach werden wir die Masken ausprobieren. Nun, es gibt zwei Hauptarten. Lachrymatory oder Tränengas. Es bringt Ihre Augen so zum Tränen, dass Sie keinen Schritt weit mehr sehen können. Es macht einen Mann zu einer leichten Zielscheibe für deutsche Gewehre. Dann gibt es die auf die Lungen wirkenden Kampfstoffe. Chlorgas und Phosgen werden die beiden am häufigsten angewendeten sein, mit denen Sie zu tun haben werden.«

»Es sei denn, die Bastarde arbeiten schon an etwas Stärkerem«, sagte Spud im Flüsterton, und die Männer lachten leise.

»Haben Sie etwas zu sagen, was Sie uns allen mitteilen möchten, Soldat?«, bellte der Corporal von seinem Platz aus.

Spud schüttelte den Kopf und sah eingeschüchtert aus.

Der Sergeant sprach weiter. »Der sofortige Gebrauch der Ausrüstung ist notwendig, um sowohl Schäden an Ihren Augen als auch an Ihren Lungen zu vermeiden. Andauernd einer hohen Konzentration von Gas ausgesetzt zu sein, kann innerhalb weniger Minuten zur Asphyxie führen.«

»Was ist Asphyxie?«, wisperte Spud verständnislos.

»Der Tod, du dummer Kerl«, zischte Tom.

Einer der Soldaten hielt seine Schutzbrille hoch. »Und was ist hiermit?«

»Schutzbrillen«, wurden die Männer knapp und mit monotoner Stimme vom Corporal informiert, »werden bei niedrigen Konzentrationen von Tränengas benutzt, da nur die Augen betroffen sind, aber nicht die Lungen.«

»Woher weiß man, welche Sorte Gas sie gerade benutzen?«, fragte Tom.

»Na, der Fritz setzt zuerst eine Fahne«, erklärte ein vorwitziger Mann im hinteren Teil des Raumes. »Das soll dann ungefähr so etwas bedeuten wie ›Nur diese Woche im Angebot. Gutes deutsches Qualitätsphosgen. Nur beste Zutaten wurden verwendet‹.«

Die Männer brachen in Lachen aus.

»Das reicht!«, brüllte der Corporal und schaute sich finster im Zimmer um.

Die Ratschläge wurden, wie die Männer bald herausfanden, umständlich vorgetragen. Kohle und Natronkalk enthaltend, die dazu bestimmt waren, die Chemikalien aus der Luft zu filtern, hing die Tasche des Atemschutzgerätes um den Hals und war durch einen flexiblen Gummischlauch mit einer engsitzenden Maske verbunden, die durch zwei breite Gummibänder am Kopf befestigt war.

Obwohl zwei Sichtscheiben ein breites Gesichtsfeld boten, empfand Ben die Maske zunächst als sehr beengend. Sie gab ihm das Gefühl, eingeschlossen zu sein und in seinen Sinnesfunktionen eingeschränkt zu werden. Der Gebrauch der Nasenklemme, die in das Gesichtsteil eingefügt war, hinderte ihn daran, normal zu atmen. Für einen Moment hatte er das Gefühl, gleich zu ersticken, doch dann ermahnte er sich, durch den Mund Luft zu holen, lange tiefe Züge, um den Anflug von Panik zu unterdrücken. Entspann dich, befahl er sich und beobachtete die anderen, die an ihren Masken hantierten.

»Alles in Ordnung, Galbraith?«, fragte Sergeant Hayes, der durch den Raum ging.

Ben nickte. »Ja, Sir.«

Hayes wandte seine Aufmerksamkeit nun dem jungen Mann neben Ben zu. Will Compton war ein dünner drahtiger Bursche, der der Kompanie ebenfalls in Brisbane zugeteilt worden war. Er war mit einem scheinbar unerschöpflichen Vorrat an Witzen im Gepäck angekommen, einem Koffer voller Bücher und einem beneidenswerten Wissen über Gewehre, das er sich durch die Arbeit auf dem weit im Westen liegenden Besitz seines Vaters erworben hatte.

»Compton!«, donnerte der Offizier, als er sah, wie Will an seiner Maske herumfummelte.

»Ja, Sir.«

»Setzen Sie sich das verdammte Ding sofort auf! Wäre das jetzt eine reale Sache, wären Sie inzwischen vom Gas vergiftet worden oder schon tot!«

Während der Offizier weiterging, sah Ben die Angst in den Augen des jungen Mannes. »Es ist alles in Ordnung«, beruhigte er ihn, nachdem er sein Mundstück entfernt hatte, um sprechen zu können. »Schau her, ich werde es dir zeigen.«

Sorgsam legte er die Maske auf Wills Gesicht und zog die elastischen Bänder fest über dessen Kopf. »Jetzt leg die Nasenklemme an, und atme durch deinen Mund. Ganz einfach.«

Wills Augen weiteten sich, und sein Mund arbeitete, um keuchend Luft zu holen.

»Siehst du? Es ist gar nicht so schlimm, nicht wahr?«

Will nickte nur und wandte den Kopf ab.

Die Männer wurden nun durch eine Tür am Ende des Raumes geführt. Will blieb zurück, und Ben sah das Unbehagen auf dem Gesicht des Jungen. Dann wurde er durch die Männer hinter ihm nach vorn geschoben, und er verlor den Jungen aus den Augen.

Die Unterweisung dauerte über eine halbe Stunde und begann mit einem ohrenbetäubend schrillen Ton, der alle zusammenzucken ließ. »Das ist das Signal«, kam gedämpft die Erklärung des Sergeants, der jetzt auch eine Gasmaske trug. »Die erste Warnung vor einem Gasangriff.«

Zunächst wurden sie mit dem Aussehen und dem Geräusch von ausweichendem Gas vertraut gemacht, das aus einem harmlos aussehenden Kanister kam, der am Boden stand. Zuerst hörten sie ein Zischen, dann folgte eine weiße Wolke, die sich rasch in alle Ecken des Raumes ausbreitete. Die Männer wurden aufgefordert, im Raum herumzugehen und zu reden und sich mit der Situation und der Ausrüstung vertraut zu machen. Ben sah, dass Will im hinteren Teil des Zimmers stehen geblieben war, nahe der Tür. Als Ben auf ihn zuging, bemerkte er, dass der Junge die Augen geschlossen hielt. Er zitterte und schien einen inneren Kampf auszufechten.

»Was ist los?«, fragte Ben und legte ihm die Hand auf den Arm. »Ist alles in Ordnung mit dir?«

Will stieß einen gedämpften Schrei aus, riss die Augen auf und starrte wild und blicklos in Bens Gesicht. »Raus!«, schrie er. »Ich muss raus!«

Mit einer plötzlichen Bewegung war er an der Tür und rüttelte am Griff. Die Tür öffnete sich, Will stürzte hinaus und warf sie hinter sich zu. Ben hörte seine Schritte, die über die Bodenbretter des Raumes jenseits der Tür donnerten.

»Was ist da los?«, bellte Sergeant Hayes. »Wer zum Teufel hat die Tür aufgemacht?«

Er hat schreckliche Angst, dachte Ben, der sich fragte, ob er dem Jungen nachgehen sollte. Aber Sergeant Hayes war bereits an der Tür, zerrte seine Maske vom Gesicht und verließ das Zimmer.

Wenig später wurden die Männer in den vorderen Raum zurückgeführt. Von Will und dem Sergeant war nichts zu sehen.

»Ich weiß zwar nicht, ob die Masken dem Fritz einen Schrecken einjagen werden«, meinte Jack mit ernstem Ausdruck auf dem Gesicht. »Bei dem jungen Will haben sie jedenfalls ganze Arbeit geleistet.«

Die Männer lachten.

»Ruhe!«, brüllte der Corporal, »oder Sie alle werden für zwei Wochen zum Latrineputzen abkommandiert.«

»Wenigstens wissen wir, dass wir dann noch vierzehn Tage länger hier sein werden«, meinte Tom grinsend.

Wills Abwesenheit während der folgenden Tage fiel allen auf. Ben schnappte ein Gerücht auf, nach dem der Junge zum Küchendienst eingeteilt worden war. Spud hingegen sagte, er wäre in Einzelhaft, und er gab an, diese Information aus einer sehr verlässlichen Quelle erhalten zu haben. Welche Strafe er auch immer bekommen haben mochte, die Erinnerung an das Gesicht des Jungen, die Augen weit aufgerissen und voller Angst, ging Ben immer wieder durch den Sinn und erinnerte ihn an seine eigene Unzulänglichkeit.

Schließlich wandten sich seine Gedanken Hannah zu, wie stets. Was, wenn ihm etwas zustieß und er es nicht schaffte, zu ihr nach Hause zurückzukehren? Was, wenn er sie enttäuschte? Tot auf einem Schlachtfeld in einem weit entfernten Land zu liegen, würde für ihn bedeuten, keine Sorgen mehr zu haben. Aber Hannah, wie würde sie damit zurechtkommen? Seit Wochen hatte er keinen Brief mehr von ihr erhalten. Stimmte etwas nicht? Oder waren die Briefe auf dem Weg zu ihm verloren gegangen?

Die Sorge um Hannah und das, was geschehen sein mochte, nagte an ihm. Nachts lag er wach auf seinem Feldbett und versuchte, seine Gedanken nach vorne zu richten, in die Zukunft. Aber dort waren keine Warnsignale oder Hinweise zu finden, nur eine nackte Mauer des Nichts.

»Kannst du nicht schlafen?«, flüsterte Tom. Seine Augen waren weiße Flecken in der Dunkelheit.

»Nein.«

»Ich schätze, es wird bald losgehen. Sie können uns nicht länger hier behalten. Der Krieg wird vorüber sein, und wir werden unsere Pflicht nicht getan haben.«

Ben seufzte und starrte an die Decke, als er an Will dachte. »Man erzählt, dass sich einige Männer die Finger abschießen, damit sie nicht gehen müssen.«

Tom stützte sich auf den Ellbogen. Ben sah seinen verschwommenen Umriss und hörte das Bett knarren, als er sich bewegte. »Du würdest das doch nicht tun, oder?«

Ben lachte gezwungen. »So verdammt dumm bin ich nicht. Aber es gibt welche, die sind es.«

»Du meinst Will?«

Ben nickte, obwohl er wusste, dass Tom es nicht sehen konnte. »Er war neulich zu Tode entsetzt.«

Wills Angst schlug wie Wellen an sein Bewusstsein, löste kleine Kreise aus, die immer größer wurden. Ein winziger Zweifel, ein Nadelstich von Begreifen. Das Leid eines anderen Menschen berührte etwas tief in ihm, von dem Ben nicht gewusst hatte, dass es existierte, und es löste einen Konflikt der Gefühle aus. Lasst die Tapferen kämpfen, wollte er sagen, und lasst die Schwächeren nach Haus zurückkehren. Nicht alle Männer sind gleich geschaffen. Er selbst war von einer weißen Feder beeinflusst worden, die ihm eine Fremde auf der Straße gegeben hatte.

Sie machten einen Übungsmarsch von Lark Hill durch Chitterne, Westbury, Devizes, Pusey und zurück zum Lager. Der Herbst stand ihnen bevor, und er brachte einen leichten, diesigen Nieselregen mit sich, der die Landschaft einhüllte. Es war kalt, die Tage farblos, in allen möglichen Schattierungen von Grau. Während sie durch die Landschaft marschierten, durchnässte der Regen ihre Kleider und ihr Gepäck und ließ einen feuchten Film auf ihren Gesichtern zurück.

Auf eine seltsame Weise fühlte der Regen sich reinigend an. Als würde er die Spuren eines früheren Lebens fortwaschen, bereitete er Ben vor auf das neue. Der Regen reinigte ihn von seinem Zweifeln und dem Gefühl von Bedrohung.

»Schau dir das an«, sagte Jack und zeigte auf die nebelumhüllten Hügel, als sie eine matschige Straße entlangmarschierten. Die Wolken hingen tief in den Tälern und verdeckten fast die in der Ferne liegenden Wälder. Die Landschaft hatte eine ganz eigene, gedämpfte Schönheit, ein verschwommenes Grün und Grau, verwaschen zu einem fast transparenten Schleier. Darüber vergoss die Sonne ihr kaltes Licht durch einen Spalt in den Wolken, und es war, als ob dieses Bild ein Vorbote für all das war, was kommen würde.

KAPITEL 16

Die Schuhe der Frau klapperten laut auf den polierten Fußbodendielen, als Hannah ihr den Gang entlang folgte. Zu ihrer Linken und Rechten befanden sich mehrere Türen, die alle geschlossen waren. Hinter sich spürte Hannah Clare Worthingtons Anwesenheit und hörte, wie deren Rock bei jedem Schritt raschelte.

Sie gingen auf eine Tür zu, die offen stand, und Hannah, die keine andere Wahl hatte, betrat nach der Frau das Zimmer. Hinter einem großen Schreibtisch aus Mahagoni saß ein Mann, der einen weißen Kittel trug. Er sah freundlich aus und war um die sechzig, mit einem Kranz grauer Haare und einem Schnurrbart. Ein Stethoskop hing um seinen Hals.

Es gab zwei Stühle. Der grauhaarige Mann bedeutete Hannah und Mrs. Worthington, darauf Platz zu nehmen. »Setzen Sie sich, setzen Sie sich«, murmelte er und fügte dann hinzu: »Clare, wie nett, Sie zu sehen.«

»Doktor.« Mrs. Worthington nickte. »Das ist Hannah«, fügte sie mit gebieterischer Stimme hinzu.

»Ah ja«, erwiderte der Arzt, während er die Ellbogen auf den Schreibtisch stützte, die Finger verschränkte und sie unter sein Kinn legte. »Wie geht es Ihnen, meine Liebe?«

»Sehr gut, danke«, erwiderte Hannah. Ihre Stimme klang unnatürlich und gestelzt. Sie saß ganz vorn auf der Stuhlkante, deren harter Rand sich durch den Stoff ihres Rockes hindurch in ihre Oberschenkel drückte.

Die Frau, die sie in das Zimmer geführt hatte, ging rasch zu einem niedrigen Schrank, der an der Wand stand, und holte einige glänzende metallene Gegenstände heraus, die klirrten, als sie sie in eine Schale aus Emaille legte. Sie trug sie hinter den Wandschirm, der den hinteren Teil des Zimmers abtrennte. Als sie wieder dahinter hervorkam, waren ihre Hände leer.

»Es ist alles vorbereitet, Herr Doktor.«

»Danke, Schwester. Hannah?«

Der Arzt zeigte auf den Wandschirm. »Bitte machen Sie sich frei. Dort ist ein Stuhl für Ihre Kleider. Wenn Sie fertig sind, wird die Schwester Ihnen ein Hemd bringen.«

»Nein!«

Drei Augenpaare waren auf sie gerichtet. Sie taumelte hoch, wich zurück, Angst stieg in Wellen in ihrer Brust auf. Sie wissen es, dachte sie! O Gott, *sie wissen es*!

»Kommen Sie, seien Sie ein braves Mädchen.«

Ihr Blick glitt durch das Zimmer. Die Schwester stand mit dem Rücken zur Tür, die jetzt geschlossen war. Der Arzt beugte sich über den Schreibtisch zu ihr herüber und zeigte auf den Wandschirm. Das Lächeln auf seinem Gesicht wirkte jetzt eher wie ein höhnisches Grinsen. Clare Worthington starrte zu ihr hoch, ein wütender Ausdruck lag auf ihrem Gesicht. »Machen Sie keine Schwierigkeiten, Hannah!«, fauchte sie. »Tun Sie, was der Doktor sagt. Ich habe nicht den ganzen Tag Zeit.«

Hannahs Kopf flog zurück, als wäre sie geschlagen worden. Wie betäubt machte sie einen Schritt, setzte einen Fuß vor den anderen, und jeder Schritt brachte sie näher zum Wandschirm, hinter dem eine geheimnisvolle Handlung geschehen sollte, von der sie ein Teil sein würde. Sollte sie davonlaufen? Fort aus diesem schrecklichen Zimmer und vor der Angst, die dieser Raum in ihr auslöste?

Als Kind hatte sie sich oft in den schattigen Winkeln des Stalles vor Tom versteckt, oder im Gebüsch, das das Haus in der Brunswick Street umgab. »Ich komme, ob du dich versteckt hast oder nicht«, hatte er gerufen, während sie sich eng in die dunklen Ecken drückte oder sich flach auf den Boden presste, unter einen der herabhängenden Zweige des purpurn blühenden Bleiwurz. Wenn sie Toms Schritte näher kommen hörte, hatte sie den Atem angehalten, um ihr Versteck nicht zu verraten.

Aber hier gab es keine Schatten. Keinen Ort, um sich zu verstecken und sich in die Unsichtbarkeit zu retten. Hier gab es nur ein hell erleuchtetes Zimmer, einen grauhaarigen Arzt und einen Wandschirm, der vor ihr aufragte. Eine Flucht war unmöglich.

Entschlossen unterdrückte sie den Impuls wegzulaufen und trat ergeben seufzend hinter den Wandschirm. Vor der Wand stand ein hoher, mit einem Tuch abgedeckter Tisch. Daneben standen ein Stuhl und eine Bank, auf der ein Tablett abgestellt war, auf dem metallglänzende Instrumente lagen. Langsam zog Hannah ihre Kleider aus.

Zuerst den Rock, der wieder stramm um die Taille saß. Sie würde daran denken müssen, ihn noch ein Stück weiter zu machen, obwohl am Bund nicht mehr viel Stoff übrig war, den sie auslassen konnte. Langsam öffnete sie die Knöpfe ihrer Bluse, linkisch und mit zitternden Händen. Schließlich faltete sie die Kleider zusammen und legte sie auf dem Stuhl ab. Von jenseits des Wandschirms konnte sie den Arzt und Mrs. Worthington halblaut miteinander reden hören.

Leise Stimmen, die Worte kamen und gingen.

»Sie ist müde in letzter Zeit, und blass …«

»Mmmm.« Das Klopfen eines Stiftes auf dem hölzernen Schreibtisch. Dann: »Ist irgendetwas nicht in Ordnung? Sie wissen schon … Ärger mit ihrer Familie? Irgendein Problem?«

Clare Worthingtons geringschätziges Schnauben. »Ich wüsste wirklich nicht. Normalerweise habe ich selbst mit dem Personal nichts zu tun …«

Der Unterrock. Der Büstenhalter. Strümpfe. Schuhe. Zuletzt zog sie den Schlüpfer aus, faltete ihn zusammen und legte ihn zuoberst auf den Kleiderstapel.

»Fertig?« Die Schwester kam herein und schaute Hannah kaum an, als sie ihr ein formloses Kleidungsstück reichte. Es war blau, eine Farbe, blasser als der Himmel, mit einer Öffnung und einem einzigen Knopf am Nacken.

Das Kleidungsstück bereitete ihr zunächst Kopfzerbrechen. Die Öffnung gehörte auf den Rücken, fand sie schließlich heraus. Behutsam schloss sie den Knopf und zog den Stoff zusammen, der Rücken, Po und Beine umhüllte.

Zaghaft setzte sich Hannah auf den Rand des Tisches und schlang die Arme um ihre Brust. Die Schwester kehrte zurück und brachte ein Laken und einige Handtücher. »Sie müssen sich hinlegen«, sagte sie und schenkte Hannah so etwas wie ein tröstendes Lächeln. »Es ist alles in Ordnung. Die Untersuchung wird nur ein oder zwei Minuten dauern.«

Hannah kletterte auf den Tisch und legte sich steif hin, die Beine fest zusammengepresst. »Fertig, Herr Doktor«, rief die Schwester und nahm das Tablett mit den Instrumenten, um es bei Hannahs Füßen abzustellen.

Die folgenden Minuten vergingen wie in einem verschwommenen Nebel. Der Arzt trat hinter den Wandschirm. Mit einer kleinen Lampe leuchtete er in ihre Ohren und drückte mit einem Holzstäbchen gegen ihre Zunge. Er fühlte ihren Puls und horchte ihren Herzschlag mit dem runden flachen Ende des Stethoskops ab, das um seinen Hals hing. Währenddessen stellte er Fragen, die wenig Sinn zu machen schienen. Schließlich wandte er sich an die Schwester und sagte: »Danke.«

Die Schwester schob Hannahs Hemd hoch und legte ihr das gefaltete Laken über den Bauch und den oberen Bereich der Beine. Dann griff sie unter das Laken, zog an Hannahs Beinen und zwang sie dabei nach außen, bis ihre Füße in den steigbügelähnlichen Vorrichtungen fixiert waren, die sich an den Seiten des Tisches befanden.

Hannah versuchte, die Knie wieder zusammenzudrücken, doch der Arzt hatte sich schon vor sie gesetzt, drückte ein Knie wieder zur Seite und hielt es mit seiner breiten Schulter fest. »Nicht bewegen«, sagte er kurz und fasste unter das Laken.

Der Stoff verbarg die Hände des Arztes vor ihren Blicken, doch sie konnte sie spüren, wie sie sich ihr Ziel suchten. Eine Hand glitt hoch und legte sich schwer auf ihren Schoß, während die Finger der anderen Hand in jenen weichen feuchten Ort darunter eindrangen. Instinktiv wollte Hannah zurückzucken, und ihre Hände ballten sich zu Fäusten.

»Entspannen Sie sich«, sagte der Arzt beruhigend.

Sie lag stocksteif da vor Angst und beobachtete, wie das Laken sich bewegte, sich hob und zusammenfiel unter den Händen des Arztes. Sie fühlte, wie diese in intime Räume eindrangen. Fühlte die heiße Flut von Peinlichkeit, die von ihrem Nacken aufstieg und sich über ihre Wangen ergoss. Dies war also ihre Strafe, ihre Schande. Die Vergeltung für das verbotene Zusammensein mit Ben an jenem letzten Wochenende, bevor er fortgegangen war.

Sie starrte an die Decke und drängte die heißen Tränen zurück, die ihr in den Augen standen. Andere Gedanken, vage bedrohend, begannen in ihrem Bewusstsein Gestalt anzunehmen. Hatte Mrs. Worthington auch Lottie hierher gebracht? War dies dasselbe Zimmer, in dem Lottie diese geheimnisvollen, unaussprechlichen Dinge zugefügt worden waren? Vielleicht würden sie dasselbe mit ihr machen, ihr das Baby nehmen.

Die Vorstellung schickte einen Schauder kalter Furcht durch Hannah. Das konnten sie nicht tun, oder doch? Nicht ohne ihre Zustimmung. Lottie hatte zugestimmt. Sie hatten sie dazu gebracht.

Sie haben mich dazu gebracht, mein Baby herzugeben.

Sie hätten mich nicht hierbleiben lassen, ich hatte deshalb keine Wahl …

Keine Wahl …

Keine Wahl …

Nein, wisperte Hannah entschlossen im Stillen und wünschte das Ende der Untersuchung herbei. Eine verdächtige Bewegung, und sie würde einfach aufstehen und gehen. Von hier weggehen. Sie konnten sie nicht zwingen, etwas gegen ihren Willen zu tun.

Sie hörte das Klirren von Metall, als der Arzt eine Hand fortnahm und eines der Instrumente vom Tablett am Ende des Tisches nahm. Hannah erhaschte einen Blick darauf. Unwillkürlich schauderte sie zusammen, als eine andere Erinnerung auftauchte. Lottie, weinend und zusammengekrümmt auf dem Bett. Lottie, die Maurices Baby verlor, das Blut, das wie ein nicht aufzuhaltender Strom aus ihrem Körper floss.

Sie haben mich festgehalten und irgendetwas in mich hineingeschoben. Es war lang und aus Metall, wie eine übergroße Schere.

Der Arzt hatte seine Hand wieder unter das Tuch geschoben, und seine Finger tasteten sie beharrlich ab. Was geschah da mit ihr? Schmerz wallte auf und ebbte ab, oder war es nur ein Unbehagen, das sich bis über alle Maßen gesteigert hatte? Hannah streckte die Arme zur Seite, ihre Hände griffen nach denen des Arztes, stießen ihn weg.

»Nein! Lassen Sie mich in Ruhe! Was tun Sie da?«

Der Arzt starrte mit gerunzelter Stirn auf sie hinunter. »Wie alt sind Sie, Hannah?«

»Zwanzig, nächsten Monat.«

»Wissen Sie, warum Mrs. Worthington Sie hierher gebracht hat?«

Stumm nickte sie, und die Tränen liefen nun ungehemmt über ihre Wangen.

»Sie sollten sich jetzt besser wieder anziehen«, sagte er brüsk und trat um den Wandschirm.

Zitternd vor Erleichterung saß Hannah auf der Tischkante und zog sich das Hemd über die Knie. Sie bekam kaum etwas von dem Gespräch am anderen Ende des Zimmers mit.

»Sie ist schon fast im fünften Monat, nach meiner Einschätzung.«

»Im fünften Monat!«

Die Worte überschwemmten sie gleichsam und bestätigten, was sie bereits wusste. Sie erwartete ein Baby. Es war nicht länger ihr Geheimnis.

»Dieser Krieg, fürchte ich, scheint die Moral der Menschen zu verderben. Sie ist schon die Dritte in dieser Woche.«

Während Hannah sich rasch anzog, hörte sie Mrs. Worthingtons missbilligende Worte. Was ist mit Lottie und mit deinem Sohn?, wollte sie schreien. Gibt es denn für Frauen und Männer unterschiedliche Maßstäbe?

Unterhose, Strümpfe, Unterrock, Bluse. Ihre Hände zitterten, als sie die Knöpfe schloss. Aber jetzt war es Zorn, nicht mehr

Angst, der sie beben ließ. Wie konnten sie es wagen, sie so zu behandeln wie ein unmoralisches, ungezogenes Kind!

Sie warf den Kopf in den Nacken und strich sich mit der Hand über das Gesicht. Ganz egal, was sie sagen würden oder wie verächtlich ihre Stimmen klangen, sie würde nicht zulassen, dass sie das herabsetzten, was sie für Ben empfand.

»Das Kind wird Ende Januar zur Welt kommen, würde ich sagen.«

Hannah zog sich die Schuhe an und ging um den Wandschirm herum. Clare Worthington saß auf dem Stuhl und fächelte sich mit der Hand Luft zu. »Ach du liebe Güte«, sagte sie, und Hannah war überzeugt, dass ihre Arbeitgeberin jetzt durchkalkulierte, welches Personal ihr Weihnachten zur Verfügung stehen würde und ob Hannah trotz der Schwangerschaft, und vier Wochen vor der Niederkunft, wohl noch in der Lage sein würde zu arbeiten.

»Sie könnte die Schwangerschaft noch abbrechen lassen«, sprach der Arzt weiter, als wäre Hannah nicht da, als wäre sie unsichtbar. »Aber der fünfte Monat ist ziemlich fortgeschritten. Es bestünden gewisse Risiken. Ich kenne jemanden und könnte es arrangieren, dass …«

»NEIN!« Sie sollte ihr eigenes Kind töten? Hannah machte einen Schritt nach vorne und wedelte abwehrend mit den Händen in der Luft herum, als der Schrei der Weigerung über ihre Lippen kam.

Clare Worthington stand von ihrem Stuhl auf, ging zu Hannah und legte ihr die Hand auf den Arm. »Vielleicht wäre es das Beste, Liebes. Eines Tages werden Sie verheiratet sein. Es wird andere Babys geben.«

Heftig schüttelte Hannah den Kopf. »Der Krieg kann nicht mehr lange dauern«, stieß sie hervor. »Ben wird zurückkommen, und wir werden eine richtige Familie sein!«

»Aber was wird, wenn dieser Ben nicht zurückkommt?«

Hannah fuhr zurück, als sei sie gestochen worden. »Wie können Sie so etwas sagen?«

»Seien Sie doch vernünftig, Hannah. Sie lassen sich von emotionalen Gründen Ihren Verstand vernebeln. Wie könnten Sie ein Kind großziehen?«

Hannah biss die Zähne zusammen. Ganz egal, welche Argumente sie auch anführten, welche Überredungskunst sie anwandten, sie würde dieses Kind nicht hergeben. Es gehörte ihr, ihr und Ben. Und wenn das Undenkbare geschah, wenn es Gottes Wille war, Ben nicht zurückkehren zu lassen, dann würde sie noch einen Teil von ihm haben, um ihn zu lieben und zu verehren, einen Teil, der für immer ihr gehören würde.

Als sie wieder im Wagen saßen, wandte sich Mrs. Worthington zu ihr, das Gesicht voller Zorn. »Sie dummes, dummes Ding!«, rief sie und schüttelte den Kopf. »Ich hätte gedacht, Sie hätten mehr Verstand als die anderen.«

»Ich bin nicht Lottie«, erwiderte Hannah trotzig, »und Sie können mich nicht zwingen, mein Kind herzugeben!«

Clare Worthington sank in ihren Sitz zurück und schien plötzlich besiegt. »Also gut, Hannah. Sie haben Ihren Standpunkt klargemacht. Ich heiße Ihre Entscheidung nicht gut, aber ich werde helfen, wenn ich kann.«

»Dann lassen Sie mich im Haus bleiben. Für einen weiteren Monat vielleicht. Ich werde hart arbeiten, und niemand wird etwas von meinem Zustand erfahren.«

»Also gut, Sie können bleiben. Aber nur für eine Weile, bis Sie andere Vorkehrungen getroffen haben und ich jemanden gefunden habe, der Sie ersetzt«, erwiderte Mrs. Worthington widerwillig.

Zurück im Haus stieg Hannah die Treppe zu ihrem Zimmer hinauf und setzte sich auf ihr Bett. Sie fühlte sich benommen, ihr Bewusstsein angefüllt mit den Ereignissen der vergangenen Stunde. Sie konnte die Wahrheit nicht länger leugnen. Ihr Geheimnis war aufgedeckt. Bens Kind wuchs in ihr heran, noch verborgen unter der unkleidsamen weißen Schürze und den gebundenen Röcken.

Inzwischen hatte sie eine kleine Summe Geld beiseitegelegt.

Wenn sie bis nach Weihnachten bei den Worthingtons blieb, eisern sparte und keinen Penny ihres Lohns ausgab, würde sie vielleicht genug haben, um irgendwo ein kleines Zimmer zu mieten, in dem sie die letzten Wochen der Schwangerschaft verbringen könnte. Wenn Ben von dem Kind erfuhr, würde er ihr etwas Geld schicken, um ihr zu helfen, das wusste sie ganz sicher.

Die dringendste Aufgabe war nun, es Ben zu berichten. Hannah nahm einige Bögen Papier von ihrem Schreibtisch und setzte sich an das Fußende ihres Bettes. Dann seufzte sie mutlos und kaute auf dem Ende des Federhalters. Wie sollte sie es ihm schreiben? Wo anfangen?

Zaghaft klopfte es an der Tür, dann steckte Lottie den Kopf ins Zimmer. »Kann ich hereinkommen?«

Hannah lächelte die Freundin an. »Natürlich.«

»Schreibst du an Ben?«, fragte Lottie und setzte sich zu Hannah auf das Bett.

»Ja.«

»Hast du ihm von dem Baby erzählt?«

Plötzlich begann Hannah zu weinen. Tiefe, keuchende Schluchzer schüttelten sie. Lottie rückte näher zu ihr und zog sie an ihre Brust. »Schscht«, wisperte sie. »Es wird alles gut werden. Alles wird sich finden, du wirst schon sehen.«

Lottie wiegte sie, vor und zurück und hüllte sie in ein Gefühl der Geborgenheit. Es war geschehen. Nichts konnte diese Tatsache ändern. Sie würde das Beste daraus machen müssen, um des Babys willen. Irgendwie würde sie es schaffen.

Das Gartenfest am darauffolgenden Tag war ein großer Erfolg; von weit her waren die Gäste angereist, um der Veranstaltung beizuwohnen. Es gab ein Karussell und einen bunt geschminkten Clown, Stände mit Süßigkeiten und einen, an dem Eiscreme verkauft wurde. Vor dem Springbrunnen spielte eine Blaskapelle.

Hannah schlenderte herum und beobachtete das bunte Treiben. Ich werde ein Baby haben, dachte sie, und diese Worte kreisten immer und immer wieder in ihrem Kopf herum, bis sie glaubte, verrückt zu werden.

Es war ein ganzes Bündel an Gefühlen, das sie beschäftigte. Angst und Besorgnis verschmolzen mit einem vagen Gefühl von Aufregung. Und mehr als alles andere wünschte sie, dass Ben bei ihr wäre, um all dies mit ihr zu teilen. Doch er war Tausende von Meilen entfernt, auf der anderen Seite der Welt.

KAPITEL 17

Ende November war in Lark Hill die Vervollständigung der Ausrüstung abgeschlossen. Die erforderliche Anzahl an Pferden und Maultieren war vorhanden, die Unterweisungen im Umgang mit Kampfgas beendet. Die Anspannung war groß, und alle schlossen Wetten über das genaue Datum des Aufbruchs und ihr mögliches Ziel ab.

Tom gewann. Es war der 24., als die Kompanie, zusammen mit der *Third Division*, den Zug nach Southampton bestieg, um die Fahrt nach Frankreich anzutreten. Es war ein trüber Tag mit grauem Himmel und dahinjagenden Wolken, und während der Fahrt rüttelte ein eisiger Wind an den Türen und Fenstern der Waggons. Kalt wirkende Bäche blitzten im Vorbeifahren auf. Die Bäume wurden vom Wind geschüttelt, der sich in plötzlichen Böen in ihren Ästen und Zweigen fing. Unweigerlich zog Ben die Schultern hoch, auch wenn es in seinem Abteil vergleichsweise warm war, und bemühte sich, seine Gedanken auf das Kommende zu richten.

Doch nichts kam.

Frankreich. Ein Land der sanften Hügel und der Obstgärten, seinen lange zurückliegenden Geografiestunden zufolge. Mit

Weinbergen, Wäldern und Feldern voll reifem Weizen. *Parlez-vous français?* Vor langer Zeit einmal war ein Franzose in die Schmiede gekommen. Er hatte mit einem seltsamen Akzent gesprochen, und er hatte Ben diesen Satz beigebracht. Wie alt mochte er damals gewesen sein? Ein Kind noch, doch die Worte hatten sich in seinem Kopf festgesetzt, und er lächelte, als sie ihm jetzt wieder in den Sinn kamen.

»Guter Witz? Kann ich mitlachen?«

Ben schaute zur Seite und sah in Spuds fragendes Gesicht. »Ach, ich weiß nicht. Ich hab mir gerade überlegt, wie es sein wird … dort, wo wir hinfahren. Was ist mit dir?«

Spud schnaubte und bedachte die Landschaft mit einem geringschätzigen Blick. Es regnete jetzt, ein leichter Schleier von Weiß, der den Blick in die Ferne verhüllte. Das Laub der Bäume glänzte. Ein alter Mann fuhr auf einem Fahrrad eine nahe gelegene Straße entlang, das Gesicht abgewandt. »Ich denke, dass es hier verdammt öde ist, nur Regen und Kälte. Wie man sagt, sollten wir England den Deutschen geben und uns für den jämmerlichen Zustand entschuldigen, in dem das Land sich befindet.«

»Dort, wo wir hingehen, könnte es noch schlimmer sein.«

»Das ist unmöglich!«, stritt Spud energisch ab. »Aber wie auch immer, ich schätze, ich werde glücklich sein, endlich was zu tun zu kriegen. Schließlich sind wir deshalb hergekommen.«

»Es wird seltsam sein, Weihnachten mitten im Winter zu feiern«, meinte Tom. »Vielleicht kriegen wir Schnee zu sehen.«

Als Ben daran dachte, zog er seinen Mantel enger um sich und wandte sich an Jack. »Was denkst du?«

Jack schnitt eine Grimasse. »Meine Mutter hatte ein Sprichwort dafür: Sei vorsichtig mit dem, was du dir wünschst, denn dein Wunsch könnte in Erfüllung gehen.«

»Soll heißen?«, fragte Spud, das Kinn kampfeslustig vorgereckt.

»Soll heißen, dass wir es bis jetzt verdammt angenehm gehabt haben, alter Knabe«, erwiderte Jack leichthin und ignorierte den Ton in Spuds Stimme. »Denkt nicht, dass es so eine Art *Cook's Tour* ist, auf die wir gehen.«

Die Gruppe verfiel in nachdenkliches Schweigen. Jack schlug seine Zeitung auf, während Spud ein Päckchen Karten mischte. Tom lehnte den Kopf gegen den Rücken seines Sitzes und schloss die Augen. In Bens Kopf tanzten die Worte immer noch herum. Frankreich. Ein Höllenort, nach den Worten der Kameraden, mit denen er nach deren Rückkehr ins Camp gesprochen hatte. Jack hatte recht. Bis jetzt war es leicht gewesen. Übungsmärsche, Gräben ausheben, Ausbildung an der Gasmaske. Nichts Lebensbedrohliches oder Gefährliches. Doch dort, wo sie hinfuhren …

Seine Gedanken wanderten zu Hannah, wie sie es immer taten. Außer einem Brief vor vierzehn Tagen hatte es seit Wochen keine Post mehr gegeben. Ob sie wohlauf war?

Die Ungewissheit belastete ihn. Er stieß ein Seufzen aus und starrte aus dem Fenster. Der Zug holperte über die Gleise und sang sein eigenes Lied. Aufmerksam beobachtete Ben die Regentropfen, die an der Scheibe herunterliefen. Ihm schien, als ob eine grenzenlose Traurigkeit in ihnen liegen würde, wie sie sich miteinander verbanden, ihre Identität verloren, eins wurden.

Uns allen ergeht es so, dachte er. Wir sind keine Individuen mehr, sondern Teil von etwas Größerem, Unbestimmterem.

Der Krieg hatte sie schon verändert.

Begleitet von lautem Jubel und den Hurrarufen der Männer, legte ihr Schiff am folgenden Morgen in Le Havre an. Dies also war Frankreich. Ben schaute sich um und nahm die Umgebung aufmerksam in sich auf. Hinter den trostlosen Piers verliefen einige Straßen bis hinunter zum Hafen, die von kleinen Häusern unbestimmbaren Alters gesäumt waren. Darüber erhoben sich die Kirchtürme, die sich dunkel gegen den Himmel abzeichneten.

Der Regen war ihnen gefolgt. Er strömte herunter, ausgespuckt von einem tristen Himmel, der sich mit den grauen Straßen und Häusern zu verbinden schien. Den Männern lief das Wasser in den Nacken, als sie in das in der Nähe liegende Camp marschierten. Die Zelte dort waren durchnässt, die Schlafstatt feucht und unbequem.

»Verdammte Hölle!«, explodierte Spud und schnitt eine Grimasse, während er seinen Seesack auf den matschigen Boden schleuderte.

»Willkommen im herrlichen Frankreich, Männer«, sagte Jack, der vergebens versuchte, das Lächeln von seinem Gesicht zu verbannen und dabei kläglich scheiterte.

Beim Mittagessen hatten sie ihre erste Begegnung mit der üblichen Feldverpflegung. »Schweinefleisch mit Bohnen«, las Tom das Etikett auf der Dose vor, ehe er deren Inhalt auf einen Teller kippte. »Du meine Güte«, verkündete er und steckte seinen Löffel in die Masse. »Da sind ja mehr Bohnen drin als Schwein.«

Sie lachten darüber, weil sie nicht wussten, was sie sonst tun sollten, während sie die Arme ungeschickt über der Brust verschränkten. Sie lachten ebenso über den enttäuschten Ausdruck auf Toms Gesicht wie über die Fremdheit, die sie fühlten, in einem anderen Land, und mit all dem, was ungewohnt war.

»Ach Mist!«, rief Spud schließlich und griff nach einer Konserve. »Ein Kerl kann hier zu leicht an Hunger sterben.«

Am folgenden Tag wurde die Kompanie in vier gleich große Gruppen eingeteilt, jede umfasste ungefähr fünfzig Mann. Ben und Tom, Spud und Jack waren in Sektion Nr. 4, zusammen mit Will und einigen der anderen Burschen, die in Brisbane dazugekommen waren. Eigentlich waren sie eine recht muntere Gruppe; der einzige Wermutstropfen war Sergeant Hayes.

Hayes hatte Will auf dem Kieker. Seit dem Zwischenfall bei der Unterweisung im Gebrauch der Gasmasken in Lark Hill hatte er den Jungen bei jeder Gelegenheit gepiesackt und ihm die niedrigsten Arbeiten übertragen. Einige Male hatte Ben versucht, zugunsten des Jungen zu intervenieren, sehr zur Verärgerung des Sergeants. Alles, was er damit erreicht hatte, war, das Problem noch zu verschärfen. Zudem bemerkte Ben, dass Will bald lernte, sich dünnzumachen, wenn Hayes in der Nähe war.

Am nächsten Abend marschierte die Kompanie zum Bahnhof. Der Zug hatte Verspätung – drei Stunden, wie ihnen vom Stationsvorsteher in holprigem Englisch mitgeteilt wurde. Es gab nichts zu tun als zu warten. Es war kalt auf dem Bahnsteig, und Ben war froh über seinen Mantel, der die Kälte gut abhielt. Gegen Mitternacht endlich lief der Zug in den Bahnhof ein und kam, begleitet von einer zischenden Dampfwolke, quietschend zum Halten. Ben, Tom, Spud und Jack waren Teil der ersten Gruppe, die einstieg. Glücklicherweise ergatterten sie ein Abteil für sich.

»Dem Himmel sei Dank!«, rief Tom, während er seine Habseligkeiten im Netz über den Sitzen verstaute und sich auf den nächstbesten Platz warf. »Die armen Kerle, die als letzte einsteigen, werden stehen müssen.«

Als der Zug aus dem Bahnhof fuhr, war er so voll, dass man sich kaum noch rühren konnte. In den Gängen saßen oder lagen Soldaten, und Bündel und zusammengerollte Schlafsäcke waren auf jeden verfügbaren Platz verteilt worden. Wie Ben bald entdeckte, war es ein gewaltiges Unternehmen, wollte man zu den Toiletten am Ende des Ganges gelangen.

Während der Nacht gab es lange und ärgerliche Verzögerungen. Die Fahrt ging langsam voran, und der Zug wurde oft zu einem Halt auf einem Nebengleis umgeleitet, wo er wartete, bis andere Lokomotiven zischend vorbeifuhren, die glühende Schlacke entlang den grasbewachsenen Gleisrändern ausspuckten. Eine Heizung gab es nicht, und es war kalt in den Wagen. In regelmäßigen Abständen fuhren sie in kleine Bahnhöfe ein, doch die Speisesäle waren geschlossen. Nicht einmal eine Tasse heißen Kaffee gab es zu kaufen.

Am Morgen waren sie durchgefroren und hungrig, doch zumindest fuhren sie wieder, und der Zug legte eine annehmbare Geschwindigkeit vor. Der Tag war schön geworden, ein blauer

Himmel, über den gelegentlich ein Wolkenband zog. Ben starrte aus dem Fenster und nahm jede Einzelheit in sich auf. Häuser mit rotgedeckten Dächern glitten vorbei. Es gab bewaldete Hügel, grüne Weiden und weiße Straßen gesäumt von Bäumen, deren Blätter glänzten. Alles schien vom Regen reingewaschen.

Vorbei an kleinen Dörfern und Bauernhäusern fuhren sie weiter durch die Außenbezirke großer Industriestädte mit Fabriken, deren Schornsteine dunklen Rauch gen Himmel stießen. Schnelle, nach nichts schmeckende Mahlzeiten wurden auf den Bahnsteigen serviert. Die Schaffner pfiffen auf ihren Pfeifen, und Türen knallten, wenn die Wagen wieder anfuhren.

Bens Gefährten schliefen die meiste Zeit, die Köpfe gegen Sitze und Fenster gelehnt. Die Minuten vergingen und wurden zu Stunden, Zeit, die sich endlos dehnte und Ben das Gefühl gab, von seinen Gedanken verschlungen zu werden. Hannah, die Schmiede – alle Überbleibsel seines früheren Lebens wurden ihm mehr und mehr entzogen, entfernten sich immer weiter.

Nachdenklich nahm er seine Hälfte des silbernen Hufeisens aus der Tasche und hielt sie in der Hand. Sie fühlte sich kalt an, und er konnte die eingravierten Buchstaben ertasten. Seine Gedanken wanderten zurück zu dem letzten gemeinsamen Morgen, an dem er neben Hannah aufgewacht war, in dem Bett in Toms Wohnung. Ich liebe dich, hatte sie gesagt und sich gestreckt wie eine Katze in der Sonne. Hannah: das schwarze Haar wie ein Fächer ausgebreitet auf dem Kissen; blasse Haut, fast transparent im ersten Licht jenes Morgens. Er erinnerte sich an ihre Wärme, und er spürte eine unermessliche Traurigkeit in sich.

Mit einem Seufzen schob er das Hufeisen in seine Brusttasche zurück, strich die Patte glatt und schloss den Knopf wieder. Er konnte die Form des Hufeisens an seiner Brust spüren, doch das tröstete ihn nur wenig. Warum hatte er nichts von Hannah gehört? Nur ein einziger Brief, und er würde wissen, dass es ihr gut ging.

Verkrampft und steifgesessen nach der langen Bahnfahrt, erreichten sie am folgenden Morgen Bailleul, nahe der belgischen Grenze. Die Einheit, so informierte man die Männer, würde einen Übungsmarsch zum Quartier in Bleu absolvieren, das südöstlich von Vieux Berquin lag. Die Tornister wurden in einem graugestrichenen Londoner Bus verstaut, der sofort losfuhr und eine schwarze Rauchwolke ausstieß, die sich die Straße entlangzog. Ben schulterte sein Gewehr und schloss sich den anderen an, die an ihm vorbeimarschierten. Er trug Hut und Mantel und geriet schon bald, trotz des kalten Wetters, heftig ins Schwitzen.

Der Mantel war das Erste, was Ben ablegte, und er war froh über die Wasserflasche, die er um den Hals trug. In regelmäßigen Abständen blieb er stehen, setzte die Flasche an den Mund und trank dankbar die kalte Flüssigkeit. Sie marschierten im Schatten hoher Pinien, deren Nadeln unter seinen Füßen einen weichen Teppich bildeten. Schmale, zweistöckige Häuser standen ein Stück von der Straße entfernt, voneinander getrennt durch maisgelbe Felder und hohe Hecken. Fahles Sonnenlicht lag über dem flachen Land, das sich in der Ferne in der Farbe des Himmels aufzulösen schien. Von Zeit zu Zeit waren sie gezwungen, am Straßenrand stehen zu bleiben, um Konvois aus Lastwagen und Ambulanzen passieren zu lassen, die im Vorbeifahren Staub aufwirbelten.

Auf einem grasbewachsenen Feld machte die Kompanie Rast für ein Essen. Die Mahlzeit bestand aus Brot, frisch gebacken und vermutlich aus einem nahe gelegenen Dorf, kaltem Fleisch und Tomaten. Ben aß, obwohl er nicht hungrig war. Nach dem Essen beschlossen einige Männer, den Hügel hinunter zum nahen Bach zu gehen, um ihre Wasserflaschen aufzufüllen.

Tom bot an, Bens Flasche mitzunehmen. »Ist doch überflüssig, dass wir beide gehen«, erklärte er. »Du bist dann das nächste Mal dran.«

Ben legte sich zurück, und er spürte die Spitzen der Grashalme durch sein Hemd. Die Sonne stand jetzt hoch am Himmel, spendete aber nur wenig Wärme. Vermutlich hatte er gedöst, aber er war sich nicht sicher. Ein Schatten, der auf ihn fiel und das Licht und die kaum spürbare Wärme abhielt, veranlasste ihn, die Augen zu öffnen.

»Monsieur?«

Ben blinzelte und versuchte, sich zu orientieren. Er war umringt von einem Kreis von Gesichtern. Eine Gruppe zerlumpt aussehender Kinder hatte sich um ihn geschart, Jungen überwiegend, die die Gewehre betrachteten. Sie trugen Mützen, lange Hosen und Mäntel, zerschlissen und ausgefranst an den Manschetten. Ihre Wangen waren rosig von der kalten Luft.

»Hallo«, erwiderte er kameradschaftlich.

Die Gruppe schob einen größeren Jungen nach vorne. Er schien ein wenig älter als die anderen zu sein. Offensichtlich sollte er für sie sprechen.

»Sie sind Australier?«, fragte er.

Ben lächelte. »Das stimmt.«

»Maman sagt, Sie sind gekommen, um uns vor den Deutschen zu retten. Sie sagt, Sie sind sehr tapfere Soldaten«, erklärte der Junge in holprigem Englisch.

Die meisten der Jungen trugen Angelruten, und am Holzzaun in der Nähe lehnten einige Fahrräder. Ein halbes Dutzend Fische lag in einem Korb auf dem Boden, die Schuppen schimmerten kalt und grau.

»Hier«, sagte der Junge und legte zwei der größten neben Bens Hand ins Gras. »Wir würden gern, dass Sie sie nehmen.«

Die anderen Kinder nickten zustimmend.

»Danke«, erwiderte Ben und erhob sich.

Als er dastand, die Hände in den Taschen, wusste er nicht, was er als Nächstes sagen sollte. Dass er als Fremder so freundlich empfangen wurde, war ihm neu, und die Geste berührte ihn zutiefst.

»Danke«, sagte er wieder, doch das kleine Wort klang in seinen Ohren unangemessen für das, was er tatsächlich empfand. Die Jungen liefen nun durch das Gras zu ihren Rädern zurück.

Als sie den Zaun erreicht hatten, wandte der Älteste sich um und winkte. Ben hob kurz die Hand.

»Um was ging's denn?«, fragte Tom, der mit den gefüllten Wasserflaschen zurückkam.

»Seine Mutter hat ihm gesagt, dass wir gekommen sind, um sie vor den Deutschen zu retten«, sagte Ben ruhig. »Deshalb hat er uns ein Geschenk gebracht.«

»Fisch!«, rief Spud, der hinter Tom den Hügel hochgekommen war. »Das wird ein Essen geben heute Abend!«

Weitere Lastwagen-Konvois fuhren vorbei, als sie wieder aufbrachen, was zu weiteren Verzögerungen führte. Am Horizont hatten sich Sturmwolken aufgetürmt, die finster und bedrohlich aussahen; es dauerte aber noch eine Stunde, bevor die ersten kalten Regentropfen fielen.

Die Männer gingen auf ein in der Ferne liegendes Bauernhaus zu. Als sie näher kamen, sah Ben, dass vom Dach nur ein skelettartiges, geschwärztes Gerippe übrig war. Dachbalken und Tragstützen zeichneten sich düster von dem immer dunkler werdenden Himmel ab. Der ätzende Geruch von verbranntem Holz erfüllte die Luft, und in den benachbarten Gattern lagen die verkohlten Überreste des Viehbestands. Inzwischen regnete es stärker, ließ den Männern das Haar an den Köpfen kleben und durchnässte ihre Hemden. Deshalb wandten sie ihre Aufmerksamkeit dem Bauernhaus zu.

Es war verlassen. Niemand kam auf ihr Klopfen hin oder erwiderte ihr Rufen, und der Klang ihrer Stimmen hallte durch die Zimmer und Gänge wider. Die Fenster und Türen waren wohl schon vor längerer Zeit eingeschlagen worden. Scharfe Glassplitter steckten in den Rahmen. Das Dach und der größte Teil des oberen Stockwerks waren zerstört. Nur das untere Geschoss war übrig geblieben, eine feuchte schimmelnde Behausung, in der Armeen von Kakerlaken die Wände hinaufliefen und Ratten über verrottete Bodendielen huschten und dabei trockenes Laub und alte Zeitungen aufwirbelten.

»Nun, es ist nicht das Tadsch Mahal, aber es wird genügen

müssen«, erklärte Sergeant Hayes, als er durch eines der glaslosen Fenster in den Regen hinausschaute.

Bei der weiteren Inspektion stießen die Männer auf einige bewohnbare Zimmer, die früher einmal die Haushaltsräume gewesen waren: Küche, Vorratskammer, Abstellraum und Spülküche. Hayes schickte Will nach draußen in den strömenden Regen, um einige Eimer Wasser aus dem Brunnen zu holen. Als der Junge damit fertig war, waren seine Kleider triefnass.

Ben half ihm, Hemd und Hose auszuziehen, und legte die Kleider dicht ans Feuer, das in den Überresten eines alten Kamins entfacht worden war. Dampf stieg aus dem Stoff auf und verbreitete den Geruch nach Feuchtigkeit, vermischt mit dem nach versengtem Stoff. Er erinnerte Ben sofort an die Schmiede und an das Zischen von heißem Metall. Schnell schloss er die Augen, verdrängte diesen Gedanken und ließ zu, dass die Worte der Männer und ihre Stimmen ihn zurück in die Gegenwart holten.

Ein paar verfallene Treppenstufen führten in einen Weinkeller hinunter. Spud und Tom gingen mit einer brennenden Kerze in den Keller und kehrten mit einem halben Dutzend staubbedeckter Flaschen zurück. In einem der Küchenschränke fand Ben eine alte Bratpfanne, deren Griff fehlte. Da sie keine Butter hatten, gab Jack ein wenig Wasser in die Pfanne und dünstete den Fisch über den Flammen.

Sie aßen bei Kerzenlicht, Fisch und *Fray Bentos*-Rindfleisch aus Dosen, dazu das vom Mittagessen übrig gebliebene Brot, und spülten alles mit dem einheimischen Rotwein und Bechern dampfenden Tees hinunter. Danach rollten sie sich in den dunklen Ecken zusammen und schliefen. Die Stille der Nacht wurde nur von den umherhuschenden Ratten und den Kakerlaken durchbrochen, und gelegentlich gab einer der Schlafenden einen Laut von sich.

Ben wachte früh auf, stocksteif vor Kälte. Für einen Moment lag er still da, den Mantel fest um sich gewickelt, und fragte sich, wo er war. In seinem Traum war er wieder in der Schmiede gewesen, in den winzigen Zimmern, die er sich mit seinem Vater geteilt hatte. Er blinzelte, und als er sich umschaute, sah er Toms schlafende Gestalt in seiner Nähe liegen. Die Ereignisse des vergangenen Tages kamen zurück in sein Bewusstsein, der Fisch, der Regen, die Weinflaschen.

Er musste pinkeln, dringend. Da war ein Druck in seinen Lenden, ein Gefühl fast wie ein Schmerz, und er zuckte zusammen. Leise, um die anderen nicht zu wecken, ging er aus dem Zimmer und den kleinen Flur hinunter, vorbei an verlassenen Zimmern, deren Decken fehlten und die zum Himmel hin offen waren.

Er kam an eine Tür, öffnete sie und fand sich in einem von Mauern umgebenen Innenhof wieder. Moos und Efeu hatten sich ihren Weg über das zerfallene Mauerwerk erobert. In der Mitte des Hofes stand ein Birnbaum. Er war verkümmert, seine Zweige zerbrochen, und einige verrottete Früchte lagen zwischen dem Unkraut und dem Gras, das im Überfluss um den Fuß des Stammes wucherte.

Erst nachdem Ben sich erleichtert hatte, hob er den Kopf. Es regnete nicht mehr, und die Sturmwolken des vergangenen Nachmittags waren einem blassen Himmel gewichen, der kalt wie Glas wirkte. Die Vögel über ihm waren dunkle Flecken gegen das helle Licht.

Niemals zuvor hatte Ben sich so allein gefühlt. Hier draußen, mit nichts als dem Krächzen der Vögel und der Dämmerung, schien es ihm, als sei ihm nichts geblieben. Hannah. Sein Vater. Alle Spuren seines früheren Lebens waren fort, verschwunden wie die Sonne, vor die sich ein dunkler Mond geschoben und alles Licht ausgelöscht hatte. Er saß auf einem Haufen Ziegelsteine, fühlte deren Feuchtigkeit durch seine Hose dringen und starrte hinauf zum Himmel. In diesem Augenblick der Verzweiflung beneidete er die Vögel. Beneidete sie um deren Freiheit, ihre Möglichkeit, sich zu entscheiden, und deren augenscheinliche Sorglosigkeit.

»Ben?«

Plötzlich war eine Bewegung hinter ihm und eine Stimme, die ihn zusammenfahren ließ. Er wandte sich um und sah Spud vor dem Haus stehen, der die Knöpfe an seinem Hosenschlitz öffnete und sich zur Wand umdrehte.

»Gott, das habe ich gebraucht«, sagte er schließlich und ging zu Ben, während er die Knöpfe wieder schloss. »Weißt du, je weiter wir in dieses Land kommen, desto mehr Spaß macht es mir. Ich freue mich darauf, endlich ein bisschen was zu erleben. Gibt mir was zu schreiben für meine Leute zu Hause. Vermutlich sind sie es leid, immer nur von Übungsmärschen zu hören.«

Spud war immer auf der Suche nach Aufregung und Aktion. Er war ein Mann, der nicht hinausdenken konnte über jene erste Salve von Kugeln und die Zerstörung, die er anrichten würde. Träumte er davon, die deutsche Armee im Alleingang gefangen zu nehmen, den Fritz höchstpersönlich in irgendeine weit entfernte Ecke des Kaiserreichs zurückzudrängen?

»Klar, Spud«, meinte Ben grinsend. »Wann legen wir los?«

»Am besten gleich. Lass uns die anderen Bastarde wecken und losmarschieren.«

Im Lager in Bleu wartete Post auf sie, drei ganze Säcke, bis oben voll mit Karten und Briefen von zu Hause und Päckchen des Comforts Funds. Ben bekam ein kleines Bündel ausgehändigt. Er ging an den anderen Männern vorbei, die noch auf ihre Post warteten, und suchte sich einen Flecken Gras, wo er sich hinsetzte und die Briefe vor sich ausbreitete.

Mit unbeschreiblicher Freude sah er, dass sie alle von Hannah waren. Es waren insgesamt mehr, als er zu hoffen gewagt hatte. Aber mit welchem sollte er beginnen? Prüfend betrachtete er die Umschläge und suchte dann anhand des Poststempels den neuesten heraus, der ihm von den jüngsten Geschehnissen berichten würde; danach würde er die anderen dann in Ruhe lesen.

Hastig riss er den Umschlag auf, und seine Augen überflogen die Zeilen und nahmen zunächst nur ein paar Worte wahr. *Ich vermisse dich*, hatte sie geschrieben, und sein Herz hob sich. *Ich liebe dich. Wann kommst du nach Hause?*

Dann stieß er auf einen Absatz, der ihn abrupt stocken ließ. Sorgfältig las er die Zeilen noch einmal, weil er glaubte, sich geirrt zu haben. Nein. Das kann unmöglich sein, dachte er, als sein Blick wie unter Zwang zu diesem einen besonderen Wort zurückglitt: schwanger.

Der Doktor sagt, das Baby wird Ende Januar zur Welt kommen. O Ben, ich liebe ihn (oder sie) schon so sehr, wie ich dich liebe. Das Kind ist ein Teil von uns beiden. Aber ich habe ein wenig Angst, das alles allein durchzustehen. Lottie sagt, dass sie mir helfen wird. Wenn du nach Hause kommst, werden wir eine richtige Familie sein …

»Irgendwas Neues?«, fragte Tom, der herangeschlendert kam und einige Briefe in der Hand hielt. »Wie geht's meiner Schwester?«

Ben schaute auf, ohne Toms Frage zunächst zu erfassen. Hannah war schwanger? Er stellte sich ihren Körper vor, warm und rund durch die Form des Kindes, und in seiner Brust stieg Schmerz auf. Er würde Vater werden. Der Gedanke verdrängte alles andere, nahm ihm den Atem. Eine Welle der Glückseligkeit, vermischt mit einem Anflug von Besorgnis, durchströmte ihn. Und da war der Wunsch, die Neuigkeit mitzuteilen, sie jemandem zu erzählen, irgendjemandem.

Ben reichte Tom den Brief. »Du kannst es ebenso gut gleich wissen. Denn du wirst es irgendwann ohnehin erfahren.«

Stumm las Tom die Zeilen. Als er fertig war, gab er den Brief zurück und starrte nachdenklich zu Boden, die Lippen geschürzt. »Auf welches verrückte Spiel habt ihr euch da eingelassen?«, verlangte er schließlich zu wissen, und seine Stirn legte sich in Falten. »Hast du nicht mal aufgehört, um darüber nachzudenken, was passieren könnte?«

»Es war kein Spiel, Tom.«

»Was war es dann?«

Zorn wallte tief in Bens Brust auf. Dies war etwas zwischen ihm und Hannah; es war ihre Angelegenheit, und er brauchte Tom nicht, um daran erinnert zu werden, wie dumm die ganze Sache war. Er hatte um die möglichen Konsequenzen gewusst, von Anfang an, doch im entscheidenden Moment war er unfähig gewesen, sich zurückzuhalten.

»Du solltest meine Beziehung zu Hannah nicht auf etwas Billiges und Schmutziges reduzieren. So war es nicht. Ich liebe sie …«

»Hast du noch nichts von Präservativen gehört?«, schnitt Tom ihm harsch das Wort ab. »Du weißt schon. Kondome, Gummis. Um Himmels willen, Ben. Mit meiner Schwester rumzumachen ist das eine, aber sie schwanger zurückzulassen …?«

»Es war nichts, was wir geplant haben«, erwiderte Ben gereizt.

»Was also wirst du jetzt tun?«

Ben packte den jüngeren Mann am Hemdkragen und zog dessen überraschtes Gesicht ganz nah an seines. »Was, verdammt, schlägst du denn vor, was ich tun soll? Auf den ersten Transport von hier weg aufspringen? Oder soll ich dem Sergeant sagen, ich muss nach Hause, weil meine Freundin ein Kind erwartet?«

Er wollte Tom schütteln, doch seine Vernunft gebot ihm, ihn loszulassen und die Situation zu klären, so gut er konnte. Die Nerven eines jeden waren zum Zerreißen gespannt, und es würde nichts bringen, eine Szene zu machen.

Tom taumelte zurück, als Ben den Griff an seinem Hemdkragen löste. »Beruhige dich, alter Knabe«, knurrte er.

»Es ist eine Situation, die keiner von uns gewollt hat, aber es ist geschehen, und wir werden das Beste daraus machen müssen.«

Tom starrte Ben eine ganze Zeit lang an. »In Ordnung«, sagte er schließlich. »Wenn ich schon Onkel werde, kann ich es ebenso gut gleich akzeptieren – solange du das Richtige tust und sie heiratest, sobald wir zurück sind. Wieder Freunde?«, fügte er hinzu und streckte Ben die Hand hin.

»Freunde«, bestätigte Ben und ergriff Toms Hand.

Der Handschlag fühlte sich nach Kraft und einem Versprechen an, und nach einer Männerfreundschaft, der die Tage, Wochen und Jahre nichts hatten anhaben können, auch wenn die letzten paar Minuten deren Festigkeit auf die Probe gestellt hatten. Seine Beziehung zu Hannah; der Tod seines Vaters; diese ersten unbegreiflichen Tage, nachdem sie sich zur Armee gemeldet hatten; die schreckliche Ungewissheit, die über allem schwebte – Tom war Teil all dessen gewesen. Er war auch ein Bindeglied zu Hannah. Fleisch vom selben Fleische. Blut vom selben Blut.

Und Hannahs Kind?

Es war ein Teil von ihm. Ein Teil von ihr. Eine wunderbare Mischung aus ihnen beiden. Darin lag die Zukunft.

Kinder.

Enkelkinder.

Mit Hannah alt werden.

KAPITEL 18

»Paterson.«

Seine Stimme klang brüsk, als wäre er bei etwas Wichtigem gestört worden. »Hallo, hier ist Callie«, sagte sie zögernd.

Michaels Ton wurde weicher. »Selber hallo.« Dann fügte er hinzu: »Und welchem Umstand verdanke ich die Freude dieses Anrufs?«

»Es tut mir leid, dass ich Sie im Büro anrufe. Ich habe es auch schon zu Hause versucht, Sie aber nicht erreicht.«

Callie konnte sich beinahe seinen Gesichtsausdruck vorstellen, als er antwortete. »Hier herrscht nur das übliche Chaos. Und irgendwie bin ich heute Morgen wohl auch mit dem falschen Bein aufgestanden, fürchte ich.«

Jetzt, da der Augenblick gekommen war, wusste sie nicht, wie sie es sagen sollte. Der Gedanke, das Geheimnis preiszugeben, ein Geheimnis, das mehr als achtzig Jahre vor der Familie geheimgehalten worden war, hatte ihr Augenblicke der Unentschlossenheit beschert. Würde Hannah gewollt haben, dass dieser Teil ihres Lebens offengelegt wurde? Und wie würde der Rest von Callies Familie damit umgehen?

Aber Michael gehört nicht zur Familie, dachte sie, er war nur ein interessierter Außenstehender, der irgendwie hineingezogen worden war. Außerdem *wollte* Michael es wissen. Hatte er nicht Ben Galbraiths Kriegstagebuch mitgenommen?

»Hannah war schwanger während des Krieges«, platzte sie heraus, weil sie es nicht länger für sich behalten konnte. »Hannah und Ben hatten ein Kind!«

Am anderen Ende der Leitung herrschte sekundenlang Schweigen. »Woher wissen Sie das?«

»Die Briefe. Es steht alles darinnen.«

»Wann? Wo?«

»In Brisbane, vermutlich. Es gibt einen Brief von Hannah, in dem sie ihm die Neuigkeit mitteilt. Und Bens Antwortbrief. Gott, es ist sonderbar, das alles zu lesen, so viele Jahre später. Irgendwie komme ich mir wie ein Schnüffler vor.«

»Sie fühlen sich schuldig, ist es das, was Sie zu sagen versuchen?«

»Auf gewisse Art schon. Es scheint so persönlich, diese Liebe, die sie füreinander empfunden haben. Und sie sprechen über all das in diesen Briefen. Manchmal fühle ich mich, als würde ich mich irgendwie hineindrängen.«

»Vielleicht wollte Hannah aber auch, dass jemand es erfährt«, erwiderte Michael ruhig. »Sie hätte den Inhalt des Koffers vor ihrem Tod vernichten können. Ein kleines Feuer, und die Briefe und das Tagbuch wären buchstäblich in Rauch aufgegangen.«

Diesen Aspekt hatte Callie noch nicht in Betracht gezogen. Hannah hatte ihre Habseligkeiten über all diese Jahre sorgfältig verwahrt, sodass sie unversehrt geblieben waren. Vielleicht war sie dazu bestimmt gewesen, diese Dinge zu finden; vielleicht hatte etwas, das außerhalb ihres Einflusses lag, dies geplant: Sie sollte die lange gehüteten Geheimnisse aufdecken.

»Sie haben mir noch nichts über das Kind gesagt«, brachte Michael ihre Gedanken zurück auf das Gespräch.

»Bis jetzt weiß ich noch nicht mehr. Die Briefe zu entziffern dauert ziemlich lange. Die Schrift ist sehr verblasst und ziemlich verschnörkelt. Aber ich arbeite mich durch. Wie geht es mit dem Tagebuch voran?«

»Langsam, fürchte ich. Arbeit, Arbeit, Arbeit! Das ist der Stand der Dinge hier, seit ich Sie zuletzt gesehen habe. Da wir gerade davon sprechen ... ich habe Timmy versprochen, diesen Sonntag einen Ausflug in Ihre Gegend zu machen, an den Strand. Haben Sie Lust, uns zu begleiten?«

Sie hatte keine Pläne für das Wochenende, und Stuart gefiel es normalerweise, einen Tag am Strand zu verbringen. »Klingt toll. Ich treffe Sie dann unten gegen elf.«

»Bis dann.«

Es klickte, und ein monotones Summen ertönte, was bedeutete, dass die Verbindung getrennt war. Callie legte den Hörer auf die Gabel zurück.

Sie nahm Bens Brief in die Hand und wog das Stück Papier nachdenklich in der Hand. Es waren überwiegend aus einem Feldpostblock herausgerissene Seiten. Die Worte waren hingekritzelt, offensichtlich in Eile niedergeschrieben, und sie bedeckten jeden verfügbaren Platz. Manchmal mit Tinte, dann wieder mit inzwischen verblasstem Bleistift geschrieben, schien es, als wäre Ben einige Male beim Schreiben gestört worden und hätte dann mit dem Stift weitergeschrieben, der gerade greifbar gewesen war. Ein modriger Geruch entstieg den Seiten, ein Gemisch von Naphthalin und Verfall.

Sorgfältig faltete Callie das brüchige Papier wieder zusammen und steckte es in den Umschlag zurück. Miss Hannah Corduke. Bright Street, Kangaroo Point, Brisbane, stand darauf. Der Poststempel war verblasst, aber doch noch zu entziffern. Bleu, Frankreich. 28. November 1916.

»Ich habe mit Bonnie und Freya gesprochen. Beide haben gesagt, dass sie nichts über Hannahs Kind wissen.«

Callie lag auf einem Handtuch, und ihre Stimme wurde durch den Strohhut mit der breiten Krempe, der ihr Gesicht bedeckte, gedämpft. Michael saß mit gekreuzten Beinen im Sand und hatte ein wachsames Auge auf Timmy, der auf seinem Bodyboard in den sanften Wellen herumplantschte.

»Überrascht Sie das?«

»Nein. Es war nur ein wenig seltsam, davon zu reden. Schließlich war es Freya, die vom ›Herumwühlen in der Vergangenheit‹ gesprochen hat und vom ›Skandale-Aufdecken‹. Ich weiß, sie kann manchmal ein wenig rau sein, aber ich wollte sie nicht aufregen.«

»Was hat sie also gesagt?«

Callie zuckte die Schultern. »Nicht viel. Sie schien eher überrascht zu sein.«

»Ich habe den entsprechenden Abschnitt in Bens Tagebuch gelesen.«

»Und?«, drängte Callie.

»Dort steht nicht viel. Nur ein paar Zeilen und die Bemerkung, dass er Hannah am selben Tag geantwortet hat, an dem ihr Brief eingetroffen ist.«

»Am 28. November 1916.«

Das Datum, diese spinnenartig hingekritzelte Adresse, hatte sich unauslöschlich in ihr Gedächtnis gebrannt. Sie rollte sich auf den Bauch und bot der Sonne ihren Rücken dar. Wenn sie den Kopf zur Seite wandte, konnte sie Michael durch ihren Strohhut sehen, wenn auch nicht ganz. Sandfarbenes Haar, der

Körper gebräunt durch die Stunden, die er durch seine Verpflichtungen als Fotograf draußen verbrachte. Hände mit langen schlanken Fingern, die jetzt nach der Flasche mit dem Sonnenschutzmittel griffen, die neben ihr auf dem Handtuch lag.

»Sonnencreme?«

»Mmmm. Das wäre gut.«

Die Lotion fühlte sich im ersten Moment kalt an auf ihrer Haut. Sie spürte seine Hände, die geschickt über ihren Rücken strichen, in einer streichelnden Bewegung. Streichelnd?, dachte sie überrascht, als er die Bikiniträger zur Seite schob und ihre Schultern massierte.

Es lag etwas verhalten Erotisches in diesen Bewegungen, in der Berührung seiner Hände. Hände, die nicht Stuarts waren. Hände, die einem anderen Mann gehörten. Sie spürte, wie ihre Wangen sich bei diesem Gedanken vor Verlegenheit röteten, und sie war froh, dass der Hut ihr Gesicht bedeckte.

Sie hatte Stuart gebeten, sie heute zu begleiten, aber er hatte sich für den Vormittag bereits zu einer Partie Squash verabredet. Auch ihre Einladung, sich ihnen danach anzuschließen, hatte er höflich abgelehnt »Wahrscheinlich werde ich mit den anderen vom Team zum Brunch in den Pub gehen«, hatte er gesagt und sich abgewandt.

»Schade, dass Stuart nicht mitkommen konnte«, meinte Michael, und seine Worte spiegelten damit das Thema ihrer Gedanken wider, während er den Deckel auf die Sonnencremeflasche schraubte.

Eigentlich, dachte Callie schuldbewusst, bin ich mir nicht sicher, ob ich Stuart überhaupt hier haben will. In gewissem Sinne war seine Weigerung eine Erleichterung für sie gewesen. Er war die ganze Woche über schlecht gelaunt gewesen, und sie wusste nicht, ob es etwas mit ihr zu tun hatte, mit Michael oder ob es ihre Beschäftigung mit den Briefen war.

Stattdessen war diese Zeit jetzt nur für sie, für sie und Michael, um über Hannah und Ben zu reden und die Entdeckungen, die sie gemacht hatte. Stuarts Anwesenheit hätte ihre

Unterhaltung auf eher andere Themen gelenkt, und sie musste sich eingestehen, dass sie Michaels Gesellschaft genoss.

Unter dem Hut hervor sah Callie Timmy auf sie zulaufen, voller Sand und Salzwasser. »He, Dad! Hast du das gesehen?«, rief er. »Ich hab die *größte* Welle von allen erwischt.«

»Ich hab's gesehen.« Michael lachte und reichte Timmy ein trockenes Handtuch.

Michaels Stolz auf seinen Sohn war offensichtlich, und Callie hatte inzwischen festgestellt, dass sie den Jungen mochte. Mit seinen zehn Jahren war er eine Miniaturausgabe seines Vaters, nicht so sehr in Bezug auf die körperlichen Aspekte wie den schlanken Körper und das helle Haar; vielmehr besaß er die gleiche Natürlichkeit und die ansteckende Freude am Leben.

»Ich habe Hunger«, verkündete der Junge, während er sich ein frisches T-Shirt überzog. »Wie steht's mit Mittagessen, Dad?«

»Callie?«

Michael beugte sich über sie. Sie konnte seine Nähe spüren und nahm den schwachen Duft nach Rasierwasser wahr, vermischt mit dem Geruch nach Salz und Sonnencreme. Träge wandte sie sich um und fand seinen Mund nur Zentimeter von ihrem entfernt. Ungewollt begann ihr Herz in der Brust zu hämmern.

»Ich habe auch Hunger«, gab sie mit einem Lachen zu, das in ihren Ohren irgendwie gezwungen klang, während sie aufstand und einen bunten Sarong über ihren Bikini schlang.

Im letzten Sommer hatte auf der Strandpromenade ein Restaurant eröffnet, das auf Meeresfrüchte spezialisiert war. Tische und Stühle waren entlang eines Holzstegs aufgestellt worden, von wo aus man den Strand überschauen konnte. Bunte Sonnenschirme spendeten Schatten, und tagsüber herrschte dort eine ungezwungene Atmosphäre.

Michael bestellte *fish and chips* für Timmy und einen großen Teller mit Shrimps und Krebsen, dazu eine Flasche eisgekühlten Sauvignon Blanc.

»Wunderbar«, lobte Callie und schob ihren Stuhl zurück, während sie den letzten Schluck des Weins trank. »Es ist seltsam, nicht wahr? Dieses Restaurant gibt es seit fast einem Jahr, doch es ist das erste Mal, dass ich hier bin.«

»Sie sind also nicht verrückt nach Meeresfrüchten?«

»Ich liebe sie, doch abgesehen von dem gelegentlichen Thai-Essen zieht Stuart Steaks und Pommes vor.«

»Nun gut«, sagte Michael und rief nach der Rechnung, nachdem er einen Blick auf seine Uhr geworfen hatte. Bis auf eine andere Gruppe waren sie die einzigen Gäste. »Drei Uhr. Ich denke, wir sollten gehen.«

Der Tag war perfekt gewesen, und Callie mochte nicht daran denken, dass er zu Ende gehen musste. Michael und Timmy auf Wiedersehen sagen zu müssen und allein in die Wohnung zurückzufahren, die Möglichkeit eines weiteren Streits mit Stuart – dieser Gedanke bedrückte sie. »Kommen Sie doch noch mit zum Haus«, sagte sie, einer plötzlichen Eingebung folgend.

Michael sah sie verständnislos an. Timmy hüpfte aufgeregt hin und her und zog seinen Vater hoch. »Komm schon, Dad.«

»Das Haus in der Brunswick Street«, fügte Callie hinzu.

»Hören Sie, ich glaube nicht, dass das eine gute Idee ist. Vielleicht ein anderes Mal …«

»Nein! Lassen Sie sich dort ein wenig von mir herumführen, an diesem alten Ort. Ich möchte, dass Sie sehen, woher die beiden kommen. Hannah. Ben. Irgendwie sind sie noch Teil dieses Ortes. Ich kann sie dort spüren.« Sie blieb stehen und kam sich mit einem Mal dumm vor. »Vermutlich denken Sie, dass ich verrückt bin, so etwas zu sagen. Die beiden wurden vor mehr als hundert Jahren geboren, und sie sind seit vielen Jahren tot.«

»Nein«, widersprach Michael langsam. »Ich denke nicht, dass Sie verrückt sind. Vielleicht lassen wir alle einen kleinen Teil von uns an den Orten zurück, an denen wir leben.«

»Sie werden also kommen?«

»Wie könnte ich mich weigern?«, meinte er lachend. »Komm, Timmy. Wir werden ein wenig Geschichte lernen.«

Es schien töricht, mit beiden Wagen zum Haus zu fahren, deshalb stellte Callie ihren vor der Wohnung ab. Von Stuart war nichts zu sehen. »Ich werde ihn nachher anrufen«, sagte sie zu Michael, als sie auf dem Beifahrersitz seines alten Mercedes Platz nahm. »Er wird mich dann später abholen.«

»Nun, wenn Sie meinen«, sagte Michael zweifelnd. Der Ausdruck auf seinem Gesicht schien zu sagen, dass man sich nicht darauf verlassen konnte, dass Stuart berechenbar handelte.

Sie trafen Bonnie in der Küche an. »O Callie.« Sie lächelte und umarmte ihre Tochter rasch. »Und Michael. Wie nett, Sie wiederzusehen.«

Michael stellte Timmy vor. Freya kam vom Garten herein, um zu sehen, woher der Lärm rührte.

»Nun«, sagte Bonnie bei einer Tasse Tee, »Freya und ich haben endlich den Papierkram unterschrieben. Seit gestern steht das Haus offiziell zum Verkauf.«

Callie schaute auf und sah, dass ihre Mutter sie ansah, als wartete sie darauf, wie sie reagieren würde. Sie blinzelte und wandte den Blick ab. Es war unausweichlich, oder nicht? Bonnie hatte sie bereits darauf vorbereitet, Wochen zuvor, doch dass es nun tatsächlich so weit war, hatte sie überrascht. Was hatte sie gedacht? Dass Bonnie und Freya sich irgendwie durchwursteln würden, dass sie ihre Meinung änderten, oder was sonst?

»Es tut mir leid, Cal. Es geht nicht anders, Liebes.«

»Ich weiß, Mum. Es gibt hier nur so viele Erinnerungen, das ist alles. Es wird nicht dasselbe sein, dich in einem dieser neuen Stadthäuser zu besuchen.«

»Wie wäre es, wenn Sie mir das Haus zeigen?«, fragte Michael, um die Stimmung zu heben. »Ich würde es gern sehen.«

»Ich werde Sie führen.« Callie sprang auf. »Du hast doch nichts dagegen, Mum?«

»Natürlich nicht«, erwiderte Bonnie und schaute hoch zur Wanduhr. »Es ist schon recht spät. Warum bleibt ihr nicht alle zum Abendessen?«

Erfreut stimmten sie zu. Michael rief Gaby an, um sie wissen zu lassen, dass Timmy später zurückkommen würde, und sie ließen den Jungen am Tisch zurück, wo er noch ein weiteres Glas selbst gemachter Limonade trank.

Es lag eine süße Vertrautheit darin, wieder durch die Zimmer zu gehen. Den breiten Hauptkorridor herunter gab es drei große Schlafzimmer: Bonnies, Freyas und das Zimmer, das einmal Callies gewesen war. Bonnie hatte die Möbel nicht umgestellt, und jedes Mal, wenn Callie durch die Tür trat, war es, als erlebte sie eine Reise in die Vergangenheit. Alles war noch wie früher – dasselbe Federbett mit der Decke aus weißer Lochstickerei, die dazu passenden Volants und Vorhänge, die Kissen auf dem Bett, in rosafarbenen Spitzenbezügen. Ein großer Stuhl aus Rohrgeflecht und ein Puppenwagen, all das Überbleibsel einer glücklichen Kindheit.

»Sehr weiblich«, sagte Michael mit einem Lächeln, und sie versetzte ihm einen spielerischen Knuff.

»Nun, ich war noch sehr jung, als wir es so eingerichtet haben. Mum benutzt es jetzt als Gästezimmer, obwohl sie nicht oft Besuch hat.«

Michael bewunderte die hohen Decken und die Randleisten im Rosenblattmuster. »Es ist ein ganz wundervolles Haus«, sagte er, als Callie ihn durch die Küche zurück in den Wintergarten und die Hintertreppe hinunter führte. »Der Originalzustand ist gut erhalten.« Dann fügte er hinzu, als sie außer Bonnies Hörweite waren: »Aber ich verstehe sehr gut, warum Sie nicht möchten, dass sie es verkaufen. Hier lebt ein Gefühl von Geschichte. Dieser Ort erzählt davon. Die Mauern, die Möbel. Wenn man sich die Geräusche von den Autos und Rasenmähern wegdenkt, könnten wir uns leicht um fünfzig oder sechzig Jahre in der Zeit zurückversetzt fühlen.«

Callie warf ihm einen dankbaren Blick zu. Stuart mochte denken, dass sie verrückt war und sentimental wurde wegen eines alten Hauses, aber Michael verstand es.

Sie gingen den Gartenweg hinunter, vorbei an dem Maulbeerbaum, unter dessen tief hängenden Ästen sie sich ducken musste. Vorbei an den Akazien und den Grevilleen, Myrthen, Koniferen und Palmengewächsen. Ein paar Stiefmütterchen, die auf einem Flecken zusammenstanden, hatten gerade zu blühen begonnen und wandten ihre lustigen, samtartigen Gesichter den letzten Sonnenstrahlen des Tages zu. Die Schmucklilien standen in voller Blüte, ihre schweren mauvefarbenen Köpfe nickten schläfrig in der Brise. Eine Flut magentafarbener Bougainvilleen ergoss sich über den Zaun am Ende des Gartens.

»Es ist wunderschön«, sagte Michael bewundernd. »Dagegen sieht mein Rechteck mit dem ungemähten Rasen geradezu trostlos aus.«

»Den Garten haben wir meiner Ur-Urgroßmutter Elizabeth Corduke zu verdanken. Sie hat den größten Teil davon angelegt; das war noch vor dem Ersten Weltkrieg.«

»Sie hat fantastische Arbeit geleistet. Er sieht noch immer großartig aus.«

»Natürlich haben alle nachfolgenden Besitzer auch etwas hinzugefügt, aber im Grunde ist er noch immer so, wie Elizabeth ihn geplant hat.«

»Ich bin beeindruckt.«

»Damals war noch mehr freies Land um das Anwesen herum.« Callie zeigte auf das Haus nebenan, dessen Dach über eine hohe trennende Hecke hinweg gerade noch zu sehen war. »In den Ställen, die früher dort drüben waren, hat John Corduke seine Pferde gehalten, und der Einspänner stand dort. Aber mein Großvater David hat das Stück Land nach dem Ersten Weltkrieg abgeteilt und verkauft.«

Hier im Garten spürte man die angenehme Kühle des Spätnachmittags und, trotz des Windes, der durch die Baumkronen strich, die Stille. Über ihnen begann ein Vogel zu singen und durchbrach das Schweigen.

»He! Da ist noch eine!«

Plötzlich hörten sie vom Bach Timmys Stimme. Callie zog fragend die Augenbrauen hoch, als sie Michael ansah. »Was, um Himmels willen, geht denn da vor?«

Sie schauten durch die Bougainvilleen, wobei sie sich vor deren Dornen in Acht nahmen. Ein Stück vor ihnen am Bach, der sich unten am Garten entlangwand, entdeckten sie Timmy und Freya. Freya trug ein Paar alter Wellingtons, dunkle Gummistiefel, und stand in der Mitte des flachen Wasserlaufs. Timmy hüpfte aufgeregt neben ihr hin und her und untersuchte den Inhalt eines kleinen Keschers.

»Ich glaub es nicht!« Callie trat lachend zurück und hielt sich die Hand vor den Mund, damit die beiden sie nicht hörten. »Aber es sieht so aus, als hätte Timmy eine Freundin gefunden.«

Sie zogen sich unbemerkt zurück und gingen ein paar Schritte, bis Callie in der Nähe der Akazien stehen blieb. »Ich habe ein Bild von dieser Stelle hier. Habe ich Ihnen das schon gesagt?«

Michael schüttelte den Kopf.

»Hannah hat es gemalt, während des Krieges. Es scheint, dass es die Akazien hier schon immer gegeben hat, sogar damals.«

Sie hörten das Geräusch einer Tür, die geöffnet wurde, und wandten sich beide zum Haus um. Das schräg abfallende Dach und die Schornsteine waren gerade noch über dem üppigen, noch sonnenbeschienenen Grün hinweg zu sehen. Callie erkannte die Gestalt ihrer Mutter, die oben auf der Treppe stand und eine Handvoll Brot an die Papageien verteilte, die jeden Nachmittag zum Füttern kamen.

Michael streckte die Hand aus und legte sie auf ihren Arm. »Sie hatten vor kurzem etwas darüber gesagt, dass Ihre Familie noch immer ein Teil dieses Ortes ist. Jetzt weiß ich, was Sie damit gemeint haben. Dieses gediegene alte Haus, der wundervolle Garten. Hier spürt man die Geschichte. Dass man noch Jahre später weiß, wer das alles geplant hat – das ist wirklich beeindruckend.«

»Ich kann den Gedanken nicht ertragen, dass Fremde hier einziehen«, stieß Callie hervor. »Es scheint so falsch. Ich wünschte, ich hätte das Geld, dieses Haus zu kaufen.«

Michael führte sie zurück zum Haus. »Lassen Sie uns sehen, was Bonnie gerade macht«, schlug er vor und wechselte das Thema. »Vielleicht braucht sie Hilfe.«

»Wir könnten draußen kochen«, sagte Bonnie, als sie die Küche betraten, in der sie mit Töpfen und Pfannen hantierte. »Irgendwo hinten im Garten muss ein alter Grill stehen. Gott allein weiß, wann wir ihn das letzte Mal benutzt haben. Michael, meinen Sie, Sie könnten sich darum kümmern …?«

Gemeinsam wischten sie die Spinnweben vom Deckel, und Michael ölte den Rost ein, nachdem er ihn saubergekratzt hatte. Der Grill war eine altertümliche, mit Holz zu befeuernde Variante, doch Michael hatte bald mit ein bisschen Zündmaterial und einigen Scheiten von dem alten Holzhaufen ein Feuer entfacht.

Der Anblick der Flammen, die unter dem Metallrost hochschlugen, brachte einige lebhafte Erinnerungen zurück. »Als Dad noch lebte, haben wir den Grill jedes Wochenende benutzt«, sagte Callie wehmütig.

Bonnie kam den Weg herunter auf sie zu, brachte Besteck und Teller mit und setzte ihre Last mit einem dumpfen Geräusch auf dem Gartentisch ab. »Ja«, sagte sie, und Callie hörte den Widerhall derselben Traurigkeit in der Stimme ihrer Mutter. »Jetzt, da nur noch Freya und ich hier sind, benutzen wir ihn nie. Es ist einfacher, drinnen zu kochen.«

»Aber hier draußen ist es so viel schöner«, meinte Michael lächelnd.

Callies Mutter war jedoch mehr mit praktischen Überlegungen beschäftigt. »Ich müsste wissen, wie viele Steaks ich herausnehmen soll. Also, da sind Michael und Tim, Freya und ich. Callie, kommt Stuart auch noch?«

Callie zuckte die Schultern und stellte mit leisem Erschrecken fest, dass sie nicht einmal mehr an ihn gedacht hatte. Sie ging ins Haus und wählte die Nummer. Beim vierten Klingeln nahm er ab.

»Hallo, ich bin's.«

»Das dachte ich mir«, kam es knapp zurück.

»Ich bin bei meiner Mutter. Komm doch zum Abendessen her«, sagte sie. »Michael und Timmy sind auch da. Wir wollen grillen.«

Ein kurzes Schweigen herrschte am anderen Ende der Leitung. »Nein danke«, kam dann die spöttisch-höflich klingende Antwort.

»Was ist denn los?«

»Nichts. Ich fühle mich nur einfach nicht danach zu kommen, das ist alles.«

Sie wusste aus Erfahrung, dass er verärgert war. Er war einsilbig, und sein Ton war barsch. Nun gut, dachte sie mit einem Achselzucken, wenn es das ist, was er will ...

»Gut. Und bemüh dich nicht. Ich habe meinen Wagen vorhin bei der Wohnung gelassen, aber ich bin sicher, dass Michael nichts dagegen haben wird, mich zu Hause abzusetzen.«

Sie legte den Hörer mit einem Knall auf. Dann stand sie da und starrte das Telefon an. Die kurze verbale Konfrontation mit Stuart hatte bei ihr eine Mischung aus Ärger und Erleichterung zurückgelassen. Ärger darüber, wie einfach er sie abwies und dass er nicht bereit war, an einem Familienessen teilzunehmen. Und andererseits Erleichterung darüber, dass er die Einladung ausgeschlagen hatte. Er war offensichtlich schlechter Laune, und seine Anwesenheit hätte die entspannte Atmosphäre verdorben.

Stuart würde nicht kommen, und sie hatte ihn auch nicht hier haben wollen.

Diese Erkenntnis schickte winzige Wellen des Erschreckens ihren Rücken hinunter, und sie schauderte. Was geschah mit ihnen? Dieses allmähliche Auseinanderdriften, ihrer beider Versagen, sich auf einer gemeinsamen Basis zu treffen. Die Worte ihrer Freundin Jill fielen ihr ein. *Es wird nicht lange dauern. Ihr seid zu verschieden.*

Aber es war gut gewesen, am Anfang. »Gegensätze ziehen sich an«, hatte sie Jill versichert.

»Warte, bis die Lust abnimmt«, hatte Jill finster prophezeit. »Dann wirst du mit einem Knall wieder auf der Erde landen. Guter Sex ist nicht alles. Man muss am Morgen danach auch mit dem Typen reden können.«

Sie hatten gutmütig darüber gelacht, doch gelegentlich gingen Callie diese Worte durch den Kopf. Hatte Jill recht gehabt? Stand die Beziehung vor dem Ende?

Callie schob den Gedanken beiseite und ging die Hintertreppe hinunter. »Stuart kommt nicht. Er sagt, er fühlt sich nicht danach«, verkündete sie als Antwort auf die fragend hochgezogenen Augenbrauen ihrer Mutter.

»Das ist wirklich schade«, sagte Michael und nahm Bonnie das Tablett mit dem Fleisch ab. Seine Worte brachen das kurze, unbehagliche Schweigen, das entstanden war. »Wollen wir anfangen?«

Michael kümmerte sich um die Steaks, während Bonnie noch einmal in die Küche ging, um einen Salat zuzubereiten. Callie saß auf einem Stuhl in der Nähe und trank ein Glas Wein, während sie zuschaute.

»Ich fahre morgen nach Cairns«, sagte Michael und wandte sich ihr mit einem Lächeln zu. »Zu einem Fotoshooting für eine neue Kollektion Bademode. All diese braungebrannten Körper und diese Fülle weiblicher Formen«, setzte er mit einem spöttischen Seufzen hinzu.

Callie kämpfte gegen einen Anflug unerklärlicher Eifersucht an. Hör auf!, sagte eine innere Stimme und verdrängte diese erste Reaktion. Sie war dabei, zu einer Xanthippe zu werden. Michael hatte sein eigenes Leben und war in keiner Weise an sie gebunden. Er war frei zu tun, was ihm gefiel, wenn er es wollte. Außerdem ging es um seine Arbeit.

»Ein bisschen spät im Jahr für eine neue Kollektion Badekleidung«, sagte sie stattdessen und trank einen großen Schluck von ihrem Wein.

Michael schüttelte den Kopf. »Es ist für das nächste Jahr«, erwiderte er. »In der Modebranche arbeiten sie immer weit im Voraus.«

In diesem Augenblick kam Timmy vom Bach her zu ihnen gelaufen; Freya folgte ihm langsam, in der Hand ihre Gummistiefel. Der Junge trug einen Eimer mit Wasser, das besorgniserregend über den Rand schwappte. »He, Dad, sieh mal, was ich habe. Es gibt Schnecken und Kaulquappen, und den kleinsten Fisch, den du je gesehen hast!«

Pflichtbewusst schaute Michael sich den Inhalt des Eimers an und schickte seinen Sohn dann nach oben, um sich vor dem Essen zu waschen. Freya sah ihm lächelnd hinterher. »Das erinnert mich an meine Kinderzeit«, sagte sie. »Callies Vater Alex und ich haben Stunden am Wasser verbracht.«

Das Abendessen verlief ohne Zwischenfall. Nachdem der Abwasch erledigt war und Timmy entschieden müde aussah, schlug Michael vor, aufzubrechen. »Ich muss früh los zum Flughafen, und dieser Junge gehört in sein Bett«, sagte er zu Bonnie. »Danke für den Abend und die Gelegenheit, das Haus anzusehen. Es ist ein schönes altes Anwesen. Ich bin sicher, Sie werden schnell einen Käufer finden.«

Callie saß auf dem Beifahrersitz, als Michael den Wagen durch die Straßen lenkte. Tim war auf dem Rücksitz sofort eingeschlafen, den Kopf gegen ein Kissen gelehnt. Michael, geradeaus schauend und beide Hände am Steuer, lenkte das große Fahrzeug geschickt durch die Straßen.

Schließlich hielten sie vor dem Wohnblock. Callie blickte an dem Haus hinauf und sah, dass ihre Wohnung im Dunkeln lag. Also war Stuart entweder ausgegangen, oder er hatte beschlossen, früh ins Bett zu gehen.

Michael ging um den Wagen herum und öffnete ihr die Tür. Callie kam sich ein wenig linkisch vor, als sie auf dem Gehsteig stand. »Ich habe den Tag sehr genossen. Es war großartig.«

»Das finde ich auch.«

»Und danke für's Bringen. Sie haben noch einen ziemlich weiten Rückweg in die Stadt.«

»Es dauert nur eine Stunde um diese nachtschlafende Zeit.«

»Nun, dann auf Wiedersehen.«

Sie legte die Hand auf seine, eine Geste des Abschieds, doch als sie an ihm vorbeigehen wollte, hielt Michael sie am Handgelenk fest. Callie blieb stehen und wandte sich zu ihm. Sie fühlte den Druck seiner Hand auf ihrer.

»Callie?«, sagte er mit leiser Stimme.

»Ja?«

Verwirrt hob sie das Gesicht zu ihm hoch. Plötzlich, in diesem unerwarteten Augenblick, neigte er sich zu ihr hinunter und streifte ihren Mund mit seinem. Warme Lippen streichelten ihre, eine kurze Berührung nur. Sie war zu überrascht, um sich zu bewegen, und es war vorbei, ehe sie es richtig registriert hatte.

Er trat zurück und sah sie lange an, bevor er ihren Arm losließ und zur Fahrerseite des Wagens ging. An der offenen Tür blieb er stehen und schaute Callie noch einmal an. »Ich werde die ganze Woche in Cairns sein, und ich habe Tim versprochen, am nächsten Wochenende mit ihm in den Zoo zu gehen. Wollen Sie mitkommen? Das würde für Sie eine Fahrt in die Stadt bedeuten.«

»Das klingt großartig. Ich werde sehen, was Stuart vorhat, und Ihnen dann Bescheid geben.«

»Rufen Sie mich an«, sagte er und zog den Kopf ein beim Einsteigen.

Der Motor kam auf Touren, als Michael den Blinker setzte und der Mercedes die Straße hinunterfuhr, das Licht der Scheinwerfer streifte die Bäume, die die Straße säumten. Mit klopfendem Herzen wandte Callie sich ab. Wie blind ging sie zur Treppe und zu ihrer Eingangstür. Während sie noch dabei war, den Schlüssel in das Schloss zu stecken, wurde die Tür mit einem Ruck aufgerissen. Stuart stand vor ihr, schweigend und mit versteinertem Gesicht.

»Was geht da vor, Callie?«, fragte er schließlich.

»Was meinst du?«

»Er hat dich geküsst. Ich habe es gesehen.«

»Er ist nur ein Freund, um Himmels willen. Es war nur ein Gutenachtkuss. Mehr nicht.« Sie wandte sich zum Schlafzimmer, blieb jedoch abrupt stehen und drehte sich zu ihm um. »Du hast mich beobachtet«, sagte sie ungläubig.

Stuart zuckte die Schultern. »Mir scheint, du verbringst ziemlich viel Zeit mit deinem neuen *Freund*«, entgegnete er. »Vielleicht willst du mich nicht mehr hierhaben.«

Er sah traurig aus, wie ein verlorener kleiner Junge. Callie legte die Arme um ihn. »O Stu«, flüsterte sie und strich über sein Haar. »Du musst auf Michael nicht eifersüchtig sein. Wir teilen das Interesse an der Vergangenheit, das ist alles.«

Stuart versteifte sich und zog sich von ihr zurück, den Mund zusammengepresst zu einer festen Linie. *»Eifersüchtig?«*, wiederholte er. »Du denkst, ich bin *eifersüchtig* auf diesen schleimigen Fotografen aus der Stadt? Du machst wohl Witze!«

Und damit stürmte er ins Bett.

Callie bereitete sich eine Tasse Kaffee zu und setzte sich an den Tisch, um die heiße Flüssigkeit zu trinken. Trotz seines eiligen und hitzigen Leugnens war leicht zu sehen, dass Stuart eifersüchtig war – auch wenn er keinen Grund dazu hatte, sagte sie sich rasch. Da war nichts zwischen ihr und Michael, abgesehen von einem flüchtigen Gutenachtkuss, der ihr Herz seltsamerweise hatte schneller schlagen lassen. Sei nicht dumm, rügte sie sich im Stillen. Ein Mann wie Michael, groß, gut aussehend, unterwegs zu aufregenden Aufträgen an exotischen Orten, umgeben von bikinitragenden Models, hatte sicherlich einen ganzen Schwarm von schönen und willigen Freundinnen um sich herum.

Der Rest des Kaffees war kalt geworden. Niedergeschlagen goss sie ihn ins Spülbecken und ging auf Zehenspitzen ins Schlafzimmer. Stuart lag auf der Seite und nahm den größten Teil des Bettes ein. Sie dachte daran, neben ihn zu schlüpfen, doch als sie auf den winzigen Platz schaute, der auf ihrer Seite des Bettes zur Verfügung stand, hatte sie plötzlich das Gefühl, seine Haut nicht berühren zu können. Es würde Übelkeit erregende Gefühle in ihr auslösen.

Stattdessen ging sie ins Arbeitszimmer und schloss leise die Tür. Sie arbeitete bis drei Uhr morgens und feilte an der Handlung des Romans. Als sie den blinkenden Cursor vor Müdigkeit kaum noch erkennen konnte, nahm sie eine Decke und Kissen aus dem Schrank, rollte sich auf dem Sofa zusammen und schlief ein.

KAPITEL 19

Michael kippte den Inhalt der Plastiktasche auf die Küchentheke. Vor Wochen schon hatte er einige sehr interessante Dinge bei seiner Schwester Anne mitgenommen, die sie besucht hatten, doch erst jetzt kam er dazu, sie sich anzusehen.

Timmy hatte vor kurzem angerufen, weil er die nötigen Informationen für sein Ahnenforschungsprojekt brauchte. Viel gibt es nicht, dachte Michael und verzog das Gesicht, als er den Stapel durchsah. Eine Reihe von Zeitungsausschnitten, die in ein Album eingeklebt waren, einige handgeschriebene Erinnerungen, festgehalten von seinem Vater, offizielle Dokumente. Spärlich und wenig aufregend. All das war nicht mit den unerwarteten Schätzen zu vergleichen, die in Hannahs Koffer verborgen gewesen waren.

Die Erinnerung an Hannah ließ ihn an Callie denken und an den geplanten Ausflug in den Zoo. Sie hatte nicht angerufen, wie sie es versprochen hatte, und er hasste es, den ersten Schritt zu machen. Lass es, warnte ihn seine innere Stimme. Lass dich nicht zu sehr darauf ein. Sie lebte in einer langjährigen Beziehung mit einem anderen Mann, und er hatte nicht das Recht, über ihre Zeit zu verfügen.

Dazu entschlossen, sie aus seinen Gedanken zu verbannen, richtete Michael seine Aufmerksamkeit wieder auf den Inhalt der Tasche. Beim Durchblättern des Albums stieß er auf einige Todesanzeigen, die interessante Daten lieferten. Die Erinnerungen seines Vaters, die er vor einigen Jahren zum ersten Mal gelesen hatte, vermittelten eine skizzenhafte Schilderung seines Lebens, wie dessen Kindheit und Jugend in Brisbane während der Zeit der Depression und seine Teilnahme am Krieg, der darauf folgte.

Wir sollen vier Generationen weit zurückgehen, Dad.

Timmy benötigte hauptsächlich Daten und Informationen über Michaels Großeltern. Die Eltern seines Vaters waren gestorben, als er noch sehr jung gewesen war. Ihre Namen, ein vages Detail in der Tiefe seiner Erinnerung, würden sicher auf der Geburtsurkunde seines Vaters stehen.

Irgendwo muss sie sein, dachte Michael und suchte ungeduldig in den übrigen Unterlagen nach der Urkunde. Er fand sie fast am Ende des Stapels. Sie war mehrere Male zusammengefaltet, das Papier war dünn und an den Rändern eingerissen. Behutsam glättete er sie auf dem Tisch, ehe er sich die wichtigen Informationen notierte. Im Geiste machte er sich eine Notiz, die Urkunde demnächst laminieren zu lassen, um dem weiteren Zerfall vorzubeugen.

Die Namen seiner Großeltern waren darauf angegeben – James und Cecilia Paterson –, ebenso ihr jeweiliges Alter und die Geburtsorte sowie James' Beruf. Des Weiteren das Geburtsdatum seines Vaters, der Name des Arztes, der die Geburt bezeugte, und das Datum des Eintrags in das Geburtenregister.

Stirnrunzelnd hielt Michael das Dokument näher ans Licht. Seltsam, dachte er, dass die Geburt seines Vaters mehr als achtzehn Monate danach eingetragen worden war, nämlich erst am 5. Oktober 1918. Er zuckte die Schultern. Diese Tatsache war sicher ohne Bedeutung. Vermutlich würde er eine plausible Erklärung dafür bekommen, wäre einer der Beteiligten noch am Leben. Wenigstens hatte er jetzt ein paar Daten und Informationen für Timmy. Er würde sie an ihn weitergeben, wenn er ihn am Sonntagmorgen für den Besuch im Zoo abholte.

Callie! Er dachte wieder an den geplanten Ausflug, und ohne es zu bemerken, war er wieder zum Anfang seiner Überlegungen zurückgekehrt. Warum hatte sie sich nicht gemeldet? Die Aussicht, sie an diesem Wochenende nicht zu sehen, bedrückte ihn. Er schaute zum Telefon, das an der Wand über der Küchenanrichte hing. Ruf an!, forderte er stumm. Ruf an und sag mir, dass du kommen wirst.

Aber der verflixte Apparat blieb stumm.

Michael hob den Hörer ab und horchte einige Sekunden auf das Tuten, ehe er ihn nachdenklich wieder auflegte. Wenigstens war das Ding nicht kaputt.

»Verdammt«, knurrte er und schob die Papiere zurück in die Tasche.

Niedergeschlagen ging er zum Kühlschrank, nahm ein kaltes Bier heraus und setzte sich dann mit Bess, der Labradorhündin, auf die hintere Veranda. »Hallo, mein Mädchen«, sagte er und tätschelte ihr die Ohren, als sie näher kam und sich dann zu seinen Füßen niederließ.

In den ersten Jahren, als sein Sohn noch klein gewesen war, war der Hund Timmys ständiger Begleiter gewesen und hatte sich kaum einmal von der Seite des Jungen entfernt. Nach der Trennung war Gaby in eine andere Wohnung gezogen, und aufgrund der Gegebenheiten war der Hund bei Michael geblieben. Damals hatte er es als Ironie des Schicksals gesehen. Gaby hatte seinen Sohn. Er hatte den Hund. Eine etwas ungleiche Aufteilung.

Über das Zirpen der Grillen hinweg tönte die Kakofonie des Stadtlärms: das gedämpfte Rauschen des Verkehrs, gelegentlich eine Sirene, das wiederholte Hupen einer Autohupe, das unangenehm nah war. Störende Geräusche, die an seinen Sinnen zerrten. Für einen kurzen Augenblick fühlte er sich innerlich wie zerrissen, fehl am Platze. Als gehörte er nicht hierher.

»Das ist verrückt«, sagte er zu seinem Hund. »Miete zu zahlen für dieses alte Haus. Es ist an der Zeit, dass wir uns irgendwo niederlassen und ein eigenes Haus kaufen. Was meinst du, Bess?«

Sanft kraulte er der Hündin die Ohren, und ihre Rute klopfte zustimmend auf die Bodenbretter der Veranda.

Zum zweiten Mal binnen eines Monats war Stuart an einem Wochenende beruflich unterwegs. Erst am Donnerstag hatte er Callie über die bevorstehende Geschäftsreise informiert. Callie vermutete, dass er sie so für das hatte bestrafen wollen, was ein unschuldiger, unverbindlicher Kuss gewesen war.

»Ich werde am späten Sonntagabend zurück sein«, verabschiedete er sich. »Rechne also nicht zum Abendessen mit mir.«

Das Wochenende lag verlockend vor ihr. Nach mehreren Tagen frostigen Schweigens wird es eine Erleichterung sein, die Wohnung für mich allein zu haben, dachte Callie, als sie Stuart am Freitagnachmittag fortgehen sah.

In den vergangenen Tagen war sie in Gedanken einige Male die Szene mit Michael auf dem Gehsteig durchgegangen. Deutlich erinnerte sie sich an den festen Druck seiner Hand um ihr Handgelenk, wie er sie eng an seine Brust gezogen hatte, die Art, wie seine Lippen ihren Mund berührt hatten.

Es bedeutete nichts, davon war sie überzeugt. Es war nur eine freundschaftliche Geste gewesen, seine Art, ihr für einen schönen Tag zu danken. Also warum konnte sie nicht aufhören, daran zu denken? Weshalb kamen ihr diese Bilder wieder und wieder in den Sinn, warum wiederholte sie in ihrer Erinnerung jedes kleine Wort und jede kleine Geste?

Da Stuart so abweisend reagiert hatte, hatte Callie die Einladung, Michael und Timmy am Sonntag in den Zoo zu begleiten, ihm gegenüber nicht erwähnt. Rufen Sie mich an, hatte Michael gesagt. Doch sie hatte es nicht getan, hatte den sprichwörtlichen Karren nicht noch weiter in den Dreck fahren wollen. Und obwohl sie jetzt frei war, den Sonntag so zu verbringen, wie sie es wollte, zögerte sie, sich bei ihm zu melden.

Tu's nicht, sagte eine innere Stimme. Diese Freundschaft wird deine Beziehung zu Stuart stark beeinflussen. So wie jetzt konnte es nicht weitergehen. Vielleicht war es das Beste, die Leinen jetzt zu durchtrennen, ehe sie sich zu sehr darin verstrickte. Sie sollte ihn bitten, ihr das Tagebuch zurückzugeben, und sich von diesem Mann fernhalten, der seltsame Reaktionen in ihr hervorrief, der sie auf den Mund küsste und der ihr Herz schneller schlagen ließ. Und der sie Stuart gegenüber in die Lage brachte, sich rechtfertigen zu müssen.

»Nein«, sagte sie entschlossen und bedachte das Telefon mit einem wütenden Blick. Sie würde nicht in Versuchung geraten, ihn anzurufen, wie sehr sie den Tag mit ihm auch genießen würde.

»Also gut«, sagte sie laut, weil die Stille in der Wohnung plötzlich an ihren Nerven zerrte. »Was fange ich stattdessen an?«

Zwei ganze Tage, um sich allein zu amüsieren, ohne auf jemanden Rücksicht nehmen zu müssen. Zwei Tage, um sich die Musik anzuhören, die sie mochte, alte Briefe zu lesen oder einfach nichts zu machen, wenn sie es so wollte. Zwei Tage. Achtundvierzig Stunden. Sie war entschlossen, diese Zeit nicht ungenutzt verstreichen zu lassen.

Sie füllte eine Mischung aus beruhigenden Ölen in die Schale ihres Aromalichtes, legte ihre Lieblings-CDs in den Player, nahm eine Flasche kalten Chablis aus dem Kühlschrank und bereitete sich in der Pfanne ein Hühnchengericht zu.

Gegen acht Uhr klingelte das Telefon. Callies Hand schwebte über dem Hörer, während sie überlegte, ob sie den Anruf entgegennehmen sollte oder nicht. Ihr gesunder Menschenverstand siegte. Es könnte Stuart sein – obwohl sie es nicht für wahrscheinlich hielt –, der ihr mitteilen wollte, dass er gut angekommen war.

Es war Bonnie.

»Hallo, Mum. Was gibt's?«

Ihre Mutter klang müde. »Nicht viel. Es waren ein paar Leute da, die sich das Haus angesehen haben. Freya ist schon schlafen gegangen. Sie hat diese Woche viel im Garten gearbeitet, und jetzt macht sich ihre Arthritis bemerkbar. Was ist mit dir?«

»Ich bin dieses Wochenende Junggesellin. Stuart ist geschäftlich unterwegs.«

»Schon wieder?«

Ein leicht ungläubiger Ton lag in der Stimme ihrer Mutter.

»Das macht mir nichts aus«, versicherte Callie ihr. »So habe ich wenigstens die Möglichkeit, ein paar Dinge nachzuholen.«

»Und das wäre?«

»Du weißt schon, Hausarbeit, Freunde besuchen. Michael und Timmy gehen in den Zoo, und er hat mich eingeladen, sie zu begleiten.«

Sie hätte sich selbst ohrfeigen können. Warum hatte sie den Ausflug erwähnt? Und warum ausgerechnet vor ihrer Mutter?

»Wirst du mitgehen?«

»Nein.«

»Warum nicht?«

»Mum! Du bist ja schlimmer als die spanische Inquisition!«

»Tut mir leid. Ich mach mir nur Sorgen um dich, das ist alles.«

Ihre Mutter machte sich Sorgen? Sie und Freya waren doch diejenigen, die sich einer großen Umstellung in ihrem Leben gegenübersahen. »Es geht mir gut, wirklich. Aber du hörst dich müde an«, fügte sie hinzu und wechselte damit geschickt das Thema. »Warum gehst du nicht auch früh zu Bett?«

»Das könnte ich machen«, stimmte ihre Mutter zu.

Sie tauschten noch einen Gutenachtgruß, dann legte Bonnie auf. Callie schenkte sich noch ein Glas Wein ein, wechselte den Stapel CDs und legte alte Songs von Bob Dylan auf, den Stuart verabscheute.

Sie kuschelte sich in einen der Lehnsessel aus Leder und schloss die Augen. Dylans raue Stimme schwebte zu ihr, drang in ihr Bewusstsein.

Hey, Mr. Tambourine Man, play a song for me.

Worte, die keinen Sinn für sie machten.

In that jingle jangle morning I'll come following you.

Durcheinandergeworfene Sätze und psychedelische Bilder, verbunden durch Musik. Ihre Erinnerungen trugen sie zurück, in die Kindheit und die Freiheit, keine Entscheidungen treffen zu müssen.

Als sie steif und verkrampft aufwachte, hatte der sich CD-Player ausgestellt. Die Wein war ausgetrunken, also löschte sie müde das Licht und ging ins Bett.

Am Samstagmorgen putzte Callie die Wohnung. Sie stieß die breite Balkontür auf und ließ die warme Brise herein, während sie saugte und Staub wischte und polierte. Zwischendurch lief sie die Treppe hinauf und hinunter, innerlich fluchend über jede Stufe, um die Wäsche aufzuhängen. Später, als alle Flächen glänzten und die Wäsche noch trocknete, packte sie Hut, Handtuch und Sonnencreme ein und stieg in ihren Suzuki. Sie fuhr den Hügel hinunter in den Ort und parkte den Wagen unter einer der Schatten spendenden Pinien, die die Strandpromenade säumten.

Viele Menschen waren am Strand, wie meist in den letzten Wochen vor Weihnachten. Das Wasser war im ersten Moment so kalt, dass es ihr fast den Atem raubte. Während Callie mit langen, gleichmäßigen Zügen hinausschwamm, glitten einige Kinder auf ihren Bodyboards vorbei, und ein paar verfehlten sie nur knapp.

Es war herrlich hier draußen. Die Sonne strahlte von dem blauen Himmel herunter, und kaum eine Wolke war zu sehen. Callie schaute zurück zum Strand, der mit bunten Schirmen übersät war, und stellte beruhigt fest, dass sie sich noch zwischen zwei Fahnen der Küstenwache befand. Sie drehte sich auf den Rücken und schaute zum Himmel hoch. Ihr war, als würde sie in die Unendlichkeit gezogen, in dieses endlose Blau, nur unterbrochen vom verschwommenen Umriss einer weißen Möwe, die über ihr schwebte.

Wellen kamen und gingen, Fetzen von Meerschaum und Blasen, die sich am Strand auflösten. Callie wurde von der Dünung auf und ab getragen, und ihr war zumute, als würde sie davongetragen werden. Schließlich watete sie aus dem Wasser, ging zu ihrem Handtuch, trocknete sich ab und machte sich auf den Weg zum Wagen.

Ihr Weg führte sie am Pavillon der Rettungsschwimmer und an dem kleinen Kiosk vorbei, an dem man Pasteten, Getränke und Eis kaufen konnte. Als sie an der Reihe der öffentlichen Telefonzellen vorbeischlenderte, kam ihr spontan die Idee, Jill anzurufen.

»Hallo, ich bin's. Hast du für heute Abend schon irgendetwas vor?«

Jill hatte vor kurzem ihre neueste Romanze beendet und war, nach ihren eigenen Worten, »frei und ungebunden wie ein Vogel«.

»Machst du Witze? Heute Abend gibt es nur mich und den Fernseher. Ich komme langsam zu der Überzeugung, dass die Lobhudeleien über das Single-Dasein nicht viel taugen.«

Callie grinste. Obwohl sie sich einiges vorgenommen hatte, streckte sich der Abend nicht besonders vielversprechend vor ihr aus. »Hast du Lust vorbeizukommen? Wir bestellen uns was zu essen und sehen uns ein Video an.«

»Klingt toll.«

»Gut. Ich hol dich in zehn Minuten ab.«

Jill wartete auf dem Gehweg und tippte ungeduldig mit dem Fuß auf den Boden. »Das wurde aber auch Zeit«, scherzte sie, als sie sich auf den Beifahrersitz des Suzuki setzte und ihre Tasche aus Raffiabast vor sich auf den Boden stellte. »Schon drei klasse Typen haben angehalten und mich gefragt, ob sie mich irgendwohin mitnehmen können.«

»Das wünschst du dir wohl«, grinste Callie gutmütig.

Auf der Fahrt zur Wohnung plauderten sie miteinander über die Geschehnisse der letzten Woche. Callie berichtete der Freundin, dass Bonnie und Freya das Haus in der Brunswick Street jetzt zum Verkauf angeboten hatten, und erzählte von Michaels und Timmys Besuch, wobei sie Michaels Kuss und Stuarts Reaktion darauf verschwieg.

»Scheint, als würdest du diesen Typen ziemlich mögen«, bemerkte Jill, als sie geendet hatte.

»Ja«, stimmte Callie zu. »Er ist nett. Ein Fotograf, habe ich das schon gesagt?«

»Zweimal.«

»Du meine Güte.« Callie lachte und lenkte in die Parkbucht vor dem Block mit den Wohnungen ein. »Sag mir, wenn es dich zu langweilen anfängt.«

Oscar kam laut miauend an die Wohnungstür, um Callie zu begrüßen. »Wo ist Stuart?«, fragte Jill. Sie hatte die Katze hochgenommen und trug sie mit ins Wohnzimmer.

Callie schob die Glastür auf, die auf den Balkon führte, und hängte ihr nasses Handtuch über das Geländer. »Weg übers Wochenende«, rief sie über die Schulter. »Eine Konferenz. Hat mit der Arbeit zu tun.«

Jill kam an die offene Tür, die Hände in den Taschen, und sah Callie an. »Was denn, schon wieder?«

Derselbe ungläubige Tonfall, dachte Callie. Jill fing an, sich wie Bonnie anzuhören.

Nur ruhig bleiben. »Ja, *schon wieder*.«

»Warum bist du nicht mit ihm gefahren?«

»Ich wurde nicht gefragt.« Callie ging in die Küche und nahm eine Flasche Wein aus dem Kühlschrank. »Was zu trinken?«

»Ja, bitte.« Jill holte zwei Gläser aus dem Schrank, während Callie den Korken aus der Flasche zog, der schließlich mit einem lauten Plopp herauskam.

»Ist zwischen euch alles in Ordnung?«, wollte Jill wissen, während sie einen Schluck Wein trank.

»Natürlich ist alles in Ordnung. Was soll diese Frage? Du hörst dich schon fast wie meine Mutter an.«

»Und du glaubst nicht«, beharrte Jill, »dass an diesen Wochenenden, an denen er unterwegs ist, mehr ist, als es den Anschein hat?«

»Sei nicht dumm!«, schnappte Callie, die sich über diese Äußerung ärgerte.

»Okay.« Jill zuckte mit den Schultern. »Lassen wir es dabei. Ich bin nicht hergekommen, um über Stuart zu reden.«

»Ich auch nicht.«

Sie standen sich gegenüber und wussten nicht, was sie als Nächstes sagen sollten. Der Besuch lief irgendwie schief. Ihre Freundin hatte Stuart nie gemocht, so viel wusste Callie. Doch Jill hatte sich nie zwischen sie gestellt, bis jetzt. Mit größter Anstrengung lächelte sie und sagte: »Wie wär's, wenn wir was essen? Ich sterbe vor Hunger.«

Sie hatte das Mittagessen ausgelassen, und durch das Schwimmen war ihr Appetit noch größer geworden. Sie bestellten etwas Italienisches: Ricotta-Ravioli für Jill, Tortellini und einen großen gemischten Salat, den sie sich teilen wollten. Callie nahm noch eine Flasche Wein aus dem Kühlschrank.

Jill, die gerade erst ihr erstes Glas ausgetrunken hatte, sah Callie erstaunt an, da sie schon zwei getrunken hatte. »Übertreibst du es nicht ein bisschen, Cal, altes Mädchen?«

»Wieso?« Callie zuckte die Schultern.

Der Wein ließ sie sich besser fühlen und verdrängte die Ereignisse der letzten Woche. Stuarts frostiges Schweigen. Das Missverständnis wegen dieses gottverdammten Kusses.

Der Lieferjunge war, nach Jills Worten, zum Totumfallen süß, aber ein bisschen zu jung. Sie lachten darüber, während sie sich durch den Salat aßen, die schwarzen Oliven und den gewürfelten Feta-Käse.

»Was hast du morgen Abend vor?«, fragte Jill, die gerade eine ihrer gefüllten Teigtaschen aufspießte.

Callie zuckte die Schultern. »Ich habe mich noch nicht entschieden. Michael hat mich gebeten, ihn und Timmy in den Zoo zu begleiten.«

Sie hatte es schon wieder getan. Warum? Wartete sie darauf, dass Jill ihr die Zustimmung für diesen Ausflug gab? Sie hatte doch bereits beschlossen, Michaels Einladung zu ignorieren, oder nicht?

»Und?«

»Ich werde nicht hingehen. Definitiv. Endgültig. Ende der Geschichte.«

»Callie, immer ganz die Schriftstellerin«, meinte Jill lachend. »Langsam fängst du an, wie das Wörterbuch zu klingen, in das du immer deine Nase steckst.« Sie legte die Gabel beiseite, stützte ihre Ellbogen auf den Tisch und legte die Hände unter das Kinn. »Was hält dich davon ab?«

»Stuart.«

»Aber er ist nicht da. Und wenn die Katze aus dem Haus ist …«

»Wenn es doch nur so einfach wäre.« Callie seufzte.

»Also ist doch etwas *nicht* in Ordnung?«

»Okay, okay«, gab Callie zu und hob abwehrend die Hände. Jill und sie waren schon zu lange Freundinnen, um ihre wahren Gefühle voreinander verbergen zu können. »Stuart ist so eifersüchtig. Nicht nur auf die Zeit, die ich mit Michael verbringe, sondern auch auf die Briefe, auf das Tagebuch. Er versteht nicht, warum ich mich so sehr dafür interessiere.«

»Und weshalb lässt du zu, dass seine Eifersucht dein Leben beherrscht? Für sein Glück willst du Zugeständnisse an dein eigenes machen?«

»Ich weiß ja, dass du Stuart nicht leiden kannst. Tut mir leid, aber ich kann nicht anders. Und ich werde mich nicht für den Mann entschuldigen, den ich mir ausgesucht habe, um mein Leben mit ihm zu verbringen.«

»Welches Leben?«, warf Jill ein. »Kannst du mir ehrlich sagen, dass du glücklich bist?«

»Ich muss mein Leben anderen gegenüber nicht rechtfertigen«, protestierte Callie hitzig. »Es ist mein Leben, nicht das irgendeines anderen Menschen. Kannst du es nicht dabei belassen?«

»Na schön, mach, was du willst. Aber mich kannst du nicht täuschen.«

Schweigend beendeten sie ihre Mahlzeit und wuschen dann ab. Callie holte das Video, einen alten Cary-Grant-Film, der sie abwechselnd zum Lachen und zum Weinen brachte. Am Ende fühlte sie sich so großmütig Jill gegenüber, dass sie ihr glücklich vergeben und ihre frühere Unstimmigkeit vergessen konnte.

Jill hatte nach einem Taxi telefoniert, und die beiden Frauen warteten auf dem Balkon auf den Wagen. Die Luft hatte sich leicht abgekühlt, und die Sterne blinkten von dem dunklen Himmel zu ihnen herunter.

»Wirst du anrufen?«, fragte Jill und küsste Callie leicht auf die Wange, als das Taxi um die Kurve kam und der Fahrer hupte.

»Nein.«

»Um Himmels willen! Du tust doch nichts, was moralisch verwerflich wäre. Schließlich hast du doch nicht vor, eine Affäre mit diesem Mann anzufangen, oder?«

»Natürlich nicht«, erwiderte Callie scharf und trat schockiert einen Schritt zurück. Schützend verschränkte sie die Arme vor der Brust.

Jill lachte. »Ich habe auch nicht gedacht, dass du es vorhättest. Gute alte Cal.«

Der Taxifahrer hupte wieder. »Ich muss gehen«, sagte sie und hauchte Callie einen Kuss zu. »Sei brav. Und ruf ihn an. Was kann es schaden?«

Ja, was kann es eigentlich schaden?, überlegte Callie, während sie sich die Zähne putzte und sich zum Schlafengehen fertig machte. Der Wein hatte sie angeregt und mutig gemacht. Sie schaute auf die Uhr auf ihrem Nachttisch. Für einen Samstagabend war es noch nicht spät. Zehn Uhr. Wahrscheinlich war Michael ohnehin nicht zu Hause. Irgendeine heiße Verabredung, ohne Zweifel. Männliche Singles verbrachten die Samstagsnächte nicht allein.

Entschlossen nahm sie den Hörer ab und wählte seine Nummer. »Falls Sie und Timmy noch vorhaben, morgen in den Zoo zu gehen, würde ich gern mitkommen«, stieß sie hervor, als er sich meldete. Sie sagte es rasch, damit die Unbekümmertheit nicht von der Vernunft verdrängt wurde.

Sie warteten am Haupteingang, als Callie eintraf: Timmy in Shorts, T-Shirt und Turnschuhen, Michael in ausgewaschenen Jeans, leichten Slippern und einem blassen Baumwollhemd, das am Hals offenstand und ein wenig von den dunklen Haaren auf seiner Brust sehen ließ. Die Hände in den Taschen, lächelte er sie breit an. Er sah, wie Jill es ausgedrückt hätte, umwerfend gut aus.

»Hallo«, sagte er und küsste sie kurz auf die Wange.

»Hallo«, echote Timmy, der hinter ihm stehen geblieben war und plötzlich schüchtern wirkte. »Ich bin froh, dass Sie gekommen sind.«

»Das bin ich auch«, erwiderte Callie.

Sie hatte vergangene Nacht stundenlang wach gelegen und bezweifelt, ob sie klug gehandelt hatte. Was, wenn Stuart früher nach Hause kam und merkte, dass sie ausgegangen war? Was, wenn ihre Abwesenheit eine neue Runde von Streitereien auslöste? Sie konnte nicht noch mehr davon ertragen. Es würde einfacher sein, ihre Freundschaft mit Michael zu beenden und das Spiel auf Stuarts Art zu spielen.

Michael bezahlte die Eintrittsgebühr, und Timmy lief voraus. »Die Elefanten sind da drüben«, rief er und folgte dem ausgeschilderten Weg.

»Nun«, bemerkte Michael mit einem Grinsen, als sie Timmy folgten. »Wie es aussieht, ist das der Weg zu den Dickhäutern.«

Es war drückend, und eine dampfende Hitze stieg in Wellen vom Boden auf. Nach einer Stunde war Callie erschöpft. Michael führte sie und Timmy zur Cafeteria, wo er kalte Getränke kommen ließ. Timmy hatte einen seiner Schulfreunde getroffen und war davongerannt, um sich die Vögel anzusehen.

Michael streckte seine langen Beine unter dem Tisch aus und lehnte sich auf dem Stuhl zurück. »Wie geht es mit dem Buch voran?«

»Gut. Es ist das, was man eine Novelle nennt, eher kurz also, und ich denke, dass ich in ein paar Wochen damit fertig sein werde.«

»Haben Sie schon irgendwelche Ideen für das nächste Buch?«

»Immer schön langsam! Ich habe dieses bis jetzt noch nicht von meiner Liste gestrichen«, erwiderte sie lachend.

»Ich habe nur gefragt.«

»Genau genommen habe ich noch niemandem etwas verraten, selbst meinem Agenten nicht, aber ein paar Ideen gehen mir schon im Kopf herum.«

Das war Michaels Stichwort, weiter nachzubohren, und er hatte Erfolg. »Welche denn?«, fragte er, beugte sich vor und stützte das Kinn auf seine Hand.

»Nun«, begann Callie zögernd. »Ich denke an etwas, das auf diesen Briefen und dem Tagebuch basiert. Hannahs und Bens Geschichte.«

»Klingt gut.«

»Ich wollte mit Ihnen darüber sprechen und fragen, was Sie von der Idee halten.«

»Es ist Ihre Familie«, erwiderte er, und ein fragender Ausdruck lag auf seinem Gesicht. »Es hat ja nichts mit mir zu tun.«

Wie konnte sie es ihm erklären? Er war so eingebunden in all dies, ein verbindendes Element. Ohne seine Zustimmung würde es sich anfühlen, als wäre es nicht richtig.

»Stimmt. Aber irgendwie scheinen Sie doch ein Teil davon zu sein. Auf gewisse Weise haben Sie das alles in Gang gesetzt.«

»Das ist okay. Geben Sie ruhig mir die Schuld.« Seine Mundwinkel zogen sich nach oben, gefangen irgendwo zwischen spöttischer Entrüstung und einem Lächeln.

Sie lachte. »Hätten Sie das Hufeisen nicht zurückgebracht, dann wäre meine Neugier auf Hannah nicht erwacht. Vermutlich hätte ich nicht einmal in diesen Koffer geschaut. Deshalb halte ich Sie für teilweise verantwortlich, und deswegen brauche ich Ihren Segen für dieses Projekt.«

Michael zuckte die Schultern. »Für mich ist das okay.«

»Gut. Ich habe eine grobe Skizze gemacht, nur ein paar Seiten. Sie könnten vielleicht einen Blick darauf werfen, wenn Sie das nächste Mal in der Gegend sind.«

Warum hatte sie das gesagt? Es bestand keine Möglichkeit, ihn wieder zu sich nach Hause einzuladen, nicht so, wie die Dinge im Augenblick standen.

»Das würde ich gern tun.«

Verwirrt von ihren eigenen Überlegungen wandte Callie den Blick ab. Ein bedrückendes Schweigen breitete sich zwischen ihnen aus. Sie brauchte Worte, um sie zu füllen, diese wachsende Leere. »Die Konzepte, die hinter dem Ersten Weltkrieg steckten, waren recht faszinierend, wenn man genau darüber nachdenkt«, sagte sie und sprach den ersten Gedanken aus, der ihr in den Sinn kam. »Tausende von australischen Männern geben ihr Leben für ein Land hin, das die meisten von ihnen nie gesehen hatten. Das würde heute nicht mehr geschehen. Wir sind zu selbstsüchtig geworden.«

Michael runzelte die Stirn. »Das ist eine ziemlich zynische Betrachtungsweise.«

»Vielleicht. Würden Sie Ihr Leben für ein Land geben, an das Sie keinerlei Bindung haben?«

»Wahrscheinlich nicht«, meinte er lachend. »Aber vergessen Sie nicht, viele dieser Soldaten hatten englische Eltern oder Großeltern, und es gab ein starkes Gefühl von Loyalität gegenüber dem Ort, an dem ihre Vorfahren geboren waren. Heutzutage sind wir so viel weiter voneinander entfernt. Das Gerede über den Republikanismus, das völlige Wegbrechen. Dann wieder spaltet sich die ganze Nation wegen dieser Frage.«

Callie fühlte sich entspannt und erwärmte sich immer mehr für dieses Thema. »Ich habe einige Bücher aus der Bibliothek entliehen; sie sind interessant zu lesen. Wussten Sie, dass der Premierminister im Parlament einen Gesetzentwurf eingebracht hat, mit dem er Ferntrauungen zulassen wollte? Es war seine Reaktion darauf, dass während des Ersten Weltkrieges so viele Frauen schwanger gewesen sind, nachdem ihre Männer und Freunde fort waren.«

»Und was bedeutet das?«

»Das bedeutet, dass bei der Eheschließung nur die Braut anwesend ist und dass das schriftliche Einverständnis des Bräutigams vorliegt. Aber die Kirchen waren gegen diesen Gesetzentwurf. Ihre Kirchenoberen führten als Argument an, dass dies zu Sex vor der Ehe ermuntern würde, und deshalb wurde dieser Entwurf abgewiesen.«

»Vermutlich hat der Krieg einige seltsame Ideen hervorgebracht.«

»Es war eine so intensive Zeit, nicht nur für die Soldaten in Übersee, sondern auch für die, die zu Hause zurückblieben. Die Ungewissheit des Krieges, das Nicht-Wissen. Für die Menschen zählte jede Minute, jeder Tag. Der Krieg hat das ganze Lebenssystem hier durcheinandergebracht. Die Frauen waren gezwungen, in Männerberufen zu arbeiten. Familien wurden auseinandergerissen.«

In diesem Augenblick kam Timmy zu ihnen gelaufen, und seine Augen glänzten vor Aufregung. »Dad, komm mit, und sieh dir die Tiger an! Sie sind so groß, riesig!«

»Kommen Sie mit?« Michael stand auf, und lächelnd streckte er Callie die Hand hin, um ihr aufzuhelfen.

Der Tag ging schnell vorbei. »Kommen Sie, und essen Sie mit uns«, bot Michael an, als sie zurück zu den Autos gingen. »Ich habe Tim versprochen, dass wir etwas essen gehen, bevor Gaby ihn abholt.«

Für einen Moment zauderte Callie, fühlte sich gefangen zwischen der Möglichkeit, Stuart könnte früher zurückkehren, und dem Wunsch, dieser Tag möge nicht enden. Als spürte er ihre Unentschlossenheit, fügte er hinzu: »Es wird nicht spät werden. Unglücklicherweise wartet morgen früh Arbeit auf mich.«

Sie parkte den Suzuki hinter Michaels Mercedes auf der Auffahrt. Der Hof war überwuchert von Unkraut, und der Rasen musste gemäht werden; das Innere des Hauses war jedoch sauber und aufgeräumt. Das Wohnzimmer wartete mit einem bequemen Sofa und einer Hi-Fi-Anlage auf, die auf dem neuesten Stand der Technik war. Callie schaute sich den Stapel CDs an, während Michael sich umzog. Anschließend gingen sie die paar Straßen weiter in einen Pub, wo sie – wenn auch in sehr lauter Umgebung – ein köstliches Essen einnahmen.

Jemand wartete vor dem Haus, als sie zurückkamen; ein sportlicher weißer BMW stand hinter Callies Wagen.

»Ich komm schon, Mum!«, rief Timmy und lief ihnen auf dem Fußweg voran.

Das also war die geheimnisvolle Gaby, Michaels Exfrau. Blondes Haar, zurückgekämmt zu einem modischen Knoten, ein weißer Leinenanzug und hochhackige Schuhe – sie war eine umwerfend attraktive Frau. Callie, noch in ihrem Sommerkleid, erhitzt und mitgenommen von dem Tag im Zoo, fühlte sich im Vergleich zu ihr geradezu langweilig.

Michael machte sie miteinander bekannt, und Gaby bedachte Callie mit einem warmen Lächeln. »Nett, Sie kennenzulernen. Timmy erzählt mir oft von Ihrem schönen alten Haus.«

Der Junge stürmte mit strahlendem Gesicht zu seiner Mutter. »Wir hatten einen tollen Tag, Mum. Wir haben Elefanten gesehen und Löwen und …« Er verstummte und sah seinen Vater fragend an. »Wie hieß dieser Affe noch?«

»Pavian«, erwiderte Michael, der mit verschränkten Armen dastand und lächelnd seine Exfrau und seinen Sohn betrachtete.

Callie war darauf eingestellt gewesen, diese Frau nicht zu mögen, die einmal mit Michael verheiratet gewesen war und ihm einen Sohn geboren hatte. Wochenlang hatte sie über diese Tatsache nachgedacht, hatte die unbekannte Gaby in einer Reihe von Masken vor sich gesehen. Kalt und reserviert. Selbstsüchtig. Gemein. Aber die Gaby, die nun vor ihr stand, schien nichts davon zu sein. Und jetzt, während Callie sie verstohlen beobachtete, beugte sie sich spontan zu ihrem Sohn hinunter und umarmte ihn liebevoll; und dass sie dabei nicht auf ihren weißen Anzug achtete, erhöhte Callies wachsende Achtung vor ihr um ein Dreifaches.

Mit einem Mal wurde ihr klar, dass diese drei Menschen eine Familie waren. Keine funktionierende vielleicht, weil sie getrennt lebten, aber auf keinen Fall waren sie miteinander verfeindet. Sie hatten viele der Dinge miteinander durchlebt, die sie sich immer nur ausgedacht und denen sie auf den Seiten ihrer Bücher Ausdruck zu geben versucht hatte. Ehe. Elternschaft. Der Schmerz der Scheidung. Was hatte Michael gesagt? *Wir haben uns einfach auseinandergelebt. Eines Tages haben wir Bilanz gezogen und erkannt, dass unser Kind das Einzige war, was wir noch gemeinsam hatten.*

Callie verabschiedete sich. Sie umklammerte das Lenkrad ihres Suzuki und folgte Gabys Wagen die Straße entlang, nachdem sie Michael versprochen hatte, dass sie ihn in der kommenden Woche anrufen würde. Bei der Abfahrt zum Freeway bog sie ab und reihte sich in die Kette der anderen Wagen ein.

Sie war in der Menge gefangen; eine drangvolle Enge von Metall und anderen Menschen umgab sie, und der Strom zog ihren Wagen mit sich. Plötzlich kam sie sich vor wie in einer Falle, sowohl körperlich als auch mental. Sie war Stuart verpflichtet, trotz ihrer Differenzen in letzter Zeit. Aber da war Michael, der in ihr Leben getreten war …

Warum kehrten ihre Gedanken immer wieder zu ihm zurück? Welche Anziehungskraft übte er auf sie aus? Sie konnte nicht leugnen, dass sie ihn für attraktiv hielt, und es fühlte sich so angenehm an, in seiner Nähe zu sein. Doch da war noch ein anderes Gefühl gewesen, von dem sie vorhin überrumpelt worden war, als sie ihn mit seiner Exfrau und seinem Sohn gesehen hatte ... Sie holte tief Luft. »Nun, was genau habe ich denn gefühlt?«, fragte sie sich laut. »Neid? Eifersucht?«

Genau dieser Gefühle hatte sie Stuart beschuldigt. Ihn angeklagt und kritisiert für genau diese Reaktion. Eine Welle von Schuld erfasste sie bei dieser Erkenntnis.

Verzweifelt starrte Callie geradeaus auf die Reihe der Autos, die vor ihr herfuhren, und hatte plötzlich das Empfinden eines unermesslichen Verlustes. Den Verlust von etwas, was sie niemals erfahren hatte, vielleicht niemals erfahren würde. *Gib es zu*, sagte sie sich im Stillen. *Es sind deine eigenen Gefühle, denen du nicht trauen kannst.*

»Ich kann ihn nicht anrufen, ich kann es nicht«, sagte sie immer und immer wieder, wütend auf sich selbst. Sie hätte an diesem Tag nicht hinfahren sollen, hätte sich dem nicht aussetzen dürfen, dieser Fantasie von Familie. Es hatte nur dazu gedient, ihr den jämmerlichen Zustand ihrer eigenen Beziehung klarzumachen.

Sie verließ gerade die Dusche, das Handtuch um ihre nassen Haare geschlungen, als Stuart nach Hause kam. Er lächelte und trug einen Strauß roter Rosen im Arm.

»Ich weiß, ich war ein eifersüchtiger Idiot, aber ich kann nicht anders«, sagte er reuig und hielt ihr die Blumen hin. »Ich liebe dich, Cal. Was geschieht nur mit uns?«

Was veranlasste ihn zu diesen Worten, schlechtes Gewissen oder Sorge? Callie wusste es nicht.

Stattdessen überraschte sie sich selbst, indem sie in Tränen ausbrach.

KAPITEL 20

Der plötzliche Wintereinbruch führte dazu, dass fast alle Männer der Kompanie entweder an Bronchitis erkrankten oder an einer Erkältung litten. Wie die meisten anderen fühlte Ben sich elend. Seine Ohren schmerzten, seine Augen brannten, und in seinem Kopf hämmerte es. Niemals zuvor hatte er sich so elend gefühlt.

Was die Lage noch schlimmer machte, war, dass sich das Lager in Bleu als ein nur vorübergehendes erwies. Schon wenige Tage nach der Ankunft dort marschierte die Kompanie weiter nach Steenwerck. Ihre Aufgabe, so war es den Männern mitgeteilt worden, bestand darin, Ställe und Unterkünfte für die Division herzurichten.

»Unglaublich!«, rief Tom, als er Ben in die Ruinen einer Reihe von kleinen Häusern folgte, die als ihre eigene Unterkunft dienen sollten. »Wir sind hier, um den verdammten Krieg für sie zu führen, und das hier ist das Beste, was die Franzosen uns zur Verfügung stellen können?«

Große Ratten huschten durch den Raum und verschwanden unter Resten zerrissener Zeitungen. Ein abgestandener Geruch nach Urin und Fäulnis hing in der Luft. Wunderbarerweise war das Dach unversehrt geblieben und der aus Lehm bestehende Boden trocken. Wenigstens waren sie hier nicht mehr dem entsetzlichen Schlamm ausgesetzt, der die ganze Stadt zu umgeben schien.

Die harte Arbeit würde am nächsten Morgen beginnen, sodass der Rest des Tages von den Männern dazu genutzt werden konnte, zu tun, was ihnen gefiel. Ben ging in das Zentrum der kleinen Stadt. Überraschenderweise gab es dort eine kleine Auswahl an Geschäften, ein Badehaus und einen Barbier. Nach einem langen Bad in schmutzigem, lauwarmem Wasser und einem Haarschnitt fühlte er sich wieder mehr wie sein altes Ich.

Die Hände tief in die Manteltaschen geschoben, um die Kälte

abzuwehren, schlenderte er die Gehsteige entlang. Es gab eine Futtermittelhandlung und einen Lebensmittelladen, ein Café, einen Metzger und einen Bootsmacher. Am Ende der kleinen Straße entdeckte er einen Kurzwarenladen. Im Schaufenster wurde in einer ansprechenden Auslage Babykleidung angeboten. Als Ben näher heranging, sah er einen hübschen Spitzenschal, eine Auswahl an Mützen, winzigen Jacken und handgestrickten Schühchen. Er drückte seine Nase gegen das Glas und dachte plötzlich, dass er etwas für Hannah kaufen sollte. Weihnachten rückte immer näher, und schon in wenigen Wochen würde er nicht mehr die Gelegenheit haben, Einkäufe zu machen.

Er betrat das dunkle Innere des Ladens. Eine Frau kam geschäftig herbei, sprach ihn in schnellem Französisch an und gestikulierte mit beiden Händen. Ben zuckte die Schultern, weil er sie nicht verstand. »Etwas kaufen«, stammelte er. »Für eine Dame.«

»Ah«, erwiderte die Frau, lächelte erfreut, führte ihn zu einer Vitrine und zeigte auf ein Paar Handschuhe. »Vielleicht die *gants* für Monsieur?«

Ben strengte sich an, ihre Worte zu verstehen. Die Frau sprach mit einem starken Akzent, und jede weitere Unterhaltung würde sich schwierig gestalten. »Ja«, sagte er deshalb schnell und nickte zur Bestätigung. Die Handschuhe waren wunderschön, elfenbeinfarben und um das Handgelenk mit kleinen künstlichen Perlen bestickt. »Ich nehme sie.«

Während sie seinen Kauf einpackte, schlenderte Ben hinüber zum Ladentisch, wo die Babysachen lagen. Sein Blick wurde von den Kleidern angezogen, die so unglaublich klein waren. Winzige Öffnungen für Hals und Arme. Zarte Spitzen säumten die Ränder.

»Sie wollen kaufen?«, fragte die Frau und reichte ihm die sorgsam eingepackten Handschuhe. *»Pour le bébé.«*

Am Ende wählte er mehrere Kleidungsstücke einschließlich des Schals, den er im Fenster gesehen hatte. Er war weiß, mit langen Fransen und in einem komplizierten Muster gestrickt. Hannah würde ihn lieben, dessen war er sicher.

Zufrieden mit seinen Einkäufen, schlenderte Ben beschwingt hinüber in die Teestube, wo ihm für einige Francs ein Teller mit Sandwiches und eine Tasse Kaffee serviert wurden. Eingehüllt in seinen Mantel, die Päckchen zu seinen Füßen, saß er am Tisch und nippte am Kaffee, der fast kalt war.

Vor dem schmutzigen Fenster zog ein ständiger Strom von Soldaten und Wagen vorbei, gelegentlich rollte ein Lastwagen vorbei. Zwei Männer bahnten sich zu Fuß ihren Weg durch den Schlamm. Sie waren mittleren Alters, ihre Rücken gebeugt unter einer Ladung Holz. Hinter ihnen trottete ein großer magerer Hund, dessen Rippen sich unter dem räudigen Fell abzeichneten. Während Ben die beiden beobachtete, suchte er in seiner Tasche nach einem Stift und einem Stück Papier.

Liebe Hannah, begann er.

Er beschrieb alles. Die Armut, die überall in dieser Stadt herrschte, den eisigen Wind, den all die warmen Kleider nicht abzuhalten vermochten. Die Ratten, die verkommenen Häuser. Der fast kalte Kaffee, der wie eine Mischung aus dem Besten und dem Schlechtesten dieses Ortes schmeckte, die Einsamkeit und den Schmerz, weil er sich so sehr nach ihr sehnte. Nachdem er sein provisorisches Mahl verzehrt hatte, erbat Ben sich etwas braunes Papier und Band von der Besitzerin, wickelte die Päckchen ungeschickt zusammen ein und legte den Brief bei. Er hoffte, dass das Paket am nächsten Morgen mit der Post auf die Reise gehen würde.

Dankenswerterweise blieben sie nur wenige Tage in der Stadt. Sie reparierten, was die Zeit und das Material zuließen. Der Schlamm um die Ställe und die Unterstände für die Pferde herum war fürchterlich, große Brocken fielen aus den Sohlen der Stiefel. Die Ratten mit ihrem ständigen Huschen und Rascheln hielten Ben stundenlang wach. Bereits jetzt sehnte er sich nach Ruhe, nach gesegneter Stille. Aber er wusste, dass er sie dort, wohin sie letztlich kommen würden, nicht finden würde.

Die Kompanie zog in Armentières ein. Die Stadt, oder das, was davon übrig war, erstreckte sich entlang der Ufer des Flusses Lys und lag zwei Meilen von der belgischen Grenze entfernt. Zwei Jahre zuvor hatte sie kurz unter deutscher Kontrolle gestanden. Auch jetzt wartete der Feind nur wenige Meilen entfernt. Während Ben durch die Straßen ging, den Tornister auf dem Rücken und das Gewehr über der Schulter, hörte er gelegentlich den lauten Knall von Gewehrschüssen.

Sie waren dem Krieg jetzt ganz nahe gekommen, und der Beweis dafür war überall um sie herum erkennbar, wie Ben erstaunt feststellte. Kaum eine Glasscheibe oder ein Dach waren unversehrt geblieben, und die Straßen waren übersät von Granateneinschlägen, die riesige Löcher hinterlassen hatten. Ganze Gebäudefassaden waren fortgerissen worden, hatten Holz und Schutt und das Leben der früheren Bewohner auf die Straßen geschleudert. Jenseits der Fenster, die noch Glasscheiben hatten, waren die Vorhänge zerrissen. Kein Kinderrufen war zu hören, kein Bellen von Hunden.

Es war eine Stadt, in der es seltsam still war.

Die Männer wurden in den Straßenbahndepots in den nördlichen Außenbezirken der Stadt untergebracht. Es waren große, zugige Gebäude, durch die ungehindert der Wind blies und einen stöhnenden Klang durch die bloß gelegten Sparren schickte.

»Nun seht euch das an!«, beklagte sich Spud bitter. »Wir werden uns hier drinnen zu Tode frieren.«

»Nun lass es gut sein«, entgegnete Jack energisch. »Himmel, du fängst an, dich wie diese jammernden Briten anzuhören. Was hast du denn erwartet? Das *Ritz*?«

Tom kratzte sich am Kopf. »Könnte schlimmer sein, Kumpel. Denk an die armen Bastarde, die draußen in den Gräben hocken. Wir haben wenigstens ein Dach über dem Kopf.«

Spud starrte ihn abweisend an. »Wir haben verdammt noch mal Winter«, knurrte er. »Und es ist kalt genug, dass einem die Eier abfrieren könnten. Meint ihr, wir kriegen die Türen irgendwie zu?«

Mit viel Schieben und Zerren gelang es ihnen, die riesigen Türen zu schließen. Spud ging davon, um sich, glücklicher jetzt, eine Ecke zu suchen, in der er seine Sachen verstauen konnte. Ben schaute sich um. An einer Wand stand eine Reihe von Autos. Sie waren staubbedeckt, die Reifen platt.

Er probierte den Griff an einer Tür und erwartete eigentlich, dass der Wagen abgeschlossen sein würde, doch die Tür ließ sich leicht öffnen. Er schaute in den Wagen und stellte überrascht fest, dass die Sitze entfernt worden waren und so ein großer leerer Raum entstanden war.

Das Auto wurde seine Unterkunft. Er stellte ein Schild gegen die Windschutzscheibe, auf dem *Bens Wohnung* stand, und sie alle lachten herzlich darüber. Tom beanspruchte das benachbarte Fahrzeug für sich, und die anderen machten es ihnen nach. In einer der Ecken wurde eine Kantine eingerichtet, und schon bald erfüllte der Duft nach Essen die Luft.

»Gott, ich sterbe vor Hunger«, sagte Tom und lehnte sich gegen ein leeres Benzinfass.

»Was wäre dir am liebsten?« Ben kam aus der Enge seines Vehikels gekrochen, nachdem er seine Ausrüstung darin verstaut hatte. »Wenn du alles haben könntest, was würdest du wählen?«

»Ein dickes saftiges Steak«, warf Jack ein, der, die Hände in den Taschen, herangeschlendert kam. »Mit cremigem Kartoffelbrei und jeder Menge gebratener Zwiebeln.«

»Ach was!« Spud war entschlossen, auch etwas beizusteuern. »Frische Garnelen. Schöne saftige Taschenkrebse. Überhaupt ein paar Meeresfrüchte.«

»Vielleicht kann der Koch ein paar Büchsen Sardinen organisieren«, witzelte Tom. Er wandte sich wieder an Ben. »Was ist mit dir?«

Ben dachte einen Moment lang nach und erinnerte sich an die eilig zusammengekochten Abendessen in der Schmiede, als sein Vater noch gelebt hatte. Nichts Inspirierendes war dabei. »Hannahs süße Pasteten«, sagte er schließlich. »Du weißt schon, die mit Zitrone, die sie immer gemacht hat.«

Sie hatte ihm ein paar davon gebracht, nachdem sein Vater ins Sanatorium gekommen war, köstliche kleine Kuchen, die ihn zum Essen reizen sollten. Was würde er jetzt für ein Stück davon geben, für Hannahs sanfte Worte, den Geschmack ihres Mundes!

Er schaute sich im Kreis seiner Kameraden um, sah die vertrauten Gesichter. Alle waren jünger als er und ohne Probleme oder Sorgen. Ihre einzige Sorge war, den Krieg zu überleben und nach Hause zurückzukehren. Doch auf seinen Schultern, so schien es ihm, lag alle Verantwortlichkeit der Welt. Für Hannah, und bald auch für ein Kind.

Sein Herz flog zu ihr, zusammengepresst von Schuldgefühlen. Wie konnte er ihr irgendeine Unterstützung geben, tausende Meilen weit entfernt? Er könnte Geld schicken, ihr finanziell helfen, aber er wünschte sich so sehr, bei ihr zu sein, wenn die Zeit kam, um sein neugeborenes Kind in den Armen zu halten.

Er seufzte, wandte sich ab und ging wie blind auf den Wagen zu. Nichts war so, wie er es geplant hatte. Alles war schiefgelaufen. Spud, Jack und Tom – sie waren seine Freunde, doch manchmal fühlte er sich einsam unter ihnen.

Obwohl sie nicht an der Front waren, gab es vieles, was die Männer beschäftigt hielt. Vorhandene Brücken mussten für deren Zerstörung präpariert, provisorische Pontons ausgebessert werden. In seiner Freizeit unternahm Ben lange Spaziergänge am Fluss entlang und kämpfte gegen den eisigen Wind an, bis er um Atem rang. Neben ihm floss schwarz und träge der Fluss dahin, Holzteile und Hausschutt trieben auf seiner Oberfläche, die kalt und ölig aussah und einen Regenbogen von wirbelnden Farben widerspiegelte.

In ihrer Freizeit bauten Jack und Tom einen Handwagen aus übrig gebliebenen Materialien. Spud taufte ihn prompt den Andenken-Wagen, und sie nahmen ihn mit zu den Ruinen der

Stadt und sammelten unterwegs Dinge zusammen, die noch verwertbar waren. Ein Stück Holz hier, eine Metallplatte dort: nützliche Dinge, die im Straßenbahndepot auf einem immer höher werdenden Haufen gelagert wurden.

Der Winter hatte mit aller Macht Einzug gehalten, und die begleitenden Fröste machten den Schlamm wieder fest. Sicherheit wurde groß geschrieben in der Stadt. Überall entlang der Brustwehrlinien, die aus Sandsäcken errichtet worden waren, standen Wachposten. Sie nickten Ben zu, wenn er vorüberging. Wenn er ihnen gelegentlich eine Zigarette anbot, zertraten sie ihre eigenen Kippen schnell auf den Lattenrosten, auf denen sie standen – Planken, die aneinandergelegt worden waren, um Wege zu bilden –, und nahmen Bens Zigarette.

Es wurde Heiligabend, bis die Kompanie schließlich zur Front vorrückte. Widerstrebend zog Ben seinen Tornister aus dem Wagen, der in den vergangenen paar Wochen sein Zuhause gewesen war, und schloss sich der Reihe von Männern an, die die Straße entlangmarschierten. Die Entfernung betrug nur wenige Meilen, aber der Tag war kalt, und es wehte ein eisiger Wind, der in seine Ohren biss und sein Gesicht taub machte. Seine Stiefel scheuerten so stark an den Fersen, dass Ben sicher war, dort eine Blase zu bekommen. Wie weit noch?, fragte er sich, jeder Schritt schmerzhafter als der vorangegangene. Er hob das Gesicht zum Himmel. Alles war grau – die Wolken, der Himmel, selbst seine Laune, als er weitermarschierte.

Ihr Ziel waren die Gräben, ein Labyrinth aus tiefen Rinnen, teilweise in den gefrorenen Boden gegraben, aber hauptsächlich aufgeschüttet und auf der dem Feind zugewandten Seite mit Sandsäcken versehen, um Schutz vor Kugeln und Granaten zu geben. Bedachtsam richteten sie sich darin ein, verstauten ihre Ausrüstung in einer Erdhöhle, wobei einige von ihnen die Befürchtung äußerten, dass es regnen könnte.

Die Wetterbedingungen waren noch immer ungünstig, und unter dem Befehl von Sergeant Hayes begannen die Männer, Verbesserungen an den Örtlichkeiten vorzunehmen. Die Pionier-kompanie, die vor ihnen hier gewesen war, hatte bereits damit begonnen, hinter den Hauptschützengräben neue Verbindungsgräben auszuheben. Dankbar für eine Aufgabe, die sie warmhalten würde, nahm Ben einen Spaten und machte sich an die Arbeit.

Doch es war schwierig voranzukommen. Der Boden war gefroren, und die Spitze des Spatenstiels rammte sich schmerzhaft in seine Hände. Er stieß härter zu und spürte, wie das Blatt in die Erde eindrang, während er Klumpen um Klumpen wegschaufelte. Schon bald schwitzte er stark, legte Schicht um Schicht die Kleidung ab, bis er nur noch seine Hosen und sein schweißgetränktes Hemd trug.

Als die Dunkelheit hereinbrach, wurden die Männer verköstigt und dann in die Gräben geschickt. Es gab nichts, wo sie sonst hätten hingehen können. Das Land um sie herum war flach und öde und übersät von den zersplitterten Resten von Baumstümpfen, von Granateneinschlägen und den zerstörten Überresten von Erdwällen. Und so hockten sie auf den Lattenrosten aus Holz, fünfzig Mann, die Gasmasken einsatzbereit, und versuchten, mit den Stiefeln nicht in die Wasserpfützen zu geraten, die sich überall angesammelt hatten.

Während des Tages war die Stille von sporadischem Gewehrfeuer unterbrochen worden. Jetzt, unter dem schweren Mantel der Nacht, war alles ruhig. Kein Gewehrschuss war zu hören, kein Zischen von sich nähernden Gaszylindern. Nur infernalische verdammte Stille.

»Vielleicht ist es eine vorweihnachtliche Waffenruhe«, meinte Jack, und seine Stimme klang hoffnungsvoll.

»Sicher, und vielleicht ist der Fritz für ein paar Tage nach Hause gegangen«, fügte ein anderer hinzu. »Ihr wisst schon, ein bisschen feiern, mit Knallbonbons und Süßigkeiten.«

Tom hob den Kopf über den Rand des Grabens und starrte in das Niemandsland hinüber, den schmalen gerodeten, mit Draht abgesperrten Streifen Land zwischen ihnen und dem Feind. »Ich kann nichts sehen«, sagte er.

Sergeant Hayes zog ihn sofort zurück. »Runter, du dummer Kerl! Willst du, dass man dir deinen verdammten Kopf wegschießt?«

Sie saßen da, sahen einander an und wussten nichts zu tun außer warten. Jetzt waren sie an der Front. Der Feind lag nur Meter entfernt in Stellung. Die Tatsache, dass Heiligabend war, schien wie ein schrecklicher Witz.

»Weißt du, ich habe mir das etwas anders vorgestellt«, flüsterte Tom, der sich zu Ben gebeugt hatte.

»Und wie?«

»Eine Menge Lärm, ohrbetäubende Explosionen, helle Lichter.« Er schaute sich um und sah schließlich hinauf zum Himmel. Die Wolken waren aufgerissen und hatten Dunkelheit zurückgelassen, die mit Myriaden von Sternen übersät war. »Aber es ist so still.«

Irgendwo hinter ihnen im Graben erklang eine Stimme.

Silent night, holy night.

Ben spannte sich an und wandte den Kopf in Richtung des Klanges. Ein Mann sang, die leise wohlklingende Melodie schwebte durch die kalte Luft.

All is calm. All is bright.

Einige der Männer fielen ein, und ihre Stimmen vermischten sich rau und zögernd zu einer Melodie. Das Lied wurde zu ihm getragen, suchte sich seinen Weg durch die Dunkelheit, kam zu ihm wie ein Angebot. *Begleite mich*, bat es. *Sei Teil von dem, was ich bin.*

»Round yon virgin, Mother and Child«, sprach er unsicher die Worte.

Es war Weihnachten, und er wollte nicht Teil von all dem sein, was ihn umgab, in diesem fremden Land; er wollte keine Lieder singen, die ihn dazu brachten, dass er sich nach Hause sehnte.

Er wollte mit Hannah zusammen sein, wünschte sich verzweifelt, dass alles wieder so wäre, wie es vor zwölf Monaten gewesen war. Die Schmiede. Vertraute Dinge. Der Wunsch erfüllte ihn wie ein brennender Schmerz. Er durchströmte ihn in unkontrollierbaren Wellen, brachte ihn dazu, sich für einen kurzen Moment zusammenzukrümmen, bis der Schmerz verging.

»Bist du in Ordnung?«, zischte Tom, ein Runzeln auf der Stirn.

Holy infant so tender and mild.

Ben nickte nur, weil er es nicht wagte zu sprechen. Sie alle sangen jetzt. Über fünfzig Mann, ein Chor aus vielen Stimmen. Er presste die Hand gegen den Mund, wünschte, die Worte würden kommen.

Sleep in heavenly peace.
Sleep in heavenly –

Der Gesang brach ab, als sich ein Lichtschein in den Himmel erhob und den Graben mit blauem Licht übergoss. Nur kurz leuchtete es über ihnen, dann erlosch es, als hätte jemand einen Schalter betätigt.

»Jesus, was war das?«

»Diese Bastarde haben irgendwas vor.«

Ein Meldeläufer der Division kam mit schweren Schritten heran und wich Beinen und ausgestreckten Körpern aus. »Ihr Kerle haltet eure Köpfe runter!«, rief er im Vorbeihasten. »Scheint, dass der Fritz heute Nacht doch noch ein Feuerwerk für uns veranstaltet.«

Bens Kompanie bestand aus Pionieren, nicht aus Schützengrabensoldaten. Ihre einzigen Mittel zur Verteidigung waren ihre *Lee-Enfield*-Gewehre und die Gasmasken. Kein Vergleich zu dem, was auf der Gegenseite vorhanden war. Plötzlich beneidete Ben die kämpfenden Kameraden bei der schweren Artillerie. Sie konnten wenigstens zurückschlagen.

Während über ihnen die Hölle losbrach, kroch Ben in den Graben, presste den Rücken gegen die Sandsäcke und wollte nur noch, dass der Boden ihn verschlingen möge, um dem Lärm und der Angst, die sich in seinen Eingeweiden festgesetzt hatte, entkommen zu können. War dies der Ort, an dem er sterben würde?

Es ist wie ein Feuerwerk, dachte er, nur viel gigantischer. Größer, lauter, erschreckender. Der Geruch nach Kordit erfüllte die Luft. Da war ein Zischen und Knallen, das seine Ohren noch minutenlang danach klingeln ließ, während Schrapnellgranaten wie in verrückter Wut über ihn hinwegkreischten. Plötzlich schien das andere Ende des Schützengrabens zu schwanken. Die Gewalt der Explosion erschütterte die Erde, spuckte eine Wolke schwarzen Rauchs aus. Erdbrocken flogen auf ihn zu. Sie trafen sein Gesicht, stachen in seinen Körper.

Jemand schrie. Auf Händen und Knien kroch Ben vorwärts, den Kopf immer geduckt haltend, da er jeden Moment mit einer weiteren Explosion rechnete, die ihn ins Vergessen reißen würde.

Es war Will. Der Junge hockte auf seinen Fersen und wiegte sich vor und zurück, die Arme um die Beine geschlungen. Seine Augen starrten geradeaus, blicklos. Schrille, tierähnliche Schreie kamen aus seinem weit aufgerissenen Mund.

Dort, wo die Wände des Grabens gewesen waren, klaffte jetzt ein großer Krater. Ein Mann lag darin, teilweise von der Erde verschüttet. Nur seine Beine waren noch zu sehen, die Wickelgamaschen und die Stiefel. Ben kroch durch den Lehm, grub verzweifelt. »Verflucht! O verdammter Mist! Jemand muss mir helfen!«

Hände zogen ihn zurück, hinderten ihn an seinem Tun. »Es hat keinen Sinn«, sagte eine Stimme in sein Ohr.

Doch Ben konnte nicht aufhören. Wer immer dort begraben lag, musste herausgezogen werden. Wie viele Minuten konnte ein Mensch ohne Luft überleben? Er schlug nach den Händen. Eine weitere Explosion ließ ihn augenblicklich in die Knie gehen, den Kopf tief gebeugt, die Arme schützend in den Nacken gelegt.

»Hören Sie auf!«, bellte die Stimme. Ben schaute auf und starrte in Sergeant Hayes' Gesicht, dessen Mund dicht an Bens Ohr lag, damit dieser ihn hören konnte. »Er ist tot. Verschwinden wir von hier.«

Noch immer drangen Schreie aus Wills Mund. Ben kroch zu ihm und versetzte ihm einen heftigen Schlag ins Gesicht. Will starrte ihn verständnislos an. »Komm«, sagte Ben und stieß den Jungen derb in die Seite.

Sie kämpften sich auf die Beine, rannten geduckt los und schafften es bis ans andere Ende des Grabens.

Es war der erste Tote der Kompanie. Die Leiche wurde geholt, und sie alle standen in Habachtstellung, als die Bahrenträger sich vorbeikämpften. Die verhüllte Gestalt auf der Bahre war einer von ihnen gewesen. Vor weniger als einer Stunde hatte er noch gelebt, geatmet …

Ben zwang sich dazu, nicht weiter nachzudenken, denn er wollte sich nicht ausmalen, was alles hätte passieren können. Später, als einer der Sergeants herumging und Päckchen *Gold-Flake*-Zigaretten an die Männer verteilte, waren alle still und schienen in Gedanken versunken.

»Es hätte jeden von uns treffen können«, murmelte Jack, der ein Streichholz an eine Zigarette hielt und dann einen tiefen Zug machte. Die Spitze glühte auf, ein winziger Nadelstich, der rot gegen die Nacht anleuchtete. Ein Rauchfaden schwebte um sein Gesicht.

»Ja, Pech für ihn, gerade dort zu stehen. Wäre er ein Stück weiter den Graben hinunter gewesen …«

»Schicksal«, knurrte Spud. »Wenn es da draußen eine Kugel gibt mit deinem Namen drauf, dann wird sie dich treffen. Ganz egal, wo du bist, sie wird dich treffen.«

Es schien eine pragmatische Sichtweise zu sein. Auf dem Schlachtfeld war ein Leben nicht viel wert. Es gab Hunderte, manchmal Tausende Tote an einem Tag. Unbekannte Namen in fremden Zeitungen, gedruckte Worte. Der eigentliche Schrecken blieb anonym, bis man selbst dort genannt wurde, mittendrin.

Der Weihnachtsmorgen verging mit harter Arbeit an der Frontlinie. Nach dem Mittagessen wurde die Post ausgegeben, zwei große Säcke voll. Lass etwas von Hannah dabei sein, betete Ben im Stillen, während die Briefe und Päckchen entlang des Kommunikationsgrabens verteilt wurden, in den sie alle sich zurückgezogen hatten. Und da war tatsächlich ein Brief von ihr. Hungrig nach Neuigkeiten, riss Ben ihn auf, hockte sich auf den Boden und lehnte die Seiten gegen seine Knie.

Der Brief duftete zart, wie Lavendel.

Hätte ich einen Wunsch zu Weihnachten, wäre es der, dass du hier wärst, schrieb sie. *Jeder Tag ohne dich scheint endlos lang. Mir geht es gut, und das Baby wächst heran. Wenn du diesen Brief bekommst, wird es nur noch einen Monat bis zur Entbindung sein.*

Er schloss die Augen und versuchte, sie sich vorzustellen, mit dickem Bauch und mit ihrer beider Kind. Aber das Bild, das er vor sich sah, war ein anderes. Er sah Hannah vor sich, wie sie an jenem letzten gemeinsamen Morgen auf dem Bett lag, das dunkle Haar wie einen Fächer auf dem Kissen ausgebreitet, und eine Welle von Liebe ging von ihr aus. Entschlossen schob er das Bild fort und wandte seine Aufmerksamkeit wieder dem Brief zu.

Manchmal habe ich sehr große Angst. Ich fürchte mich davor, ein Kind auf die Welt zu bringen, die einer so ungewissen Zukunft entgegensieht. O Gott, ich wünschte, du wärest hier.

Da waren Flecken auf dem Papier, und die Tinte war ein wenig verlaufen; die Buchstaben waren bleich und verwischt, gerade noch leserlich. Hat sie geweint, während sie mir geschrieben hat?, fragte er sich, als er die Seiten zusammenfaltete und sie in die Tasche seines Hemdes schob, dicht an seinem Herzen.

Nachdem die Post verteilt war, wurde allen Männern ein Paket des *Comforts Fund* überreicht. Die Päckchen waren größer als üblich und enthielten gestrickte Socken, Zigaretten und kleine Dosen *»Invicta«*-Tabak, Taschentücher, Schreibpapier und, in einer kleinen Dose, einen Plumpudding.

Spud zog sich sofort die Stiefel aus. »O Scheiße, Mann. Nicht heute«, meinte Jack lachend und tat, als hielte er sich die Nase zu. »Bei dem Gestank vergeht einem ja der Appetit auf den Plumpudding.«

Spud zog die neuen Socken an und warf die alten über den Wall des Grabens. »Das ist für dich, Fritz!«, schrie er dabei. »Ein Geschenk für dich! Fröhliche Weihnachten!«

Die Zeitungsberichte, die sie bei jeder sich bietenden Möglichkeit las, hielten Hannah über die Ereignisse in Übersee auf dem Laufenden. Die fremden Namen, die darin genannt wurden, sollten noch Jahre später bittere Erinnerungen wachrufen: Amiens, Ypres, Verdun. Von Bens tatsächlichem Aufenthalt hatte sie keine Ahnung, sie wusste nur, dass er irgendwo in Frankreich war.

Nach den Angaben des Arztes würde das Baby Ende Januar zur Welt kommen, in einem Monat. Lethargisch durch das heiße Wetter zählte sie die Tage bis dahin. Mrs. Worthington hatte sie vor zwei Monaten von ihren Pflichten unten im Haus entbunden, nachdem selbst die große Schürze ihren Zustand nicht mehr hatte verbergen können. Stattdessen ging Hannah nun schwerfällig durchs Haus, erledigte kleine Aufgaben für ihre Arbeitgeberin und half im Büro bei der Buchhaltung.

Die Abende verbrachte sie damit, in ihrem Zimmer zu sitzen und zu stricken oder ein winziges Kleidungsstück für das Baby zu nähen. Manchmal aber saß sie nur still da, die Hand auf den gerundeten Leib gelegt. Sie fühlte dessen beruhigende Form und lächelte vor sich hin, wenn sie die Bewegungen spürte – der plötzliche Druck einer Hand, der Tritt von einem winzigen Fuß. All das kam ihr wie ein Wunder vor.

Ihr Herz klopfte aufgeregt, während sie von den unterschiedlichsten Gefühlen gefangen genommen wurde: Ungeduld über die langsam vergehenden Tage, während sie auf die Geburt des Kindes wartete; Entzücken bei dem Gedanken, endlich das Baby an ihrer Brust zu halten; und, am meisten von allen, Angst. Sie legte die Hand auf ihren Bauch, fühlte, wie er sich unter ihrer Berührung bewegte. Würde sie die Schmerzen ertragen? Was, wenn sie jammern und laut schreien würde?

Die Tage vergingen und brachten sie ihrer Niederkunft immer näher. An manchen Abenden schaute Lottie herein und setzte sich an das Fußende des Bettes. Sie brannte darauf, Hannah von den neuesten Ereignissen in ihrem Leben zu erzählen. Briefe von Ben kamen nur sporadisch, und sie versetzten sie jedes Mal in eine Stimmung zwischen Entzücken und Verzweiflung.

Sie versuchte, ihm zu sagen, wie sie sich fühlte, schüttete ihm in den Briefen ihr Herz aus. Aber wenn sie den Brief noch einmal durchlas, ehe sie den Umschlag zuklebte und ihn für den Postmann in die Halle legte, hatte sie das Empfinden, dass ihre Gefühle beim Schreiben verloren gegangen waren. Wie konnte sie dann erwarten, dass Ben sie verstand? Er lebte mit einer anderen Angst. Ihre war eine weibliche Angst.

Eines Abends, als sie sich zum Schlafengehen fertig machte, schaute sie auf und sah Mrs. Worthington in der Tür stehen. »Hannah, ich würde gern einen Moment mit Ihnen sprechen«, sagte sie, trat ein und schloss die Tür.

Hannah saß auf der Bettkante und wartete.

»Wie geht es Ihnen?«, fragte ihre Arbeitgeberin. »Ist alles in Ordnung?«

»Ja.«

»Ihr Baby wird nun bald kommen«, fuhr Clare Worthington fort. »Es dauert jetzt nicht mehr lange.«

Hannah nickte und schwieg. Sie wünschte, ihre Arbeitgeberin würde auf den Punkt kommen.

»Ich habe einige Erkundigungen angestellt. In der Stadt gibt es eine Hebamme, eine gute, wie man mir gesagt hat. Ihr Name ist Lizzie. Wenn Ihre Zeit kommt, werden Sie zu ihr gehen. Sie hat ein Haus in der Stadt.« Sie ging zum Fenster und schaute auf den Garten hinunter. »Sie sollten eine kleine Tasche bereithalten, Hannah. Nachthemd, Unterwäsche, Toiletteartikel.«

»Aber das Kind kommt doch erst in einem Monat!«, platzte Hannah heraus.

»Manchmal haben Babys die Eigenschaft, früher zu kommen, meine Liebe.« Clare Worthington wandte sich vom Fenster ab, ein Stirnrunzeln auf dem Gesicht. »Haben Sie schon darüber nachgedacht, was Sie danach tun werden?«

»Was meinen Sie damit?«, fragte Hannah überrascht.

Der Ton ihrer Arbeitgeberin war freundlich. »Sie haben nicht die finanziellen Mittel, um ein Kind zu ernähren. Ich kenne jemanden, der dem Baby ein gutes Zuhause geben könnte. Es würde geliebt und umsorgt werden.«

»Sie meinen eine Adoption?«

»Nein.« Clare Worthington atmete tief durch. »Nicht direkt. Wenn die Geburt eingetragen wird, muss das nicht unter Ihrem Namen geschehen. Niemand braucht je zu erfahren, dass Sie ein Kind hatten.«

»*Ich* würde es wissen«, erwiderte Hannah hitzig.

Mrs. Worthington sah aus, als versuchte sie, ihre Ungeduld zu bezähmen. »Seien Sie doch vernünftig, Mädchen! Mit einem Kind kann ich Sie nicht hierbehalten. Der Haushalt wäre erheblich gestört.«

»Ich werde nicht zulassen, dass jemand mein Baby bekommt«, sagte Hannah ruhig.

»Sie werden später noch Babys haben, wenn Ihr junger Mann nach Hause kommt«, entgegnete Mrs. Worthington hart.

Hannah antwortete nicht. Sie presste den Mund zusammen und schaute weg, zu empört, um etwas zu sagen.

Mrs. Worthington ging zur Tür. Als sie die Hand um den Türknauf legte, wandte sie sich noch einmal um. »Sie haben noch ein paar Wochen Zeit«, sagte sie. »Zeit für eine endgültige Entscheidung.«

An ihrem nächsten freien Tag nahm Hannah die Fähre in die Stadt, weil sie für Lottie ein kleines Weihnachtsgeschenk kaufen wollte. Sie ging die Queen Street hinunter und staunte über die Veränderung. An den Hausfassaden waren Pinienzweige befestigt worden. Kleine Vögel huschten zwischen den spitzen Nadeln der Äste umher und zwitscherten fröhlich. Selbst der Schuhputzerjunge an der Ecke hatte seine Kiste mit Pinienzweigen geschmückt.

Die Schaufenster quollen über vom bunten Warenangebot zum bevorstehenden Fest: Spielzeug und Bekleidung, Schmuck, Tücher und Parfums. In den Eingängen zu den Lebensmittelläden standen Schaukästen, in denen alle Arten von exotischen Lebensmitteln zu bewundern waren. Es gab Bonbons, Obst, Süßwaren, Souchong-Tee, Konfitüren und gefüllte Pasteten.

An einer Straßenecke spielte die Heilsarmee ein fröhliches Weihnachtslied. *Deck the halls with boughs of holly. Tra-la-la-la. La-la-la-la.* Die Gehwege waren gedrängt voll mit Menschen, die in letzter Minute ihre Einkäufe erledigen wollten: Mütter, die ihre kleinen Kinder hinter sich herzogen, Geschäftsleute und Bankiers, Farmer und Ladenbesitzer. Junge Frauen, die sich lachend miteinander unterhielten und denen Weihnachtswünsche zuriefen, die sie kannten. Hannah hielt den Kopf gesenkt und hoffte, dass niemand sie erkennen würde.

Am Weihnachtsmorgen wurde sie von Lottie geweckt, die sie an der Schulter schüttelte. »Wach auf, du Schlafmütze, wach auf. Es ist Weihnachten.«

Müde drehte Hannah sich herum und sah das strahlende Gesicht ihrer Freundin über sich gebeugt. »Wie spät ist es denn?«

»Fünf Uhr.«

»Fünf Uhr?« Hannah stöhnte und wollte die Augen wieder zumachen, aber Lottie schob ihr etwas zu.

»Komm schon, du magst ja den Tag frei haben, aber ich muss noch arbeiten. Ich wollte dir das hier geben, ehe ich nach unten gehe.«

Hannah setzte sich mühsam auf und öffnete das ungeschickt eingewickelte Päckchen. Ein Paar Babyschühchen fielen heraus. Sie waren selbst gemacht, und die Ausführung war sehr stümperhaft. Offensichtlich war Lottie noch dabei, ihre Fähigkeiten mit den Stricknadeln zu vervollkommnen.

»Gefallen sie dir?«, fragte Lottie, die zaghaft lächelte.

»Sie sind wunderschön«, sagte Hannah und schlang die Arme um den Nacken der Freundin. »Einfach wunderschön.«

Hannah reichte Lottie ihr Geschenk, parfümiertes Schreibpapier und eine kleine Dose Karamellbonbons, Lotties Lieblingssorte.

Plötzlich erinnerte Lottie sich an das Päckchen, das vor ein paar Tagen gekommen war. Die Adresse war in Bens Handschrift geschrieben, mit der genauen Anweisung auf der Rückseite, dass es nicht vor Weihnachten geöffnet werden sollte. Schnell holte Lottie es von oben aus ihrem Zimmer, und Hannah riss gespannt das Papier ab.

Drinnen fanden sich zwei getrennt verpackte Päckchen. Sie öffnete zuerst das kleinere und zog die perlenbestickten Handschuhe heraus. »Oh, sind die schön!«, hauchte Lottie bewundernd.

Hannah legte sie zur Seite und öffnete das zweite Paket. »Es ist Kleidung«, murmelte sie entzückt und nahm die Teile heraus, eines nach dem anderen. »Sachen für das Baby.«

Es waren winzig kleine Kleider, gesäumt mit zarter Spitze, Mützen und Unterhemden, und ein wunderschönes weißes gestricktes Tuch. Im Tuch lag ein Brief, der irgendwie den aufmerksamen Augen der Zensur entgangen war.

Wenn du dies liest, wird Weihnachten sein. Ich sende dir viel Glück, mein Liebes, und ich wünschte, ich könnte bei dir sein, um das Fest mit dir zu verleben. Ich bin hier für niemanden von großem Nutzen, fürchte ich. Alles was ich tue, ist, an dich und an unser Baby zu denken, und daran, wie sehr ich dich vermisse.

Ich spare eisern. Wenn du Geld brauchst, lass es mich wissen. Der Gedanke an dich und unser Kind ist das Einzige, was mich aufrechterhält …

So sehr Hannah sich auch bemühte, es gelang ihr nicht, die Tränen zurückzuhalten, die ihr über die Wangen strömten. Sie hielt den Kopf gesenkt und spürte, dass sie sich nicht mehr in der Gewalt hatte. Es waren Tränen um Ben und das Kind, und Tränen um ihre eigene große Angst. Tränen um Elizabeth und John, ihre Eltern, die vor so langer Zeit gestorben waren. Tränen um Lottie, die ihr Kind verloren hatte.

»Nicht doch«, wisperte Lottie mit angespannter Stimme. »Bitte, wein doch nicht.«

Lottie legte den Arm um Hannah und hielt sie fest. Ihre Tränen mischten sich, als sie zusammen über die Ungerechtigkeit weinten, die auf der Welt herrschte.

KAPITEL 21

Callie und Stuart waren zum Weihnachtsessen in das Haus in der Brunswick Street eingeladen worden. Stuart hatte zugestimmt hinzugehen, wenn auch nicht sehr erfreut.

»Es ist immer ein schrecklich langweiliger Tag«, murrte er. »Ich verstehe nicht, warum wir den Tag zur Abwechslung nicht einmal mit einigen meiner Freunde verbringen können.«

»Wir könnten ein paar von ihnen zum Abendessen einladen«, bot Callie beschwichtigend an. Ihre Freundin Jill hatte angekündigt, sie würde vielleicht nach dem Abendessen vorbeischauen. »Wir sind dann ja wieder zurück.«

»Bemüh dich nicht«, lautete Stuarts knappe Antwort.

Stuart und seine Launen! Callie wusste nicht mehr, was sie tun sollte. Ihr gemeinsamer Besuch bei Bonnie war inzwischen ein unumstößlicher Bestandteil des Weihnachtsrituals. Wenn sie plötzlich wegblieben, würde dies alle möglichen Fragen auslösen, auf die Callie keine zufriedenstellenden Antworten geben könnte.

»Nun, ich werde auf jeden Fall hingehen. Und du kannst dich von mir aus auch allein amüsieren«, schnappte sie, unfähig, ihren Ärger zurückzuhalten. »Und wenn du schon dabei bist – vielleicht gelingt es dir ja mal, ein Lächeln zustande zu bringen.«

Ihr einziges Geschenk für ihn war ein neuer Squash-Schläger, den Stuart im Schaufenster eines Sportgeschäfts bewundert hatte. Als Gegengabe überreichte er ihr eine längliche Schachtel. Callie öffnete sie und fand darin ein goldenes, mit Smaragden besetztes Armband, das auf einem Kissen aus schillernder Seide lag. »Oh, es ist wunderschön!«, flüsterte sie, und der Streit war augenblicklich vergessen, als Stuart es an ihrem Handgelenk befestigte.

Sie wollten sich gerade auf den Weg zu Bonnie machen, als das Telefon klingelte. Callie lief zurück, um den Anruf entgegenzunehmen, während Stuart schon den Wagen aus der Garage holte. Es war Michael.

»Fröhliche Weihnachten.«

Der Klang seiner Stimme hob ihre Lebensgeister. »Dasselbe für Sie.«

»Was steht heute auf der Tagesordnung?«

»Wir gehen zu Mum. Sie bietet immer das ganze Programm. Truthahn. Gebratenen Schinken. Weihnachtspudding.«

Das laute Tönen einer Autohupe drang an ihre Ohren. Es war Stuart, der ohne Zweifel ungeduldig unten auf der Straße wartete.

»Und was sind Ihre Pläne?« Geflissentlich überhörte sie das Hupen.

»Oh, nur das Übliche. Gaby und Timmy schauen nachher vorbei, um mich abzuholen. Normalerweise verbringen wir einen

Familientag drüben im Haus ihrer Eltern. Schwimmen im Pool. Viel zu viel Essen. Gabys Mutter macht immer Salate.«

Als Callie sich vorstellte, dass Gaby und Michael den Weihnachtstag gemeinsam und mit ihrem Sohn verbrachten, empfand sie einen Anflug von Neid. Ihr eigener Weihnachtstag stand ihr als mögliches Desaster drohend bevor.

Die Autohupe ertönte wieder, dieses Mal ein wenig länger und lauter. »Ich muss mich beeilen«, sagte sie, wobei ein Teil von ihr gar nicht wollte, dass sie den Hörer auflegte. »Stuart wartet.«

»Ah, der furchterregende Stuart.«

Sie war nicht sicher, was er damit meinte, aber es war keine Zeit für lange Erklärungen. »Ich muss los. Wiedersehen.«

»Wer hat angerufen?«, wollte Stuart wissen, als sie in den Wagen stieg.

»Falsch verbunden«, antwortete sie ohne Zögern.

Bonnie wartete an der Tür, als sie eintrafen. »Fröhliche Weihnachten«, rief sie und bat sie herein.

Während des Essens wirkte Stuart gereizt und schien sich in seiner Haut nicht wohlzufühlen. Einige Male sah Callie ihn über den Tisch hinweg an, aber er bemerkte ihre Blicke nicht. Es gab das traditionelle warme Essen: Truthahn und Schinken und Hühnchen, Kartoffeln und Kürbis, und Callies Lieblingsessen, Blumenkohl mit Käsesoße. Das Dessert bestand aus Bonnies Weihnachtspudding, dunkel und schwer und mit den darin versteckten glänzenden Sixpencestücken.

Nach dem Essen schob Stuart den Stuhl zurück und stand auf. »Ein wunderbares Essen, Bonnie«, sagte er. Dann wandte er sich an Callie. »Wenn du nichts dagegen hast, würde ich gern nach Hause. Ich bekomme Kopfschmerzen, fürchte ich.«

Bonnie sah die beiden fragend an. Was geht da vor?, schien ihr Blick zu sagen.

Schweigend stand Callie auf und verließ das Esszimmer, um ihre Geschenke einzupacken. Ohne das bunte Papier wirkten sie irgendwie anders. Kleiner. Billiger.

In diesem Moment nahm sie eine Bewegung hinter sich wahr

und wandte sich um. Es war Bonnie. »Ist es, weil ich irgendetwas Falsches getan oder gesagt habe?«, fragte ihre Mutter besorgt. »Es ist Weihnachten, Callie. Normalerweise bleibst du den ganzen Tag. Was soll ich Freya sagen?«

Plötzlich war Callie die Ausreden leid. Warum blieb es immer ihr überlassen, sich für Stuart zu entschuldigen?

»Sag ihr, dass er am prämenstruellen Syndrom leidet«, erwiderte sie gereizt. Als sie sich umwandte und den Flur hinunterlief, spürte sie, wie ihr die Tränen in die Augen stiegen.

Weihnachten und Neujahr kamen und gingen. Für Ben verstrichen die Tage wie in einem Nebel, in einer Mischung aus knochenharter Arbeit und nervenzerfetzender Angst. Regelmäßig, zu festgelegten Stunden, wurden die arbeitenden Mannschaften von der Frontlinie abgezogen und kehrten in die Reservegräben zurück. Dort hockte Ben auf dem frostkalten Boden, den Kopf geduckt, die Hände an die Ohren gepresst, während unter ihm der Boden bebte und die Erschütterungen ihm durch Mark und Bein gingen.

Es waren vertraute, verhasste Geräusche. Hunderte, manchmal Tausende von Granaten erschütterten den Boden, verwandelten Feld und Flur in eine von Kratern übersäte, mondähnliche Landschaft. Sprenggranaten, 5.9s, Schrapnellgranaten: eine nie endende Kanonade. Lawinen von Schlamm und Schutt spritzten mit einem zischenden Geräusch durch die Luft; angstvolles Schreien, das nie aufhörte, sich wiederholte wie eine Schallplatte, die hängen geblieben war. Das splitternde Aufschlagen von Grabenmörtel und das Dröhnen der feindlichen Minenwerfer hallten dumpf in seinen Ohren wider, noch lange nachdem der Angriff vorüber war und die Männer zu ihren Pflichten zurückgekehrt waren.

Wenn es eine Hölle gab, dann hätte er sie sich so vorgestellt. Tote. Verwundete Männer. Fehlende Gliedmaßen. Gesichter, zur

Hälfte weggerissen. Das keuchende rasselnde Atemgeräusch von Gasvergifteten. Blutdurchtränkte Verbände, die brandige, eiternde Wunden verbargen. Diese menschlichen Wracks schleppten sich vorbei, einige strauchelten auf dem matschigen Boden, manche wurden von einem Kameraden gestützt. Andere wurden auf Tragen vorbeigeschleppt, kaum noch bei Bewusstsein, die Augen blicklos starrend, jeder abrupten Bewegung folgte eine weitere Grimasse des Schmerzes auf den ohnehin schon gequälten Gesichtern.

All das war unbegreiflich, sinnlos. Männer, die einander töteten. Wofür? An manche Tage konnte Ben sich nicht mehr erinnern. Der Anfang von all dem schien so weit weg, wie in einem anderen Leben. Und es war in einem anderen Leben gewesen, er wusste es. Nachts, wenn er sich im Schützengraben zusammenrollte und zu schlafen versuchte, fühlte er sich, als habe sich eine Decke auf ihn gelegt, eine Art Nebel, der sich nie wieder heben würde. Und allgegenwärtig, jenseits des von Granaten zerrissenen, umgepflügten Stacheldrahts des Niemandslandes, lauerte der verhasste Feind.

Täglich ereigneten sich tödliche Unfälle; meistens waren die Soldaten in den Schützengräben betroffen, jene in der direkten Feuerlinie. Auf seltsame Weise blieb Bens Kompanie meistens verschont. Nach Weihnachten hatte sich das Wetter verschlechtert. Morgenfröste, die den Boden zentimeterdick verhärteten, waren Teil der täglichen Schinderei. Eine fahle Sonne schien aus dem wolkenlosen Himmel und erwärmte kaum den gefrorenen Boden. Wochenlang konnten sie nicht graben. Stattdessen wurden aus Sandsäcken Brustwehren aufgebaut, die sich über die Erde des frosttrockenen Bodens schlängelten.

Über die Ebenen Flanderns schien der Wind direkt von der Nordsee zu blasen. Eis bildete sich in den Bärten der Männer, und ihre Nasen verfärbten sich blau. Gott sei Dank gab der Quartiermeister zusätzliche Kleidung aus – extra Unterwäsche, Socken und Handschuhe aus Schaffell. Besonders willkommen waren die ärmellosen, flanellgefütterten Westen.

Die Essensrationen waren größer als die in den Versorgungslinien. »Man muss die kämpfenden Männer gut füttern«, bemerkte Tom, während er noch eine Rolle Stacheldraht entwirrte. Der Duft nach Gekochtem schwebte von der provisorischen Küche heran, die weiter zurück lag. »Wenigstens ist das Essen in Ordnung.«

»Ja«, knurrte Spud, während er sich bückte und über die Brustwehren schaute, die sich im Zickzack über die flachen Felder hinzogen. »Die füttern uns Kerle fett, damit wir in bester Verfassung sind, wenn wir sterben. Scheint irgendwie nicht richtig zu sein.«

Bei Spuds Worten seufzte Ben innerlich. Die Männer waren müde. Denn die feindlichen Granaten waren während der Nacht nur sporadisch eingeschlagen, und der Lärm hatte sie in unregelmäßigen Intervallen aus dem Schlaf gerissen. Jetzt waren alle gereizt und die Stimmung angespannt.

Sie waren gerade dabei, die Schäden auszubessern, die das Bombardement der vergangenen Nacht an den Reservegräben angerichtet hatte. Hinter dem Graben mühten sich Ben und Jack damit ab, einen neuen Latrinengraben auszuheben, aber sie kamen nur mühsam voran. Fünfzehn Yards weiter vor ihnen lagen die Hauptgräben, und direkt vor ihnen lag das Drahtgewirr der Telefonkabel, die sich willkürlich über den Boden schlängelten.

Abrupt warf Jack seine Schaufel zu Boden. Dann marschierte er hinüber zu Spud, packte ihn an den Hemdaufschlägen und riss ihn auf die Füße, sein Gesicht zentimeternah vor seinem. Seine Miene war eine Maske des Zorns.

»Verdammt, wirst du endlich dein Maul halten! Wir werden nicht sterben, du blöder Bastard! Hör einfach auf, solche Scheiße zu reden! Es hängt uns zum Hals raus, hast du das verstanden?«

Spud riss sich los und wich zurück; Wut presste seinen Mund zusammen. Er hatte schützend die Hände hochgerissen und sie abwehrend zu Fäusten geballt; die Knöchel schimmerten weiß.

»Was ist denn so besonders an dir? Bist du etwa unverwundbar? Besiegst die Deutschen ganz allein?«

»Halt's Maul! Halt einfach dein Maul!«

In geduckter Haltung umkreisten sich die beiden Männer und warteten darauf, dass der andere zuschlug.

»Aufhören! Alle beide! Um Himmels willen, hört auf!«

Es war eine spontane Reaktion. Ben hörte seine eigene Stimme, ehe er registriert hatte, dass die Worte aus seinem Mund gekommen waren. Die beiden Männer hielten inne und starrten ihn an. »Ach, scheiß drauf«, stieß Spud hervor und ging davon.

Wütend ließ jetzt auch Ben seinen Spaten fallen und griff einige Handvoll Chlorcalcium, um es in den frisch ausgehobenen Graben zu streuen. Der Latrinengraben wies zwar nicht die vorgeschriebenen zwölf Inches Tiefe auf, aber wen kümmerte das. Es war ohnehin unmöglich, in diesem Boden zu graben.

»Ich gehe Feuerholz suchen«, sagte er zu Jack, der Spud nachschaute. »Kommst du auch?«

Es war eine tägliche Aufgabe, die Gegend nach zersplitterten Überresten von Holz abzusuchen, Baumstümpfe, Äste, alte Gebäudeträger. Auch wenn sie in dem jämmerlich kahl aussehenden Terrain manchmal lange suchen mussten, fanden sie doch immer etwas. Und die Männer freuten sich jeden Abend darauf, um die große Kohlenpfanne herum zu sitzen und sich die Hände und die Füße zu wärmen.

Schweigend stapften sie durch den Schlamm. »Was ist los?«, fragte Jack schließlich, nachdem sie mehrere Stöcke vom Boden aufgesammelt hatten, nass zwar, aber trotzdem willkommen.

»Was soll los sein?«, erwiderte Ben überrascht.

»Irgendwas bedrückt dich. Seit Wochen schon.«

Ist meine Sorge um Hannah so offensichtlich?, fragte Ben sich.

»Hast du schon mal etwas so sehr gewollt, dass es wehtut?«, fragte er stattdessen zurück.

»Nein, kann ich nicht behaupten.« Jack zuckte mit den Achseln und beugte sich hinunter, um einen teilweise vergrabenen Ast aus seinem schlammigen Grab zu ziehen. »Du kennst mich. Wie gewonnen, so zerronnen.« Dann richtete er sich zu voller Größe auf. »Du hast mir noch nicht gesagt, was dich bedrückt.«

Wo sollte er anfangen? Bis jetzt wusste nur Tom davon, aber vermutlich würde er es den anderen irgendwann auch erzählen müssen. Dann konnte es ebenso gut auch jetzt sein.

»Ich werde Vater«, erwiderte er einfach.

»Mensch, da trifft einen doch der Schlag!« Ein Lächeln blitzte in Jacks Gesicht auf. »Vater! Ich wusste nicht mal, dass du verheiratet bist.«

»Das bin ich auch nicht«, erwiderte Ben ruhig.

Jack bekam große Augen. »Lass mich raten. Du hast im Heu herumgetollt, ein letztes Mal über die Stränge geschlagen, bevor du von zu Hause wegmusstest. Und jetzt kriegt sie ein Kind und gibt dir die Schuld. Woher weißt du, dass es deins ist?«

»Nein!« Er drehte sich zu Jack um. »So war es nicht. *Sie* ist nicht so. Ich liebe Hannah. Ich würde sie auf der Stelle heiraten, wenn ich könnte. Es war …«

Er hielt inne und ging in seiner Erinnerung zurück. Hände, die ihn berührten. Ihr Duft, süß, so unglaublich süß. Die großen Augen, erstaunt. Hände um seinen Nacken, die ihn zu ihr herunterzogen.

Die Erinnerung war so stark, so wirklich, dass sie ihm den Atem raubte. »Ach, Mist. Du würdest es sowieso nicht verstehen.«

Er wandte sich ab, angewidert von sich selbst, von Jack. Eine kostbare Erinnerung wurde plötzlich entwertet durch die Notwendigkeit einer Erklärung. Es war Ende Januar, und jeden Tag könnte Hannahs Baby auf die Welt kommen: ein Kind, empfangen in einer winzigen Wohnung in Brisbane, in einem Bett, das nicht sein eigenes war, mit einer Frau, die nicht seine Ehefrau war. Er wollte ihr nah sein, darauf warten, wie das Wunder, das sein Kind war, Fleisch von seinem Fleische, aus ihrem Körper glitt. Doch hier, in diesem fremden Land, gab es nur quälende Ungewissheit, die er nicht ertragen konnte. Würde es ein Sohn oder eine Tochter werden? Ging es Hannah gut? Die Postlieferungen kamen unzuverlässig und unregelmäßig, was bedeutete, dass er erst Wochen später davon erfahren würde, nachdem alles vorüber war. Wie konnte er da beschreiben, wie er sich fühlte, den Schmerz, der ihn innerlich zerschnitt wie ein Messer.

»Versuch es«, schlug Jack vor und legte die Hand auf seinen Arm.

Ben starrte in das Gesicht seines Kameraden, in dem nichts als Mitgefühl geschrieben stand. »Es ist alles schiefgelaufen«, stammelte er. »Ich wollte nicht, dass es so kommt. Aber es gibt kein Zurück.«

»Nein.«

Hitze wallte in seinen Adern auf. Die Worte drängten heraus, schnell und wütend. »Es ist mein Kind, und ich lasse nicht zu, dass man etwas anderes sagt. Meines und das von Hannah. Eines Tages werde ich wieder zu Hause sein, und wir werden heiraten. Es werden noch mehr Babys kommen, ein ganze Menge davon. Ich habe immer viele Kinder haben wollen, wusstest du das?«

Jack nickte, und sein Mund öffnete sich, als wollte er etwas erwidern, aber Ben sprach schon weiter.

»Ich werde einen guten Job finden, wieder ein Geschäft aufmachen. Die Dinge werden sich zum Guten wenden, du wirst schon sehen.«

Der Ausbruch hatte ihn erschöpft und seine Wut abgekühlt. Er fühlte sie davongleiten und erfuhr stattdessen ein Gefühl des Verlustes, eine Leere, die ihn aus der Fassung brachte.

»Natürlich wirst du das.«

Jack wandte sich ab und richtete seine Aufmerksamkeit wieder dem halb im Boden steckenden Ast zu. Mit einem kräftigen Ruck zog er ihn heraus. Ein langer Knochen, an dem verfaulte Stücke von Fleisch hingen, war mit dem Ast herausgekommen. Jack taumelte zurück, als hätte er einen Schlag erhalten.

Der Knochen war von einem Menschen, so viel wusste Ben. Er stand da und starrte auf das körnige Grau. Wo war der Rest des Körpers? Weiter unten vergraben, eine verfaulende, zerfallende Masse? Er wollte nicht hinsehen. Wollte nicht an seine eigene Sterblichkeit erinnert werden, an die Zerbrechlichkeit, an die völlige Vergänglichkeit des Lebens.

Wenn es eine Kugel gibt mit deinem Namen darauf … ganz egal, wo du bist, sie wird dich treffen.

»Verdammte Hölle«, flüsterte er und fuhr sich mit der Hand über die Augen, um den Anblick auszusperren.

Aber es war zu spät. Das Bild war schon da. Als Ben sich zur Seite beugte, wurde er plötzlich von einer Übelkeit gepackt, die so groß war, das selbst einige Minuten des Erbrechens nicht reichten, sie abklingen zu lassen.

Hannah saß am Küchentisch und palte Erbsen aus. Sie hatte die Schuhe ausgezogen, und die Fliesen fühlten sich unter ihren Füßen wunderbar kalt an. Wenn sie ihre Kleider auszöge und sich mit dem ganzen Körper auf den Boden legte, vielleicht würde ihr dann endlich kühler werden.

Sie kicherte bei dem Gedanken, und Mrs. Bonham wandte sich vom Herd zu ihr um. Ihr Gesicht glänzte rot vor Hitze. »Was ist?«, fragte sie, während sie sich mit dem Handrücken eine Haarsträhne aus der Stirn strich.

»Oh, nichts«, erwiderte Hannah müde und fügte dann hinzu: »Ich weiß nicht, wann es schon einmal so heiß gewesen ist. Es ist wie im Ofen hier drinnen.«

»Warum gehen Sie nicht für ein Weilchen nach oben?«, bot Mrs. Bonham ihr an. »Ruhen Sie sich aus. Achten Sie auf sich und das Baby. Die Hitze reicht aus, einen gestandenen Mann umzuhauen.«

Schon seit einer Woche war es heiß, stickig und feucht. Jeden Abend zogen drohend dunkle Wolken auf. Donner grollte, und

Blitze durchzuckten den Himmel. Doch die Stürme zogen regelmäßig vorbei und ließen die Luft aufgeladen mit unverbrauchter Energie zurück.

Erschöpft stieg Hannah die Stufen zu ihrem Zimmer hinauf, ihre Füße schlurften über den Teppich, und sie dachte nur noch an ihr Bett. Sie würde sich eine Stunde ausruhen und dann wieder nach unten gehen, um in der Küche bei den letzten Vorbereitungen für das Abendessen zu helfen.

Als Hannah die oberste Stufe erreichte, durchzuckte sie tief in ihrem Bauch ein stechender Schmerz. Sie blieb stehen, presste die Hand auf den Bauch und massierte ihn leicht. Sie hatte jetzt seit Tagen kleine Unpässlichkeiten, obwohl das Baby erst in einer Woche kommen sollte. Kleine Verhärtungen ihrer Bauchdecke, an denen die Haut so gespannt war wie ein Trommelfell, bereit zum Platzen. Leichte Krämpfe, die kamen und gingen. Für sie waren es Anzeichen dafür, dass das Kind ungeduldig war, geboren zu werden.

Aber dieser Schmerz jetzt war anders. Tiefer. Schneidender. Schwer ließ sie sich auf die Stufe fallen und umfasste mit den Händen ihren Bauch. Ein warmer tröstender Hügel. Wie als Antwort darauf versetzte das Baby ihr einen Tritt, und sie lächelte.

Während sie dasaß, durchflutete der Schmerz sie erneut, doch er war zu ertragen. Nach einigen Sekunden verging er, und Hannah erhob sich auf die Füße und ging, sich am Geländer festhaltend, wankend zu ihrem Zimmer.

Es war stickig darinnen. Sie stieß das Fenster so weit wie möglich auf, und eine schwache Brise wehte herein, kaum genug, die Vorhänge zu kräuseln. Als sie auf dem Bett lag und an die Decke starrte, fühlte sie eine Schweißperle ihren Nacken herunterlaufen.

Das Baby bewegte sich wieder und stieß kräftig zu. Hannah fühlte die Ferse eines Fußes gegen ihre Hand drücken, ein plötzlicher Stoß, der abrupt endete. Sie streckte sich und dachte: Ich werde nicht schlafen. Doch schon hatten sich ihre Augenlider geschlossen, und sie glitt in eine andere Welt.

Als sie aufwachte, war es fast dunkel, und der Wind, der stärker geworden war, blähte die Vorhänge ins Zimmer. Es war jetzt kühler, und in der Luft lag der leichte Geruch nach Regen. Hannah stieg aus dem Bett, trat ans Fenster und atmete tief durch. Ein Regenschauer kam näher, ein Schleier von Weiß, der die Straßenlampen und die dunklen Umrisse der Gebäude verhüllte.

Plötzlich bewegte das Baby sich wieder in einer unangenehmen Drehung. Sofort fühlte Hannah eine Flut von Flüssigkeit aus sich herausströmen. Sie lief ihr die Beine hinunter und ließ den Stoff ihres Kleides an ihren Waden kleben. Gleichzeitig setzte der Schmerz wieder ein, tief und beharrlich.

»Oh«, flüsterte sie überrascht und tastete sich ihren Weg durch das Zimmer zurück zum Bett.

Was sollte sie tun? Jemanden rufen? Vielleicht Lottie oder Mrs. Worthington? Aber der Schmerz ging wieder vorüber, und die Flut der Flüssigkeit schien versiegt.

Sie saß auf der Bettkante, beide Hände beschützend um ihren Leib gelegt, und wartete. Die Leuchtzeiger der Uhr auf ihrem Nachttisch schienen sich quälend langsam zu bewegen. Schließlich, nach zehn Minuten, kehrte der Schmerz zurück.

Er war jetzt stärker, wenn auch immer noch erträglich. Draußen hatte sich der Himmel verdunkelt. Ein schwacher Schein von einem Licht weiter vorn im Korridor fiel unten durch ihre Tür. Eine Motte taumelte vorbei, der Schatten ihrer Flügel wurde riesig groß gegen die Wand geworfen. Hannah hielt den Atem an und zählte die Sekunden, bis der Schmerz verging. Eins, zwei, drei. Konzentriere dich.

Es war Lottie, die sie fand, über eine Stunde später. Sie stand an der Tür und spähte ins Zimmer. »Hannah, bist du da? Mrs. Bonham sagt, du sollst zum Abendessen kommen.«

Hannah lag auf der Seite, die Knie an die Brust gezogen, und stieß als Antwort ein leises Stöhnen aus. Schnell trat Lottie ans Bett. Trotz der Dämmerung sah Hannah ihr erschrockenes Gesicht. Die Freundin stieß einen kleinen Schrei aus. »O mein

Gott! Das Baby kommt! Ich hole lieber jemanden.« Dann lief sie davon.

Hannah lag im Halbdunkel und lauschte auf die gedämpften Geräusche unten im Haus: Lotties aufgeregtes Rufen, während sie die Treppe hinunterlief; das Schlagen einer Tür; Stimmen; der Klang energischer, näher kommender Schritte. Sie war sich kaum bewusst, getragen zu werden, fühlte nur wie durch einen Nebel starke Arme unter ihren Beinen, deren Muskeln sich unter ihrem Gewicht anspannten, als sie die Treppe hinunterstiegen. Es war Mr. Bonham, erkannte sie an dem leichten Geruch nach Pfeifentabak, ohne dass sie die Augen öffnete.

Er trug sie nach unten und dann nach draußen. Sie spürte dicke warme Regentropfen auf ihrem Gesicht, konnte deren Süße in der Luft riechen. Als sie die Augen öffnete, sah sie nur Dunkelheit über sich. Mühsam legten sie sie auf den Rücksitz von Clare Worthingtons Wagen. Kühles, kühles Leder. Sie drehte sich und legte den Kopf dagegen, atmete den Geruch ein. Als das Auto ruckend anfuhr, flutete wieder der Schmerz heran.

Hannah erinnerte sich kaum an die Fahrt durch die Stadt bis zum Haus in der Leichhardt Street. Die Bewegung des Wagens bereitete ihr Übelkeit, und einige Male war sie sicher, sie würde sich selbst in Schande bringen, indem sie sich über das feine Innere des Wagens erbrach. Dann schoben sich Arme unter ihren Rücken und ihre Beine, und sie wurde wieder getragen, durch die kühle Nachtluft.

Sie hörte das entfernte Schlagen einer Tür und spürte glatte, kühle Laken. Sie lag in einem Bett. Jemand wusch sie, streifte ihr die feuchten Kleider vom Leib und wischte den Schweiß und die Feuchtigkeit zwischen ihren Beinen fort. Überrascht öffnete Hannah die Augen. Über sie gebeugt stand eine kleine, untersetzte Frau mit dunklen Haaren. Hinter ihr stand Lottie, ein besorgtes Runzeln auf der Stirn.

»Hallo, ich bin Lizzie«, sagte die Frau und strich mit einem

Waschlappen über Hannahs erhitzte Wangen. »Ich denke, wir werden heute Nacht ein hübsches Baby auf die Welt bringen.«

»Ja«, flüsterte Hannah.

Lizzie wies Lottie an, eine Tasse mit Eis aus der Eistruhe zu holen. »Ich muss Sie untersuchen und nachsehen, wie die Dinge stehen«, sagte sie knapp, als Lottie gegangen war. »Es wird nicht wehtun. Also, die Beine hier herauf.«

Da waren Halterungen wie Steigbügel, und Hannah fühlte, wie ihre Beine hochgelegt wurden. Als ihr Bauch sich bei einer weiteren Kontraktion wieder verhärtete, konnte sie Lizzies Hand spüren, die sie untersuchte und die sich mit dem Schmerz vermischte.

Früher hätte Hannah all dies als Schmach und Schande empfunden, und es hätte sie verlegen gemacht, doch jetzt machte es ihr nichts aus. Allein die Sicherheit und das Wohlergehen von Bens Kind, ihrem Kind zählte jetzt.

»Gut, gut, es ist fast da«, sagte Lizzie, als sie geschickt das Laken richtete und zur Waschschüssel ging, die auf der Kommode stand. »Es wird jetzt nicht mehr lange dauern. Gegen Mitternacht wird es da sein, würde ich sagen.«

Mitternacht! Die Stunden der Dunkelheit schienen schon jetzt endlos. Wie spät war es? Verschwommen war Hannah sich etwas Kalten bewusst, dass über ihre Lippen geführt wurde. Eis.

»Es ist fast zehn«, fügte Lizzie hinzu, als wollte sie Hannahs unausgesprochene Frage beantworten.

Hannah verzog das Gesicht und presste die Augenlider zu, ihr Körper spannte sich in Vorbereitung des nächsten Ansturms instinktiv wieder an.

Sie hatte sich niemals solchen Schmerz vorgestellt. Er war heimtückisch und quälend, warf sie ganz auf sich selbst zurück, zog sie innerlich an einen fernen Ort. In rüttelnden Wellen tobte er durch ihren Leib, verkrampfte sich tief in ihrem Rücken, ließ sie atemlos und zitternd zurück. Weiter und weiter ging es, bis sie jedes Gefühl für Zeit und Raum verloren hatte. Es gab jetzt kaum noch eine Pause zwischen den Kontraktionen. Sie rollten über sie hinweg wie Wellen, riesig und erstickend, und trieben ihr die Luft aus den Lungen. Von Zeit zu Zeit fühlte Hannah Hände, die sie abtasteten und an ihr drückten, die den Fortgang der Anstrengung prüften, doch der Schmerz trennte sie von allem, richtete eine Barriere auf.

Wie lange lag sie schon hier? Stunden? Tage? Endloser, spiralförmiger Schmerz schüttelte ihren Körper, zog ihn herunter in ein schwarzes bodenloses Loch. Über alle Maßen erschöpft, betete Hannah um das Ende dieser Tortur. Wie sollte sie all das noch länger ertragen?

Wieder Lizzies Hände. Tastend, prüfend. Hannahs Augen flogen auf, und sie sah Lottie auf einem Stuhl am Bett sitzen. Unwillkürlich flatterte ihre Hand auf, und sie fühlte, wie die Hand der Freundin sich fest darum schloss. »Es ist alles in Ordnung, Hannah. Es wird nicht mehr lange dauern.«

Eine Reihe von Empfindungen, eine Veränderung im Fokus. Eine schwache Wahrnehmung von etwas, das sich änderte. Der Schmerz kam einem unerträglichen Drang gleich, das Kind aus ihrem Leib herauszupressen. Ihre Hand glitt nach unten, sie berührte sich, aber da war etwas Fremdes unter ihren Fingern, eine harte runde sich blähende Wölbung.

Entsetzt schrie sie auf, zog ihre blutbefleckten Finger weg und sank zurück.

»Hannah? Was ist?«

Lizzie, die mit einem Arm voll frischer Handtücher herbeikam, blieb abrupt stehen. Sie ließ die Tücher auf das Fußende des Bettes fallen und riss das Laken zurück. »Es kommt«, sagte sie und nickte lächelnd, während sie Hannahs Nachthemd bis zu den Hüften hochschob und ihre Füße zurück in diese verhassten Steigbügel steckte.

Lizzie drückte ihr die Knie auseinander.

»Kommen Sie, seien Sie ein gutes Mädchen. Das Baby kommt gleich.«

Ein Gefühl von Aufregung im Zimmer, fast greifbar. Hände,

die ihre Schultern hoben, ihr hochhalfen in eine halb sitzende Position, ihren Bauch unbequem gegen ihre Brüste gedrückt. Die Beine weit gespreizt.

»Pressen! Pressen!«

Gehorsam holte sie tief Luft und presste instinktiv nach unten. Der Druck war unerträglich. Er hob sich, setzte sich fest, weiter unten. Sie konnte ihn fühlen, wie einen Keil zwischen ihren Beinen.

»Gutes Mädchen! Jetzt, wieder!«

Sie hatte keine Kraftreserven mehr. Die Energie sackte weg, und sie machte einen halbherzigen Versuch.

»Nein, Hannah! Sie müssen stärker drücken!«

Davontreiben, wie eine Möwe im Wind. Fortfliegen, außer Reichweite. Frei. Dunkelheit stieg auf, verschlang alles.

»Lasst mich«, stöhnte sie. »Bringt mich hier weg.« Das Weinen eines kleinen Mädchens. »Ich will nicht hier sein.«

Kurze leichte Schläge in ihr Gesicht, die sie zurückbrachten. »Kommen Sie, Hannah. Nur noch ein paar Mal pressen, und es ist geschafft.«

Der Schmerz brach sie mittendurch, schälte Schicht um Schicht von ihr fort, wie ein Messer, das nach oben durch ihren Bauch gezogen wurde. Hände erkundeten. Marterten. »Geh weg! *Fass mich nicht an!*«

Jemand schüttelte sie. Lotties Stimme. »Komm, Hannah. Wenn du es nicht für dich tun willst, dann tu es für Ben.«

Ben! Sein Name überstieg alles. Ben wartete in Frankreich auf Neuigkeiten über das Kind. Ben, der durch einen meilenweiten Ozean von ihr getrennt war. Der verdammte, verdammte Krieg hatte ihn ihr weggenommen. Sie musste stark sein. Stark für Ben, stark für das Kind. Es hatte nicht darum gebeten, geboren zu werden, aber sie würde ihm eine gute Mutter sein. Wie Elizabeth. Elizabeth war immer …

»PRESSEN!«

Hannah sammelte die letzten Reste ihrer Kraft. Der Druck bewegte sich, unterstützt von bereiten Händen, und glitt zwischen ihre Beine. Und dann war der Schmerz unbegreiflicherweise verschwunden.

»Schau, Hannah, sieh doch!« Es war Lotties Stimme, zitternd vor Erleichterung.

Das Baby lag auf dem Laken. Hannahs Hand bewegte sich vor, berührte Haut, die nass von Blut und wächsernem Schleim war. »Es ist ein Junge«, verkündete Lizzie, die das Kind geschickt hochhob und es quer auf Hannahs Bauch legte.

Das Kind fühlte sich feucht an auf ihrer Haut, es sah sie aus Augen an, die tausende Jahre alt zu sein schienen. Kluge Augen. Blau und ruhig. Es stieß einen kläglichen Laut aus, wie ein Kätzchen. Sanft, unendlich zart streichelte Hannah seinen Arm. Sie fuhr mit einem Finger über die Innenfläche seiner Hand, und seine Finger schlossen sich fest darum. »Er kennt mich«, sagte sie überrascht, während Lizzie sich um die Nachgeburt kümmerte.

Sie war müde, so müde. Nachdem Lizzie sie mit einem Schwamm gewaschen und ihr ein frisches Nachthemd angezogen hatte, fühlte sie sich wieder ein wenig menschlicher. Lottie brachte ihr eine Tasse Tee, und Lizzie nahm das Baby mit sich. Später brachte sie es zurück, gewaschen und angezogen. »Ein kräftiger kleiner Bursche«, sagte die Hebamme, als sie ihn in Hannahs Arme legte. »Acht Pfund und vierhundert Gramm.«

In den frühen Morgenstunden, der Himmel war noch nicht richtig hell, kam Mr. Bonham und trug Hannah in den Wagen. Lottie folgte ihm und kümmerte sich um das Baby. Hannah saß auf dem Ledersitz, als der Wagen anfuhr. Das Kind in ihren Armen schlief, und sie war erfüllt von einem stillen Frieden. Dies war so, wie es sein sollte. Sie. Bens Kind. Nur Ben fehlte. Aber er würde bald nach Hause kommen, nicht wahr?

In der Zukunft, das war der wichtige Gedanke jetzt, würden sie eine Familie sein. Schon war die Geburt aus Hannahs Bewusstsein verdrängt, und noch ehe der Wagen um die Ecke gefahren war, war der Schmerz nur noch ein schwacher Nebel.

Nach zwei Wochen hatten die Männer glasige Augen, da sie zu wenig geschlafen hatten. Die Wangen waren matschverschmiert und unrasiert. Der scharfe Geruch nach ungewaschenen Körpern ging von ihnen aus. Aber der Ausdruck auf ihren Gesichtern war einer des Sieges.

»Wir haben es geschafft!«, schrie Tom, warf seinen Hut in die Luft und fing ihn geschickt wieder auf, als sie von den Schützengräben erschöpft nach Armentières zurückmarschierten.

»Ja«, knurrte Spud. »Diese Bastarde haben gedacht, sie hätten uns geschlagen, aber wir haben es ihnen gezeigt, was?«

Sie waren in der Hölle gewesen, und sie waren zurückgekommen.

Das Erste, was Ben tat, nachdem sie die Unterkünfte erreicht hatten, war, ein ausgiebiges Bad zu nehmen. Während der letzten Tage waren die Läuse zu einem Problem geworden, die rote kratzige Striche zurückließen, wo die Säume ihrer Kleidung gegen die Haut rieben. Die Uniformen wurden zu den Frauen der Stadt geschickt, um sie waschen zu lassen; währenddessen saßen die Männer mit kunstvoll um ihre Hüften gewickelten Handtüchern da. Glücklicherweise war es ein sonniger Tag, und nach ein paar Stunden wurden die Kleider zurückgebracht, sauber und gebügelt.

Es war eine unwirkliche Existenz, die sie, zurück von der Front, führten. Die Männer arbeiteten, aber ihre Tage verliefen wieder ruhiger, ohne diese große Angst. Doch nur ein paar Meilen entfernt tobten heftige Gefechte. Hin und wieder war das gedämpfte Explodieren von Granaten und das zeitweilige klack-klack-klack des Sperrfeuers zu hören, Tag wie Nacht.

In der Stadt ging das Leben so normal weiter, wie es unter den gegebenen Umständen möglich war. Die Einheimischen nahmen den Krieg schulterzuckend hin und lächelten. Die Kämpfe waren Teil ihres Lebens geworden, ein Ärgernis, aber ein erträgliches. Außerdem waren die hochgewachsenen, gut aussehenden Australier ja hierhergekommen, um sie zu beschützen, oder nicht?

Wein und Bier waren in den zahlreichen *estaminets* noch erhältlich, eine Flasche *vin ordinaire* kostete 1,25 Francs, und in einigen Cafés bekam man eine anständige Tasse Kaffee und eine preiswerte Mahlzeit. Der Kauf einer Zeitung in dem kleinen Laden bei den *Five Corners* und ein Glas Bier nach der Arbeit wurden zum Ritual. Tagealte englische Zeitungen waren leicht zu bekommen, für den fürstlichen Preis von fünfundzwanzig *centimes*.

Der Januar ging, der Februar kam. Ben wartete ungeduldig auf Post von Hannah, denn er brannte auf Neuigkeiten von ihr. Nach dem Datum, das sie ihm genannt hatte, musste das Baby inzwischen da sein. Durchschnittlich brauchten Briefe von zu Hause sechs Wochen, um ihr Ziel zu erreichen, und das Warten war unerträglich für ihn. Laut Spud war er ein »reizbarer Bastard« geworden.

Noch immer war es bitterkalt. Jeden Morgen war der Boden von Frost überzogen, und der Fluss Lys war so stark zugefroren, dass er mit Pferd und Wagen überquert werden konnte. Ein eisiger Wind pfiff durch die Schornsteine und um die Ecken. Ben sehnte sich nach Wärme und Sonnenschein und den langen heißen Sommertagen zu Hause.

Eines Nachmittags lieh er sich ein Rad aus und fuhr aus der Stadt heraus. Der Wind trieb ihn voran und blähte seinen Mantel. Er fing sich betäubend an seinen Ohren und kniff in seine Nase. Ben trat heftig in die Pedale, bis Schweiß seine Kleider feucht machte und sein Atem stoßweise ging.

Schließlich hielt er mitten in einem Wald an. Licht sickerte durch die kahlen Zweige und fiel schräg über den Boden. Aus dem Unterholz kam ein Rascheln, ein leichtes zitterndes Geräusch, kaum zu hören über dem hämmernden Schlag seines Herzens. Etwas bewegte sich über ihm, Flügel schlugen gegen Blätter, und ein Schwall aus Wassertropfen fiel zu Boden.

Es war ein Vogel. Ben schaute hoch und beobachtete die Silhouette, während der Vogel von Ast zu Ast hüpfte. Plötzlich verharrte er und öffnete seinen Schnabel, dünne leise Töne erfüllten die Luft.

Ben lauschte, den Blick nach oben gerichtet. Sein Nacken begann zu schmerzen. Die Töne rundeten sich, füllten sich, gewannen an Kraft und schwebten majestätisch durch die Luft. Rein, klar. Ein königlicher Gesang.

Es war eine Lerche: ein bescheidener, graubrauner Vogel mit der Stimme eines Engels. Abrupt brach der Sänger sein Lied ab und flog davon. Ben seufzte, wandte sich in die Richtung, aus der er gekommen war, und fuhr jetzt gegen den Wind.

Er kam an den Fluss. Während er das Fahrrad am Ufer entlangschob, brach die Sonne für eine Weile durch die Wolken und verströmte eine schwache Wärme. Er ging, bis es fast dunkel war und der Himmel sich von einem blassen Blau zu einem tiefen Indigo färbte. Auf dem Weg zurück zu den Unterkünften sah er eine Gestalt auf einer Bank sitzen, zusammengekauert gegen den Wind.

Es war Will, der die *La Vie Parisienne* aufgerollt in der Hand hielt. Auf die andere hatte er sein Kinn gestützt.

»Hallo«, sagte Ben und lehnte das Rad gegen einen Baum. »Wie wär's mit ein bisschen Gesellschaft?«

Will nickte und schaute auf. »Wenn du magst«, erwiderte er.

Ben setzte sich zu ihm, nahm ein Päckchen *Gold Flakes* aus seiner Tasche und zog zwei Zigaretten heraus. Eine davon bot er Will an, der sie mit zitternden Fingern nahm. »Danke.«

»Ist alles in Ordnung mit dir?«

Will zuckte mit den Schultern, die Hände um die Zigarette gelegt, als Ben ihm das Streichholz hinhielt. Er nahm einen langen Zug und stieß ihn wieder aus. »Ich denke schon.«

Sie unterhielten sich eine Weile über allgemeine Themen. Ben fragte Will nach seiner Familie, seiner Heimatstadt. Will antwortete mit monotoner Stimme, die im Wind kaum zu hören war.

Schließlich verfielen beide Männer für eine Weile in Schweigen. Das Gespräch war offensichtlich zu Ende. »Nun, dann werde ich mich mal auf den Weg machen«, sagte Ben und stand auf.

Will mühte sich in eine aufrechte Position, dann erhob er sich schwerfällig von der Bank. »Ich wusste nicht, dass es so werden würde«, stieß er hervor und zog einige Male rasch an der Zigarette.

»Was hast du denn erwartet?«

Will dachte eine Weile nach, die Stirn gefurcht. »Ach, du weißt schon, all die Ehre und der Ruhm. Für König und Vaterland. Unterstützt das Mutterland!« Er nahm einen letzten Zug, bückte sich dann, warf den Zigarettenstummel auf die Erde und zertrat ihn mit dem Absatz seines Stiefels. »Meine Eltern sind – waren Engländer«, fügte er hinzu, als er sich wieder aufrichtete.

Seine Stimme klang plötzlich sehr jung. Im Halblicht hätte er jedes Alter haben können.

»Wie alt bist du, Will?«

»Sechzehn.«

»Sechzehn? Aber wie …«

Wills Augen schimmerten weiß gegen das Dunkel. »Ich sehe viel älter aus, stimmt's? Es hat sie nicht gekümmert am Einschreibungsstand. Ich war nur eine Nummer mehr für sie. Ich habe die Unterschrift meines alten Herrn gefälscht, und niemand hat auch nur eine Augenbraue hochgezogen.«

»Und jetzt?«

»Jetzt bin ich hier in diesem Höllenloch und wünschte, ich wäre zu Hause. Aber es ist zu spät«, sagte er mit einer Stimme, die plötzlich hart klang.

Will wandte den Blick ab und blinzelte.

Er ist noch ein Kind, dachte Ben. Ein verdammtes Kind.

KAPITEL 22

Hannah gab dem Baby den Namen Nicholas Benjamin Galbraith Corduke.

»Ein ziemlich langer Name für einen so winzigen Burschen«, bemerkte Mrs. Bonham, während sie sich an der Wiege zu schaffen machte, die Mrs. Worthington im Abstellraum über dem Dach der Garage gefunden hatte.

Meistens nannte Hannah ihn Nick. Er war ein ruhiges Kind, das gut aß und schlief, wie es die meisten Babys taten. Jeder im Haus am Kangaroo Point bewunderte und bemutterte ihn, hob ihn aus seiner Wiege, sobald sich sein kleines Gesicht verzog, und Hannah war überzeugt, dass er zu sehr verwöhnt wurde.

Am ersten Tag nach der Entbindung ruhte sie sich aus und befolgte damit die strikte Anweisung der Hebamme. Am darauffolgenden Morgen ging sie hinunter in die Küche und nahm ihre Pflichten im Haushalt wieder auf – Erbsen palen, Fleisch schneiden. Sie tat alles, um sich ihren Lebensunterhalt zu verdienen, während das Baby neben ihr in seinem Korb schlief. Mrs. Worthington hatte ihr freundlicherweise gestattet, für den ersten Monat nach Nicks Geburt noch bleiben zu dürfen.

Mrs. Bonham trieb eine alte Wanne auf, die als Bad diente. Sie alle versammelten sich darum, als Hannah das Baderitual zum ersten Mal vollzog, die Wanne sicher aufgestellt in der Mitte des Küchentisches, die Handtücher bereitgelegt. Sie zog Nick aus, der ein wenig über seine plötzliche Nacktheit jammerte und einen entrüsteten Schrei von sich gab, als Hannah ihn ins Wasser setzte, das bis an sein Kinn reichte. Doch dann entspannte er sich und strampelte mit seinen winzigen Armen und Beinen.

Lottie entdeckte in einem der unteren Zimmer einen großen Schaukelstuhl. Sie schleppte ihn die Treppe hinauf und stellte ihn in eine Ecke in Hannahs Zimmer. Auf diesem Stuhl saß Hannah im Schneidersitz, wenn sie Nick stillte und mit einer Mischung aus Zärtlichkeit und Stolz zusah, wie er an ihrer Brust nuckelte.

Die Bewegung seines Mundes und das rhythmische Saugen erstaunten sie immer wieder aufs Neue. Es beruhigte sie und brachte ihr vorübergehend Frieden. Wenn sie ihn betrachtete, seinen mit feinen Härchen bedeckten Kopf und seine Finger, die sich an ihrer Haut zu Fäusten schlossen und wieder öffneten, empfand Hannah zugleich Traurigkeit und Freude. Freude über das Baby, das ein Teil von ihr und Ben war und in dem sie weiterleben würden. Traurigkeit empfand sie darüber, dass Ben nicht bei ihr sein konnte, um seinen Sohn zu halten und Zeuge dieses Wunders zu werden, das ihr erstes Kind war.

Sie hatte am Morgen nach Nicks Geburt einen kurzen Brief geschrieben. Absichtlich hatte sie darauf verzichtet, ihm über die Schmerzen der Geburt zu berichten. Stattdessen beschrieb sie das Entzücken, die große Erleichterung, die sie empfand. *Er hat die richtige Anzahl von Fingern und Zehen,* schrieb sie, *und mehr als alles andere wünschte ich, du könntest hier sein. Mein Herz verzehrt sich nach dir. Der Schmerz ist so groß und wird nicht vergehen. Komm bald heim.*

Des Nachts wurde sie zu den unterschiedlichsten Zeiten von Nicks Forderung geweckt, gefüttert zu werden. Müde stieg sie dann aus dem Bett und hob ihn aus seiner Wiege, hielt ihn einen Moment lang fest an sich gedrückt, als wollte sie sich überzeugen, dass er Wirklichkeit war. Manchmal schlüpfte Lottie zu ihr ins Zimmer, setzte sich aufs Bett und sah zu, wie das Kind hungrig an Hannahs Brust saugte.

»Es hätte meines sein können«, sagte sie traurig, als sie das erste Mal zuschaute.

Über den nickenden Kopf des Babys hinweg sah Hannah die Freundin an. »Du bereust es?«

Lottie schüttelte den Kopf und versuchte ein Lächeln. »Meistens nicht. Und für Reue ist es ohnehin zu spät.«

Hannah schloss die Augen und atmete den Geruch ihres Kindes ein. Den sanften Babygeruch nach Seife und Puder. Obwohl erst wenige Tage seit seiner Geburt vergangen waren, konnte sie sich ein Leben ohne Nick nicht mehr vorstellen. Zum Teil befriedigte er ein unstillbares Bedürfnis nach einem geliebten Menschen und entschädigte sie für Bens Abwesenheit. Er lenkte sie ab und hielt sie tagsüber beschäftigt. Aber des Nachts, wenn sie in ihrem Bett lag, liefen ihr Tränen über die Wangen, und sie war machtlos, sie aufzuhalten. Die Zukunft türmte sich bedrohlich vor ihr auf, verschwommen, schattenhaft. Was würde aus ihnen werden?

Aus zwei Wochen wurden drei. Hannah war ständig müde und hatte noch immer starke Blutungen. Lottie schlug ihr einen Besuch beim Arzt vor, doch Hannah wollte dafür kein Geld ausgeben, denn sie sparte eisern und legte jeden Penny auf die Seite. Mrs. Worthington hatte ihr weiterhin ein kleines Entgelt gezahlt, gekürzt zwar, aber trotzdem nahm sie es dankbar an.

Clare Worthington war ein Mal gekommen, um nach ihr zu sehen. Sie hatte das Baby aufgenommen und es aufmerksam betrachtet.

»Haben Sie über das nachgedacht, was ich Ihnen gesagt habe, Hannah? Ich kenne ein junges Ehepaar, das glücklich wäre, ihn zu nehmen. Man würde gut für ihn sorgen. Sie müssen Ihr eigenes Leben weiterführen.«

»Dieses Kind ist mein Leben«, hatte sie entgegnet, und ein unerträglicher Schmerz hatte sich bei diesem Ansinnen in ihrer Brust erhoben. »Die Antwort ist noch immer nein.«

Sie sang Nick vor, wenn sie ihn fütterte, flüsterte Worte und Sätze aus Kinderliedern, wiegte ihn und war zufrieden. Er lag da, seine Wangen gerötet, sah sie aus klugen Augen an und blinzelte ab und zu. Doch die Sorge um die Zukunft blieb und ordnete sich irgendwo in Hannahs Unterbewusstsein ein. Und während die Tage verstrichen, musste sie sich eingestehen, dass das Leben nicht so bleiben würde. Bald würde es an der Zeit sein, von hier fortzugehen.

Es war, als hätte der Winter einen letzten Ansturm geschickt. Zurück an der Front waren die Männer entweder Regen, Hagel oder Wind ausgesetzt oder manchmal auch allem zusammen. Für Ben war der Wind das Schlimmste. Er war wie eine Wand aus Eis, die alles erfrieren ließ, und es war fast unmöglich, sich gegen ihn zu stemmen. Er heulte über das zerstörte Land und machte jeden frieren, der ihm in den Weg kam.

Dann setzte Tauwetter ein. Das Wasser, das ihnen in den Gräben bis hoch an die Oberschenkel reichte, wimmelte von Fröschen und nackten roten Schnecken. Nach wenigen Tagen lag über der ganzen Gegend der Gestank verfaulenden Zerfalls. Die halbe Kompanie litt entweder an Erkältung oder an der Grippe.

Mitte März kam ein Brief von Hannah. Er enthielt die Neuigkeiten, auf die Ben so sehr gewartet hatte. Ungeduldig riss er den Umschlag auf, und seine Hände zitterten, während die Augen rasch die Zeilen überflogen. Endlich war er Vater. Ungeachtet des Schlamms saß Ben auf dem Boden und las mit feuchten Augen noch einmal die Nachricht. Eine Mischung aus Erleichterung und Sorge erfüllte ihn.

Tom kam auf ihn zu, die Hände in den Taschen. »Irgendwas Neues?« Er stellte schon seit Wochen immer dieselbe Frage, und Ben wusste, dass er sich um das Wohlergehen seiner Schwester sorgte.

»Ja.« Plötzlich bebten seine Hände, und es schien, dass sein Mund ein Eigenleben führte, da er sein verräterisches Lächeln nicht mehr zurückhalten konnte, als er endlich die Neuigkeit enthüllte. »Es ist ein Junge«, sagte er, und ein breites Grinsen lag auf seinem Gesicht. »Ich habe einen Sohn. Und Hannah geht es gut.«

»Ich bin Onkel!«, schrie Tom und winkte die anderen herbei.

Jack brachte eine Flasche einheimischen Weins mit, und Spud ging in die provisorische Küche, aus der er mit einigen angeschlagenen Bechern zurückkam. Ehrfurchtsvoll füllte Ben sie, wobei seine Hände noch immer schrecklich zitterten. »Mein

Gott!«, sagte er zu jedem, der ihm zuhörte. »Ich kann es nicht fassen. Ich bin Vater.«

Sobald er die Gelegenheit hatte, schrieb er einen Antwortbrief. Die Aufregung machte seine Worte fast unleserlich, aber es kümmerte ihn nicht. Er legte eine Postanweisung bei. Hannah würde das Geld für Nick brauchen.

Seine anfängliche Freude begleitete ihn tagelang, wochenlang. Zu den seltsamsten Zeiten dachte er an seinen Sohn und musste sich kneifen, um sich zu vergewissern, dass er nicht träumte. Hannah. Das Kind. Der Gedanke an die beiden war ein Versprechen für die Zukunft. Eines Tages würde der Krieg zu Ende sein, und er würde nach Hause zurückkehren. Aber während er auf das öde Land starrte, auf die totale Zerstörung, wusste er, dass das Ende des Krieges nur ein Wunschtraum war, nicht mehr.

Zusammen mit der *11th Brigade* verließ die Kompanie Armentières und marschierte zu dem in der Nähe liegenden Sektor Le Touquet. Der Marsch ging schleppend voran, und die Männer waren oft zu Pausen am Straßenrand gezwungen, da regelmäßig Konvois aus Lastwagen und Versorgungsfahrzeugen vorbeifuhren.

Während er wartete, zündete Ben sich eine Zigarette an und betrachtete die Landschaft um sich herum. Obwohl Frühling war, gab es noch keine Anzeichen von Veränderung. Die Erde war nackt, und nur hier und da reckten sich die Überreste eines Baumstammes in den Himmel. An manchen Stellen war der Boden wahllos ausgehöhlt von den Einschlaglöchern von Granaten. Gräber fanden sich zu beiden Seiten der Straße, die nicht mehr waren als mit Feldsteinen gefüllte Vertiefungen, auf die ein provisorisches Kreuz gepflanzt worden war. Zu seiner Linken pflügte eine alte Frau ein kahles Feld; langsam ging sie hinter den Pferden her, während die Metallzinken Klumpen dunkler Erde furchten.

Der Konvoi war vorübergefahren, und die Männer marschierten weiter, ein zerrissenes Band. Ben hasste dieses ständige

Weiterziehen. Er wollte an einem Ort bleiben, er verabscheute die Umwälzungen, die ihn immer weiter von vertrautem Boden wegführten. Es lag etwas Unruhiges darin, auf unbekannte Ziele zuzugehen, und sein Herz machte einen Ruck bei diesem Gedanken an das Kommende. Er nahm die Hufeisenhälfte aus seiner Tasche und starrte sie an, seine Schritte verlangsamten sich. Bedachtsam strich er mit dem Daumen über die Oberfläche. Ein Stück versilberten Metalls, in das Worte eingraviert waren. An manchen Tagen fühlte er, dass es die einzige greifbare Verbindung zur Vergangenheit war.

Die Kompanie wurde in der Nähe von Pont de Nieppe untergebracht. Die Unterkunft war sauber, die einfachen Betten frei von Läusen. Das Abwassersystem des Lagers war marode, doch es blieb kaum Zeit, mit den Reparaturen zu beginnen. Denn schon wenige Tage später wurde der gesamte Sektor, einschließlich Ploegsteert Wood und St. Ives Hill, eingenommen, und es liefen die Vorbereitungen für einen Angriff auf Messines Ridge an, der unter dem Code-Namen »Magnum Opus« geführt wurde.

Alte Schützengräben mussten ausgebessert, neue ausgehoben werden, das Hauptquartier des Bataillons musste eingerichtet werden. Ben arbeitete von der Morgendämmerung bis zur Dunkelheit und taumelte jeden Abend erschöpft ins Bett. Seine Träume waren unruhig und verzerrt, hässlich, voller Bilder von Hannah. Hannah, die durch das Niemandsland lief, gejagt von Deutschen, die Stahlhelme trugen. Hannah, die bleich und reglos in einem Meer von Schlamm auf dem Grund eines Schützengrabens lag. Er hörte das gespenstische Weinen eines Kindes und versuchte, dem Ton nachzugehen, rannte durch Gräben und über zerstörte Felder. Er rannte und rannte, kam dem Weinen näher. Das gelegentliche Donnern von Granatfeuer ließ ihn zitternd erwachen. Dann lag er da, lauschte auf seinen keuchenden Atem und sagte sich, dass es nur ein Traum gewesen war.

Der Monat nach Nicks Geburt verging schnell. Abgesehen von den Blutungen, die nicht mehr so heftig waren, aber auch nicht aufgehört hatten, fühlte Hannah sich gut, wenn auch unerträglich müde. An ihren freien Tagen legte sie das Baby in einen alten ausrangierten Kinderwagen und ging in die Stadt, wo sie in den Zeitungen die Spalten »Wohnung zu vermieten« durchsah.

Durch das abgeschiedene Leben im Haus in der Kangaroo Street hatte sie keine Vorstellung von den Kosten für eine Unterkunft. Zuerst hatte sie daran gedacht, ein kleines Haus zu mieten, irgendwo am Stadtrand, mit einem Stückchen Rasen, wo Nick auf einer Decke liegen und mit seinen stämmigen Beinchen in der Sonne strampeln konnte. Aber die Preise! Hannah änderte ihre Pläne sehr schnell. Eine kleine Wohnung also, mit einem Schlafzimmer und einer Küche. Aber die Mittel waren knapp. Es gab keine Hinweise auf Bens unmittelbare Rückkehr, und ihre Ersparnisse und das Geld, das er geschickt hatte, mussten mindestens ein paar Monate reichen.

Schließlich bezog sie ein Zimmer in einer Pension mitten in der Stadt. Es war schäbig und heruntergekommen, aber bezahlbar. Widerwillig hatte die Vermieterin sie herumgeführt. »Es ist ein Hinterzimmer, deshalb ist es etwas günstiger. Zwei Wochen Miete im Voraus. Das Bad und die Toilette müssen Sie sich mit den anderen teilen, auch die Küche. An Donnerstagen können Sie die Wäscheleine benutzen.«

Hannah zögerte. Das Zimmer war winzig, und sie hatte zwei Kakerlaken über den Fußboden in der Küche krabbeln sehen.

»Also wollen Sie das Zimmer nun oder nicht«, drängte die Frau ungeduldig. »Ich kann hier nicht den ganzen Tag rumstehen und reden. Ich habe noch einen Haufen Arbeit.«

Die Miete war höher, als Hannah es eingeplant hatte, aber es war das vierte Zimmer, dass sie sich heute Morgen ansah, und es war das billigste. »Ich werde es nehmen«, erwiderte sie und suchte in ihrer Tasche nach dem nötigen Geld.

Die Vermieterin bedachte Nick, der schlafend in seinem Kinderwagen lag, mit einem Stirnrunzeln. »Eigentlich nehme ich keine Kinder. Aber weil Ihr Angetrauter in Übersee ist und seine Pflicht für sein Land tut, mach ich dieses eine Mal eine Ausnahme.«

Hannah zuckte zusammen, als die Frau so leicht die Lüge akzeptierte, unterstützt durch den Kauf eines billigen goldenen Ringes, den Hannah an ihrer linken Hand trug.

Mr. Bonham transportierte ihre paar Habseligkeiten im Wagen. »Lassen Sie uns wissen, wie die Dinge sich entwickeln«, sagte er und kitzelte Nick unterm Kinn. »Und passen Sie gut auf diesen kleinen Burschen auf.«

Lottie besuchte sie an ihrem nächsten freien Tag und rümpfte die Nase über Hannahs Wahl der Umgebung. »Wie du hier bleiben kannst, geht über meinen Horizont«, stellte sie fest. »Warum gehst du nicht nach Hause zurück, zu deinem Bruder und seiner Frau? Zumindest würdest du nicht all dein Geld für die Miete verschwenden.« Sie streckte die Hände nach dem Baby aus und hielt es an ihre Brust. »Sie würden diesem kleinen Burschen nicht widerstehen können.«

David und Enid! Seit Nicks Geburt hatte sie kaum noch an die beiden gedacht, und es waren Monate vergangen, seit sie zuletzt miteinander korrespondiert hatten. Hannah schnitt eine Grimasse, als sie an Enids mögliche Reaktion dachte, an ihre scharfe Zunge. »Nein«, lehnte sie Lotties Vorschlag nachdrücklich ab. »Das ist keine Möglichkeit.«

Das Zimmer war winzig, kaum groß genug für das Bett, einen Schrank, eine Kommode und Nicks Wiege, und das Fenster ging hinaus auf eine Steinmauer, die kaum einen Windhauch durchließ. Die anderen Bewohner waren überwiegend ältere Männer, die in der Sonne saßen, plauderten und rauchten. Es war eine einsame Zeit, nur sie und Nick und die gelegentlichen Besuche von Lottie. Bei jeder sich bietenden Gelegenheit ging Hannah in den Botanischen Garten und lag im Gras, das schlafende Kind neben sich. Wenn sie hinauf in den blauen Himmel schaute, betete sie um das Ende für all dies. Keinen Krieg mehr. Kein sinnloses Töten mehr.

Wenn sie dann später zurück in ihr schäbiges Zimmer ging, Nick beschützend fest an ihre Brust gedrückt, wusste sie, dass es nur Wunschdenken war, mehr nicht.

Es wurde wärmer, und die Arbeit im nahe gelegenen Ploegsteert Wald ging weiter. Schilder und Landkarten wurden vorbereitet. Schießscharten wurden angelegt und der Keller eines Hauses an der Hauptstraße zur Befehlszentrale der Division umgewandelt. Große Mengen von Tarnnetzen, bestehend aus Jutestreifen und Bast, wurden in das Laubwerk der Bäume gehängt, um die sich sammelnden Truppen, Artillerie und Munition, vor den Augen der Feinde zu verbergen.

Es war hier, in diesem Wald mit dem dichten Baumbestand, dass Ben zum ersten Mal ganz nah das weiche Auftreffen von Granaten hörte und den Geruch von Chlor wahrnahm. Binnen Sekunden konnten die Männer kaum noch sehen, und sie mühten sich ab, die Gasmasken über ihre Gesichter zu ziehen, während ihnen die Tränen aus den Augen strömten.

Ben suchte seine unmittelbare Nähe nach einem Zeichen von Will ab, doch der Junge war nirgendwo zu finden. »Ich denke, Hayes hat ihn zum Transportdienst eingeteilt«, sagte Tom, der das Mundstück fortgenommen hatte, um sprechen zu können. »Er ist zurück in die Stadt.«

Das Gas stand über Stunden im Wald, tief am Boden gehalten durch das dichte Laub und die Windstille. Die Arbeiten wurden für den Tag eingestellt, und die Männer kehrten in ihre Unterkünfte zurück. Einige husteten und taumelten leicht, andere litten unter Übelkeit und Kopfschmerz. Für Ben war es schiere Frustration. Das Ende des Krieges war jetzt wieder um einen Tag entfernter.

Tage mit herrlichem hellem, schönem Wetter waren nur wenig Wiedergutmachung. Es fiel kein Regen, und der Schlamm trocknete. Die Vorbereitungen gingen weiter. Der erste Jahrestag ihrer Abfahrt von Australien kam und ging: zwölf Monate des Herumziehens, fremder Unterkünfte, immer wechselnder Landschaft. Auf gewisse Art war es ein Meilenstein, und er trug dem Rechnung, indem er einen Brief an Hannah schrieb.

Spät im Mai wimmelte der Wald von Ploegsteert von Truppen. Wochenlanger sporadischer Granatbeschuss der feindlichen Linien hatte in dem nahen Messines Ridge bereits jegliche Frühlingsvegetation vernichtet. Langsam verschwanden die Orientierungspunkte, kleine Hügel und Wasserläufe, in einer trostlosen Verschwendung umgeformter Erde, überragt von den jetzt zersplitterten Ruinen der Stadt. Der Wald, mit seinen neuen Wegen aus Laufbrettern, war nicht länger ein sicherer Ort, um das Phänomen des Frühlings zu beobachten. Der Duft der Wildblumen verlor sich in dem Gestank von Tränengas, und das Lied der Lerche war vom Pfeifen und Donnern der Granaten abgelöst worden.

Es war, als würde Ben Zeuge des Anfangs des Endes werden, einer entsetzlichen Monstrosität, der endgültigen Zerstörung der Welt. Wo würde das alles enden? Tagelang kämpfte er darum, sich erinnern zu können, wie es vor dem Krieg gewesen war, kämpfte er darum, sich an einen Tag zu erinnern, der nicht von erstickendem Gas oder donnernden Granaten oder Kugeln umnebelt gewesen war, die auf der Suche nach menschlichen Zielen durch die Luft zischten. Hass stieg in ihm auf, aber auch Verzweiflung. Einige Tage lang fürchtete er, diesen Ort niemals mehr zu verlassen. Er würde hier sterben, ein alter Mann, während die Bombardements und das Elend um ihn herum immer noch weitergingen. Es war schon jetzt ein immerwährendes Geschehen.

In der Nacht vor der Schlacht verließen die Infanteristen im Schutze der Dunkelheit ihre Unterkünfte und marschierten über dunkle Straßen, immer vier nebeneinander. Zu Tausenden hielten sie auf die Frontlinien zu. Begleitet vom leisen *pat-pat-pat* explodierender Gasgranaten nahmen sie ihre Stellungen in den Schützengräben ein, hinter dem weißen Markierungsband, das im nassen Gras entlang der Grenze des Niemandslands lag. Einige tranken durstig aus ihren Wasserflaschen. Andere rollten sich unter ihrem Mantel zusammen und versuchten zu schlafen.

Voraus in der Dunkelheit lag Messines Ridge, ein schwarzer unförmiger Hügel unter einem vollen Mond. Hin und wieder zog ein Lichtstrahl hoch in den Himmel, brach dort in helles Leuchten auseinander. Tief im unterirdischen Labyrinth feuchter Stollen legten die britischen und kanadischen Tunneleinheiten die letzten Sprengladungen unter die deutschen Schützengräben.

Ben legte den Rest des weißen Bandes aus und beobachtete alles um sich herum in schweigendem Entsetzen. Er beobachtete die Masse der Männer, die sich klaglos durch die Dunkelheit auf den möglichen Tod zu bewegten. Er hörte das Trampeln ihrer Füße auf dem trockenen Boden und das Murmeln ihrer Stimmen, und er fühlte Übelkeit in sich aufsteigen.

»Fertig?« Spud kam herangeschlendert, die Hände in die Taschen geschoben.

Ben riss sich aus seinen Gedanken und starrte den Freund blicklos an. »Ja.«

»Dann gehen wir am besten zurück, bevor Hayes die Suchmannschaft nach uns ausschickt.« Spud lehnte sich gegen einen Baum, zog eine Packung *Gold Flakes* aus seiner Tasche und nahm zwei Zigaretten heraus. »Wie wär' es vorher noch mit einem Glimmstängel? Nur einen, dann gehen wir.«

Das Streichholz flammte auf, und er hielt es Ben hin, wobei er schützend die Hand um die Flamme hielt. Für einen Moment beleuchtete sie sein Gesicht, die schroffen Linien. Ben machte einen Zug, und die Zigarette glühte auf, ein winziges rotes Licht in der Dunkelheit.

Spud legte den Kopf zurück gegen den Baumstamm und schloss die Augen. »Das wird eine tolle Show morgen. Ich wünschte, wir könnten hier sein, um das Feuerwerk zu sehen.«

Ben nickte. Ihre Kompanie befand sich während des ersten

Teils des Angriffs in Reserve und würde während einiger Tage nicht eingesetzt werden.

»Immer die Brautjungfer, niemals die Braut«, fügte Spud hinzu und zog eine Grimasse, seine Zähne waren ein blassweißer Fleck im Mondlicht. »Scheint so, dass wir die ganze Drecksarbeit kriegen, und wenn's um den richtigen Job geht, wo sind wir dann? In Reserve, um Himmels willen!«

»Wenigstens ist es sicherer«, erinnerte Ben ihn und wies mit einem Nicken hinüber zu den Linien der Schützengräben. »Wir haben mehr Chancen zu überleben als die Burschen dort.«

»Ja.« Spud grinste. »Aber der ganze Spaß geht an uns vorbei.«

Sie standen eine Weile dort, zogen hin und wieder an den Zigaretten. »Was wirst du tun, wenn das alles hier vorbei ist?«, fragte Ben schließlich, dem das Schweigen auf die Nerven ging.

Spud dachte eine Weile über die Frage nach. »Weiß nicht«, erwiderte er schließlich. »All dieses Herumziehen hat mir Appetit aufs Reisen gemacht. Vielleicht mache ich das für ein paar Jahre. Mir die Welt ansehen.« Er nahm noch einen Zug. »Könnte mir vermutlich Schlechteres vorstellen.«

»Ja.«

»Was ist mit dir?«

Die Antwort erforderte kein Nachdenken. »Ich werde auf dem ersten Schiff sein, das hier abfährt«, lachte Ben. »Ich kann es nicht erwarten, nach Hause zu kommen und Hannah und Nick zu sehen.«

»Du siehst das alles schon genau vor dir, was?«

Lag da eine Spur von Wehmut in Spuds Stimme? »Ja«, erwiderte Ben langsam. »Vermutlich tue ich das.«

»Du hast Glück«, meinte Spud nach einigem Nachdenken. »Ich hatte ein Mädchen, weißt du, ehe ich mich habe registrieren lassen. Es war ziemlich ernst mit uns, zumindest dachte ich das. Aber drei Wochen, nachdem ich abgefahren war, hatte sie einen neuen Kerl.«

»Das wusste ich nicht.«

»Nein.«

Ben fühlte sich plötzlich niedergeschlagen und trat seine Zigarette aus. »Ich weiß nicht, wie's dir geht, aber ich schlaf gleich im Stehen ein.«

»Dann geh zurück ins Camp«, sagte Spud und versetzte Ben einen freundschaftlichen Stoß. »Ich komm gleich nach, sobald ich mit meiner Zigarette fertig bin.«

Ben ging davon. Als er sich umwandte, konnte er sehen, dass Spud einen Schritt zur Seite gegangen war und jetzt an der Stelle stand, an der er noch vor wenigen Sekunden gestanden hatte. Spud hob die Hand zu einem Abschiedsgruß, im bleichen Licht des Mondes und auf die Entfernung hin war es eben noch zu sehen.

Gewehrfeuer knatterte zu Bens Rechter und vor ihm auf, nicht mehr als ein kurzes helles Aufflackern von Licht. Er zuckte unwillkürlich zusammen, erstarrte dann vor Entsetzen. Die Szene, die sich ihm vor dem hellen Schein bot, war wie eine Serie sich abspulender flackernder Bilder. Ein Blutstrahl. Spud, der mit der Hand seine Kehle umklammerte, in eine Masse breiigen Fleisches griff. Der kurze Ausdruck der Überraschung auf seinem Gesicht. Der Körper, der zusammensackte, vornüberfiel.

Noch mehr Schüsse peitschten auf, laute Explosionen, die in Bens Kopf dumpf widerhallten. Jemand riss ihn zurück, stieß ihn in Richtung des Camps. »Lauf! Lauf! Verschwinde von hier, du dummer Bastard, oder der Fritz wird dich auch abknallen!«

Es dauerte nur Sekunden, bis er begriff, dass das donnernde Geräusch von seinen eigenen Schritten kam, dass der keuchende Atem sein eigener war, der ihm wie ein Knebel alle Luft nahm.

Die Sache ist, dass nur Augenblicke vorher ich es hätte sein können. So geht das hier. Es ist eine Sache von Zentimetern, die einige von uns vom Leben und vom Tod trennt. Ich versuche, es gleichmütig zu sehen. Das »Wenn es so sein soll, wird es so sein«-Denken gegen das Glück, oder das Schicksal, oder einfach nur simples gutes Timing …

Hannah faltete Bens Brief zusammen und steckte ihn in ihre Tasche, dann schaute sie schuldbewusst auf die Uhr auf der Kommode. David hatte geschrieben – er glaubte, dass Hannah noch immer im Haus am Kangaroo Point wohnte –, und Lottie hatte den Brief vor einer Woche mitgebracht. Er würde für einen Tag in der Stadt sein, um irgendein Geschäft für die Bank zu tätigen. Sicherlich würde Hannahs Arbeitgeberin ihr freigeben – vielleicht für eine Stunde?

Sie fütterte Nick, ehe sie ging, und legte ihn in seine Wiege.

»Bleiben Sie aber nicht zu lange weg«, mahnte ihre Vermieterin, die, gegen ein paar Penny extra, zugestimmt hatte, auf ihn aufzupassen. »Ich will nicht, dass er aufwacht und alles zusammenschreit. Ich hab's nicht so mit Babys.«

Hannah hatte ihren schlafenden Sohn betrachtet, und eine Welle der Liebe hatte sie durchströmt. Die geröteten Wangen, die kleinen Finger gegen das Kissen gedrückt, die flatternden Augenlider, der Mund, der sich für einen kurzen Moment zum Nuckeln spitzte, ehe die Lippen sich wieder entspannten. Wovon träumt er?, fragte sie sich, als sie die Decke fest über seine Schultern zog.

Widerstrebend riss sie ihre Aufmerksamkeit von dem Kind los und zog sich an. Als sie vor dem fleckigen Spiegel stand, musterte sie sich kritisch, drehte sich, suchte an sich nach Anzeichen von Veränderungen. Seit sie ihren Bruder das letzte Mal gesehen hatte, hatte sie ein Kind zur Welt gebracht. Es gab doch bestimmt irgendwelche Anzeichen, irgendwelche Hinweise?

Ihr Gesicht war dünner geworden, ihre Wangen blasser. Ungeduldig kniff Hannah sie mit Daumen und Zeigefinger, um Flecken von leuchtendem Rot hineinzubringen. Ihr dunkles Haar war matt; sie hatte heute Morgen keine Zeit gehabt, es zu waschen. Geschickt flocht sie es zu einem dicken Zopf, kleine Strähnen lösten sich gleich wieder daraus und fielen über ihre Wangen. In letzter Minute zog sie sich einen leichten Mantel über und knöpfte ihn zu, um die Tristesse ihres Kleides zu verbergen. Sie warf Nick einen Handkuss zu und eilte hinaus auf die Straße.

Von David war nichts zu sehen, als sie in der Teestube ankam, in der sie sich verabredet hatten. Also setzte sie sich an einen der Tische, bestellte eine Kanne Tee und nahm wieder Bens Brief vor.

... Wir alle vermissen Spuds lustige Art, und es scheint unbegreiflich, dass wir ihn nie wiedersehen werden. Jede Minute erwarte ich, dass er durch die Tür unserer Unterkunft kommt und uns sagt, dass alles ein großes Missverständnis war. Aber natürlich wird das nie geschehen. Ich war auf seiner Beerdigung. Ich habe seinen Angehörigen geschrieben und ihnen mitgeteilt ...

Die Worte verschwammen, und Hannah schloss die Augen, löschte sie aus ihrem Blick. Was um alles in der Welt konnte man einem Elternpaar sagen, das ein Kind verloren hatte? Welche Worte konnten diesen Schmerz lindern? Als Mutter wusste sie um diese Dinge.

Die Sache ist, dass nur Augenblicke vorher ich es hätte sein können.

Die Worte, vorhin gelesen, drängten sich zurück in ihr Bewusstsein. Eine Kugel, sorgfältig gezielt in eine andere Richtung, und sie hätte einen anderen Brief gelesen, vielleicht von Tom geschrieben, der ihr berichtete, auf welche Weise Ben gestorben war.

Sie begriff, und der Atem stockte ihr in der Kehle, sie fürchtete, sie könnte ersticken. Gegen die aufsteigende Panik ankämpfend, saß sie sekundenlang da und hielt die Augen geschlossen. Sie gewann ihre Fassung wieder, zwang sich, regelmäßig zu atmen und ruhig zu sein.

Nach einigen Augenblicken öffnete sie die Augen und sah ihren Bruder auf sich zukommen. »David ...«, sagte sie und stand auf. David umarmte sie und ließ seine Arme ein wenig länger als gewöhnlich um Hannahs Schultern liegen.

»Es ist so lange her, Hannah«, sagte er, wobei sein Gesicht rasch diesen ernsten Bankangestellten-Ausdruck annahm. Entschlossen. Geschäftsmäßig. »Und ich komme zu spät, wie üblich. Wie gut, dass du schon Tee bestellt hast.«

Die Unterhaltung plätscherte dahin. David beklagte sich über die Verspätungen und die Unzuverlässigkeit der Züge, sprach von seinen Geschäften in der Bank. Über Davies Erfolge in der Schule wurde ebenso lang und breit berichtet wie über Lilys größer gewordenen Wortschatz. Was dachte Hannah über den Fortgang des Krieges? Wann hatte sie zum letzten Mal von Tom gehört?

Hannah schüttelte den Kopf und hörte zu, traute sich nicht, zu reden. Während sie über Tom sprachen und Enids Engagement beim *Comforts Fund* und dem Roten Kreuz, stieg in ihr der dringende Wunsch auf, ihrem Bruder von Nick zu erzählen. Einige Male war sie schon drauf und dran gewesen, hatte ihr unbeabsichtigt eine Bemerkung über ihn entschlüpfen wollen. Du hast einen Neffen, könnte sie sagen. Er ist blond, wie sein Vater, und hat ein Lächeln, das selbst das dunkelste Zimmer erhellen kann.

Gefangen zwischen dem Wunsch, es zu sagen, und der Angst vor der Reaktion ihres Bruders, zauderte sie, wehten seine Worte durch ihren Verstand wie trockene Blätter, zwar gehört, aber nicht aufgenommen. Ihre eigenen Worte würgten sie, erstarben ihr in der Kehle. Was sollte sie sagen? Wie das Thema zur Sprache bringen, ohne Kummer auszulösen?

Sie starrte ihren Bruder an, beobachtete seine Hände, die er beim Sprechen bewegte, die irgendeinen Punkt unterstrichen. Wenn ihm etwas auffällt, wenn er anfängt, unangenehme Fragen zu stellen, werde ich es ihm sagen, gab Hannah sich selbst das Versprechen.

Doch der Augenblick kam nicht. Sie wurden von der Kellnerin unterbrochen, und David bestellte etwas zu essen, einen großen

Teller mit Sandwiches, und Hannah griff herzhaft zu. Es war Stunden her, seit sie zum Frühstück eine kleine Schale Porridge gegessen hatte.

»Du siehst blass aus, Hannah. Geht es dir gut?«, fragte David, die Brauen besorgt zusammengezogen.

Es war fast zu viel, es zu ertragen. Die Lügen, die Ausflüchte. Sag es ihm, drängte eine innere Stimme. Aber es war zu spät. Wenn sie fähig gewesen wäre, sich ihm in den frühen Tagen ihrer Schwangerschaft anzuvertrauen, wäre es leichter gewesen, aber nicht jetzt. Zu viel war geschehen, zu viel Zeit war vergangen.

Sie schaute auf die Uhr an der Wand, erschrocken sah sie, dass fast drei Stunden vergangen waren. Sie hatte der Vermieterin versprochen, nicht lange fortzubleiben. Nick würde bald zum Füttern aufwachen, ihre Aufmerksamkeit verlangen.

»Ich muss gehen«, sagte sie, schob den Stuhl zurück und erhob sich unsicher auf die Füße.

Als sie die Tür erreicht hatte, schaute sie sich noch einmal um. David stand noch am Tisch. Er starrte ihr nach, ein verwirrter Ausdruck lag auf seinem Gesicht, als er die Hand zum Abschiedsgruß hob. Wieder draußen auf der Straße, rannte sie, um die Straßenbahn zu bekommen.

Nick schrie protestierend und mit rotem Kopf auf dem Arm der Vermieterin, die wartend auf dem Gehsteig hin und her ging, als Hannah zur Pension zurückkam.

»Sie haben gesagt, Sie bleiben nur ein paar Stunden weg!«, sagte sie anklagend und drückte Nick unsanft in Hannahs Arme. »Dieser Teufelsbraten schreit nach Essen.«

Gedemütigt floh Hannah in ihr Zimmer. Dort setzte sie sich auf das Bett, knöpfte ihre Bluse auf und legte Nick, der jetzt Schluckauf hatte, an die Brust. Er war schnell besänftigt, und seine Haut nahm wieder ihre normale Farbe an, während er seine Hände schloss und öffnete und gegen sie drückte. Binnen Minuten war er eingeschlafen, dunkle Wimpern beschatteten seine Wangen.

KAPITEL 23

In der ersten Februarwoche, zusammen mit dem Rest des Manuskripts für ihren Verleger, brachte Callie die Anfrage nach Nicks Geburtsurkunde zur Post. Sie sah zu, wie der Umschlag, adressiert an das *Department of Births, Deaths and Marriages* in den dunklen Abgrund des Briefkastens glitt, und seufzte. Ihre Suche nach Hannahs Vergangenheit hatte kaum begonnen. Es gab noch so viel zu erfahren, und sie fühlte, dass sie noch ganz am Anfang stand.

Doch zunächst, nachdem sie ihrer Pflicht gegenüber ihrem Verleger erst einmal Genüge getan hatte, stand ihr ein wenig Zeit zur Verfügung. Zeit, um die Wohnung gründlich zu putzen, dachte sie und verzog das Gesicht, um Aufgeschobenes zu erledigen und um einiges an noch ausstehender Korrespondenz aufzuholen. Zeit, dachte sie voller Erwartung, um mich richtig in die alten Briefe vertiefen zu können.

Aber jetzt, sagte sie sich nach einem Blick auf ihre Uhr, war es halb eins. Mittagszeit, und ein Essen zur Feier des Tages schien durchaus angebracht. Sie würde Jill auf gut Glück im Büro anrufen. Vielleicht hatte ihre Freundin ja noch nichts geplant.

Jill bot ihr glücklich an, auf den mitgebrachten Salat und das Knäckebrot zu verzichten. »Du hast mich vor meiner Diät gerettet«, lachte sie und stellte die Lunchbox in den Schrank neben ihrem Schreibtisch. »Dann los, Callie.«

Callie führte ihre Freundin ins *Red Lobster*, eines der eher teuren Restaurants der Stadt. »Du bist eingeladen«, erklärte sie großmütig. »Ich habe wieder ein Buch fertig und ein paar Wochen Freiheit, ehe ich mich in die Druckfahnen vergraben muss.«

Die Kellnerin führte sie zu einem Tisch am Fenster, von dem aus man einen guten Blick auf die Straße hatte, und Callie bestellte eine Flasche Wein. »Du feierst ja richtig!«, lachte Jill, während die Kellnerin die Flasche entkorkte und dann ihre Bestellungen aufnahm.

Sie unterhielten sich während des Essens, holten auf, was es gegenseitig an Neuigkeiten der vergangenen Wochen zu berichten gab, gestikulierten, die Gabeln in der Luft, kicherten über Jills neueste Romanze. Während der Kaffee vor sie hingestellt wurde, schaute Callie aus dem Fenster. Ein beständiger Strom von Autos floss auf der Straße dahin, und auf den Gehsteigen eilten Einkaufende und Büroangestellte vorbei. Und mittendrin, durch eine Lücke in der Menge der Vorbeigehenden, entdeckte sie eine vertraute Gestalt.

Es war Stuart. Er hatte ihr den Rücken zugewandt und überquerte entschlossen die belebte Straße, bahnte sich seinen Weg durch den Verkehr. Er hatte die Mitte der Fahrbahn erreicht, als er grüßend die Hand hob. Eine Frau, die auf der anderen Seite wartete, winkte zurück. Als Stuart schließlich vor der Frau stand, legte er ihr die Hände auf die Schultern und küsste sie.

Es war kein freundschaftlicher Kuss, rechts und links auf die Wangen, sondern ein langer und hingebungsvoller auf den Mund. Die Hand der Frau legte sich um Stuarts Nacken, hielt ihn fest. Dann, als sie losgingen, glitt Stuarts Hand über den Rücken der Frau, weiter herunter zum Po. Er kniff sie spielerisch. Die Frau wandte Stuart den Blick zu, warf den Kopf in den Nacken und lachte.

Callie starrte hinüber, unverwandt, während ein Mantel der Erstarrung sich über sie legte. Für einen kurzen Moment war ihr Verstand wie eingefroren, das Bild von Stuarts Hand brannte einen Abdruck in ihr Gehirn. Seine Hand, die auf eine so überaus vertrauliche Weise die andere Frau berührt hatte. Das Begreifen versetzte Callie einen Stich, und erst jetzt wurde sie sich plötzlich des Drucks um ihre eigene Hand bewusst.

Es war Jill. »Callie, was ist denn? Du siehst aus, als hättest du einen Geist gesehen.«

Callie wies mit einem Nicken zum Fenster. Jill beugte sich vor und erhaschte einen Blick auf Stuart und seine Begleiterin, kurz bevor die beiden um die Ecke bogen und außer Sichtweite waren. »O Gott«, stieß sie hervor und schlug die Hand vor den Mund. »Wer ist sie?«

»Eine Architektin aus Stuarts Büro«, erwiderte Callie dumpf. »Priscilla oder Pru – oder so ähnlich.«

Das Herz klopfte ihr wie verrückt in der Brust, als ihr Blick plötzlich verschwamm. Sie schloss ganz fest die Augen, zwang die Tränen zurück. »Hier«, sagte Jill und drückte ihr eine Serviette in die Hand. Dann, besorgt: »Um Himmels willen, Cal, weine nicht.«

Callie trocknete sich automatisch die Augen. Ihre Hände schienen sich in einem eigenen Rhythmus zu bewegen, kleine zittrige Bewegungen, die zu beherrschen sie machtlos war. Eine Sturzflut verschiedenster Gefühle tobte in ihr. Ungläubigkeit. Bestürzung. Verwirrung. Es war beschämend, dass Jill sie so sehen musste, so reduziert auf ein schluchzendes Häufchen Elend über eine mögliche Untreue Stuarts. *Mögliche* Untreue? Der Gedanke hämmerte beharrlich, verlangte Aufmerksamkeit, und sie schüttelte den Kopf, verdrängte ihn. Er könnte, er *würde* ihr das doch nicht antun, oder?

Sie schaute hinunter. Unbewusst hatte sie die eine Ecke der Serviette um ihren Zeigefinger gewickelt, hatte den Stoff festgezogen wie einen Korkenzieher. »Wahrscheinlich gibt es eine ganz logische Erklärung für das, was wir gerade gesehen haben«, flüsterte sie, ihre Stimme ließ sie unvermutet im Stich.

»Cal?« Sie schaute auf. Jill sah sie besorgt an.

»Nein.« Sie schüttelte entschlossen den Kopf. »Ich halte mich selbst zum Narren, nicht wahr? Nach dem, was ich gerade gesehen habe, sind sie mehr als einfach nur gute Freunde. Ich frage mich, wie lange das schon geht.«

Jill sah nachdenklich aus. »Ich habe sie ein paar Mal zusammen gesehen. Ein paar Monate, schätze ich.«

Kränkung wallte in ihr auf, formte sich zu einer harten Kugel in ihrer Brust. »Und du hast mir nichts gesagt? Jilly, ich dachte, du wärst meine beste Freundin.«

»Und was hätte ich sagen sollen? He, ich glaube, dein Freund hat eine Affäre. Komm schon, Cal. Außerdem war ich mir nicht sicher, bis jetzt«, fügte sie finster hinzu. »Bastard!«

Ein Teil von ihr wollte hinter Stuart herlaufen, eine Erklärung verlangen. Wie lange schon? *Warum? Warum? Warum?* Doch andererseits würde sie es verabscheuen, ihm gegenüber stehen und die Wahrheit hören zu müssen, zu wissen, dass es das Ende ihrer bröckelnden Beziehung bedeutete. Mehr als zwei Jahre des Liebens und Zusammenlebens in den Schmutz getreten, ihr ins Gesicht geschleudert. Ein Gefühl des Verratenwordenseins drohte sie zu überwältigen. Sie stand auf, schwankte unter dem Ansturm dieses Gefühls.

Sie kramte in ihrer Tasche, zog zwei Fünfzigdollarscheine heraus und legte sie auf den Tisch. »Das sollte für's Essen reichen«, sagte sie.

Sofort war Jill neben ihr. »Lass mich dich nach Hause bringen. Ich denke nicht, dass du fahren solltest.«

»Nein!«

Einige der anderen Restaurantbesucher starrten zu ihnen herüber, bemerkte Callie, hatten sich umgewandt, um zu sehen, woher die Unruhe rührte. »Jill«, sagte sie fest, »ich möchte allein sein. Ich brauche kein Mitleid. Ich will keine Plattitüden hören. Ich muss nachdenken.«

Irgendwie brachte sie die Kraft auf, davonzugehen. Über die scheinbar endlose Ausdehnung des Teppichs, zwischen den Tischen und Stühlen hindurch ging sie davon, vorbei an der Bar und dem überrascht dreinschauenden *maître d'*, bis sie auf dem Gehweg stand, in die Richtung starrte, in die Stuart verschwunden war. Aus tränenverschleierten Augen schaute sie hinüber zu dem alten Bankgebäude, in dem ihr Urgroßvater David Corduke sich vor all diesen lange zurückliegenden Jahren um die Geldgeschäfte der Stadt gekümmert hatte.

Plötzlich fühlte sie sich innerlich krank, als müsste sie sich übergeben. Die alles umfassende Übelkeit ließ sie taumeln, machte sie schwindelig.

»Bist du okay?« Es war Jill, die jetzt neben ihr stand und ihr tröstend die Hand auf den Arm gelegt hatte.

Ihre Besorgtheit war fast zu viel, sie zu ertragen. Callies Herz brach mit einem scharfen Schmerz, der sie ihrer Kraft beraubte und sie verletzlich und ungeschützt zurückließ. Sie schluchzte unterdrückt, barg das Gesicht in beiden Händen. »Nein!«

»Bitte, Callie, du bist nicht in der Verfassung –«

Callie trat einen Schritt zurück und holte tief Luft. In ihr war ein beharrlicher und drängender Impuls zu fliehen, auch wenn sie nicht wusste wohin, diesen plötzlichen und erschreckenden Gefühlen zu entkommen.

»Es tut mir leid, Jill. Ich kann nicht bleiben. Ich muss hier weg. Bitte komm mir nicht nach!«

Sie begann zu rennen, den Gehsteig entlang, in die entgegengesetzte Richtung, in der Stuart verschwunden war, und lief schließlich um die Ecke zu ihrem Wagen. Für einen Moment saß sie hinter dem Lenkrad und rang nach Luft. Wie blind starrte sie durch die Windschutzscheibe. Die Passanten waren verschwommene, sich bewegende Schemen, kaum zu erkennen, kaum wahrzunehmen, ihre Existenz ausgeblendet durch überwältigende, wenn auch unklare Gefühle. Hass. Verzweiflung. Ein Gefühl von totalem Verrat.

Ohne dass es ihr bewusst war, drehte Callie den Schlüssel im Zündschloss um und lenkte den Wagen auf die Straße. Sie fuhr ohne Ziel durch Straßen, in denen sie seit Jahren nicht mehr gewesen war, sah nichts außer der Straße vor sich, während sie die Verzweiflung über einen Verlust durchlebte.

Schließlich hielt sie vor dem Haus in der Brunswick Street. Sie starrte auf das große Schild, das am Vorderzaun angebracht war. »Zu verkaufen« stand darauf. Das Haus schien verlassen, die Vorhänge waren zugezogen. Heute ist Donnerstag, erinnerte sie sich dumpf. Bonnie und Freya würden bei ihrem wöchentlichen Treffen der *Senior Citizens* sein. Wie auch immer. Aber warum war sie hierhergekommen? Was würde sie ihnen sagen? »Ich glaube, Stuart hat eine Affäre mit irgendeiner Smarten und Schönen, und der Gedanke an die Täuschung, an die Lügen, bringt mich innerlich um.«

Verzweifelt lenkte sie den Wagen weiter in Richtung Meer, fuhr die engen, sich windenden Straßen hinunter, die zur Promenade führten, und parkte unter dem grünen Baldachin der Pinien. Der Himmel war bedeckt, und es blies ein Südostwind, der die Wellen aufwühlte und ihnen weiße Schaumkronen aufsetzte. Der Strand war um diese nachmittägliche Zeit so gut wie menschenleer. Nur ein paar Surfer tummelten sich an der fernen Linie der Brecher. Callie zog sich die Schuhe aus und ging durch den Sand.

Das letzte Mal war sie mit Michael und Timmy hier gewesen, und sie dachte zurück an diesen glücklichen, sonnigen Tag. Ein Frösteln ließ sie schaudern, und sie stemmte sich mit dem Rücken gegen den Wind. Sie ging vorbei an den vereinzelt dasitzenden Anglern und dann weiter den langen einsamen Strand entlang; Wogen von Meerschaum und Wasser umspülten ihre Füße. Die Flut kam und stieg mit jedem herankommenden Schwall unaufhörlich höher. Als sie schließlich stehen blieb und zurückschaute, waren die Pinien und der Pavillon der Rettungsschwimmer weit entfernt und nur noch als kleine Punkte erkennbar.

In diesem Augenblick fiel ihr der Name von Stuarts Begleiterin ein. Sie hieß nicht Priscilla oder Pru, sondern Primrose. Verdammt blöder Name, dachte sie und erinnerte sich an Stuarts geflüsterte Bemerkung, nachdem Callie dieser Frau auf der jährlichen Weihnachtsparty begegnet war, nur wenige Wochen zuvor. »Sie nennen sie die ›Kleine Miss Prim‹«, hatte er gesagt und gelächelt, offenbar zufrieden über seine Hinterlist.

Callie saß im Sand und spürte durch ihr Kleid dessen Feuchtigkeit, aber es kümmerte sie nicht. Nichts war mehr wichtig. Stuart. Die Wohnung. Sein Betrug hatte beides bedeutungslos werden lassen. Sie fuhr mit den Fingern durch den Sand und fühlte die harten Körnchen, die sich an ihrer Haut rieben.

Es war fast schon dunkel, als Callie nach Hause kam. Als sie die Wohnung betrat, nistete sich ein Gefühl von Furcht in ihrem Magen ein. Eine Konfrontation mit Stuart war unvermeidlich, auch wenn sie ihr am liebsten aus dem Weg gegangen wäre. Schon als Kind hatte sie Streit gehasst.

Stuart hantierte in der Küche herum und summte dabei. Callie stand in der Tür und beobachtete ihn schweigend,, während in ihrem Kopf abscheuliche Gedanken herumschwirrten.

»Ah, Cal, da bist du ja. Ich habe mich schon gefragt, wo du bleibst.«

Nichtssagende Worte kamen aus seinem Mund. *Betrüger, Lügner*, wollte sie rufen, aber die Anschuldigung hing wie gefangen in ihrer Kehle. Stuart kam zu ihr und wollte sie auf die Lippen küssen. Im letzten Moment wandte sie den Kopf ab, und sein Mund landete in der Nähe ihres rechten Ohres. Er richtete sich auf und sah sie überrascht an.

»Was ist los?«

»Das wollte ich dich gerade fragen.«

Sein Gesicht nahm einen ungehaltenen Ausdruck an. »Ich weiß nicht, was du meinst.«

»Ich meine heute in der High Street, gegen ein Uhr. Jill und ich haben dort zu Mittag gegessen. Ich habe dich mit dieser Frau gesehen. Zuerst hast du ihr deine Zunge bis fast in den Hals gesteckt, und dann hast du deine Hand auf ihren Hintern gelegt. Und da fragst du allen Ernstes *mich*, was los ist?«

Stuart zuckte mit den Schultern und wandte sich wieder der Küchenanrichte zu. Callie sah, dass er sich einen Bourbon mit Eis gemacht hatte.

»Wie lange geht das schon?«, fragte sie. »Vermutlich bin ich die Letzte, die es erfährt.«

»Nun, du bist ja nie da!«, explodierte er und drehte sich mit dem Drink in der Hand zu ihr um. »Was erwartest du von mir? Dass ich hier herumsitze und Däumchen drehe, bis du beschließt, ein bisschen Zeit für mich zu erübrigen?«

»Ich habe versucht, dich in jeden Teil meines Lebens einzubeziehen«, erwiderte sie wie betäubt. »Aber du warst nicht interessiert.«

Stuart stellte das Glas mit einem Knall auf die Anrichte, sodass etwas von dem Inhalt herausspritzte. »Wenn du nicht gerade vor deinem Computer sitzt, rennst du entweder herum, um etwas über tote Leute herauszufinden, oder du hockst da und steckst deine Nase in diese alten Briefe.«

Er schien sehr wütend auf sie zu sein, und das tat weh. Hatte sie sich wirklich so verhalten, wie er ihr vorhielt? Jagte sie tatsächlich Geistern nach? Callie schüttelte den Kopf. Sie hatte doch nur versucht, die Teile aneinanderzufügen und sich Klarheit zu verschaffen.

»Sie sind ein Teil von mir, von meiner Geschichte. Wenn du dich darauf eingelassen hättest, würdest du die Dinge anders sehen.«

Aber Stuart hatte nicht vor, sich beschwichtigen zu lassen, wie sie feststellte, als er erbost weiterredete, sein Gesicht eine Maske des Zorns. »Und Michael. Du hast viel Zeit mit ihm verbracht. *Mit deinem Freund.* Denk nicht, ich wüsste nicht, was da vor sich geht!«

Aufgestaute Wut schien sich in ihm festzusetzen, und wie üblich stellte er die ganze Sache auf den Kopf, indem er ihr die Schuld gab. Sie fühlte heftigen Zorn aufwallen. »Da ist nichts, absolut *nichts* zwischen Michael und mir! Er ist ein Freund, das ist alles, und ich genieße seine Gesellschaft, was mehr ist, als ich in den letzten Monaten über deine sagen kann. Du bist launisch und gereizt und wortkarg … und eifersüchtig!«

Sie sah seine Hand auf sich zukommen und fühlte deren Kraft, als sie sie unter dem Kinn traf und ihr den Kopf in den Nacken presste. Ihre Zähne schlugen mit einem widerhallenden Ton aufeinander. Seine Stimme war ein Zischen, und seine Worte taumelten durch ihr Bewusstsein. »Um Gottes willen, Callie! Komm zur Besinnung!«

Er hatte sie noch nie geschlagen. Hat er es jemals gewollt?, fragte sie sich, und der Gedanke glitt ziellos durch ihren ohnehin betäubten Verstand. Die Tat hatte offensichtlich auch Stuart überrascht. Sein Gesicht war ein sich veränderndes Kaleidoskop von Masken, Zorn wich Erstaunen, dann Reue. Plötzlich sah er hilflos aus, fast bekümmert. »Callie, ich wollte das nicht. Ich wollte dich nicht schlagen.«

Ihr fiel keine Antwort ein.

»Um Gottes willen! Sag was! Es tut mir wirklich leid. Irgendwie bin ich ausgerastet. Mir ist in letzter Zeit alles ein bisschen zu viel geworden. Nicht nur du, auch die Arbeit und ...«

»Und Primrose?«, unterbrach sie ihn kalt.

Sie wandte sich ab und ging. Dankenswerterweise machte er keine Anstalten, ihr zu folgen. Sie musste allein sein, wollte keine weitere Unterhaltung mit diesem Mann, der ihr Liebhaber gewesen war und der sie so schändlich betrogen hatte. Er hatte die Affäre nicht geleugnet, hatte aber auch nichts zugegeben. Aber sie wusste es. Sie *wusste* es.

Callie schlief schon, als Stuart später ins Bett kam und unter die Decke schlüpfte. Sie erwachte mit einem Ruck.

»Es tut mir leid, Cal«, flüsterte er, beugte sich über sie und hauchte Küsse auf ihren Arm. »Ich wollte das nicht. Es war ein schrecklicher Fehler.«

»Ein Fehler?« Sie war jetzt hellwach und zog sich von ihm zurück. Sprach er davon, dass er sie geschlagen hatte, oder über Primrose oder über beides?

»Hör zu, es ist vorbei mit ihr.«

Also *war* da doch etwas gewesen. »Ich will nicht darüber reden. Es ist spät, und ich bin erschöpft, falls du das nicht bemerkt haben solltest.«

»Callie!« Er legte die Hände auf ihre Schultern und schüttelte sie leicht. »Um Himmels willen, wir müssen reden. Wir können so nicht weitermachen.«

»Nein, das können wir nicht«, erwiderte sie müde und versuchte, bis an den Rand der Matratze auszuweichen.

Aber Stuart ließ nicht locker. Rau zog er sie zu sich, seine Hände suchten ihren Körper, tasteten über ihr Gesicht, ihre Brüste, glitten über ihren Bauch und unter das übergroße T-Shirt, das sie im Bett trug.

»Stuart! Nein!«

Sie wehrte ihn ab, doch er bedeckte ihren Mund mit seinem, und sie roch den scharfen Geruch nach Whisky. Er lag jetzt auf ihr, seine Hände fassten sie, seine Finger suchten drängend. Sein Gewicht drückte sie nieder, sie spürte seine stoßenden Bewegungen wie aus weiter Ferne, hörte sein keuchendes Stöhnen und fühlte sich benutzt. Wie ein Stück Vieh, erkannte sie. Ein Gefühl der Endgültigkeit lag über allem.

Obwohl sie es versuchte, konnte Callie später nicht schlafen. Als sie dann Stuarts gleichmäßige Atemzüge hörte, schlüpfte sie aus dem Bett, ging unter die Dusche und wusch die Spuren von ihrem Körper, die er hinterlassen hatte. Um sich von dem quälenden Grübeln abzulenken, ging sie in das Arbeitszimmer und stellte den Computer an.

Sie öffnete die Datei, die die Skizze für Hannahs und Bens Geschichte enthielt. Worte und Sätze starrten sie an, eine ungeordnete Sammlung von Gedanken und Zitaten aus den Briefen. Wie blind starrte Callie auf den Bildschirm, zwang ihren Verstand zum Arbeiten, doch die Worte wollten nicht kommen. Alles, was sie sah, war das Bild von Stuart, der die Straße entlangging, seine Hand, die die Frau streichelte. Und Callie fühlte sich innerlich krank.

Gleich nach dem Mittag klopfte es an der Tür, und Callie ging hin, um zu öffnen. Es war Jill.

»Ich habe nur ein paar Minuten«, erklärte sie. »Mittagspause.« Sie blieb stehen und sah Callie prüfend an. »Geht es dir gut?«

»Nein.«

»Willst du darüber reden?«

Callie zuckte die Achseln. »Worüber?«

»Sag mir, wie du dich fühlst. Vielleicht hilft es, wenn du es dir von der Seele redest.«

Callie versuchte zu lächeln, aber es misslang ihr. Stattdessen verzog sich ihr Mund zu einer einseitigen Grimasse. »Wie ich mich fühle? Soll das ein Witz sein? Nun, lass mich überlegen. Verletzt, betrogen. Am Boden zerstört. Wie wär's damit für den Anfang?«

»Ist das alles?«

Erzürnt schüttelte Callie den Kopf. »Es ist die Art, wie er diese Affäre öffentlich zur Schau stellt. Was, um alles in der Welt, hat er sich dabei gedacht? In einer kleinen Stadt wie dieser wird doch bestimmt darüber geredet. Wie konnte er zulassen, dass ich es auf diese Weise herausfinde?«

Jill ging durch das Zimmer und setzte sich aufs Sofa. Sie zog die Beine hoch und schwieg, doch sie sah Callie prüfend an.

»Um Himmels willen, Jill. Was soll ich tun? Vergessen, dass das jemals passiert ist? Alles verzeihen wie eine ergebene ...« Sie fand keine Worte mehr, stand nur da und fühlte Tränen in sich aufsteigen. »Ich habe so viel investiert in diese Beziehung, gefühlsmäßig und finanziell. Ich kann nicht einfach weggehen!«

»Warum nicht?«

»Er sagt, es tut ihm leid«, erwiderte sie, und die Worte klangen selbst in ihren Ohren pathetisch. »Ich hätte ihn vernachlässigt, hätte ihn zu oft allein gelassen. Wenn ich doch nur ...«

»Unsinn! Stuart weist dir die Schuld für etwas zu, das er getan hat. Oder hast du ihn in die Arme dieser anderen Frau gezwungen?«

»Natürlich nicht!«

»Mit anderen Worten, er hat es aus freiem Willen getan?«

»Ich – ich denke ja. Wenn man es so sieht.«

»Callie, ich wollte niemals diejenige sein, die es dir sagt, aber es ist nicht das erste Mal, und ich bin sicher, es wird nicht das letzte Mal sein. Wie kannst du mit diesem Wissen weitermachen?«

Callie wandte sich ab und legte die Hände auf die Ohren, als wollte sie versuchen, die Worte abzublocken, auch wenn es zu spät war und sie schon ausgesprochen worden waren. Die Möbel um sie herum schienen zu schwanken, als würden sie in die Mitte des Zimmers gezogen werden. Stimmte das, was die Freundin gesagt hatte? Wenn Jill es wusste, wie viele andere wussten dann noch davon? Stuart war offensichtlich nicht sehr diskret vorgegangen.

Sie wusste, dass sie zu einer Entscheidung kommen musste, aber sie war unfähig, einen klaren Gedanken zu fassen. »Ich weiß nicht, was ich will«, erwiderte sie leise. »Sag mir, was soll ich tun?«

»Gehen«, erwiderte Jill einfach. Sie stand auf, ging zu Callie und legte die Arme um ihre Schultern. »Sieh dich doch mal hier um! Das bist nicht du. Alles ist steril und klinisch. Zieh aus, und richte dir dein eigenes Leben ein, bevor du wegen dieses widerlichen Kerls emotional verkrüppelt endest.«

Jill verstummte und biss sich auf die Lippen. »Es tut mir leid. Ich sollte dich nicht beeinflussen. Sieh mal, ich habe nie vorgegeben, Stuart zu mögen, und ich habe nicht vor, jetzt damit anzufangen. Aber um Gottes willen, Callie, ich kann es nicht ertragen, dich so zu sehen. Halte dich doch nicht selbst zum Narren. Nichts wird sich ändern. Nicht jetzt! Nicht in der Zukunft! Er wird immer Entschuldigungen parat haben und versuchen, dich für seine Unzulänglichkeit verantwortlich zu machen. Kannst du für den Rest deines Lebens so leben?«

Die Antwort darauf war einfach. »Nein.«

Jill schaute auf ihre Uhr. »Es tut mir leid, ich muss wieder zur Arbeit. Ich hasse es, dich in dieser Verfassung allein zu lassen. Wirst du zurechtkommen?«

Callie nickte. »Danke, dass du vorbeigeschaut hast. Ich glaube, ich werde über vieles nachdenken müssen.«

Sie war im Schlafzimmer und packte einige Dinge in eine kleine Reisetasche, als sie hörte, dass sich der Schlüssel im Schloss drehte. Es war Stuart.

»Callie? Bist du zu Hause?«

Entschlossen überhörte sie ihn und zog den Reißverschluss der Tasche zu, als sie seine Schritte die Treppe heraufkommen hörte. Stuart tauchte in der Tür auf. Er sah leicht zerzaust aus, und auf seinem Gesicht lag ein ärgerlicher Ausdruck.

»Was geht hier vor?«, fragte er, den Blick auf die Tasche gerichtet.

»Wonach sieht es denn aus?«

Es war anstrengend, mit ihm zu sprechen, die Worte stockten, ihre Stimme war angespannt. Er würde Erklärungen verlangen, die zu geben sie nicht bereit war. Sie zuckte stattdessen mit den Schultern und wandte sich ab.

»Verdammt noch mal, Callie!«

»Ich gehe jetzt«, sagte sie und versuchte, ihrer Stimme Festigkeit zu verleihen, während sie die Tasche vom Bett hob. Stuart stand in der Tür und versperrte ihr den Weg. Sie hoffte, er würde beiseitegehen. Der Gedanke, sich an ihm vorbeidrücken und dabei seinen Körper berühren zu müssen, weckte ein Gefühl des Widerwillens in ihr.

»Wohin gehst du?«

»In ein Motel. Ich komme morgen oder in den nächsten Tagen vorbei, um meine restlichen Sachen zu holen.« Die Worte klangen, als kämen sie aus weiter Ferne. Ein verschwommener Klang. Als kämen sie aus einem anderen Mund, nicht aus ihrem.

Sie war sich eines scharfen Einatmens bewusst, als Stuart in den Korridor zurücktrat und sie vorbeigehen ließ.

»Callie! Warte! Können wir nicht reden?«

Sie zuckte mit den Achseln und ging die Treppe hinunter, jeder Schritt schwer und endgültig. Es schien fast zu anstrengend zu sein, den Mund zu öffnen, sich Worte zu überlegen. Was sollte sie sagen? War noch *irgendetwas* ungesagt geblieben?

Noch schlimmer wäre es, wenn sie weinen müsste. Sie wusste, dass sie niemals würde aufhören können, hätte sie einmal angefangen.

Der Klang seiner Schritte auf dem Teppich war zu hören, dicht hinter ihr. »Du kannst nicht einfach *gehen*. Was ist mit uns?«

»Es gibt kein *uns*«, erwiderte Callie dumpf. Sie hatte die unterste Stufe erreicht und stellte die Tasche auf die Fliesen, dann wandte sie sich um und sah ihn, seiner Vorwände müde, an. »Das gab es nie. Es gab dich, und es gab mich. Und dazwischen waren die anderen Frauen. Mein Gott, Stuart! War ich die Letzte, die es erfahren hat?«

Er hatte den Anstand, reumütig auszusehen. »Es hat nichts bedeutet. Ein dummer Fehler.«

»Versuch nicht, herunterzuspielen, was geschehen ist. Ich habe dir vertraut. Was meinst du, wie ich mich fühle?«

»Ich liebe dich.«

»Nein, Stuart. Du liebst dich. Ich war nie wichtig.«

»Du willst also wirklich gehen?«

»Ja.«

»Was ist mit der Wohnung?«

»Die Wohnung!« Sie starrte ihn ungläubig an. »Du hast eine Affäre! Unsere Beziehung ist vorbei – und alles, woran du denken kannst, ist die Wohnung?«

Er zuckte lässig mit den Schultern, zog sie auf eine aufreizende Art hoch. »Irgendwann müssen wir ja darüber reden.«

»Wir werden darüber reden, wenn *ich* dazu bereit bin. Aber gerade jetzt will ich nicht darüber nachdenken«, fügte sie wütend hinzu und ging zur Tür.

Minutenlang saß sie dann im Auto und schaute hinauf zur Wohnung. Alle Lampen brannten, dennoch konnte sie hinter den zugezogenen Vorhängen keine Bewegung wahrnehmen. War Stuart schon am Telefon? Erzählte er Primrose gerade, auf welch gemeine Weise Callie ihn verlassen hatte?

Ihr Bewusstsein verweilte eine oder zwei Sekunden lang bei

diesem Gedanken, als sie sich vorstellte, wie er die Nummer wählte, sein atemloses Hallo ausstieß. Das Bild flackerte und zitterte, wie ein alter Schwarzweißfilm. Eine Vielzahl widerstreitender Gefühle kämpften um ihre Aufmerksamkeit, prallten aufeinander, lenkten ihre Gedanken in eine neue Richtung.

Sie schloss die Augen, sperrte den Anblick der hell erleuchteten Fenster aus und drängte die Gedanken fort, während sie ein Gähnen unterdrückte. Sie war müde, so müde. Zu erschöpft, das wusste sie, um klar zu denken. Jetzt musste sie erst einmal ein günstiges Motelzimmer finden. Dann würde sie duschen, zwischen die kühlen Laken schlüpfen und bis zum nächsten Morgen schlafen. Danach könnte sie sich entscheiden, wie es weitergehen sollte.

Mit einem tiefen Seufzen ließ sie den Motor an, der schnurrend zum Leben erwachte.

KAPITEL 24

Von der kleinen Stadt Romarin aus beobachtete Ben im Morgengrauen den Beginn des Angriffs. Selbst aus dieser Entfernung hörte er das laute gedämpfte Grollen, wenn die unterirdischen Stollen explodierten. Einundneunzigtausend Pfund Ammonal. Neunzehn Minen um sie herum in einem weiten Bogen.

Die Erde bebte und bäumte sich unter seinen Füßen, in starken vibrierenden Stößen, die ewig anzuhalten schienen. Der entfernte Hügelkamm leuchtete in flüssigem Rot, das zu samtroten Fontänen wurde, die himmelwärts spuckten. Eine pilzartige Wolke folgte, breitete sich aus und stieg unter den Hurrarufen der Männer auf.

Ben hatte kaum geschlafen. Er war von der Erinnerung an Spud wachgehalten worden und hatte daran denken müssen, wie er gestorben war. Als er schließlich doch einschlief, kam die Erinnerung in den Träumen zu ihm, jede kleine Einzelheit, verzerrt, noch schrecklicher, noch irrealer, bis er in Schweiß gebadet aufwachte.

Mit einem Teil der ihnen zugeteilten Infanterie der *9th Brigade* war die Kompanie als Reserve für die erste Welle des Angriffs abgestellt worden. Zwei Tage später rückten sie zur Frontlinie vor und lösten die Pioniere der *Australian 10th Field Company* ab. Die abziehenden Männer jubelten, als sie, ihre schwere Ausrüstung schleppend, an ihnen vorbeistolperten. »Der Fritz ist auf der Flucht«, riefen sie, ein Lachen auf den erschöpften Gesichtern. Und Ben kam es so vor, als seien die Abzeichen auf ihren Hüten, die die aufgehende Sonne zeigten, plötzlich ein gutes Omen, auch wenn er nicht sicher war, warum.

Wieder waren sie an der Front, hatten dasselbe schon vertraute würgende Gefühl in der Magengrube. Sie marschierten durch die ersten verkohlten Überreste des Waldes, vorbei an aufgeblähten stinkenden Pferdekadavern und provisorischen Grabkreuzen, die schief aus dem Boden ragten, als Ben das schon bekannte leise *patt, patt* hörte, das wie das Prasseln schwerer Regentropfen klang. Seine Nase, sensibler jetzt, nahm das erste Anzeichen des deutschen Gases wahr, und er griff nach seiner Gasmaske.

Die Männer trugen schwer an ihrer Last von Gewehren und Munition. Werkzeuge und Vorräte folgten auf Pferdekarren hinterher. Sie kamen nur langsam voran, und die Gasmaske erschwerte das Atmen. Mühsam schleppten sie sich weiter, kämpften gegen den Mangel an Sauerstoff und gegen die Erschöpfung. Überdies beeinträchtigten die Masken die Sicht, was wiederum ihr Tempo verlangsamte, auch wenn Sergeant Hayes sie drängte und durch die weißen gespenstischen Nebel des Gases trieb, der über den von Artillerie besetzten Abschnitten lag, zwischen den Bäumen und über dem Boden.

Mehrere der Männer zogen sich die Masken vom Kopf und behielten nur das Mundstück zwischen den Zähnen und die

Klemme auf der Nase. Dutzende von Pferden und Maultieren keuchten nach Luft und schrien jämmerlich, als sie weiterzogen.

Immer wieder mussten sie stehen bleiben, abwarten, bis sie weitermarschieren konnten. Ben bemerkte Will am Ende der Reihe. Er ließ sich zurückfallen, bis er – nach mehreren Minuten – neben ihm ging. Der Junge atmete schwer, und sein Hemd war schweißnass. Seine Augen, soweit man sie hinter der Maske sehen konnte, waren groß und dunkel.

»Wie geht's, Kumpel?«, fragte Ben, der sich seinem Schritt angepasst hatte.

Will nickte, aber er war entweder nicht bereit oder nicht in der Lage zu sprechen. Er trug ein schweres Bündel auf seinem Rücken, unter dessen Last er sich abmühte. »Hör mal«, sagte Ben. »Mein Packen ist etwas leichter als deiner. Wie wär's, wenn wir für eine Weile tauschen?«

Will nickte wieder und blieb dann stehen, um mühsam das Bündel abzulegen. Während Ben seine Last leicht von seinen Schultern gleiten ließ, kam Sergeant Hayes zurück, um zu sehen, was los war.

»Weitergehen, nicht stehen bleiben«, bellte er, nachdem er für einen kurzen Moment das Mundstück herausgenommen hatte. »In meiner Kompanie gibt's keine Drückeberger und Faulenzer, verstanden?«

Will riss sich die Maske vom Gesicht. Er nahm einen tiefen Atemzug, sog Luft in seine Lungen, und sein Mund war zu einer wütenden festen Linie verzogen. »Was haben Sie gesagt?«, fragte er und sah den Sergeant mit hartem Blick an.

Hayes trat einen Schritt näher und stand so nahe vor Will, dass ihre Nasen sich fast berührten. »Ich habe gesagt, keine Drückeberger und Faulenzer! Verstanden? Und jetzt setzen Sie die Maske wieder auf und gehen weiter. Wir haben nicht den ganzen Tag Zeit!«

Ohne Vorwarnung packte Will seinen Vorgesetzten an dessen Revers und stieß ihn von sich. »Ich bin kein Faulenzer, du Arschloch«, schrie er und warf sein Bündel und seine Maske auf den Boden, »und ich hab die Nase voll von dir.«

Vor Bens überraschten Augen drehte sich der Junge um und rannte davon, in die Richtung, wo der Wald noch nicht zerstört worden war. Ben bückte sich nach Wills Maske und folgte ihm.

Es war dämmrig und windstill unter dem dichten Blätterdach der Bäume, und Gaswolken hingen schwer zwischen dem Grün. Will hatte einen Vorsprung, und Ben wurde mehr vom Geräusch der knackenden Zweige durch das Unterholz geleitet als durch den Jungen, dessen Gestalt er kaum erkennen konnte.

Sie stolperten über gefallene Baumstämme und kämpften sich durch dichtes Dickicht. Hier und da fiel ein Sonnenstrahl durch die hoch aufragenden Bäume auf den moosbewachsenen, geröllbedeckten Boden. Ein heiseres Pfeifen, das alle anderen Geräusche auszuschließen schien, verwirrte Ben plötzlich, bis er begriff, dass es sein eigener keuchender Atem war, verstärkt durch einen unerträglichen Geräuschpegel in der Maske.

Weiter und weiter liefen sie, durch dicke Wolken aus Gas. »Halt!«, versuchte Ben zu rufen, auch wenn er wusste, dass der Junge die giftigen Dämpfe nicht wahrnahm, diese reale Bedrohung durch den Tod. Doch das Wort war nur ein keuchendes Flüstern, kaum hörbar.

Will wurde langsamer. Ben konnte ihn im Halblicht vor sich gerade noch ausmachen. Will keuchte und taumelte von links nach rechts vor einer dichten Wand aus Dickicht.

»Will!«

Aus dem Dämmerlicht tauchte das bleiche Gesicht des Jungen vor ihm auf; er schlug mit den Armen um sich und stieß Ben zur Seite. »Geh weg! GEH WEG!«, schrie er. Zwischen den Worten tobte und schluchzte er abwechselnd.

Mit äußerster Anstrengung sprang Ben vor, packte Will um die Hüften und riss ihn mit sich zu Boden. Nach Atem ringend lag er auf Will, der versuchte, sich freizustrampeln. Seine Schreie klangen wie ein ersticktes Wimmern.

»Du dummer Kerl«, knurrte Ben, der sich mühte, die Gasmaske über Wills Nase und Augen zu ziehen, doch der Junge wandte schreiend den Kopf ab und schlug auf Ben ein.

Dann, ganz plötzlich, lag er still da.

Es schien als hätten Wills Glieder, eines nach dem anderen, ihre Beweglichkeit verloren, als wären sie erschlafft. Seine Augen tränten; eine klare Flüssigkeit strömte aus ihnen, lief ungehemmt über seine Wangen. Er keuchte mitleiderregend, hielt seine Kehle umklammert, und sein Gesicht hatte sich bläulich verfärbt.

Ben kämpfte sich unter ihm hervor, ohne zu wissen, was er nun tun sollte. Begleitet von einigen der Männer kam Hayes zu ihnen gelaufen. »Zurücktreten«, befahl er und rief dann zwei Männer herbei, die ihm helfen sollten, den Jungen hochzuheben. »Der dumme Bastard hat die Lungen voller Gas.«

Die Männer, die ohnehin schon schwer genug an ihrer eigenen Last trugen, schleppten Will zum Verbandsplatz, wo er in einem Extra-Zelt untergebracht wurde, dessen Seitenbahnen hochgerollt waren, um frische Luft hereinzulassen.

»Er muss ruhig gehalten werden«, mahnte der Arzt, nachdem Wills Augen mit Borsäure-Lösung behandelt worden waren.

Ben sah auf die blasse, kraftlose Gestalt, als eine großzügige Menge Kampferöl in Wills Brustkorb einmassiert wurde. Er glaubte kaum, dass Will so bald wieder auf die Beine kommen würde. Trotzdem fragte er: »Wird er wieder in Ordnung kommen?«

Der Arzt zuckte die Schultern. »Schwer zu sagen. Hängt davon ab, wie viel Gas aufgenommen worden ist. Es gibt eine Faustregel: Wenn er die nächsten drei Tage überlebt, dann ist das ein gutes Zeichen.«

Will wurde ein Schluck Brandy eingeflößt. Man deckte ihn zu und stützte ihn durch mehrere Kissen hoch in eine fast sitzende Position.

Bevor Ben ging, rollte ein Sanitäter gerade eine Sauerstoffflasche neben das Bett. Das Letzte, was er von Will sah, waren die geschlossenen Augen des Jungen, gerade noch sichtbar über dem Rand der Sauerstoffmaske. »Du wirst wieder in Ordnung kommen, Kumpel«, tröstete er ihn und legte kurz die Hand auf Wills Schulter. »Du wirst im Handumdrehen wieder bei uns sein.«

Aber Wills Augen blieben geschlossen, als hätte er nichts gehört.

»Dieses Gas ist ein richtiges Teufelszeug«, knurrte Tom, als er sich anschickte, sein Gewehr zu reinigen. Entlang des Laufs blühten schon kleine Rostflecken. Er tauchte einen Lappen in die Ölflasche und rieb heftig auf den störenden Flecken herum.

Das Gas wirkte ätzend und brachte auf ungeschütztem Metall fast sofort Rost hervor. Die Männer mussten es dann sofort mit Petroleum behandeln, auch wenn diese Maßnahme höchstens für eine Weile Abhilfe verschaffte. Danach mussten die Maschinengewehre und Flinten auseinandergenommen und in kochendem Wasser gewaschen werden, das mit Soda versetzt war.

Sie saßen einige hundert Meter von den feindlichen Linien entfernt auf dem Boden, um sich herum ausgebreitet die Schusswaffen, die gereinigt werden mussten. Es war ein heißer Tag. Die meisten Männer hatten ihre Hemden ausgezogen und setzten ihre Haut den Strahlen der Nachmittagssonne aus.

Es war heute ruhig gewesen an der Front. Der Wind, der über Nacht aufgekommen war, hatte sich als Segen erwiesen, denn er hatte die restlichen Gasnester vertrieben und machte weitere Angriffe unmöglich. Doch das verdammte grässliche Reinigen ging weiter, sich wiederholend und monoton. Der einzige Trost war, dass die Deutschen in genau diesem Moment wahrscheinlich mit den gleichen Arbeiten an ihren Waffen beschäftigt waren.

Ben stand auf und streckte seine langen Glieder. »Ich würde gern hinübergehen und sehen, wie es Will geht«, sagte er zu Tom. »Deckst du mich, falls Hayes hier rumstöbert?«

»Kein Problem. Grüß ihn von mir.«

»Und von mir«, fügte Jack hinzu.

Bis zum Verbandsplatz war es ungefähr eine Meile, und Ben legte die Strecke schnell zurück. Ein Wagen vom Roten Kreuz war gerade eingetroffen, und man trug die Verwundeten heraus. Ben schlüpfte ins Zelt, nachdem er sich von einem der Sanitäter die Erlaubnis geholt hatte.

Will lag von den Kissen gestützt da, seine Augen waren geschlossen. Seine Haut schimmerte in einem blassen Bläulichrot. Mit jedem Atemzug drang ein rasselndes Geräusch aus seinen Lungen. Er sah schrecklich jung aus. Wie ein Kind, dachte Ben. »He, alter Freund«, flüsterte er und drückte Wills Hand.

Wills Augen öffneten sich langsam. Er starrte direkt in Bens Gesicht, doch da war kein Zeichen des Erkennens. Stattdessen blieb ihr Ausdruck nichtssagend und von Schmerz gepeinigt.

Ben verstärkte den Druck um Wills Finger. »Ich bin es, Ben, und ich bin gekommen, um zu sehen, wie es dir geht. Fühlst du dich besser?«

Auf einmal, ohne Vorwarnung, bäumte sich der Körper des Jungen auf und wurde von einem unkontrollierbaren Husten geschüttelt. Wills Schultern bebten, sein Gesicht verzog sich, dunkle Falten erschienen über seinen Brauen.

»Tut es sehr weh?«, fragte Ben, als der Anfall vorüber war und der Junge zurück in die Kissen sackte.

»Ja.« Will nickte und bewegte die Hand mühsam zum unteren Teil seiner Brust. Seine Stimme war nur ein heiseres Flüstern.

Ben setzte sich an das Bett und erzählte, was sich seit dem vorigen Nachmittag in der Kompanie ereignet hatte. Will hielt das Gesicht abgewandt, hin zur offenen Zeltwand, und Ben fragte sich, ob er wirklich zuhörte oder zu sehr in seinen Schmerzen gefangen war.

Unerwartet richtete Will sich kerzengerade auf. Ein Zittern schien seinen Hals entlangzulaufen, sein Adamsapfel hüpfte auf und nieder. Er öffnete den Mund und stieß einen trockenen würgenden Laut aus, dann erbrach er sich, spuckte eine Masse hellgelben Schaums aus. Er schleuderte aus ihm heraus wie ein Geschoss, spritzte gegen das Ende des Feldbettes und auf den Boden. Dünne Rinnsale liefen ihm übers Kinn und über die Decke.

Erschrocken sprang Ben auf. Ein Sanitäter eilte herbei, brachte eine Metallschale und einige Handtücher und begann, das Erbrochene aufzuwischen. Er warf Ben einen Blick zu und schüttelte mitleidig den Kopf. »Ist er ein Freund von Ihnen?«

»Ja.«

»Es ist nicht leicht, so was mitanzusehen, nicht wahr?«

Eine Untertreibung, dachte Ben, dem die Worte fehlten. Er schüttelte stattdessen den Kopf und wandte den Blick ab.

Der Sanitäter ging, nachdem er seine Arbeit beendet hatte. Ben folgte ihm nach draußen. »Entschuldigung, haben Sie eine Minute Zeit?«

»Kaum«, erwiderte der Mann und verzog das Gesicht. »Was gibt es?«

»Warum haben Sie ihn hier behalten? Warum haben Sie ihn nicht in ein Lazarett verlegt?«

Der Mann zuckte die Schultern. »Wir haben nicht genug Leute, um auch die aussichtslosen Fälle verlegen zu können.«

Aussichtslos? Er blieb stehen und starrte den Mann an. »Wird er sterben?«, fragte er, und seine Stimme war plötzlich nur noch ein Flüstern.

Drei Worte nur, doch in ihnen lag so viel, dass sie fast unaussprechlich waren. Dies war keine Art zu gehen. Der Tod kam durch Granaten und Kugeln, durch Mörser und Granatwerfer. Meist geschah es plötzlich, ein Gesicht wurde weggeschossen, eine Kugel zerschmetterte Schädel und spritzte Blut gegen lehmige Schützengrabenwände. Und obwohl man sie bei der Gas-Ausbildung eindringlich davor gewarnt hatte, schien es widersinnig, dass der Tod durch einen unschuldig aussehenden weißen Nebel kommen konnte, der über dem Boden schwebte.

»Sehen Sie, er hat eine besonders große Dosis abbekommen. Die Luftbläschen in seiner Lunge sind geschädigt und verursachen so eine Art Lungenentzündung. Brutal gesagt ist es so, dass die Opfer in der Regel an der Flüssigkeit in ihren Lungen ertrinken.«

Diese Vorstellung machte Ben krank, und sein Verstand wehrte sich dagegen, suchte nach Auswegen. »Nein! Er kann nicht sterben! Nicht so. Vielleicht gibt es eine Chance. Kann man denn nicht *irgendetwas* tun?«

Der Sanitäter nickte. »Eine Veneneröffnung ist ein letzter Ausweg.«

»Eine Veneneröffnung?« Er hatte das Wort noch nie gehört, aber es klang barbarisch.

»Große Mengen an Blut werden dem Körper entzogen, bis zu eineinhalb Pint. Manchmal hilft das.«

»Kann es bei Will helfen?«

Der Mann zuckte die Schultern und machte Anstalten weiterzugehen. »Ich muss jetzt gehen. Ich habe wirklich sehr viel zu tun und die anderen Patienten ...« Er verstummte und schaute zurück zu Ben. »Es tut mir leid, wirklich. Aber wir können keine Wunder vollbringen.«

Ben kehrte zurück ins Zelt. Ein Stuhl stand in der Nähe, und Ben zog ihn ans Bett, ließ seinen müden Körper darauf fallen und wartete.

Es schien, als schliefe Will. Seine Brust hob und senkte sich in kurzen heftigen Bewegungen. Die Geräusche kamen noch immer aus seinen Lungen, trockene rasselnde Geräusche, die gegen die Stille im Zelt seltsam laut klangen. Was wird als Nächstes geschehen?, fragte Ben sich.

Etwas später kam der Arzt. Er nickte Ben zu und begann, die Vene an der Innenseite von Wills Armbeuge zu reiben.

»Möchten Sie, dass ich draußen warte?«, bot Ben an. »Ich kann später wiederkommen, wenn Sie das möchten.«

»Nicht nötig«, erwiderte der Arzt knapp und wandte sich an den Sanitäter. »Digitalis, bitte.«

Er stieß die Nadel tief in Wills Gesäßbacke, doch der Junge reagierte kaum, sondern stöhnte nur, was einen weiteren Hustenanfall auslöste. Ein Tropf wurde an Wills Arm angelegt, ein

Plastikbeutel angehängt. Sterile Kochsalzlösung, lautete der Aufdruck.

Ben sah zu, wie das medizinische Personal sich um Will kümmerte, seine Temperatur maß, seinen Puls fühlte. Nachdem einige Minuten vergangen waren, machte der Arzt einen tiefen Schnitt in die Vene in Wills Arm. Dickes Blut trat an die Oberfläche. Der Arzt massierte den Arm, während aus dem Schnitt weiter Blut floss.

Die Behandlung schien unnötig grausam zu sein. Ben stand vom Stuhl auf und wandte sich entsetzt ab; Übelkeit stieg in seinem Magen auf. Er taumelte nach draußen. Es war fast schon dunkel, nur ein feiner Hauch von Rot überzog im Westen den Horizont. Über ihm sang eine Lerche, ihre Töne wechselten sich ab mit entfernten Detonationen und dem Peitschen von Gewehrfeuer. Jenseits der Bäume sank ein Beobachtungsballon zu Boden, machte seinen Weg zurück zur Erde.

Die Erinnerung an das dunkle Blut verfolgte ihn. Durch die geschlossenen Augen sah er, wie es aus Wills Arm floss, dick und zäh wie Leim. »Es ist nicht gerecht«, flüsterte er und schlug wieder und wieder die Faust in seine Handfläche. »Es ist verdammt noch mal nicht gerecht!«

Es schien, dass er eine lange Zeit dort stand. Licht fiel aus dem Zelt über den unebenen Boden. Die Geräusche der Nacht setzten ein: das Zirpen der Grillen, der ferne Ruf einer Eule. Wie hatten diese kleinen Kreaturen all das hier überlebt?, fragte Ben sich und bewunderte deren Zähigkeit. Die Männer starben wie die Fliegen, doch irgendwie lebten die Tiere weiter, anscheinend ohne sich um das zu kümmern, was um sie herum geschah.

Nach einer Weile spürte er eine Bewegung hinter sich. Es war der Arzt. »Er schläft jetzt. Sie können hineingehen, wenn Sie möchten.«

»Doktor, ich …«

Er schwieg verwirrt. Wollte er wirklich wissen, was mit Will werden würde, oder blieben die Worte besser ungesagt? Wie konnte er diesen Mann bitten, eine Voraussage zu machen?

»Sie wollen wissen, ob er leben wird«, sagte dieser sanft, »aber ich kann Ihnen das wirklich nicht sagen.«

Ben nickte und starrte zum Himmel hoch. »Sie glauben nicht, dass er eine Chance hat, nicht wahr?«

»Um ehrlich zu sein, es sieht nicht gut aus.«

Er ertrinkt an der Flüssigkeit in seinen Lungen.

»Was ist mit den Schmerzen? Können Sie ihm irgendetwas geben?«

Der Arzt schüttelte den Kopf und ging davon, unfähig, Bens Blick zu erwidern.

Danach stand Ben am Fußende von Wills Bett; er konnte jetzt nicht gehen. Was, wenn der Junge ganz allein starb, ohne jemanden in seiner Nähe? Sicher, das medizinische Personal war da, aber es gab so viele Patienten, so viel zu tun. Keiner von ihnen hatte die Zeit, sich zu Will zu setzen, bei ihm zu sein.

Ben nahm wieder auf dem Stuhl Platz. Das Zelt wurde von einer Lampe erhellt. Nach einer Weile bat er einen vorbeigehenden Sanitäter um einige Blätter Papier und begann einen Brief an Hannah.

Während ich dies schreibe, liegt Will im Sterben – sein Körper füllt sich mit Flüssigkeit, nachdem er Gas eingeatmet hat. Er könnte jeder von uns sein, vermutlich. Sein Pech und unser Glück, verschont geblieben zu sein, wie Spud es wohl ausgedrückt hätte. Aber auch Spud ist tot. Was für eine schreckliche Verschwendung.

Der Krieg geht weiter, ein Tag ist wie der andere. Die Ungewissheit ist das Schlimmste, nicht zu wissen, was noch kommen wird. Manchmal schlafen wir in voller Ausrüstung, um bereit zu sein, jeden Moment vorzurücken. Oft wechseln wir tagelang weder die Schuhe noch die Kleider. Die Läuse sind eine Plage, besonders wenn wir schlafen. Schreckliche kleine Kreaturen. Wenn wir ein paar freie Minuten haben, sammeln wir die verfluchten Dinger aus unseren Kleidern. Aber es kommen immer mehr.

Zurzeit sind wir alle recht träge und lethargisch, wegen des Schlafmangels, und ich denke, ich bin mehr als nur ein bisschen taub vom Lärm.

Er hielt inne, las die Worte und hasste sich plötzlich selbst dafür. Der Brief schien so negativ, so düster, aber gab es denn irgendetwas Gutes zu berichten? Außerdem, warum sollte er sie anlügen? Er seufzte und nahm den Stift wieder zur Hand und beendete den Brief in demselben Stil, in dem er begonnen hatte.

Hannah, ich will den Krieg nicht glorifizieren. Die Wahrheit ist, dass ich mir niemals solchen Horror habe vorstellen können. Es ist die Hölle auf Erden. Männer sterben vor unseren Augen, und während wir Gott dafür danken, dass wir noch am Leben sind, fragt sich jeder von uns, wer wohl der Nächste sein wird.

Während ich noch einmal die Worte lese, die ich geschrieben habe, merke ich, wie nutzlos sie sind. Wie kann ich ausdrücken, was ich sehe, was ich fühle? Die Worte dazu fehlen mir. Mein Verstand ist wie gelähmt. Ich liebe dich, Ben.

Er faltete die Blätter zusammen, steckte sie in seine Tasche und schaute auf die Uhr. Es war fast Mitternacht. Nach der Vorschrift hätte er schon vor Stunden vom Truppenverbandsplatz zurück in der Unterkunft sein müssen, doch er war noch nicht bereit zu gehen.

Wills Verfassung hatte sich offensichtlich verschlechtert, während Ben dagesessen und an Hannah geschrieben hatte. Die Brust des Jungen hob und senkte sich heftig in ihrem Kampf nach Luft. Von Zeit zu Zeit drehte er sich unruhig hin und her, warf seinen Körper gegen unsichtbare Grenzen. Gelegentlich entschlüpfte ein Stöhnen seinen zusammengepressten Lippen, doch sein Atem war schwach, kaum zu hören über den Rasselgeräuschen der Lunge.

Ben nahm Wills Hand und begann zu reden. Schleppend zunächst erwähnte er kurz die täglichen Ereignisse ihres Lebens, die Routine, das ständige Weiterziehen. »Es ist einfach beschissen«, sagte er, »nicht zu wissen, wo man am nächsten Tag schlafen wird. Was sagst du dazu, Kumpel?«

Will antwortete nicht.

Verzweifelt redete Ben weiter, schüttete seine Gefühle für Hannah und Nick aus, seine Sehnsucht, das Kind zu sehen, und seine Pläne für seine Zukunft. Er wusste, dass es egal war, worüber er sprach. Will nahm seine Worte wahrscheinlich gar nicht auf. Auf seltsame Weise war es auch eine Erkundung seiner eigenen Gefühle, eine Art von Befreiung, eine Katharsis. Ein Bedürfnis, ein Zwang zu reden, die Worte aus seinem Mund strömen zu lassen als Beweis dafür, dass er, er selbst, noch am Leben war.

Nach einer Weile öffnete Will die Augen. Sein Mund bewegte sich, die trockenen Lippen zuckten; seine Augen waren weit aufgerissen und blicklos. Es schien, als befände er sich im Delirium.

»Rede mit mir, Pa! Tu das nicht, Pa! Rede mit mir, Pa!«

Es lag ein Drängen in den Worten, ein Gefühl von uneingeschränkter Wichtigkeit. Zwischen den mühsam gekeuchten Worten zeigte sich die Anstrengung auf Wills Gesicht.

»Was ist los, Will?«

»Pa?«, stieß der Junge hervor und streckte wie blind die Hand aus, um Bens unrasiertes stoppeliges Kinn zu berühren. Eine Träne rollte aus jedem Auge, und langsam liefen sie über seine Wangen. »Bist du das, Pa?«

»Ja«, erwiderte Ben wie erstarrt, doch die Lüge kam leicht über seine Lippen. Was sonst hätte er auch sagen können? Es war offensichtlich wichtig für Will, seinen Vater bei sich zu wissen, und es gab ihm eine Art Trost. »Ich bin es, Junge.«

»Ich hab deine Briefe nicht bekommen, Pa. Warum hast du nicht geschrieben?«

Will streckte wieder die Hand aus, die sich fest um Bens Hand schloss. Seine Finger spannten sich an, dann erschlafften sie.

Er schlief. Gebannt beobachtete Ben, wie sein Brustkorb sich hob und senkte. Irgendwann kam einer der Sanitäter vorbei und schickte ihn fort. »Gehen Sie zurück ins Camp. Schlafen Sie ein bisschen«, mahnte er.

Ben taumelte in seine Unterkunft, sein Verstand erschöpft vor Müdigkeit. Schlaf, dachte er wehmütig, während er sich auf seine Schlafstelle legte. Ihm kam es vor, als seien Jahre vergangen, seit er das letzte Mal geschlafen hatte.

Er schloss die Augen, darum bemüht, seinen Geist auszuschalten, aber alles, was er hinter den geschlossenen Lidern sah, war Wills gequältes Gesicht. Der Schlaf, so schien es, hatte ihn völlig verlassen.

Am Abend des darauffolgenden Tages stahl sich Ben wieder zum Verbandsplatz davon. Doch in dem Feldbett neben der hochgeschlagenen Zeltwand lag ein anderer verwundeter Körper. Es war nicht Will, sondern ein Fremder.

Unweigerlich dachte Ben an den Tag, an dem er seinen Vater hatte besuchen wollen, und er wusste sofort, was dies bedeutete. Wie blind hockte er sich auf den Boden, streckte die Beine aus und barg den Kopf in seinen Händen. Alle nur denkbaren obszönen Flüche gingen ihm durch den Sinn. Wut und Hass erfüllten ihn, die sich gegen jedermann richteten – gegen Sergeant Hayes, die Armee, die verdammten Deutschen. Er tobte gegen sie, verlieh allem Stimme, was er als beschämend und schrecklich ansah, der sinnlosen Barbarei, deren Zeuge er war.

Nachdem der Zorn sich gelegt hatte, spürte er eine Bewegung hinter sich. Es war der Sanitäter, der auch am vorangegangenen Tag Dienst gehabt hatte.

»Wie können Sie das ertragen?«, fragte Ben ihn, kam mühsam auf die Beine und sah den Mann mit leerem Blick an. »Wie können Sie sich das alles Tag für Tag mitansehen?« Er beschrieb mit dem Arm einen Kreis, wies in das Zelt hinein, zeigte auf die

Reihen von Feldbetten. »Wie schaffen Sie es, dabei verdammt nochmal nicht den Verstand zu verlieren?«

Der Sanitäter wandte den Blick ab, ohne zu antworten. Ben fühlte eine Hand auf seinem Arm und wandte sich um. Er sah in ein freundliches Gesicht. Es war der Geistliche der Kompanie – Ben erkannte es an dem Halskragen, den der Mann trug. »Würden Sie gern reden?«, fragte der Geistliche.

Sie gingen nach draußen, und der Geistliche bot ihm eine Zigarette aus der Schachtel an, die er aus seiner Tasche genommen hatte. »Zigarette?«

Ben nickte, streckte die Hand aus und zog sich eine heraus. Da war das Geräusch des Streichholzes, das angezündet wurde, das kurze Aufflackern einer Flamme, als er heftig zog und der Tabak aufglühte.

Es war kühler hier draußen, eine schwache Brise wehte und trug den Geruch nach Kordit heran. Hoch über ihnen, über einer entfernt stehenden Reihe von Bäumen, erhellte eine Folge von aufflackernder Leuchtmunition den Horizont, kurze Zeit darauf waren die gedämpften Detonationen von schweren Geschützen zu hören.

»Es scheint nicht fair zu sein, nicht wahr?«

»Nein!« Ben schnippte die Aschesäule von seiner Zigarette und starrte mürrisch vor sich hin. Spud war gegangen und jetzt Will. Wer war der Nächste? Es war, als würde irgendeine höhere Instanz sie willkürlich auswählen, einen nach dem anderen. Würde er, in einer fernen Zeit, der Letzte sein, der übrig blieb?

»Und Sie fragen sich, ob es wirklich einen Gott gibt, nicht wahr?«

»Verdammt richtig.« Ben starrte hinauf in den Sternenhimmel. »Wie kann jemand all das geschehen lassen? Wie könnte Gott, wenn es ihn gibt, zulassen, dass Menschen sich auf diese Weise drangsalieren?«

»Ich habe keine Antwort darauf. Ich könnte nichts anführen, was rechtfertigen würde, was um uns herum geschieht.«

Der Geistliche schwieg eine Weile und hielt den Kopf gebeugt.

Im Lichtschein, der aus einem der Zelte fiel, konnte Ben kaum noch dessen Profil erkennen. »Würden Sie gern sehen, wo wir ihn begraben haben?«, fragte er schließlich und ging einen Schritt.

Ben nickte benommen. Der Geistliche ging zu einem der Verbandszelte und kam mit einer Lampe zurück. »Hier entlang«, sagte er freundlich und hielt sie hoch, um den unebenen Boden zu beleuchten.

Ben behielt von dem Weg über das Feld hinter dem Truppenverbandsplatz bis hin zu dem kleinen Friedhof wenig in Erinnerung. Ein ums andere Mal erhoben sich Kreuze aus dem Boden, gleichförmige Zeichen in ungleichmäßigen Reihen. Der Geistliche blieb am Ende der ihnen am nächsten liegenden Reihe stehen und wies mit einem Kopfnicken auf die Stelle, an der der Boden zu einem Hügel aufgeworfen war. Die Erde war noch feucht.

Es war nicht notwendig, etwas zu sagen. Schweigend kniete Ben nieder und entbot seinen Abschiedsgruß. Will war einer von ihnen gewesen, und der Tod des Jungen hatte einen Zorn in ihm wachgerufen, der unvertraut erschreckend war. Einen Moment lang fragte er sich, ob er nahe davor stand, sich selbst zu verlieren. Was hatte er in der letzten Nacht in seinem Brief an Hannah geschrieben? *Es ist die Hölle auf Erden.* Das war keine Lüge.

Verzweifelt kehrte er in seine Unterkunft zurück, wo er eine weitere Nacht damit verbrachte, sich unruhig auf seinem Bett hin und her zu werfen.

Am folgenden Morgen wartete Sergeant Hayes auf ihn. »Wo, zur Hölle, waren Sie gestern Abend?«

»Will besuchen«, lautete Bens müde Antwort.

»Und wie geht's dem kleinen Drückeberger?«

»Er ist tot.«

Der Zorn, der noch gestern in ihm getobt hatte, war jetzt nicht mehr von Bedeutung. Will war tot. Und schließlich lebten sie alle auf geborgte Zeit, wenn der Krieg nicht bald enden würde. Morgen, nächste Woche. Wann würde *sein* Ende kommen? Aber würde er es wirklich wissen wollen?

Ben wurde zum Latrinendienst abkommandiert und musste neue Gräben ausheben, ehe die alten abgedeckt wurden. Der Boden gab unter den hastig aufgeworfenen Erdbrocken nach, und der Geruch nach Ammoniak raubte ihm fast den Atem. Es kümmerte ihn nicht. Auf dieser Welt gab es nichts mehr, was ihn anekelte. Er hatte alles gesehen. Tod. Zerstörung. Auf gewisse Art würde sein Tod ein Segen sein; er würde all dies vergessen machen und ihn auslöschen, als hätte er nie gelebt.

KAPITEL 25

Auf jeden Fall muss das aufhören. Ich muss an die anderen Mieter denken. Es ist nicht richtig, dass sie sich stundenlanges Babygeschrei anhören müssen.«

»Ich werde alles tun, was ich kann«, versprach Hannah müde und schloss die Tür hinter der Vermieterin. Sie ließ sich auf die Bettkante sinken und schaute ihr Kind an. Nick schlief jetzt, erschöpft vom stundenlangen Weinen in der Nacht. Hannah hätte gern dasselbe getan, sich einfach auf dem Bett zusammengerollt und hinübergleiten lassen in einen ungestörten Schlaf, aber die Windeln mussten gewaschen werden, auch wenn es ihr an diesem Tag nicht erlaubt war, die Wäscheleine zu benutzen. Außerdem musste der Boden gewischt werden, und danach, wenn Nick wach war, musste sie noch rasch in den kleinen Laden die Straße herunter.

Nick ging es nun schon seit Tagen nicht gut; immer wieder litt er an leichtem Fieber, schrie ohne ersichtlichen Grund und rieb sich den Mund und die Ohren. Hannah war mit ihm sofort zum Apotheker gegangen, der festgestellt hatte, dass Nick zahnte. Er hatte ihr zur Linderung *Palmers Pink Powder* empfohlen. Als sie später in Nicks Mund geschaut hatte, war sein Zahnfleisch rot und geschwollen gewesen, was den Durchbruch des perlig weißen Zahnes noch verhinderte. Sie konnte die kleine knotengleiche Härte des Zahnes fühlen, als sie den Finger darauf legte. Nachdem sie Nick in sein Bettchen gelegt hatte, hatte er stundenlang gejammert und sich unruhig hin und her geworfen. Aus Verzweiflung hatte sie die Bluse aufgeknöpft und ihn an die Brust gelegt, hatte darauf gehofft, dass das Saugen ihn zum Einschlafen bringen würde, doch er hatte sie weggestoßen, hatte mit den Fäusten gegen sie geschlagen, was Hannah als Zurückweisung empfunden hatte.

Jetzt hatten einige der Hausbewohner sich beschwert, und die missbilligenden Blicke und das frostige Schweigen am nächsten Morgen, als sie ihr Frühstück in der Gemeinschaftsküche zubereitet hatte, sagten alles. Ein Mann kam zu ihr und fragte, ob mit Nick alles in Ordnung sei. »Es geht ihm gut, danke«, erwiderte sie steif, fast schluchzend, weil sie zum einen müde war und zum anderen Mitleid mit dem alten Mann hatte.

In dieser Nacht öffnete sie auf ein Klopfen hin die Tür. Es war die Frau, die im Zimmer nebenan wohnte. Ungeduldig forderte sie Hannah auf, Nick ruhig zu halten. »Wir alle hier brauchen unseren Schlaf«, sagte sie. »Einige von uns *arbeiten*.«

Hannah schluckte eine heftige Erwiderung herunter und schlug der Frau die Tür vor der Nase zu. Vermutlich konnte sie den anderen Hausbewohnern keinen Vorwurf machen. Sie waren auf ihre Nachtruhe angewiesen. Und wenn sie ehrlich war, musste sie zugeben, dass sie meist doch recht geduldig waren. Aber was sollte sie tun?

Am folgenden Morgen kam ein Brief von Ben, begleitet von einem Scheck. Es war eine recht hohe Summe, und sie starrte darauf, während sie ihre Möglichkeiten überdachte. Das Geld würde einige Monate reichen, die Miete für eine größere Wohnung zu bezahlen; allerdings würde dann wenig für den Lebensunterhalt übrig bleiben. Aber wenn sie einen Job annahm und jemanden fand, der auf Nick aufpasste …

Sie hielt inne, denn die Vorstellung, von ihm getrennt zu sein, und sei es nur für eine Minute, war ihr unerträglich. Und wie würde Ben darüber denken, dass sie es überhaupt in Erwägung zog, ihren Sohn einer fremden Person zu überlassen, weil sie wieder arbeitete?

Doch die Überlegung hatte etwas für sich. Sollte sie umziehen und einen Job annehmen?

Sie schwankte in ihrer Entscheidung, hin und her gerissen zwischen dem Wunsch, diese trostlose Behausung zu verlassen, und der düsteren Aussicht, tagsüber von Nick getrennt zu sein. Es war ein gewaltiger Schritt, den man nicht ohne gründliches Nachdenken tun sollte.

Als Nick aufwachte, ging sie mit ihm nach draußen und kaufte eine Zeitung. Den Nachmittag verbrachte sie damit, die Wohnungsangebote zu studieren. Während sie die Anzeigen ein zweites Mal durchlas, stellte sie sich vor, wo sie wohnen könnte. In einem kleinen Haus vielleicht, mit Küche und eigenem Badezimmer. Nicht mehr teilen zu müssen, würde ein Segen sein. Mit einem Federhalter zog sie einen Kreis um die möglicherweise infrage kommenden Angebote und dachte dabei über Beschreibungen wie »angenehme Atmosphäre« oder »Blick auf die Stadt« nach. Noch zwei weitere Tage machte sie sich Sorgen um Nick und hielt die missbilligenden Blicke und Klagen der Vermieterin aus, dann legte sie Nick in den Kinderwagen und machte sich auf den Weg, die gefaltete Zeitung unter dem Arm.

Es gab einige kleine Häuser nahe dem Stadtzentrum. Eines davon, in einer baumbestandenen Straße, erregte vor allem ihre Aufmerksamkeit, und nach der zweiten Besichtigung akzeptierte sie schließlich die Miete, auch wenn diese ihr exorbitant hoch vorkam.

Das Haus war winzig, und der Grundriss nicht unähnlich Toms alter Wohnung in der Wickham Terrace. Von der Eingangstür aus konnte Hannah fast in jede Ecke sehen. Keine Privatsphäre, war ihr erster Gedanke, aber das war egal. In der nächsten Zukunft würden sie und das Kind die einzigen Bewohner sein.

Ein langes schmales Wohnzimmer führte in eine Küche, von der man in einen winzigen Schlafraum gelangte. Von der Küche ging ein kleines Badezimmer ab, das mit einer Badewanne und einem Waschbecken ausgestattet war. Die Toilette befand sich draußen, am anderen Ende des Hofes, und die Waschküche war eine Ansammlung von Wannen, die an der Rückseite des Hauses unter freiem Himmel standen. Alle zwei Wochen würde jemand vorbeikommen, um den Rasen zu mähen.

Die Möbel waren ein buntes Sammelsurium. Das Wohnzimmer brüstete sich mit einem Sofa aus Rosshaar und einem kleinen runden Tisch, während der Esstisch und die vier Stühle den größten Teil der Küche in Anspruch nahmen. Hannah überprüfte den Gaskocher und die Schränke und befand diese als überraschend sauber. Es gab keine offensichtlichen Hinweise auf Kakerlaken, keinen Mäusekot in den Ecken. Sie lachte und wirbelte Nick herum, als sie durch das Zimmer tanzte. »Gefällt's dir hier, mein Liebling?«, fragte sie und schüttelte ihren Kopf vor ihm hin und her, bis er lachte und seine kleine Hand ausstreckte und sie an den Haaren zog.

Leichten Schrittes schob sie den Kinderwagen zurück in die Pension.

Nach dem Mittagessen kam der einspännige Wagen, den sie bestellt hatte, um ihre wenigen Habseligkeiten zu transportieren: Nicks Bett, einige Koffer, eine Kiste mit Büchern und ihre Malausrüstung. Niemand kam, um auf Wiedersehen zu sagen. Sie ging über die Schwelle der Haustür, die sie absichtlich laut hinter sich zuschlug, kletterte auf den Einspänner und schaute nicht einmal zurück. Das ist es mir wert, dachte sie, auf die im Voraus entrichtete Monatsmiete zu verzichten, um von diesem Ort wegzukommen.

Nick war müde, da sie am Vormittag lange unterwegs gewesen waren. Hannah legte ihn in sein Bett und machte sich ans Auspacken. Sie verstaute die Kleider sorgfältig im Schrank und in den Kommodenschubladen, ihre wenigen Töpfchen und Tiegel trug sie ins Badezimmer, dann stellte sie die Bücher ordentlich in das Regal neben dem Sofa. Zuletzt nahm sie das Bild, das die Akazien im Garten des Hauses in der Brunswick Street zeigte, und hängte es über das Bett. Sie trat einige Schritte zurück und sah es stolz an.

Das Haus war zwar nicht groß, aber gemütlich. Es bot kaum genug Platz für sie beide, aber es gehörte ihr. Und das hieß, keine Klagen von Nachbarn, keine Gemeinschaftsräume, die geteilt werden mussten. Wenn sie es wollte, könnte sie hier sogar nackt herumlaufen.

Sie kicherte bei dem Gedanken, doch irgendwie machte er sie auch ein wenig traurig. Denn trotz ihrer anfänglichen Hochstimmung fühlte es sich für sie irgendwie verkehrt an, das Haus ohne Ben einzurichten. Er hätte mit ihr hier sein und diesen Moment mit ihr teilen sollen. Plötzlich empfand sie eine große Niedergeschlagenheit. Als sie sich im Zimmer umschaute, überwältigte sie die Verzweiflung.

Nick schlief, und sie war allein, wirklich allein. Im Haus war es ruhig, kein Laut war zu hören. Kein Klappern von Töpfen und Pfannen, kein Klirren von Geschirr. Nur eine schreckliche, tödliche Stille. Ein Anflug von Panik erhob sich in ihrer Brust. Mit wem sollte sie reden? Sie beugte sich hinunter und spähte durch das Seitenfenster, doch sie sah nur die verwitterten Pfähle des Zauns. Nicht einmal ein Anzeichen von Nachbarn.

»Hör auf!«, ermahnte sie sich und schob die trüben Gedanken beiseite. »Du hast, was du wolltest, mein Mädchen, also gewöhnst du dich besser daran.«

Entschlossen nahm sie Papier und Stift und schrieb Ben einen langen Bericht über die vergangene Woche. Als sie fertig war, schlief Nick noch immer; daher begann sie einen kurzen Brief an Lottie, in dem sie ihr die neue Adresse mitteilte. Komm vorbei, und besuch uns, wenn du die Möglichkeit hast, schrieb sie und kämpfte dabei den starken Wunsch nieder, die Freundin sofort sehen zu wollen.

Schließlich legte sie die verschlossenen Umschläge auf den Küchentisch und wanderte durch das Haus. Nick würde bald aufwachen. Sie würde ihn baden und dann das Abendessen vorbereiten, und das Haus würde von seinem glücklichen Glucksen erfüllt sein.

Zurück im Schlafzimmer wurde ihr Blick von dem Akazien-Bild angezogen. Sie setzte sich auf die Bettkante und starrte es an. So viel war passiert, seit sie den ersten zaghaften Pinselstrich auf das Papier gesetzt hatte. Ben war damals gerade fortgegangen. Nick war schon in ihr gewachsen, obwohl sie es noch nicht gewusst hatte. Über zwölf Monate waren vergangen: so wenig Zeit, und doch war so viel geschehen.

Die Akazien verschwammen vor ihren Augen, das Grün und das Gold verschmolzen ineinander, und sie wandte sich niedergeschlagen ab. Was würde aus ihnen werden?

Aus ihr, aus Ben, aus Nick: ein auseinandergerissenes Dreieck.

Würde es jemals wieder ganz sein?

Für Ben ging das Leben in einer nie aufhörenden Routine weiter. Lastwagen und Maultierkarren brachten Munition heran, Lebensmittel, Wasser und andere Vorräte. Unter schwerem Artilleriefeuer legten sie neue Grabensysteme an, bohrten Brunnen, reparierten die mit Beton befestigten Verbindungspunkte zwischen den Gräben und fertigten Geländekarten an.

Das Wetter war ungewöhnlich schlecht für einen Sommer. Blauer Himmel veränderte sich zu monotonem Grau und überzog die Landschaft mit Schleiern aus sintflutartigen Regenfällen. Die Granattrichter, die die Landschaft übersäten, füllten sich mit schmierigem Wasser. Die Luft stank faulig nach Kordit und verwesenden Pferdekadavern, die dort liegen gelassen wurden, wo die Tiere verendet waren. Aber am schlimmsten war der mörderische, bis zu den Oberschenkeln reichende zähe Schlamm. Er klebte an Kleidern und Stiefeln und auf den Holzplanken, die die Landschaft durchzogen. Diese Laufbretter zu verlassen bedeutete, lange Verzögerungen in Kauf zu nehmen.

Die Nächte brachten wenig Erleichterung. Wenn der Wind nachließ, konnte zu jeder Zeit das Gas kommen, und hastig griffen die Männer dann nach ihren Masken. Die ständigen Bombardements erleuchteten den Himmel zu fast taggleicher Helligkeit, und das niemals endende Gewehrfeuer hinderte die Männer am Schlafen.

Ben war erschöpft. Sein Körper, schwach und krank vor Müdigkeit, schien ihm nicht länger zu gehören. Seine Glieder bewegten sich in ihrem eigenen Rhythmus, wurden nicht länger von seinem Gehirn kontrolliert. Sein Verstand wurde beherrscht von einer Mischung aus nervöser Aufregung und Angst, seine Gefühlslage schwankte willkürlich. Vorübergehend hatte er die Fähigkeit verloren zu denken, vernünftig zu urteilen.

Trotz alldem schweißte Wills Tod sie zusammen: ihn, Tom und Jack. Nicht, dass Will je ein enges Mitglied ihres Kreises gewesen wäre, so wie Spud, doch der plötzliche und sinnlose Tod des Jungen verstärkte Bens Wissen um die eigene Sterblichkeit. Er hatte sich vorgestellt, dass der Tod schnell kommen würde. Überraschend, so wie bei Spud, dachte er. Ein Augenblick des Schmerzes, der Furcht, und es würde vorbei sein. Aber jetzt wusste er aus eigener Anschauung, dass es so nicht stimmte.

Immer wenn Ben dachte, sein Körper und sein Geist könnten nicht länger überleben, wurden sie von der Front abgezogen, um einige freie Tage im Lager in Neuve Eglise zu verbringen. Wunderbarerweise besserte sich das Wetter. Die Sonne strahlte von einem wolkenlosen Himmel, und die Wärme sog die Feuchtigkeit auf. Der Schlamm trocknete, und dessen übler Geruch brannte in der Nase.

Der Barbiersalon war Bens erste Anlaufstelle, darauf folgte ein Essen in einem der kleinen *estaminets* in der Nähe. Hier, mehrere Meilen hinter der Front, ging das Leben trotz aller Widrigkeiten weiter, und der Ladenbesitzer hatte stets ein Lächeln für die schwer arbeitenden, hart kämpfenden Australier bereit, die eine aufgehende Sonne als Abzeichen an ihren Hüten trugen.

Ben speiste gut. Nach einigen Gläsern einheimischen Weins ging er in eine der öffentlichen Badestuben, die gut geführt und sauber waren.

Er ging jeden Tag dorthin. Das Wasser, das wie die Tide um seinen erschöpften Körper spülte, heilte seinen verwirrten Geist. Ein Balsam für die Seele, besänftigte es ihn auf eine seltsame, unerklärliche Weise. Wenn er die Augen schloss und sich auf das fließende Wasser konzentrierte, erinnerte es ihn an zu Hause, an Sommertage am Strand, bevor sein Vater krank wurde, als nur sie beide da waren, die Sonne und der Sand, und die unzähligen Möwen. Es erinnerte ihn auch an Hannah und diese müßigen Sonntage, an denen sie in Brisbane am Fluss entlangspaziert waren, und an das Geräusch der aufschlagenden Bälle auf den Tennisplätzen im Botanischen Garten.

Schließlich öffnete er die Augen und fand sich wieder in dieser fremden Stadt, in diesem fremden Land, das Menschen zu Krüppeln machte und sie tötete. Es war Anfang August. In weniger als einem Monat würde der Sommer anfangen, um dann allmählich zum Herbst zu werden. Die Zeit schritt voran. An manchen Tagen glaubte Ben, sie könnte ihn zurücklassen, ihn in einer Art Schleife gefangen setzen, aus der er nie wieder entfliehen könnte. Er wünschte – Gott, wie sehr er es sich wünschte –, dass er einfach ins Vergessen fortgehen könnte.

Neue Befehle kamen, und die Kompanie wurde nach Ypres verlegt, oder »Wipers«, wie die Australier es nannten, nahe der belgischen Grenze. In alten Bussen fuhren sie über die Straße, die Ypres mit Poperinghe verband, und sie waren dankbar, dass ihnen dadurch der endlos scheinende Marsch in voller Montur erspart blieb. Die Straße war überfüllt, und die Busse kamen nur mühsam voran. Riesige Massen an Verkehrsmitteln rollten in beide Richtungen, und die Busse fanden sich bald als Teil einer langen Schlange wieder, in der auch Packtiere, Munitions- und Verpflegungskarren und Wagen standen, die mit der technischen Ausrüstung der Kompanie beladen waren.

Für die Fahrt war keine Zwischenstation geplant. Tom schlief auf dem gegenüberliegenden Sitz, sein Kopf war gegen Jacks Schulter gerutscht. Von Zeit zu Zeit schreckte er auf und sah sich einige Sekunden lang verwirrt im Bus um, ehe ihm die Augen wieder zufielen. Jack las ein Buch. Ben fragte sich, wie er die Geduld dazu aufbringen konnte, denn der Bus schwankte über die schlechte Straße wie ein Schiff, das sich seinen Weg durch einen Sturm pflügte. Er selbst war damit zufrieden, still dazusitzen und zu schauen, die Bilder und die Gerüche in sich aufzunehmen und die Muße des Augenblicks zu genießen.

Sie passierten lange Konvois von Fahrzeugen des Roten Kreuzes, endlose Reihen von marschierenden Soldaten und verwundeten Männern auf Maultieren. Im Nadelöhr von Vlamertinghe beugten sie sich gefährlich weit aus den Fenstern des Busses und lachten über die Flüche und Schimpfworte der anderen Fahrer. Der Rest der Fahrt allerdings blieb ihnen in übler Erinnerung, denn die Straßen waren durch einen plötzlichen Wolkenbruch rutschig geworden.

Über die Maßen erschöpft kamen sie am darauffolgenden Morgen in Ypres an. Als die Busse durch die Straßen fuhren, erwachte die Stadt gerade zum Leben, und die ersten Sonnenstrahlen krochen über den Turm der großen Tuchbörse aus Sandstein. Sie fuhren an Arsenalen und Unterkünften der alliierten Armeen, an einem Krankenhaus und einem Lazarett vorbei. Vor dem Krieg war die Stadt ein wichtiges Zentrum der Tuchherstellung gewesen. Jetzt lag sie zum größten Teil in Trümmern.

Einige schwarz gekleidete Frauen eilten die Straßen entlang, die Köpfe gesenkt gegen die Blicke der Männer. Ben bekam kaum etwas mit von den paar räudigen Hunden, die hoffnungsvoll auf den Bürgersteigen herumschnüffelten, die den Marktplatz säumten, oder von den schmalen Häusern mit den spitzen Dächern, die sich Schulter an Schulter an den kopfsteingepflasterten Straßen drängten. Er sehnte sich nur noch nach Schlaf, wollte seinen Kopf auf ein weiches Kissen betten und träumen.

Die Kompanie wurde in den Keller- und Lagerräumen einer Gebäuderuine untergebracht, die im südlichen Teil der Stadt stand. Vom Haus selbst stand nichts mehr: nur ein paar Hügel aus Schutt und Schotter waren übrig geblieben, und ein Teil des ausgeblichenen Holzfußbodens, der jetzt von Gras und Unkraut überwuchert wurde. Dazwischen lag eine Reihe von Stufen aus Sandstein, die ins Halbdunkel hinunterführten.

Vorsichtig ging Ben die Stufen hinunter, zwanzig insgesamt, die schmal waren, uneben und abgetreten. Es gab kein Geländer, und er war so müde, so erschöpft, dass er Sorge hatte, er könnte ausrutschen und fallen. Am Fuß der Treppe schaute er sich um. Er befand sich in dem Raum, der vermutlich einmal der Keller gewesen war. Es gab Zeichen, dass hier kürzlich ein Bombardement stattgefunden hatte. Zerbrochene Mauersteine waren willkürlich auf dem mit Steinplatten bedeckten Boden aufgehäuft worden. Türbögen lehnten wie betrunken gegeneinander. Dahinter erstreckte sich ein dunkles, noch nicht erkundetes Labyrinth aus Gängen mit Lehmwänden.

In einer Ecke hatte jemand ein Feuer entzündet, und der Geruch nach Essen erfüllte die Luft. »Corned Beef und Bohnen«, knurrte Jack. »Ich bin verdammt hungrig. Was ist mit dir, Kumpel?«

Ben schüttelte den Kopf. Sein Magen war krank vor Müdigkeit und drohte, das Essen vom vorigen Abend wieder von sich zu geben. »Ich denke, ich werde mich ausruhen«, sagte er und ging davon.

Er betrat einen der Gänge. Es war Vormittag, und Flecken von bleichem Sonnenlicht fielen durch die zerbrochenen Bretter über ihm. Er fand eine freie Ecke, in der er seinen Mantel auf dem Boden ausbreitete. Endlich konnte er an nichts anderes als an den Schlaf denken, an gesegneten Schlaf. Er legte sich auf den Mantel und schloss die Augen.

Als er aufwachte, war es dunkel.

Die folgenden Wochen verbrachten sie damit, aus Dachpappe das Dach des neuen Munitionsdepots in La Creche zu errichten. Es war eine heiße und staubige Arbeit und, wie Jack sie immer wieder erinnerte, viel sicherer als die Pflicht an der Frontlinie. Abgesehen von einer gelegentlichen Granate, die sie veranlasste, sich Schutz suchend zu ducken, vergingen die Tage relativ ereignislos.

Darauf folgten einige Wochen in dem kleinen Ort Recqubroeucq, der am Fluss Asa lag. Ihr Aufenthalt hier diente dazu, sich auszuruhen, weiter ausgebildet zu werden und wieder zu Kräften zu kommen. Diese Pause dauerte bis in den September hinein. Das Wetter blieb angenehm, und die Einheimischen waren freundlich. Von Zeit zu Zeit kamen Bauern vorbei und brachten Eier und Milch, gelegentlich auch eine Speckseite.

Die Unterkunft war vergleichsweise gut. Sie hausten in einem großen verschachtelten Haus, das eine ständige Quelle an Überraschungen war. Obwohl mehrere Granaten klaffende Löcher in das Dach gerissen hatten, war dessen Konstruktion einigermaßen intakt geblieben, und der Wintergarten mit dem Glasdach am hinteren Teil des Hauses war völlig unbeschädigt. Als Ben durch die Zimmer schlenderte, wurde ihm bald klar, dass die früheren Bewohner in aller Eile aufgebrochen waren und nur wenig von ihrer persönlichen Habe mitgenommen hatten. Die schweren Barockmöbel standen noch an ihrem Platz. Ein begehbarer Schrank im Waschhaus enthielt riesige Mengen an Laken, Bettwäsche und Handtüchern; die Küchenschränke waren mit irdenem Geschirr und Lebensmitteln gefüllt. Auf den Tischen lag welk gewordenes Gemüse, im Spülbecken standen ordentlich ineinandergestellt noch die benutzten Kaffeetassen. In den Schubladen einer Kommode in einem der Schlafzimmer befand sich Damenwäsche: Blusen, Röcke, Unterröcke und Unterwäsche aus Spitze.

Das weitläufige Haus war auf einem flachen Hügel errichtet worden, von dem aus sich eine gute Sicht auf das umliegende Land bot. Der Teich in der Mitte der als Rondell gestalteten Auffahrt war voller Algen, und an seiner Oberfläche trieben mehrere tote Fische. Ein Stück die Biegung hinunter schloss sich der Garten an, der jetzt überwuchert und unzugänglich war, ein Wirrwarr aus Zweigen. Wie bunte Kleckse in Rot, Weiß und Rosa leuchteten Rosen und Mohn in dem Wirrwarr auf.

Hinter dem Haus war ein Garten mit einem Erdbeerbeet angelegt worden, das unter dem wuchernden Unkraut fast verschwand. Trotzdem hatten die Pflanzen Massen reifer Früchte hervorgebracht, die von den anderen Männern bis jetzt unentdeckt geblieben waren. Ben bückte sich, pflückte einige der Beeren und steckte sie sich in den Mund. Sie waren prall, saftig und süß und verschont geblieben von der Bitterkeit des Krieges.

Er war froh über den Aufschub, der ihm gegeben wurde, und erfreute sich an der Stille der Landschaft, die ihm die gute Gelegenheit bot, lange Briefe an Hannah zu verfassen. Seine letzten Schreiben waren hastig niedergeschriebene Zeilen gewesen, kaum mehr als ein paar Sätze, um sie wissen zu lassen, dass es ihm gut ging. Jetzt setzte er sich hin und schüttete ihr sein Herz aus.

Es war auch eine Zeit zum Reden und zum Plänemachen. Er und Tom unternahmen lange Spaziergänge am Fluss, suchten sich ihren Weg entlang des bewachsenen Ufers, wo einst Kühe gegrast hatten. Nach dem Krieg – das war das übliche Thema. Sie erwähnten nicht die andere schreckliche Möglichkeit, dass sie nicht überleben würden. Das zu tun würde ihren Ängsten eine Stimme geben, würde vielleicht ihre Chancen verringern, aus all dem heil herauszukommen.

Post traf ein, darunter ein sehnlich erwarteter Brief von Hannah, der eine Fotografie von ihr mit Nick enthielt. Ben hielt das Bild vor sich, in das Licht. Hannah starrte ihn an, ein paar Löckchen ihrer dunklen Haare kräuselten sich um ihr Gesicht, ihre Lippen formten sich zu einem unsicheren Lächeln. Er glaubte, dass sie dünner aussah, als er sie in Erinnerung hatte, dass ihr Gesicht noch blasser war, obwohl das auch an der Qualität der

Fotografie liegen konnte. Nick saß auf ihrer Hüfte und streckte eine kleine Hand nach der Kamera aus. Er war blond. Ein hübsches Kind, dachte Ben, mit einem wissbegierigen Ausdruck auf dem Gesicht.

Er saß da und schaute sich das Foto lange an; jede Einzelheit betrachtete er. Hannahs Hand an Nicks Oberschenkel, die andere gegen seinen Bauch gelegt, um ihn zu halten. Um ihn zu halten, dachte er mit einer verzweifelten Sehnsucht nach Liebe, wie auch ich ihn gern halten würde, wie auch ich meinen Sohn in meinen Armen spüren möchte. Die Fotografie war ein jämmerlicher Ersatz.

Tom warf sich neben ihm ins Gras, eine Handvoll Briefe in seiner Faust. Einer war geöffnet, das Papier zerknüllt zwischen seinen Fingern. »Ich wünschte, es wäre anders und nicht so!«

»Was meinst du damit?«, fragte Ben und schaute auf.

»Er schreibt so gut wie nie, und wenn er es tut, dann sind seine Briefe so kalt. Er schafft es, dass ich mich so gottverdammt *schuldig* fühle.«

Der Brief war offensichtlich von David Corduke. Falten des Zorns zeichneten sich über Toms Brauen ab. Seine Lippen waren zu einer festen Linie zusammengepresst.

»Ist dir je in den Sinn gekommen«, fragte Ben, während er Hannahs Brief sinken ließ, »dass dein Bruder vielleicht nicht fähig ist, das zu schreiben, was er fühlt? Einige Menschen können ihre Gefühle nicht in Worte kleiden. Du weißt schon, weil sie sich nicht trauen, dazu zu stehen.«

»Das ist alles schön und gut«, erwiderte Tom, in die Defensive gedrängt. »Aber das hier?« Er warf den Brief ins Gras. Der Wind griff nach dem Papier und drohte, es davonzutragen. Tom machte keine Anstalten, es zu verhindern. »Wenn er mir doch Glück gewünscht und hinter mir gestanden hätte. Alles wäre so anders. Ich glaube nicht, dass er mir jemals vergeben wird, dass ich mich gemeldet habe.«

»Er wird sich letztlich damit abfinden. Lass ihm einfach Zeit.

Wenn der Krieg vorbei ist, wird er so glücklich sein, dich zurückzuhaben, dass alles andere vergessen sein wird.«

»Das klingt zu schön, um wahr zu sein. Du kennst David nicht. Und Enid ist noch schlimmer. Wenn sie sich etwas in den Kopf gesetzt hat, dann rückt sie nicht mehr davon ab. Ich werde das noch jahrelang zu hören bekommen, wenn nicht sogar für den Rest meines Lebens – dass ich meine Familie und mein Studium im Stich gelassen habe.«

»Du hast das Glück, überhaupt eine Familie zu haben«, erwiderte Ben. »Ich würde alles darum geben, an deiner Stelle zu sein, Vergebung hin oder her.«

»Vermutlich hast du recht«, erwiderte Tom düster. Er sammelte die Seiten ein und schob sie achtlos in seine Tasche. »*Nach dem Krieg.* Das scheint so weit weg zu sein. Glaubst du, er wird überhaupt jemals zu Ende sein?«

»Natürlich.«

Glaubte er es tatsächlich? Ben wusste es nicht. Doch er musste zuversichtlich bleiben, denn wie sonst könnte er die Kraft aufbringen, weiterzumachen?

»Ich werde natürlich zurück an die Uni gehen. Den Abschluss machen. Einen Job annehmen. Das dürfte David versöhnen.« Tom beschirmte seine Augen mit der Hand und schaute über die brachliegenden Felder. »Und was ist mit dir?«

Ben, der auf dem Rücken im Gras lag und die Sonne warm auf seinem Gesicht spürte, dachte über diese Frage nach. Er hatte jetzt eine Familie zu versorgen, und ein anständiger Verdienst war eine Notwendigkeit.

»Nun, die Schmiede ist verkauft, aber ich denke, ich könnte irgendwo anders neu anfangen. Ich glaube, ich bin ein ganz guter Geschäftsmann …«

»Du bist der Beste«, unterbrach Tom und grinste. »Dir ist es als Einzigem gelungen, Princess zu beschlagen, ohne dafür einen Tritt vors Schienbein verpasst zu bekommen.«

»Pferde! Wenn wir zurück sind, werden sie fast schon der Vergangenheit angehören. Automobile sind das Transportmittel der Zukunft. Wenn wir was anderes glauben, dann halten wir uns nur selbst zum Narren.«

»So viele Veränderungen.« Tom rollte sich auf den Bauch und sah Ben mit ernster Miene an. »Glaubst du, es wird jemals wieder so wie vorher sein, wenn all das hier vorbei ist?«

»Nein.«

Tom schwieg, offensichtlich wartete er auf weitere Ausführungen. »Nun, das kann es gar nicht, nicht wahr?«, fuhr Ben fort. »Wir haben zu viel erlebt, zu viel gesehen. Denkst du, wir können einfach davongehen und in unser altgewohntes Leben zurückkehren?«

Tom zuckte die Schultern. »Ich hab vor, es verdammt nochmal zu versuchen.«

»Gut.«

»Und Hannah und Nick?«

Ben lächelte. »Das Erste, was ich machen werde, wenn wir zurück sind, ist, sie zu heiraten, ob dein Bruder damit einverstanden ist oder nicht.«

Als Ben in dieser Nacht in seinem einsamen Bett lag, dachte er an Hannah und die letzte Nacht in Toms Wohnung, wie er es schon hunderte Male getan hatte. Er erinnerte sich an den Schein des Feuers auf ihrer Haut, ihre warme Sanftheit. Er dachte an all das, was zwischen ihnen geschehen war, Intimitäten, die normalerweise nicht außerhalb des gesegneten Bundes der Ehe ausgetauscht wurden. Was würde er darum geben, die Hand ausstrecken und sie berühren zu können! Aber so vieles hatte sich geändert.

Krieg. Er hatte ihm alles entrissen, was ihm lieb und vertraut war, und hatte dem Leben so vieler Menschen einen anderen Lauf aufgezwungen. Er hatte ihn über die Grenzen des normal Erträglichen gestoßen. Der Krieg hatte alles genommen, hatte nur die Erinnerungen gelassen und kaum eine Hoffnung auf die Zukunft.

Zu bald endete diese Ruhepause, und sie waren wieder unterwegs, zurück nach Ypres. Es war Ende September, und die Blätter der wenigen übrig gebliebenen Bäume färbten sich schon golden und rostbraun. Die Tage waren mild und fühlten sich nach Reife an, nach dem Ende des Sommers. Der Geruch nach dem Rauch von Holzfeuern zog über das Land. Des Morgens lag schwerer Tau auf dem Gras, dessen Tropfen wie die Juwelen eines Diadems funkelten.

Spät am Abend der Herbstgleiche trafen sie in Poperinghe ein, wo sie in einem verlassenen Bauernhaus kampierten. Während der Stunden der Dunkelheit kauerten sie sich auf den Boden und versuchten vergeblich zu schlafen, während die Maschinengewehre der Alliierten unermüdlich ihre Salven auf die feindlichen Flugzeuge abgaben, die über ihnen dröhnten.

Am darauffolgenden Abend setzten sie ihren Marsch im Schutze der Nacht fort. In der Dunkelheit hörte Ben das Trampeln von Füßen und Fetzen von Unterhaltung, gelegentlich auch Gesang. So oft wie möglich machten die Männer Pause, um sich am Straßenrand zu erleichtern. Streichhölzer flammten auf, und Zigaretten glühten auf wie rote Nadelstiche. Bens Beine waren wund gerieben und seine Füße, die rau gegen die Fersenkappen seiner Stiefel scheuerten, voller Blasen. Er dachte dankbar an den Tiegel *Zambuk*-Salbe, den er vorausschauend in seinem Tornister verstaut hatte.

Plötzlich nahm er eine Bewegung neben sich wahr, und etwas wurde in seine Hand gedrückt, etwas Rechteckiges mit stumpfen Ecken. »Ich will, dass du ihn nimmst«, sagte eine Stimme, die Tom gehörte.

»Was ist das?«

»Es ist ein Brief an meinen Bruder. Falls irgendetwas passiert …«

»*Nichts* wird passieren!«, fiel Ben dem Freund heftig ins Wort und stieß dessen Hand weg.

Aber Tom packte Bens Hand und hielt sie fest. Gegen seinen

Willen fühlte Ben den Umschlag wieder zwischen seinen Fingern. »Wenn nichts passiert«, erwiderte Tom ruhig, ehe er davonging, »dann wirst du ihn nicht abschicken müssen.«

Sergeant Hayes kam vorbei und trieb alle weiter. Mit zitternden Händen steckte Ben den Brief in seine Manteltasche. Als er weiterging, glaubte er, ihn wie ein bleiernes Gewicht zu spüren, das ihn herunterzog, ihn langsamer machte, und er wollte den Brief in Fetzen reißen und die Stücke vom Wind forttragen lassen. Eine Welle bitterer Furcht erfüllte ihn.

Nichts würde passieren.

Nichts *konnte* passieren.

Nichts. Nichts. Nichts.

KAPITEL 26

Callie hatte sich schon sechs winzige, aber völlig überteuerte Wohnungen angesehen, als sie vor dem Haus in der Bay Street hielt. Gebaut aus rotem Ziegelstein, lag es gut erreichbar einen halben Straßenblock von dem kleinen Einkaufszentrum an der Küste entfernt direkt gegenüber dem Strand.

Als sie aus dem Auto stieg, verfing sich ein heftiger Windstoß in ihren Haaren und wirbelte es in einem wilden Durcheinander um ihr Gesicht. Wie es ihr die Empfangsdame im Maklerbüro gesagt hatte, klopfte sie an die Tür einer der Wohnungen im Erdgeschoss. Sie hörte Geräusche hinter der geschlossenen Tür, ein Radio, das gedämpfte Brummen eines Staubsaugers. Nach einigen Sekunden wurde die Tür geöffnet.

»Ich komme wegen der Wohnung«, erklärte Callie. »Der Makler sagte, ich solle direkt mit Ihnen sprechen.«

Die Frau schüttelte den Kopf und sah sie bedauernd an. »Sie sollten mir mindestens vierzehn Tage lang niemanden schicken. Der Maler kann nicht vor Freitag anfangen, und der Teppichboden muss gereinigt werden. Es tut mir leid, dass Sie den Weg vergebens gemacht haben.«

Wieder eine Sackgasse. Sie hatte nun schon zwei schlaflose Nächte in dem Motel verbracht und hatte darauf gebaut, heute eine passende Wohnung zu finden.

»Meinen Sie nicht, ich könnte mir die Wohnung doch mal ansehen, wenn ich schon einmal hier bin?«, fragte Callie hoffnungsvoll.

»Ich fürchte, es sieht zu schrecklich aus hier«, entgegnete die Frau zweifelnd und schüttelte wieder den Kopf. »Der Vormieter …«

Aber Callies Gedanken eilten voraus, überschlugen ihre Möglichkeiten. Diese Wohnung hatte eine gute Lage, und die Miete war nicht zu hoch. Trotzdem würde sie sparsam leben müssen, bis das Honorar für das kürzlich fertiggestellte Manuskript kam. Aber wenn die Voraussetzungen stimmten, könnte sie vielleicht für ein paar Tage im Haus in der Brunswick Street nächtigen, oder vielleicht auf Jills Sofa?

»Bitte. Nur einen Blick. Wenn ich mich entscheide, sie zu nehmen, ersparen Sie es sich, noch einmal belästigt zu werden.«

Die Frau lächelte sie amüsiert an. »Na gut«, gab sie nach. »Es kann ja nicht schaden. Warten Sie, ich hole den Schlüssel.«

Die Wohnung lag im obersten Stockwerk, zwei Treppen hoch. »Es ist schwer, gute Mieter für diese alten Häuser zu finden, seit man angefangen hat, diese modernen Stadthäuser auf der anderen Seite der Bucht zu bauen«, erklärte die Frau, während sie die Treppen hinaufstiegen.

»Ich dachte eigentlich, dass sie ziemlich gefragt sind, so nah am Strand.«

Sie blieben vor einer Tür stehen, die Frau holte den Schlüssel hervor und drehte ihn im Schloss um. »Oh, die Lage ist schon gefragt. Aber nicht bei der Art von Leuten, die der Eigentümer gern hier wohnen haben möchte.« Die Tür schwang auf, und sie führte Callie in die Wohnung. »Es ist nicht schön, die Wohnung so heruntergekommen vorzufinden, wenn die Mieter weg sind, in der Regel noch mit einem Monat Mietrückstand. Aber hören Sie nicht auf mich. Schauen Sie selbst.«

Die Zimmer waren in einem schrecklichen Zustand, genau wie die Frau gesagt hatte. Schmutzflecken bedeckten die Wände. Das Bad und die Dusche waren nicht gereinigt worden, die Fugenmasse zwischen den Fliesen war schimmelig.

»Die letzten Mieter waren zwei junge Männer. Glauben Sie nicht, dass sie auch nur einen Tag gearbeitet haben, während sie hier gewohnt haben.« Sie zeigte auf einige Ölflecken, die der Teppichboden in der Mitte des Wohnzimmers aufwies. »Sie haben ihre Zeit damit verbracht, an einem ihrer Motorbikes herumzubasteln.«

Trotz alledem hatte die Wohnung einen gewissen Charme. Wie in den meisten älteren Häusern üblich, waren die Zimmer – Wohnzimmer, getrennter Schlafraum, Küche und Bad mit Waschküche – groß. Der Herd, wenn auch schmutzig, schien in Ordnung zu sein, die Platten glühten pflichtgemäß auf, als Callie jede von ihnen kurz prüfte. Die Wände würden mit frischer Farbe so gut wie neu aussehen, und eine gründliche Wäsche würde bei den schmuddeligen Vorhängen Wunder wirken. Eine professionelle Dampfreinigung würde den Teppichboden fast in seinen Originalzustand zurückversetzen, dachte Callie, die überrascht feststellte, dass sie sich bereits mit der Wohnung vertraut machte, und ein bunter Teppich würde die Flecken verdecken.

Das Besondere an der Wohnung war für Callie das große, von der Decke bis zum Boden reichende Fenster im Wohnzimmer. Abgesehen davon, dass es viel natürliches Licht ins Zimmer fluten ließ, hatte man von dort eine wunderschöne Aussicht auf den Strand. Der perfekte Platz, um ihren Schreibtisch dort hinzustellen.

Sie stieß die Balkontür auf und trat hinaus. Von dieser Höhe aus hatte sie den ungehinderten Blick über die Strandpromenade. Riesige Pinien säumten einen Spazierweg. Weiter entfernt spülte blaues Wasser auf den sich hell erstreckenden Sandstrand. Draußen auf dem Wasser, dort, wo die hohen Wellen brandeten, warteten zahlreiche Surfer geduldig auf den nächsten Ritt auf ihren Brettern.

Callie schloss die Augen und atmete tief ein. Der Geruch von Salz lag in der Luft. Irgendwo über ihr schrie eine Möwe.

»Ich nehme die Wohnung«, sagte sie.

Nach Ablauf einer guten halben Stunde und nach einigen Telefonaten mit dem Besitzer waren sie sich einig geworden. Callie hatte nicht nur den sofortigen Zugang zur Wohnung, sondern auch die Zusage, einen Monat mietfrei dort wohnen zu können, um die Wände streichen und den Teppichboden reinigen zu lassen. Außer den Kosten für Farbe und Pinsel, einige Flaschen von Desinfektions- und Reinigungsmitteln, welche sie insgesamt auf den Wert von zwei Wochen Miete schätzte, würde der Rest nicht mehr erfordern als eine beträchtliche Menge an Schweiß und Zeit. Doch jetzt, da ihr letztes Manuskript fertig war, stand ihr ausreichend Zeit zur Verfügung.

Nachdem der Handel perfekt war, ging sie zur Elektrizitätsgesellschaft, um dort alles zu klären. Zurück im Motel organisierte sie mit drei weiteren Telefongesprächen den Telefonanschluss, den Teppichreiniger und einen Umzugsunternehmer für den folgenden Tag. Dann atmete sie tief durch, nahm wieder den Hörer und rief ihre Mutter an.

»Hallo, ich bin's, Callie.«

»Hallo, Liebes. Ich habe heute Vormittag bei dir angerufen, konnte dich aber nicht erreichen. Warst du unterwegs?«

Wieder holte sie tief Luft. »Könnte man so sagen. Ich war auf Wohnungssuche.«

Einen Augenblick lang herrschte Schweigen am anderen Ende der Leitung. Bitte jetzt kein Verhör, flehte Callie stumm. Sie war nicht bereit für bohrende Fragen über den Zustand ihrer jetzt nicht mehr existierenden Beziehung zu Stuart. Es war alles zu neu, zu frisch, um es zu diskutieren.

»Ich verstehe nicht«, warf Bonnie ein. »Was meinst du damit, *auf Wohnungssuche*?«

Vielleicht wäre es besser gewesen, es ihr von Angesicht zu Angesicht zu sagen, dachte Callie. Aber jetzt war es bereits zu spät. Und Bonnie *sollte* wissen, was los war. Was, wenn Stuart im Haus in der Brunswick Street anrief, nach ihr fragte und wissen wollte, wo sie war? Was, wenn er schon angerufen hatte? Bonnie wäre verrückt vor Sorge. Aber ihre Mutter hatte nichts davon gesagt. Stuart übte sich offensichtlich weiter in Zurückhaltung.

Die Neuigkeit musste berichtet werden. Sprich es einfach aus, sagte eine entschlossene innere Stimme. Sag es ihr direkt, rede nicht um den heißen Brei herum. »Nach Jill bist du die Erste, die es erfährt. Stuart und ich haben beschlossen, Schluss zu machen, und ich bin ausgezogen.«

Sie hörte, wie Bonnie plötzlich scharf einatmete. »Wo bist du? Bei Jill? Ich werde sofort kommen.«

»Nein, bitte. Es geht mir gut. Ich wohne seit zwei Tagen im *Lodge Motor Inn*.«

»Warum bist du nicht nach Hause gekommen?«

Ihre Mutter war gekränkt. Callie hörte es aus dem vorwurfsvollen Ton heraus. Warum hatte sie es eigentlich *nicht* getan? Weil sie zu dem Zeitpunkt einige gute Gründe gehabt hatte, es nicht zu tun, doch jetzt fiel ihr keiner mehr ein, und ihre Erklärung klang lahm. »Nun, du und Freya, ihr beide seid beschäftigt, ihr müsst packen und das Haus in Ordnung bringen. Außerdem wollte ich nicht, dass du in etwas hineingezogen wirst, was ziemlich schwierig hätte werden können.«

»Und war es so?«

»Nein. Zumindest bis jetzt nicht. Es tut mir leid, aber ich bin noch nicht so weit, das alles jetzt schon zu erklären. Können wir über etwas anderes reden?«

»Sicher, Callie.«

Es entstand eine Pause, ein Schweigen, das sich dehnte. »Ich habe eine Wohnung gefunden. Sie ist unten am Strand. Bring

Freya am Sonntagabend mit, dann werden wir gemeinsam zu Abend essen.« Sie hoffte, die Wohnung bis dahin ein wenig in Ordnung gebracht zu haben.

»Wir kommen sehr gern.«

Callie nannte ihrer Mutter ihre neue Telefonnummer und die Adresse, dann verabschiedeten sie sich. Danach saß sie auf dem Bett im Motel, den Hörer in der Hand, und sandte ein Dankgebet zum Himmel. Ihre Mutter hatte Stuart nie gemocht, obwohl sie beträchtliche Anstrengungen unternommen hatte, diese Tatsache zu verbergen, besonders in den letzten Monaten. Und das Letzte, was Callie jetzt hatte hören wollen, war ein »Ich habe es dir ja gleich gesagt!«. Aber das Gespräch war kurz gewesen, und es hatte weder eine Diskussion noch Vorwürfe gegeben. Was hatte ihre Mutter zum Schluss gesagt? *Ich hoffe, du wirst jetzt glücklich werden, Callie.*

Glück – darum geht es im Leben, dachte sie niedergeschlagen. Sie hatte in letzter Zeit nur wenig davon zu spüren bekommen.

Stuart war schon lange fort zur Arbeit, als der Umzugsunternehmer am folgenden Morgen vor der Wohnung vorfuhr. Stuart hatte Callies letzter Telefonanruf am vorigen Abend gegolten. »Nimm mit, was du willst«, hatte er barsch gesagt. »Die Hälfte gehört dir.« Dann hatte er aufgelegt.

Sie hatte fast erwartet, ihn anzutreffen, doch die Garage war leer bis auf ein paar trockene Blätter, die der Wind herumwirbelte. Mit klopfendem Herzen hatte sie die Tür zur Wohnung aufgeschlossen und war hineingegangen.

In der Wohnung roch es schal, als sie den Flur hinunter in die Küche ging. Auf der Küchenanrichte lag ein Zettel. Vielleicht eine Nachricht von Stuart? Was würde darauf stehen? Geh nicht? Bitte überleg es dir noch einmal? Sie griff danach und starrte auf die Worte. Es war nichts als die Notiz, vor dem Wochenende die Sachen aus der Reinigung zu holen.

»Mist!«, flüsterte sie und zerknüllte den Zettel.

Sie hatte sich gefragt, wie sie sich fühlen würde, wenn sie zurückkam. Als sie jetzt in der Küche stand, empfand sie nichts außer einem Gefühl der Distanz. Stuart, die Wohnung: das gehörte in eine andere Zeit, die nun Vergangenheit war. Die Dinge hatten sich geändert. *Sie* hatte sich verändert. In ihren Gedanken war es schon seine Wohnung. Nicht mehr ihre.

Sie ging durch die Zimmer und schaute sich um, als sähe sie alles zum ersten Mal. Nichts schien sich verändert zu haben, seit sie gegangen war, aber was hatte sie auch erwartet? Plötzliche Veränderungen in der Wohnung?

Eine Bewegung hinter ihr veranlasste sie, herumzufahren. Es war einer der Umzugsleute. »Okay, Lady. Zeigen Sie uns, was mit soll, und wir bringen die Sache über die Bühne.«

Aber wo anfangen? Wie Stuart so edelmütig erklärt hatte, gehörte die Hälfte der Wohnungsausstattung ihr; zumindest war es ihr Geld gewesen, womit sie bezahlt worden war. Aber sie schreckte vor den Möbeln aus Glas und Chrom zurück, die mehr sein Geschmack als ihrer waren. Der kräftig gebaute Umzugsmann stand hinter ihr und wartete auf ihre Instruktionen.

Schließlich nahm sie den Inhalt ihres Arbeitszimmers mit, das Sofabett, den Computer, Hannahs Koffer, den Bürostuhl und den Schreibtisch. Die Männer halfen ihr, die Bücherkisten zu packen, ehe sie sie nach unten trugen. Sie erwog, das Faxgerät mitzunehmen, doch es war ein altes Modell, klobig und zur Eigenwilligkeit neigend, weshalb sie diesen Gedanken letztlich verwarf.

Rasch sah sie die Küchenschränke durch und stellte eine Sammlung von Utensilien auf die Küchenanrichte. Im Wohnzimmer ging sie am Fernsehgerät vorbei und blieb vor der Stereoanlage stehen. Es war eine teure Anschaffung gewesen, vor ungefähr einem Jahr. »Ich werde diese Geräte auch mitnehmen«, sagte sie zu einem der Männer.

Der kleine Kühlschrank aus der Waschküche würde sich als nützlich erweisen, ebenso der Tisch und die Stühle vom Balkon.

Stuart würde diese Dinge nicht vermissen. Nach kurzer Überlegung bat sie einen der Männer, auch den Gasgrill mitzunehmen.

Im Schlafzimmer holte sie ihre Sachen aus den Schränken und packte sie, wie sie kamen, in eine leere Kiste. Strümpfe und Schlüpfer, Büstenhalter, Shorts, Tops und Jeans. Eine Schmuckschatulle. Ganz hinten aus einer Schublade brachte sie ein sorgfältig eingewickeltes Päckchen zum Vorschein, das Davie Cordukes Taschenuhr und Kette enthielt, die ihr Vater ihr vor seinem Tod gegeben hatte.

Die Sachen, die im Schrank hingen, passten genau in einige Spezialboxen des Umzugsunternehmens. In eine weitere Kiste kamen die Dinge aus dem Badezimmer und ihre Kosmetika. Als Callie hochschaute, fiel ihr Blick auf das Aquarell, das über dem Kopfende des Bettes hing. Es war das Bild mit den Akazien, das ihre Urgroßtante Hannah gemalt hatte. Vorsichtig nahm sie es ab und stellte es zum Einpacken zur Seite.

Nachdem die Umzugsleute sich auf den Weg in die Wohnung in der Bay Street gemacht hatten, um dort ihre Fracht wieder auszuladen, ging Callie ein letztes Mal durch die Zimmer. In der Küche fand sie noch zwei Katzen aus Keramik, die sie vor einer Reihe von Jahren im Kunstunterricht gemacht hatte.

Die Katze! Wie hatte sie die vergessen können!

Oscar war nirgendwo zu finden. Callie ging noch eine Weile draußen herum und rief seinen Namen. Sie suchte in den Gärten und fand ihn schließlich schlafend unter einer der Hecken. Bei ihrem Anblick öffnete er träge ein Auge und begann laut zu schnurren.

»Da bist du ja!«, rief sie über alle Maßen erfreut und nahm ihn hoch. Drinnen, in der Waschkammer, setzte sie ihn in seinen Transportkorb. »Tut mir leid, mein Freund, aber ich kann nicht riskieren, dass du mir davonläufst. Ich würde dich nie wiederfinden.«

Er miaute beleidigt, ließ sich dann aber auf dem Handtuch nieder, mit dem sie den Boden des Korbes ausgelegt hatte, und fing an, sich zu putzen.

Die Mitarbeiter der Firma, die den Teppich gereinigt hatten, waren bereits gegangen, als sie in die Wohnung zurückkam. Die Bodenbeläge waren sauber, wenn auch noch etwas feucht. Dort, wo das Öl verschüttet worden war, war nur ein schwacher Fleck zurückgeblieben. Ein frischer Duft nach Zitrone erfüllte die Wohnung und hatte den stickigen Geruch vertrieben.

Nachdem die Umzugsleute fort waren, ließ sie Oscar aus seinem Käfig und sah lachend zu, wie er durch die Zimmer stolzierte und dabei heftig mit seinem Schwanz schlug. Einige Minuten später sprang er aufs Sofa, ließ sich dort nieder und sah sie deprimiert an. »Ich weiß, es ist eine fremde Umgebung, aber du wirst dich schon bald daran gewöhnen«, versicherte sie mit einem Lächeln. »Ich habe mich auch schon daran gewöhnt.«

Als Antwort darauf schloss Oscar die Augen und ignorierte Callie völlig.

Sie saß auf dem Sofa und streichelte geistesabwesend die Katze. Es war das erste Mal, dass sie allein wohnte. Als sie aus dem Haus in der Brunswick Street ausgezogen war, hatte sie sich mit Jill eine Wohnung geteilt, dann war sie mit Stuart zusammengezogen. Nicht gewöhnt an das Alleinsein, war die Stille jetzt fast greifbar für sie. Unruhig stand sie auf, ging durch das Zimmer und öffnete das große Fenster. Geräusche vom Meer drangen herein, das sanfte Rollen des Wassers gegen den Strand, der Schrei der Möwen. Über die Promenade rollte leise der Verkehr. In der Ferne hörte sie eine Autohupe.

Die Möbel und Kisten standen in der Mitte des Zimmers. Doch ans Auspacken war nicht zu denken, ehe sie die Küche und das Bad geputzt hatte. Entschlossen nahm sie einen Eimer mit Desinfektionslösung, Reiniger und eine Bürste.

Es war dunkel, als sie fertig war. Ihr Rücken war steif, und die Beine taten ihr weh – aber die Fliesen im Bad glänzten wieder, und die Küche funkelte. Sogar der Herd schimmerte, nachdem sie ihn von Schichten aus Fett befreit hatte. Callie reckte sich, während sie durch die Zimmer ging und ihr Werk bewunderte. Die Wohnung wirkte ganz anders als zuvor. Meine eigene Wohnung, dachte sie voller Staunen.

Sie fütterte die Katze, rief einen Pizza-Lieferservice an und nahm eine Dusche. Das Haar frisch gewaschen, setzte sie sich auf den Balkon und verschlang hungrig »Reef and Beef«, während sie die Lichter entlang der Küste betrachtete. Hier herrschte ein gewisser Friede, ein Gefühl der Zeitlosigkeit. Eine Stille, die sie einhüllte und ihre angeschlagenen Nerven beruhigte. »Wir werden gern hier wohnen«, sagte sie zu Oscar, der zu ihr auf den Balkon gekommen war. »Nur du und ich, Kater. Okay?«

Wie zur Antwort rieb er seine Schnurrhaare an ihrem Bein.

Callie erwachte vom Schrei der Möwen. Sie stützte sich auf dem Sofa hoch und sah sich im Zimmer um. Desorientiert nahm sie die fleckigen Wände wahr, die Kisten und die Möbel und fragte sich für einen kurzen Moment, wo sie war.

Dann fiel es ihr wieder ein.

Sie hatte Stuart verlassen. Sie war endlich gegangen!

Jetzt, im kalten Licht des Morgens, schien es endgültig, unumstößlich. Die vergangenen zwei Jahre ihres Lebens lagen jetzt hinter ihr. Sie hatte die Wohnung verlassen, alles aufgegeben, was ihr vertraut gewesen war. Während der ersten Tage im Motel hatte sie geschwankt und sich gefragt, ob sie das Richtige getan hatte. Stuarts anklagende Worte waren ihr durch den Sinn gegangen, hatten sie verunsichert.

Du bist nie da! Wenn du nicht gerade vor deinem Computer sitzt, rennst du entweder herum, um etwas über tote Leute herauszufinden, oder du hockst da und steckst deine Nase in diese alten Briefe.

Dann war da das Bild, das immer wieder vor ihr auftauchte: Stuart, wie er die Straße entlangging, seine Hand streichelte eine andere Frau. Dieselbe Hand, die auf sie zukam; ihr Kopf wurde zurückgeschleudert, ihre Zähne knallten aufeinander. Trotz der immer gegenwärtigen Tränen und der nagenden Ungewissheit, ganz egal wie weh es tat und wie sehr ihr Instinkt sie leitete, ihm zu vergeben, zurückzugehen und dieses bequeme andere Leben weiterzuleben, wusste Callie, dass sie das Richtige getan hatte. Ein Zurück würde es für sie nicht geben.

Dann, in einem anderen verzweifelten Moment, erinnerte sie sich an seine verletzenden Worte, an sein Schweigen, die verhassten Anspielungen, und sie fragte sich, warum sie so lange mit Stuart zusammengeblieben war. Alle anderen – Bonnie, Jill, vermutlich sogar Michael – hatten Stuart in einem anderen Licht gesehen, nicht in dem rosigen Schein ihrer Selbstzufriedenheit. Wie hatte sie so dumm sein können, so *naiv*?

Doch es gab auch Zeiten, in denen sie wieder grübelte, in denen der Selbstzweifel sie fast atemlos machte. Ein Mantel aus unterdrückter Wut umgab sie und lähmte sie. Mehr als zwei Jahre ihres Lebens waren vergangen und hatten ins Nichts geführt. Oder doch nicht?, fragte sie sich später, wenn sie sich wieder stärker fühlte, zuversichtlicher. In diesen zwei Jahren hatte sie ihre Fähigkeit zum Schreiben gefestigt. Ihre Bücher verkauften sich gut. Sie hatte einen sicheren Karriereweg vor sich.

Und Stuart? Nun, sie konnte aus dieser Erfahrung lernen. Ich brauche keinen Mann, um mein Leben komplett zu machen, sagte sie sich. Ich habe das Schreiben, ich habe Hannahs Briefe. Ich habe Freunde.

Ich habe meine Unabhängigkeit.

Kein Teilen mehr. Sich nicht mehr den Wünschen eines anderen beugen müssen. Ich kann mich verdammt gut auch allein amüsieren, dachte sie in einem Aufsprudeln unerwarteter Fröhlichkeit. Niemals wieder werde ich mein Leben von jemandem kontrollieren lassen.

Ihre Lebensgeister erwachten augenblicklich wieder, und sie ging in die Küche, um sich eine Tasse Kaffee zu machen. Nachdem Callie sich angezogen hatte, machte sie sich auf den Weg zum Eisenwarenladen.

Jede nur denkbare Farbe präsentierte sich ihr auf den vielen Farbauswahlkarten in der Heimwerker-Abteilung. Schließlich entschied sie sich für ein blasses Gelb für die Wände und ein Graublau für die Türen und deren Einfassungen sowie für die Fußleisten. Die Farbeimer wanderten in den Einkaufswagen, zusammen mit Sandpapier, Kreppband, Pinseln, einer Malerrolle und einer kleinen Farbenwanne.

Callie nahm sich vor, das Schlafzimmer zuerst zu streichen. Sorgfältig klebte sie Türrahmen und Fensterbänke ab, ehe sie sich an die Wände machte. Während des Nachmittags klingelte einige Male das Telefon, aber sie war nicht in Stimmung, sich zu melden. Während sie hoch oben auf Bonnies Leiter stand, übersät von Farbspritzern, ignorierte sie stur das schrille Läuten. Es könnte Stuart sein. Er könnte die Auskunft angerufen und ihre Nummer bekommen haben, und sie wollte nicht, dass ihr der bisher so schöne Tag verdorben wurde.

Es war eine anstrengende Arbeit, und sie brauchte den größten Teil des Tages, das Schlafzimmer fertig zu streichen. Als sie ihr Werk jedoch schließlich betrachtete, hatte sich das Zimmer auf wunderbare Weise verwandelt, und sie empfand durchaus Stolz auf das, was sie geschafft hatte. Im Licht des späten Nachmittags wurde das zarte Gelb zu reichem Gold, und die Wände schienen zu glühen. Das Graublau der Tür zeigte perfekt denselben Farbton wie die Wellen, die sie durch das Fenster sehen konnte.

»Nun«, wandte sie sich an den Kater. »Das wär's für's Erste. Morgen streichen wir das Wohnzimmer.«

Nach einem ausgiebigen entspannenden Bad ging sie hinunter zur Promenade und zum Fischladen. Als sie zurückkam, klingelte das Telefon erneut, und das schrille Geräusch hallte durch das Treppenhaus. Ich *sollte* rangehen, dachte Callie mürrisch und ärgerte sich über die Unterbrechung ihrer Pläne für diesen Tag. Vielleicht war es Bonnie, die ihr sagen wollte, dass sie Sonntagabend nicht kommen konnte.

Sie schloss die Tür auf und lief zum Telefon. Als sie den Hörer abnehmen wollte, verstummte das Klingeln.

Michael hatte Callies Nummer drei Tage nacheinander angerufen. Es gab keine Antwort, keinen Rufton, der anzeigte, dass sie den Hörer abgenommen hatte. Stattdessen hallte das wiederholte *brr-brr* in seinen Ohren wider, ein höchst unwillkommener Ton. Immer nur dieses beharrliche Tuten des Telefons; nicht einmal einen Anrufbeantworter gab es.

Am vierten Nachmittag meldete sich Stuart.

»Callie?«, fragte er und klang überrascht. »Wissen Sie es denn nicht? Sie ist ausgezogen.«

»Wann?«

»Irgendwann Anfang der Woche. Ich weiß nicht genau.« Er zögerte. »Welcher Tag ist heute?«

Was für eine seltsame Frage! Hatte Stuart getrunken? Seine Aussprache klang ein wenig schleifend. »Freitag«, erwiderte Michael knapp.

Stuart schwieg einen Moment, als müsse er diese Tatsache überdenken. »Ja, richtig. Dann muss es Dienstag gewesen sein, als sie gegangen ist.«

Ein verrücktes wildes Gefühl von Hoffnung glitt durch Michaels Brust. Callie hatte Stuart verlassen. Drei ganze Tage waren seitdem vergangen, und sie war nicht zurückgegangen. Und, was noch wichtiger war, Stuart hatte offensichtlich keinen Versuch gemacht, Kontakt zu ihr aufzunehmen. Er schwieg einen Moment.

»Ich weiß nicht, wohin sie gegangen ist. Sie hat keine Nummer und keine Adresse hinterlassen, wenn es das ist, was Sie wissen wollen. Vielleicht wollte sie, dass auch Sie sie nicht finden.«

Es war eine überflüssige, höhnische Bemerkung, doch sie tat weh. »Möglich«, erwiderte er kurz und dachte: Ich sollte einfach auflegen und diesem widerlichen Kerl nicht die Genugtuung einer Antwort geben.

Aber Stuart war schon einen Schritt weiter. »Rufen Sie Bonnie an«, riet er. »Sie wird es wissen.«

Bonnie meldete sich beim vierten Klingeln. »Callie?«, sagte

sie und schien überrascht, Michaels Stimme zu hören. »Sie und Stuart haben sich getrennt. Sie ist ausgezogen.«

»Darüber hat Stuart mich gerade informiert.«

»Ach je«, sagte Bonnie mitfühlend. »Unter uns gesagt, ich denke, es hat sich schon seit langem abgezeichnet.«

»Geht es ihr gut?«

Er sah Bonnies Schulterzucken vor sich. »Ich habe nur mit ihr telefoniert. Sie sagt, sie braucht Zeit, um zu sich zu kommen.«

Sie unterhielten sich ein paar Minuten. Dann ging Bonnie den Zettel holen, auf dem sie Callies Telefonnummer und Adresse notiert hatte. »Aber ich bin sicher, sie würde Sie gern sehen«, meinte sie zum Schluss. »Es macht ihr wirklich viel Freude, in diesem alten Koffer von Hannah herumzustöbern. Stuart hat das nicht interessiert, wissen Sie.«

Nachdem Bonnie aufgelegt hatte, saß Michael da und starrte auf die Telefonnummer, die Bonnie ihm genannt hatte. Seine Gedanken wanderten zurück. Er hatte nie vergessen, wie er sich an dem Tag gefühlt hatte, an dem Gaby gegangen war und Timmy und all das mitgenommen hatte, was wichtig in seinem Leben gewesen war. Er hatte nie dieses Gefühl von Einsamkeit vergessen, diese Hoffnungslosigkeit, die ihn überwältigt hatte. Nichts hätte ihn darauf vorbereiten können, dessen war er sicher. Und jetzt, Jahre später, war es Callie, die die gleichen Emotionen durchlebte.

Er hatte den Wunsch gehabt, sich abzuschotten, hatte mit niemandem reden wollen. Empfand Callie jetzt genauso? Oder brauchte sie Gesellschaft, Stimmen und Lachen, um diese ersten schrecklichen Tage und Wochen zu überstehen? Michael wusste es nicht.

Und er wusste nicht, was er sagen sollte, würde er letzten Endes doch mit ihr sprechen. Sollte er das Gespräch mit Stuart erwähnen und den nachfolgenden Anruf bei Bonnie? Sollte er Stuart überhaupt erwähnen? *Hallo, Callie, wie ich höre, sind Sie endlich zur Vernunft gekommen und haben dieses Arschloch verlassen!* Michael unterdrückte ein schiefes Grinsen, als ihm ungewollt diese Worte durch den Sinn gingen.

Ich bin sicher, sie würde Sie gern sehen, hatte Bonnie gesagt, und diese Worte waren es letztlich, die ihn handeln ließen. Zögernd wählte er die Nummer, aber niemand nahm den Hörer ab. Er konnte nicht aufhören, an Callie zu denken, daran, dass sie allein in ihrer neuen Wohnung saß, und fühlte sich frustriert, weil er nicht in der Lage war, ihr zu helfen. Noch mehrere Male wählte er an diesem Nachmittag ihre Nummer, doch sie meldete sich nicht. Er versuchte es noch einmal, bevor er nach Hause fuhr, dann wieder, während er sich einen Tee zubereitete, und danach noch einmal.

Noch immer nichts.

Der Wunsch, sie zu sehen, nagte beharrlich an ihm. Es ging ihr gut, oder doch nicht? Ein vages Gefühl von Besorgnis ließ ihn nicht mehr klar denken. Die Menschen taten seltsame Dinge, wenn eine Beziehung gescheitert war. Aber Callie war nicht wie »die meisten Menschen«, versicherte er sich rasch selbst. Sie war klug und talentiert, und unter ihrem sehr weiblichen Äußeren steckte ohne Zweifel eine sehr starke Frau.

Als einzige Lösung blieb, am nächsten Morgen, einem Samstag, an die Küste hinunterzufahren. Fünf Minuten, länger würde er nicht bleiben. Gerade lange genug, um zu sehen, dass es ihr gut ging. Sie würden sich für ein paar Minuten unverbindlich über die Briefe und Bens Tagebuch unterhalten, und er könnte herausfinden, ob es etwas gab, was sie brauchte; und er würde sich anstrengen, um sich zu überwinden, ihr sein Mitgefühl darüber auszusprechen, dass ihre Beziehung zu Stuart zerbrochen war.

Er würde sich anstrengen! Was für ein Hohn! Soweit es Michael betraf, könnte Stuart in die Äußere Mongolei auswandern, und selbst das wäre noch nicht weit genug entfernt.

Am folgenden Morgen, Callie hatte bereits mit den Vorbereitungen für den Anstrich begonnen, klopfte es an der Tür. Mit einem Seufzen bedeckte sie den Pinsel mit einem Stück Plastikfolie und riss genervt die Tür auf.

Es war Michael.

»Hallo«, sagte er, lässig gegen den Türrahmen gelehnt. »Ich kam gerade hier vorbei und dachte, ich schau mal rein.«

Sie stand verwirrt da, eine Hand um den Türgriff, und starrte ihn an. Sie hatte allein sein und mit niemandem reden wollen, um nicht die Gründe erklären zu müssen, die hinter ihrem Tun in den letzten Tagen steckten. Sie war noch nicht so weit, ihre Gefühle noch zu verworren, und dass Michael nun ohne Einladung an ihrer Wohnungstür auftauchte, empfand sie wie ein Eindringen.

»Ich denke, Sie kommen besser herein«, sagte sie trocken und trat zur Seite, um ihn hereinzulassen.

Er sah sie nachdenklich an, rührte sich aber nicht von der Stelle. »Ich habe mir Sorgen um Sie gemacht, Callie. Ich habe angerufen, aber es ist niemand ans Telefon gegangen. Wenn Sie allerdings wollen, dass ich verschwinde, dann sagen Sie es einfach.«

Das Telefon! Es war also nicht Stuart gewesen, der sie ständig angerufen hatte, sondern Michael, der um ihr Wohlergehen besorgt war. Und sie stand da, undankbar, fast ablehnend. Schlechte Manieren, so hätte Freya das wohl genannt.

Schuldbewusst biss sie sich auf die Lippen und legte sich im Geiste eine Entschuldigung zurecht. »Es tut mir leid«, stammelte sie. »Ich wollte nicht unhöflich sein. Es ist eine Überraschung, Sie hier zu sehen, das ist alles. Und außerdem«, sie belohnte ihn mit einem herzlichen Lächeln, »habe ich eine höllische Woche hinter mir, und mir war nicht nach Reden zumute.«

»Dann rede ich, und Sie hören zu«, sagte er, zog seine Hand hinter seinem Rücken hervor und überreichte ihr einen Blumenstrauß. »Aber zuerst sollten wir die Förmlichkeiten beiseitelassen.«

Ihre Stimmung hob sich beim Anblick des Straußes. Es waren überwiegend Rosen. Feste blutrote Knospen, die Blütenblätter noch nicht entfaltet, rollten sie sich zusammen wie die Fäuste von Säuglingen in einem Bett aus grünen Blättern. Ein betörender Duft entströmte ihnen – süß, dachte sie überrascht, wie Honig oder Wein.

»Das hätten Sie nicht tun sollen.«

Die Worte waren heraus, ehe sie sie zurückhalten konnte, und sie zuckte innerlich zusammen, wünschte, sie hätte sie nicht gesagt. Aber es war zu spät.

»Vielleicht hätte ich das nicht tun sollen«, stimmte er zu und nickte, sein Gesicht war ausdruckslos. »Aber da ich es getan habe, solltest du sie vielleicht ins Wasser stellen, ehe sie schlappmachen.«

Callie war sich nicht sicher, ob sie ihn gekränkt hatte oder ob er sich einfach nur über sie amüsierte. Sie sah ihn an, und plötzlich lächelte er, sein Gesicht zu einem breiten Grinsen verzogen.

»Ja, natürlich«, meinte Callie entschuldigend und versuchte, ein Lachen zu unterdrücken, während die letzten Reste ihrer Verärgerung sich in Nichts auflösten. »Und wie unhöflich von mir, Sie ... dich im Treppenhaus stehen zu lassen! Komm herein. Wie du siehst, kämpfe ich gerade mit Pinsel und Farbe.«

Sie fühlte eine gewisse Befangenheit. Wie viel wusste Michael, und inwieweit war es nötig, etwas zu erklären? Und wie hatte er ihre Telefonnummer und ihre Adresse herausbekommen?

»Ich habe Stuart angerufen«, sagte er als Antwort auf ihre unausgesprochene Frage. »Er hat mir gesagt, dass du ausgezogen bist. Bonnie hat dann die fehlenden Details nachgereicht.«

Er betrat die Wohnung und schloss die Tür hinter sich. Einen Moment lang schweifte sein Blick durch das Zimmer. Oscar sprang von seinem Spähposten auf dem Sofa herunter und strich Michael laut schnurrend um die Beine. »Du bist mein erster Besucher«, meinte sie lachend. »Und es sieht so aus, als würde er dir sein Einverständnis signalisieren.«

»Callie?«

Er war vor ihr stehen geblieben. Die Rosen waren zwischen ihnen auf Brusthöhe wie eine Barrikade, und sie war sich deren süßen moschusartigen Duftes übermäßig bewusst.

»Ja?«

»Ich habe mir Sorgen um dich gemacht«, sagte er schlicht.

»Ohne Grund. Wie du siehst, geht es mir gut.«

»Wirklich?« Er sah sie lange an. »Ich habe eine Trennung hinter mir, erinnere dich. Ich weiß, wie traumatisch das ist. In der einen Minute kommt man damit zurecht und denkt, das Leben ist wundervoll, und in der nächsten fühlt man sich dann, als hätte man einen Tritt direkt in den Magen bekommen.«

»Ich dachte, ihr habt euch in Freundschaft getrennt, du und Gaby?«

»Das haben wir auch. Aber …« Er schwieg für einen Moment, als müsste er seine Worte genau abwägen. »Das Scheitern einer Beziehung ist auch das Ende von etwas Unbestimmterem, und unendlich traurig, ganz egal wie es passiert. Es ist das Ende nicht verwirklichter Pläne und geht einher mit einem Gefühl des Versagens.«

»Es *war* eine schreckliche Woche«, gab Callie zu, die sich plötzlich von seinem Mitgefühl überwältigt fühlte und lächerlich nah an den Tränen war. »Und eine, die ich am liebsten ganz schnell vergessen möchte.«

Sie betrachtete die Rosen und bemerkte überrascht, dass ihre Hand zitterte. »Nun gut«, wechselte sie brüsk das Thema, »vermutlich sollte ich jetzt erst einmal eine Vase für die Blumen holen.«

Sie fand eine Vase in einer der noch gepackten Kisten und ging in die Küche, um Wasser einzufüllen. Als sie in das Wohnzimmer zurückkam, hatte Michael etwas von der gelben Farbe in die kleine Wanne gefüllt. »Da ich schon einmal hier bin«, sagte er, die Farbrolle schwingend, »kann ich mich ebenso gut nützlich machen.«

Callie fuhr damit fort, die Holztür und die Fensterrahmen abzukleben, während Michael begann, die Farbe auf die Wände zu bringen. Sie beobachtete ihn aus den Augenwinkeln und dachte daran, wie sehr ihr die Arme noch vom Vortag schmerzten und dass ihm das Streichen überhaupt keine Mühe zu bereiten schien. Trotz ihrer anfänglichen Befürchtungen stellte sie schon bald fest, dass sie für seine Gesellschaft dankbar war.

Unterbrochen von einigen Kaffeepausen ging der Vormittag rasch vorbei, und plötzlich war es Mittagszeit. Callie legte ihren Pinsel aus der Hand, wusch sich den Großteil der Farbe von den Händen und ging zum Feinkostladen.

Als sie zurückkam, stand Stuarts Wagen vor dem Haus. Mit sinkendem Herzen eilte sie die Treppen hinauf. Die beiden Männer waren in der Wohnung und sprachen miteinander. Sie verstummten, als Callie eintrat. Stuart sah wütend aus, sein Mund war zu einer gereizten Linie verzogen. Auf Michaels Stirn zeichneten sich Falten ab. Sie blieb an der Tür stehen und versuchte, zu begreifen, was hier vor sich gegangen war.

Hatten sie über sie geredet?

»Ich werde mal ins Bad gehen«, sagte Michael mit angespanntem Lächeln, »und mir vor dem Essen die Farbe abwaschen.«

Callie führte Stuart zur Tür und begleitete ihn die Treppen hinunter. »Wie lange ist *der* schon da?«, fragte Stuart laut und ohne sich die Mühe zu machen, leise zu sprechen.

»Ich glaube nicht, dass dich das etwas angeht.«

»Was will er?«

Provoziere keine Szene, warnte sie sich im Stillen. Schick ihn einfach weg. »Er hilft mir beim Streichen.«

»Er hat nicht viel Zeit verschwendet.«

»Was soll das heißen?«

Sie standen jetzt auf dem Bürgersteig vor Stuarts Wagen. Er lächelte anzüglich. »Ich würde meinen, dass das ziemlich offensichtlich ist. Er hängt hier herum. Vielleicht hofft er, dir an die Wäsche gehen zu können.« Er brachte sein Gesicht nah vor ihres, und sein Lächeln wurde zu einem höhnischen Grinsen. »Vermutlich hat er das ja schon!«

»Du bist widerlich!«

Sie trat zurück und zwang den Drang nieder, ihm ins Gesicht zu schlagen. Doch Stuart hatte sich schon abgewandt und setzte sich in seinen Wagen.

»Kannst du mit der Wahrheit nicht umgehen, Cal, altes Mädchen?«

Konnte er sie nicht in Ruhe lassen? Dieses ständige Sticheln über Michael machte sie wahnsinnig. Sie beugte sich zum Fenster auf der Beifahrerseite hinunter und brachte sich mit Stuart auf Augenhöhe. »Stuart, du bist nicht mehr Teil meines Lebens, und mit wem ich meine Zeit zu verbringen wünsche, geht dich wirklich nichts an. Und ich werde jetzt, wenn es dir nichts ausmacht, etwas essen, denn es ist Mittagszeit, und ich habe Hunger.«

»Ja, den hat Michael auch.«

Sie ging davon und gab ihm nicht die Genugtuung einer Erwiderung. Soll er doch das letzte Wort haben, wenn es das wert ist, dachte sie wütend. Lass dich nicht zu einer billigen Retourkutsche herab. Als sie auf die Wohnungstür zuging, hörte sie von der Straße das vertraute Kreischen durchdrehender Räder.

Die frischen Brötchen, Käse, Schinken und Schalen mit Salat standen auf dem Küchentisch, wo Callie sie abgestellt hatte. »Es tut mir leid«, entschuldigte sie sich bei Michael, als er aus dem Badezimmer kam. »Vermutlich musste das früher oder später passieren.«

»Wie hat er herausgefunden, wo du wohnst? Er hatte keine Ahnung von deinem Verbleib, als ich gestern mit ihm telefoniert habe.«

Callie zuckte die Schultern. »Es ist eine recht kleine Stadt. Über kurz oder lang wird darüber geredet. Vielleicht hat er auch Mum angerufen.«

Sie picknickten auf dem Balkon, Becher mit Kaffee und die Teller standen vor ihnen auf einer alten Decke. Der Tag war warm, und ein starker Geruch nach Salz lag in der Luft. Menschen wanderten den Strand entlang: Familien, Singles, gelegentlich ein Paar Arm in Arm.

»Noch Salat?«, fragte Callie und schaute auf Michaels leeren Teller.

Er schüttelte den Kopf und lächelte. »Du siehst sehr hübsch aus mit dem zurückgebundenen Haar. Du solltest es viel öfter so tragen.«

»Tatsächlich?«, fragte sie überrascht und merkte, dass er sie unverwandt ansah, die Stirn leicht gerunzelt. »Ich wette, das sagst du zu allen Frauen.«

»Nein.«

Callie senkte den Kopf und verrührte heftig einen Teelöffel Zucker in ihrem Kaffee. Sie versuchte, die Röte zu verbergen, die ihr in die Wangen stieg. Was sollte sie sagen? Etwas Schnodderiges vielleicht? Aber Michaels Gesicht war ernst gewesen, hatte nicht die kleinste Spur eines Lächelns gezeigt.

Himmel!, ermahnte sie sich. Akzeptiere diese Bemerkung dankbar, und hör auf, dich wie ein kleines Schulmädchen zu benehmen. Schon vorher hatten Männer ihr Komplimente gemacht, aber keines hatte sie so berührt wie dieses.

Sie murmelte eine Antwort und floh in die Küche, mit den leeren Tellern in der Hand. Als sie wieder auftauchte, war Michael schon wieder mit Streichen beschäftigt.

Es war fast schon dunkel, als sie Schluss machten. Michael wusch die Pinsel und Rollen im Becken in der Spülkammer aus, und dann standen sie da und bewunderten ihr Werk. »Es sieht toll aus«, sagte Callie. »Fast wie eine ganz andere Wohnung. Danke für die Hilfe.«

»Das ist schon okay. Es hat mir Spaß gemacht.«

»Wegen Stuart ...«

»Vergiss es. Ich jedenfalls habe es schon vergessen. Er ist die Energie nicht wert.«

»Du hast recht. Du hast absolut recht.«

Er schaute auf seine Uhr. »Es tut mir leid, aber ich muss jetzt los.«

»Ich wollte dich bitten, zum Abendessen zu bleiben«, sagte sie leichthin. Es war gut und schön, was sie über das Alleinsein und die Unabhängigkeit dachte, aber sie hatte seine Gesellschaft genossen, und die Aussicht auf einen einsamen Abend stand drohend vor ihr. »Es ist meine Chance, dir etwas zurückzugeben für all die harte Arbeit.«

»Ich kann leider nicht. Eine unaufschiebbare Verabredung, fürchte ich. Ich habe Tim versprochen, mit ihm ins Kino zu gehen. Kann ich vielleicht später darauf zurückkommen? Vielleicht am nächsten Sonnabend?«

»Das wäre schön. Bis dahin könnte ich die Wohnung so weit haben, dass es hier halbwegs normal aussieht.«

Er legte einen Finger unter ihr Kinn. »Callie, wenn es irgendetwas gibt, was du während der Woche brauchst, versprichst du mir, dass du anrufen wirst?«

Sein Mund war nur einige Zentimeter von ihrem entfernt. Callie glaubte, der Atem würde ihr stocken, als sie dem unwiderstehlichen Impuls trotzte, ihre Finger dorthin zu legen, auf den Schwung seiner Lippen. Sie schaute fort, weil sie sich seiner übermäßig bewusst war. Nicht als Freund, sondern als Mann. »Ja, ich verspreche es.«

Er legte die Hand um ihr Kinn, drehte ihr Gesicht zu sich. »Callie …«

Sie spürte seinen Atem auf ihrer Wange und den flüchtigen Druck seines Mundes auf ihrer Stirn. Es war, als würde ihr ganzes Sein zu ihm gezogen, unkontrollierbar. Ihre Beine fühlten sich an wie Gummi. Er zog sie für einen Moment an seine Brust. »Ich mache mir Sorgen um dich«, sagte er. »Pass gut auf dich auf.«

Sie stand am Fenster und sah ihm nach, als er zu seinem Wagen ging. Bevor er einstieg, wandte er sich um und winkte hoch. Sie winkte zurück. Der Wagen fuhr langsam davon, bog dann um die Ecke. Die Straße war leer. Am Strand waren nur noch wenige Spaziergänger, ein paar Möwen kreisten hoch über den Wellen. Callie musste plötzlich gegen den unerklärlichen Drang zu weinen ankämpfen.

KAPITEL 27

Plötzlich war es Frühling. Es wurde mit einem Mal wärmer, und an den nackten Zweigen erschienen Knospen. Kleine braune Spatzen hüpften auf der Suche nach den Brotkrumen, die Hannah aus dem Küchenfenster warf, durch das Gras.

Diese ersten Wochen in dem Haus waren eine glückliche Zeit. Nick liebte es, im Garten herumzukrabbeln und nach Blättern oder Blumen zu greifen. Er war jetzt etwas über acht Monate alt und ein sehr aufgewecktes Kind. Im Haus zog er sich an den Möbeln hoch, balancierte auf unsicheren Beinen und forderte Hannah mit einem stolzen, mutwilligen Grinsen heraus. Schau mich an, schien seine Miene zu sagen.

»Du bist ein kluger Junge.« Hannah strahlte bei jedem kleinen Fortschritt. »Dein Papa wird sehr stolz auf dich sein.«

Aber es waren leere Worte, ohne Aussicht auf Erfüllung.

Als die Liste der Gefallenen in den Zeitungen immer länger wurde, gab es Stunden, meistens des Nachts, wenn Nick im Bett war, in denen sie sich fragte, ob sie Ben jemals wiedersehen würde. Seine Abwesenheit schien inzwischen ein fester Bestandteil ihres Lebens zu sein. Ihre einzige Verbindung waren die Briefe, die in unregelmäßigen Abständen eintrafen, oft mit Geld darinnen. *Kauf etwas für den Jungen*, schrieb er. *Oder gönn dir etwas Schönes.* Aber es gab keine kleinen Extras, keine kleinen Überraschungen. Das Geld reichte nie, und sie brauchte jeden Penny, um zu überleben.

In ihrer Verzweiflung fand sie eine Nachbarin, die sich anbot, auf Nick aufzupassen, während Hannah wieder arbeiten ging. Molly war Mitte zwanzig und hatte selbst zwei kleine Kinder. Ihr Mann gehörte zum *Australian Light Horse*-Kontingent und befand sich in Palästina. Molly glaubte, dass er noch am Leben war, obwohl sie seit fünf Monaten keinen Brief mehr von ihm bekommen hatte. »Verdammter Blödmann«, hatte sie geschimpft, als sie und Hannah sich das erste Mal begegnet waren. »Der denkt wohl, ich könnte von Luft leben.«

Das Geld, das sie für's Aufpassen auf Nick bekommen würde, würde ihr helfen, ihre Rechnungen zu bezahlen, erklärte sie.

Wenigstens wird Nick dann Gesellschaft haben, dachte Hannah, als sie ihn an jenem ersten Morgen bei Molly zurückließ und zur Arbeit ging. Sie hatte es geschafft, eine Stelle in einer Wäscherei zu bekommen. Die Arbeitsstelle lag einige Bezirke weit entfernt, und um dorthin zu kommen, musste sie eine zwanzigminütige Fahrt mit der Straßenbahn und einen noch längeren Fußweg auf sich nehmen. Es war eine anstrengende Arbeit, bei der sie den ganzen Tag über die Wannen gebeugt stand, aus denen heißer Dampf aufstieg. Ihr Rücken schmerzte. Ihr Kopf klopfte von der ständigen Hitze. Abends, wenn sie Nick abholte und nach Hause ging, war sie erschöpft und kaum noch fähig, lang genug wach zu bleiben, um das Abendessen zuzubereiten.

Nach dem Essen, wenn Nick quengelig und müde war, nahm sie ihn mit in ihr Bett, knöpfte ihre Bluse auf und beruhigte ihn mit geflüsterten Worten. Das Stillen morgens und abends war alles, was ihr gefüllter Stundenplan noch zuließ. Schon konnte sie sehen, wie Nick ihr entwuchs, dass er nicht mehr so abhängig von ihr war, und sie vermisste die Nähe, das Band zwischen ihnen. Er war ihr Kind, und sie ersehnte seine Abhängigkeit.

Wenn sie zusah, wie er träge an ihrer Brust nuckelte, empfand sie für einen Moment Zufriedenheit. In diesem Augenblick schien es ihr nichts auszumachen, dass sie täglich getrennt waren. Sie waren dann zusammen, für diesen kleinen Bruchteil der Zeit – auch wenn es nicht andauern würde, wie sie sich düster sagte. Sie hatte kaum noch Milch, und das letzte bisschen davon wurde ihr durch die tägliche Schinderei der Arbeit und die völlige, alles erstickende Müdigkeit geraubt.

Lottie kam zu Besuch und brachte einige alte Vorhänge mit, die Mrs. Worthington in den Lumpensack hatte werfen lassen.

Zusammen brachten sie sie an den Fenstern an. Es war nicht viel, aber zumindest ermöglichten sie etwas Privatsphäre.

Am darauffolgenden Wochenende kam Lottie wieder, dieses Mal brachte sie einen Schokoladenkuchen mit. »Mrs. Bonham schickt ihn dir«, verkündete sie. »Sie hat gesagt, sie wünscht sich, dass du vorbeikommst und das Baby mitbringst.«

Zwischen Arbeit und Haushalt blieb Hannah nur wenig freie Zeit. »Das ist nett«, sagte sie matt. »Sag ihr vielen Dank von mir und dass ich Nick bald einmal vorbeibringen werde.«

Lottie legte Nick ein Stück von dem Kuchen auf einen Teller. Zögernd steckte er ein paar Krumen in den Mund; nachdem er beschlossen hatte, den Geschmack zu mögen, begann er damit, sich den Kuchen über das Gesicht zu schmieren. Sie lachten über ihn, ein mädchenhaftes Kichern, das bei Nick einen Ausbruch von Fröhlichkeit auslöste.

»Ich habe dich schon so lange nicht mehr so gesehen«, sagte Lottie ruhig, als sie damit fertig waren, dem Kind Gesicht und Hände zu säubern.

»Mir war auch nicht zum Lachen zumute.«

»Nein, vermutlich nicht.«

Lottie sah sie lange an. »Du isst nicht anständig, oder?«, fragte sie, und Besorgnis stand in ihren Augen.

Unbehaglich wandte Hannah den Blick ab. »Es geht mir gut. Das Geld ist zurzeit etwas knapp, das ist alles.«

Nachdem Lottie gegangen war, nahm Hannah den restlichen Kuchen und schnitt ein großes Stück davon ab. Nick sah ihr aufmerksam zu, als sie es hinunterschlang. Wie lange war es her, seit sie etwas so Wunderbares gegessen hatte? Gott, es schmeckte so gut!

Sie nahm sich noch ein Stück und noch eines. Dann war nur noch wenig übrig. Sie sollte ein Stück aufheben, für morgen, für Nick.

Plötzlich fühlte sie sich elend und schob den Teller weg. Lotties Scharfsinn machte ihr Sorge. War es so offensichtlich, dass sie zu wenig aß? Aber Miete und Fahrkosten, ganz zu schweigen von den Ausgaben für Nick, verschlangen fast all ihr Geld, sodass für Lebensmittel nur wenig übrig blieb. Aber sie sorgte immer dafür, dass Nick genug zu essen hatte.

Nachdem Lottie fort war, fütterte sie ihren Sohn und hielt ihn beschützend in ihren Armen. Er fühlte sich warm an, sein rundlicher Körper schmiegte sich an sie, und seine Augen waren schwer von Schlaf. Eine Hand lag an ihrer Brust, seine Finger öffneten und schlossen sich im Rhythmus der saugenden Bewegungen seines Mundes.

»Schsch«, wisperte sie und wiegte ihn sanft. Als sie hinunterschaute, war er schon eingeschlafen.

Hannahs letztes Ritual, ehe sie selbst zu Bett ging, bestand darin, Bens letzten Brief zu lesen. Ganz egal, wie müde sie war oder wie elend sie sich fühlte, seine Worte verfehlten es nie, sie aufzumuntern. Wie er so optimistisch bleiben konnte, im Angesicht all dessen, was er mit ansah, war erstaunlich.

Sie lächelte, als sie die Seiten aus dem Umschlag zog und ihre Augen rasch die Worte überflogen. Sie kannte sie alle auswendig, doch ihr Anblick tröstete sie, und sie hatte so das Gefühl, dass ein Teil von ihm bei ihr war in diesen langen Stunden der Dunkelheit und dass er über sie wachte.

Schließlich kam die letzte Seite:

Und deshalb, meine Lieblinge Hannah und Nick, las sie, *schaut hinauf zum hellsten Stern am Himmel, ehe ihr heute Abend schlafen geht. Stellt Euch für einen Moment vor, dass ich auf der anderen Seite der Erde bin, tausende Meilen entfernt, und mir denselben Stern anschaue, auch wenn wir wissen, dass das nicht möglich ist. Hier ist Tag, während es bei Euch da drüben Nacht ist, aber wir können ja so tun, nicht wahr? Der Gedanke an dich und Nick ist alles, was mich aufrechterhält. An manchen Tagen bin ich so müde …*

Hannah seufzte, faltete den Brief zusammen und steckte ihn in den Umschlag zurück. Sie wusste, was es hieß, müde zu sein. Müde sein hieß, den ganzen Tag an einem heißen Waschkessel zu schuften, dann nach Hause zu kommen zu einem Baby und das Essen zu kochen, zu putzen und Windeln zu waschen und …

Sie hielt inne, denn auf einmal hasste sie sich. Verglichen mit Ben konnte sie sich nur über wenig beklagen. Sie war in Sicherheit und musste nicht um ihr Leben fürchten. Aber Ben war in ständiger Gefahr.

Schnell schlüpfte sie aus dem Bett und ging zu Nicks Wiege. Er schlief, dunkle Wimpern beschatteten seine Wangen. Sie beugte sich über ihn, küsste ihn auf die Stirn und nahm dabei den Babygeruch nach Seife und Puder wahr. Einen Moment lang rührte er sich, streckte sich, dann entspannte sich sein Gesicht wieder, und sein Atem wurde gleichmäßig. Zärtlichkeit wallte in ihr auf. Er war ihr Sohn, und seine Existenz bedeutete eine Mischung aus Kummer und Hoffnung, Sorge und Lachen. Und sie wusste, dass sie wenigstens ihn immer haben würde, was auch geschehen und was immer auch die Zukunft bringen würde.

Als ihr zweiter Winter in Frankreich nahte, befand sich die Kompanie wieder an der Front. Die Männer kamen durch Ypres und waren entsetzt über den weiteren Verfall der Stadt innerhalb nur weniger Wochen. Das kürzliche Bombardement hatte praktisch alles zerstört, was an Gebäuden noch übrig gewesen war. Die meisten Stadtbewohner waren fort. Stattdessen wimmelte es von britischen, französischen und australischen Soldaten.

Sie wurden in Zonnebeke einquartiert und arbeiteten im Kampfgebiet nördlich der Eisenbahnlinie. Das Gebiet war völliges Ödland, ohne ein einziges grünes Blatt, und Regenfälle hatten den vor kurzem lehmigen Boden in einen einzigen Morast verwandelt. Die Wege, die kreuz und quer durch die Wüste von Granattrichtern führten, mussten mit Bändern, Pfählen und Lampen markiert und dann mit Laufbrettern befestigt werden.

Über die schlimmsten Morastgebiete wurden Dämme errichtet. Straßen wurden ausgebessert und aus Beton errichtete Unterstände repariert und bewohnbar gemacht. Zuletzt wandten die Männer ihre Aufmerksamkeit dem Anlegen neuer Schützengräben zu, nicht ohne lauthals auf den Krieg, die Deutschen und den zähen Matsch zu fluchen.

Sie wurden im Zickzackverlauf angelegt, mit Windungen und Kurven in zufälligen Abständen, um die Wirksamkeit von Granateinschlägen zu mindern. Allerdings kamen sie nur sehr mühsam voran. Schlamm klebte an den Schaufeln und in dicken Klumpen an den Stiefelsohlen. Teile davon fielen von Wickelgamaschen und Hemden. Und am schlimmsten von allem war, dass es stank.

Während sie gruben, waren die Männer einem Mischmasch übler Gerüche ausgesetzt: dem Geruch des versumpften Erdbodens, dem Gestank von überlaufenden Latrineneimern, von Chlorid und verrottenden Sandsäcken und unvollständig beerdigten Leichen. Aus ihren eigenen Kleidern drang der Geruch nach scharfem Schweiß und Angst.

Für Ben vergingen die Tage wie in einem Nebel: arbeiten, essen und – kostbar wenig – Ruhe. Oft, wenn er nicht einschlafen konnte, wenn die Baumwollfetzen, die er sich in die Ohren gestopft hatte, nicht genügten, um den ständigen Lärm durch den Granatbeschuss zu dämpfen, ging er erschöpft zum Schuppen der Heilsarmee, wo er heißen Kaffee bekam, und, wenn die Versorgungsfahrzeuge es geschafft hatten, durchzukommen, eine Handvoll süßer Biskuits.

Aus Sandsäcken erbaut und mit den Resten zerbrochener Äste getarnt, konnte der Unterstand der Heilsarmee jeder Zeit Ziel von Granaten mit großer Reichweite werden. Doch dort zu sitzen und den vorbeiziehenden Verkehr zu beobachten, während er seine Hände an dem Kaffeebecher wärmte, gab Ben trotz allem eine gewisse Sicherheit. Wie viel Sicherheit?, fragte er sich und musste über diese Selbsttäuschung lächeln. Deutsche Bomben konnten nicht unterscheiden zwischen hundert Soldaten und zweien.

Selbst während der dunkelsten Stunden der Nacht kamen und gingen hier immer Leute. Truppen, die ablösten, und jene, die abgelöst wurden, Lieferungen, Fahrzeuge des Roten Kreuzes: endlose Schlangen von ihnen bewegten sich über die Straßen, krochen in nie aufhörendem Schritt voran, eine nie aufhörende Parade. In sporadischen Abständen stiegen Leuchtbomben aus den nahe gelegenen Schützengräben auf und schufen für ein paar Sekunden eine fast taggleiche Helligkeit. Die Körper, die sich vor deren bläulich-weißem Schein abhoben, wuchsen zu großen Gestalten, die riesige Schatten über den Boden warfen. Die gelegentlichen Detonationen von Mörsern dröhnten über ihm und ließen eine Wolke aus feinen Splittern zurück. Doch sie verursachten kaum noch ein Schaudern des Schreckens, so gewöhnt waren sie an das Geräusch.

Wenn die Dämmerung über das öde Niemandsland aufzog, wuchsen die dunklen Umrisse zersplitterter Bäume und zerstörter Bauernhäuser aus dem Dunkel empor. Gestalten bewegten sich stumm – waren es Deutsche oder Alliierte? –, tief geduckt laufend. In den Schützengräben taten sich fette Ratten an toten Männern gütlich, in ihren perlenförmigen Augen reflektierte schimmernd das graue Licht.

Das beständige Granatfeuer bedeutete wenig Schlaf und Tage, die kein Ende nehmen wollten. Jeden Abend ließ Ben sich ausgelaugt zu Boden sinken und rollte sich unter einem Busch oder in einem Unterstützungsgraben zusammen. Doch oft weigerte der Schlaf sich, zu ihm zu kommen. Zu den seltsamsten Zeiten dachte er an Hannah, und er nahm, fast wie mechanisch, das Hufeisen aus seiner Tasche. Es schien ein Menschenalter her zu sein, seit er es ihr geschenkt hatte. Und es war tatsächlich *ein* Menschenalter her. So viel war seitdem geschehen. Tausende von Meilen trennten sie. Der Schrecken des Krieges hatte sie auseinandergerissen. Doch sie war ein Teil von ihm, der einzige Sinn seines Seins. Eine Zukunft ohne sie war unvorstellbar.

Nach drei Wochen wurden sie von der Front abgezogen und marschierten über die *Menin Road* zurück nach Ypres. Zu beiden Seiten der Straße erstreckte sich die gewohnt flache Landschaft, deren Trostlosigkeit Ben nicht mehr überraschte. Granattrichter überzogen die verkohlte Ebene. Baumstümpfe ohne Äste und Blätter ragten wie zersplitterte Pfähle in einen bleiernen Himmel auf. Ein beständiger Strom an Pferdekarren und Lastwagen, Vorderwagen von Geschützen und Soldaten zog über die schmale, von Furchen übersäte Spur vorbei und sorgte für eine zweifelhafte Art von Unterhaltung. Wieder eine dieser endlos sich bewegenden Massen von Männern. Würde er je davon befreit werden?

Neben ihm marschierten Jack und Tom. Jack pfiff eine bekannte Melodie, auf deren Titel Ben nicht kommen konnte. Tom starrte mürrisch geradeaus. Er war still in letzter Zeit, fast wortkarg. Sie veränderten sich, sie alle. Rückten sie voneinander ab oder näher zueinander hin? Ben konnte es nicht sicher einschätzen.

Wie blind starrte er über das stinkende Land. »Wenn es einen Gott gibt«, flüsterte er, »dann hat er diesen Ort verlassen.«

»Was ist?«, fragte Jack, der sich, ein Grinsen auf dem Gesicht, zu ihm wandte. »Hast du vor, in die Stadt zu gehen? Ein heißes Bad, ein Haarschnitt. Ich würde auch zu einem dieser hübschen kleinen französischen Mädchen nicht Nein sagen.«

Wie konnte er es erklären? Sie alle hatten dieselben Erfahrungen gemacht, hatten geliebte Menschen verloren, doch jeder ging anders damit um.

»Nein«, murmelte Ben, und die Worte erstickten beinahe in seiner Kehle. »Ganz sicher nicht.«

Sie marschierten über die Reste der alten Wallmauer, die die Stadt umgab, durch das Menin-»Tor«, auch wenn nichts mehr stand, das so genannt werden konnte. Es war nur eine Öffnung, eine Art Durchlass, auf beiden Seiten bewacht von je einem Steinlöwen. Ben lächelte vor sich hin, als sie hindurchzogen, denn er musste an die unter den Soldaten übliche, oft wiederholte, aber schwer zu befolgende Aufforderung denken: Der Letzte macht bitte das Tor hinter sich zu.

Sie marschierten weiter nach Recquebroeucq und legten von dort aus die letzten Meilen bis zum Lager zurück. Erschöpft sank Ben auf dem Rasen vor den Unterkünften zusammen und ließ sich das letzte Sonnenlicht des Tages aufs Gesicht scheinen. Ein plötzlicher Juckreiz veranlasste ihn, sich an der Schulter zu kratzen, nahe dem Kragen seines Hemdes. Er schloss die Augen vor den dahinjagenden Wolken und dachte an ein kaltes Bier. Der Juckreiz breitete sich aus, ließ seine Haut brennen. Heftig bewegte er seine Hände von der Hüfte zum Bein, zum Bauch, dann zu den Armen. Schließlich riss er sich in seiner Verzweiflung das Hemd vom Leib.

»Wusstest du, dass Läuse Typhus und Schützengrabenfieber übertragen?«, fragte Jack, der ihn beobachtete und dabei grinste.

»Danke, Kumpel«, knurrte Ben. »Hast du auch Vorschläge, wie man sie loswird?«

Aber Jack war damit beschäftigt, sich ebenfalls das Hemd auszuziehen.

Es tat gut, von der Front zurück zu sein, zurück an einem vertrauten Ort. Seit Bens letztem Aufenthalt im Camp hatte eine Pionier-Kompanie ein Badezelt errichtet mit, Wunder über Wunder, zwölf Duschen. Es gab Pumpen und ein Heizgerät, und offenbar keinen Mangel an Wasser. Sie ruhten aus und erholten sich bis Anfang November, dann zogen sie zu den Reservelinien in der Nähe von Wulvergem. Das Verlegen von Rohren und das Trockenlegen des Bodens hielt sie ebenso beschäftigt wie die tagsüber erfolgenden Bombenangriffe, die bei gutem Wetter von deutschen Flugzeugen geflogen wurden und vor denen sie sich in Deckung bringen mussten.

Sie waren schneeweiß, diese deutschen Flugzeuge, die für alle

Welt wie Möwen aussahen, die auf einem unsichtbaren Luftstrom dahinsegelten. Manchmal flogen sie so tief vorbei, dass Ben fürchtete, sie würden die Bäume über ihm streifen. Während die Alliierten mit ihren Gewehren das Feuer eröffneten, explodierten Schrapnellladungen hoch in der Luft, die wie weiche weiße Baumwollwolken durch die Luft schwebten, noch lange, nachdem die Flugzeuge verschwunden waren. Dann wieder gab es die Flugzeuge, die hoch über ihnen flogen und deren Dröhnen kaum zu hören war, winzige dunkle Punkte, fast verloren vor dem unendlichen Blau des Himmels.

Es gab zahlreiche *estaminets* in der Nähe, wo üblicherweise einheimische Weine, Eier, Kartoffelstäbchen und sogar frisches Fleisch angeboten wurde. Ben entdeckte einen Laden, der Unterhemden aus Baumwolle führte, und er kaufte gleich drei davon. Denn irgendjemand hatte ihm erzählt, dass die Läuse sich darin nicht so schnell einnisten würden.

Dann ging es zurück nach Armentières. Obwohl die Stadt sich seit ihrem ersten Aufenthalt sehr verändert hatte, war es, als kämen sie zu einem alten Bekannten nach Hause. Bis auf einige Einheimische, die noch ausharrten, hatten die meisten Bewohner ihre Stadt verlassen, vertrieben von feindlichen Granaten und Gasangriffen. Der Kirchturm stand noch, auch wenn das Dach nicht mehr existierte. Alles was von den bleigefassten Glasfenstern geblieben war, waren bunte Glasscherben, die auf der geschwärzten Erde lagen und in der blassen wässrigen Sonne schimmerten.

Der Dezember kam, und es wurde kälter. Obwohl die Unterkünfte gut waren, gab es einen Versorgungsengpass an Öl, und das schwache Feuer spendete nur wenig Wärme. An der Außenseite des in der Nähe stehenden Kesselhauses gab es drei große Kohlenhaufen, aufmerksam bewacht vom Verwalter der Fabrik. Überall standen Schilder, auf denen »Nicht anfassen!« stand, in Englisch und Französisch, aber jeder der Männer nahm sich Kohlen mit, wenn er an den Haufen vorbeiging, was den Ofen letztlich am Brennen hielt.

In seiner Freizeit unternahm Ben lange Spaziergänge und stemmte sich dabei gegen den stechend kalten Wind. Trotz seines Mantels schien der Wind ihn bis auf die Haut zu durchdringen, aber er mochte dieses Gefühl auf seinem Körper. Er ging über Straßen, die lediglich Morast waren, und sah kaum auf das kahle Land und die nackten Winterbäume oder auf die Gräber, auf die er unerwartet stieß und die durch schlichte Holzkreuze gekennzeichnet waren.

Er bestrafte sich selbst, wenn er auch nicht wusste, wofür.

Eines Nachmittags kam er an ein Bauernhaus, um dort um ein Glas Wasser zu bitten. Am Brunnen stand ein Mädchen und zog einen Eimer Wasser hoch. Als es sich umwandte, konnte Ben sehen, dass es noch recht jung war, vielleicht vierzehn oder fünfzehn.

Das Mädchen wandte sich ab und wollte davongehen. »Bitte«, rief er, »ich möchte nur Wasser.«

Dankbar nahm er den kleinen Becher, den das Mädchen ihm reichte, und starrte überrascht auf den gewölbten Bauch der jungen Frau, der sich unter dem sackähnlichen Kleid abzeichnete. Als spürte sie seinen Blick, legte sie die Hand dorthin und drückte sie gegen den Stoff.

»Helene!«

Ein Mann kam hinter einem nahe gelegenen Schuppen hervor und scheuchte das Mädchen zurück zum Haus. »Du bist Australier?«, fragte er und wies mit der Zigarette, die er zwischen Daumen und Zeigefinger hielt, auf Ben.

»Ja.«

»Du hast Helene gesehen, meine Tochter?«

Ben trank einen Schluck Wasser und wusste nicht, was er sagen sollte. »Sie ist sehr hübsch«, erwiderte er schließlich.

»Sie kriegt ein Kind.«

»Das habe ich vermutet.«

Er nahm noch einen Schluck und schaute sich um. Am Rand des nächstgelegenen Feldes standen die Überreste einer alten Obstbaumhecke. Der Garten, der das Haus umgab, musste einmal sehr schön gewesen sein, sah jetzt aber vernachlässigt aus. Rosen rankten sich über die skelettartigen Reste eines alten Schuppens, der sich unter deren Gewicht auf die Seite neigte. Jemand hatte ein paar Blüten abgepflückt, dick und buschig und weiß, und hatte sie ohne viel Federlesens in eine Dose gestellt; die Blütenblätter waren auf den rohen Holztisch gefallen, der in der Mitte des Hofes stand. Einige zerrupft aussehende Hühner scharrten im Staub.

Der Mann beugte sich vor, sein Gesicht war zornverzerrt. »Sie ist von deutschen Soldaten vergewaltigt worden. Nicht von einem, von dreien. Drei von diesen Schweinen! Sie haben sie auf den Boden geworfen wie ein Tier und haben uns gezwungen, zuzusehen.«

Er schwieg und spuckte in den Staub, ehe er weitersprach. »Bastarde! Jetzt hockt ihre Mutter da und heult. Sie ist seitdem nicht mehr sie selbst.«

Ben trank den Rest Wasser und gab dem Mann den Becher zurück. »Es tut mir leid«, sagte er verlegen, da ihm die richtigen Worte fehlten, und wollte gehen.

Der Mann packte ihn am Arm. Als er weitersprach klang seine Stimme drängend und voller Hass. »Weißt du, was wir mit dem Baby machen werden?«

Ben schüttelte den Kopf.

»Wir hoffen, dass es tot geboren wird.«

»Und wenn nicht?«

Wollte er es wirklich wissen? Übelkeit wallte in seiner Brust auf. Er schluckte, wollte nur noch fort.

»Ich werde es mit dem Kopf in einen Eimer Wasser drücken, bis es vorbei ist. Deutscher Dreck!«

Er spie wieder aus, und Ben ging einen Schritt zurück. Er sah das Mädchen. Es stand auf der Treppe, seine Augen waren groß und rund, und es hielt die Arme schützend um seinen Bauch gelegt. »Es tut mir leid«, sagte er noch einmal. »Es tut mir leid für Ihre Tochter, und es tut mir leid für Ihre Frau. Es tut mir leid für dieses ganze *verdammte* Elend!«

Er stolperte davon, krank von dem, was er gehört hatte. Es waren noch zwei Tage bis Weihnachten. Was war aus dem frohen Fest geworden, dem guten Willen unter den Menschen? Aber, so fragte er sich, wie würde ich mich fühlen, wenn Hannah dieses Mädchen gewesen wäre?

Er fand sich in einem Wald wieder. Irgendwann waren dessen Bäume einmal Pappeln gewesen, deren stolze Reihen so viele Straßen säumten. Aber jetzt waren sie zerborsten, zerstört, zerbrochen wie Streichhölzer. Dahinter erstreckte sich flaches, mit Wasser vollgesogenes Land. Ein Lastwagen war dort zurückgelassen worden, bis zu den Achsen im Schlamm versunken.

Als Ben glaubte, er könnte nicht mehr weitergehen, da er nur noch keuchend Luft bekam und seine Lungen schmerzten, hockte er sich auf die feuchte, von Blättern bedeckte Erde und weinte hemmungslos. Er weinte um das Mädchen und dessen Kind. Er weinte um Hannah und Nick. Und er weinte auch um sich selbst, weil er gefangen war in diesem unentrinnbaren Albtraum, den er nicht wollte, aber der irgendwie Teil von ihm geworden war.

Es war spät, als er wieder die Ausläufer der Stadt erreichte. Vor den Unterkünften an den Straßenbahnschuppen ging er an einer Gruppe australischer Soldaten vorbei, die miteinander zechten. »Komm und trink was mit«, lud einer von ihnen Ben ein.

»Los, Kumpel«, fügte ein anderer hinzu. »Es ist Weihnachten.«

Weihnachten: die Zeit, um die Geburt eines Kindes zu feiern.

Irgendwie konnte Ben das junge Mädchen nicht aus dem Kopf bekommen. Der Gedanke an sie tanzte durch sein Bewusstsein. Wie sie dagestanden hatte auf der Treppe des Hauses, mit dickem Bauch, beobachtend, zuhörend und mit entsetzten Augen, dazu die rankenden Rosen, die einen widersinnigen Hintergrund bildeten.

In seinem Kopf vermischte sich ihr Bild mit dem von Hannah und Nick. Er dachte an sie wie an einen fernen Traum, und ihre Namen hallten dumpf in seinem Kopf wider, wie ein Dampfzug, der durch einen dunklen Tunnel raste. Ein Schmerz saß an der Stelle, von der er dachte, das sein Herz sich dort befand, ein Schmerz, der ihn fast aufschreien ließ vor Pein.

Wie betäubt saß er zwischen den anderen Männern und nahm einen Drink, dann noch einen. Der Grog schlug einen feurigen Pfad durch seine Brust. Er wärmte ihn und schickte ein rosig schimmerndes Glühen durch seinen durchgefrorenen Körper. Nach einer Weile verdrängte Ben seinen Schmerz, bis er nur noch ein verschwommener Schemen war.

Es war fast schon wieder Weihnachten. In der Stadt waren die Straßen festlich dekoriert. Kauflustige drängten sich auf den Gehsteigen, die Arme voll bepackt mit ihren Einkäufen. Der Duft von Hackfleischpasteten und Obstpudding schwebte aus Bäckereien heran, während Hannah auf ihrem Weg von der Arbeit nach Hause daran vorbeieilte.

Sie hatte sich den ganzen Tag unwohl gefühlt, und der Geschäftsführer hatte sie nach dem Mittag in sein Büro rufen lassen und ihr angeboten, sie nach Hause zu schicken. »Nein, es geht mir gut, wirklich«, hatte sie protestiert. Ein paar Stunden weniger Arbeit würden sich als Ausfall auf ihren Lohn auswirken, und das konnte sie sich nicht leisten.

Doch zu ihrem Unwillen hatte er darauf bestanden. »Gehen Sie nach Hause, und legen Sie sich hin. Sie werden sich dann morgen besser fühlen. In diesem Zustand sind Sie für niemanden von Nutzen.«

Sie hatte ihre Tasche und ihren Hut genommen und war die Straße bis zur Straßenbahnhaltestelle hinuntergegangen, einen Weg von fünfzehn Minuten. Es war ein heißer Tag, und hin und wieder fühlte sie sich so schwindelig, dass sie stehen bleiben musste. Ein Mal hatte sie sich sogar setzen müssen, auf einen niedrigen Zaun, der den Fußweg begrenzte. Sie befürchtete, ohnmächtig zu werden, und hatte den Kopf zwischen die Knie sinken lassen.

Die Bewohnerin des Hauses war herausgekommen und hatte ihr ein Glas kaltes Wasser angeboten. »Geht es Ihnen besser, Liebes?«, fragte sie. »Sie sollten an einem so heißen Tag nicht draußen herumlaufen.«

Hannah bedankte sich und trank das Wasser.

Die Straßenbahn hatte zehn Minuten Verspätung. Nachdem sie eingestiegen war, lehnte Hannah die Wange gegen das kalte Leder des Sitzes und wünschte, die Fahrt wäre schon vorüber. Mollys Tür war verschlossen, als sie vor dem Haus stand. Von drinnen konnte sie ein Kind schreien hören. Sie klopfte an die Tür, aber niemand öffnete.

Sie ging zu dem überwucherten Seitenweg, der um das Haus herumführte. Die Hintertür war nur angelehnt. »Molly?«, rief sie, bekam aber keine Antwort. Sie fand Nick, der in seinem Bett stand und sich an dessen Metallstäbe klammerte. Sein Gesicht war rot, seine Wangen fleckig von Tränen. Bei ihrem Anblick streckte er die Arme aus und wartete darauf, hochgehoben zu werden.

»Schsch«, beruhigte sie ihn und zog ihn an sich. Seine Windel war nass und schmutzig. Geschickt wickelte sie ihn, wobei sie einmal innehielt und wieder den Kopf senkte, bis der Schwindel vorbeiging.

Von der Babysitterin war noch immer nichts zu sehen. Mit Nick auf dem Arm verließ Hannah das Haus durch die Hintertür und ging über den Hof.

Eine der Nachbarinnen nahm gerade Wäsche von der Leine. »Haben Sie Molly gesehen?«, fragte Hannah, wobei sie sich haltsuchend gegen die Zaunpfähle lehnte.

»Sie finden sie die Straße runter im Pub. Sie geht jeden Nachmittag dahin.« Die Nachbarin zeigte auf Nick. »Ist das Ihr Junge?«

»Ja«, erwiderte Hannah und hielt ihn ganz fest.

»Sie würden besser daran tun, ihn nicht wieder herzubringen«, sagte die Frau. »Molly kann nicht einmal richtig auf ihre eigenen Kinder aufpassen, ganz zu schweigen von Ihrem.«

Hannah taumelte heim, schlug die Tür hinter sich zu und legte sich aufs Bett. Nick, den sie noch immer in den Armen hielt, hatte Schluckauf bekommen und drückte sein Gesicht an ihre Schulter. Sie entlockte ihm ein Lächeln, indem sie ihm einen Pfeilwurzkeks zu essen gab, und nach einer Weile schlief er ein.

Was würde aus ihnen werden? Es war ausgeschlossen, dass sie ihn wieder zu Molly bringen würde, und ohne einen zuverlässigen Babysitter konnte sie nicht zurück zur Arbeit. Ohne Geld würde sie die Miete nicht zahlen und kein Essen kaufen können. Der kleine Betrag, den Ben schickte, reichte nie aus. Selbst wenn sie ihm schreiben und um mehr bitten würde, könnte es Monate dauern, bis sie es bekommen würde.

Sie weinte ein wenig, dann putzte sie sich die Nase. Es waren noch drei Tage bis Weihnachten. Sie hatte kaum genug Geld, um Lebensmittel für die nächste Woche zu kaufen. Und um alles noch schlimmer zu machen, entdeckte sie später, als sie das Toilettenhäuschen im Hof benutzte, dass die Blutungen wieder angefangen hatten.

KAPITEL 28

Hannah war eine Woche lang krank. An einigen Tagen war sie kaum fähig, das Bett zu verlassen, so stark war der Schwindel, der sie überwältigte. Sie kümmerte sich so gut es ging um Nick und war dankbar, als Lottie am dritten Tag der Krankheit kam.

Es war Weihnachten. Ein Blick auf Lottie, die Geschenke mitbrachte, genügte, und Hannah löste sich in Tränen auf. Es war ihr keine Zeit geblieben, und natürlich auch kein Geld, selbst Geschenke zu kaufen.

»Mach dir keine Gedanken«, tröstete Lottie sie energisch und reichte Hannah ein Taschentuch, damit diese sich die Augen trocknen konnte. »Nick ist noch zu klein, um es begreifen zu können. Und außerdem ist jetzt Tante Charlotte da.«

Ohne ein Wort der Klage wusch sie Windeln und hängte sie auf die Leine. Dann räumte sie die Küche auf und bereitete ein wohlschmeckendes Mahl zu, das Hannah sofort von sich wegschob. Obwohl sie seit Tagen nichts gegessen hatte, bereitete der Anblick von Essen ihr Übelkeit. Es war nur Lotties Drohung, den Arzt kommen zu lassen, der sie dazu brachte, einige Bissen zu versuchen, auch wenn sie ihr Essen die meiste Zeit mit der Gabel auf dem Teller hin und her schob.

Bei ihrem viertem Besuch stellte Lottie schließlich fest, dass es Hannah etwas besser ging. Ihr Gesicht hatte wieder etwas von der Farbe zurückgewonnen, die es verloren gehabt hatte, und sie saß am Küchentisch und spielte mit Nick. »Ich bin heute in der Wäscherei gewesen und habe erklärt, was passiert ist«, sagte Hannah bei einer Tasse Tee.

Die Geschichte kam ihr nur zögernd über die Lippen und mit viel Nachhaken durch Lottie. Der Inhaber hatte Hannah mit der Bemerkung weggeschickt, dass er bereits Ersatz gefunden hätte. Man hatte ihr den noch ausstehenden Lohn gegeben. »Ich habe den Rest davon für Lebensmittel ausgegeben, und es ist nichts mehr für die Miete übrig. Sie ist Freitag fällig.« Krank vor Kummer beugte sie sich hinunter, hob Nick zu sich hoch und drückte ihr Gesicht in sein Haar.

»Du wirst eine andere Stellung finden«, erwiderte Lottie zuversichtlich.

Hannah schüttelte den Kopf. »Ich habe niemanden, der auf Nick aufpasst. Und nach den Problemen mit Molly hätte ich zu viel Angst, ihn wieder bei jemandem zu lassen.«

»Also was willst du dann tun, hier herumsitzen und verhungern?«

»Nein«, erwiderte sie langsam. Nick strampelte in ihren Armen und verlangte, heruntergelassen zu werden. Hannah setzte ihn auf den Boden, und er krabbelte durch das Zimmer davon, sein ganzer kleiner Körper wackelte dabei. »Ich habe gründlich darüber nachgedacht. Ich werde das Haus aufgeben. Im nächsten Stadtviertel gibt es ein Kinderheim, ein privates. Sie haben einen freien Platz für Nick.«

Ungläubig starrte Lottie sie an. »Du willst dein Kind weggeben?«

»Ich werde ihn nicht weggeben«, rief sie, und ihr schossen die Tränen in die Augen. »Das ist keine Augenblicksentscheidung. Ich habe lange und viel nachgedacht. Ich tue, was für meinen Sohn das Beste ist.«

»Das ist Unsinn, und das weißt du!«

»Um Himmels willen, Lottie! Bring mich nicht dazu, dass ich mich noch schlechter fühle, als ich es ohnehin schon tue!«

»Er ist ein Baby, Hannah. Er wird vergessen, wer du bist.«

Der Gedanke daran brachte neue Tränen. »Das wird er nicht«, stammelte sie. »Es wird nur für kurze Zeit sein, bis ich finanziell auf die Beine gekommen bin oder bis Ben nach Hause kommt. Ich werde mich nach einer Stellung mit Kost und Logis umsehen. Die Bezahlung wird dann nicht so gut sein, aber abgesehen von den Ausgaben für Nick ist es mir auf diese Weise möglich, jeden Penny zu sparen. Ich werde Nick jedes Wochenende sehen, und ich weiß, dass man gut für ihn sorgen wird.«

Ihr Entschluss stand fest, und Lottie konnte sie davon nicht abbringen. Hannah hatte auch schon an Ben geschrieben und den Brief noch am Morgen zur Post gebracht, ehe sie den Mut verloren hätte.

»Nun, wenn du es so entschieden hast«, sagte Lottie, »dann wird es dich interessieren, dass das Mädchen, das deinen Job unten in den Krankenzimmern übernommen hat, heiraten wird. Mrs. Worthington hat immer gesagt, dass sie kein gleichwertiger Ersatz für dich ist. Ich bin sicher, dass du deinen alten Job zurückkriegen könntest, wenn du fragst.«

Und so geschah es. Mrs. Worthington bot Hannah die Stellung an, und es wurde das Arrangement getroffen, Nick zum Wochenbeginn in das Kinderheim zu bringen. Hannah transportierte ihre wenige Habe zurück in das Haus am Kangaroo Point, in das vertraute Zimmer, das sie vor zehn Monaten verlassen hatte.

Der Tag, an dem sie sich von Nick trennen musste, brach an, und ihre Entschlossenheit verließ sie fast. Hätte sie nicht Lotties Beistand gehabt, deren ermutigende Worte, sie hätte ihr Kind auf den Arm genommen und wäre davongelaufen, wenn sie auch nicht gewusst hätte, wohin.

»Es wird nicht für lange sein«, tröstete Lottie sie, die Hannahs Verzweiflung spürte. »Ich werde mit dir dorthin gehen, falls es dir das leichter macht.«

Die Straßenbahn schien ewig zu brauchen, rumpelte dahin, während Nick versuchte, von Hannah auf den schmutzigen Boden zu rutschen. Sie hielt ihn fest, spürte seinen stämmigen, kleinen Körper und genoss dieses Gefühl.

Schließlich kamen sie an. Als sie vor dem hohen beeindruckenden Tor standen, starrte Hannah an der schlichten Fassade des Hauses hinauf, und es verließ sie fast der Mut. Lottie führte sie die lange Auffahrt hinauf und bot ihr an, draußen zu warten, bis Hannah zurückkommen würde. »Du schaffst das«, redete sie der Freundin gut zu und versetzte ihr einen sanften Stoß.

Nicks kleinen Koffer in der einen Hand, ihren Sohn auf ihrer Hüfte stützend, stieg Hannah mit sinkendem Herzen die Treppen hinauf. An der Tür kam ihr eine junge Krankenschwester entgegen. »Das muss Nick sein«, sagte sie freundlich und streckte die Arme nach ihm aus. Nick ließ sich bereitwillig nehmen.

Hannah zögerte, wusste nicht, was sie jetzt tun sollte. Sie wandte sich um und schaute zurück zu Lottie, die ihr aufmunternd zunickte. »Warum sagen Sie jetzt nicht auf Wiedersehen?«, schlug die Schwester vor. »Es dürfte einfacher sein auf diese Weise. Nächste Woche, wenn Sie ihn besuchen, wird er sich eingewöhnt haben. Sie können dann heraufkommen und sich sein Zimmer ansehen.«

Hannah nickte und biss sich auf die Lippen. Stumm reichte sie der Schwester den Koffer. »Bis zum Wochenende dann.«

Sie küsste Nick auf seine warme Wange, und er drehte sich zu ihr um, einen fragenden Ausdruck auf dem Gesicht. Als sie einen Schritt zurücktrat, streckte er die Arme nach ihr aus. Seine Mundwinkel sanken herunter. Seine Lippen zitterten.

Ihre eigenen Tränen waren nur einen Wimpernschlag weit entfernt. »Nicht«, flüsterte sie, streckte die Hand aus und legte einen Finger auf den rosenknospengleichen Mund ihres Sohnes. »Ich kann es nicht ertragen, wenn du weinst.«

Die Schwester wandte sich um und trug Nick fort. Er strampelte in ihren Armen, zog sich über ihre Schulter hoch, und seine Augen suchten Hannah. Sein Gesicht spannte sich an, verzog sich zu einem weinerlichen Ausdruck. Sein lautes Weinen hallte in jedem Winkel von Hannahs Bewusstsein wider. Die Schwester bog um die Ecke, und plötzlich waren sie fort, ließen ein letztes, bleibendes Bild von Nicks Hand zurück, die sich nach Hannah ausstreckte.

Sie war machtlos, die Tränen aufzuhalten. Wie blind ging sie zu Lottie und spürte die tröstenden Arme der Freundin um sich, als sie sich das Herz aus dem Leibe weinte.

O Gott. Was hatte sie getan? Sie konnte Nicks Schreien hören, das sich immer weiter entfernte. Es ist nur vorübergehend, sagte sie sich. Ich habe einen Job. Für Nick wird gut gesorgt sein. Ben wird bald nach Hause kommen. Aber sie fühlte sich leer, wie eine Schale ohne Inhalt. Nick war ihre Gegenwart, ihre Zukunft. Ohne ihn fühlte sie sich nicht lebendig.

Verzweifelt hob sie das tränennasse Gesicht zu Lottie. »Sag mir, dass ich das Richtige tue«, flüsterte sie.

In der Nacht wachte sie auf und wusste einen Augenblick lang nicht, wo sie war. In der Dunkelheit lauschte sie auf Nicks gleichmäßige Atemzüge in seinem Bett neben ihrem.

Dann fiel es ihr ein.

Nick lag jetzt in einem anderen Bett, viele Straßen weit entfernt, und das einzige Geräusch, das sie hörte, war ihr eigener angespannter Atem.

Der folgende Tag war eine einzige Qual. Jedes Mal, wenn sie sich umwandte, erwartete sie, Nick zu sehen, der freudig auf sie zugekrabbelt kam. Aber da waren nur die Reihen von Betten, gefüllt mit den Männern, die in diesem Krieg nicht mehr zu brauchen waren, eine endlose Zahl von Bettpfannen, die geleert werden mussten, und Böden, die niemals sauber zu bleiben schienen, ganz egal, wie oft sie sie gewischt hatte.

An diesem ersten Abend kam Lottie in Hannahs Zimmer. »Hör zu«, sagte sie pragmatisch. »Es ist so schlimm, wie es nur schlimm sein kann. Aber von jetzt an wird es jeden Tag erträglicher werden.«

Hannah nickte. »Ich weiß, dass du recht hast, aber ich kann nicht anders, ich vermisse ihn entsetzlich.«

»Natürlich kannst du nicht anders. Niemand erwartet das von dir. Er ist jetzt seit fast einem Jahr Teil deines Lebens. Es wird Zeit brauchen, dich daran zu gewöhnen.«

Sie vermisste sein lächelndes Gesicht und sein glückliches Naturell. Sie vermisste seine Art, die Arme auszustrecken und darauf zu warten, hochgehoben zu werden. Aber am meisten vermisste sie diese ruhigen Stunden, in denen er neben ihr lag und sich an sie drückte. Ihre Brüste, obwohl fast ohne Milch, schmerzten nach ihm. Ihre Arme sehnten sich danach, seinen festen Körper zu halten. Sie spürte eine Leere in sich, die fast greifbar war, einen Schmerz, der sie beinahe lähmte.

Jeden Sonntagmorgen machte sie sich auf den Weg zu ihm,

nahm die Fähre von Kangaroo Point, auf die eine lange Fahrt mit der Straßenbahn folgte. Nick schien glücklich zu sein, sie zu sehen, obwohl sein Weinen jedes Mal, wenn sie wieder ging, ihre Entschlossenheit erneut ins Wanken brachte. Am dritten Sonntag, es war die Woche, in der er seinen ersten Geburtstag hatte, kam er auf unsicheren Beinen auf sie zugewankt, die Arme ausgestreckt. Er lief! Er kann laufen, dachte sie mit Erstaunen. Und sie war nicht da gewesen, um seine ersten zögernden Schritte zu sehen.

Von Ben kam ein Brief, und was er schrieb, verstörte sie. Seine Worte klangen härter als je zuvor, weniger vergebend. Der Krieg, dachte sie, verändert uns alle auf unerwartete Weise.

Die Männer haben einen deutschen Schützengraben eingenommen, schrieb er und fügte entschuldigend hinzu, dass sie sich auf dem Marsch befunden hatten und dies für ihn die erste Gelegenheit seit einer Woche war, ihr zu schreiben.

Die Feinde drückten sich gegen die Wand, und sie schrien wie die Säuglinge, als sie unsere Soldaten sahen. Sie riefen um Gnade, aber hier gibt es keine Gnade. Hier heißt es töten oder getötet werden. Dazwischen gibt es nichts.

Die Deutschen verwahren alle möglichen Dinge in ihren Schützengräben. Einige unserer Leute haben sich Erinnerungsstücke von den toten oder gefangen genommenen Deutschen mitgenommen – Abzeichen, Koppelschlösser, Helme, Gewehre und Uhren –, obwohl auf Plünderung die Todesstrafe steht. Ich habe allerdings nichts mitgenommen. Ich werde nichts brauchen, was mich, noch Jahre danach, an die Grässlichkeit dieses Krieges erinnern wird. Ich trage die Bilder in meinem Kopf und den Schmerz in meinem Herzen, unauslöschlich eingeätzt. Ich weiß, dass sie niemals verschwinden werden.

Unsere Toten und Verwundeten liegen auf der Erde neben den Schützengräben. Wir müssen die Dunkelheit abwarten, um sie zu holen, weil wir sonst den deutschen Heckenschützen vor die Gewehre laufen würden. Die Verwundeten rufen nach

Wasser, aber hier gibt es keines. Nicht da, wo sie sind. Wir können ihre Schreie bis in die Gräben hören, und sie machen mich krank.

Sie konnte nicht weiterlesen. Hastig faltete sie den Brief zusammen und steckte ihn zurück in seinen Umschlag. Doch die Worte, einmal gelesen, bestimmten in dieser Nacht ihre Gedanken, trugen Bruchstücke von Bildern heran, noch lange, nachdem sie das Licht gelöscht hatte.

Ende Januar nahm die Kompanie ein System von Schützengräben und Unterständen westlich des Flusses ein, das bis vor kurzem noch von den Deutschen gehalten worden war. Ben hatte es recht komfortabel in dem kleinen Unterstand mit dem Boden und den Wänden aus Beton, den er und Tom zu ihrer Unterkunft erklärt hatten. Es standen zwei Betten und ein Tisch darin. Kisten dienten als Sitzmöbel, und sie entdeckten sogar, Wunder über Wunder, einen ausreichenden Vorrat an Armeewolldecken, von denen sie eine vor den offenen Eingang nagelten, um den Wind abzuhalten. Es gab auch eine Art Feuerstelle, an die sie sich zu jeder möglichen Gelegenheit setzten und versuchten, sich zu wärmen.

Der Geruch nach Moder und feuchten Kleidern drang bis in jede Ecke des Raumes, der vorübergehend ihr Zuhause war. Ratten und Mäuse leisteten ihnen ständig Gesellschaft, und Ben hörte sie des Nachts an den Wänden kratzen. Wenn sie auf der Suche nach herumliegenden Krümeln hin und her huschten, konnte er im Schein des Feuers ihre knopfförmigen Augen erkennen.

Die Kompanie blieb für die Dauer des Winters dort und bekam Anfang März den Befehl zum Weitermarsch. Ben war froh, fortgehen zu können. Das einsetzende Tauwetter hatte das Niemandsland zwischen den feindlichen Gräben in ein Meer aus

Schlamm und Leichen verwandelt und verhinderte für beide Seiten einen Fortschritt.

Auf den im Süden gelegenen Hügeln machte der Winter rasch dem Frühling Platz, mit Tagen voller Sonnenschein. Die Wiesen grünten. Die Bäume erschienen aus der Entfernung kahl, doch wenn Ben näher an sie heranging, konnte er die winzigen grünen Triebe sehen, die sich nach der Sonne reckten. Das Geräusch der Bomben war nur eine ferne Erinnerung.

Sie nutzten die Zeit, um die Vorräte aufzustocken und die Ausrüstung zu überholen. Es waren fast zwei Jahre vergangen, seit sie von zu Hause aufgebrochen waren, und die Männer, die noch übrig geblieben waren, waren erschöpft. Dutzende von ihnen waren gestorben oder in die Heimat zurückgeschickt worden. Der Ersatz, der für sie kam, war jung, zu jung, wie Ben dachte, wenn er in ihre frischen Gesichter sah und hörte, wie sie ihre Skepsis über einen Krieg äußerten, der seit fast drei Jahren anhielt.

Das ferne Grollen von Gewehrfeuer war das erste Anzeichen für eine neue deutsche Offensive. Binnen Tagen waren die Männer wieder auf dem Marsch. Bis Lottingen wurden sie mit dem Zug gebracht, während ihre Ausrüstung über Straßen dorthin transportiert wurde. Neuigkeiten vom Frontgebiet im Süden gingen von Mund zu Mund: Die Deutschen rückten an der Somme weiter vor und die Stadt Albert sei eingenommen worden.

Die vier Tage der Reise waren fast Bens Ruin. Als Transportmittel wurde genommen, was immer zur Verfügung stand: Viehlaster für die erste Teilstrecke, dann Busse. Er wachte zu seltsamen Zeiten auf, weil er durstig war oder sich dringend erleichtern musste, und er fragte sich, wo auf dieser Erde er sich befand, während die Landschaft vorbeirollte.

Die Hügel der Picardie waren eine Abwechslung zu den flachen Weiten Flanderns. Kleine Häuser aus gestampftem Lehm und mit Strohdächern standen entlang der weißen Kreidestraßen in der Sonne, und ein ebenso weißer Staub erhob sich hinter den langen Konvois, die vorbeifuhren. Kinder standen auf den Höfen, winkten und riefen: »Es leben die Australier!« Auf den Feldern schnitten alte Männer mit ihren Sensen Heu. Einer schaute auf, beschattete seine Augen mit der Hand und winkte. Dann wandte er sich wieder seiner Aufgabe zu, den Kopf gebeugt.

Sie hielten an einer Kreuzung, um das Regiment einer anderen Division passieren zu lassen, *Royal Scots Fusiliers*, dachte Ben, nach ihren Uniformen mit den Tressen und den hohen Hüten zu urteilen, die den Bärenfellmützen ähnelten. Gegen Mittag fuhren die Lastwagen auf den grasbewachsenen Straßenrand, und sie machten unter Pappeln Mittagsrast, die so gerade wie ein Ladestock in den Himmel ragten. Weiße Gänseblümchen und blutroter Mohn, die wild in den Gräben entlang der Straße wuchsen, bogen und neigten sich tanzend im Wind. Wolken von Schmetterlingen gaukelten zwischen den Blüten. Hin und wieder schwebte eine blaue Libelle heran, deren Flügel im Sonnenschein funkelten. Über ihnen schwebten wie dunkle Tupfer zwei Vögel am kobaltblauen Himmel.

Es könnte ein angenehmes Picknick sein, dachte Ben, als er sich ins Gras legte und die warme Sonne auf seinem Gesicht spürte, wären da nicht die Ansammlungen kleiner weißer Kreuze auf den Hängen der Hügel und das gelegentliche Dröhnen von Bombardements in der Ferne.

Auf dem letzten Abschnitt der Reise sahen sie ausgediente Schützengräben, die wie ein Durcheinander aus weißen Linien die umgebenden Hügel durchzogen. Sie kamen durch kleine Dörfer, die sich gegen die jetzt aufgewühlten Ausläufer der Hügel schmiegten. Die Häuser mussten einmal sehr malerisch ausgesehen haben, mit Gärten, die von ihren Bewohnern liebevoll gepflegt worden waren. Jetzt lagen die meisten in Schutt und Asche.

Der Maire, der Bürgermeister des Dorfes, hatte im Schulhaus und in den umliegenden Scheunen Unterkünfte organisiert. Die Räumlichkeiten waren sauber, die Betten mit frischer Wäsche bezogen. Aus den Fenstern bot sich der Blick über das Tal. Im Hof unten blühten einige Obstbäume.

»Heilige Scheiße!«, rief Tom, während er seinen Tornister auf den Boden fallen ließ und die Bettdecke zurückschlug. »Bettlaken! Ich muss tot und im Himmel sein!«

Ben warf sich auf eines der Betten und spürte dessen feste Federn. »Ist das zu glauben?«, fragte er.

Jack, der gerade den Kopf durch die Tür steckte, fügte hinzu: »Ich denke, ich werde für den Rest des Krieges hier bleiben. Ihr werdet ohne mich weiterziehen müssen.«

Am folgenden Morgen traf Ben an der Eingangstür auf ein paar einheimische Mädchen, die dort gewartet hatten. »Der *Maire* schickt uns«, erklärte eine von ihnen in holprigem Englisch. »Wir machen Ihre Wäsche.«

»Wie viel kostet das?«, fragte Tom. Die Erfahrung hatte gelehrt, dass das Angebot zu helfen nicht immer umsonst war.

»Zehn *centimes* pro Kleidungsstück. Sie stellen Seife und Soda, und wir werden für Sie arbeiten. Wir machen gute Arbeit.«

Sie waren noch sehr jung, kaum dem Teenageralter entwachsen. Besonders eines der Mädchen lächelte Tom zu, der diese Aufmerksamkeit mit einem breiten Grinsen erwiderte.

Es fühlte sich seltsam an, dem Plaudern der Frauen zuzuhören, die an den Waschwannen standen und ihrer Arbeit nachgingen. Später, als seine Kleider gewaschen waren, hängte Ben sie über den Zaun, der den Hof begrenzte, und brach dann zu einem Spaziergang auf.

Es war Vormittag, als er auf den Kern des Ortes zuging. Plötzlich hörte er ein Rufen hinter sich. »He, warte auf mich!«

Es war Jack. Zusammen gingen sie weiter, die Hände in den Taschen vergraben. »Ich hätte nichts gegen ein Bier«, sagte Jack, »falls wir eine von diesen lustigen kleinen Bars finden.«

Über schuttgefüllte Straßen gingen sie weiter, vorbei an den Ruinen von Häusern ohne Vorhöfe. Vor ihnen lag ein großes, rechteckiges Gebäude. Es wies mehrere Granateinschläge im Dach auf, und die Mauersteine der Fenstersimse waren rußgeschwärzt.

»Was ist das?«, fragte Ben, als einer der einheimischen Männer mit einem Fahrrad vorbeikam, und zeigte dabei auf das Gebäude.

»Es ist ein Waisenhaus, Monsieur«, erwiderte der Mann. »Die Deutschen haben es überfallen und in Brand gesteckt, ehe sie abgezogen sind. Dort lebt jetzt niemand mehr.«

»Komm, lass uns gehen«, sagte Jack und legte die Hand auf Bens Arm; offensichtlich war er voller Erwartung auf das lang ersehnte Bier.

Aber etwas weigerte sich in Bens Innerem.

Er betrat das Haus, ging durch die engen Flure, schaute in verlassene Zimmer. Es hatte ein Feuer gegeben, wie der Mann gesagt hatte. Schwarzer Ruß zeichnete die Wände und Decken, und der Rauchgeruch hing noch in der Luft.

»Mein Gott, Kumpel«, sagte Jack, der ihm vorsichtig folgte. »Es ist bedrückend hier drinnen. Und dieser verdammte Geruch ...«

Ein Balken über ihnen bewegte sich knarrend, dann war es wieder still. Ben schaute hoch, ehe er seinen Weg fortsetzte.

»Und wir werden wahrscheinlich erschlagen, wenn dieser Balken über uns sich entscheidet, herunterzufallen«, fügte Jack düster hinzu.

Sie standen jetzt in einer Art Schlafsaal. Reihen von Betten und Kinderbettchen mit Metallstäben standen entlang der Wände. Vor den Fenstern waren Gitter angebracht, die Scheiben waren zerbrochen. Ein Sonnenstrahl fiel durch das Fenster, in seinem Licht tanzten Staubfäden.

Ben griff in die Tasche nach dem Brief, der am Tag zuvor angekommen war, und drückte ihn Jack in die Hand. »Lies das«, sagte er tonlos.

Jack las den Brief und gab ihn dann zurück. »Scheiße, Kumpel. Das ist hart«, meinte er mitfühlend.

»Nick lebt an einem Ort wie diesem. Es war Hannah nicht mehr möglich, ihn bei sich zu behalten.«

»Er ist in fähigen Händen«, sagte Jack versichernd. »In dem Brief steht es.«

»Mein Sohn lebt in einem Heim, und ich kann nichts tun, weil ich nicht weg kann von diesem gottverlassenen Ort.« Ben hieb mit der Faust gegen seine Handfläche, während er sich umschaute. »Mein Gott, hier ist es wie im Gefängnis.«

Sein Blick blieb an einem Bett hängen, das in der von ihm entfernt liegenden Saalecke stand. Es lag etwas darin, das wie ein kleiner formloser Haufen aussah. Vorsichtig ging er darauf zu.

»Jesus, was ist das?«, stammelte Jack.

Es war ein Baby, ein Junge. Er war nackt, sein Bauch grotesk aufgequollen und seine schwarzen Gliedmaßen schon steif. Sanft hob Ben den winzigen Körper auf den Arm und taumelte nach draußen.

»Was hast du vor?«

»Ihn begraben. Wenn du helfen willst, dann sieh dich nach einer Schaufel um.«

Ben sprach ein Gebet am Grab, während Jack wartend dabeistand, die Hände auf dem Rücken verschränkt. Er war sichtlich erschüttert. »Hast du dich jemals schuldig gefühlt?«, fragte Ben schließlich, nachdem er die Schaufel aus der Hand gelegt hatte.

»Weswegen?« Jack bewegte sich unbehaglich.

»Weil wir noch leben und so viele andere schon gestorben sind.«

In den Bäumen hinter ihnen sangen die Lerchen. Von hoch oben tönte das ferne Dröhnen eines Flugzeugs. Hecken und Bäume, oder was von ihnen übrig geblieben war, zeigten ihr erstes Grün. Auf einem Feld in der Nähe säte ein Bauer Getreide aus. Als Ben schließlich nach oben schaute, wirkte das Flugzeug wie ein kleiner Kohlweißling, der sich vom endlosen Blau des Himmels abhob.

»Ist das nicht seltsam?« Er richtete den Blick auf den frisch aufgeworfenen Erdhügel. Er konnte noch das Gewicht des Kindes in seinen Armen spüren, dessen Körper.

»Was meinst du?«

»Dass trotz allem, was hier geschehen ist, trotz des absoluten Horrors dieses Krieges die Jahreszeiten in einem endlosen Kreislauf kommen und gehen?«

»Ja, richtig«, erwiderte Jack sachlich. »Man sollte eigentlich meinen, diese ganze verdammte Welt müsste inzwischen zum Stillstand gekommen sein.«

Zu bald schon wurden sie zurück an die Frontlinie verlegt, und ihr Weg dorthin führte sie durch kleine Städte und Dörfer: Franvillers, Heilly, Pont-Noyelles. Der größte Teil des Transports wurde nachts durchgeführt. Es regnete leicht, und der Mond war nicht zu sehen. Sie kamen nur langsam voran, und am Himmel tauchten in unregelmäßigen Abständen feindliche Flugzeuge auf, die über ihnen ihre Kreise zogen. Von Zeit zu Zeit waren sie gezwungen, im Graben, der neben der Straße verlief, Deckung zu suchen, und kauerten dann in der Dunkelheit, die Hände schützend über den Kopf gelegt. Es war eine sinnlose Geste, Ben wusste das, aber mehr konnten sie nicht tun. Die Hände boten den einzigen Schutz, den er hatte.

Es war auch Nacht, als sie schließlich in die Schützengräben gingen, da es zu einem Angriff gekommen war. Die Vickers-Gewehre knatterten und dröhnten, Kugeln zischten und pfiffen gegen die Sandsäcke. In halb gebückter, halb aufrechter Haltung folgte Ben dem Mann vor sich; mit den ausgestreckten Händen konnte er die Wände des entsetzlich engen Grabens berühren. Eine Fontäne von Funkensternen spiegelte sich in den Wassertümpeln wider, die sich entlang der Bohlenwege befanden. Wahllos zerbarsten über ihnen Granaten, die die Nacht für Augenblicke zum Tag machten. Er rannte an den Kanonieren vorbei. Sie waren bis zu den Hüften nackt, ihre Gasmasken hingen ihnen um die Hälse, auf ihren Körpern glänzte Schweiß, während sie die Dunkelheit bombardierten. *Rat-a-tat-tat.*

Ben verdrängte den Impuls, sich die Ohren in dem ohnehin

vergeblichen Versuch zuzuhalten, den Lärm auszublenden. Ein leichtes Unbehagen rührte sich in seinem Bauch, auch wenn er nicht sagen konnte, warum. War dies seine Zeit zu sterben? War dieses bleierne, flaue Gefühl eine Art Vorahnung?

Das Tageslicht brachte mehr Arbeit, und bald ersetzten neue Reihen von Gräben die alten, und die Böden waren durch saubere Bohlenwege befestigt. Es war eine Knochenarbeit unter dem Beschuss der deutschen Gewehre. Während die Tage vergingen, gab es ständig Opfer durch die Gewehrkugeln von Heckenschützen oder durch Bomben, und das Gas war eine immerwährende Bedrohung.

Nach der Arbeit in den Gräben musste der Stacheldraht im Niemandsland ausgelegt werden. Es war eine gefährliche Arbeit, die normalerweise in der Dämmerung ausgeführt wurde, wenn der Nebel größtenteils die Sicht auf die deutschen Gräben verhüllte. Oft waren die Frontlinien weniger als zwanzig Yards auseinander. Durch die Stille konnten sie die Deutschen reden hören, Fetzen von Worten in tiefem heiserem Klang, deren Bedeutung sie nicht verstanden. Doch über eines war Ben sich im Klaren: Wenn er sie hören konnte, dann folgte daraus, dass auch sie ihn hören konnten.

Der dritte Tag begann wie üblich. Ben ging, um die Ersatzrollen des Stacheldrahts vom Lastwagen zu entladen, während Tom und Jack die Metallpfähle zusammensuchten, an denen der Draht befestigt wurde. Sergeant Hayes hielt Ben einige Minuten beim Lastwagen auf, um mit ihm über die Durchführung der Reparaturen in einem der Unterstände zu sprechen, der in der vorangegangenen Nacht eingestürzt war. Als Ben zu seinen Kameraden zurückkam, war Jack dabei, die Metallpfähle über die Seite des Hauptgrabens zu heben. Von Tom war nichts zu sehen.

Es war kaum Licht. Über die Linie der Gräben hinweg hörte er Lachen, dann das rasselnde Geräusch von Granaten, mit denen Minenwerfer geladen wurden.

»Wo ist Tom?«, zischte er Jacks gebeugtem Rücken zu.

Jack nickte in Richtung des Niemandslands. »Bringt die erste Ladung raus. Er kommt gleich wieder, um den Rest zu holen.«

Ben schaute hinaus in den wabernden Nebel, und er verspürte wieder dasselbe Gefühl von Unbehagen. Er schluckte hart. Ein Gewehr ratterte plötzlich los, durchbrach die Stille, danach folgten zwei laute Detonationen. Etwas landete vor ihnen auf dem Boden, im nebelverhangenen Grau nahe den feindlichen Gräben. Ben hörte den Aufschlag auf der feuchten Erde. Ein leises, zischendes Geräusch durchdrang die Luft, und ein schwacher Geruch breitete sich aus. Gas!

Es gab keine Bewegung im Nebel. Keine vertraute Gestalt tauchte daraus auf, kam auf ihn zu. Kein Schritt war zu hören.

»Tom?«, rief er leise.

Keine Antwort.

Eine Welle der Angst erhob sich in seiner Brust. Entschlossen verdrängte er sie. Tom war vermutlich so vertieft in seine Aufgabe, dass er ihn nicht gehört hatte. Jeden Augenblick würde er zurückkommen, sich in den Graben herunterlassen, ein schiefes Grinsen auf dem Gesicht.

Jemand tippte ihn auf die Schulter. Als er sich umdrehte, stand Jack hinter ihm, der ihn erschrocken ansah. Er hielt eine Gasmaske in der Hand. »Sie gehört Tom«, sagte er. »Der blöde Kerl hat sie vergessen.«

»Scheiße, Scheiße, Scheiße!«

Es ist Tränengas, erkannte Ben, der schon dessen stechende Wirkung in seinen Augen spürte. Er zog sich seine Maske über das Gesicht und begann, über die aufgeschichteten Sandsäcke zu klettern. Er hievte sich über den Grabenrand, blieb flach ausgestreckt auf dem Boden liegen und spähte in die Dämmerung. Er wusste nicht, welchen Weg sein Freund gegangen war.

»Tom?«, rief er, jetzt ohne Rücksicht auf die Lautstärke.

Ein deutsches Gewehr ratterte als Antwort auf sein Rufen los.

»Verdammt nochmal, antworte mir!«

»Ben?«

Es war Toms Stimme. Gedämpft kam sie durch den Nebel, von links, und Ben empfand eine Welle der Erleichterung. »Ja, Kumpel. Wir sind hier drüben.«

»Ich kann nichts sehen. Das Gas …« Tom keuchte, als ein gewaltiger Hustenanfall ihm das Sprechen unmöglich machte.

Sekundenlang hob sich der Nebel, und Ben konnte alles deutlich sehen. Tom war dabei, sich seinen Weg zu ihnen zu ertasten, die Hände ausgestreckt wie ein Blinder. Vor ihm lag eine Rolle Stacheldraht. »Gott«, stieß Ben hervor, der wusste, dass Tom keine Möglichkeit hatte, einen Sturz zu vermeiden. »Bleib stehen«, rief er. »Beweg dich nicht. Ich komme.«

Doch Tom machte einen Schritt vor, als hätte er nichts gehört. Sein Hosenbein verfing sich in den Stacheln. Er griff nach unten und versuchte, sich vom Draht zu befreien, indem er heftig daran zog. »BEN!«, schrie er und starrte blicklos zurück in die Richtung seines eigenen Grabensystems.

Plötzlich tauchte aus dem Nebel hinter Tom die Gestalt eines Soldaten auf. Es war ein Deutscher, wie Ben an der Uniform und der metallenen Spitze erkannte, die oben auf seinem Helm gerade noch zu sehen war. Der Mann kniete sich hin und legte das Gewehr auf den gefangenen Tom an.

»NEIN!« Ben versuchte, sich nach vorn zu werfen und gleichzeitig sein Gewehr in Anschlag zu bringen. Aber es war zu spät. Der Deutsche, geduckt auf dem Boden hockend, zielte und feuerte.

Ein Schuss peitschte auf.

Toms Körper zuckte vorwärts, Hände hoben sich verteidigend in die Luft. Das Gewehr wurde erneut abgefeuert, zwei kurze Stichflammen blitzten auf. Toms Körper zuckte beim Eindringen der Kugel, brach zusammen und blieb dann auf der Rolle Stacheldraht liegen.

Ein schrecklicher Laut drang aus Bens Mund, ein stöhnender Schrei, der sich irgendwo in seiner Brust gebildet hatte und dann in ihm aufgestiegen war. Er konnte den Widerhall in seiner Maske hören, und er verwirrte ihn, weil er ihn unbewusst ausgestoßen hatte, und er war machtlos, ihn aufzuhalten. Tom! Er musste zu Tom. Schwerfällig bückte er sich in eine geduckte Haltung. Der deutsche Soldat hatte sich umgedreht und zielte jetzt mit seinem Gewehr in Bens Richtung. Ein Schritt, zwei. Die Bewegungen des Mannes schienen mühsam und plump, oder war vielleicht er selbst es, der sich wie in Zeitlupe bewegte?

Der Nebel kam zurückgeschwappt, Fetzen davon blendeten die Szene vor ihm aus. Seine eigenen Hände waren wie Blei, weigerten sich, ihm zu gehorchen. Jetzt! Er sollte jetzt zu Tom laufen. Verdammter Deutscher!

Ein schwerer Druck auf seinen Beinen brachte ihn zum Fallen.

»Bist du verrückt?«

Jacks Stimme, drängend und laut, war an seinem Ohr. Er hörte die Worte, doch sie machten keinen Sinn. Verrückt? Er konnte Tom nicht da draußen lassen. Es würde bald hell sein. Die Sonne würde auf ihn herunterknallen, die Fliegen würden kommen, in Schwärmen zu Tausenden, um sein Blut zu saugen.

Er wehrte sich unter Jacks Griff, trat gegen die fest zupackenden Arme. »Lass mich! Verdammt, lass mich gehen.«

»Du blöder Hund, willst du denn auch getötet werden?«

Jetzt packten noch mehr Hände seine Beine und zogen ihn zurück in den Graben. Er schlug nach ihnen, dann lag er wie festgenagelt auf den Bohlen. Jemand riss ihm die Maske vom Gesicht und schlug ihm hart auf die Wange. Er starrte hoch und sah Jacks besorgtes Gesicht. »Mein Gott, Ben! Tu es nicht, Kumpel!«

Tom lag da draußen, und sie konnten ihn erst holen, als die Abenddämmerung angebrochen war. Im Schutze der Dunkelheit krochen Ben und Jack zu ihm und befreiten ihn aus dem Stacheldraht. Wie durch ein Wunder war er noch am Leben.

»Tut mir leid, Kumpel«, flüsterte Ben, als er den Freund hochhob und dessen abgerissenes Stöhnen hörte. »Wir bringen dich zum Arzt. Du musst einfach nur durchhalten. Du kommst wieder in Ordnung.«

Zurück im Graben hielt er Wasser an Toms Mund, doch dessen Lippen bewegten sich kaum. Aus einer Wunde in seinem Bauch sickerte Blut. Unter den Flecken aus grauem Lehm und getrocknetem Blut war seine Haut schon dabei, sich dunkel zu färben.

Der Arzt auf dem Verbandsplatz schüttelte nur den Kopf und zog Ben mit sich nach draußen. »Er hat massive innere Verletzungen erlitten. Wir können nichts tun, außer seine Schmerzen zu lindern.«

Ben dachte an Spud, an Will. Nur dass dieses Mal das Leid näher an zu Hause lag. Tom war ein Teil seines Lebens gewesen, schon bevor all dies hier angefangen hatte. Sie hatten gute und schlechte Zeiten miteinander erlebt. Aber vor allem hatten sie sich Hannahs Liebe geteilt. Er *durfte* nicht sterben.

»Es muss doch etwas geben!«

Schon als er diese Worte aussprach, wusste Ben, wie nutzlos sie waren, aber er war es Tom schuldig, sie zu sagen.

»Es tut mir leid.« Der Arzt schüttelte wieder den Kopf und ging davon. Da waren andere, die seine Aufmerksamkeit forderten, andere, die vielleicht gerettet werden konnten.

Ben saß am Feldbett und wartete, zählte jeden röchelnden Atemzug, bemerkte jedes Heben und Senken von Toms Brustkorb. Innerlich fühlte er sich bleischwer und voller Hass.

Tom starb im Morgengrauen. Es gab keinen letzten Abschiedsgruß. Kein letztes Zu-Bewusstsein-Kommen. Nur ein langes Seufzen, ein letztes Ausatmen, und sein geschundener Körper lag reglos da. Ben konnte und wollte es nicht begreifen. Er ließ den Kopf sinken und presste die Knöchel gegen die Stirn, als endlich die Tränen kamen.

Wie betäubt von Schmerz und Erschöpfung taumelte er aus dem Zelt. Die Landschaft ähnelte einem alten Aschehaufen, grau und trostlos unter einem ebenso düsteren Himmel. Neben einem Baumstumpf kauerte er sich auf die Erde, den Rücken gegen die raue Borke gelehnt, und barg sein Gesicht in seinen zitternden Händen.

Er verlor die Beherrschung. Er konnte spüren, wie sie davonglitt, ihn mitnahm an den Rand seiner geistigen Gesundheit. Alles, was ihm kostbar war, war ihm entrissen worden. Wenn auch nicht alles auf einmal. Oh nein! Es geschah langsam, heimtückisch.

Wie blind starrte er vor sich hin. Ein Pochen hatte eingesetzt, tief in seinem Kopf. In seinem Schädel schien es zu sieden, schien sich ein Druck aufzubauen, der ihn dazu trieb, die Hände gegen seine Schläfen zu drücken, als könnte er ihn so daran hindern zu platzen. Fragen, Dutzende davon, wirbelten durch sein Bewusstsein, jagten sich, überschlugen sich. Wann würde dieser Albtraum enden? Wo waren die Grenzen dessen, was ein Mensch ertragen konnte? An welchem Punkt würden sein Körper und sein Verstand einfach ihren Dienst verweigern?

Sicherlich war seine Zeit hier begrenzt, bestimmbar durch eine weitere Anzahl von Tagen, Wochen. Jahren …

Jahre?

Sicherlich nicht noch Jahre.

Er schüttelte den Kopf, verdrängte diesen Gedanken.

Der Krieg konnte nicht mehr lange so weitergehen!

KAPITEL 29

Es war die frühe Morgenbrise, die durch das offene Fenster wehte und Callie weckte. Müde streckte sie sich auf dem Sofa und wurde sich plötzlich des Geruchs nach frischer Farbe bewusst. Sie blieb noch eine Minute liegen, ließ ihre Gedanken schweigen. Als sie schließlich die Augen öffnete, sah sie den Stapel von Kisten in der Mitte des Zimmers.

Der Anblick ließ sie an Hannahs Umzug denken, Jahrzehnte zuvor, von der Pension in das winzige Häuschen. Er war gar nicht so anders gewesen als dieser hier, den Briefen nach zu urteilen, die sie gelesen hatte. Vergilbte, sich wellende Papierseiten, brüchig vom Alter, die Hannahs und Nicks Umzug zu diesem fremden Ort schilderten, an dem sie sich plötzlich wiederfanden, weit weg von all ihren vertrauten Dingen. So wie sie. Wie lange haben die beiden dort gewohnt?, fragte sie sich. Das hatten ihr die Briefe noch nicht enthüllt, und sie hatte in der vergangenen Woche keine Zeit gehabt, sich weiter in die Papiere zu vertiefen.

Jetzt, da die Wohnung neu gestrichen war, sollte sie aufstehen, einen Becher Kaffee trinken und mit dem Auspacken anfangen. Aber es war angenehm, hier zu liegen, zuzuschauen, wie sich die Vorhänge in der Brise leicht vor- und zurückbewegten. Angenehm, nicht gestört zu werden, dachte sie überrascht. Angenehm, den ganzen Tag für sich zu haben, ohne Störungen.

Die letzte Woche war ermüdend gewesen, sowohl emotional als auch körperlich. Als sie die Tage jetzt im Geiste noch einmal an sich vorbeiziehen ließ, und die damit verbundenen Gefühle, stellte sie überrascht fest, dass sie mit allem besser zurechtkam, als sie erwartet hatte. Die Beziehung mit Stuart war vorbei, das hatte sie akzeptiert. Jetzt war es an der Zeit, weiterzumachen.

Müßig wanderten ihre Gedanken zurück zu Hannah. Wie ist es gewesen vor all diesen Jahren?, fragte Callie sich. Sie hatte darum gebetet, dass der Krieg enden möge. Und sie hatte verzweifelt auf Bens Rückkehr gewartet. Aber er war nicht zurückgekommen, oder? Wenn doch, so hatte es jedenfalls keine Hochzeit gegeben. Denn Tante Hannah hatte Onkel John geheiratet und, soweit Callie zurückdenken konnte, war nie ein Baby namens Nick erwähnt worden. Vielleicht war das Kind gestorben? Die Kindersterblichkeit war hoch gewesen in jenen Tagen, besonders während der Grippeepidemie nach dem Krieg …

»Schluss jetzt«, ermahnte sie sich und setzte sich auf. So viel sie sich auch ausmalte, es würde sie der Wahrheit nicht näherbringen. Das konnten nur die Briefe, und es schien eine

Ewigkeit zu dauern, sie zu entziffern. Aber was immer auch geschehen war, welche Traurigkeit und welchen Kummer ihre Urgroßtante auch erduldet hatte, sie hatte es überlebt, sagte sich Callie, denn sie hatte ein hohes Alter erreicht.

Das Auspacken dauerte nicht lange. Zuerst stellte sie den Grill auf den Balkon. Dann schob sie ihren Schreibtisch dicht vor das Wohnzimmerfenster und schloss den Computer an. Nachdem die Bücher ordentlich in das Regal neben dem Aktenschrank gestellt waren, schob Callie den Stuhl unter den Schreibtisch, als wäre sie damit bereit zur Arbeit.

Die HiFi-Anlage zum Laufen zu bringen nahm mehr Zeit in Anspruch. Angesichts des Durcheinanders von Kabeln entwirrte sie diese zunächst sorgfältig und stellte dann Vermutungen darüber an, welches wohin gehören mochte. Nach einigen Fehlversuchen erwachte die Anlage schließlich zum Leben. Sie legte eine Auswahl an CDs ein und drückte die Daumen. Es funktionierte.

Die mitgebrachten Balkonmöbel stellte sie in die andere Ecke des Zimmers, nahe der Küche. Bis sie einen anständigen Esstisch und Stühle kaufen konnte, würde es so genügen müssen. Das Zimmer, dachte sie zufrieden, sieht passabel aus. Und der gereinigte Teppich und die frisch gestrichenen Wände waren eine enorme Verbesserung. Sie betrachtete ihr Werk noch einmal, ehe sie in die Küche ging.

Jetzt blieb nur noch Hannahs Bild von den Akazien, die im Garten in der Brunswick Street gestanden hatten. Der einzige Bilderhaken in der ganzen Wohnung befand sich im Schlafzimmer, über dem Platz, an dem das Bett stehen würde, wenn sie die Zeit hatte, eines zu kaufen. Also hängte sie es dort auf und freute sich, dass die Farbtöne ungefähr dem Gelbgold der Wände ähnelten.

Glücklich über das Gesamtergebnis holte sie den Suzuki aus der winzigen Garage am Ende des Blocks und fuhr zum Supermarkt.

Bonnie und Freya kamen um sechs Uhr. Pflichtschuldig nahmen sie die Wohnung in Augenschein und verkündeten, dass sie freundlich und fröhlich wirke, wenn auch ein wenig kahl.

»Nun«, begann Callie zögernd, »ich dachte, ich könnte vielleicht ein paar Möbel von euch bekommen.«

Bonnie und Freya hatten darüber gesprochen, sich nach ihrem Umzug neue Möbel zu kaufen. Denn ihre künftige Wohnung war sehr viel kleiner als das Haus, und einige der altmodischen Möbel würden für das moderne Interieur zu wuchtig sein.

»Oh Liebes«, rief Bonnie. »Bei all dem, was passiert ist, habe ich ganz vergessen, es dir zu sagen. Wir haben das Haus verkauft!«

»Und wir haben den verlangten Preis bekommen«, warf Freya ein.

»Genau genommen sogar noch ein bisschen mehr als das, was wir haben wollten«, fügte Bonnie hinzu. »Der neue Besitzer wollte es voll möbliert kaufen, also haben wir einen vernünftigen Handel abgeschlossen. Wir dachten, es würde uns die Sorge nehmen, die Sachen privat verkaufen zu müssen, und die Möbel gehören einfach in das Haus.« Bonnie sah ihre Tochter betrübt an. »Aber wenn ich gewusst hätte, dass du einige davon haben möchtest, Liebes …«

Also war das alte Haus schließlich doch verkauft worden. »Schon gut«, murmelte Callie und versuchte ein Lächeln. Ihre Enttäuschung war fast greifbar. Sie konnte spüren, wie sie sich in ihrer Brust festsetzte und eine Schwere zurückließ, die sie nicht erklären konnte. »Das ist ja großartig«, sagte sie schließlich. »Das freut mich für euch.«

Die Unterhaltung während des Abendessens drehte sich um allgemeine Themen, und die beiden Frauen teilten Callie bei dieser Gelegenheit auch mit, zu welchem Termin sie das Haus verlassen würden. Bis dahin waren es noch zwei Monate. »Das lässt uns reichlich Zeit zu packen und den Plunder vom Dachboden zu entsorgen«, sagte Freya. »Schade. Wir hatten gehofft, dass Stuart uns helfen würde und …«

Sie verstummte plötzlich, als sie Bonnies warnenden Blick

auffing und diese ihr ins Wort fiel: »Ich bin sicher, wir werden eine Lösung finden.«

»Was ist mit deinem jungen Mann, diesem Michael?«

Dein junger Mann! Die Annahme, dass sie irgendwie mit Michael verbandelt war, beschäftigte sie mehr, als ihr lieb war. Nun, auf gewisse Art war sie es ja tatsächlich, aber es war einfach nur Freundschaft, ein gemeinsames Interesse an alten Briefen und an einem Tagebuch. Außerdem ging es Freya nichts an. Wie konnte ihre Tante es wagen anzunehmen, dass …

»Er ist *nicht* mein junger Mann, Tante Freya«, erwiderte sie fest. »Und ich bin mir sicher, dass er in seiner Freizeit Besseres zu tun hat.«

»Das Essen schmeckt köstlich, Cal«, ergriff Bonnie das Wort und entschärfte damit die Situation.

Nachdem sie sich nicht davon hatten abbringen lassen, beim Abwasch zu helfen, verabschiedeten sich die beiden Frauen. Freya machte noch eine Bemerkung über alte Häuser, die bekanntermaßen mit Kakerlaken und Mäusen verseucht wären, und über unliebsame Typen, die an der Promenade wohnten. Callie stand auf dem Balkon und war erleichtert, als sie die beiden abfahren sah; der alte Vauxhall keuchte die Straße herunter und ließ eine Wolke von ausgestoßenen Abgasen zurück.

Unwillkürlich lächelte Callie. Die beiden waren wirklich liebenswert, wenn auch ein wenig taktlos. Und ihnen lag ihr, Callies, Wohlergehen am Herzen, ungeachtet ihrer Bemerkungen.

Aber es ist schade wegen der Möbel, dachte sie bedrückt. Es waren schöne und gut gepflegte Stücke. Der neue Besitzer des Hauses hatte einen guten Kauf gemacht.

Am Montagmorgen fuhr sie in das Möbelgeschäft am Stadtrand und bestellte ein Bett. Danach ging es in den Elektronikmarkt, wo sie einen kleinen Fernseher erstand, einen Kühlschrank und eine Mikrowelle.

Im Haushaltswarenladen neben dem Supermarkt verbrachte sie viel Zeit mit dem Kauf eines Gläsersets und eines Messerblocks aus Holz mit den dazugehörenden Messern. Mit voll gepackten Tüten ging sie zum Wagen und fuhr nach Hause.

Gott sei Dank hatte sie ihr eigenes Bankkonto behalten. Ein kleines, zusammengespartes Guthaben befand sich noch darauf, und der Rest des Honorars für ihr letztes Buch würde bald kommen. Bonnie hatte am vorigen Abend angeboten, ihr eine kleine Summe zu leihen, aber Callie hatte das Angebot ihrer Mutter abgelehnt. »Danke, Mum. Ich denke, ich habe genug, um zurechtzukommen.«

Als sie die Einkäufe die Treppen hinauf in ihre Küche trug, dachte sie plötzlich an Stuart. Sie musste ihn anrufen und mit ihm besprechen, was mit der Wohnung geschehen sollte. Die Hälfte der Kaufsumme war von ihr geleistet worden, und aus den Einkünften ihrer Schreiberei waren die Zahlungen bestritten worden, die jeden Monat fällig waren. Die Wohnungspreise waren in den beiden letzten Jahren ein wenig gestiegen; sie würde also ein hübsches Sümmchen bekommen, wenn die Wohnung erst einmal verkauft war.

Einige Tage schob sie den Anruf vor sich her, weil sie nach Stuarts Auftritt am vorigen Sonntag noch nicht wieder mit ihm reden wollte. Und was wäre, wenn Primrose sich am Telefon meldete? Was würde sie dann sagen? Callie sah ein Bild vor sich: wie sie den Hörer auflegte, während Primrose am anderen Ende der Leitung stand und misstrauisch den Hörer anstarrte. Gegen ihren Willen musste Callie lachen.

Schließlich rief sie Stuart im Büro an. Da er den Raum mit zwei Kollegen teilte, würde er vermutlich dort keinen Streit mit ihr anfangen.

»Hier ist Callie. Wir müssen darüber reden, was mit der Wohnung wird«, sagte sie betont sachlich, als er sich gemeldet hatte.

»Dieses Wochenende bin ich beschäftigt«, entgegnete er knapp.

Mit Primrose, wollte sie sagen und stellte überrascht fest, dass dieser Gedanke überhaupt keine Wirkung auf sie hatte.

Keine Eifersucht, kein Bedauern. Nur ein Gefühl der Erleichterung, dass es vorbei war.

»Dann unter der Woche. Wir müssen das klären.«

Er hängte ohne ein weiteres Wort ein. Callie hielt den Hörer an ihr Ohr und lauschte dem Summen, das aus dem Hörer kam. Einige unfreundliche Worte gingen ihr durch den Sinn, Worte, die ihre Mutter nicht schätzen würde.

Aber inzwischen war es egal, was sie von ihm dachte.

»Auf Wiedersehen, Stuart«, sagte sie stattdessen laut in den Hörer und legte ihn dann entschlossen zurück auf die Gabel.

Die Woche bestand aus einem Berg von Papierkram, der erledigt werden musste. Michael hasste diese Arbeit. Sie war die Kehrseite seines Jobs, ein notwendiges Übel. Negative katalogisieren, Abzüge von Fotos heraussuchen und zusammenstellen, um sie an die infrage kommenden Abteilungen zu schicken. Sitzungen mit dem Artdirektor und den Leuten von der Beleuchtung organisieren. Berichte für die verschiedenen Unternehmen verfassen, die Bilder bestellt hatten. Den nächsten Auftrag durchplanen, ein Hotelzimmer buchen. An manchen Tagen schien er kaum vom Telefon wegzukommen.

Während er an seinem Schreibtisch saß, kehrten seine Gedanken immer wieder zu Callie zurück. Er sah sie so vor sich, wie er sie das letzte Mal gesehen hatte: das blasse ovale Gesicht, Spritzer von blauer Farbe auf der Nase, graue ernste Augen.

Es wäre so einfach gewesen, sie zu küssen. Er hatte es gewollt, sogar sehr gewollt, aber es war nicht der richtige Zeitpunkt gewesen. Trotzdem hatte er auf halbem Weg die Promenade hinunter gegen den Wunsch ankämpfen müssen, den Wagen zu wenden und sofort zu ihr zurückzufahren. Aber es war unmöglich. Er hatte Tim versprochen, mit ihm ins Kino zu gehen, und er war ohnehin schon spät dran gewesen.

Jedes Mal, wenn er das Telefon ansah, hatte er den starken Wunsch, ihre Nummer zu wählen. Hallo, würde er sagen. Beiläufig. Lässig. Ich wollte nur mal wissen, wie es dir geht. Aber irgendwie brachte er die Kraft auf zu widerstehen. Lass sie in Ruhe, sagte seine innere Stimme. Gerade jetzt ist sie viel zu verletzlich, und ihr Schmerz ist noch zu groß. Gib ihr Zeit. Außerdem hatte sie nicht vor, ihre Beziehung zu Stuart zu kitten. Nicht nach Stuarts Auftritt, dessen Zeuge er am vorigen Sonntag zum Teil geworden war.

Seine Gedanken wanderten zu der Zeit zurück, als Gaby und er getrennte Wege gegangen waren. Es hatte Tage und auch Nächte gegeben, in denen er seine Frau, seine *Exfrau*, am liebsten angerufen hätte. Das Bedürfnis danach war seiner schrecklichen Einsamkeit und Niedergeschlagenheit entsprungen, die ihn überwältigt hatte, nachdem sie ihm Timmy genommen hatte und gegangen war. Aber er hatte es dann doch nicht getan. In einer Mischung aus männlichem Stolz und Dickköpfigkeit und reinem Elend hatte er sich in sich zurückzogen und sich wochenlang abgeschottet.

Der Schmerz, das Herzeleid darüber, dass die Beziehung endgültig zerbrochen war, hatte ihn damals schlichtweg übermannt. Er hatte Callie einmal beschrieben, was er empfunden hatte: das schneidende Gefühl, versagt zu haben. Warum war er nicht fähig gewesen, eine funktionierende Ehe zu führen? Was war schiefgegangen? Er konnte ein paar kleine Dinge aufzählen, aber im Großen und Ganzen war er doch glücklich gewesen, oder nicht?

Als er nach Monaten in der Lage gewesen war, das Ganze vernünftig im Rückblick zu betrachten, hatte er begriffen, dass Gaby recht gehabt hatte. Sie hatten sich auseinandergelebt, waren, genau genommen, erwachsen geworden. Glücklicherweise war ihre Freundschaft von Bestand, dank Gabys Gutmütigkeit und ihrer gemeinsamen Sorge für Timmys Wohlergehen. Eine Scheidung war für ein Kind schlimm genug, auch ohne dass die Eltern sich bekriegten. Aber für solche Sorge war kein Anlass gewesen, dachte Michael jetzt. Die Trennung war freundschaftlich verlaufen, der Besitz zufriedenstellend aufgeteilt worden. Er konnte seinen Sohn regelmäßig bei sich haben, auch wenn er sich wünschte, er könnte ihn noch öfter sehen.

Er blätterte die Seiten seines Tischkalenders vor und machte einen Kreis um das Datum vom Sonnabend, dann blätterte er zurück und zählte dabei die Tage. »O Gott, Paterson«, stöhnte er und starrte trübsinnig aus dem Fenster.

Sonnabend. Drei Tage, bis er Callie wiedersehen würde. Und dieses Mal, anders als bei allen anderen Malen, war er sich nicht sicher, ob er seine Gefühle noch länger im Zaum würde halten können.

»Ich benehme mich wie ein verdammter hormongesteuerter Sechzehnjähriger, und das ist eine Tatsache«, sagte er zu Bess, dem Labrador, als er später am Tag sein Haus betrat. »Nein, sag nichts.« Er lachte und drohte dem Hund mit dem Finger. »Es ist wahr. Ich gebe es zu. Dies ist schlimmer als die Schwärmerei für Miss Smith in der sechsten Klasse.«

Bess folgte ihm ins Haus. Michael öffnete eine Dose Hundefutter, während die Hündin abwartend an der Hintertür stand, den Kopf fragend auf die Seite gelegt. Ihre braunen Augen folgten jeder seiner Bewegungen.

»Übrigens, Bess, wie denkst du über Katzen?«, fügte er hinzu, als er zur Hintertür ging, die Schüssel in der Hand. »Über einen großen schwarz-weißen Kater, um genau zu sein, der auf den Namen Oscar hört?«

Bess wedelte zur Antwort einfach nur mit ihrer Rute.

Callie versuchte zu arbeiten, doch die Worte weigerten sich zu kommen. Sie hatte den Computer angeschaltet und saß nun vor dem Monitor, doch ihr Kopf fühlte sich seltsam leer an. Wochen zuvor war sie voller Enthusiasmus gewesen und hatte Michael von dem neuen Buch erzählt, das sie schreiben wollte. Es war ihr sogar gelungen, einige erste Ideen und Gedanken niederzuschreiben. Aber jetzt im Nachhinein war das ganze Konzept entmutigend. Ben. Hannah. Die Erlebnisse im Krieg, die durch die Briefe enthüllt wurden. Wie konnte sie diese auf dem Papier neu erschaffen? Und wo beginnen?

Zögernd tippte sie das Wort »Hannah« ein, gefolgt von einem Doppelpunkt. Eine Vielzahl von Szenen raste durch ihren Kopf. Hannah, die Ben zum Abschied auf dem Bahnhof zuwinkte. Hannah, die merkte, dass sie schwanger war, die ein Kind zur Welt brachte. Hannah, die das erste Mal ihren Sohn in den Armen hielt.

Sie, Callie, hatte noch kein Kind geboren. Nun gut, sie hatte über dieses Wunder gelesen, über das schiere Glück, wenn das Baby zum ersten Mal in die Arme der Mutter gelegt wurde, und über die große Erleichterung, wenn das Kind gesund war.

Aber das waren die Erfahrungen anderer Frauen, nicht ihre eigenen.

Dann war da Ben. Durch seine Augen, seine Worte, war sie Zeugin der Ereignisse des Krieges geworden. Wie konnte sie den ständigen, nie aufhörenden Lärm an der Front beschreiben, den Mangel an Schlaf, die Kälte, die nagende Angst, wenn man in die Gräben ging?

»Okay«, stieß sie hervor. »Sei diszipliniert. Denk nach.«

Zögernd tippte sie einige Worte ein. Dann runzelte sie nachdenklich die Stirn und löschte alles wieder.

Auf den staubigen Seiten der Briefe waren es Bens und Hannahs Worte, die die Charaktere lebendig gemacht hatten. Jetzt, achtzig Jahre später, waren es diese exakten Schilderungen, die zuvor unbekannte Empfindungen und Gedanken in ihr ausgelöst hatten.

»Ich weiß!«, rief sie laut, als sich plötzlich eine Idee in ihr formte. Ihre erste Überlegung war gewesen, das Ganze fiktiv zu erzählen, einen Roman daraus zu machen. Aber an der Geschichte war nichts Erfundenes. Warum also sollte sie nicht Bens und Hannahs eigene Worte verwenden? Warum sollte sie nicht ein Buch schaffen, das je zum Teil Autobiografie und Biografie war?

Plötzlich strömten die Ideen nur so. Sie könnte die Briefe und die Einträge im Tagebuch miteinander verbinden, dann einige sachliche Informationen über Bens Kompanie zufügen. Das *Australian War Memorial* in Canberra würde sicherlich offizielle Berichte und Fotografien liefern können. Außerdem waren da noch die Fotos aus dem Koffer und die Erinnerungsstücke an den Krieg: Postkarten, Beileidskarten und einiges mehr. Sie würden das Buch visuell bereichern, indem man die Textblöcke damit auflockerte.

Einmal beschlossen, ging Callie die Arbeit an der Struktur des Buches jetzt leicht von der Hand: eine genaue Hintergrundgeschichte der Cordukes, gefolgt von dem wenigen, was sie über Bens Familie wusste, wurde in einer Datei abgespeichert, die sie *Kapitel 1* nannte. Ein Besuch bei der örtlichen Ahnenforschungsgesellschaft könnte ein paar weitere Informationen über die Galbraith-Linie erbringen, und Callie machte sich im Geiste eine Notiz, diese Spur in der kommenden Woche weiterzuverfolgen. Einige Stunden lang arbeitete sie konzentriert, ihre Finger flogen nur so über die Tastatur, und erst als es Nachmittag geworden war, fiel ihr auf, dass sie das Mittagessen ganz vergessen hatte.

Wie beflügelt arbeitete sie den Rest der Woche, gab die Inhalte der ersten Briefe ein, besuchte die örtliche Bücherei und bestellte einige Bücher über den Ersten Weltkrieg. Die Tage vergingen schnell, so vertieft war sie in die Arbeit. Und plötzlich war der Sonnabend da, ehe sie es recht wusste.

Sie hatte kaum das Bett gemacht und die Wohnung aufgeräumt, als es an der Tür klopfte. Michael stand da, ein Strandlaken über die Schulter geworfen, ein Grinsen auf dem Gesicht. »Hallo. Ich dachte, ich komme besser früh vorbei und wir gehen noch schwimmen, ehe es zu heiß wird.«

Sie verbrachten die nächsten Stunden am Strand und kamen kurz vor Mittag in die Wohnung zurück. Während Callie Sandwiches und Eistee zubereitete, zeigte Michael ihr ein kleines Buch mit braunem Einband.

»Was ist das?«, fragte sie interessiert.

»Die Geschichte der *11th Field Company Australian Engineers*«, las Michael vom Buchdeckel ab. »Aus Bens Tagebuch wusste ich, in welcher Kompanie er gedient hat, und ich hatte Glück, mir das Buch in der Stadtbibliothek ausleihen zu können. Es ist eine authentische Geschichte, niedergeschrieben irgendwo in Frankreich, nachdem der Krieg zu Ende war und die Männer darauf warteten, auf die Schiffe zu gehen, die sie nach Hause bringen sollten.«

»Kann ich es mir für ein paar Tage ausleihen? Ich habe inzwischen mit Bens und Hannahs Geschichte angefangen, und das Buch ist genau die Art von Recherchematerial, nach der ich suche.«

Die Unterhaltung richtete sich auf Callies Arbeit, und sie erklärte die Struktur, die das Buch annahm. »Wie du siehst, glaube ich nicht, ich könnte ihrer Geschichte gerecht werden, indem ich einen fiktiven Roman daraus mache. In der Umsetzung würde ganz bestimmt etwas verloren gehen. Ich will, dass alles so stark und wirklich ist wie die Briefe.«

Michael klang ein wenig enttäuscht. »Ich dachte, Bens und Hannahs Geschichte würde einen tollen Roman abgeben.«

»Das dachte ich anfangs auch, aber irgendwie funktionierte das nicht für mich. Auf diese Weise werde ich ihre eigenen Worte verwenden.«

»Nun, du bist die Schriftstellerin, und deshalb werde ich mein Vertrauen in dich legen«, sagte er, und sie beide lachten.

»Weißt du, der Krieg war etwas, was mich bis jetzt nie interessiert hat. Ich habe ihn mir immer als eine Angelegenheit der Männer vorgestellt. Macho-Typen ziehen los, um zu töten oder getötet zu werden, Helden bis zum letzten Atemzug. Bens Briefe haben mir gezeigt, dass es nicht so war.«

»Nein.«

Sie schaute zu ihm hoch und betrachtete ihn einen Moment,

ehe sie weitersprach. »Einige von diesen Männern, Ben eingeschlossen, hassten es, dort zu sein. Für sie war es ein Albtraum. Wenn ich seine Worte lese, kann ich mir fast vorstellen, wie schrecklich es gewesen sein muss.«

»Ja«, stimmte Michael zu. »Wir sehen die Fotografien, und wir versuchen zu verstehen. Aber ehe man es nicht durchlebt hat, kann man sich den Horror sicher nicht vorstellen.«

»Genau das ist der Grund, warum ich das Buch auf diese Weise konzipieren möchte«, unterbrach Callie ihn. »Du verstehst es *wirklich*.«

Der Nachmittag verging angenehm. Sie saßen auf dem Balkon, Callie öffnete eine Flasche Wein, und Michael brachte ein Kartenspiel zum Vorschein. Sie spielten *Snap* und Euchre und einige Runden Canasta, die Michael gewann. Als sich schließlich purpurfarbene Schatten über den weiten, noch eben goldenen Strand legten, schlug Michael vor, zu Abend zu essen.

»Ich habe Kleidung zum Wechseln mitgebracht. Sie ist im Auto, falls du in der Stimmung bist auszugehen.«

»Das hört sich wie eine Einladung an, die zu verlockend ist, um sie abzulehnen.«

Sie fuhren die Küste hinunter und hielten schließlich an einem kleinen Restaurant mit Blick auf das Meer. Es war gemütlich, die Preise vernünftig und das Essen hervorragend. Als Michael sie danach vor der Wohnung absetzte, lud Callie ihn zu einem Nachttrunk ein.

»Gerne«, nahm er an.

In der Küche stellte sie die Kaffeemaschine an, ehe sie Portwein in zwei Gläser einschenkte. Auf einem Tablett trug sie alles zusammen ins Wohnzimmer.

Michael stand auf dem Balkon und schaute auf die Straße hinunter; durch den Lichtschein, der aus dem Zimmer nach draußen fiel, hob sich seine Gestalt gegen die Dunkelheit ab. Callie stellte das Tablett auf den Tisch und ging zu ihm. Sie spürte, dass die Brise von der See her kühler geworden war.

»Der Kaffee ist fertig.«

Sie wollte ins Zimmer zurückgehen, doch er nahm ihre Hand und hielt sie fest. »Wie geht es dir, Callie?«

»Mir geht es gut, wirklich.«

»Und du sagst das nicht einfach so oder spielst Theater? Viele Menschen tun das, weißt du.«

»Nein.« Sie lachte. »Es ist die Wahrheit. Alle stellen mir diese Frage. Aber, um ehrlich zu sein, ich fühle mich mit all dem viel besser, als ich erwartet habe.«

»Es ist immer schwer, eine Beziehung zu beenden, ganz egal, wie die Umstände waren. Und es kann Angst machen, das aufzugeben, von dem wir glauben, dass es uns Sicherheit und Geborgenheit gibt.«

»Selbst, wenn wir dabei unglücklich sind«, fügte Callie mit einem tiefen Durchatmen hinzu.

»Und bist du es?«

»Unglücklich?« Sie dachte einen Moment nach, schaute hinunter auf ihre Hand, die von seiner so fest gehalten wurde. Sollte sie sie wegziehen oder einfach abwarten, was als Nächstes geschehen würde? »Ja und nein. Es war nicht so schlimm. Aber es braucht einfach Zeit, sich damit einzurichten, wieder allein zu sein. Als Single zu denken, nicht als Paar.«

»Ich habe dich die ganze Woche über vermisst.«

Sie sah ihn überrascht an. »Das hast du?«

»Ja. Ich war ungefähr fünfzig Mal kurz davor, den Hörer abzunehmen und deine Nummer zu wählen.«

»Warum hast du es nicht getan?«

Er starrte sie an, sein Mund verzog sich zu einem scheuen Lächeln. »Das ist doch zu albern.« Er lachte kopfschüttelnd. »Wir benehmen uns wie zwei Sechzehnjährige. Warum können wir nicht geradeheraus sein und sagen, was wir fühlen?«

Sie sah seinen Mund, und sie hörte seine Worte, die leise in ihr Bewusstsein glitten. Worte, die darauf warteten, verstanden zu werden, die sie beide auf eine neue und unbekannte Stufe von Intimität führten.

»Und *was* fühlst du?«

»O Gott!« Michael stieß einen übertriebenen Seufzer aus, hob ihre Hand an seinen Mund und strich mit seinen Lippen kurz über ihre Knöchel. Dabei sah er sie unverwandt an.

In diesem kurzen, unerwarteten Moment beugte er sich zu Callie hinunter und küsste sie.

Es schien so unabwendbar, sein Mund auf ihrem, als er sie an sich zog, die Arme um ihre Schultern legte und sie sich in seine Umarmung schmiegte. Sein Mund schmeckte süß, wie Honig, und er schickte ein schwindelerregendes Gefühl durch ihre Brust. Winzige nadelstichgleiche Wellen gingen von seiner Berührung aus, eine sich langsam ausbreitende prickelnde Hitze, die Callie sich wünschen ließ, gehalten zu werden, zu berühren, zu fühlen.

Ihre Sinne erwachten, ein Gefühl der Vertrautheit berührte ihr Innerstes. Sie war sich bewusst, dass ihre Hände sich um Michaels Nacken legten, ihn streichelten, seinen Mund gegen ihren zogen. Sie war sich der plötzlichen Spannung bewusst, des sexuellen Verlangens, das zwischen ihnen aufgeflammt war. Und sie war sich der Bedürfnisse Michaels bewusst, und ihres eigenen Verlangens, diese zu befriedigen.

Als er sich abrupt zurückzog, wirkte diese plötzliche Bewegung fast wie ein körperlicher Schlag. Callie wich zurück. Dort, wo seine Arme gelegen hatten, berührte jetzt kalte Nachtluft ihre Haut. »Ich muss gehen«, sagte er leise. Sein Atem ging schwer, als er seine zitternden Hände um ihr Kinn legte.

Wie benommen wandte sich Callie ab und hörte die Wohnungstür ins Schloss fallen. O Gott!, dachte sie und presste die Hand gegen ihren Mund. Was war passiert? Sie hatte nicht gewollt, auf diese Weise zu empfinden, für niemanden. Es war zu früh. Viel zu schnell. Doch da war diese unerwartete, nicht wegzuredende Reaktion, die er in ihr wachgerufen hatte, und sie war nicht fähig gewesen, sie zu ignorieren.

Später, als sie im Bett lag, das Zimmer nur erhellt vom Schein der Straßenlaternen, schnitt sich die Enttäuschung einen schmerzlichen Weg durch ihre Brust und sammelte sich schließlich in ihrem Schoß. Dort saß er, ein sehnsuchtsvoller Schmerz, der Callie daran erinnerte, dass es Wochen her war seit diesem letzten Mal mit Stuart. Und dass sie eine lebenssprühende erwachsene Frau war, die mehr wollte.

KAPITEL 30

Am Montagabend tauchte Stuart unerwartet bei Callie auf und drückte ihr ein Bündel Briefe in die Hände. »Danke«, sagte sie und notierte sich im Geiste, am nächsten Morgen als Erstes zur Post zu gehen und ihre neue Adresse anzugeben.

Unaufgefordert schaute er sich die Wohnung an. »Wenigstens ist sie ein wenig repräsentabler als das letzte Mal, als ich sie gesehen habe.«

Sie verkniff sich eine scharfe Erwiderung und den Drang, ihm auf wenig höfliche Art zu sagen, dass er gehen sollte. Aber das Problem mit der Wohnung musste geklärt werden, und je zügiger sie alles regelten, umso eher konnte Callie den Kontakt zu ihm abbrechen.

»Ich bekomme noch ein paar Möbel«, sagte sie deshalb nur.

»Ich weiß, dass Bonnie und Freya das Haus verkauft haben. Am Zaun hängt ein großes ›Verkauft‹-Schild.«

»Hattest du in der Gegend zu tun?«

Stuart zuckte die Achseln. »Auf dem Weg hierher habe ich bei ihnen reingeschaut und hallo gesagt.«

»Wirklich?«

Sosehr sie es auch versuchte, sie konnte den Zynismus nicht aus ihrer Stimme verbannen. Stuart hatte sich nie die Mühe gemacht, sich in ihre Familie einzubinden, was also ging da vor?

»Ich habe einen Besuch gemacht, um mich zu entschuldigen, wenn du es unbedingt wissen willst. Ich habe deiner Mutter gesagt, was für ein Arschloch ich gewesen bin, auch wenn ich nicht genau dieses Wort benutzt habe. Und ich habe ihr gesagt, wie sehr ich dich brauche und dass ich dich zurückhaben …«

Ungläubig sah Callie ihn an »Du willst was?«

»Komm nach Hause, Cal«, bat er. Er trat auf sie zu und nahm ihre Hand. »Wir können das alles klären.«

Der Schock machte Callie sprachlos. Sie stand da, reglos, und starrte ihn an, während sie versuchte, die seltsamen Worte zu begreifen, die aus seinem Mund kamen.

»Wir können heiraten, eine Familie gründen, wenn es das ist, was du willst«, fuhr er fort. »Ich hätte nichts dagegen.«

»Nein!«

Sie entriss ihm ihre Hand. Seine Berührung verursachte eine Gänsehaut.

»Prim bedeutet mir überhaupt nichts«, sprach er beharrlich weiter; seine Stimme hatte sich gehoben. »Du bist die Frau, die ich will. Es warst immer nur du.«

»Du bist unglaublich!«

»Ich liebe dich.«

Sie wandte sich von ihm ab und ging zum Fenster. Dort blieb sie stehen, drehte sich um und lehnte sich gegen die Fensterbank, während sie Stuart ansah. Ihre Hände zitterten unkontrolliert. Rasch hob sie die Arme und verschränkte sie wie eine Barriere vor der Brust, ihre bebenden Hände verbarg sie in den Achselhöhlen. »Ich möchte meinen Anteil vom Geld an der Wohnung haben.«

»Und was ist, wenn ich sie nicht verkaufen will?« Er klang plötzlich wütend, kriegerisch.

»Du kannst mich auszahlen. Hör zu, mir ist wirklich egal, was du machst. Die Entscheidung liegt bei dir. Ich werde einen Grundstücksmakler beauftragen, sich die Wohnung anzusehen und den Wert zu schätzen. Und jetzt würde ich es vorziehen, dass du gehst.«

Stuart starrte sie sekundenlang an, seine Lippen waren zu einer harten Linie zusammengepresst. Callie wusste, dass er wütend darüber war, weil sie ihn so leicht fortschickte. »Dann mach doch, was du willst«, schnappte er. »Aber sag nicht, ich hätte nicht versucht, die Sache wieder einzurenken.«

Noch Minuten, nachdem er gegangen war, kämpfte sie gegen ihren Zorn an. Dieser Heuchler! Wie konnte er es wagen, hierherzukommen und zu erwarten, dass sie alles fallen ließ und zu ihm zurückgelaufen kam? Er musste verrückt sein! Oder dumm!

Ich liebe dich.

In der Vergangenheit hätte sie an manchen Tagen alles darum gegeben, Stuart diese Worte sagen zu hören. Aber jetzt kamen sie zu spät, waren zu leicht dahingesagt, und sie bedeuteten nichts.

Die Woche hatte mit schlechtem Wetter begonnen, der Himmel war wolkenverhangen, und immer wieder regnete es leicht. Das Meer nahm die graue Farbe des Himmels an, und der Horizont verlor sich im Dunst der salzigen Gischt. Callie schaute aus dem Wohnzimmerfenster, vorbei am regennassen Balkon und der Reihe der windgepeitschten Pinien entlang der Promenade. Sie rümpfte enttäuscht ob des Wetters die Nase und setzte sich wieder an den Schreibtisch.

Michaels Buch, das Einzelheiten über den Aufbau und die Aktivitäten des *11th Field Company Engineers* enthielt, entpuppte sich als wahre Goldmine an Informationen. Bens Briefe an Hannah, geschrieben entsprechend den strengen Zensurrichtlinien jener Zeit, trugen normalerweise den Vermerk »Irgendwo in Frankreich« und gaben keinen Hinweis auf seinen tatsächlichen Aufenthalt zu der Zeit. Unter Verwendung des offiziellen Handbuchs und relevanter Daten gelang es Callie, seine Aufenthaltsorte herauszufinden, zuerst in der Gegend um Armentières, dann in Ypern in Belgien. Während der letzten Schlachten des Krieges war die Kompanie dann nach Süden verlegt worden, an die Somme und nach Amiens.

Im Buchladen erstand Callie eine Landkarte des nördlichen Frankreichs, die den größten Teil Flanderns und der Picardie umfasste. Einen ganzen Nachmittag verbrachte sie damit, mit einem Leuchtstift die Route zu markieren, die Ben und seine Kompanie genommen hatten. Es war eine zeitraubende Arbeit. Obwohl die Karte sehr detailliert war, existierten viele der kleinen Dörfer, durch die die Soldaten während des Krieges gekommen waren, entweder nicht mehr, oder sie waren zu klein und daher nicht eingezeichnet worden. Trotzdem hatte sie nach einigen Stunden eine ungefähre Vorstellung vom Verlauf seines Weges.

Das Bedürfnis, ihre Stunden mit Arbeit zu füllen, war wie ein Zwang, und mit den Briefen, den Karten und dem Buch hatte Callie eine Menge Material, um gut voranzukommen. Konnte sie nachts nicht schlafen, schaltete sie den Computer an und schrieb, bis die Worte auf dem Monitor zu schwarzen tanzenden Punkten wurden. Sie wusste, dass sie an diesem neuen Buch, das so schnell auf die Vollendung des vorigen folgte, zu hart arbeitete, dass sie sich selbst antrieb und damit versuchte, die Ereignisse und Erinnerungen an die letzten Wochen auszublenden.

Von Zeit zu Zeit wanderten ihre Gedanken zurück zum letzten Samstagabend mit Michael, und zu jenem kurzen unerwarteten Moment von sinnlicher Bewusstheit und dem Stich der Enttäuschung, den sie fast wie einen körperlichen Schmerz empfunden hatte, nachdem er gegangen war. Ich habe ihn gewollt, gestand sie sich ein, und das nicht einfach nur als Freund.

Im Laufe der Woche rief Bonnie an. »Ich stecke bis zum Hals in der Packerei«, sagte sie mit einem Lachen. »Mir war gar nicht klar, wie viel Gerümpel sich über die Jahre angesammelt hat.«

»Die Freuden eines Umzugs. Eine gute Gelegenheit, um zu entrümpeln, Mum.«

»Das sagt Freya auch. Was tust du gerade?«

»Schreiben.«

»Ich dachte, du wolltest ein paar Wochen frei machen?«

»Wollte ich auch. Aber dann hatte ich eine glänzende Idee.«

Callie legte ihr das Konzept des neuen Buches dar: Hannahs und Bens Briefe, die Einbindung der Tagebucheinträge vor dem Hintergrund der offiziellen Kompanie-Berichte. »Ich war so begierig darauf, damit anzufangen, dass ich den Plan, ein paar Wochen nichts zu tun, aufgegeben habe.«

»Ich weiß nicht«, wandte Bonnie zögernd ein. »Ich frage mich, wie Hannah darüber denken würde, dass du ihre Briefe der Öffentlichkeit zugänglich machen willst. Es ist eine private Korrespondenz. Ich kenne die Briefe nicht, aber das alles scheint mir irgendwie doch sehr persönlich zu sein.«

»Ich weiß. Genau das habe ich auch gedacht, als ich damit anfing, die Briefe zu lesen. Es war wie das Eindringen auf heiligen Boden, eine Art Voyeurismus. Und du hast recht: Sie *sind* persönlich und intim.«

»Warum dann damit weitermachen?«

»Weil es um mehr geht als um nur diese Briefe. Es geht um die Geschichte von Hannah und Ben und die Tausender anderer Paare. Es ist eine Geschichte über die Liebe unter verzweifelten Umständen, über die Hoffnung und die Kraft und den ungebrochenen Glauben an das, was gut und wahr und richtig ist.«

»Du sprichst sehr leidenschaftlich darüber.«

»Vielleicht war es kein Zufall, dass ich die Briefe und das Tagebuch gefunden habe. Vielleicht *sollte* ich dieses Buch schreiben. Hannah hätte den Inhalt dieses Koffers vor ihrem Tod vernichten können, aber sie hat es nicht getan. Warum nicht?«

»Ich weiß es nicht, Cal«, erwiderte ihre Mutter. »Und irgendwie frage ich mich, ob es so viele Jahre später wirklich noch wichtig ist.«

Sie gingen zu allgemeineren Themen über, und Bonnie fragte nach Michael und Timmy, nach der Wohnung, und sie versprach, später in der Woche eine Kiste mit Küchenutensilien vorbeizubringen, die sie nicht mehr brauchte. »Bis bald dann. Auf Wiedersehen, Liebes.«

Das Telefongespräch hatte sie beim Schreiben unterbrochen. Vorerst abgelenkt, wanderte sie durch die Wohnung, richtete hier ein Kissen, dort einen Teppichläufer, ehe sie die Kaffeemaschine anstellte, um sich eine Tasse Kaffee zu machen. Dann stand sie mit dem Becher in der Hand vor Hannahs Koffer.

Abgesehen davon, dass sie die schon gelesenen Briefe eifrig in die entsprechenden Computerdateien eingegeben hatte, lag es einige Wochen zurück, seit sie sich mit diesen Stapeln vergilbter Korrespondenz befasst hatte, und sie vermisste inzwischen schon die Faszination, die diese Briefe auf sie ausübten. Michael, das wusste sie, war auch beschäftigt gewesen und hatte kaum Gelegenheit gehabt, mit dem Tagebuch weiterzukommen. Was war mit Hannah und Ben geschehen? Neugierig nahm Callie den Stapel mit den ungelesenen Briefen von ganz oben aus dem Koffer und setzte sich auf das Sofa vor dem Fenster.

Der erste Umschlag enthielt eine Postkarte, die die Aufschrift »Kaiser Wilhelm II im Felde« trug. Darauf abgebildet war ein ernstblickender Deutscher, der einen Mantel mit Pelzkragen trug und einen kuppelförmigen Helm aus Stahl. Auf der Rückseite standen abgedruckt die Verse von »Das Kaiserlied«.

Es gab noch weitere Postkarten. Callie sah sie flüchtig durch: ein weiterer ernst dreinschauender Herr, General von Kluck; Gruppen von Soldaten in voller militärischer Aufmachung; und deutsche Wasserflugzeuge, die im Tiefflug über eine englische Flotte hinwegglitten.

Vorsichtig zog sie Bens Begleitbrief dazu heraus. Das Papier war dünn und brach an den Rändern.

Die mit Bleistift geschriebenen Worte waren kaum noch lesbar.

Liebste Hannah,
ich male mir die ganze Zeit aus, zu dir nach Hause zu kommen und wie glücklich ich sein werde, eine so liebende Ehefrau und einen so wunderbaren kleinen Sohn zu haben. Wir werden ein Haus voller Kinder haben, als Spielkameraden für Nick. Was meinst du?
Man erzählt sich, dass der Krieg bald zu Ende sein wird. Der

Fritz ist auf der Flucht, und wir sind dicht hinter ihm. Die Deutschen zerstören auf ihrem Rückzug alles, was ihnen in den Weg kommt. Häuser, Wälder, Straßen. Was für ein entsetzlicher Verlust!
Ich denke oft an Tom und Spud und an all die anderen Kameraden, die nie wieder nach Hause zurückkommen werden, die in der Erde des Landes begraben liegen, für dessen Rettung sie gekämpft haben. Besonders denke ich an all die namenlosen Gräber, diese engen Gruben, in denen die Söhne unbekannter Mütter liegen, die Ehemänner und Herzallerliebsten so vieler Frauen.
Ich hatte das Glück, diese Woche zwei deiner Briefe zu bekommen. Sie sind das Einzige, was mich in dieser verrückten, wahnsinnigen Welt bei Verstand bleiben lässt. Berichte mir alles, was dir widerfährt, mein Liebling, wie klein und unbedeutend es dir auch scheinen mag. Die vergleichsweise Normalität deines Lebens hilft, die himmelschreiende Unanständigkeit abzuwehren, deren Zeuge wir hier werden.
Ich werde dich immer lieben,
Ben.

Ich werde dich immer lieben: Die gleichen Worte standen in dem Hufeisen.

Callie ging an ihren Schreibtisch, nahm die beiden Hälften aus der oberen Schublade und fügte sie zusammen. Sie starrte auf die Gravur: Worte, geschrieben vor mehr als achtzig Jahren, eine Erklärung uneingeschränkter Liebe.

Das Hufeisen war ihr noch immer ein Rätsel. Wie war Michaels Vater in den Besitz der Hälfte gelangt, die Hannah gehört hatte? Wie war es unter die Sachen seines verstorbenen Vaters geraten?

Sie wusste es nicht. Aber das Wichtige war, dass es Michael zu dem Haus in der Brunswick Street geführt und sie zusammengebracht hatte, zwei Menschen, die sich sonst nie begegnet wären.

Am Freitagmorgen rief Anthony, ihr Agent, an und teilte ihr das Erscheinungsdatum ihres kürzlich beendeten Buches mit. »Und das ist noch nicht alles«, fügte er hinzu. »Eines der führenden Frauenmagazine erwägt, es in gekürzter Fassung und als Fortsetzungsroman abzudrucken.«

»Großartig. Ich kann das Geld gebrauchen.«

»Es besteht auch eine Chance, dass ein nationaler Radiosender ein Live-Interview mit dir senden will. Es soll in einigen Wochen an einem Samstagnachmittag stattfinden, aber ich werde dich informieren, sobald ich den genauen Termin habe. Sie richten ihren Fokus jede Woche auf einen australischen Schriftsteller. Es ist *die* Chance für etwas Publicity, da wir jetzt auch das Erscheinungsdatum wissen.«

»Das klingt wunderbar. Wann wirst du mir Bescheid geben?«

»Ich muss erst rückfragen und sehen, ob ich noch mehr Einzelheiten erfahre. Ich werde dich morgen Abend anrufen.«

Sie hatte kaum den Hörer aufgelegt, als das Telefon erneut klingelte. Es war Michael.

»Ich dachte, ich könnte heute Nachmittag nach der Arbeit mal vorbeischauen. Ich bin diese Woche gut mit dem Tagebuch vorangekommen, und es gibt einige Dinge, die dich, glaube ich, interessieren werden. Aber nur, wenn du Lust dazu hast«, fügte er hinzu. »Wir könnten aber auch zum Abendessen ausgehen, wenn dir das lieber ist.«

»Ich kann nicht«, erwiderte Callie, ein wenig enttäuscht darüber, dass sie das Angebot ablehnen musste, abends auszugehen. »Ich erwarte einen Anruf von meinem Agenten. Aber warum kommst du nicht her? Ich würde mir sehr gern deine Notizen ansehen, und wir können uns eine Pizza bestellen.«

»Klingt gut. Dann komme ich gegen sechs.«

Es wurde halb sieben, bis er bei ihr eintraf. Er trug zwei Flaschen Wein und eine Aktentasche und ereiferte sich über den Straßenverkehr, der an einem späten Freitagnachmittag auf dem Highway herrschte. Callie erwartete ihn an der Tür, und er küsste sie flüchtig auf die Wange. »Gute Woche gehabt?«

»Mmmm. Eher ziemlich hektisch. Ich habe ernsthaft mit dem Buch angefangen, und es macht mir wirklich großen Spaß. Was gibt's bei dir?«

Michael grinste. »Ach, nur das Übliche, du weißt schon. Ich kann mich nicht beklagen. Niemand hört mir zu.«

Er öffnete eine Flasche Wein, während Callie ein Tablett mit Nüssen und Chips herrichtete. Dann saßen sie im Wohnzimmer auf dem Boden, und Michael zog die Aktentasche zu sich heran, die mit Bögen von Papier gefüllt war, die bald verstreut auf dem Teppich lagen.

»Dies wird von Interesse für das Buch sein«, sagte er. »Es ist eine Straßenkarte von Ypern aus dem Jahre 1917. Und ich habe auch eine Karte vom Wald bei Ploegsteert gefunden, mit den eingezeichneten Schützengräben. Sie steckten hinten im Tagebuch.«

Callie griff nach der Europa-Karte und zeigte Michael die markierte Route, die Bens Kompanie genommen hatte. »Laut dem Büchlein, das du letztes Wochenende hier gelassen hast, sind sie bis in die Nähe von Ypern gekommen, gegen Ende des Krieges.«

»Also fast dorthin zurück, wo es losgegangen ist«, vermutete Michael.

Irgendwann schaute Callie hoch auf die Wanduhr und stellte erstaunt fest, dass die Stunden wie Minuten vergangen waren. Es war inzwischen schon nach acht, und draußen war es dunkel geworden. Sie telefonierte rasch mit einem Pizza-Lieferservice, legte ein sauberes Tischtuch auf und nahm noch eine Flasche Wein aus dem Kühlschrank.

Michael tauchte neben ihr auf. »Ich werde die Flasche öffnen«, sagte er und griff danach. Für den Bruchteil einer Sekunde berührten sich ihre Finger, und als Callie ging, um die Gläser zu spülen, stellte sie überrascht fest, dass ihre Hände zitterten.

Die Pizza war gut, der Wein köstlich, und Callie öffnete eine dritte Flasche. Danach gingen sie zu Kaffee und einer Flasche Portwein über, die sie noch ungeöffnet ließen. Callie verglich aufmerksam die Anmerkungen im Tagebuch mit den Landkarten. Letztere befanden sich in überraschend gutem Zustand. Sie waren auf hochwertigem, dickem Papier gedruckt, und sie würden sich in dem Buch ganz wunderbar machen.

Als sie den Kopf hob, um noch einen Schluck Kaffee zu trinken, merkte sie, dass Michael sie mit einem amüsierten Ausdruck auf dem Gesicht betrachtete. »Ja, ich weiß«, sagte sie und erwiderte sein Lächeln. »Ich bin wie ein Kind an Weihnachten. Aber all dieses Material einsehen zu können ist einfach unglaublich, nach so langer Zeit. Findest du nicht auch?«

»Absolut. Und es war es wert, die Sachen heute Abend herzubringen, allein schon um deine entzückte Miene zu sehen.«

»Wirklich? Ich meine, ist es so offensichtlich?«

Er lachte, und in dem Gefühl dieser verbindenden Nähe bezwang Callie den Impuls, zu ihm zu gehen und die Arme um ihn zu legen. Stattdessen schloss sie die Hände um ihre Kaffeetasse und starrte angestrengt auf die dampfende Flüssigkeit. Als sie später die leeren Tassen in die Küche getragen hatte, blieb sie an der Anrichte stehen, um tief durchzuatmen. Entspann dich, sagte sie zu sich. Sie bemühte sich, ruhig zu erscheinen, als sie ins Wohnzimmer zurückging.

Michael war inzwischen draußen auf dem Balkon. Er stand da, die gebräunten Arme ausgestreckt, die Hände auf dem Geländer, während er den Blick auf den dunklen Strand und das schwarze Meer dahinter richtete. Es war windig, und sein Hemd presste sich gegen seinen Körper, blähte sich und schloss sich wieder um seinen Nacken und seine breiten Schultern.

Callie ging lautlos über den Teppich und hinaus zu ihm auf den Balkon. Der Wind griff nach ihren Haaren. Sie spürte, wie es hochgehoben und um ihr Gesicht geweht wurde, wie es ihre Wangen mit der sanftesten Berührung streichelte. Der Geruch nach Salz lag in der Luft. Ein Stück die Promenade herunter ertönte eine Autohupe, ein Missklang in der Stille.

Sie blieb stehen und lehnte sich mit dem Rücken gegen die offene Tür, plötzlich unfähig weiterzugehen. Zehn Schritte noch, und sie würde neben ihm sein, doch ihre Füße weigerten sich, sie dorthin zu tragen. Aus einem unerklärlichen Grund hatten ihre Hände wieder zu zittern begonnen, und Callie verschränkte die Arme vor der Brust.

Als hätte er ihre Nähe gespürt, wandte Michael sich um; ein amüsierter, aber auch fragender Ausdruck lag auf seinem Gesicht.

»Callie?«

Irgendwie reagierten ihre Füße jetzt, und sie ging auf ihn zu. Ein Schritt, zwei, jeder einzelne brachte sie näher zu ihm. Sie legte die Wange gegen seine Brust, und seine Arme schlossen sich um sie. Der schwache Duft nach seinem Aftershave hüllte sie ein, als er seinen Mund auf ihr Haar drückte.

Mit einem plötzlichen Beben hob sie das Gesicht, und ihre Finger glitten wie von selbst in seinen Nacken. Seine Hände schlossen sich um ihr Kinn, als er sich zu ihr beugte und sein Mund Küsse auf ihre Stirn, ihre Wangen und ihre Lippen hauchte.

Sie war sich jeder Einzelheit bewusst: wie süß er schmeckte; sein Aftershave; der Wind, der die Musik einer Band herantrug, die im Pub ein Stück die Straße herunter spielte; der tiefe Bass der Trommeln, der zu ihrem eigenen wilden Herzschlag passte.

Das Begehren war zu einem Schmerz geworden, tief in ihrem Schoß, und die Intensität, mit der Michael auf sie reagierte, sagte ihr, dass er ebenso empfand. Sie hatte das Gefühl, hochgehoben und davongetragen zu werden. Ein Prickeln lief ihren Rücken entlang, als sie sich an ihn klammerte und durch sein Hemd die Hitze seines Körpers spürte.

»O Callie«, flüsterte er, und seine Stimme klang wie ein langes, von Sehnsucht erfülltes Seufzen. Diese Sehnsucht kam aus einer fernen Vergangenheit, die unerklärlich mit der Gegenwart verwoben war und Zukunft wurde. Sie kam herbei auf dem Wind, umhüllte sie ganz und versicherte ihr, dass das, was geschehen würde, richtig war. Denn sie wusste mit absoluter Endgültigkeit, dass sie machtlos war, sich zurückzuhalten, selbst wenn sie es gewollt hätte.

Als Callie aufwachte, war das Schlafzimmer schwach erhellt von den Straßenlaternen unten auf der Promenade. Michael lag zusammengerollt an ihrem Rücken, sein Arm ruhte auf ihrer Hüfte, und seine Hand lag auf ihrem Bauch.

Sie streckte sich und drehte sich auf den Rücken.

»Wach?« Er stützte sich hoch auf den Ellbogen.

Die Luft fühlte sich kalt an auf ihrer Haut, dort, wo seine Hand eben noch gelegen hatte. »Mmmmm.« Es machte Mühe zu sprechen – ihr Körper, ihre Muskeln, jeder noch so kleine Teil von ihr war lethargisch vom Schlaf. Träge hob sie die Hand, wollte etwas bewahren von der ungewohnten Intimität und strich im Dämmerlicht mit der Fingerspitze über seinen Mund.

»Woran denkst du?« Seine Stimme klang tief, und er wirkte amüsiert.

Ein Lachen überzog ihr Gesicht. »Keine Reue, wenn du das meinen solltest.«

»Du kennst mich schon zu gut!« Er seufzte theatralisch und beugte sich dann über sie, um sie fest auf den Mund zu küssen. »Allerdings glaube ich«, fügte er nach einem Augenblick des Zögerns hinzu, »dass du das alles irgendwie geplant hast.«

»Habe ich vielleicht vorher einen Protestschrei gehört, einen ganz leisen?«

»Nein.«

Michael lächelte, und eine Welle der Zärtlichkeit überströmte sie, eine warme Flut des Entzückens gemischt mit einem Glück, das irgendwo in ihrer Brust saß, und das machte, dass sie sich herrlich fühlte. Das Fenster stand offen, und eine leichte Brise blähte die Vorhänge. Unten auf der Straße zog eine Gruppe Teenager vorbei, deren lautes Reden und Lachen allmählich leiser wurde.

»Möchtest du noch einmal so alt sein?«

Seine Frage überraschte und überrumpelte sie. »Nein. Eigentlich nicht. Und du?«

»Manchmal. Es gibt Tage, da sehe ich Timmy an und wünsche mir, ich wäre noch einmal so unschuldig, so uneigennützig. Kein

Zynismus. Kein Argwohn. Nur diese kindliche Bereitschaft, das Leben anzunehmen.«

»Ich denke, das Beste an dieser Zeit war, keine Verantwortung zu haben. Man konnte es den anderen überlassen, sich um die betrüblichen Dinge des Lebens zu kümmern, wie Rechnungen bezahlen und sich fragen, wann der nächste Scheck kommen wird.«

Sie war sich seiner Nähe überdeutlich bewusst, seines Mundes, seiner Männlichkeit, des sandfarbenen Haars, das ihm in die Stirn fiel. Und sie war sich seiner Nacktheit bewusst, der zerwühlten Laken, die am Fußende des Bettes lagen, als stumme Zeugen ihrer leidenschaftlichen Liebe einige Stunden zuvor.

»Aber auch aus nachträglicher Sicht ist es schwer zu sagen, was ich anders machen würde, wenn ich die Chance dazu hätte«, fügte er hinzu und strich ihr eine Haarlocke von der Wange.

Es war nur eine hauchzarte Berührung, kaum spürbar, doch sie spiegelte die Intimität zwischen ihnen wider. »Es tut mir nicht leid, dass ich Gaby geheiratet habe«, fuhr er fort. »Es war nicht alles nur Traurigkeit und Tränen. Es gab auch viele glückliche Momente. Und ohne diese Ehe würde es Tim nicht geben.«

»Er ist dir sehr wichtig, nicht wahr?«

»Ja. Und du bist das auch.«

Die Luft schien wie gefangen in ihren Lungen, und für einen Augenblick fiel es Callie schwer zu atmen. Sie und Michael hatten die intimste, zärtlichste aller Vereinigungen miteinander erlebt, doch von keinem von ihnen hatte es Erklärungen gegeben. Reine Lust, würde Jill sagen, und, oberflächlich betrachtet, hätte Callie ihr zugestimmt.

Sie hatte Michael begehrt, hatte sich nach seiner Berührung gesehnt, aber aus welchem Grund? Aus Liebe? Oder aus dem Wunsch heraus, sich begehrt zu fühlen, begehrenswert zu sein? Oder hatte sie gewollt, dass er diese letzten schrecklichen Bilder von Stuart aus ihrem Gedächtnis löschte? Doch es waren auch andere, weniger erklärbare Gefühle mit dabei gewesen, Gefühle, die verborgen lagen, uneingestanden, die irgendwie zu tun hatten mit Hannah und Ben, den Tagebüchern und den Briefen.

Was war es, was sie für Michael empfand?

Unentschlossen biss sie sich auf die Lippen. »Auf welche Weise bin ich dir wichtig?«, fragte sie schließlich, nachdem sie ihre Fassung wiedergewonnen hatte.

Michael schwieg einen Moment, als sammelte er seine Gedanken. »Seit ich dir begegnet bin, seit diesem ersten Tag im Haus in der Brunswick Street, habe ich gefühlt, dass ich dorthin gehöre, als würde ich heimkommen. Du, das Haus ...«

Er schwieg und lächelte sie an. Er hat so ein liebevolles Lächeln, dachte sie und küsste ihn auf Mund.

»Ich dachte bei mir, dass du klug bist und intelligent und hübsch. Und in einem Augenblick von Wahnsinn dachte ich sogar, du empfindest auch etwas für mich.«

Wieder erfasste sie ein Gefühl der Unsicherheit. Was genau fühlte sie? Sie rückte von ihm ab und nickte bestätigend.

Er lachte und zog sie wieder an sich. »Wahrscheinlich hältst du mich für verrückt. Und wenn man darüber nachdenkt, dann war das alles auch ein bisschen verrückt – dass ich dieses halbe Hufeisen hatte und gedacht habe, es könnte irgendeine Verbindung zwischen uns geben. Aber das kümmert mich nicht«, fügte er hinzu, als er kleine, verspielte Küsse auf ihre nackten Schultern hauchte, die ihre Haut zum Prickeln brachten. »Es hat mich zu dir gebracht. Vielleicht war das so vorherbestimmt, wie in einem großen Plan, oder es war nur ein Zufall, der aber schicksalsentscheidend ist.«

Er verstummte und betrachtete Callie nachdenklich. Die Haarsträhne, die über seine Stirn fiel, ließ ihn jungenhaft und schüchtern wirken. »Willst du, dass ich ehrlich bin?«

»Ja«, sagte sie fest und nickte bekräftigend.

»Seit Gaby und ich getrennte Wege gehen, hat es niemand Besonderen für mich gegeben. Ich bin einsam, und ich empfinde etwas für dich. Bitte mich nicht, es zu erklären, ich weiß nur, dass dieses Gefühl da ist. Ich will mehr als nur eine platonische

Freundschaft. Und jetzt, da wir beide ungebunden sind, gibt es keinen Grund, es noch länger zu verstecken.« Er hob die Hände, eine Geste des Sichergebens, und lächelte reuig. »Ich kann nicht ehrlicher sein als das.«

Langsam bewegte er seine Hand nach unten, strich über ihren Bauch, ihre Brüste. Ihr Körper antwortete sofort. Spuren von Feuer brannten dort, wo seine Finger sie berührt hatten, und Callie wandte sich ihm zu, legte die Hände um seinen festen Po und zog Michael verlangend an sich.

KAPITEL 31

Ein Strom von Trauergästen kam in das Haus in der Brunswick Street, die ihr Beileid bekunden wollten. David und Enid Corduke saßen steif in dem dunklen Wohnzimmer, dessen Vorhänge als Zeichen der Ehrerbietung und Trauer geschlossen worden waren. Das Telegramm, ordentlich gefaltet und zurück in den Umschlag gesteckt, lag auf dem Kaminsims: der Beweis für Toms Tod.

Hannah hielt Enids Reaktion für gestellt. Sie hatte viel Wirbel um Toms Registrierung gemacht, und Hannah hatte erwartet, von ihrer Schwägerin wieder und wieder die Worte zu hören zu bekommen: »Ich hab's ja gesagt«. Doch nichts dergleichen geschah. Enid war dünn, blass und in sich gekehrt, und Hannah glaubte auch, sie hätte an Gewicht verloren. Enid zeigte wenig Interesse am Haushalt, und der Garten befand sich in einem vernachlässigten Zustand. Die Blumenbeete waren von Unkraut überwuchert, die Sträucher mussten geschnitten werden. Selbst die Akazien entlang dem Bachufer sahen düster und seltsam leblos aus.

Auch David wirkte sehr geistesabwesend und verschlossen und gar nicht so, wie man ihn kannte. Hannah war bereits seit einigen Tagen zu Besuch, als ihr Bruder sie zur Seite nahm, während Enid sich ausruhte, und sie ins Wohnzimmer führte. »Wir hatten noch ein Kind«, sagte er und legte die Hände an sein Kinn. Hannah konnte sehen, dass sie schrecklich zitterten. »Aber es kam zu früh, und es gab Probleme. Ein kleines Mädchen. Sie hat nur wenige Stunden gelebt. Enid nimmt es sehr schwer, fürchte ich.«

»Das wusste ich nicht.«

Was blieb zu sagen? Es schien keine Worte zu geben, die den Schmerz ihres Bruders mildern könnten. In diesem Moment schien der Tod allgegenwärtig zu sein. Doch es war nicht Tom, um den Enid trauerte, das wusste Hannah jetzt, sondern sie trauerte um ihr eigenes Kind, das sie verloren hatte.

Gott sei Dank, dass sie selbst noch Nick hatte.

In der Küche beschäftigte Hannah sich damit, endlos viele Scones zu machen und zahllose Kannen Tee zu kochen. Gedanken an Tom, auf seltsame Weise vermischt mit Bildern eines winzigen Babys, Enids verlorener Tochter, schlichen sich willkürlich in ihr Bewusstsein ein und brachten sie ständig dazu, plötzlich zu weinen. Trotzdem lächelte sie dankbar die Besucher an, wenn es erforderlich war, und nahm die Beileidsbekundungen entgegen, die Speisen und die Kuchen, die sie mitbrachten. »Es ist so gut, dass du nach Hause gekommen bist, um dich um David und Enid zu kümmern«, sagten sie. »Die beiden brauchen dich jetzt.«

Nach außen hin meisterte Hannah ihre Rolle; sie gab die richtigen Antworten und war ganz die pflichtbewusste Schwester. Innerlich jedoch war auch ein Teil von ihr wie tot, denn sie vermisste Tom entsetzlich. »Geht weg!«, wollte sie schreien. Alle noch so wohlmeinenden Worte dieser Welt würden ihr den Bruder nicht zurückbringen. Er war gegangen, sie würde ihn nie wiedersehen. Begraben in fremder Erde. Kein Grab in der Nähe, um Blumen darauf zu legen. Kein Ort zum Trauern, zum Weinen.

Und so verschloss Hannah die Tränen in sich, wischte Staub

und putzte, kochte Mahlzeiten, auch wenn niemand im Haus einen Gedanken fürs Essen übrig hatte. Zupackend und beherrscht hielt Hannah die Räder des Haushalts am Laufen. »Deine Schwester ist ein Geschenk des Himmels«, hörte sie eine Frau zu David sagen.

David und Enids Tochter Lily war fröhlich wie immer, denn sie war noch zu klein, um zu begreifen, was geschehen war. Von Davie war nichts zu sehen. Er war jetzt dreizehn. Im Laufe des letzten Jahres war er hoch aufgeschossen und mager geworden. Auf gewisse Weise ähnelte er Tom. Das dunkle Haar, dieselbe Gesichtsform, seine Gesten – erschreckende, verwirrende Erinnerungen.

Davie war in sich gekehrt und wortkarg und blieb meist für sich; entweder lag er auf seinem Bett und starrte an die Decke, oder er verschwand in Richtung des Baches. Hannah empfand eine gewisse Schuld, weil sie ihn vernachlässigte, aber im Haus gab es so viel zu tun. Am fünften Tag ihres Besuches hatte sich alles ein wenig beruhigt und eingespielt, und sie hatte am Nachmittag ein wenig Zeit zur Verfügung. Während Enid sich ausruhte, machte sich Hannah auf die Suche nach Davie.

Er saß am Bachufer, die Arme um die Knie geschlungen, und starrte auf das Wasser. Er schien zu merken, dass sie näher kam, denn sein Griff um seine Knie spannte sich an, auch wenn er sich nicht umwandte.

»Davie?« Sie hockte sich neben ihn. »Was machst du hier?«

Er zuckte resigniert mit den Schultern. »Ich sitz einfach nur hier und gehe jedem aus dem Weg.«

»Ich habe dich kaum gesehen, seit ich zurück bin. Wir hatten so wenig Zeit zum Reden«, fuhr Hannah fort.

Seine Lippen pressten sich augenblicklich zusammen, und seine Stirn legte sich in Falten. »*Reden!* Über was soll man denn *reden*? Tom ist tot, und nichts wird das ändern!«

Seine Stimme war rau, und Hannah hörte den kaum unterdrückten Zorn darin.

»Du hast recht«, erwiderte sie sanft. »Aber manchmal hilft es, sich an glückliche Zeiten zu erinnern. Es gibt so viele *schöne* Erinnerungen.«

»Gibt es die? Für dich mag das vielleicht in Ordnung sein«, platzte er heraus, während es um seinen Mund unkontrolliert zuckte. »Du bist nicht hier gewesen. Alles, was Mum interessiert, ist ihr *Comforts Fund* und das Rote Kreuz. Dad hat immer in der Bank zu tun. Und immer ist da Lily, Lily, Lily! Nie ist Zeit für mich! Ich könnte ebenso gut gar nicht da sein. Und jetzt ist Tom tot! Keiner kümmert sich darum, wie ich mich fühle, aber er war auch mein Onkel!«

Endlich wandte er sich zu Hannah um, und sie sah die Tränen in seinen Augen.

»Oh Davie.«

Ihre Worte klangen wie ein langes Seufzen, ein Bedauern um all die Dinge, die ungesagt waren. Er kam in ihre Arme und sackte an ihrer Schulter zusammen, während sein Körper von Schluchzern geschüttelt wurde.

Warum hatte niemand das gesehen?

Zurück in der Stadt, setzten bei Hannah die Blutungen wieder ein. Es waren unregelmäßige Blutungen, die sie erschöpft und blass zurückließen.

»Um Himmels willen, geh zu einem Arzt«, mahnte Lottie.

Hannah ging stattdessen zum Apotheker und kehrte mit einer Flasche Eisentonikum zurück.

Das Leben schien in halsbrecherischem Tempo vorbeizurasen. Immer waren Pflichten im Haus zu erledigen, Bettpfannen zu leeren, Bettwäsche zu wechseln, ständig hatte jemand etwas zu murren. Die verwundeten Männer kamen und gingen. Hannahs einzige Zuflucht war Nick, der ihr bedingungslose, absolute Liebe entgegenbrachte.

Sie hatte ihn zwei Wochen nicht gesehen. Selbst in dieser kurzen Zeit schien er gewachsen zu sein. Lachend kam er am folgenden Sonntag auf stämmigen Beinchen auf sie zu, die Arme hochgeworfen. Unfähig, ihre Tränen zurückzuhalten, nahm sie ihn hoch, küsste wieder und wieder sein Gesicht.

In der darauffolgenden Woche kam ein Brief von Ben. Zum Teil war er klar, beherrscht. Dann wiederum konnte sie kaum Sinn in seinen Worten erkennen, als würde auch in seinem Kopf eine Schlacht gekämpft werden.

Ich kann nicht glauben, dass Tom tot ist. Gestern war er noch am Leben, hat mit mir gesprochen. Wir haben darüber geredet, nach Hause zu gehen, und über den Tag, an dem der Krieg vorbei sein würde. Ich frage mich, ob ich das nicht nur geträumt habe. Vielleicht haben wir gar nicht über all das gesprochen, und es war nur meine Einbildung. Manchmal denke ich, der Krieg hört nie auf und wir werden immer so weitermachen, uns töten und abschlachten, bis keiner mehr übrig ist …

Toms Tod war ein Wendepunkt, ein Augenblick, in dem Ben, auf manche Weise, aufhörte, sich zu kümmern. Es gab Tage, an denen der Krieg alles zu verschlingen und mit seinem unermesslichen Schrecken die letzten Spuren seines vorigen Lebens auszulöschen schien. Manchmal glaubte er, Hannah und Nick gäbe es gar nicht und sie wären nichts als ein Produkt seiner reichen Fantasie. Existierten sie tatsächlich? Sicherlich sind ihre Briefe ein Beweis dafür, und auch die Fotografie, dachte er und nahm beides einmal mehr aus seiner Tasche. Das Foto war leicht zerknittert, die Ecken bogen sich hoch. Hannah hielt ihren Sohn, *seinen Sohn*, auf dem Arm, stützte ihn auf ihre Hüfte, während sie unsicher in die Kamera lächelte.

Doch dieser Teil seines Lebens schien jetzt weit weg zu sein, etwas, an das er sich kaum mehr erinnern konnte. Dies hier hingegen war real: Krieg. Töten. Verstümmeln. Ratten raschelten des Nachts durch das Stroh, kletterten die Erdwände der Schützengräben hinauf. Ratten fraßen sich an den Körpern der Toten satt. Leichen lagen umher, dort liegen gelassen, wo sie gefallen waren, weil niemand die Zeit hatte, sie zu begraben.

Als sie endlich wieder von der Front abgezogen wurden, schleppten sie sich über den Hügelkamm, ohne einen Blick nach Westen auf die Kathedrale von Amiens zu werfen. Es war ein schöner Tag, und der tiefblaue Himmel wurde nur durch die zwei deutschen Beobachtungsballons verunstaltet, die in der Ferne schwebten, ganz in der Nähe des Flusses.

In einem offenen Tal westlich von Heilly errichteten sie ihre Unterkunft. Einst hatte hier ein üppig wachsender Obstgarten existiert, jetzt lag er ungepflegt da, und Gras und Unkraut wuchsen um die Baumstämme. Es war Ende Mai. Ein wildes Durcheinander von Stachelbeersträuchern brachte dicke Früchte hervor. Über dem Zelt saß eine Nachtigall auf einem verrotteten Zweig und sang, und der Klang brachte Ben fast zum Weinen.

Er wurde an all die Männer erinnert, die nicht mehr da waren; sie lagen entweder begraben auf meist vergessenen Schlachtfeldern oder waren in die Heimat zurückgeschickt worden. Männer, denen Arme oder Beine fehlten. Männer, die durch das Gas schreckliche Vergiftungen davongetragen hatten. Verwirrte menschliche Wracks, die kaum noch wiederzuerkennen waren, seit er sie das letzte Mal gesehen hatte – als lachende, von Zuversicht erfüllte Soldaten, die vor fast zwei Jahren in dieses Land gekommen waren. Er versuchte, sich an ihre Namen zu erinnern, aber sein Kopf war leer, bis auf einen unerträglichen Schmerz. Wie schnell wir doch vergessen, dachte er.

Aber wollte er sich überhaupt erinnern?

Bei den seltenen Gelegenheiten, zu denen der Schlaf kam, träumte er. Seltsame Bilder blieben in seinem Bewusstsein, lange nachdem er aufgewacht war, Reihen von Männern, die vorbeizogen, gespenstische Gestalten, wie Schemen fast, riesige klaffende Löcher dort, wo ihre Münder hätten sein müssen. Keine Lippen, um vor Schmerz aufzuschreien. Keine Zungen, den Horror auszusprechen. Schweigend marschierten die Männer voran, auch wenn er den dumpfen Klang der Stiefel auf der kreideweißen Erde seiner Träume nicht hören konnte.

Weiter und weiter marschierten sie, ohne ihn anzusehen, als wäre er unsichtbar, ein Geist vielleicht. Oder, fragte er sich, waren es die Geister, die Seelen der Männer, die schon gestorben waren und nun an ihm vorbeimarschierten?

Die Tage vergingen mit dem Reinigen und Reparieren der Ausrüstungsgegenstände und dem Anstreichen von Lastwagen. Alle in der Kompanie sprachen über den berüchtigten deutschen Piloten von Richthofen. Ein Schütze der *Australian Field Artillery* hatte ihn und sein hellrotes Flugzeug mit einem Lewis-Gewehr abgeschossen. Es war ein recht spektakulärer Absturz nahe einer Gruppe von Pionieren gewesen.

Ein Schloss in der Nähe von Heilly wurde das neue Hauptquartier der Kompanie. Ein Teil des Schieferdaches war bombardiert worden, doch die Zimmer darunter waren zum größten Teil bewohnbar. Wunderbarerweise bargen die Kellerräume einen guten Vorrat an Wein.

In dem großen Raum, der vermutlich als Ballsaal gedient hatte, stand ein Klavier, bedeckt von Staub und Spinnweben. Jack klappte zögernd den Deckel hoch und schlug einige Tasten an. Überraschenderweise war es kaum verstimmt.

»Spiel uns was«, forderte einer der Männer ihn auf.

Und so setzten sie sich auf den Boden oder lehnten sich gegen die Wände mit den zerfetzten Tapeten, sangen *Pack up Your Troubles* und *It's a Long Way to Tipperary* und andere Lieder, an die Ben sich, Stunden später, nicht mehr erinnerte, auch wenn sie ihm noch kurz zuvor unerträglich schmerzvolle Erinnerungen zurückgebracht hatten.

Er entfernte sich von der Gruppe und schaute mit müdem Blick in die Zimmer. In einem Schlafzimmer hing noch ein zerbrochener Spiegel an der Wand. Ein Loch in der Mitte, als wäre der Spiegel von einer Kugel durchbohrt worden, breitete sich splitternd bis zu den angeschlagenen Rändern aus. Verwirrt betrachtete Ben sein Spiegelbild. Eingesunkene Augen starrten ihn an; sein sandfarbenes Haar war viel länger, als er es normalerweise trug, und die Wangenknochen standen hervor. Vermutlich hatte er an Gewicht verloren; sicherlich ließ sein Gürtel sich jetzt ein paar Löcher enger schnallen. Er strich sich zögernd mit der Hand über sein Kinn, fühlte die rauen Stoppeln, und die Hand im Spiegelbild tat es ihm gleich.

Benommen taumelte er nach draußen, in die Überreste des Gartens. Mohn und Kornblumen stürmten gegen die Kanten des überwucherten Weges an. Ein Durcheinander von zerfallenen Mauern war wahrscheinlich einmal eine Scheune gewesen. Die Mauern waren verwittert, die Risse in ihnen zu Grau verblasst. Der Schutt wurde stellenweise von Unkraut und von Kletterpflanzen überwuchert und von Büscheln rosafarbener Pfingstrosen.

Die Natur verlangt ihr Recht, dachte er dumpf.

Eine Allee führte von der schief hängenden Hinterpforte zu einem nahen Wald. Sie waren auf diesem Weg gekommen, durch die hohen Tannen, die überwiegend von den Bomben vernichtet worden waren. Am Rand der Baumreihe, an einer Seite begrenzt von einem kleinen Unterholz, war ein Soldatenfriedhof angelegt worden. Sogar aus der Entfernung konnte Ben die weißen Kreuze sehen.

An diesem Abend sahen sie sich in einer alten Scheune einen Film an. Es ging ziemlich rau zu, die Flaschen mit dem Wein wurden hemmungslos geleert. Nach dem Film ging Ben nach draußen und schaute zum Himmel. Es war dunkel über ihm, die Sterne funkelten wie winzige Nadelspitzen. Ein blutroter Mond hing über dem nahen Hügelkamm und warf sein orangefarbenes Licht auf die nackten Felder.

Benommen blickte Ben auf die Landschaft, sein Kopf war leer, weigerte sich, einen Gedanken zu formen. Und später, als er bewusst versuchte, sich auf etwas zu konzentrieren, auf irgendetwas, konnte er sich nicht einmal mehr an den Film erinnern, nicht an ein einziges Bild.

Dieses Gefühl blieb bei ihm, während sie zurückmarschierten in Richtung Front. Das Wetter war herrlich unter dem Mantel des späten Frühlings. Sie marschierten entlang der schnurgeraden staubigen Straße zwischen Albert und Amiens, vorbei an der Stelle, an der die Straße unerwartet einen Bogen um das Schloss von Querrieu machte, entlang an kleinen Seen, die den Wunsch in ihm weckten, sich die Kleider vom Körper zu streifen und in das kühle Wasser hineinzutauchen.

In der Nacht floh ihn der Schlaf, und in seinem Bewusstsein durchlebte er wieder diese letzten kostbaren Stunden in Toms Wohnung vor zwei Jahren. Hannah, die vor dem Feuer sitzt, dessen Schein die Linie ihres Rückens betont, ihres Leibes, ihrer Brüste, ihren Po. Hannah, die in dem schmalen Bett liegt, die weich und biegsam ist und sich ihm öffnet, ihm ihren Körper darbietet wie ein Opfer. Die Erinnerung erzeugte einen Schmerz in seiner Brust, an der Stelle, wo sein Herz sein könnte. Ein Schmerz um die Vergangenheit, um die Zukunft, um etwas, *irgendetwas*, das besser war als das hier.

KAPITEL 32

Zu bald waren sie wieder zurück in den Schützengräben, in der leibhaftigen Hölle. Zurück in Schmutz und Dreck und menschlichen Exkrementen, und einer explodierenden Granate, die Ben veranlasste, in Deckung zu gehen, wobei er sich ungeschickt einen steilen Erdwall hinunterrollen ließ. Als er schließlich auf dem Boden landete und der Staub sich verzogen hatte, versuchte er, sich zu bewegen, doch ein marternder Schmerz hinderte ihn daran.

Jack kam heruntergesprungen, brachte einen Schwall von Erde mit sich. Vorsichtig rollte er Bens Hosenbein hoch. Eine dunkle purpurne Wunde bedeckte den größten Teil des Schienbeins, und wie ein großer Brocken presste sich das Fleisch in einer seltsamen Form heraus.

»Es wird schon gehen.« Optimistisch versuchte Ben aufzustehen. »Hilf mir nur auf.«

Mit Jacks Hilfe stand er schließlich, doch der Schmerz war so heftig, dass er glaubte, in Ohnmacht zu fallen. Für einen Moment glitt seine Welt seitlich davon, dann richtete sie sich wieder aus. Er machte einen Schritt, verlagerte sein Gewicht auf das verletzte Bein und brach mit dem unverletzten zusammen.

»Verdammt«, keuchte er, als Jack ihm zum Sitzen hochhalf. »Ich glaube, es ist gebrochen.«

Im Schutze der Dunkelheit wurde er zum nächsten Verbandsplatz gebracht. Dutzende Männer standen draußen vor dem Zelt Schlange. Ben wartete, bis er an der Reihe war, aber nur, um mitgeteilt zu bekommen, was er ohnehin vermutet hatte. Das Bein war tatsächlich gebrochen, und es würde Wochen, vielleicht Monate, der Ruhe erfordern.

»Du Glücklicher«, rief Jack und sah neidisch aus. »Das ist ein Heimatschuss. Für dich heißt das zurück nach England, alter Bursche.«

Ben versuchte, mit zusammengebissenen Zähnen zu lächeln. »Und du sorgst dafür, dass alles unter Kontrolle bleibt, bis ich wieder zurück bin, okay?«

»Ja, sicher doch«, grinste Jack. »Wir werden die Bastarde schon bei der Stange halten.«

Der Bruch wurde gerichtet, und Ben bekam eine Dosis Morphium gegen den Schmerz verabreicht. Eine holprige Fahrt in der Morgendämmerung in einer Feldambulanz brachte ihn zu einem Truppenverbandsplatz beim nächstgelegenen Bahnhof. Von dort ging es mit dem Zug nach Boulogne.

Begleitet von zwei Zerstörern setzten sie in einer mehrstündigen Fahrt über den Ärmelkanal, oder »The Creek«, wie man ihn gern nannte; die Bestimmungen legten fest, dass jeder Mann an Bord eine Schwimmweste trug, selbst wenn die See ruhig war.

Als sie Boulogne verließen, schaute Ben zurück und war überwältigt von dem Anblick. Die Stadt war von sanft geschwungenen Hügeln umgeben, eine Funkstation lag gerade noch sichtbar auf der Spitze des höchsten von ihnen. Bunt gestrichene Badekabinen säumten die Esplanade an der Strandseite. Zur Rechten lag die Hafeneinfahrt, bewacht vom Büro des Hafenmeisters, und dahinter dehnte sich das Meer mit seinen Wellenbrechern aus. Ein paar Kräne am Kai, die an diesem Tag nicht gebraucht wurden, brüteten in der heißen Sonne.

Auf dem Weg über den Kanal passierten sie einige andere Schiffe, die Truppen nach deren Urlaub zurück nach Frankreich brachten, und von einem Schiff zum anderen wurde fröhlich hinübergerufen und die Hüte wurden geschwenkt. Nach der Ankunft in Portsmouth wurden die Verwundeten zum Sanitätszug gebracht, der zum Waterloo Bahnhof nach London fuhr, von dort ging es dann in einer Armada von Automobilen weiter in das Krankenhaus Nr. 3 in Wandsworth.

Ben verbrachte fast zwei Monate dort, eingeschränkt durch den großen Gipsverband. In der ersten Zeit schlief er fast nur, um Versäumtes nachzuholen, wie er sich einredete, während er an die schlaflosen Tage und Wochen in den Schützengräben dachte, die nur noch eine schreckliche Erinnerung waren.

Die Zeit verging unendlich langsam, in einer Folge untätig verbrachter Minuten und Stunden. Es gab ein Angebot an Büchern, doch Ben hatte nicht die innere Ruhe zum Lesen. Seine Gedanken waren sprunghaft und unstet und erlaubten keine Entspannung. Er bat eine der Stationsschwestern um Papier und Umschläge und schrieb stattdessen an Hannah. Es waren lange Briefe, voller Pläne für ihr Leben: seines, Hannahs und Nicks. *Wenn das alles vorbei ist*, war ein viel benutzter Satz. Während die Wochen vergingen, erlernte er das Gehen an Krücken, mit deren Hilfe er in geübter Leichtigkeit über die Korridore und über die weiten ausgedehnten Rasenflächen wanderte.

Am schlimmsten waren die Nächte. Er wachte zu den verschiedensten Zeiten auf, in Schweiß gebadet und kaum fähig, sich an die verblassenden Bilder seines Albtraums zu erinnern. Die mundlosen Männer marschierten noch immer durch seine Träume, rissen ihn unerwartet und plötzlich ins Wachsein. Dann lag er da, wartete auf den Schlaf und lauschte auf die Geräusche der Stadt und das langsame Rumpeln vorbeifahrender Züge.

Endlich wurde der Gips abgenommen, und Ben verbrachte die folgenden Wochen in der Ausbildungseinheit der Division im Hauptquartier in Codford, worauf sich einige Tage Urlaub in London anschlossen. Wie schön wäre es, Hannah und den Jungen hierherkommen zu lassen, dachte er, als er in der Stadt die Mütter beobachtete, die hochrädrige Kinderwagen über die Gehsteige schoben und die, trotz der knappen Lebensmittel, volle Einkaufstaschen über dem Arm trugen.

Es waren viele müßige Stunden zu füllen, also absolvierte Ben die üblichen touristischen Unternehmungen. Immer wieder dachte er, wie anders es nun war, seit er das letzte Mal hier gewesen war, mit Spud und Tom und Jack. Mit einem Taxi fuhr er zum Trafalgar Square, er sah sich St. James Park und den Buckingham Palace an, er trank reichliche Mengen von *Peter Dawson Scotch* in rauchigen Pubs, die mehr von Frauen als von Männern besucht zu werden schienen.

Langsam schlenderte er durch den Hyde Park und schaute neidisch auf die Paare, die auf den Rasenflächen spazieren gingen. Wieder einmal wurde ihm bewusst, dass er Heimweh hatte, auch wenn er kein Heim hatte, in das er zurückkehren könnte. Alles war fort: sein Vater, die Schmiede, alles, was sein früheres Leben ausgemacht hatte. Nur Hannah war noch da. An manchen Tagen musste er ihre Fotografie aus seiner Tasche nehmen und sie sich ansehen, um sich an ihr Gesicht zu erinnern, und daran, dass sie real war. Trotz der vielen Menschen um ihn herum fühlte er sich einsam, und er hatte das Gefühl, auf etwas zu warten. Aber worauf?, fragte er sich. Auf seine Rückkehr nach Frankreich? Seinen möglichen Tod?

Es war ein trüber Tag, windig und düster, als Ben sich auf den Weg zum Dock von Folkstone machte. Die Abfahrt war ursprünglich auf neun Uhr festgelegt worden, doch sie verzögerte sich. Zwei Stunden lang warteten sie an dem untypisch kalten Sommermorgen frierend darauf, dass die Flut einsetzte. Es herrschte Nebel, der sich nur langsam vom Wasser hob, und die Sicht war nur wenige Yards weit möglich.

An Bord des Schiffes befanden sich überwiegend Soldaten, die aus dem Urlaub zurückkehrten. Die meisten waren recht abenteuerlich angezogen, einige trugen dicke Mäntel, andere Schaffelljacken. Obwohl sie zwei Wochen lang aus der Schusslinie gewesen waren, waren ihre Gesichter hager und ihre Mienen angespannt. In seiner neuen Uniform – die alte war nach seiner Verlegung ins Hospital vernichtet worden –, fühlte Ben sich als Außenseiter.

In Amiens, wo die Männer einige freie Tage genossen, schloss er sich wieder seiner Kompanie an. Viele der Gesichter waren neu. Sergeant Hayes war vermutlich gefallen, denn er wurde seit einem besonders schweren nächtlichen Bombenangriff vermisst. Es überraschte Ben, kurz so etwas wie Trauer um den Mann zu empfinden, trotz der Feindschaft, die zwischen ihnen bestanden hatte.

Jack freute sich, Ben wiederzusehen. Er schlug ihm herzlich auf den Rücken und spendierte ihm im *Hôtel du Rhin* ein paar Drinks. Danach lungerten sie in Madame Carpentiers Buchladen herum, wo Ben einen neuen Vorrat an Briefpapier erstand, während Jack verstohlen die neueste Ausgabe von *La Vie Parisienne* durchblätterte.

Zu bald schon mussten sie zurück an die Front. Über die Landstraße marschierten sie an wogenden Getreidefeldern vorbei, die Ähren schwer von Weizen, eingestreut dazwischen roter Mohn und blaue Kornblumen. Die Luft war voller Vogelzwitschern: Amseln und Lerchen, Elstern und Rebhühner. Winzige Heckenbraunellen flogen tief über die Gräben zu beiden Seite der Straße. Immer wieder leuchtete die Somme vor ihnen auf, deren Lauf von dunklen Baumgruppen angezeigt wurde, hinter denen sich die Kreidehügel erhoben, die Monate später von der *3rd Australian Division* zurückgewonnen werden sollten.

Teilweise erschien die Landschaft unnatürlich leblos und öde unter der sengenden Sonne. Alte, seit langem verlassene Schützengräben webten Linien von weißer, aufgeworfener Erde, die sich durch keimendes Getreide und unter rostendem Wirrwarr von Stacheldraht hinzogen. Es war heiß, und Bens Bein schmerzte beim Marschieren, doch er ging klaglos weiter, auch wenn jeder Schritt zur reinen Qual wurde.

Je näher sie der Frontlinie kamen, desto mehr Truppen begegneten ihnen. Überall waren Männer auf dem Marsch, schwerfällige Panzer rasselten über die schuttbedeckte Erde. Sie waren laut, und sie stanken und wirbelten Staub auf, wenn sie vorüberfuhren. Überwiegend waren es Panzer des Typs *Whippets* und *Mark V.*

Die Männer waren damit beschäftigt, Unterstände in den weißen Kalkboden zu graben. Das Wetter war gut, und sie arbeiteten mit aufgerollten Hemdsärmeln, dankbar für die breitkrempigen Hüte, die die heiße Sonne von ihren ohnehin schon verbrannten Gesichtern abhielten. Sie rackerten sich neben einer Kompanie der *Australian Pioneers* ab, stützten Unterstände mit Holzplatten ab, brachten Schlafkojen an und errichteten gassichere Eingänge. In Villers-Bretonneux zogen sie Stacheldraht zwischen den zerstörten Gebäuden der in Schutt liegenden Stadt. Dort hielt die *3rd Australian Division* die Front, zusammen mit den Franzosen. Die Beziehungen zwischen den beiden Nationen waren sehr herzlich; die Australier tauschten gerne Zigaretten gegen den entsprechenden Anteil *pinard*, französischen Wein, ein.

Zum Spazierengehen nutzte Ben den Wald, der sich hinter den Unterkünften erstreckte. In der Dämmerung wanderte er zwischen Ulmen und weißen Pappeln umher. Hin und wieder flog eine Eule über ihn hinweg, lautlos bis auf das Schlagen ihrer Flügel in der warmen Luft. Der Himmel leuchtete golden, und diese Farbe reflektierte sich in dem einsamen Weizenfeld zur Linken. Aus der Ferne hörte er das gedämpfte Knattern von Gewehren.

Es war dieser Ort, an dem er üblicherweise ein Stück Papier und einen Stift aus seiner Tasche nahm, um an Hannah zu schreiben. Manchmal strömten die Worte nur so. Doch an anderen Tagen stockten sie, denn sein Kopf war voll der Bilder von Toten und Sterbenden.

Heute hatte er sich die Worte schon zurechtgelegt. Stundenlang waren sie ihm durch den Sinn gegangen, hatte er sie im Geiste geformt und wieder umgeformt. Doch jetzt konnte er sie nicht länger in die hinteren Winkel seines Bewusstseins schieben. Sie mussten geschrieben werden, für den Fall, dass irgendetwas passierte. Sie musste es wissen.

Mein Liebling Hannah,
wir gehen wieder zurück an die Front. Es ist sehr beschwerlich hier, und wir alle versuchen, keine Angst zu haben, auch wenn die Angst manchmal fast zu groß ist, um sie ertragen zu können. Der Tod ist hier Teil des Lebens. Ich sehe ihn jeden Tag, in jeder Gestalt. Manchmal, wenn ich fühle, dass ich nicht mehr weitermachen kann, wünschte ich fast, er würde mich von all dem hier fortholen. Dann denke ich an dich, meine Liebe, und ich erinnere mich daran, warum ich lebe.
Die Erinnerung an zu Hause kam oft zu mir in dieser Woche. Die Schmiede. Mein Vater. Das Haus in der Brunswick Street. Vermutlich blühen die Akazien schon. Kleine Bälle aus gelbem Flaum. Wenn sie das nächste Mal blühen, wird dieser quälende Wahnsinn vorüber sein, darum bete ich. Dann bin ich zu Hause bei dir und unserem geliebten Sohn, und wir werden endlich eine Familie sein.
Ich vermisse dich und liebe dich auf ewig
Ben

Er saß auf dem Hügel und las die Worte noch einmal, während das Licht sich erst rosa, dann grau färbte und schließlich erlosch. Das einzige Licht am Himmel war ein helles Flackern am östlichen Horizont.

Erst als der Brief sicher verwahrt in seiner Tasche steckte, ging Ben den Hügel hinunter und zurück ins Lager.

Die Stadt Albert, im August von den Briten zurückerobert, war verlassen, reduziert auf Haufen von rotem Schutt. Die alliierten Armeen hatten jetzt die Schützengräben verlassen und rückten über das weite offene Land zum Osten der Stadt vor, hart auf den Fersen des Feindes, der sich zurückzog. Vor ihnen her bewegten sich die Pioniere, prüften Brücken und Wasserversorgung, Straßen und Markierungen.

Zusätzliche Versorgung kam von höchst überraschenden Stellen. In den deutschen Unterständen entdeckten sie eine Fülle an Kartenmaterial über das Gelände und Extraballen Futter für die Pferde. Das aufgegebene Lager eines Quartiermeisters enthielt jede Menge neuer Unterwäsche und Stiefel. Verlassene deutsche Wagen waren mit Holz, Stahlträgern, Stacheldraht und Wellblech beladen.

Es waren die alten Schützengräben des Feindes, die Ben rasch zu meiden lernte. Dünne Schichten von getrocknetem Schlamm verbargen notdürftig die darunter liegenden Leichen; war man unvorsichtig, sank man unerwartet in verwesendes Fleisch ein, störte man Tausende fetter weißer, sich krümmender Maden. Füße oder Hände ragten aus der Erde, schwärzlich-blau verfärbt und grotesk angeschwollen. Hier und dort stieß man auf einen Unterschenkel, eingehüllt in die Reste einer verrottenden Wickelgamasche.

Trotz all dem, trotz der widerlichen, Übelkeit erregenden Überreste des Krieges erlebte Ben zum ersten Mal seit undenkbar langer Zeit wieder ein belebendes Gefühl von Optimismus.

Der Feind war auf der Flucht, und die Hoffnung bestand, dass bald alles vorbei sein würde. Das Leben würde zur Normalität zurückkehren, und er würde auf seinem Weg nach Hause zu Hannah und Nick sein. Nichts und niemand könnte ihm je wieder etwas anhaben.

Es gab Zeiten, zu denen er es bedauerte, diesen letzten Brief abgeschickt zu haben, geschrieben in einem seiner schwärzesten Momente. Hannah würde sich wegen seiner Worte sorgen, seine Gefühle falsch deuten, denn wie konnte sie wissen, was er hatte sagen wollen?

Der Tod ist hier Teil des Lebens ... Manchmal wünschte ich fast, er würde mich von all dem hier fortholen.

Wie konnte jemand, der dieses Grauen nicht miterlebt hatte, diese Worte überhaupt *begreifen*?

Weiter ging es, entlang der Somme. Suzanne, Curlu und Cléry: Städte und Ortschaften, die nur noch aus den Fassaden der Gebäude bestanden. Straßen bedeckt mit Schutt, fast unpassierbar. Ein Rathaus, einst eine Quelle des örtlichen Stolzes, jetzt reduziert auf wenige übrig gebliebene Torbögen und große Steinblöcke, die in der Nähe lagen. Sinnlose, nutzlose Akte der Zerstörung.

Des Nachts war der östliche Himmel vom Schein unzähliger Feuer erhellt. Bei Tage zeigten die hohen Rauchsäulen vor ihnen an, dass die Deutschen auf ihrem Rückzug alles in Brand setzten, was ihnen in den Weg kam.

September. Mont St Quentin. Peronne. Ein Vorstoß auf den Fersen des Feindes durch eine Landschaft, die von alten aufgegebenen Schützengräben und Stacheldrahtsperren durchzogen war. Noch mehr verlassene Dörfer. Buire. Tincourt. Roisel. Immer folgten sie der Spur der Verwüstung, der Sabotage. Brücken waren gesprengt, Pumpen zerbrochen zurückgelassen worden. Reifen an Autos zerstochen und Bäume gefällt worden. Granattrichter, absichtlich geschaffen, sprenkelten die meisten der Straßenkreuzungen. Die großen Häuser, die an den Straßen standen, waren gnadenlos mit Granaten beschossen worden.

Fenster ohne Glas boten den Blick in deren rauchgeschwärztes Inneres, die Dächer waren nur noch ein Netz von Balken, die sich gegen den Himmel abzeichneten.

Nachts schliefen sie in Scheunen und in Löchern, die in die Erde gegraben wurden. Ben lag zusammengerollt auf dem harten Boden, und seine Träume waren lichterfüllt und leicht, voll der Bilder von Hannah und Nick. Hannah schien auf ihn zuzuschweben, reichte ihm seinen Sohn. Er hörte Lachen hinter seinen geschlossenen Augenlidern und erwachte mit einem Gefühl des Glücks, wie er es seit Jahren nicht mehr empfunden hatte. Wenn Ben dort in der Dunkelheit lag und sich an die letzten Reste der Bilder klammerte, hörte er die Ratten durch das Stroh huschen, und er wusste, sie waren nicht Teil dieses Traums. Aber es war bedeutungslos. *Nichts* war von Bedeutung. Bald würde er nach Hause zurückkehren, und all dies würde nicht mehr sein als eine schreckliche Erinnerung.

Ende September wurden sie unerwartet in Richtung Norden abkommandiert, zurück in Richtung Ypern. Sie kamen nur langsam voran, weil der Andrang auf den Straßen zu groß war. Ein Lastwagenkonvoi brachte sie durch das verwüstete Land, vorbei an Bergen aus zerbrochenen Mauern und zersplittertem Holz, wo einst Häuser, selbst ganze Dörfer gestanden hatten, vorbei an geborstenen Baumstümpfen, die der Rest eines Waldes waren.

Das Wetter schlug um, und es wurde sehr kalt; auch der Zustand der Straßen wurde immer schlechter, sodass die Fahrzeuge nicht mehr vorankamen.

»Mir ist das scheißegal«, meinte Jack glücklich lachend, als er auf die Straße hinunterkletterte und sich den Tornister über die Schulter warf. »Ich würde fröhlich von hier zurück nach Australien marschieren, wenn ich könnte.«

»Dummer Hund«, grinste Ben.

»Du würdest das auch tun«, erwiderte Jack, »wenn es bedeuten würde, dass du früher zu deiner Hannah kommen könntest. Die Deutschen sind auf der Flucht, und es ist nur eine Frage der Zeit, dass diese ganze gottverdammte Scheiße zu Ende ist. Mit ein bisschen Glück könnten wir sogar zu Weihnachten zu Hause sein.«

Weihnachten mit Hannah und Nick! Der Gedanke, zwei Monate zuvor noch unvorstellbar, war jetzt in verführerische Nähe gerückt. Ben griff in die Manteltasche und tastete nach der Hufeisenhälfte. Sie fühlte sich fest an, und kalt.

Sie marschierten los, die Stiefel schlugen dumpf auf der feuchten Erde auf, und ihr Atem schwebte als weiße Wolke vor ihnen. Jack pfiff eine beschwingte Melodie, die ihre Lebensgeister noch weiter hob. Ben schaute über die Landschaft und nahm alles in sich auf. Wenn Jack recht hatte, würden sie bald auf dem Weg zurück in die Heimat sein. Kein Marschieren mehr in unbekanntes Territorium. Keine Gewehre und Bomben. Vielleicht war es das letzte Mal, dass er diese Straße entlang marschieren musste. Oder eine andere. *Au revoir, France.*

Ben war so vertieft in seine Gedanken gewesen, dass er nicht bemerkte, wie die Männer vor ihm abrupt stehen geblieben waren. Unabsichtlich rempelte er den Soldaten vor ihm an und beantwortete dessen »Pass doch auf, Galbraith« mit einer gemurmelten Entschuldigung und einem leichten Stirnrunzeln.

Jetzt sah Ben vor sich eine Bewegung im Graben, der neben der Straße verlief. »Was ist da wohl los?«, fragte er, stieß Jack mit dem Kolbenende seines Gewehrs an und wies mit der Spitze seines Bajonetts in die Richtung.

»Weiß nicht«, knurrte Jack, der auch nach vorne spähte. Dann fügte er entgeistert hinzu: »Mensch! Ist es das, was ich denke?«

Es war eine kleine Gruppe Deutscher, drei Mann insgesamt. Zwei waren tot, lagen hingestreckt in ihren Blutlachen. Als sie näher herangingen, sahen sie, dass der einzige Überlebende mit einem Stück weißen Tuchs winkte. Er hatte Verwundungen am Bein und am Bauch und konnte nicht gehen.

»Wir werden ihn wohl tragen müssen«, sagte der verantwortliche Sergeant, nachdem der Mann nach Waffen durchsucht worden war.

»Scheiße! Ich trage keinen verdammten Deutschen«, kam eine Stimme aus den Reihen der Männer. »Von mir aus kann er hier sitzen bleiben und verbluten.«

»Offiziell ist er ein Kriegsgefangener und laut der Konvention …«

»Scheiß auf die verdammte Konvention.«

Niemand schien geneigt, dem Sergeant zuzustimmen. Sie standen da und warteten. Der Sergeant sprach mit dem Deutschen ein paar holprige Sätze und versprach, einen Wagen des Roten Kreuzes zu schicken, sobald sie den nächsten Verbandsplatz erreichten.

Einer der toten Deutschen lag ausgestreckt auf der Erde, das Gesicht nach unten, sein rechter Arm gefangen unter seinem Körper. Ben sah, dass einer seiner Kameraden den Toten an der Schulter packte und ihn umdrehte. Als dessen Kopf nach hinten fiel, glaubte Ben plötzlich zu erkennen, dass der Mann gar nicht tot war.

Wie in Zeitlupe sah Ben, dass er langsam ein Auge öffnete. Erstarrt merkte er, dass die Hand des Soldaten sich bewegte. Die Finger waren schmutzig und dick. Er nahm wahr, wie sie sich um etwas Dunkles, Metallenes schlossen, das eine blitzende Spur von Licht und Geräusch auf ihn zuschleuderte.

In seinem Kopf war plötzlich ein Druck, gefolgt von einem heftigen Schmerz, der so quälend war, dass er unwillkürlich die Arme hochriss und die Hände gegen seine Schläfen presste. Um ihn herum explodierte ein infernalisches Feuerwerk, jeder Knall lauter als der andere. Feuerräder warfen ihr blaues Licht auf die Stelle, wo die Sonne sein könnte. Doch wunderbarerweise verschwand der Schmerz, als Ben vornüber in ein dunkles Nichts stürzte.

Jack hatte sich umgedreht und sah das Geschoss, sah helles Blut aus Bens Kopf spritzen, die Hände, die hochgerissen wurden, zu spät, während die Beine unter ihm wegbrachen.

»BEN! NEIN!«

Ein Ton, irgendwo zwischen einem Schrei und einem schrillen

Stöhnen, drang aus seinem Mund. Er machte einige Schritte vor, war sich bewusst, dass die anderen Männer ihn entsetzt ansahen. Langsame tastende Schritte, einen Fuß vor den anderen, die Hand ausgestreckt, seine Finger fest um das Ende des Gewehrs, das über seiner Schulter hing. Fahles Sonnenlicht funkelte auf dem aufgesetzten Bajonett, er hörte den schmerzerfüllten Schrei nicht, als er das Metall in das lebende Fleisch trieb und den deutschen Soldaten in die feuchte Erde pfählte, auf der er lag.

Nur Bilder, nicht zu begreifen. Langsam ablaufende Szenen, an die er sich für immer erinnern würde. Und vor allem Bens Körper, verdreht am Boden liegend, ein formloser Haufen, Blut floss daraus hervor, über die trockene Erde. Dunkle zähflüssige Tropfen, rot wie Rubine, funkelnd in der bleichen Sonne.

Zwei Männer liefen zu Ben, aber Jack sprang dazwischen, die Arme ausgestreckt, und stieß sie weg. »Nein! Fasst ihn nicht an!«

»Er ist tot«, sagte einer der Männer.

»Wir müssen ihn begraben«, erklärte der andere. »Komm, Jack. Du kannst uns helfen.«

Er stand da und sah die beiden an. Es waren neue Rekruten, die erst vor einigen Monaten zur Kompanie gestoßen waren. »Ihr *versteht* nicht«, sagte er und betonte jedes Wort. »Wir sind Freunde, von Anfang an sind wir Freunde gewesen, Ben und ich. Ich habe gedacht, das Schlimmste hätten wir hinter uns, nur ...«

Er dachte plötzlich an Hannah und Nick, und seine Stimme versagte. O Gott! Wie sollte er es ihr sagen, die schreckliche Nachricht an sie weitergeben?

Er fühlte seinen Mund plötzlich unkontrollierbar zittern, und vor seinen Augen verschwamm alles. Steif kniete er sich auf die kalte Erde und begann, mit bloßen Händen zu graben. Irgendjemand holte einen kleinen Spaten hervor, und Jack stand auf und trieb das Blatt in die Erde.

Ganz allein hob er das Grab aus, lehnte die Hilfe der anderen ab. Es war ein alter Granattrichter neben der Straße, den er um einige Fuß tiefer grub. Während er arbeitete, begann es zu regnen. Die Tropfen nässten sein Gesicht, mischten sich mit seinen salzigen Tränen, klebten ihm die Haare an den Schädel. Ehrfürchtig nahm er das halbe Hufeisen aus Bens Tasche, zusammen mit einem angefangenen Brief an Hannah und einigen losen Münzen.

Einer der Sergeants half ihm, Bens Leiche in die Grube zu legen. »Kommt weiter«, sagte der Mann schließlich düster. »Wir haben Befehl, weiterzumarschieren. Markiert das Grab, und macht eine Notiz über dessen Lage. Wir werden morgen eine Mitteilung an das Hauptquartier schicken.«

Der Regen war stärker geworden und schuf schlammige Rinnsale, die über den Boden flossen. Wie betäubt schaufelte Jack die Erde in das Loch zurück. Tränen nahmen ihm die Sicht, als die Erdklumpen auf Bens Gesicht und Brust fielen. Als Jack fertig war, stieß er ein grobes Holzkreuz in die Mitte des Hügels.

Ein einsames Büschel Mohnblumen wuchs am Straßenrand. Die Blüten waren dunkelrot, so wie Blut, und nass von Regentropfen. Er pflückte einige der Blüten und verteilte sie auf dem frischen Grab. Eine davon behielt er zurück. Er würde sie in Bens angefangenen Brief pressen und beides an Hannah schicken.

Erst danach war Jack bereit zu gehen. Er warf einen flüchtigen Blick auf den deutschen Soldaten, als er an ihm vorüberging, sah wie betäubt auf das bleiche wächserne Gesicht, das von Schlamm befleckt war. Der Kopf lag im Matsch. Die Augen des Mannes waren geöffnet, starrten blicklos hinauf in den grau verhangenen Himmel. Sein Mund stand offen, war eine höhlengleiche Öffnung, die ein Leiden ausdrückte, das nun vorüber war.

Der Regen strömte vom Himmel, durchdrang alles auf seinem Weg. Irgendwann in der Nacht neigte sich das Kreuz zur Seite und fiel um, das Wasser schob es Zentimeter um Zentimeter über die schlammige Erde. Im Morgengrauen zog eine Gruppe Soldaten vorüber und suchte sich ihren Weg durch den aufgeweichten Boden. Ihnen folgten Pferdegespanne, die Ambulanzwagen zogen, und das Kreuz wurde tief in die Erde gedrückt.

Bens Grab, wie das so vieler anderer, war auf immer verschwunden.

KAPITEL 33

Wie sie es Anfang der Woche abgesprochen hatten, brachte seine geschiedene Frau Timmy am Sonntagvormittag vorbei. Michael saß auf der hinteren Veranda, als sie kamen, und nippte an seiner ersten Tasse Kaffee des Morgens. Er hörte seinen Sohn aufgeregt durch das Haus laufen.

»Hallo Dad!«, rief Tim und schlang seinem Vater die Arme um den Hals.

»Selber hallo. Was ist los?«

»Nichts. Aber Mum will mit dir reden.«

Wie aufs Stichwort steckte Gaby den Kopf um die Ecke. »Hast du ein paar Minuten für mich?«

»Sicher.« Er klopfte mit der Hand auf den Platz neben sich. »Komm und setz dich. Kaffee?«

Die Freundschaft, die sie sich erhalten hatten, erstaunte ihn immer wieder. Am Montagmorgen kamen einige seiner Kollegen oft voll der Klagen über ihre Exfrauen zur Arbeit, was er in Anbetracht seiner eigenen Situation nur schwer verstehen konnte. Seine Beziehung zu Gaby war im Laufe der letzten paar Jahre zu einem Verhältnis wie zwischen Bruder und Schwester geworden, eine angenehme Verbindung, mit Tim als dem Mittelpunkt. Sie mischten sich niemals in das Privatleben des anderen ein, auch wenn Tim gelegentlich eine Bemerkung über einen neuen Freund seiner Mutter machte. Aber inzwischen war er mit dem Arrangement zufrieden, und der Gedanke störte ihn nicht mehr.

»Was gibt es?«, fragte er, nachdem er Gaby eine Tasse Kaffee gemacht und Tim ins Haus geschickt hatte, sich ein Video anzusehen.

»Ein Problem, fürchte ich. Man hat mir einen Tausch des Arbeitsplatzes angeboten, in die Staaten, für zwölf Monate.«

»Das ist toll! Wann geht es los?«

»Ich habe mich noch nicht entschieden, ob ich den Job annehme.«

»Und was hindert dich daran?«

»Tim.« Sie stellte ihre Tasse auf den schmalen Seitentisch aus Peddigrohr, stand auf und ging dann auf der Veranda auf und ab. »So sehr ich diesen Job haben möchte, so muss ich selbstverständlich auch daran denken, dass es Tim gegenüber ein bisschen unfair ist. Er wird seine Freunde vermissen, und ich weiß, dass er dich vermissen wird, und das scheint es nicht wert zu sein, ihn für ein Jahr hier herauszureißen.«

»Er könnte aus dieser Erfahrung lernen. Und es wäre eine tolle Gelegenheit für ihn, ein anderes Land kennenzulernen.«

»Ich weiß, ich weiß.« Sie lachte gezwungen und hob in gespieltem Ergeben die Hände. »Ich habe das Für und Wider abgewogen und kann mich noch immer nicht entscheiden.«

»Und deshalb möchtest du, dass ich dir bei dieser Entscheidung helfe? Komm schon, Gab. So geht das nicht. Was ist, wenn du auf meinen Rat hin gehst und es dir dort nicht gefällt? Ich würde ewig die Schuld dafür bekommen.«

»Sei nicht dumm.« Sie beugte sich vor, griff nach einem Kissen und warf es in gespielter Entrüstung auf ihn. »Ich will nur deine Meinung hören, das ist alles. Es betrifft ja auch dich.«

»Es gibt noch eine andere Möglichkeit«, erinnerte er sie ruhig. »Tim könnte bei mir bleiben.«

»Aber du bist häufig beruflich unterwegs. Und dann sind da die langen Stunden ...«

Er stand auf und ging zu ihr. Am Verandageländer blieb er stehen und schaute hinunter auf den Hof. Der Garten mit dem hohen Gras und den überwucherten Beeten war tatsächlich eine Katastrophe, aber er konnte eben nur wenig Begeisterung für diesen Ort aufbringen. »Ich spiele mit dem Gedanken, für eine Weile auszusteigen«, sagte er und rieb sich das Kinn. »Völlig unabhängig zu sein. Ich denke, ich kann es packen. Das würde bedeuten, weniger reisen zu müssen, und ich weiß, dass meine Schwester Anne einspringen wird, falls es nötig ist.«

»Du hältst es für eine gute Idee, dass ich gehe und Tim bei dir bleibt?«, fragte Gaby zögernd, und in ihrer Stimme schwang eine Spur Ungläubigkeit mit. »Es würde dir nichts ausmachen?«

»Es soll mir etwas ausmachen? Wir werden eine tolle Zeit haben, Tim und ich. Wir sind gute Kumpel, wie du weißt.«

»Ja«, erwiderte sie leise. »Das weiß ich.«

Michael verbrachte einen geschäftigen Tag mit seinem Sohn, indem sie das Gras mähten und Bess badeten. Später, als die Schatten lang auf die Erde fielen, gingen sie in den Pub an der Ecke und nahmen einen Imbiss, aber es war nicht dasselbe wie vor einigen Wochen, als Callie dabei gewesen war. Irgendwie vervollständigte sie ihren Kreis, machte sie komplett.

Auf dem Heimweg die dunkle Straße hinunter nahm Tim Michaels Hand und schwang sie glücklich hin und her. »Ist das nicht toll, Dad, dass Mum nach Amerika geht? Sie ist schon ganz aufgeregt deswegen.«

»Du hast nichts dagegen, bei deinem langweiligen alten Vater zu bleiben?«

»Du bist nicht langweilig! Wir machen coole Sachen zusammen.«

»Aber so wird es nicht die ganze Zeit über sein. Ich kann ein gemeines altes Ungeheuer sein, wenn es um Dinge wie die Schule und Hausarbeiten geht, und darum, dein Zimmer aufzuräumen.«

»Ja, Dad.«

»Wie fändest du es, wenn wir uns ein eigenes Haus kaufen würden?«, fragte er, als sie durch das Gartentor gingen.

»Das wäre noch besser.«

Nachdem er Tim zu Bett gebracht hatte, ging Michael in sein Arbeitszimmer, und sein Blick fiel dabei auf den großen braunen Umschlag, der auf seinem Schreibtisch lag. *»Australian Archives, World War I, Personnel Records Service«* lautete die Aufschrift in der unteren linken Ecke. Der Brief war am Freitag gekommen, aber bis jetzt hatte er keine Gelegenheit gehabt, ihn zu öffnen.

Er enthielt Kopien von Bens Militärunterlagen. Michael hatte Callie nichts von seinen Nachforschungen gesagt, weil er sie damit überraschen und die Informationen zunächst hatte durchsehen wollen. Warum, hätte er nicht sagen können. Nachdem er den größten Teil des Tagebuchs gelesen hatte und aus erster Hand Zeuge der Worte geworden war, die Ben vor mehr als achtzig Jahren niedergeschrieben hatte, schien es irgendein gemeinsames Band zwischen ihnen zu geben. Eine Verbindung über die Jahre hinweg, die zu beschreiben er machtlos war, ganz zu schweigen davon, sie zu verstehen.

Vorsichtig öffnete Michael den Umschlag. Es befanden sich ein Dutzend oder mehr Papierbögen darin – der Antrag auf Registrierung, Bescheinigungen, ein medizinisches Gutachten. Es gab recht viele Informationen: der Name von Bens Vater, Harold; Bens Geburtsort; sein Alter bei der Anwerbung. Ein weiteres Dokument führte seine körperlichen Charakteristika auf: braune Augen, dunkelblondes Haar, Größe 1,88 Meter. Seltsam, dachte Michael, wie viele Ähnlichkeiten wir haben. Dies hätte auch eine Beschreibung von ihm selbst sein können.

Und dann gab es ein Dokument, auf dem TESTAMENT stand.

Für den Fall meines Todes vermache ich, Benjamin Harold Galbraith, meinen gesamten Besitz an Miss Hannah Corduke …

Michael blätterte die Seiten durch und stieß dabei auf ein Dokument, das mit *Statement of Service* überschrieben war. Unten auf dem Blatt befand sich ein Stempelaufdruck, dessen Buchstaben größer waren als all die hingekritzelten handschriftlichen Bemerkungen und ihn anstarrten: GEFALLEN. Beigefügt war ein mit der Maschine geschriebener Brief, kurz und knapp in seinem Wortlaut:

Nr. 18171 Dvr Galbraith, B.
11th Field Co Engineers, A.I.F.
Gefallen 30.9.1918
Nach dem Passieren von Zillebeke wurde Driver Galbraith von einer Kugel getroffen und von seinen Kameraden beerdigt. Das Grab befindet sich ungefähr 1 Meile nordöstlich des Stadtrandes, auf der linken Seite, nahe dem steilen Ufer des Baches, der entlang der Straße Menin – Ypern fließt. Ein Bataillonskreuz wurde errichtet.
Gezeichnet H. Bainbridge
Chaplain des C. O.

Ben war tot! Die Tragweite dieser Information traf Michael wie ein plötzlicher Schmerz, und er schob die Dokumente von sich fort, unfähig, weiterzulesen. Vorsichtig machte er einen tiefen Atemzug, hielt die Luft für einige Sekunden in seinen Lungen, ehe er wieder ausatmete. Dann hob er die Hände und presste sie an seine Schläfen, als wollte er den Kummer zurückdrängen, der in ihm aufstieg. Die Papiere, der Schreibtisch, sogar seine Hände verschwammen vor seinem Blick, flossen ineinander zu einer formlosen Masse von Farbe, während er fest die Augen schloss und versuchte, die Erinnerung an die Worte auszuradieren.

Begraben von seinen Kameraden.
Bataillonskreuz errichtet.
So endgültig. So …

Doch hatte er nicht schon *vermutet*, dass Ben in den letzten Monaten des Krieges gestorben war? Callie hatte ihm doch erzählt, dass ihre Urgroßtante Hannah einen Mann namens John geheiratet hatte, und dies allein war schon ein Hinweis gewesen, dass Ben nicht überlebt hatte. Auf gewisse Weise hatte er versucht, sich darauf vorzubereiten, hatte bereits das Tagebuch durchgeblättert und gesehen, dass die Einträge Ende September plötzlich aufgehört hatten. Aber jetzt, da er sich der Endgültigkeit gegenübersah, wusste er, dass er sich nur ungenügend darauf vorbereitet hatte.

Aber warum empfand er solch einen Kummer für jemanden, den er nicht gekannt hatte? Vor sechs Monaten hatte er noch nichts von einem Mann namens Benjamin Galbraith gewusst. Er war weder Teil von Michaels Familie gewesen, noch hatte er mit ihr, und sei es nur entfernt, in Kontakt gestanden. Warum also weckte diese Nachricht solch eine Traurigkeit in ihm?

Eine plötzliche Bewegung an der Tür veranlasste ihn, sich umdrehen. Timmy stand da, in seinem gestreiften Schlafanzug, und blinzelte in die Helligkeit.

»Was ist los, Dad? Ich hab dich laut rufen hören.«

Hatte er seinem Schmerz so laut Ausdruck gegeben? Michael wusste es nicht.

»Du hast wahrscheinlich geträumt, mein Sohn. Komm, geh wieder ins Bett.«

Er brachte Tim zurück in sein Zimmer und deckte ihn zu. Einige Augenblicke blieb er am Bett seines Sohnes stehen, beugte sich dann hinunter und küsste ihn auf die warme Stirn. Der Junge hatte die Augen schon geschlossen, sein Atem ging gleichmäßig und tief.

Zurück am Schreibtisch nahm er, trotz der Warnung seiner inneren Stimme, die Dokumente wieder in die Hand und ließ seinen Blick zögernd über die Zeilen schweifen. Es könnten dort noch mehr Informationen darüber stehen, wie Ben gestorben war. Callie würde es für ihr Buch wissen wollen, und es war das

Beste, dass er die Einzelheiten herausfand, ehe er die Informationen an sie weitergab.

Es gab ein beigefügtes Zeugnis des Kompanie-Sergeants, und ein weiteres, unterzeichnet von jemandem namens Donaldson: Worte, die gestelzt über die Art von Bens Tod berichteten und die Überraschung der anderen Männer über sein Ende zu diesem so falsch scheinenden Zeitpunkt, so kurz vor den letzten Tagen des Krieges. Michaels Augen flogen über die handgeschriebenen Worte; sie berichteten von Einzelheiten, die in ihm das Gefühl verstärkten, einen Verlust erlitten zu haben.

... erhielt eine Kugel in die Stirn ...
... war sofort tot, ohne Schmerzen ...
... war jedem in der Kompanie ein guter Kamerad ...
... trotz intensiver Suche und der Hinweise des Geistlichen der Kompanie konnte das Grab des Gefallenen nicht mehr lokalisiert werden ...

Ganz unten auf der Seite stand eine mit der Maschine geschriebene Notiz. *Die Lage des Grabes des Gefallenen ist unbekannt.*

Es war die letzte Notiz, die eine Woge der Enttäuschung mit sich brachte. Im Tode war Ben das Recht auf eine Beisetzung mit militärischen Ehren verweigert worden, komplett mit Gedenktafel und Kreuz. Stattdessen lag sein Leichnam noch immer unentdeckt irgendwo an einer Straße Tausende Meilen weit entfernt.

Deprimiert schob Michael die Unterlagen zurück in den Umschlag. Er würde sie Callie geben, und sie könnte damit machen, was sie wollte.

Er duschte und putzte sich die Zähne, ging nackt ins Schlafzimmer und glitt zwischen die kühlen Laken. Irgendwo draußen sang ein Nachtvogel, und er konnte das Jaulen einer fernen Sirene hören. Unfähig, zur Ruhe zu kommen, warf er sich eine Stunde lang hin und her. Unwillkommene Worte tanzten hinter seinen geschlossenen Lidern. In seinem Bewusstsein spielten sich Szenen ab, die lange vergangen waren, Szenen, die er lieber vergessen würde. Ben, Hannah. Er und Callie. Beziehungen verwoben sich ineinander, verwirrten sich in seinem müden Verstand.

Irgendwann in der Nacht wachte er von dem Regen auf, der auf das Dach prasselte, und vom lauten Tropfen aus den Dachrinnen. Doch als der Schlaf zurückkam, war er nicht mehr erfüllt mit Szenen des Krieges oder der Zerstörung, wie Michael es befürchtet hatte, sondern von Bildern eines Hauses, das still im Sonnenschein vor sich hin döste, halb verborgen hinter einer Flut von Bleiwurz, die einen mauvefarbenen Teppich vor ihm ausbreitete.

KAPITEL 34

Wochenlang andauernde, an ihren Kräften zehrende Blutungen und ständige Schmerzen brachten Hannah schließlich dazu, einen Arzt aufzusuchen. Er untersuchte sie, rieb sich das Kinn, runzelte die Stirn und bestellte sie für weitere Untersuchungen ins Krankenhaus ein.

»Was für Untersuchungen?«, wollte Lottie später wissen, als die Freundin wieder zurück im Haus in der Kangaroo Street war.

Hannah, die zu überrascht gewesen war, um zu fragen, und zu schwach, um sich darum zu kümmern, schüttelte den Kopf. »Ich weiß es nicht. Er sagte etwas von einem Eingriff zu diagnostischen Zwecken.« Sie hob den Kopf und sah die Freundin an. »Mir ist es egal, was sie mit mir anstellen, solange sie in Ordnung bringen, was nicht in Ordnung ist. Es ist Nick, um den ich mich sorge. Ich werde ein paar Wochen lang nicht arbeiten können, und es ist zu wenig Geld da, um seine Unterbringung im Heim zu bezahlen.«

»Geh hin und rede mit ihnen«, schlug Lottie vor. »Erzähl ihnen von deiner Situation. Ich bin sicher, du kannst eine Vereinbarung mit ihnen treffen.«

Am darauffolgenden Sonntag ging sie zu Nick und brachte ihm eine Tüte mit rosigen Äpfeln und eine Handvoll Süßigkeiten mit. »Mam!«, rief er, als er sie auf sich zukommen sah, und ein glückliches Lachen erhellte sein Gesicht, während er ihr entgegenlief.

Die altbekannten Gefühle der Unzulänglichkeit stiegen wieder in ihr auf, und der Wunsch, ihn bei sich zu haben. Jeden Tag, nicht nur für ein paar abgezweigte Stunden einmal in der Woche. Und sie wollte es besonders auch deshalb, weil Bens Briefe seit kurzem voller Hoffnung auf ein rasches Ende der Kämpfe waren.

Man sagt, der Krieg wird bald zu Ende sein. Der Fritz ist auf der Flucht, und wir sind hinter ihm her.

Er würde bald nach Hause kommen, und sie würden eine Familie sein, sie drei. Niemals wieder würde sie an diesen Ort zurückkommen müssen.

Hannah spielte eine Stunde lang mit Nick draußen auf dem Rasen, warf ihm immer wieder den bunten Ball zu und gab ihm die Süßigkeiten, die sie mitgebracht hatte. Jedes Mal kam er zu ihr und setzte sich auf ihren Schoß, um sich für einen Moment auszuruhen und seine kurzen Arme um ihren Hals zu schlingen. Sie barg das Gesicht in seinem Haar, nahm seinen Geruch wahr – er roch noch immer nach Baby –, und er lachte dazu und legte die Hand auf ihre Wange.

»Komm«, sagte sie schließlich und hob ihn auf ihre Arme, wo er strampelte und verlangte, wieder auf die Erde gestellt zu werden. »Ball! Ball!«, wiederholte er, und sie blies Luft in seinen Nacken, bis er vor Entzücken über dieses neue Spiel quiekte.

Die Leiterin des Heims empfing sie in einem Zimmer neben dem Hauptbüro. Es war sparsam möbliert, mit einem großen

Tisch, einigen Aktenschränken und zwei Stühlen. Vorsichtig abwartend hockte Hannah auf der Kante ihres Stuhls, während Nick auf ihrem Schoß saß und einen Apfel kaute.

»Nun«, sagte die ältere Frau und schaute auf ein Blatt von Nicks Unterlagen, das sie aus der Akte genommen hatte. »Sie bitten also darum, dass wir Nick umsonst hier behalten, stimmt das?«

»Nein«, erwiderte Hannah ruhig. »Ich habe vor, Ihnen das Geld zurückzuzahlen, jeden einzelnen Penny.«

»Und wie lange könnte das dauern?«, fragte die Frau steif.

»Ich … ich weiß es nicht genau. Es hängt davon ab, wie lange ich nicht arbeiten kann. Ein paar Wochen, vielleicht einen Monat, höchstens.«

Die Frau schloss die Akte mit einem Knall. Dann saß sie da und starrte Hannah an, die sich unter dem Blick unbehaglich fühlte. »Ich habe eine vernünftigere Lösung«, erklärte sie schließlich. »Ich kenne ein Ehepaar, das gern ein Kind aufnehmen …«

»Nein!«, unterbrach Hannah sie heftig. »Ich will, dass Nick hier bleibt, bei den anderen Kindern.«

Die Stimme der älteren Frau hob sich um eine Oktave. »Selbst wenn Sie kein Geld haben, um für seine Unterbringung zu bezahlen?«

»Ich sagte, dass ich es zurückzahlen werde.«

Hannah hatte nicht in Betracht gezogen, dass man ihre Bitte ablehnen könnte. Welche anderen Möglichkeiten würden ihr sonst noch offen stehen?

Die Heimleiterin schüttelte den Kopf. »Ich glaube wirklich, dass das eine viel bessere Lösung ist. Welchen Schaden kann das schon anrichten?«

Hannah versuchte, sich ihren Sohn als Teil einer anderen Familie vorzustellen. Eine andere Mutter, an die er seinen kleinen Leib schmiegte. Einen Vater. Vielleicht Brüder und Schwestern.

»Dieses Ehepaar«, begann sie vorsichtig, »hat es noch andere Kinder?«

»Leider nicht. Aber für Nick wird gut gesorgt werden.«

Ihre Bitte, das Geld für Nicks Unterbringung zu stunden, wurde nicht wieder angesprochen, und es schien keine andere Alternative zu geben. »Ich werde die erforderlichen Formulare von meiner Sekretärin vorbereiten lassen. Kommen Sie in einigen Tagen wieder, dann können Sie die Papiere unterschreiben«, fügte die Heimleiterin knapp hinzu, während sie aufstand. Als sie Hannah zur Tür begleitete, legte sie ihr beruhigend die Hand auf den Arm. »Sie werden sehen, auf Dauer ist das die praktischste Lösung. Ich bin sicher, Sie wollen nur das Beste für Nick.«

Verzagt ging Hannah die Auffahrt hinunter auf die Hauptstraße zu. Zuerst der medizinische Eingriff, und jetzt musste sie ihr Kind auch noch vorübergehend hergeben. Es schien, dass jeder Schritt, den sie machte, ihn weiter und weiter von ihr fortbrachte.

Auf halbem Weg zurück zur Straßenbahnhaltestelle blieb Hannah stehen und putzte sich die Nase. »Herrgott«, schalt sie sich und versuchte ein Lächeln. »Was ist nur los mit dir, Mädchen?« Für Nick würde gut gesorgt werden. Bald würden ihre gesundheitlichen Probleme gelöst sein, und, laut Ben, war der lange, lange Krieg schon fast vorüber.

»It's a long way to Tipperary, it's a long way to go. It's a long way to Tipperary, to the sweetest girl I know! Goodbye Piccadilly, farewell Leicester …«

Lottie verstummte mitten im Lied, als sie Hannah über die vordere Veranda kommen sah. »Mrs. Worthington will dich in ihrem Büro sehen«, sagte sie und stellte den Besen neben die Eingangstür.

»Was ist los?«

Lottie zuckte die Schultern. »Frag mich nicht. Mir wurde nur gesagt, ich soll dich sofort zu ihr schicken, wenn ich dich sehe, das ist alles.«

Da die Freundin ihr nichts weiter sagen konnte, stieg Hannah die breite Treppe hinauf, die zum Büro ihrer Arbeitgeberin führte. Mrs. Worthington stand am Fenster und hielt einen Umschlag in den Händen. »Ah, Hannah, da sind Sie ja. Der Telegrammbote hat das vorhin gebracht, aber Lottie sagte, Sie wären bei Nick.«

Ein Telegramm? Hannah schluckte, ihr Mund war plötzlich trocken. Ein Schmerz hatte sie erfasst, gepaart mit Verzweiflung, ein leichter Schmerz, der von ihrem Hinterkopf ausstrahlte. Ihr erster Gedanke war, sich umzudrehen und davonzulaufen. Telegramme bedeuteten üblicherweise nichts Gutes, und sie wollte keine schlechten Nachrichten hören. Ihre Lebensumstände waren schon deprimierend genug. Aber Mrs. Worthington kam bereits auf sie zu und reichte ihr den Umschlag.

Wortlos nahm sie ihn mit zitternden Händen entgegen, öffnete ihn und zog das Telegramm heraus. Ungläubig erfassten ihre Augen die Worte, schwarze Flecken auf weißem Papier, ein sekundenlang bedeutungsloses Durcheinander von Buchstaben, das sich am Rand ihres Bewusstseins festsetzte, darauf wartend, verstanden zu werden.

Wir bedauern, mitteilen zu müssen …
Benjamin Galbraith wurde getötet …
Eine Kugel …

»Nein.«

Ihre Stimme war nur ein Flüstern, kaum hörbar. Mrs. Worthington wandte sich stirnrunzelnd zu ihr um. Als wollte sie sich dem Ansturm des unwillkommenen Schmerzes entgegenstemmen, zerknüllte Hannah das Papier in ihrer Hand, hob es an ihren Mund und drückte es gegen ihre Lippen für den Fall, dass sie laut schreien würde.

»Das kann nicht wahr sein! Das *kann nicht* wahr sein!«

Hatte sie die Worte laut ausgesprochen, oder wiederholten sie sich einfach nur in ihrem Kopf? Ben sollte tot sein? Es war nicht möglich. Vor wenigen Tagen noch hatte sie seinen Brief bekommen, in dem gestanden hatte, dass der Krieg fast vorbei war. Nur noch die Formalitäten wären zu regeln, hatte er das nicht angedeutet? Dass er so vieles überstanden und so vieles überlebt hatte, nur, damit ihm jetzt das Leben einfach so entrissen wurde, war unbegreiflich.

»Es muss ein Fehler passiert sein!«, stieß sie hervor und wusste, noch während sie diese Worte sagte, dass sie sinnlos waren. Nur dahergesagt aus der Verweigerung, dem Widerwillen, das Unfassbare zu glauben.

Wie blind wandte sie sich ab und tastete sich ihren Weg zur Tür.

»Hannah!« Mrs. Worthingtons Stimme klang besorgt. »Hannah, was ist geschehen? Kommen Sie zurück!«

Doch sie rannte verzweifelt davon, den Korridor entlang und die Treppe hinunter. Rannte mit schnellen, weit ausholenden Schritten fort vor diesen hässlichen grausamen Worten, die alles zerstört hatten, was in ihrem Leben von Bedeutung war. Rannte fort vor dem Wissen, dass nichts jemals wieder so sein würde wie zuvor. Durch das Foyer und zur Tür rannte sie, ohne Ziel vor Augen.

An der Eingangstür packte sie jemand um die Taille. »Um Gottes willen, Hannah! Was ist denn passiert?«

Keuchend blieb sie stehen und starrte in Lotties besorgtes Gesicht. Wie konnte sie die Worte aussprechen? Wie konnte sie ihr das sagen, von dem sie wusste, dass es die Wahrheit war, wenn doch ein Teil von ihr noch immer dagegen ankämpfte?

»Ben ist tot«, erklärte sie schließlich hölzern.

Sie machte einen Schritt vor und versuchte, sich aus Lotties Griff zu befreien, aber ihre Beine drohten zu versagen. Sie ließ sich von der Freundin zu einem Stuhl auf der Veranda führen und ließ sich dankbar darauf sinken.

Dort auf der Veranda, Lotties Arme um sich, schlug Hannah die Hände vor das Gesicht und begann herzzerreißend zu schluchzen. Sie weinte nicht nur um Ben, sondern auch um all die anderen, die gestorben waren. Tom. Die Spuds und die Wills aus Bens Briefen. Andere unbekannte Männer. Die Söhne von Müttern. Geliebte. Ehemänner. Väter. Vergeudete, verschwendete Leben.

Aber am meisten weinte sie um Nick, einen kleinen Jungen, der niemals das großzügige Wesen seines Vaters kennenlernen würde. Und sie weinte um den Verlust einer Zukunft, von der sie jetzt wusste, dass sie und Ben sie niemals miteinander erleben würden.

Hannah packte die wenigen Habseligkeiten von Nick ein, die sie im Haus in der Kangaroo Street verwahrte. Es würde bald wärmer werden, und sie hatte einige neue Sommersachen gekauft. Sie legte sie in einen kleinen Koffer, den Mrs. Worthington ihr geliehen hatte. »Machen Sie sich keine Gedanken, wenn Sie ihn nicht gleich zurückgeben können«, hatte ihre Arbeitgeberin freundlich gesagt. »Es ist nur ein alter Koffer. Und wenn es irgendetwas gibt, was ich tun kann …«

Hannah hatte mit dem Kopf geschüttelt.

Sie nahm den weißen Schal, den Ben ihr aus Frankreich geschickt hatte. Mit wehem Herzen legte sie ihn um ihr Gesicht und schmiegte die Wange an den weichen Stoff. In ihren Gedanken bei Ben suchte sie nach ihrer Hälfte des Hufeisens, ihrer letzten greifbaren Verbindung. Das Metall fühlte sich kalt auf ihrer Hand an. Durch die nicht versiegen wollenden Tränen betrachtete sie es, strich mit den Fingern über die eingravierten Worte. Oben auf dem j-förmigen Hufeisen stand das Wort »Ben«. Unten, auf dem geteilten Bogen, fanden sich die Worte »immer lieben«. Die Rückseite trug die Worte, die sie selbst eingeritzt hatte: *Hannah Elizabeth Corduke, Brunswick Street. 1915.*

Wo mochte die andere Hälfte des Hufeisens sein, die sie Ben auf dem Bahnhof vor Jahren gegeben hatte? War sie mit ihm begraben worden? Er hatte immer gesagt, er trüge sie in seiner Tasche, dicht an seinem Herzen.

Sie legte das Hufeisen vor sich auf den Tisch und nahm wieder das Tuch in die Hand. In ihrer Verzweiflung bemerkte sie nicht, dass sich das Hufeisen mit seiner rauen Bruchkante in den Fransen des Schals verfing. Vorsichtig legte sie das Tuch in den Koffer, dann schloss sie dessen Deckel.

Als sie später danach suchte, war das Hufeisen nirgendwo zu finden.

Am darauffolgenden Morgen fuhr Mr. Bonham Hannah ins Krankenhaus. Auf dem Weg dorthin kamen sie am Kinderheim vorbei, sodass sie den kleinen Koffer mit der Kleidung für Nick dort lassen und noch die Formulare für die Pflegschaft unterzeichnen konnte. Sie hoffte, ihren Sohn sehen zu können, wenn auch nur für ein paar Minuten. Es würden wahrscheinlich Wochen vergehen, ehe sie wieder hierherkommen konnte.

»Es tut mir leid«, sagte die Frau am Empfang. »Er ist schon bei seinen neuen Pflegeeltern.«

Sogar Nick war fort. Mit schwerem Herzen ließ Hannah den Koffer mit der Anweisung zurück, ihn weiterzugeben. Eine andere Frau kam aus dem Büro, das hinter dem Empfang lag, und brachte einige Formulare. »Die Heimleiterin sagt, dass das hier noch unterschrieben werden muss, ehe Sie gehen«, erklärte sie.

Hannah setzte rasch ihre Unterschrift auf die Bögen. Sie erkannte die Worte nur verschwommen, die darauf standen, denn sie kämpfte erneut mit den Tränen.

Die Blutung, erklärte ihr der Arzt später, war durch eine Infektion verursacht worden, die sie sich während oder nach Nicks Geburt zugezogen hatte. Der Schaden, der dadurch entstanden war, war so gravierend, dass als einzige Möglichkeit nur die totale Hysterektomie infrage kam.

Es klang, als müsse er sich rechtfertigen, als er betonte, dass es keine andere Möglichkeit gegeben hatte. »Hätte ich das ganze Ausmaß erkannt, hätte ich Sie darauf vorbereiten können«, sagte er schroff. »Aber so wie es aussieht …«

Er verstummte und hob verteidigend die Hände. Hannah wandte den Blick ab und starrte auf die weiße Wand des Krankenhauszimmers. Kein Ben. Keine weiteren Babys. Wie konnte sie da weitermachen?

Wäre es nicht um Nicks willen gewesen, hätte sie sich gewünscht, auch tot zu sein.

Endlich war der Tag des Waffenstillstands da. Der lange Krieg war vorbei. Im Haus am Kangaroo Point hörten alle das ungewohnte Glockenläuten der kleinen Kirche um die Ecke, und Hannah lief hinaus auf die obere Veranda. »Was ist los?«, rief sie dem Briefträger zu, der auf seinem Fahrrad vorbeifuhr.

»Er ist vorbei!«, rief er. »Der Krieg ist aus! Jetzt kommen die Jungs nach Hause!«

Sie wandte sich ab und ging ins Haus zurück. Ein Teil von ihr war nicht in der Lage, die Freude zu teilen. Für Ben und Tausende australischer Männer hatte der Krieg schon lange aufgehört. Es würde keine Heimkehr geben, nur Trauer.

Im Stadtzentrum fanden Friedensmärsche statt. Hannah begleitete Lottie und Mrs. Worthington, als sie die Fähre zum Anleger in der Alice Street nahmen. Seit ihrer Entlassung aus dem Krankenhaus war sie das erste Mal wieder in der Stadt, und sie ermüdete bald. Menschenmengen drängten sich über die Gehsteige wie eine rollende See. Überall wurden Fahnen geschwenkt und Trommeln geschlagen. Frauen weinten und tanzten abwechselnd, und Kinder trugen Stoffstreifen in den Farben Rot, Weiß und Blau in den Knopflöchern. Glocken läuteten, und

Trillerpfeifen erklangen. In einem der Parks in der Nähe wurde ein riesiges Freudenfeuer entzündet und eine dem Kaiser nachgebildete Puppe verbrannt.

Hannah beobachtete die Siegesparade, die sich die Queen Street hinunterbewegte. Sie war noch zu betäubt von der Nachricht von Bens Tod, um alles richtig in sich aufnehmen zu können. Es ist ein weiteres Kapitel meines Lebens, das zu Ende gegangen ist, dachte sie, als hätte jemand ein Buch zugeschlagen. Doch die Seiten dieses Buches waren alt und dünn und lösten sich um sie herum auf. Wie ihr Leben. Kaputt. Zerstört. Wie das zusammengeknüllte Telegramm, das sie ins Küchenfeuer geworfen hatte. Sie hatte zugesehen, wie das Papier sich eingerollt und schwarz gefärbt hatte und in Nichts zerfallen war.

Die Parade, der Lärm, alles schien jemand anderem zu widerfahren, es geschah um sie herum, doch irgendwie war es weit weg. Sie sah die begeistert aufgerissenen Münder und die klatschenden Hände, doch sie hörte nichts. Stattdessen waren ihre Gedanken bei Nick. Jetzt, da sie wieder auf den Beinen war, würde sie das Kinderheim aufsuchen und bitten, dass man ihn dorthin zurückbrachte. Und schließlich würde sie irgendwie einen Weg finden, ihn immer bei sich zu haben.

»Da scheint ein Irrtum vorzuliegen«, sagte die Frau am Empfangstresen.

»Was für ein Irrtum?«, fragte Hannah, die sich nach der Fahrt mit der Straßenbahn und dem langen Fußweg unbeschreiblich müde fühlte. Ein leichter Schmerz regte sich in ihrem Bauch, in der Nähe der Narbe, und er pochte bei jedem Schritt. Alles was sie wollte, war, Nicks Rückkehr aus der Pflegefamilie zu arrangieren und seinen stämmigen Körper wieder in ihren Armen halten zu können.

»Warten Sie hier. Ich werde die Leiterin holen.«

Die Frau entfernte sich eilig und kehrte wenig später mit der Heimleiterin zurück. »Wollen wir kurz in mein Büro gehen?«, sagte die ältere Frau und nahm Hannahs Arm.

Eine Vorahnung legte sich wie ein schwerer Mantel um sie. »Ist etwas nicht in Ordnung? Wo ist Nick?«

Die Heimleiterin führte sie in ihr Büro und schloss die Tür. »Bitte nehmen Sie Platz.«

Hannah fühlte die Stuhlkante in ihren Kniekehlen und sank dankbar auf den Sitz. »Ich … ich verstehe nicht. Ich will meinen Sohn.«

»Nick kommt nicht zurück, Hannah.«

Er konnte doch nicht tot sein! Nicht Nick! Er war so gesund, als sie ihn das letzte Mal gesehen hatte. Was hatten sie ihm angetan, dieses Ehepaar, dessen Obhut er anvertraut worden war?

»Warum nicht?« Ihre Stimme klang hölzern, bleiern in ihren Ohren.

»Die Formulare, die Sie unterschrieben haben, als Sie das letzte Mal hier waren … haben Sie sie durchgelesen?«

Sie zögerte. »Nein.«

Die Frau stand hinter ihrem Schreibtisch, die Arme verschränkt, ein Stirnrunzeln auf dem Gesicht.

»Hätte ich das tun sollen?«, fragte Hannah verzweifelt, da sie das kurze Schweigen der älteren Frau nicht ertragen konnte. »Sie haben gesagt, es sind Formulare, mit denen ich zustimme, dass Nick bei Pflegeeltern ist, während ich im Krankenhaus bin. Sie haben gesagt, er würde hierher zurückkommen, sobald ich die Gebühren aufbringen kann. Sie haben gesagt …«

Hannah verstummte, da sie allmählich begriff. »Das Ehepaar, das Nick genommen hat, sie bringen ihn nicht zurück, oder? Sie wollen ihn behalten.«

»Nach dem Gesetz dürfen sie das. Die Formulare, die Sie unterschrieben haben, waren die Einwilligung zur Adoption.«

Es dauerte einige Sekunden, die Worte zu verdauen und deren Bedeutung zu erfassen. Dann sprang Hannah auf, ihre

Hände flogen zu der Frau, schlugen gegen deren Brust, deren Arme. »Ich will meinen Sohn! Bringen Sie ihn zurück! O mein Gott!«

So plötzlich wie sie begonnen hatte, hielt sie inne und trat einige Schritte zurück. Das Zimmer schien sich auszudehnen, war wie mit Watte gefüllt, es neigte sich und schwankte beängstigend. Plötzlich engte sich die Sicht wie durch ein Teleskop ein, und die Wände rasten mit alarmierender Geschwindigkeit auf sie zu. Hannah fühlte die Arme der Frau, die sie hielten, sie stützten, dann war da nur noch Dunkelheit, die alle Qual auslöschte.

Der Brief kam in der darauffolgenden Woche; er trug eine französische Briefmarke. Teilnahmslos legte Hannah ihn auf die Kommode in ihrem Zimmer, unfähig sich zu überwinden, ihn zu öffnen. Sie würde den Namen dieses Landes für immer hassen. Frankreich. Tom und Ben, beide waren irgendwo in diesem fremden Land begraben. Die Blüte der australischen Männer lag dort beerdigt, und weder Siegesmärsche noch Trompetenspielen konnten sie je wieder zurückbringen.

Am vierten Tag nahm Lottie den Brief und wedelte vor Hannah damit hin und her. »Bist du denn überhaupt nicht neugierig«, fragte sie.

»Nein.«

Schließlich nahm sie doch den Umschlag aus Lotties Hand, riss ihn auf und zog einige gefaltete Blätter heraus.

»Mach schon«, drängte Lottie. »Lies ihn.«

»Liebe Hannah«, las sie laut.

»Von wem ist er?«, unterbrach Lottie.

»Ich weiß es nicht«, erwiderte Hannah mürrisch. »Lass mich lesen, Lottie, dann werde ich es wissen.«

Sie saß auf dem Bett, der Brief vor ihr ausgebreitet.

Ich hoffe, Sie haben nichts dagegen, dass ich Sie so vertraulich anrede, aber mir kommt es vor, als würde ich Sie kennen, auch wenn wir uns nie begegnet sind. Ben war mein Kamerad, ein guter Freund, und wir waren zusammen seit den ersten Tagen im Ausbildungslager in Brisbane. Wenige Tage bevor er starb haben wir über den Krieg gesprochen, über unser Leben und wie sehr er Sie liebt und Ihren kleinen Jungen, Nick. Er war jedem von uns ein guter Kamerad, und wir alle vermissen ihn schmerzlich.

Hannah hielt inne und hob den Kopf. Sie blinzelte die Tränen zurück, während sie die Seiten auf ihren Schoß sinken ließ. Lotties Arme waren die ganze Zeit um sie. »Lies weiter. Du schaffst das«, sagte sie.

Dies wird unser drittes Weihnachten in Frankreich werden, und ich weiß, dass die Kameraden sich sehnlichst wünschen, ihre Familien wiederzusehen. Wenn ich zurückkehre, würde ich Sie gern besuchen und Ihnen die Briefe bringen, die Sie Ben geschrieben haben, sein Tagebuch und seine persönlichen Dinge.

Herzliche Grüße

John (Jack) Deacon

P. S. Sie werden in diesem Brief eine gepresste Mohnblumenblüte finden. Ich habe sie von einem Büschel, das bei Bens Grab wuchs, weil ich dachte, Sie würden es gern haben.

J.

Als Hannah die Seiten auf ihrem Schoß auseinanderfaltete, fielen die zerbröckelnden Reste einer Blume auf ihren Rock. Sie starrte sie überrascht an. Die Blütenblätter waren verblasst, nicht mehr hellrot, wie sie gedacht hatte. Vorsichtig hob sie die Blüte hoch und steckte sie zurück in die gefalteten Seiten, ehe sie diese wieder in den Umschlag schob.

Es war nur eine Blume, nicht mehr. Sie hatte keine Bedeutung. Ben war tot, die Mohnblume auch, und ihr Anblick machte den Schmerz nur noch größer.

In ihren schwärzesten Augenblicken kam es Hannah vor, als wäre ihr Leben säuberlich in drei ungleiche Teile geteilt: vor, im und nach dem Krieg. Oft dachte sie in dieser Einteilung und ertappte sich immer zu spät dabei. Es ist leicht, dachte sie, die Zeit nach Kategorien zu ordnen. Vor dem Krieg – das war eine lange Kette von Jahreszeiten, die zurück bis in die Ewigkeit zu reichen schien. Der Krieg war ein albtraumhaftes Intervall gewesen, in dem sie jeden Tag wie auf Messers Schneide gelebt hatte, immer voller Angst und Anspannung, als hätte sie darauf gewartet, dass eine aufgerollte Giftschlange sich aufrichtete und zubiss.

Und danach?

Die Zukunft lag dunkel vor ihr, unbestimmt und planlos ohne Ben und Nick. Was würden sie bringen, diese kommenden Jahre? Kummer? Glück? Bedauern? Hannah konnte es nicht sagen; in ihrem Leid sah sie nichts voraus. Nicht ein einziges Mal sagte sie die Worte »nach Bens Tod«, denn sie konnte es nicht ertragen, seinen Namen zu sagen. Doch zusammen mit Nick war er in all ihren Gedanken.

Bens noch ausstehender Sold wurde ihr zugeschickt, gemäß den Anweisungen in seinem Testament. Doch für Hannah war das Geld kein Ausgleich für die Leere, die sie in ihrem Innern empfand. Weihnachten kam und ging, und plötzlich war das neue Jahr da und brachte die Anfänge der »Spanischen Grippe« mit sich, einer Epidemie, die bereits seit dem vergangenen April in Europa grassierte.

Sie blieb im Haus am Kangaroo Point und half bei der Pflege der letzten zurückkehrenden Männer. Die Erinnerungen waren hier, in dieser Stadt, und sie war nicht bereit, sich davon zu trennen. Sie hegte den Traum, dass sie Nick irgendwann sehen würde. Angespannt betrachtete sie die kleinen Kinder, wenn sie durch die Straßen der Stadt ging oder durch einen Park, immer auf der Suche nach dem vertrauten, zerzausten blonden Haarschopf. Doch sie begegnete ihm nie. Wo war er? Ging es ihm gut? War er glücklich?

Es war gegen Ende des Winters, als Jack Deacon sie besuchte. In den Parks der Stadt hatten die Akazien zu blühen begonnen, und deren Zweige wirkten wie beladen mit Gold. Bei ihrem Anblick kamen Hannah die Worte aus einem von Bens letzten Briefen in den Sinn. Er hatte etwas über die Akazien geschrieben. Und plötzlich kehrte die Erinnerung zurück: *Kleine Bälle aus gelbem Flaum*, das hatte er geschrieben und seine Hoffnung ausgedrückt, wieder zu Hause zu sein, ehe sie erneut blühten.

Es war eine mutlos machende Zeit. Ein kalter Wind wehte durch die Stadt, der Hannah nur noch niedergeschlagener machte. Ein tiefes Gefühl des Verlustes, zusammen mit einer unermesslichen Traurigkeit, verschlang sie in jedem wachen Augenblick. Und der Gedanke an Jack Deacons bevorstehenden Besuch, die Anstrengung, die es kosten würde, über all das zu sprechen, was geschehen war, all die Erinnerungen aufleben lassen zu müssen, war fast zu viel für sie.

An einem windgepeitschten Augustvormittag stand Jack dann vor der Tür. In seiner Uniform schien er sich unbehaglich zu fühlen. Zwei Jahre älter als sie selbst, wie sie später herausfand, war er ein hochgewachsener, rothaariger Farmer aus Roma im Westen des Landes. Er war in der Stadt, um bei der endgültigen Entlassung aus der Armee anwesend zu sein.

»Sie müssen Hannah sein«, sagte er. »Ich erkenne Sie von Bens Fotografie.«

»Wollen Sie nicht hereinkommen«, erwiderte sie matt und hielt die Tür auf.

Drinnen gab er ihr eine mittelgroße Schachtel. »Die Briefe, die Sie Ben geschickt haben, und sein Tagebuch«, sagte er zur Erklärung. Plötzlich räusperte er sich, und als er weitersprach, war er offensichtlich von den Worten überwältigt, die er sagen wollte. »Hannah, ich verstehe, was Sie durchmachen. Ben hat Sie und das Baby geliebt, auch wenn er seinen Sohn nie gesehen hat.«

Sie nickte, einen Augenblick lang unfähig, etwas zu sagen. Als sie antwortete, versagte ihr fast die Stimme. »Möchten Sie gern eine Tasse Tee?«

Bei einem Teller mit Scones und einigen Tassen Tee erzählte sie ihm von Nick und wie sie ihn verloren hatte. »Sie haben mir versichert, es wäre ein Irrtum gewesen. Jemand hatte die falschen Formulare vorbereitet, die für eine Adoption, nicht für eine Pflegschaft. Ich habe mit mir gerungen. Ich *habe* sie unterschrieben, man hat mich nicht dazu gezwungen. Ich hätte sie durchlesen müssen, aber es war so kurz danach, so kurz nachdem ich Ben verloren hatte. Ich konnte nicht klar denken. Mrs. Worthington, meine Arbeitgeberin, hat versucht zu helfen, aber sie haben gesagt, man könnte nichts tun. Also musste ich ihn gehen lassen, genau wie ich Ben habe gehen lassen müssen. Ich sage mir, dass er in guten Händen ist, bei einer Mutter und einem Vater, die ihn aufrichtig lieben. Aber niemand könnte ihn so lieben wie ich.«

Sie trocknete sich die Tränen mit dem sauberen weißen Taschentuch, das Jack ihr reichte, dann tranken sie weiter ihren Tee und sprachen über dies und das. Nachdem Jack gegangen war, wusste Hannah, dass sie eine verwandte Seele getroffen hatte, jemanden, der verstand. Schließlich hatte auch er all das Schreckliche durchlitten.

Als sie dann später die Schachtel mit Bens Habe durchsah, fand sie die andere Hälfte des Hufeisens.

Jack kam ungefähr jeden Monat in die Stadt und versäumte es nie, Hannah zu besuchen. Obwohl ein Lächeln auf ihrem Gesicht lag und sie sich zu freuen schien, ihn zu sehen, waren ihre Gesichtszüge angespannt, und in ihren Augen lag eine Traurigkeit, die zu vertreiben ihm nicht gelang.

Er führte sie an ihren freien Tagen zu den verschiedensten Plätzen in der Stadt. Es schien ganz natürlich zu sein, dass er seine Freizeit mit ihr verbrachte. In das zivile Leben zurückzukehren war schwer, und er fand es schwierig, mit seinen Eltern und mit seinen Schwestern über den Krieg zu sprechen. Wie sollten sie je all das begreifen? Auch mit Hannah sprach er nicht über diese Dinge, aber sie wusste darum, sie *wusste* es. Es war das Band zwischen ihnen, über das sie nie sprachen, es war das Teilen von Etwas, das viel mehr war als Freundschaft.

Sie sagte ihm, dass sie ihn nicht Jack nennen würde, weil es sie zu sehr an das erinnerte, was geschehen war – an den Krieg, daran, wie Ben gestorben war, an seine Briefe. Stattdessen nannte sie ihn John, bei seinem eigentlichen Namen, und er wurde zu einem Kennwort für sie beide, zu einem Zeichen von Respekt und Vertrauen.

Fast zwölf Monate vergingen, ehe Jack sie bat, ihn zu heiraten. In Erwartung ihrer Antwort hatte er einen Ring gekauft, und der Juwelier hatte ihm angeboten, ihn zurückzunehmen, würde er nicht die korrekte Größe haben. Hannah war zu der Zeit zu Besuch im Haus in der Brunswick Street, und ehe er zu ihr ging, suchte er David Corduke in der Bank auf, um dessen Einverständnis zu erbitten.

Beflügelt von der Zustimmung ihres Bruders besuchte er Hannah im Haus und schlug ihr einen Spaziergang am Bach entlang vor. Dort nahm er den Ring aus seiner Tasche und legte ihn in Hannahs Hand. Sie starrte ihn einen Moment lang verwirrt an.

»Ich möchte dich heiraten, und ich denke, dass Ben einverstanden wäre«, sagte er schlicht und brachte sie damit unerwartet zum Weinen. Er trocknete ihr die Tränen und küsste sie schüchtern.

Jack wusste, dass sie nie Kinder haben würden. Hannah hatte ihm die ganze Geschichte erzählt – die Probleme, die sie nach Nicks Geburt gehabt hatte, die darauf folgende Operation. Aber es machte ihm nichts aus. Es war Hannah, die er wollte.

»Ja«, sagte sie schließlich und belohnte ihn mit einem scheuen Lächeln. »Das würde ich gern.«

Fast unfähig, sein Glück zu begreifen, nahm Jack sie in die

Arme und küsste sie noch einmal. Vor dem Hintergrund der Bougainvilleen und der Akazien fühlte er ihren Mund auf seinem, fühlte er jenes erste zarte Aufblühen ihrer Zuneigung und wusste, dass alles gut werden würde.

»Ich liebe dich, Hannah«, flüsterte er, und der Klang der Worte vermischte sich mit dem Wind, der die Vergangenheit mit der Gegenwart verband. Und er bot ihm eine Zukunft an, auf die er kaum zu hoffen gewagt hatte.

Der Tag der Hochzeit zog hell und klar herauf, ohne die kleinste Wolke am Himmel. Hannah war früh auf und wünschte sich, die Zeremonie wäre schon vorüber und sie würden endlich im Zug nach Brisbane sitzen. Sie und John würden eine kurze Hochzeitsreise machen, ehe sie sich auf dem Besitz der Familie Deacon im Westen niederlassen würden.

Die Vorbereitungen in der Kirche waren getroffen. David Corduke würde seine Schwester durch das Kirchenschiff führen. Davie hingegen war voller Aufregung darüber, das nun bald verheiratete Paar in den nächsten Ferien im »Outback«, dem australischen Hinterland oder Busch, besuchen zu können.

Ehe sie sich ankleidete, saß Hannah am Schreibtisch in ihrem Zimmer und nahm einen Bogen Papier aus der Schublade. Sie würde heute ein neues Leben beginnen, doch zuvor musste sie das alte loslassen. So viel schuldete sie John. Sie biss sich auf die Unterlippe, griff zum Stift und begann zu schreiben.

Mein Liebling Ben,
heute werden John und ich heiraten. Seine Freundschaft tut mir gut, und in den vergangenen Monaten hat er mich gelehrt, wieder zu lachen. Wir teilen den Schmerz der Vergangenheit, er und ich, und es scheint richtig, dass wir deshalb auch die Zukunft miteinander teilen werden, was immer sie bringen mag. Gib Acht auf dich, Geliebter, wo immer du bist, und wa-

che über mich. Heute Nacht, wenn ich hinauf zum Himmel schaue, werde ich an jenen einen hellen Stern denken, und dahinter werde ich dein lächelndes Gesicht sehen.

Auf ewig.

Deine Hannah

Es war unwiderruflich, jetzt da es geschehen war, das Durchtrennen alter Bindungen, und es brachte ein Gefühl der Endgültigkeit und des Friedens. Sie wischte sich eine Träne aus dem Auge, faltete das Papier, steckte es in einen Umschlag und verschloss ihn. Auf den Umschlag schrieb sie nur ein Wort, »Ben«, und legte ihn dann zu den anderen.

In diesem Moment klopfte es an der Tür. Es war Lottie, die zu diesem Ereignis aus der Stadt angereist war.

»Bist du bereit?«, fragte sie und ihr Gesicht strahlte dabei.

Hannah nickte. Die Sonne schien, das war ein guten Omen. Die Akazien blühten. Dieser Tag gehörte ihr, ihr und John. Und auch die Zukunft gehörte ihnen. Sie würde sie hell machen und sie willkommen heißen, und sie würde nicht zulassen, dass die Vergangenheit sich dazwischendrängte.

Jedenfalls nicht zu sehr.

KAPITEL 35

Wie Michael es erwartet hatte, vergoss Callie einige Tränen über die Berichte von Bens Tod, die in den offiziellen Dokumenten enthalten waren. Aus mancherlei Gründen wäre es ihm lieber gewesen, er hätte sie schonen können, doch er spürte, dass ihr Kummer ein sichtbares Zeichen von Trauer war. Ben war gestorben; und auch Hannah lebte nicht mehr. Und die Geschichte ihres Lebens, wie sie in den Briefen und im Tagebuch erzählt worden war, war zu Ende.

Alle Informationen waren inzwischen da. Bens Korrespondenz mit Hannah, sorgsam verwahrt. Hannahs Briefe an Ben, von Jack zurückgebracht nach dem Krieg. Einige Bemerkungen, geschrieben von Jack, und dieser eine letzte Brief, den Hannah an ihrem Hochzeitstag geschrieben hatte. Ehrfurchtsvoll hatte Callie die trockenen Überreste der Mohnblüte genommen und sie laminiert, sie zwischen zwei durchsichtigen Plastikbögen vor dem weiteren Zerfall bewahrt. Die Fotografien aus dem Koffer waren alle in ein eigens zu diesem Zweck gekauftes Album eingeordnet.

Es war die Unterschrift am Ende jenes ersten Briefes von Jack, der ihnen half, die losen Enden zusammenzufügen.

»Der Jack in Bens Briefen«, sagte Callie später und nahm sich dabei vor, in ihrem Familienalbum nach Hochzeitsfotos von Hannah zu suchen, »war Onkel John. Das war mir bisher nicht bewusst.«

Sie saßen am Tisch auf dem Balkon und tranken ihren ersten Morgenkaffee. Michael trug einen blassblauen Bademantel, der am Hals offen stand und seine gebräunte Brust enthüllte. Callie trug einen bunten Kimono, ein Geschenk, das Michael ihr am gestrigen Abend gemacht hatte. Die Sonne war ein roter Ball, der sich über dem Meer erhob.

»Meinst du, sie waren glücklich, nach allem, was geschehen ist?«, wollte Michael wissen und trank einen Schluck von seinem Kaffee. »Ich frage mich, wie Jack wirklich wegen Hannahs Beziehung zu Ben empfunden hat, und wegen des Babys.«

»Vielleicht war es das, was sie zueinandergeführt hat, dieses geteilte Leid. Jack hat im Krieg die meisten seiner Kameraden verloren.«

»Vermutlich.«

»Genau genommen hat Hannah in diesem einen letzten Jahr fast alle Menschen verloren, die ihr wichtig waren: Tom. Ben. Nick.«

»Und überdies noch die Fähigkeit, weitere Kinder zu bekommen«, fügte Michael hinzu. »Das zu akzeptieren muss schwer gewesen sein, besonders, nachdem sie ihren Sohn verloren hatte. Und während die Jahre vergangen sind, muss es viele Tage gegeben haben, die für sie hart zu ertragen gewesen sein müssen – der Jahrestag von Bens Tod, Nicks Geburtstag.«

Callie nickte. »Sie hat Dinge erlebt, die uns heute veranlassen würden, zu einem Therapeuten zu gehen. Aber am Ende hat sie einfach alles hinter sich gelassen und ihr Leben weitergelebt. Sie muss eine sehr starke Frau gewesen sein.«

»Unser Hang heutzutage, zu einer Beratung zu gehen und all der Wirbel darum, macht uns das schwächer?«

»Schwächer?« Callie dachte einen Moment lang nach. »Vielleicht hat gerade das sie stärker gemacht«, meinte sie.

»Du kleine Hexe! Hör auf, mir die Worte zu verdrehen.«

Callie kicherte, wurde dann aber wieder ernst. »Was mich zudem erstaunt, ist die Tatsache, dass Hannah niemals das Gefühl hatte, sie könnte ihren Bruder David um Hilfe bitten, bei all dem, was geschehen ist. Ich hatte immer den Eindruck, dass unsere Familie zusammenhält. Aber das war offensichtlich nicht der Fall. Ich habe meinen Urgroßvater nicht gekannt, aber nach den Fotografien von ihm zu urteilen, hatte ich immer den Eindruck von einem Mann mit starkem Charakter.«

Michael nickte zustimmend. »Vermutlich vermittelt das auch der Name – David – und sein Beruf. Bankleute machen immer den Eindruck, beherrscht zu sein.«

»Ich begreife jetzt, dass er ein unglaublich schwacher Mann war. Völlig dominiert von Enid.« Callie schwieg einen Moment. »Da ist noch etwas, was mich auch beschäftigt. Ich glaube, ich erinnere mich an Lottie.«

»Wirklich?«

»Als Hannah nach Onkel Johns Tod bei Mum und Dad im Haus in der Brunswick Street wohnte, ist einige Male eine alte Frau aus der Stadt gekommen, um Hannah zu besuchen. Miss Lucas, so hat Hannah sie vorgestellt. Später sagte sie, ihr Name wäre Charlotte.«

»Wie ist es nach dem Krieg mit Lottie weitergegangen?«

»Offensichtlich hat sie nicht geheiratet, das folgt aus dem ›Miss‹, aber ich glaube mich zu erinnern, dass sie Kindermädchen oder Gouvernante war, etwas in der Art. Sie war eine lebhafte alte Lady, voller Witz und Humor. Komisch, ich habe das nie in einen Zusammenhang gebracht, dass sie und Lottie dieselbe Person ist.«

»Dann sind sie also in Verbindung geblieben«, sagte Michael nachdenklich. »Wenn man bedenkt, dass Lottie für Hannah jedes Mal da war, wenn es eine Krise in ihrem Leben gab, dann müssen sich diese beiden Frauen sehr verbunden gefühlt haben.«

Sie schwiegen eine Weile, und Callie dachte über die neu herausgefundenen Enthüllungen nach. Sie starrte über das Meer, das ruhig dalag, mit leichten Wellen, die an den Strand gespült wurden.

»Am Ende hat sie Jack geliebt. Ich war einige Male bei ihnen, als ich klein war – du weißt schon, Ferien im Busch. Sie waren einander sehr ergeben und schienen so zufrieden miteinander.«

Michael nickte und zog sie an sich. »Das Leben geht manchmal seltsame Wege«, flüsterte er ihr ins Ohr. »Bist du glücklich?«

»Ja.«

»Dann komm heute mit mir in die Stadt. Wir fahren mit Timmy irgendwohin.«

»Klingt gut.«

Er schwieg und grinste sie verschmitzt an.

»Wenn ich es mir allerdings recht überlege, sollte ich dich vielleicht lieber direkt zurück ins Bett tragen.«

Der Umschlag trug als Absender den Stempel des *Queensland Department of Births, Deaths and Marriages* und traf gegen Ende der darauffolgenden Woche ein. Bei all den Problemen, die sich ergeben hatten, hatte Callie ganz vergessen, dass sie dorthin geschrieben hatte. Eifrig riss sie den Umschlag auf und breitete die Unterlagen auf ihrem Schreibtisch aus.

Alle Einzelheiten lagen nun vor ihr. Hannahs Name, Bens. Nicks Geburtsdatum, die Adresse des Hauses, in dem er geboren worden war, und der Name der anwesenden Hebamme. Der Stempelaufdruck über die Mitte des Dokuments lautete: NICHT ZU VERWENDEN FÜR OFFIZIELLE ZWECKE. Eine maschinegeschriebene Notiz am Seitenrand besagte, dass »das Kind, dessen Geburt hiermit registriert ist, adoptiert worden ist«; darunter war das entsprechende Adoptionsregister angegeben.

Callie saß eine Weile da und las die Worte nochmals. Es ist die Gesamtsumme von Hannahs Kummer, dachte sie und versuchte sich vorzustellen, wie ihre Urgroßtante sich gefühlt haben musste, nachdem Nick und Ben fort waren.

Am Donnerstagabend rief Michael an, und sie berichtete ihm von den Ereignissen der Woche.

»Gibt's irgendeine Chance, dass du ein paar Tage frei machst?«, fragte er, als sie geendet hatte. »Ich habe nächste Woche ein Fotoshooting auf einer der Inseln. Es ist ein privater Auftrag, und ich nehme mir ein paar Urlaubstage dafür. Ich dachte, du würdest vielleicht gern mitkommen.«

»Wie lange wirst du weg sein?«

»Mit Hin- und Rückfahrt mindestens eine Woche.«

Callie zögerte einen Moment, die Einladung hatte sie überrumpelt. In ihrer Beziehung zu Michael war sie noch dabei, Grenzen auszutesten. Sex zu haben und die Wochenenden miteinander zu verbringen war das eine; es war unverfänglich und erforderte keine längerfristigen Verpflichtungen. Keine Pflichten. Keine Verantwortlichkeiten. Eine klare Sache, die klare Wünsche erfüllte. Aber das jetzt … Callie holte tief Luft. *Jetzt* wollte er, dass sie mit ihm verreiste, wollte sie in seine Arbeit und sein Leben einbinden, und das hob ihre Beziehung auf eine ganz andere Stufe.

Sollte sie annehmen oder ablehnen?

Langsam, langsam, mahnte eine innere Stimme. *Halt dich zurück. Lass dich nicht zu sehr darauf ein.* Ihre Unabhängigkeit von Stuart war hart errungen. Und so schnell wollte sie mit niemandem wieder eine Beziehung eingehen.

»Keine Verpflichtungen, Callie«, sagte Michael, als spürte er ihr Zögern. »Komm schon, es wird Spaß machen. Ein bisschen Sonne, gutes Essen, Wein, tolle Gesellschaft ...«

»Wessen? Deine oder meine?«

»Beide«, meinte er lachend.

Was gab es zu verlieren? Sie hatte sich in letzter Zeit recht angespannt gefühlt, und ein paar Tage aus der Stadt herauszukommen, und weg von Stuart, könnte die Dinge wieder in das richtige Licht rücken. »Klingt toll«, erwiderte sie und fühlte wider Erwarten eine prickelnde Vorfreude. »Ich werde meine Mutter anrufen und fragen, ob sie sich um die Katze kümmert.«

»Noch etwas, wegen des Wochenendes. Ich bin mit Timmy an der Reihe, und normalerweise unternehmen wir etwas Besonderes, damit wir nicht nur zu Hause herumsitzen und uns langweilen.«

»Was schwebt dir vor?«

»Ich dachte, wir könnten angeln gehen. Hättest du Interesse?«

Angeln! Ihre Gedanken wanderten zurück in die Kindheit, zu ihr, Bonnie und Alex, draußen in dem Dinghy. Sie sah sich mit ihren Eltern langsam über das Wasser fahren, hörte den alten Motor, der vor sich hinkeuchte, roch den Geruch nach Diesel und Salz, der sich in ihrer Nase vermischte. Wie lange war es her, seit sie mit einem Boot hinausgefahren war? Jahre. »Versuch mal, mich davon abzuhalten.«

»Also abgemacht. Ich komme Freitag, und wir verbringen das Wochenende mit Tim. Danach fahren wir in den Norden, gleich am Montagmorgen.«

Der Sonnabendmorgen zog hell und sonnig herauf, das typische Wetter für Mitte März. Michael packte einen Picknickkorb, und nachdem sie Timmy bei Gaby abgeholt hatten, fuhren sie auf dem Highway nach Süden. Es war noch früh und wenig Verkehr auf den Straßen. Gelegentlich überholten sie einen Truck, überwiegend Sattelschlepper, die zwischen den Staaten pendelten, und Timmy versuchte, aus der Ferne die Marken der Fahrzeuge zu erraten.

»Das habe ich auch gemacht, als ich so alt war wie du.« Michael lachte. »Und später wollte ich es sogar zu meinem Beruf machen, die großen Sattelzüge zu fahren.«

»Warum hast du es nicht getan, Dad?«, fragte Tim vom Rücksitz. »Das wäre cool gewesen.«

Callie warf Michael einen herausfordernden Blick zu. »Ja, warum hast du es nicht gemacht?«

»Weil ich beschlossen habe, hier zu bleiben, in diesem ebenso wunderbaren Teil Australiens, und stattdessen Fotos zu machen«, erwiderte er mit einem Grinsen.

Nach zwanzig Minuten verließen sie den Highway und fuhren nach Osten, der Sonne entgegen. Zuckerrohrfelder erhoben sich aus der flachen Weite des Landes, grüne Spitzen winkten in der Brise. Hier und dort lagen versprengt alte Farmhäuser. Gelegentlich schwebte ein Vogel über ihnen, war nicht mehr als ein winziger, dunkler Fleck an einem unglaublich blauen Himmel.

Schließlich lenkte Michael den Wagen auf einen kleinen Parkplatz vor einem baufälligen Bootsschuppen. Über der Tür hing ein verwittertes Schild auf dem *Smith's Angelausrüstungen. Köder. Bootsverleih. Stunden- und tageweise* stand. Callie stieg aus dem Wagen, reckte sich und atmete den salzigen Geruch des Wassers ein.

Nachdem ihre Siebensachen im Boot verstaut waren, lenkte Michael das kleine Gefährt weg von der Mole und aufs Meer hinaus. Callie saß neben ihm und nahm all die kleinen Einzelheiten wahr: Michaels gebräunte Hand, die auf dem Gashebel ruhte. Das Aufschlagen und Schlingern des Dinghys, als sie durch das kabbelige Wasser fuhren, Michaels Oberschenkel, der ihren berührte. Wunderbare Kleinigkeiten, dachte sie glücklich und beobachtete müßig unter ihrem breitkrempigen Hut hervor, wie Timmy sich über das Heck des Bootes beugte und seine Hand durch das Wasser gleiten ließ.

Ein paar Minuten von der Küste entfernt näherte sich ihnen eine große Yacht und schickte ihnen die schäumende Gischt ihres Fahrwassers. »Schau dir das an, Dad!«, schrie Timmy aufgeregt und zeigte auf das Schiff. »He Callie, hast du schon mal etwas so Großes gesehen? Cool!«

Callie lachte und fühlte den Druck von Michaels Hand um ihre. Während Timmy der davonfahrenden Yacht nachschaute, hob er ihre Finger an seinen Mund.

»Glücklich?«

»Ja. Und du?«

»Wahnsinnig.«

»Ach du Dummer!« Sie versetzte ihm spielerisch einen Stoß, und er tat, als würde er das Gleichgewicht verlieren. »Du sagst wirklich komische Sachen.«

»Das tue ich nicht«, entgegnete er und gab vor, gekränkt zu sein.

Worte, die sie einlullten wie die Bewegung der Tide, das langsame Dahingleiten der Möwen, die weiter draußen über dem Wasser schwebten. Spielerisches Necken. Entspanntes, leichtes Miteinander-Reden. Das alles war so selbstverständlich, als hätte sie Michael schon immer gekannt. Und die Jahre mit Stuart schienen Welten weit hinter ihr zu liegen.

Michael zog das Boot auf den Sandstrand einer kleinen Insel, und sie verbrachten ein paar angenehme Stunden mit Schwimmen und dem Erkunden der Wassertümpel, die sich in den Felsen um die nächste Landspitze herum befanden. Zur Mittagszeit breitete Callie im Schatten einer Baumgruppe eine Decke aus und packte den Inhalt der Kühltasche aus – frische Brötchen, kaltes Hühnchen, Salate, Käse und Obst. Eine Flasche kalter Chardonnay vervollständigte das Mahl.

Zu bald endete der Tag. Lange Schatten fielen schon auf den Boden, als Michael das Dinghy zurück zum Anleger steuerte. Müde und ein wenig verbrannt von der Sonne, trotz der Sonnencreme, die Callie großzügig aufgetragen hatte, fuhren sie durch die Zuckerrohrfelder denselben Weg zurück, den sie gekommen waren, und reihten sich in den Verkehr auf dem Highway ein, der in Richtung Stadt floss.

Fish and Chips schien den beiden Erwachsenen eine gute Wahl für das Abendessen zu sein; Timmy nickte fast schon ein, als er einen riesigen Hamburger zur Hälfte vertilgt hatte, von dem Callie überzeugt gewesen war, er würde ihn niemals bewältigen können. Schließlich lag der Junge gebadet im Bett, und sie hatten das Haus für sich.

Callie stand unter der heißen Dusche, als Michael zu ihr in die Kabine kam. Sanft seifte er ihr den Rücken ein, ihre Brüste und den Bauch, dann glitten seine Hände nach unten.

»Gut?«

»Mmmmm.« Sie wandte sich um, legte die Arme um seinen Nacken und zog sein Gesicht zu sich herunter. »Aber das ist viel besser«, murmelte sie und küsste ihn.

»Ich warte schon den ganzen Tag geduldig darauf, dass du das tust.«

»Geduld ist eine Tugend.«

»Und gerade jetzt habe ich keine mehr.«

Wie selbstverständlich stellte er das Wasser ab, hob Callie hoch und trug sie unter ihrem Protest und tropfnass ins Schlafzimmer. Die Bettdecken waren schon zurückgeschlagen, die Tagesdecke lag zusammengefaltet am Fußende. Lachend legte er sie auf die Laken und streckte sich neben ihr aus.

Er war liebevoll und zärtlich, nahm sich die Zeit, sich um ihre Wünsche genauso wie um seine zu kümmern. Ein Kuss. Eine Umarmung. Berührung von Händen, von Lippen. Alle Sinne richteten sich auf diesen einen explosiven Moment, der sie atemlos machte, keuchend vor Entzücken.

Später, als sie sich zu ihm wandte, halb schon im Schlaf,

streckte er die Hand nach ihr aus, hielt sie fest und barg sein Gesicht in ihrem Haar.

»Es fühlt sich so richtig an«, flüsterte er, und seine Stimme klang laut in der Stille der Nacht. »Du. Ich. Vermutlich muss ich diesem geheimnisvollen alten Hufeisen dafür danken, dass es mich zu dir geführt hat.«

»Schicksal«, erwiderte sie schläfrig. »Vielleicht sollte es so sein.«

Michael stützte sich auf den Ellbogen und schaute Callie an. »Und wohin wird uns das *Schicksal* jetzt führen?«

Fast zwei Tage dauerte die Fahrt, die sie zu ihrem Ziel an der Küste im nördlichen Queensland brachte. Ihre kleine Suite war sehr modern eingerichtet und lag an einer Straße, die parallel zum Kiesstrand verlief. Schwarzgefiederte Kasuare mit leuchtend blauen Halsfedern spazierten im Garten umher und nickten bei jedem Schritt mit den Köpfen.

Am nächsten Morgen fuhren sie mit dem Motorboot hinüber zur Insel. Callie half Michael, seine Fotoausrüstung vom Anleger hinauf zur Hotelanlage zu tragen, und saß dann unter einem Sonnenschirm am Pool. Michael entwickelte währenddessen zusammen mit dem Resortmanager das Konzept für die Fotoserie, die dieser in Auftrag gegeben hatte, um sie in einer neuen Hochglanz-Werbebroschüre zu verwenden. Nach einer Weile ging Callie an den Strand, beobachtete die Tide, das sich langsam zurückziehende Wasser, das eine weite matschige Fläche freigab.

Zu schnell vergingen die Tage, eine Folge von Fotoaufnahmen und Bildperspektiven, kalten Büfetts, angerichtet unter den Palmen auf der weiten Rasenfläche um den Hotelpool herum. Und sie liebten sich, wenn der Mond über das Wasser stieg und eine Myriade von Lichtern auf der stillen See schimmern ließ. An ihrem letzten Abend beschlossen sie um Mitternacht spontan, am

Strand entlangzulaufen: das Wasser umspülte sanft ihre Füße, und winzige Krebse eilten durch den Sand.

»Weißt du«, sagte Michael, als sie an einer felsigen Landspitze stehen blieben und sie ihre Wange gegen seine Schulter legte, »mit dir zusammen ist es mir gar nicht wie Arbeit vorgekommen. Eher wie Ferien. Einfach zu wissen, dass du mich erwartest, dass wir am Ende des Tages zusammen sein werden, macht es das alles wert.«

Er legte die Hand um ihr Kinn, hob ihr Gesicht zu seinem und küsste sie. »Genau genommen habe ich mich seit Ewigkeiten nicht mehr so lebendig gefühlt.«

Langsam gingen sie über den Strand zurück. Für Callie war der Urlaub fast vorüber, aber es war eine besondere Zeit gewesen, in der es nur sie und Michael gegeben hatte. Morgen würden sie zurück in die Stadt fahren, zurück zur alltäglichen Routine und Arbeit, in andere Leben, die nicht geteilt wurden.

Michael fühlte sich angespannt, als er sich mit dem Wagen durch den Stadtverkehr bewegte, während er wie schon so oft zuvor die Schultern hochzog und die Nackenmuskeln anspannte, was einen dumpfen Schmerz hinterließ. Die Woche war vorüber, und die vergangenen Tage verwoben sich so untrennbar miteinander, dass er unfähig war, sie in seiner Erinnerung auseinanderzuhalten.

Kleine Einzelheiten jedoch hoben sich heraus. Callie, die nachts neben ihm am Strand tanzte. Die Lichter der Insel, die vom dunklen Wasser reflektiert wurden. Callie, die nackt aus der Dusche kam, während die Wasserperlen noch ihre Arme und ihre Brüste benetzten, und die ihn verlangend an sich zog. Sie beide auf dem Bett liegend, das Mondlicht, das durch die offene Balkontür fiel, ihre Körper aneinandergeschmiegt in einer intimen Umarmung, aus der er sich nie wieder hatte lösen wollen.

In diesen Erinnerungen schwelgend, schaute er Callie von der

Seite an. Sie starrte gedankenversunken aus dem Fenster, als die grauen Umrisse der Gebäude vorbeiflitzten. »Willkommen zu Hause«, sagte sie und schnitt eine Grimasse, die wie ein trauriges Lächeln aussah.

Bess war da, ihn zu begrüßen, als er vor dem Haus vorfuhr. Der Nachbar, der den Hund gefüttert und nun Michaels Auto gesehen hatte, kam herüber, um eine ungeöffnete Dose Hundefutter zurückzubringen. Als Michael seine Aufmerksamkeit wieder Callie zuwandte, hatte sie den Suzuki aufgeschlossen und war dabei, ihr Gepäck aus seinem Wagen zu nehmen. »Warte, das mache ich«, sagte er und nahm ihr den schweren Koffer ab, um ihn im Kofferraum zu verstauen.

»Ich mache mich besser auf den Weg«, erwiderte Callie. »Ich habe Mum gesagt, dass ich heute Abend zurück sein werde, um die Katze abzuholen.«

»Du könntest sie anrufen«, schlug Michael hoffnungsvoll vor. »Und ihr sagen, dass du noch eine Nacht wegbleibst.«

»Und das Unvermeidliche hinauszögern?« Callie schüttelte den Kopf. »Danke, Michael. Ich hatte eine wunderbare Woche, aber jetzt geht es zurück in die Realität.«

»Ja. Die Realität. Danke, dass du mich daran erinnerst.«

Sie ging zu ihm, als wollte sie ihn küssen, blieb aber plötzlich stehen und sah ihn aus ernsten grauen Augen an. »Wünschst du auch, es würde niemals enden?«

»Das muss es auch nicht«, erwiderte er. »Wir könnten jeden Tag zu einem Feiertag machen, du und ich.«

Sie stand da, sah ihn einige Sekunden lang an, und ein fragender Ausdruck lag auf ihrem Gesicht. »Können wir das?«, meinte sie schließlich, machte einen Schritt zurück und fuhr sich mit der Zunge über die Unterlippe. Er sah den flüchtigen Ausdruck von Schmerz in ihren Augen. Hatte Stuart einmal dieselben Worte zu ihr gesagt? Hatte er ihr Versprechungen gemacht, die er nicht gehalten hatte?

Er hätte es ihr jetzt sagen können, hätte die Worte jetzt aussprechen können, doch irgendetwas hielt ihn davon ab. Langsam, Paterson, mahnte seine innere Stimme. Die Dinge entwickeln sich doch gut. Und die Beziehung ist doch gerade erst ein paar Wochen alt. Verdirb es nicht, indem du es zu schnell zu ernst werden lässt.

Er nahm ihren Arm und begleitete sie zu ihrem Wagen. »Du bist mir wichtig. Und wir kommen gut miteinander aus, du und ich. Wie Yin und Yang, laut der chinesischen Legende.«

Sie lächelte ihn jetzt an und küsste ihn zum Abschied. *Ich liebe dich,* wollte er sagen, *du bist mein Atem, mein Leben,* aber die Worte würden nicht kommen. Sie starben in seinem Mund, zurückgehalten von der Mauer, die Callie errichtet hatte, durch jenen fragenden Blick, den Ausdruck des Schmerzes, der für einen Moment den Wunsch in ihm geweckt hatte, Stuart in die Hölle zu schicken.

Mit finsterem Blick sah er ihren blauen 4WD die Straße hinunterfahren, fort von ihm, und er fühlte eine Leere, die er nicht füllen konnte.

Im Haus stand ein schaler Geruch. Michael stieß die Fenster auf und legte einige CDs in den Player, ehe er eine Ladung Wäsche in die Waschmaschine schob. Als er dann später an seinem Schreibtisch vorbeiging, ein getoastetes Sandwich kauend, fiel sein Blick auf den Umschlag. Callie hatte ihn am Freitag mitgebracht, eine Sammlung fotokopierte Dokumente und Briefe, von denen sie glaubte, er würde sie sich gern ansehen. Neugierig leerte er den Umschlag und blätterte die Papiere durch.

Eines der Dokumente erregte seine Aufmerksamkeit. Es war Nicks Geburtsurkunde. Er wusste, dass Hannahs Sohn im Januar 1917 geboren worden war. Callie hatte ihm das gesagt, auch wenn sich in Bens Tagebuch kein Hinweis auf den tatsächlichen Tag gefunden hatte. Zu dem Zeitpunkt, als er Hannahs Brief bekommen hatte, in dem stand, dass er Vater geworden war, waren seit der Geburt bereits Wochen vergangen, und Ben hatte es einfach an dem Tag vermerkt, an dem der Brief eingetroffen war.

Michael ließ den Blick über das Dokument gleiten, bevor er

die Einzelheiten las. Seltsam, dachte er, als ihm plötzlich auffiel, dass sein Vater und Hannahs Kind am selben Tag geboren worden waren. Was für ein Zufall!

Sein Blick glitt weiter über das Dokument. Ein leichtes Gefühl von angespannter Unruhe regte sich in ihm, als er auf eine mit der Maschine geschriebene Bemerkung stieß, die am Seitenrand hinzugefügt worden war: »Das Kind, dessen Geburt hierdurch registriert worden ist, wurde adoptiert. Siehe Adoptionsregister #544. G Hanlon Registrar-General. 5. Oktober 1918.

5. Oktober 1918.

Michael starrte auf die Worte, in denen er eine Widersprüchlichkeit zu entdecken glaubte. Er war sich nicht sicher, warum, aber er hatte das seltsame Gefühl, dass da irgendetwas nicht stimmte. Nick und sein Vater waren am selben Tag geboren. Die Bestätigung der Geburt seines Vaters, gleich nach seiner Geburt. Nicks Adoption im Oktober 1918, im Alter von neunzehn Monaten.

Er hielt plötzlich inne, der Atem stockte in seiner Kehle; es schien, als würden tausend Alarmsirenen in seinem Kopf schrillen. Abrupt stand er auf und ging zum Schreibtisch, in dem er seine persönlichen Unterlagen verwahrte.

Die Kopie der Geburtsurkunde seines Vaters in der Hand, verglich er die Einträge mit denen von Nick. Dasselbe Geburtsdatum. Derselbe Geburtsort. Sogar dieselbe Hebamme. Alles stimmte überein, bis auf den Namen der Eltern und das Datum des Eintrags in das Geburtenregister. Nicks Geburt war nur wenige Tage danach eingetragen worden. Die seines Vaters erst neunzehn Monate später. Am 5. Oktober, um genau zu sein.

Es gab nur eine logische Schlussfolgerung.

Verwirrt saß Michael da und starrte auf das Papier, während ihm Dutzende von Fragen durch den Kopf schossen. Wenn seine Vermutung stimmte, hatte sein Vater dann gewusst, dass er adoptiert worden war? Nie war darüber eine Bemerkung gemacht worden. Wahrscheinlich nicht, entschied er, und in seinem Kopf wirbelten die Gedanken wie verrückt durcheinander. Und er selbst war aufgewachsen in dem Glauben, ein Paterson zu sein.

Aber das war er nicht, nicht wirklich. Er war ein Corduke, ein Teil von Callies Familie.

Callie! Seine Konzentration wurde durch ein Durcheinander von Fragen abgelenkt. Callie die Geliebte stand neben Callie der Blutsverwandten. Eine Cousine zweiten Grades? Dritten Grades? Im Geiste ging er die Generationen durch und sein eigenes spärliches Wissen über die Familiengeschichte. Die verwandtschaftliche Verbindung war sicherlich nicht eng genug, um eine Hauptsorge zu sein, aber es schuf einen neuen Blickwinkel auf ihre Beziehung. Und das Haus in der Brunswick Street? Gleich beim ersten Mal, als er dort gewesen war, hatte er das Gefühl gehabt, dorthin zu gehören. Und er war überzeugt gewesen, das Haus gut zu kennen, auch wenn er es nie zuvor mit eigenen Augen gesehen hatte.

Er lächelte, als er an das Haus dachte, an den Garten. Sie waren Teil von ihm, ein Teil seines Erbes. Er gehörte dorthin.

Er musste ihr diese Entdeckung unbedingt mitteilen, doch als er auf die Uhr schaute, sah er, dass es schon nach elf Uhr war. Callie würde wahrscheinlich schon schlafen. »Verdammt«, fluchte er leise und starrte das Telefon an. Aber sie wird es wissen wollen, überlegte er und wünschte sich, den Klang ihrer Stimme zu hören. Ohne länger zu zögern, nahm er den Hörer auf und wählte ihre Nummer.

»Ich weiß, es klingt unglaublich, aber ich denke, dass Hannahs Sohn mein Vater war«, sagte er, als Callie sich schläfrig meldete.

Das *Department of Family and Community Services* konnte mit weiteren Informationen helfen. »Es gibt nicht sehr viele Unterlagen«, erklärte der junge Mann am Schalter, »aber wir können Ihnen sicherlich etwas über das Kinderheim sagen, in dem Ihr Vater gelebt hat, und Sie mit Daten versorgen.«

Michaels Schwester Anne war sehr überrascht gewesen. Er

hatte sie Anfang der Woche angerufen und ihr die Neuigkeit mitgeteilt. Einen Augenblick lang hatte verwirrtes Schweigen am anderen Ende der Leitung geherrscht. »Du willst mir also sagen, dass wir irgendwo eine ganz neue Familie haben, von der ich nichts weiß?«

»Ja.«

»Meinst du, Dad hat gewusst, dass er adoptiert worden ist?«

»Ich glaube nicht. Jedenfalls hat er zeit seines Lebens nie etwas darüber gesagt.«

»Wie gut, dass ich noch genug Speicherplatz habe, um unseren Familienstammbaum zu ergänzen«, erwiderte sie pragmatisch. »Wann lerne ich sie kennen?«

Michael machte einen möglichen Termin mit ihr aus; es waren noch einige Wochen bis dahin, und er hoffte, dass es Callie gelingen würde, Freya und Bonnie zu überreden, in die Stadt zu fahren. Anne hatte angeboten, für diesen Anlass ihr Haus zur Verfügung zu stellen. »Es ist einfacher so mit dem Baby«, sagte sie. »So kann ich den Kleinen schnell zu Bett bringen, wenn er müde und grantig wird. Kommt zum Mittag. Ich denke, wir werden eine Menge zu bereden haben.«

»Eine Menge«, grinste er und konnte kaum Freyas Reaktion erwarten.

Bewaffnet mit den relevanten Informationen fuhr Michael am Freitagabend die Küste hinunter zu Callie. Voller Aufregung öffnete sie ihm die Tür. »Ich kann es nicht glauben«, sagte sie und warf die Arme um seinen Nacken. »Es ist wunderbar. Warte, bis wir es Freya erzählen, diesem ungläubigen Thomas. Erinnerst du dich noch an das, was sie über das Hufeisen gesagt hat? Und darüber, dass du wissen wolltest, wie es in den Besitz deines Vaters gekommen ist? Unsinn, glaube ich, hat sie deine Fragen genannt. Nun, sie hat sich geirrt. Dieses Hufeisen hat eine ganze Menge mit dir zu tun.«

»Du hast Freya oder Bonnie also noch nichts gesagt?«

»Nein. Ich dachte, ich sollte damit warten, bis du kommst, dann können wir es ihnen zusammen sagen.«

»Feigling.«

Er hatte sie vermisst in der Woche, und das Haus war ihm unerträglich still vorgekommen. Selbst das Radio oder der Fernseher hatten diese Stille nicht vertreiben können. Ich brauche menschliche Gesellschaft, hatte er sich schließlich eingestanden, keine Stimme, die von irgendeinem Radiosprecher kommt.

»Wie auch immer«, fügte er hinzu und schloss Callie in seine Arme. »Ich bin nicht gekommen, um heute Abend mit Freya zu streiten. Morgen wird es noch früh genug dafür sein.«

»Ach«, lächelte sie. »Warum bist du dann hergekommen?«

»Dafür.« Er küsste sie auf den Mund. »Und dafür«, fügte er hinzu und küsste sie wieder. »Es sei denn, du hast etwas dagegen.«

»Nein«, murmelte sie und strich ihm mit der Hand über das Kinn. »Ich glaube, ich habe nichts dagegen.«

KAPITEL 36

Als Michael am folgenden Morgen vor dem Haus in der Brunswick Street stand, erfüllte ihn das Wissen, dass Hannah vor vielen Jahren eine Zeitlang hier gelebt hatte. Hannah – die Großmutter, die er nie gekannt und von der er nicht einmal geahnt hatte, dass sie überhaupt existiert hatte.

Als er das Gartentor öffnete, hatte er wieder das *Déja-vu*-Gefühl, dies schon einmal getan zu haben. Und er hatte es getan. Zweimal. Aber dieses Mal war es anders. Er kam zurück mit der Gewissheit, dass er einer von ihnen war, mit ihnen durch Blut und Gene verbunden und durch eine Liebesbeziehung, die vor fast achtzig Jahren auf grausame Weise durch eine einzige Gewehrkugel beendet worden war.

Sechs Monate waren vergangen, seit er dieses Haus zum ersten Mal betreten hatte. Jetzt war Herbst, nicht mehr Frühling, doch es hatte sich nur wenig verändert, abgesehen von dem Schild, das am vorderen Zaun angebracht war, über dem jetzt quer der große rot-weiße VERKAUFT-Aufkleber prangte. Noch immer wirkte das Haus, als schliefe es im Sonnenschein, hinter der sich ausbreitenden Flut von Bleiwurz, hinter dem gepflasterten Fußweg, der großen Veranda und der Eingangstür, von der die Farbe abblätterte.

Callie war zielstrebig vorausgegangen, doch er war einen Moment lang zurückgeblieben, um die Ausstrahlung des Ortes in sich aufzunehmen. Das Haus hat eine Seele, entschied er, geschaffen und geformt von den Menschen, die einst darin gelebt hatten. John und Elizabeth Corduke, Hannah, Thomas und David. Auch die unbeugsame Enid. Und Davie und Lily. Sie alle waren schon lange tot, doch Hannahs Briefe hatten sie erneut zum Leben erweckt, sie real gemacht.

Wenn er die Augen schloss, konnte er sie fast vor sich sehen. Elizabeth, die sich um den Blumengarten kümmerte, John, der den Rasen mähte. Die Kinder, die auf einem Flecken frisch geschnittenen Grases herumtobten und mit einem Ball spielten. Ein Lachen. Ein Kichern. Habe ich sie wirklich gehört?, fragte er sich und öffnete plötzlich die Augen. Aber es war Callie gewesen, die ihn gerufen hatte, während sie an der Veranda auf ihn wartete. Bonnie stand neben ihr und hielt ihm die Fliegengittertür auf.

Mit vor Staunen großen Augen hörten Bonnie und Freya zu, als er und Callie die Einzelheiten berichteten, ergänzt von Kopien, die sie von den offiziellen Dokumenten angefertigt hatten.

»So etwas«, sagte Bonnie, als sie geendet hatten. »Großtante Hannah war also Ihre Großmutter. Dann sind Sie und Callie entfernt miteinander verwandt. Cousin und Cousine, richtig?«

»Richtig. Nein, warten Sie, ich bin nicht sicher.«

»Was ist mit Großvater David?«, fragte Freya und runzelte die Stirn. »Meinst du, er hat jemals von Hannahs Baby erfahren?«

Callie schüttelte den Kopf. »Nach dem, was ich aus den Briefen weiß, war Tom der Einzige aus der Familie, der davon wusste, aber das Wissen ist mit ihm gestorben.«

Nachdem die verwandtschaftliche Beziehung zur Zufriedenheit der beiden älteren Frauen geklärt worden war, machte sich Bonnie auf die Suche nach den alten Fotoalben der Familie. Sie waren schon verpackt, aber Callies Mutter, mit ihrer gewohnten Ordnung, wusste genau, wo sie zu finden waren.

Sie waren alle da. Elizabeth und John. Thomas in seiner Soldatenuniform. Hannah und David. Enid, die mit strengem Blick in die Kamera starrte. Davie und Lily, die neben einer hüfthohen Blumensäule posierten, auf der eine Topfpflanze stand. Es gab sogar ein Foto von Hannah und Jack an ihrem Hochzeitstag, auf dem sie beide ernst dreinblickten. Dann Callies Eltern – Bonnie und Alex –, Hand in Hand die Treppe der Kirche hinuntergehend, Jahre später. Ein Konfettiregen schwebte über ihnen, ebenso für immer auf Bromsilberpapier eingefangen wie ihr Lächeln.

Michael kam es vor, als könnte er bei jedem von ihnen die Gesichtszüge seines Vaters erkennen. Hier war es die Nase, dort der Schwung einer Augenbraue, wieder bei einem anderen die Mundpartie. Michael zeigte ebenfalls einige Fotografien, die er mitgebracht hatte: sein Vater, seine Mutter, Anne, die Schwester.

»Erzähl uns von deinem Vater«, drängte Bonnie ihn, nachdem alle Bilder angesehen waren und sie ihrerseits die bestehenden Ähnlichkeiten in den Gesichtern bemerkt hatten.

»Er ist in der Stadt aufgewachsen«, erklärte Michael. »Und er war eine Zeitlang in Neu-Guinea, während des Krieges. Er hat nie viel darüber gesprochen, aber ich glaube, der Krieg hat ihn fürchterlich mitgenommen.«

»Davie, Callies Großvater, war auch dort«, unterbrach Bonnie. »Wäre es nicht ein Zufall gewesen, wenn sie sich gekannt hätten?«

»Nach dem Krieg ist er in eine große Maschinenbaufirma eingetreten und hat dort als Manager gearbeitet. Er war fast vierzig, als er meiner Mutter begegnete. Es war Liebe auf den ersten Blick, das hat er immer gesagt. Sie haben sechs Monate später geheiratet, und im darauf folgenden Jahr wurde ich geboren. Meine Schwester Anne kam drei Jahre später.«

»Ist es nicht seltsam?«, meinte Callie nachdenklich. »Dass er einen ähnlichen Beruf wie Ben Galbraith hatte? Wie der Vater, so der Sohn.«

»Und wie Ben war er ein umgänglicher, beliebter Bursche. Jeder mochte Dad. Seine Beerdigung war eine der größten, die ich je erlebt habe.«

»Da wir gerade Anne erwähnt haben«, warf Bonnie ein. »Wann werden wir sie kennenlernen?«

»Oh, tut mir leid. Das hätte ich fast vergessen. Anne hat mich gebeten, euch alle zum Mittagessen zu ihr einzuladen, in ein paar Wochen. Um es mit ihren Worten zu sagen: Sie ist ganz versessen darauf, euch zu sehen.«

Es war später Vormittag, als Callie und Michael gingen; Bonnie führte sie noch zur Tür, bevor sie die alten Fotoalben wieder einpackte.

»Wohin jetzt?«, fragte Michael. Ein seltsam ernüchterndes Gefühl der Leere hatte ihn ergriffen. Die Hinweise auf seine Familie waren schon lange vorhanden gewesen, und doch hätte alles ganz anders kommen können. Was, wenn er all dies nie herausgefunden hätte? Was, wenn Hannahs Geheimnis verloren gegangen, niemals aufgedeckt worden wäre?

Sie parkten den Wagen oben auf dem Hügel, von dem aus man den Blick über das Meer hatte, und Callie führte Michael zum Friedhof. »Ich weiß gar nicht, warum ich nicht schon früher daran gedacht habe, dich hierher zu bringen«, sagte sie und ging mit ihm auf dem gepflegten Weg zwischen den Gräbern entlang.

Schließlich blieben sie vor einer Reihe von Grabsteinen stehen; die Namen längst verstorbener Cordukes starrten ihn an.

Callie hatte einen kleinen Strauß Blumen mitgebracht, überwiegend Rosen und Nelken, die sie im Garten in der Brunswick Street geschnitten hatte. Schweigend reichte sie Michael die Blumen und wies mit einem Kopfnicken auf Hannahs Grab.

Hannah Deacon, geb. Corduke. 1896–1978, lautete die Inschrift. *Ehefrau von John.*

Ehefrau von John. Hannahs Leben – zusammengefasst in drei kleinen Worten. Aber sie ist mehr als das gewesen, dachte Michael. Die Geliebte von Ben. Die Mutter von Nick. Seine Großmutter. Doch niemand hatte es gewusst. Und wäre das Hufeisen nicht gewesen und seine verbissene Entschlossenheit, die Geheimnisse wären für alle Zeit verloren gewesen.

Ehrfürchtig lehnte er die Rosen gegen den Stein aus Marmor, der warm von der Sonne war, und senkte für einige Momente den Kopf. Im Geiste sah er Hannah vor sich, so wie sie auf der Fotografie ausgesehen hatte, die Callie zwischen den alten Briefen gefunden hatte. Dunkles Haar lockte sich um ihr Gesicht, das mit seinem freundlichen Lächeln auf eine ungewöhnliche Art hübsch gewesen war. Ein Arm hielt Nick, seinen Vater, der auf ihrer Hüfte saß. Eine junge Frau. Keine alte Lady. Irgendwie konnte er sie sich *alt* nicht vorstellen.

Stirnrunzelnd wandte er sich um und sah, dass Callie nur wenige Meter entfernt stand. Sofort lösten sich seine Gedanken von Hannah. Sie dort zu sehen, die grauen Augen schmal gegen seinen Blick, der besorgte Ausdruck auf ihrem Gesicht: Es war Callie, die seine Sinne füllte. Die Wochenenden sind nicht genug, dachte er abrupt. Ihre erzwungenen Trennungen fingen an, ihn zu quälen. Er vermisste sie, verdammt, an diesen sich endlos lang hinziehenden Wochentagen. Und es war nicht nur der Sex, räumte er im Stillen ein. Vielmehr vermisste er *sie*, den Menschen, der warm und fröhlich, klug und mitfühlend war; er sehnte sich nach ihrer Gesellschaft, ihrem hellen Naturell.

Gaby würde bald abreisen, und Timmy würde bei ihm bleiben. Sein eigenes Leben änderte sich, und er konnte nicht zulassen, dass seine Beziehung zu Callie stagnierte. Er konnte sie nicht gehen lassen, so viel wusste er. Also welche Möglichkeiten gab es? So weitermachen wie bisher? Zusammenziehen? Unbewusst schüttelte er den Kopf dabei. »Zu altmodisch«, murmelte er vor sich hin, »und zu abgeschmackt.«

Was also war die Alternative? Heiraten?

Der Gedanke war ihm schon einige Male durch den Kopf gegangen, aber bis jetzt hatte er ihn jedes Mal rasch wieder beiseitegeschoben. Die Ehe war ein großes emotionales Unterfangen. Was, wenn sie einen Fehler machten, so wie er und Gaby, es aber erst nach Jahren des Zusammenlebens in eingefahrenen Gleisen herausfanden? Er könnte diesen Herzschmerz nicht noch einmal ertragen.

Was er in jener Nacht zu Callie gesagt hatte, in der sie sich zum ersten Mal geliebt hatten, war die Wahrheit gewesen. Er war einsam, und er suchte nach mehr als nur einer platonischen Freundschaft. Und er fühlte etwas für sie.

Bitte mich nicht, es zu erklären, ich weiß nur, dass es da ist.

Warum konnte er die Worte nicht sagen? Wovor hatte er Angst? Vor einem weiteren Fehlschlag? Einer Zurückweisung?

Mensch, Paterson, dachte er grimmig. Was tut ein Mann in dieser Situation? Er war fast vierzig. An manchen Tagen hatte er das Gefühl, das Leben ginge an ihm vorbei. Verdiente er nicht eine Chance auf Glück?

»Michael?«

Die Erwähnung seines Namens unterbrach seine Überlegungen. Callie sah ihn prüfend an, die Hände in den Taschen ihrer Jeans vergraben. »Was ist los?«

»Nichts.« Er zuckte mit den Schultern. Wie sollte er es ihr erklären, wenn nicht einmal er selbst es verstand?

Sie kam zu ihm und vertrieb seine düstere Stimmung. Als sie die Arme um ihn legte, fühlte er durch den Stoff seines Hemdes ihre Wärme. »Es tut mir leid. Vielleicht hätten wir nicht herkommen sollen. Es wühlt zu sehr auf.«

»Nein. Mir geht es gut, wirklich.« Michael deutete mit der Hand auf die Reihe der Grabsteine. »Es ist nur die Endgültigkeit, die einem hier bewusst wird. Vermutlich hat das alles mich daran erinnert, wie schnell mein eigenes Leben vergeht.«

Er holte tief Luft. »Ich liebe dich.«

Sie zog sich zurück und sah ihn so überrascht an, als hätte sie ihn nicht richtig verstanden. »Was hast du gesagt?«

Die Worte waren heraus, und es gab kein Zurück, was auch immer geschehen mochte. »Ich habe gesagt, *ich liebe dich*.«

Ihre Augen verengten sich in einem Ausdruck der Verwirrung. »Ich verstehe nicht.«

»Heirate mich, Callie. Wir können zusammen leben.«

Sie wich noch einen Schritt zurück und verschränkte die Arme vor der Brust, während sie den Kopf schüttelte. Eine Sekunde lang zitterte ihr Mund, und er fragte sich, ob sie weinen würde. »Tu das nicht, Michael.«

»Was soll ich nicht tun?«

Sie schüttelte wieder den Kopf.

»Callie! Verstehst du denn nicht? Ich liebe dich. Ich habe dich gerade gefragt, ob du meine Frau werden willst. Ich will den Rest meines Lebens mit dir verbringen.«

Als sie ihm antwortete, war ihre Stimme fast nicht zu hören. »Ich kann nicht.«

Die Reaktion war so unerwartet, dass er einen Moment lang nicht wusste, was er sagen sollte. Ratlos strich er sich über die Stirn und legte die Hand für einen kurzen Moment gegen seine Augenbraue. »Das ist verrückt. Wir betreiben Wortspiele, die zu nichts führen. Was meinst du damit, du *kannst* nicht?«

Abrupt wandte sie sich ab und ging von ihm fort, ihre Stimme klang gedämpft. »Du verstehst das nicht.«

»Dann erkläre es mir.« Er war neben ihr, zog sie herum, damit sie ihn ansah. »Erkläre es mir, Callie, verdammt noch mal!«

»Du bedeutest mir sehr viel, Michael, wirklich.«

»Ich dachte, da wäre etwas zwischen uns. Was mich betrifft, war es nicht einfach nur bedeutungsloser Sex. Was ist mit letzter Nacht?«

»Bitte!«

Als sie ihren Arm aus seinem Griff befreite, wurde er sich plötzlich bewusst, wie fest er sie gehalten hatte. »Es tut mir leid«, entschuldigte er sich und starrte auf seine Hände, die leicht zitterten.

Er sah, dass sie weinte, Tränen quollen aus ihren Augen. Mit einer heftigen Bewegung wischte sie sie fort, doch ihre Wimpern waren immer noch nass. Michael verspürte den Wunsch, seine Lippen darauf zu drücken, doch der entschlossene, unerschütterliche Zug um Callies Mund und ihre starre Körperhaltung hielten ihn davon ab.

»Können wir darüber reden?«, fragte er leise.

Sie lächelte ihn zögernd an, irgendwie gezwungen, und ihr Gesicht glich einer starren Maske. »Die letzten Wochen waren wundervoll, Michael. Wirklich. Aber heiraten? Ich bin zu dieser Art von Bindung nicht bereit. Das alles geht viel zu schnell. Lass uns nicht das verderben, was wir haben.«

Die Enttäuschung war fast greifbar, aber was hatte er denn erwartet? Dass sie bereitwillig seinen Plänen zustimmte? Dass ihre Gefühle ähnlich den seinen waren? Dummerweise hatte er bereits damit angefangen, sein Leben um sie herum zu organisieren, hatte sich Gedanken über ein neues Haus, einen neuen Job gemacht. Aber jetzt spürte er den stechenden Schmerz ihrer Zurückweisung, und alles schien mit einem Mal unwichtig, wie ein Hohn.

Nur Narren fallen mit der Tür ins Haus …

Er hatte seine eigene Grundregel gebrochen.

Die Szene blieb ihr tagelang vor Augen. Der blaue Himmel. Das leise Wispern des Windes in den Pinien, die den Friedhof säumen. Das ferne Krächzen einer Krähe. Michael, der sich über das Grab beugt und die Blumen gegen den Grabstein lehnt. Unwillkürlich hatte sich ein Knoten in ihrer Kehle geformt, ähnlich wie an dem Tag, an dem Bonnie ihr von dem geplanten Verkauf des Hauses in der Brunswick Street erzählt hatte. Selbst jetzt, als sie daran zurückdachte, fühlte Callie ihre Augen feucht vor unterdrücktem Kummer werden.

Ihr Schriftstellerinnenbewusstsein hatte alles in sich aufgenommen, dieses widerstreitende Bild aus Ansichten und Gefühlen. Ihr Kopf hatte es aufgenommen und abgespeichert, damit es später hervorgeholt und überdacht werden konnte, auseinandergenommen, analysiert. Michael, der mit dem Rücken zu ihr steht, den Kopf gesenkt. Welche Gedanken waren ihm in diesem Augenblick durch den Sinn gegangen?

Sie hatte sich ein Stück weit zurückgezogen und im Schatten eines Baumes gewartet, um ihn seinem stillen Gedenken zu überlassen. Sie fühlte sich, als würde sie in etwas Privates und Persönliches eindringen: das verspätete Treffen, wenn auch nur in Gedanken, zwischen einem Mann und seiner Großmutter, die er nie gekannt hatte.

Dann hatte er sich umgedreht, in seiner Miene hatten sich seine Emotionen widergespiegelt, und sie war zu ihm gegangen, hatte ihn warm in ihren Armen gespürt. Durch den Stoff seines Hemdes hatte sie sein Herz schlagen fühlen, gleichmäßig und stark.

Ich liebe dich, hatte er gesagt.

Heirate mich.

Und er hatte damit alles verdorben.

Die schrecklichen Erinnerungen an Stuart waren in diesem Moment ungewollt zurückgekommen. Stuart, wie er auf der Straße Primrose küsste, wie seine Hand sich auf vertraute Weise auf ihren Po legte. Dieselbe Hand, mit der er ihr später ins Gesicht geschlagen hatte. Sie konnte noch das Knacken hören, als ihr Kopf zurückgeschleudert worden war, konnte noch den stechenden Schlag auf ihrer Wange spüren.

Dann sah sie Stuart, wie er im Wohnzimmer ihrer neuen Wohnung stand. *Wir könnten heiraten, eine Familie gründen …*

Du bist es, die ich will …

Immer bist nur du es gewesen. Ich liebe dich….

Worte. Bedeutungslose Worte. Nichts als Lügen. Sie hatte ihm zwei Jahre ihres Lebens gegeben, nur um diese Lügen am Ende entgegengeschleudert zu bekommen. Benutzt. Besudelt. Verschwendet.

Für einen Moment war sie nicht fähig gewesen, etwas zu sagen; ihr Mund hatte sich geweigert, sich zu bewegen. Michael hatte gespannt gewartet, hatte zögernd gelächelt.

Plötzlich hatte sie ihre Sprache wiedergefunden. *»Tu das nicht, Michael.«*

»Tu was nicht?«

Das Lächeln war verschwunden, war einem Stirnrunzeln gewichen. Callie schüttelte den Kopf. Sie wollte, dass er es verstand, aber wie konnte sie das erwarten? Ihre eigenen Gefühle waren ein einziges unzusammenhängendes Wirrwarr. Obwohl sie Michael seit Monaten kannte und sich seit der ersten Begegnung zu ihm hingezogen gefühlt hatte, war die Entwicklung ihrer Beziehung nach ihrem Bruch mit Stuart sehr rasch vorangeschritten. Ihre Unabhängigkeit war hart erkämpft, und sie verabscheute die Vorstellung, sie aufzugeben.

Und Michael? Hatte sie ihm einen falschen Eindruck ihrer Gefühle vermittelt? Ihre Gedanken liefen zurück durch die Zeit, die sie zusammen gewesen waren. Es hatte keine Erklärungen gegeben, von keinem von ihnen, dessen war sie sicher. Und er hatte nichts gesagt, hatte keine Andeutung darüber gemacht, wie er empfand.

Ein anderer Gedanke ging ihr durch den Kopf und beunruhigte sie in all seiner Konsequenz. Sie und Michael hatten durch das Hufeisen zueinandergefunden, durch die Briefe, das alte Tagebuch und eine achtzig Jahre zurückliegende Liebesgeschichte. Und durch das Leid, das alle erlebt hatten. Versuchte er, so fragte sie sich jetzt, auf eine bizarre, wenn auch unbeabsichtigte Weise, ein glückliches Ende der Geschichte zu erschaffen, viele Jahre später?

Die Fragen und Möglichkeiten waren immer wieder durch ihren Kopf gewirbelt und verlangten nach Antworten, die sie nicht geben konnte. Es war alles zu plötzlich gekommen, zu schnell. Sie brauchte Zeit. Zeit, um sich über ihre Prioritäten klar zu werden, darüber, was sie für Michael empfand. Auf gewisse Weise kannten sie einander kaum. Sie *konnte* es sich einfach nicht gestatten, sich auf eine neue Beziehung einzulassen. Nicht jetzt.

»Gut, dann vergiss es einfach«, hatte er brüsk und mit abgewandtem Gesicht gesagt, und sie hatte gewusst, dass sie ihn unbeschreiblich verletzt hatte.

Der Rest des Tages war in einer Reihe unbehaglicher Schweigephasen vorübergegangen, die noch schwerer wogen durch eine angespannte Unterhaltung dann und wann und durch die Ereignisse des Vormittags, die wie eine unausgesprochene Mauer zwischen ihnen standen. Sie hatten einige Partien Canasta gespielt, aber Callie war mit dem Herzen nicht dabei gewesen. Michael hatte so bedrückt ausgesehen, dass sie schließlich die Karten aus der Hand gelegt hatte und in ihr Arbeitszimmer gegangen war, um einen Zettel zu holen, den sie am Tag zuvor auf ihren Schreibtisch gelegt hatte.

»Ich möchte, dass du etwas liest«, hatte sie bei ihrer Rückkehr ins Wohnzimmer gesagt. »Es ist ein Gedicht. ›Klagelied‹. Es wurde 1917 in Frankreich von einem Soldaten geschrieben. Sein Name war Gibson.«

Michael hatte die Spielkarten aus der Hand gelegt, Callie aber nicht angesehen. »Callie, ich bin wirklich nicht in der Stimmung für Gedichte. Es war ein harter Tag, auf die eine oder andere Art.«

»Bitte, es wird nicht lang dauern.«

Er hatte den Kopf gehoben, und sie hatte deutlich die schmale Falte der Anspannung auf seiner Stirn gesehen. Ihr war der Gedanke gekommen, dass sie die Ursache für diese Falten war.

Sie hatte vor diesem Anblick kurz die Augen geschlossen, dann hatte sie auf die Worte auf dem Zettel geschaut, unfähig, fortzufahren. Wenn sie die Worte aussprach, würde sie weinen, sie hatte das gewusst. Sie würde dastehen und wie ein Baby weinen, oder wie ein Kind, das untröstlich war.

Hör auf!, hatte sie sich fest ermahnt. Irgendwie würde sie stark sein. Irgendwie musste sie Michael zeigen, was geschah. Mit ihr. Mit ihnen beiden. Fortgetragen von der Nachwirkung von all dem, das geschehen war, kämpfend, um all dem einen Sinn zu geben. Der Schrecken des Krieges. Hannah, die Ben verlor. Und Nick. Geheimnisse, die zu lange bewahrt und erst jetzt aufgedeckt worden waren. Die völlige Sinnlosigkeit all dessen machte die Betroffenheit nur noch größer. Ihr eigenes Leben schien so kläglich im Vergleich dazu, so … trivial.

Mit einem tiefen Luftholen hatte sie begonnen:

We who are left, how shall we look again
Happily on the sun or feel the rain,
Without remembering how they who went
Ungrudgingly, and spent
Their all for us, loved too the sun and rain?

A bird among the rain-wet lilac sings –
But we, how shall we turn to little things,
And listen to the birds and winds and streams
Made holy by their dreams,
Nor feel the heart-break in the heart of things?

Ihre Stimme hatte bei dem letzten Wort geschwankt, ihre Gefühle fingen sich rau in ihrer Kehle. »Ich wollte es dir einfach nur vorlesen«, hatte sie geflüstert und den Zettel in die Tasche ihrer Jeans gesteckt. »Es ist eine Art Zusammenfassung dessen, wie ich mich gerade fühle. Alles, was kürzlich geschehen ist – es ist alles zu viel. Nach dem, was mit Hannah und Ben passiert ist, kann ich nicht einmal anfangen, mir den Rest meines eigenen Lebens vorzustellen.«

»Nun gut, all das bringt einen durcheinander. Und heute auf den Friedhof zu gehen …« Er war verstummt und hatte auf seine Hände geschaut, seine Finger ineinander verschränkt.

»Siehst du es nicht?«, hatte sie weitergesprochen, weil sie

wollte, dass er die willkürliche Zerbrechlichkeit ihres eigenen Bewusstseins begriff. »Du und ich, wir sind gefangen in all dem, ob es uns gefällt oder nicht. Es beeinflusst unser Urteilsvermögen. Wir können den Kreis nicht schließen. Wir könnten nicht das ›Sie lebten glücklich bis ans Ende ihrer Tage‹ zu dem erschaffen, was Hannahs und Bens gemeinsames Leben hätte sein sollen. *Wir* sind *nicht* Hannah und Ben.«

»Ich habe nie gedacht, wir wären es«, hatte Michael müde erwidert und war sich mit der Hand durchs Haar gefahren. »Hör zu, das alles ist Vergangenheit, aber wir müssen weitermachen. Wir können unsere Leben nicht anhalten, weil wir über etwas nachdenken, was vor achtzig Jahren passiert ist. Das bezieht auch meinen Vater ein. Denn trotz alledem, was in der Vergangenheit passiert ist, müssen wir manchmal Chancen ergreifen, müssen wir das Glück festhalten.«

Sie war zu ihm gegangen, hatte sich vor seinen Stuhl gekniet und ihren Kopf auf seinen Schoß gelegt. »Es tut mir leid, Michael.«

»Nein, ich bin es, der sich entschuldigen sollte«, hatte er brüsk entgegnet, den Stuhl dabei zurückgeschoben und war aufgestanden. Er hatte seine Schlüssel und seine Brieftasche vom Küchentresen genommen und hatte Callie einen flüchtigen Kuss auf die Wange gegeben.

»Michael!«, hatte sie protestiert.

»Nein, du hast recht«, hatte er gesagt, die Hand auf dem Griff der Wohnungstür, während sie dagestanden und sich angesehen hatten, »die letzten Wochen *waren* wundervoll, aber ganz offensichtlich haben wir unterschiedliche Erwartungen an diese Beziehung. Vergiss, was ich gesagt habe. Ich werde es nicht wieder erwähnen. Und jetzt, wenn du mich entschuldigst, werde ich besser gehen. Wie du siehst, bin ich zurzeit kein guter Gesellschafter.«

Und er war gegangen, war leichtfüßig die Treppe hinuntergesprungen.

Callie war ins Treppenhaus gelaufen, hatte hinuntergeschaut

und seine gebräunte Hand über das Geländer gleiten sehen, die schließlich aus ihrem Blick verschwunden war. Dann war unten die Haustür zugeschlagen.

»Michael, bitte«, hatte sie gerufen und ihn im Stillen gebeten zu verstehen, aber es war zu spät.

Verzweifelt war sie wieder hineingegangen, hatte die Wohnungstür hinter sich zugeworfen. Verdammt! Verdammt! Verdammt! Es war ihr erster Streit, und sie hatte nicht gewollt, dass der Tag so endete. Wenn sie doch nur besser vorbereitet gewesen wäre. Vielleicht hätte sie die Situation dann klären können.

In dieser Nacht konnte Callie nicht schlafen. Die Bilder wiederholten sich in ihrem Kopf: Michaels Erklärung, ihre fast hysterische Reaktion darauf. Sein überstürzter Aufbruch schien so endgültig, so unwiderruflich, und ähnelte einer Szene wie aus einem schlechten Traum.

Sie ging durch die stillen Zimmer, eine Tasse Kaffee in der Hand, und schaltete den Computer an. Blicklos starrte sie auf den Monitor, während dieser langsam zum Leben erwachte. Oscar, gestört von dem nächtlichen Herumwandern, sprang auf ihren Schoß und schnurrte laut.

Eine Weile lang saß Callie da und kaute am Ende eines Stiftes, während die Gedanken durch ihren Kopf wirbelten. Michael. Ein Mann, der einfach in ihrer aller Leben getreten war, in ihr Leben, der lange verborgene Geheimnisse enthüllt hatte. Michael, der ihr sein Herz geöffnet hatte, der sie mitgenommen hatte zurück in jene anderen Leben, Hannahs und Bens. Und der sie hatte sehen lassen, wie es gewesen war in diesen Jahren des Krieges, der ihr geholfen hatte, zu verstehen.

Was zu verstehen?, dachte sie. Dass sie ihn unerträglich vermisste, wenn er nicht da war? Dass er ihr Leben auf den Kopf gestellt und ihr über das Trauma von Stuarts Betrug hinweggeholfen hatte?

Und als Dank dafür hatte sie ihn weggeschickt.

Sie ließ ihre Gedanken wandern, durch die Monate, die vor ihr lagen. Würde sie zufrieden sein mit diesen Wochenendtreffen, einen Monat lang, ein Jahr lang und immer so fort? Sie war fast dreiunddreißig. Die biologische Uhr, um diesen trendigen Satz zu verwenden, tickte. Eines Tages wollte sie heiraten, Kinder haben! War Michael derjenige, der die Zukunft mit ihr teilen würde?

Während sie auf die Tasten starrte, gingen ihr eine Reihe unzusammenhängender Worte durch den Sinn. Sie begann zu schreiben, die Sätze erschienen rasch auf dem Monitor.

Lieber Michael,
gestern, als du an Hannahs Grab gestanden hast, fühlte ich deinen Schmerz, und deinen Zorn. Es tut mir leid, wenn ich dich verletzt habe. Es ist nicht absichtlich geschehen.

Callie hielt inne und legte den Handrücken auf die Augen. Wie dumm, gestand sie sich ein, dass ihr ihre Gefühle in den Weg gekommen waren. Und trotzdem war es die Wahrheit. Sie *hatte* seinen Schmerz gespürt, seinen Zorn, aber es waren nicht ihre Gefühle gewesen. Sie hatte sie nicht voraussehen können, hatte nichts von dem voraussehen können, was gestern zwischen Michael und ihr auf dem Friedhof geschehen war. Das, was sie fühlte, war ihr eigener persönlicher Schmerz und das Gefühl der Endgültigkeit. Und sie hatte den Wunsch, die Dinge ungeschehen zu machen, auch wenn das nicht möglich war.

Wütend auf sich selbst hielt sie sich verbissen an ihre Aufgabe, stellte dann den Drucker an, gab die entsprechenden Befehle ein und sah zu, wie das frisch bedruckte Papier aus der Maschine glitt. Müde beugte sie sich vor und las die Worte noch einmal.

Unzufrieden und ärgerlich auf sich und über die Zeitverschwendung, schob sie das Blatt weg. Was für ein Haufen sentimentaler Rhetorik! Die Ereignisse hatten sich alle in der Vergangenheit zugetragen, waren längst vorbei. Also warum ließ sie sich von diesen gefühlvollen Nachwirkungen so sehr gefangen nehmen?

Weil ich ihn liebe.

Die Worte erhoben sich aus ihrem Bewusstsein, und sie schloss die Augen, blendete den Anblick des Papiers und des Monitors aus. Sie war sich des Gewichts der schlafenden Katze auf ihrem Schoß bewusst, und der heißen Tränen, die hinter ihren Lidern lauerten, während dieser eine Gedanke sich seinen Weg in ihr Innerstes bahnte.

Was, wenn sie ihn nie wiedersah? Was, wenn sie ihn so tief verletzt hatte, dass er nie mehr zurückkam? Die Befürchtung setzte sich als Schmerz in ihrer Brust fest, ein langsamer, sich drehender Schmerz, der ihr vorübergehend den Atem raubte.

»Nein! Ich will darüber nicht nachdenken«, murmelte sie wütend, knüllte das Blatt zu einem festen Ball zusammen und warf ihn mit geübtem Wurf in den Papierkorb. Das würde nie passieren. Michael würde am nächsten Wochenende zurückkommen, wie üblich, und irgendwie würden sie zusammen dieses Chaos klären. Ein kleiner Streit bedeutete nicht das Ende ihrer Beziehung.

Doch bis dahin lag noch die ganze kommende Woche vor ihr. Angefüllt mit Arbeit. Wenn sie alle Hebel in Bewegung setzte, könnte sie wahrscheinlich vor dem kommenden Wochenende die meisten Briefe auf Diskette übertragen …

Mit einem Seufzen stellte sie den Computer aus und ging ins Bett.

KAPITEL 37

Niemals zuvor war eine Woche so langsam vergangen. Michael hatte im vergangenen Monat allen Kollegen mitgeteilt, dass er gehen würde, und im Büro gab es die erwartete Verabschiedungsrunde. Letzte Dinge mussten erledigt und sein Büro ausgeräumt werden, damit sein Nachfolger es beziehen konnte.

Während er Kiste um Kiste zu seinem Wagen trug, staunte er über die Mengen, die sich in diesen zwanzig Jahren angesammelt hatten.

Sein Fortgehen war mit einem Gefühl der Traurigkeit und mit der Befürchtung verbunden, dass er seine Entscheidung vielleicht überstürzt gefällt haben könnte. Wegzugehen aus dieser vertrauten, fest zusammenhaltenden Gemeinschaft empfand er als einen Verlust, den er nicht erklären konnte. Und der Grund für sein Handeln – Callie – schien so weit entfernt wie nie.

Er widerstand dem Wunsch, sie anzurufen. Ein Streit am Telefon war das Letzte, was er brauchte. Gib ihr Zeit, sagte seine innere Stimme. Halt dich zurück!

Mittwochabend nahmen die Kollegen aus der Grafikabteilung ihn mit zu einem Essen in den Pub, wo es ihm erfolgreich gelang, sich über die Maßen zu betrinken. Er erinnerte sich kaum an die Fahrt mit dem Taxi nach Hause und an Bess, die ihn an der Tür begrüßte. Nur noch vage wusste er, dass er auf der Bettkante gesessen und die jetzt in einem Rahmen steckende Fotografie von Hannah und Nick in den Händen gehalten hatte, sich plötzlich eines Zorns bewusst, der sich in ihm aufbaute. Zorn über die Verschwendung von all dem, dem sinnlosen Leid und den vergeudeten Leben. Sein Vater. Ben. Die Großmutter, die er nicht gekannt hatte.

Einen verzweifelten Moment lang wollte er das Foto gegen die Wand schleudern und dessen Glas splittern hören. Und für jenen kurzen Moment fragte er sich, ob man die verstorbenen Geister nicht hätte stören sollen und sie besser im Verborgenen gelassen hätte für alle Zeit. Jetzt, im Nachhinein betrachtet, überlegte er, ob er wirklich um all die Geheimnisse hatte wissen wollen, die das Tagebuch und die Briefe enthüllt hatten.

Aber es war zu spät.

Ein Telefonanruf am Freitagmorgen brachte die plötzliche Änderung seiner Pläne. Minuten später, nachdem er die Gelegenheit gehabt hatte, das Gehörte zu verdauen, rief er Gaby an.

»Es geht darum, dass ich Timmy am Wochenende nicht nehmen kann; es ist etwas dazwischengekommen.«

»Oh?«

»Ich habe hier und da die Bemerkung fallen lassen, dass ich die Zeitung verlassen und mehr frei arbeiten möchte. Ein großes Frauenmagazin plant einen Artikel fürs Feature. Achtzig Jahre nach den letzten Schlachten an der Somme und dem Ende des Ersten Weltkriegs in Frankreich, so was in der Art. Der Fotograf, der die Bilder für die Story machen sollte, liegt mit einer Blinddarmentzündung im Krankenhaus. Also hat man mir den Job angeboten.«

»Das ist großartig.«

»Es ist die Chance meines Lebens«, fuhr er fort, und es gelang ihm kaum, die Aufregung in seiner Stimme zu verbergen. »Mein erster Auftrag in Frankreich. Es ist schade um die zwei Wochen, die ich mir freihalten wollte. Aber die können warten.«

»Das ist wirklich eine fantastische Chance. Wann fährst du?«

»Der Flieger geht morgen ganz früh.«

»Morgen?«

»Wie ich schon sagte, es war wirklich eine Planänderung in allerletzter Minute.«

»Wie lange bleibst du?«

»Drei Wochen. Aber«, fügte er beruhigend hinzu, »ich werde gesund und munter zurück sein, ehe du in die Staaten fliegst, und rechtzeitig vor meinem Einzugstermin in das neue Haus.«

»Wie denkt Callie über all diese Veränderungen?«

»Sie weiß nichts davon!«, erwiderte er knapp. »Das alles soll eine Überraschung sein.« Er holte tief Luft. »Hör zu, ich muss los. Die Arbeit ruft, und es gibt noch tausend Dinge zu erledigen. Es tut mir leid, dass ich wegen Samstag absagen muss. Richte Tim aus, dass ich es bei ihm wiedergutmachen werde, wenn ich zurück bin.«

»Du wirst bald genug Zeit dafür haben.« Sie lachte, und er hörte den warmen Klang durch die Leitung hallen.

Den ganzen Nachmittag dachte er daran, Callie anzurufen.

Sie hatten seit dem letzten missglückten Treffen nicht miteinander gesprochen, und er fragte sich, ob sie ihn am Wochenende erwartete. Im Büro gab es, wie er schon zu Gaby gesagt hatte, noch tausend Dinge zu tun, die erledigt werden mussten, bevor er abreiste, und außerdem stand für diesen Abend ein Treffen mit den Magazin-Verantwortlichen an. Er konnte von Glück sagen, wenn er vor Mitternacht nach Hause kam, und dann musste er noch packen.

Drei Wochen, bis er Callie wiedersehen würde!

»Abwesenheit macht das Herz zugeneigter«, murmelte er mit einem schiefen Grinsen. Die Zeit der Trennung könnte ein Pluspunkt sein, die beiden die Möglichkeit gab, ihre Prioritäten zu setzen. Doch kaum waren ihm die Worte über die Lippen gekommen, fiel ihm ein anderer Spruch ein.

Aus den Augen, aus dem Sinn.

Plötzlich schien es sehr wichtig zu sein, Callies Stimme zu hören.

Er wählte ihre Nummer und lauschte auf das wiederholte Rufzeichen. »Verdammt noch mal!« Wo steckte sie nur?

Er versuchte es noch einige Male, und seine Frustration wurde mit jedem Mal größer. Callie war entweder nicht zu Hause, oder sie ging einfach nicht an den Apparat. Kurz nach acht Uhr schließlich, ihm blieb noch eine Stunde bis zum Geschäftstreffen, stellte Michael seinen Computer an und tippte ein paar Sätze. Aus seiner Brieftasche zog er die zerknitterte Visitenkarte hervor, auf der Callie vor Monaten ihre Faxnummer notiert hatte.

Stuart trank an diesem Abend gerade seinen dritten Bourbon mit Coke, als er das schrille Klingeln des Faxgerätes hörte. Erstaunt ging er ins Arbeitszimmer. Der Apparat stand auf dem Boden, ein einsames Stück Maschine, aus dessen Innerem ein Strom aus weißem Papier herausglitt.

Wer könnte ihm eine Nachricht schicken? Das Gerät war überwiegend von Callie genutzt worden, die damit Briefe und Artikel an ihren Agenten oder ihren Verleger geschickt hatte. Seinen eigenen Papierkram erledigte er im Büro. Es gab ein klackendes Geräusch von irgendwo aus der Maschine, und das Papier, sauber abgetrennt, glitt auf den Boden. Neugierig bückte sich Stuart danach und runzelte in Anbetracht der Worte zunächst die Stirn.

Liebe Callie,
es tut mir leid wegen des letzten Wochenendes und der Art und Weise, wie es geendet hat. Dass es so verlaufen ist, war nicht beabsichtigt. Aber es tut mir nicht leid wegen der Dinge, die ich gesagt habe. Ich liebe dich. Es war nichts, was ich geplant hätte. Es ist einfach passiert. Du bist warmherzig und witzig, geistreich und klug, und ich finde, du bist einer der angenehmsten Menschen überhaupt, den man um sich haben kann. Irgendwie dachte ich, dass auch du mich magst.
Ich wollte dir all diese Dinge persönlich erklären. Das Problem ist, dass ich in den kommenden drei Wochen nicht die Gelegenheit dazu haben werde. Ein Auftrag ist mir dazwischengekommen, ganz unerwartet, und ich werde außer Landes sein. Frankreich! Kannst du das glauben? Was für ein Zufall! Ich werde die Fotos für einen Artikel über den Ersten Weltkrieg machen, vielleicht werde ich auf Bens Spuren wandeln.
Ich werde dich wahnsinnig vermissen, aber eine Zeitlang getrennt zu sein, wird uns vermutlich die Chance geben, unsere Gefühle zu überdenken. Ich werde am 9. kommenden Monats zurück sein und gegen Mittag landen, mit Qantas. Es wäre schön, dich am Flughafen zu sehen. Und wenn du deinen Entschluss änderst, das Angebot steht noch.

Welches Angebot? Rasch las Stuart die letzten Sätze. »Alles Liebe von Michael«, äffte er den Schluss nach. »Alles Liebe von deinem dich immer liebenden kostbaren Michael!«

»Was ist das?«, fragte Prim, die aus dem Bad auftauchte, mit nichts als einem Handtuch am Leib. Stuart runzelte die Stirn. Blondes Flittchen. Sie langweilte ihn bereits. Er wollte Callie zurück. Sie war tatsächlich all das, was Michael geschrieben hatte. Interessant und witzig, geistreich und klug. Er musste nicht bei Trost gewesen sein, dass er sie hatte gehen lassen. Wie hieß es noch so schön? Bei anderen ist immer alles besser … Nun, in Prims Fall musste er zugeben, dass das alte Sprichwort recht hatte.

Er hatte versucht, Callie zu überreden, zu ihm zurückzukommen, hatte alles getan, nur dass er nicht vor ihr auf die Knie gefallen war. Hexe! Konnte sie denn nicht lernen zu vergeben?

»Nichts«, erwiderte er auf Prims Frage und schlug ihr ein wenig zu hart auf den nackten Po, als sie vorbeiging.

In der Küche knüllte er das Papier zu einem Ball zusammen. Callie würde Michaels Fax nicht zu sehen bekommen. Schließlich war es höchste Zeit, ihm endlich etwas heimzuzahlen.

»Eine angenehme Reise, Michael!«, sagte er mit einem Lächeln, als er das Fax in den Müll warf.

Paul, der Journalist, der recherchieren und den Begleittext zu Michaels Fotos schreiben würde, wartete am Schalter des *Qantas*-Terminals. Er war ein ernst aussehender Mann Ende zwanzig, den Michael flüchtig von einigen Unternehmensveranstaltungen her kannte.

»Bist du schon mal in Frankreich gewesen?«, fragte Paul beiläufig, nachdem sie im Flugzeug ihr Gepäck im Netz verstaut und ihre Plätze eingenommen hatten.

»Nein.« Michael hatte im Laufe der Jahre die üblichen Pflichtreisen absolviert: Neuseeland, Bali, die Fidschis und Indien. Und einmal hatten er und Gaby einen Monat damit verbracht, durch Nepal zu wandern. Aber der Kontinent? Irgendwie hatte ihn das nie interessiert, bis jetzt. Er wandte sich an Paul. »Und du?«

Paul schüttelte den Kopf und schob sich die Brille zurecht. »Nein. Das ist mein erster Trip nach Übersee. Mit einem brandneuen Pass. Ich fürchte, du hast einen ziemlich blutigen Anfänger als Begleiter.«

»O gut, dann wird es ja für uns beide eine neue Erfahrung«, erklärte Michael, lehnte sich zurück und ließ seine Gedanken einmal mehr zu Callie wandern.

Paul, der die Nase in ein Buch mit nützlichen französischen Redewendungen gesteckt hatte, war ebenfalls schon mit anderen Dingen beschäftigt.

In Heathrow hatten sie einen dreistündigen Aufenthalt bis zum Anschlussflug nach Paris. Michael spürte eine Kopfschmerzattacke kommen und nahm zwei *Panadol*, bevor er es sich im Sitz in der Lounge bequem machte und zu schlafen versuchte. Am Flughafen Charles de Gaulle wurden Visa und Pässe kontrolliert. Während Paul zum Geldwechselschalter ging, organisierte Michael bei Hertz einen Mietwagen und erstand eine Straßenkarte von Paris. Nachdem sie die Anmeldepapiere und die Versicherungsunterlagen im Handschuhfach und die Kameraausrüstung und das Gepäck im Kofferraum verstaut hatten, machten sie sich auf den Weg.

Sie waren übereingekommen, dass Paul als Erster fahren würde, während Michael ihm die Route angab. Paris! Alles fühlte sich fremd an, so anders, besonders die Sitte, auf der rechten Seite der Straße zu fahren. Als er durch die Windschutzscheibe schaute, verspürte er den dringenden Wunsch, fortzukommen aus diesem unbeschreiblichen Gedränge, diesem schnellen Tempo. Er war müde, vermutlich machten ihm die Auswirkungen des Jetlags zu schaffen. Und er vermisste Callie jetzt schon, auch weil er wusste, dass es noch Wochen dauern würde, bis er sie wiedersah.

Nachdem sie eine Stunde gefahren waren und die Dunkelheit anbrach, steuerte Paul ein *Formula 1*-Hotel an und stellte den Motor ab. »Ich weiß nicht, wie's dir geht«, sagte er, »aber ich bin fix und fertig, und morgen ist auch noch ein Tag.«

Es war nur noch ein Zimmer mit zwei Einzelbetten frei. »Wir nehmen es«, entschied Michael rasch, als die Tür sich hinter ihm öffnete und ein junges Paar eintrat.

Obwohl das Restaurant geschlossen war, bot die Managerin an, einen Teller mit Sandwiches herrichten zu lassen. Das Zimmer war nüchtern und unpersönlich, verfügte aber über eine heiße Dusche. Erschöpft ließ Michael sich ins Bett fallen und schlief, bis die ersten blassen Strahlen der Dämmerung den Raum erhellten.

Nach einer schnellen Dusche waren sie schon bald wieder auf dem Weg und hielten nach einigen Meilen bei einem Café an der Straße an, um zu frühstücken. Es gab Croissants und hartgekochte Eier, die fertig auf dem Tresen standen, und Michael bestellte einige davon, zusammen mit einem Espresso. Er war hungrig, und das Essen war überraschend gut, heiß und sättigend. Er trank noch einen Kaffee, während Paul den französischen Reiseführer studierte, den er beim Zeitungshändler nebenan erworben hatte.

»Und, wie geht's heute weiter?«, fragte Michael, während er an seiner zweiten Tasse Kaffee nippte.

Paul holte die Frankreich-Karte hervor und breitete sie auf dem Tisch aus. »Im Moment sind wir hier«, sagte er und wies auf einen kleinen Punkt, »und fahren auf Albert zu. Dort werden wir uns für ein paar Tage niederlassen. Die meisten Kämpfe des Jahres 1916 haben dort herum stattgefunden. Abgesehen von der Stadt selbst gibt es in der Nähe eine Menge kleiner Dörfer, die wir uns ansehen können.«

Er fuhr damit fort, einige der Namen aufzuzählen, aber sie waren Michael nicht vertraut. Ben hatte zu der Zeit noch seine Ausbildung in England absolviert und hatte an diesen blutigen Schlachten nicht teilgenommen.

»Wir werden überwiegend die alten Friedhöfe in der Gegend fotografieren. Es gab ursprünglich fünf Kategorien. Viele Soldaten wurden auf den Schlachtfeldern beerdigt, auf denen sie gefallen sind. Diese Gräber wurden nach dem Krieg geöffnet und die Toten auf größere Friedhöfe umgebettet, wo man die Gräber besser pflegen konnte. Wusstest du, dass, soweit wir es sagen können, keine australischen Gefallenen mehr auf diesen Friedhöfen auf dem Schlachtfeld an der Somme liegen?«

Michael schüttelte den Kopf. »Nein, das wusste ich nicht.« Das Thema war keines, das er recherchiert hatte; er vermutete jedoch, dass Paul ihm einiges darüber sagen konnte.

»Zunächst gab es den Friedhof an der Frontlinie, er war normalerweise klein, neben einem Weg oder einem Trampelpfad, und dann gab es die Gemeindefriedhöfe, auf denen sowohl Gräber von Zivilisten als auch Kriegsgräber zu finden sind. Dann waren da noch die Friedhöfe an den Hauptverbandplätzen.«

»Das sind nur vier, oder habe ich nicht richtig mitgezählt?«

»Nein, du hast ganz recht. Zu guter Letzt gibt es noch die Friedhöfe der Lazarette an den Hauptstandorten, aber die werden wir in dieser Gegend nicht finden. Sie finden sich weiter zur Küste hin, überwiegend bei Boulogne und Calais, wo die großen Hospitäler lagen.«

Michael konnte sich eine freundlich-spöttische Bemerkung nicht verkneifen. »Du scheinst schrecklich viel über ein Land zu wissen, das du noch nie gesehen hast.«

»Ich habe mich durch einen Riesenberg an Informationen durchgearbeitet. Denn im Gegensatz zu dir hatte ich viel Zeit, mich auf diese Reise vorzubereiten. Ich habe Unmengen von Büchern gelesen.«

»Ich habe auch ein paar gelesen«, entgegnete Michael ruhig. »Und es hat sich herausgestellt, dass mein Großvater während des Krieges hier gedient hat. Ich habe zu Hause sein Tagebuch.«

»Oh?« Paul beugte sich interessiert vor und faltete dabei die Karte zusammen. »Welche Kompanie?«

»*11th Field Engineers.* Sie waren zunächst bei Armentières und Ypern stationiert, dann an der unteren Somme, während der letzten Schlachten dort. Er wurde kurz vor Ende des Krieges getötet, in der Nähe von Ypern.«

Zurück im Wagen und auf der Straße erhaschten sie gelegentlich einen flüchtigen Blick auf einen Friedhof oder ein Denkmal, das sich gegen den Himmel abzeichnete. »Das wird so nichts.« Paul runzelte die Stirn und wurde langsamer, um die nächste Ausfahrt zu nehmen. »Wir müssen runter von der Schnellstraße und die langsameren Landstraßen nehmen. Sonst werden wir gar nichts zu sehen bekommen.«

Albert war eine Stadt aus rotem Mauerstein, wiederaufgebaut nach dem Krieg, und wies, laut Paul, nur wenig Ähnlichkeit mit dem Original auf. Sie aßen in einem kleinen Café zu Mittag: *potée auvergnate* – eine Suppe aus Kohl und Fleisch – und Brötchen, hinuntergespült mit einer Flasche kühlem Chablis.

»Sie bleiben in der Stadt?«, fragte die Kellnerin in holprigem Englisch.

»Oui.« Paul nickte und probierte grinsend sein Wörterbuch-Französisch aus. »Einige Nächte, genauer gesagt. Können Sie ein Hotel empfehlen?«

»Aha«, erwiderte die Frau, die über Pauls linkische Versuche lächeln musste. »Vielleicht das *Royal Picardie*. Sie wollen unsere wunderbare Küche kosten, ja? Das Restaurant ist sehr gut.«

Nachdem sie zwei Zimmer in dem Hotel reserviert hatten, schlenderten sie durch die Stadt, und Michael machte eine Reihe von Aufnahmen. Besonders faszinierte ihn die Kirche, auf deren Spitze die goldene Statue einer Frau stand.

»*La Basilique von Notre Dame de Brebières*, auch bekannt als *Our Lady of the Ewes*«, sagte Paul kenntnisreich, während Michael das Umfeld des Gebäudes auf der Suche nach der besten fotografischen Perspektive durchstreifte. »Siehst du die Madonna?«

Michael befestigte die Kamera auf dem Stativ und spähte durch den Sucher auf die Statue, die vor dem blauen Himmel und den dahinjagenden Wolken zu schwanken schien. »Sie ist eine Schönheit.«

»Das Original wurde schon früh während des Krieges von deutschen Granaten teilweise zerstört. Französische Ingenieure haben sie provisorisch gesichert, damit sie nicht herunterfällt, denn ein paar Legenden haben sich um sie gerankt. Die Briten und die Franzosen haben geglaubt, dass der Krieg an dem Tag enden würde, an dem sie herabfiele; die Deutschen jedoch glaubten, dass derjenige den Krieg verlieren würde, der die Statue herunterholen würde.«

»Und?«, fragte Michael neugierig.

»Nun, nichts erwies sich als wahr. Die Briten schließlich haben sie zerstört, während die Stadt unter deutscher Besetzung war. Und wir alle wissen ja, wer den Krieg gewonnen hat.«

»Richtig.« Michael nickte. Pauls Bemerkung war mehrdeutig. Die Geschichte berichtete von dem Sieg der Alliierten, aber gab es wirklich eine so klar abgrenzbare Definition zwischen Gewinnen und Verlieren? Auf gewisse Weise hatten sie alle verloren. Deutsche, Briten und Australier, um nur einige zu nennen. Die Australier hatten eine ganze Reihe ihrer besten Männer verloren. Kaum eine Familie war während dieser vier Jahre blutigen Kämpfens von Verlusten verschont geblieben. Es war ein bedrückender Gedanke.

Bei Einbruch der Dämmerung packten sie zusammen und kehrten ins Hotel zurück, wo sie ein schmackhaftes Essen verzehrten. Paul erzählte von seiner Frau und seinem kleinen Sohn, und Michael empfand für einen Moment Heimweh. Tim. Callie. Sie waren die beiden wichtigsten Menschen in seinem Leben, und schon jetzt vermisste er sie schmerzhaft. Wie sollte er nur diese nächsten Wochen überstehen?

Nach dem Essen, zurück in seinem Zimmer und in der Verlegenheit, was er als Nächstes tun könnte, stellte er den Fernsehapparat an. Es lief ein Film, und die Dialoge waren in Französisch. Frustriert stellte Michael den Apparat wieder aus, ohne sich damit aufzuhalten, dessen Bedienung zu verstehen oder den Kanal zu wechseln, und griff stattdessen nach einem Magazin. Rasch blätterte er die Seiten durch. Es stand nichts von Interesse darin.

Er nahm eine Flasche *Kronenbourg*-Bier aus der Minibar, legte sich aufs Bett und starrte mürrisch an die Decke. Hier zu liegen, in diesem fremden Zimmer, ließ ihn sich seltsam losgelöst fühlen, fast orientierungslos. War es so für Ben gewesen, all diese Jahre zuvor? Herumzuziehen unter der ständigen Bedrohung des Krieges, nicht wissend, wohin er von einem Tag auf den anderen geschickt werden würde oder ob er Hannah und seinen kleinen Sohn jemals wiedersehen würde?

Michael schüttelte den Kopf und strich sich mit der Hand durchs Haar. Obwohl dieser Auftrag ihm so verlockend und aufregend erschienen war, hatte er jetzt den starken Wunsch, ihn so rasch wie möglich zu Ende zu bringen und nach Hause zu fliegen.

Callie saß da, starrte niedergeschlagen das Telefon an und lauschte auf dessen gedämpftes Tuten, während eine Mischung aus Verzweiflung und Schmerz sie erfasst hatte. Die Aussicht, Michaels Stimme zu hören, zum ersten Mal seit Tagen, hatte sie mit Freude erfüllt, aber es gab keine Antwort.

Seit dem Besuch an Hannahs Grab hatten sie sich weder gesehen noch gesprochen. Einige Male hatte sie bei ihm angerufen, mit demselben Ergebnis wie jetzt, und das Wochenende war gekommen und gegangen, ohne ein Zeichen von ihm. Ist er so wütend auf mich?, fragte sie sich. Was hatte sie denn gedacht, an jenem letzten gemeinsamen Tag, als er gegangen war, offensichtlich darüber verärgert, dass sein männlicher Stolz durch ihre Weigerung tief verletzt worden war?

Callie hielt inne. »Ja«, sagte sie laut. »Sei ehrlich! Was hast du gedacht?«

Dass er zurückkommen würde? Dass sie dort weitermachen

würden, wo sie aufgehört hatten und so getan hätten, als hätte es den Streit auf dem Friedhof nie gegeben? Aber wie könnte er das?, überlegte sie. Er hatte ihr diese uneingeschränkte Liebeserklärung gemacht, und sie hatte den endgültigen Schritt von ihm fort gemacht, hatte sich von ihren und von seinen Gefühlen distanziert.

Was, wenn er sie nicht wiedersehen wollte?

Der Gedanke war fast zu schrecklich, um ihn ertragen zu können. Sie hatte nicht vorgehabt, sich so schnell wieder zu verlieben, besonders nicht nach der unseligen Beziehung mit Stuart. Sie wollte sich nicht so völlig verlieren, aber nun war es trotzdem geschehen. Und jetzt lag es an ihr, dieses Durcheinander zu ordnen, sich von ihren Gefühlen so gründlich und vollständig freizumachen wie möglich.

Schließlich legte sie den Hörer wieder auf. »Verdammt«, sagte sie niedergeschlagen zu Oscar, dem Kater.

Am Morgen war seine bedrückte Stimmung verschwunden, unterstützt von einigen Bieren und einem gesunden Nachtschlaf. Die nächsten vier Tage verbrachten Michael und Paul damit, die Gegend nordwestlich der Stadt zu erkunden.

Michael war damit beschäftigt zu fotografieren, die Qualität des Lichts zu prüfen, der Perspektive. Überall, wohin er schaute, gab es überwältigende Spuren des Krieges. Das Mahnmal in Thiepval führte die Namen von mehr als siebentausend Männern auf, die an der Somme »verschwunden« waren. Friedhöfe, auf denen sich eine Reihe weißer Grabsteine an die andere reihte, wurden sorgfältig von der *Commonwealth War Graves Commission* gepflegt. Zwischen den Ortschaften fanden sich die Reste jetzt laubbedeckter Betonbunker und verlassener Beobachtungsposten, Granattrichter und moosbedeckte Vorderwagen von Geschützen, versteckt in Wäldern, unter überwucherten Wegen. Grasüberwachsene Schützengräben in Beaumont-Hamel waren als Mahnmal bewahrt worden, das der Welt noch viele Jahre später zeigte, wie schrecklich alles gewesen war.

»Während die meisten Menschen mit den Namen der Orte vertraut sind, die mit der ersten Serie von Schlachten im Jahre 1916 verbunden sind«, sagte Paul beim Essen am ersten Abend, »scheint jeder die Gegenden südlich und östlich von hier vergessen zu haben, wo hauptsächlich 1918 gekämpft wurde. Dabei waren es doch auch irgendwie die Siege der Alliierten dort, die das Ende des Krieges gebracht haben.«

»Wohin fahren wir als Nächstes?«

»Nach Amiens. Dort werden wir einige Tage bleiben und uns an der unteren Somme umsehen. Sagtest du nicht, dass dein Großvater gegen Ende des Krieges dort stationiert war?«

»Ja.«

»Die Stadt selbst war ein recht sicheres Hinterland während der Zeit. Es gibt dort einige interessante Gedenkstätten und Friedhöfe. In der Kathedrale von Notre Dame gibt es ein Denkmal zu Ehren der *Australian Imperial Force*.«

Sie trafen am späten Nachmittag dort ein, während der Rushhour. Michael hatte ein wenig das Gefühl, sich auf vertrautem Boden zu befinden. Laut seinem Tagebuch war Ben kurz vor seinem Tod hier gewesen, nach seiner Rückkehr aus dem Hospital in England.

Aufmerksam schaute sich Michael in den Straßen um und versuchte die gepflegte Ordnung mit den Beschreibungen in Bens Briefen abzugleichen. Vielleicht hat sich hier nur wenig verändert, dachte er später, als er seine Kamera auf die Feldlerchen richtete, die über den Friedhöfen aufstiegen, auf die Rosen der Picardie, die in voller Blüte standen, und auf den hellroten Mohn, dessen Blüten wie nickende Gesichter zwischen den Gräbern wuchsen.

Sie parkten den Wagen in der Nähe der Kathedrale und schlenderten über das alte Hafengelände am Fluss entlang. In einem haarsträubend teuren Geschenkeladen kaufte Michael für Callie eine Flasche französisches Parfum. Immer wieder hatte er ihr Bild vor Augen, so wie er sie das letzte Mal gesehen hatte. Sie hatte reserviert gewirkt, angespannt, als hätte sich eine Mauer zwischen ihnen erhoben. Unbeabsichtigt hatten seine Worte sie erzürnt, so viel wusste er; vielleicht hatten sie Erinnerungen an andere Liebhaber und an Verletzungen wachgerufen, die sie nicht bereit war, noch einmal zu erleben.

Seine Entscheidung, in letzter Minute ein Fax zu schicken, war klug gewesen. Er hatte sie damit nicht zu stark bedrängt, sondern ihr Raum genug gelassen, während er ihr gleichzeitig die Neuigkeit mitteilte. Wenigstens wusste sie, wo er war, und kannte den Grund, warum er sich nicht meldete.

Vielleicht würde ihnen diese Zeit der Trennung guttun. Würde die Dinge für eine Weile sich entwickeln lassen und ihnen beiden erlauben, auf das zu schauen, was geschehen war. Und wenn er wieder zu Hause war, nach diesen wenigen Wochen des Fortseins, könnten sie vielleicht dort weitermachen, wo sie aufgehört hatten und zu dieser unbeschwerten Vertrautheit zurückfinden.

Nach Amiens waren die Namen der Städte Michael so vertraut wie alte Bekannte: Villers-Bretonneux, Corbie, Bonnay, Mericourt-l'Abbé – all diese Orte, wiederaufgebaut in schlichtem Charme, wirkten wenig anziehend. Entlang der Straßen stießen sie unerwartet auf Friedhöfe; entweder waren es kleine Gruppen von weißen Kreuzen, dicht beieinander stehend in der Ecke eines Feldes, oder riesige Flächen, auf denen Reihe um Reihe identischer Grabsteine aus Portland-Kalkstein standen, die gleichermaßen namenlose wie benannte Gräber kennzeichneten. Michael hätte sich niemals zuvor die Trauer vorstellen können, die dieser Anblick vermittelte, die Verzweiflung über die Verschwendung von Leben und die völlige Sinnlosigkeit all dessen.

Er und Paul schlossen sich einigen Führungen an, aber sein Herz wollte nicht diese Art von strukturierter Information.

Stattdessen ließ er die Gruppe vorausgehen und war froh, die Atmosphäre ungestört auf sich wirken lassen zu können. Seine Anwesenheit hier war eine Art der Wallfahrt, eine Art von Bewusstwerdung, was seitdem geschehen war. Die Stunden und Tage wurden festgehalten auf Dutzenden von Filmrollen, die Einzelheiten jeder Aufnahme sorgsam in seinem Notizbuch niedergeschrieben.

Wo es möglich war, folgten sie dem Lauf der Somme. Sonnenlicht reflektierte auf deren Wasserfläche wie tausend Spiegelbilder; hin und wieder entschwand sie ihren Augen, bis sie eine Straßenkurve nahmen und sie wieder ausgebreitet vor ihnen lag.

Die Landschaft hatte sich verändert. Sie war hier offener, wirkte ruhiger, von weniger kleinen Dörfern und Ortschaften gesprenkelt, durchschnitten von der Nord-Süd-Autobahn. Hier gab es weder Granattrichter noch Schützengräben. Michael wusste aus Bens Tagebuch, dass die Kämpfe hier in einem größeren Umkreis stattgefunden hatten und die Angriffe in weiten Bögen erfolgt waren, überwiegend nicht von den Schützengräben aus.

»Es ist schwer sich vorzustellen, was hier geschehen ist«, sagte Paul, als sie wieder an einem der Dörfer vorbeifuhren. Gerstenfelder wuchsen dort, wo einst das Durcheinander aus Stacheldraht gewesen war. Vögel zwitscherten über ihnen in den Bäumen. Auf einem fernen Hügel graste Vieh, die Köpfe gesenkt in das süß duftende Gras. »Die Landschaft strahlt fast so etwas wie Frieden aus.«

»Was *hast* du denn erwartet?«

»Ich weiß es nicht genau. Eine Ahnung von etwas Schrecklichem, das geschehen ist, vielleicht so etwas wie negative Strömungen. Aber es gibt sie nicht. Oder wenn sie da sind, bin ich ganz unempfänglich für sie.«

An den Feldrändern waren Granaten zu ordentlichen Haufen aufgestapelt worden und warteten darauf, dass sie von den Militärbehörden abtransportiert wurden. »Selbst nach all dieser

Zeit finden die Bauern immer noch welche und graben sie aus«, bemerkte Paul. »Sie nennen das die ›Eiserne Ernte‹.«

Um seine Worte zu untermauern, hielt er den Wagen an, und sie stocherten am Rande einer nahe gelegenen Koppel im Boden herum, bis Michael die Reste von zwei .303-Kugeln und einigen runden Schrapnellteilen fand.

In Heilly verbrachte Michael einige besinnliche Minuten an Toms Grab, wobei er sich an die Fotografie erinnerte, die Bonnie ihm von dem jungen Soldaten mit dem freundlichen Lächeln gezeigt hatte. Er machte einige Aufnahmen von dem Grabstein, die er Callie für ihr Buch geben wollte.

Mericourt-l'Abbé. Das Ehrenmal der *3rd Australian Division* in Sailly-le-Sec. Curlu. Das *Australian Digger Memorial* bei Bullencourt. Peronne. Städte und Dörfer, Gedenkstätten und Friedhöfe verwoben sich ineinander, verbanden die Vergangenheit mit der Gegenwart. In Peronne verbrachte er einige Stunden im *Historical de la Grande Guerre* und fotografierte die Uniformen, die Ausrüstung und die Waffen, ehe sie auf der N17 weiterfuhren, hinauf nach Mont-St-Quentin, um sich die Gedenkstätte der *2nd Australian Division* anzusehen – einen australischen Soldaten aus Bronze auf einem rechteckigen Sockel.

Sie überquerten die Somme und suchten sich ihren Weg zurück durch die südlich gelegenen Dörfer, in Richtung auf Villers-Bretonneux zu. Dort, hoch auf einem Hügel nördlich des Dorfes, erreichbar über die D23 nach Corbie, stand das *Australian National Memorial* auf einer weiten Grasfläche am Ende des Militärfriedhofes von Villers-Bretonneux.

Bedrückt erklomm Michael den Turm der Gedenkstätte und staunte dann über die Aussicht. Im Norden lag das Tal der Somme. Westlich, hinter leeren Feldern, breitete sich Amiens aus, betont durch den Turm der Kathedrale. Sogar jetzt, achtzig Jahre später, war noch die Zickzacklinie der alten deutschen Schützengräben zu sehen, der weiße Kalk, der den braunen Erdboden färbte.

Überall, wohin er schaute, wurde er mit den Spuren der Vergangenheit konfrontiert. Straßenschilder wiesen auf Friedhöfe hin, auf Museen, akademische Studienzentren. Die Erde brachte noch immer Kugeln hervor. Erst jetzt, da er hier war, konnte er sich das enorme Ausmaß des Ganzen vorstellen. Panzer, die über den Boden ratterten, mächtige Ströme heranrückender Armeen, die nach Osten drängten. Und in seinem Bewusstsein vermischte sich dies auf verwirrende Weise mit den Bildern von Ben und Callie.

In diesen Momenten erkannte er, dass die Reise eine Art Katharsis war. Sie hatte ihn fortgeführt von Callie, hatte ihm Zeit gegeben nachzudenken und die einzelnen Abschnitte seines Lebens in die richtige Perspektive zu setzen. Er und Gaby, das war zu Ende. Zwischen ihnen würde es nie mehr etwas anderes geben als Freundschaft und die gemeinsame Fürsorge für Timmy. Er hatte genug Zeit damit verbracht, sich über das Ende seiner Ehe zu grämen. Es war Zeit, weiterzugehen.

Und Callie?

Bei allem, was war, dem Aufrühren von Erinnerungen und der Rückbesinnung auf das Tagebuch und damit das Wissen darum, dass Ben hier gewesen und dieselben Wege gegangen war, waren Michaels Gedanken nie weit fort von ihr. Als er sich in dem Coffeeshop eines kleinen Dorffleckens bei einem *café au lait* entspannte, ertappte er sich bei dem Gedanken, dass es Callie hier gefallen würde. Aber sie war Tausende Meilen weit entfernt, auf der anderen Seite der Erde. Als er dort saß, den Becher mit seinen Händen umschließend, sich kaum des aromatischen Kaffees bewusst, des frischen Brots und Kuchens, konnte er nur an eines denken: Er vermisste sie unendlich.

KAPITEL 38

Während der Nacht regnete es, schwere Schauer schlugen gegen die Fenster. Die Morgendämmerung zog fahl herauf, grau wie das Meer – und genau so, wie ich mich fühle, dachte Callie, als sie aus dem Wohnzimmerfenster schaute, auf die tropfnassen Pinien und den nassen Sandstrand, der sich dahinter erstreckte. Nicht einmal die sonst so hartgesottenen Surfer waren zu sehen.

Nach einem raschen Frühstück mit Toast und einem Kaffee schaltete Callie den Computer ein und arbeitete einige Stunden lang konzentriert, bis das Klingeln des Telefons sie aus ihrer Arbeit riss.

Es war Bonnie. »Ich dachte, ich ruf dich mal an, Liebes«, sagte sie. »Hast du etwas von Michael gehört?«

»Nein.«

Es war zwei Wochen her, seit sie ihn gesehen hatte, und eine nagende Besorgnis hatte sich in ihr festgesetzt. Vielleicht war etwas passiert? Vielleicht war er auch krank oder lag im Krankenhaus? Aber Timmy hätte ihr dann sicherlich Bescheid gegeben.

Sie plauderten ein wenig, diskutierten zum wiederholten Mal den bevorstehenden Auszug aus dem Haus in der Brunswick Street. Nach dem Telefonat fasste Callie sich ein Herz und rief bei Michaels Zeitung an.

»Es tut mir leid, er arbeitet nicht mehr hier«, sagte die anonyme Stimme am anderen Ende der Leitung.

»Sind Sie sicher?«, fragte Callie ungläubig. Michael war seit zwanzig Jahren bei der Zeitung, und er hatte nichts davon erwähnt, dass er dort weggehen wollte.

»Hören Sie«, erklärte die Frau am anderen Ende der Leitung, »ich bin noch neu hier, und ich kannte ihn nicht so gut. Aber ich glaube, irgendjemand hat etwas davon gesagt, dass er nach Übersee gegangen ist. Nach Frankreich, glaube ich. Wenn Sie warten möchten, kann ich nachfragen.«

»Nein!«

Übersee! Und er hatte ihr nichts davon gesagt! Für einen Augenblick war sie sprachlos, über die Maßen verletzt. »Ich liebe dich«, hatte er gesagt, doch er hatte es nicht einmal für nötig befunden, sie anzurufen, um sie über seine Pläne zu informieren. Offensichtlich hat er seine Meinung geändert und seine Gefühle neu beurteilt, dachte sie mit einer Bitterkeit, die sie überraschte.

An den folgenden Tagen schaffte Callie es irgendwie, sich in die Arbeit zu vertiefen. Sie saß am Computer und übertrug die Inhalte des Tagebuchs. Hin und wieder trieb der Hunger sie in die Küche, doch selbst wenn ihre Augen vor Müdigkeit zu tränen begannen, machte sie weiter. Sie verbrachte ein Wochenende im Haus in der Brunswick Street und half Bonnie dabei, die letzten Bücher und Kleinigkeiten im Wohnzimmer einzupacken. Und nach einigen waghalsigen Wegen die wackelige Leiter hinauf und hinunter waren die meisten persönlichen Dinge vom Dachboden weggeräumt.

Ihre Gefühle schwankten täglich. Auf der einen Seite vermisste sie Michael schmerzlich, auf der anderen gab sie sich in ruhiger Entschlossenheit das Versprechen, alles Gefühlsmäßige außen vor zu lassen. Hatte die Beziehung nicht mit der Krise zwischen Stuart und ihr begonnen? Hatte ihr gemeinsames Interesse an dem Tagebuch und den Briefen unvermeidlich zu mehr geführt? Agierten sie, wenn auch unbewusst, nicht lediglich wie eine moderne Neuauflage der Beziehung von Ben und Hannah?

»Es war nur ein kurze Affäre«, sagte sie mürrisch zu Jill.

»Warum siehst du dann so verdammt elend aus?« Jill zog die Augenbrauen hoch. »Du siehst aus, als hättest du seit einer Woche nicht mehr geschlafen und gegessen. Komm schon, Cal. Mir kannst du nichts vormachen.«

Kurz erklärte sie die Kette der Ereignisse, die zu jenem verhängnisvollen letzten Tag geführt hatten. »Er hat dich gebeten, ihn zu *heiraten*? Und du hast Nein gesagt?«, fragte Jill ungläubig, nachdem Callie geendet hatte.

»Er ist nach Übersee gegangen. Er hat sich nicht mal die Mühe gemacht, mir davon zu erzählen«, fügte Callie hinzu. »Und, was sagst du jetzt dazu?«

Jill zuckte die Schultern. »Gar nichts. Aber hast du mal daran gedacht, dass es eine logische Erklärung dafür geben könnte? Vielleicht hat er versucht, dich anzurufen, um es dir zu sagen.«

»Wenn er versucht hätte, mich anzurufen, dann würde ich das wissen, oder nicht?«, erwiderte Callie ruhig. »Wie dem auch sei. Das ist es nicht, was mich ärgert; es ist der Mangel an Vertrauen. *Mein* Mangel an Vertrauen. Es liegt alles an mir, Jill. Manchmal liege ich nachts wach, und alles was ich sehe, ist Stuart, wie er die Straße entlanggeht und seine Hand auf den Po dieser Frau legt. Ich will so nicht weitermachen und mich ständig fühlen wie eine misstrauische alte Zicke. Und wenn ich Michael nicht vertrauen kann, dann bleibt da für eine Beziehung nicht viel übrig.«

»Entschuldige meine Frage, aber von *welcher* Art von Beziehung reden wir hier eigentlich?«

Bedrückt wandte Callie sich ab und schluckte hart. »Ich weiß es nicht.« Sie zuckte mit den Schultern. »In den vergangenen Wochen schien alles nahezu perfekt zu sein.«

»Perfekt«, schnaubte Jill. »Du stehst da und erzählst mir, du hast …«

»Hatte!«, unterbrach Callie sie.

»Du *hast*«, korrigierte Jill, »eine perfekte Beziehung, und du willst sie wegen einer eingebildeten Übereinstimmung zwischen Michael und diesem schleimigen Bastard Stuart wegwerfen!«

Callie verzog das Gesicht. »So einfach ist das nicht.«

»Deshalb willst du dich bestrafen, und du willst Michael bestrafen. Du willst jegliche Verbindung zu diesem Mann leugnen, mit dem du, wie du sagst, eine perfekte Beziehung *hattest*, wegen etwas, das Stuart getan hat?«

»Ich glaube einfach, dass ich so schnell noch nicht dazu bereit war, mich auf jemanden einzulassen. Affären aus Enttäuschung sind normalerweise zum Scheitern verurteilt«, erwiderte sie düster.

Jill warf Callie einen ungnädigen Blick zu. »Quatsch! Das ist keine Affäre aus Enttäuschung. Du und Michael, ihr kennt euch seit Monaten. Du fühlst dich seit dem allerersten Tag zu ihm hingezogen. Hör auf, Entschuldigungen vorzuschieben. Gib zu, dass du dich stattdessen lieber in ein bisschen Selbsterhaltung übst. *Lass dich nicht zu sehr darauf ein, dann kannst du nicht verletzt werden*, geht es darum?«

»Dafür ist es zu spät.«

Jill seufzte und hob die Hände. »Herrgott noch mal, Callie. Ich dachte, Schriftsteller seien empfindsame, kluge, intelligente Menschen.«

»Das soll heißen?«

»Das soll heißen, dass dir die Wahrheit vor Augen steht, du aber zu blind bist, sie zu erkennen. Du überreagierst wegen etwas, das in keinem Zusammenhang mit der Geschichte vorher steht. Michael und Stuart sind zwei völlig verschiedene Männer.«

»Es ist vorbei! Aus! Ich brauche keine Komplikationen mit Männern, die schon einmal verheiratet gewesen sind, mit all deren emotionalem Ballast. Ich brauche keine Exfrauen und Kinder. Und ganz bestimmt brauche ich nicht deine klugen Ratschläge, um mich noch schlechter zu fühlen, als ich es ohnehin schon tue!«

»Emotionaler Ballast? Nach dem, was du mir erzählt hast, und dem einen Mal zu urteilen, als ich ihm begegnet bin, scheint Michael mir der ausgeglichenste Mann zu sein, den ich seit langem getroffen habe.«

»Also gut, vielleicht bin ich es, die den emotionalen Ballast mit sich herumträgt. Aber wie auch immer, ich will gerade jetzt keine Beziehung. Nicht mit Michael! Mit niemandem!«

Nachdem Jill gegangen war, nahm Callie das Foto von der Anrichte. Sie hatte es auf der Insel gemacht, während jener vollkommenen Ferientage. Michael hatte am Pool gesessen und sich eine Broschüre angeschaut, als sie mit der Kamera den Weg entlanggekommen war. »Lächeln«, hatte sie gesagt, und er hatte aufgeschaut, beim Klang ihrer Stimme gelächelt, und sie hatte auf den Auslöser gedrückt.

Unverwandt starrte sie auf sein Gesicht – sandfarbenes Haar, geschwungener Mund, die Augen zusammengekniffen gegen das Sonnenlicht. Damals hätte sie diese drei Worte fast gesagt: *Ich liebe dich.* Hätte sie fast laut ausgesprochen, weil sie sie nicht länger für sich behalten wollte. Doch sie hatte sich zurückgehalten und sich an ihre Vorsätze erinnert. Es war Stuart. Er hatte ihr Leben auf den Kopf gestellt, und sie würde nicht zulassen, dass Michael dasselbe machte.

»Ich bin eine unabhängige Frau. Ich werde nicht zulassen, dass er mich verletzt«, sagte sie später entschieden zu ihrem Spiegelbild im Badezimmerspiegel.

Graue Augen starrten sie an, aus einem Gesicht, das blasser als üblich war. Ihr Haar brauchte dringend einen Schnitt. Deshalb und auch, weil sie eine kleine Aufmunterung brauchte, schaltete sie den Computer ab und ging zum Friseur in der High Street.

Bis zum Rückflug blieben ihnen noch drei freie Tage, und Paul schlug vor, einen Abstecher an die belgische Grenze zu machen, um von dort nach Ypern zu fahren. »Es heißt jetzt Ieper«, erklärte er. »Einige belgische Städte haben vor gar nicht langer Zeit ihren Namen geändert. Ich dachte, du würdest dir gern die Gegend ansehen, wo dein Großvater gefallen ist. Anschließend könnten wir den Rückflug von Brüssel aus arrangieren, statt das Auto nach Paris zurückzubringen.«

»Das wäre großartig. Ich würde den Ort gern sehen.«

»Weißt du, wo er beerdigt worden ist?«

Michael schüttelte den Kopf. »Irgendwo in der Nähe von Zillebeke, nach den offiziellen Papieren jedenfalls, auch wenn die eigentliche Lage des Grabes nicht bekannt ist.«

Auf der A1 fuhren sie in nördlicher Richtung, passierten Lille und fuhren von dort weiter in Richtung Westen auf Armentières zu. Lachend sangen sie *Mademoiselle from Armentières*, sehr laut und sehr falsch. Am Stadtrand mussten sie an einem Bahnübergang warten, um einen Zug durchzulassen, dann nahmen sie die D22 durch das Zentrum der Stadt, fuhren über die Rue de Béthune, vorbei an neu erstandenen Wohngebieten. Es war eine Stadt aus roten Ziegelsteinen, überwiegend wiederaufgebaut nach dem Ersten Weltkrieg. Armentières sei einmal berühmt gewesen für sein Leinen, erklärte Paul, der hin und wieder eine Passage aus seinem Reiseführer vorlas, während Michael den Wagen durch die Straßen in die, wie er hoffte, richtige Richtung steuerte.

Sie nahmen die Nebenstraßen, genossen die wunderschöne Landschaft und das gemächliche Tempo. In Le Bizet passierten sie die Grenze nach Belgien, wo sie anhalten, ihre Pässe vorzeigen und ihre Uhren umstellen mussten. Dann kamen wieder Dörfer und Ortschaften mit vertraut klingenden Namen. Ploegsteert, wo Spud und Will gestorben waren, Neuve-Eglise und Kemmel.

Bei Kemmel hatten sie eine weite Sicht auf bewaldete Hügel, ehe das Land flacher wurde. Büschel von Mohn wuchsen an den Straßenrändern, durchzogen von gelbem Ackersenf und weißer Kamille.

In Flanders Fields the poppies grow
Between the crosses, row on row,
That mark our place, and in the sky
The larks, still bravely singing, fly
Scarce heard amid the guns below.

In Flanders Fields, geschrieben von dem kanadischen Arzt John McCrae, der auch im Krieg gefallen war. Ein Arzt, den der Anblick der Mohnblumen, die zwischen den Gräbern wuchsen, so tief berührt hatte, dass er diese ergreifenden Worte im Frühjahr 1915 niedergeschrieben hatte. Wie lange war es her, seit

Michael sie gehört hatte? Fünf Jahre? Zehn? Er war sich nicht sicher. Doch sie waren haften geblieben, gut verwahrt in irgendeiner dunklen Nische seines Bewusstseins, und doch kaum erinnert.

»Flanderns Felder«, sagte Paul nachdenklich. »Kannst du dir vorstellen, hier zu kämpfen? Keine Verstecke, nur flaches Land. Kein Wunder, dass sie während des Krieges in Gräben hausen mussten.«

Über einen trockenen Kanal und durch die Seitenstraßen von Kruistraathoek fuhren sie, über Lille Gate hinein nach Ieper, vorbei an Kasernen.

Nachdem sie im *Regina* am Grote Markt, dem großen Marktplatz im Stadtzentrum, eingecheckt hatten, aßen Paul und Michael in einem der vielen Cafés zu Mittag: knusprige *baguettes* mit Schinken und Käse, heruntergespült mit zwei, drei Gläsern Rotwein. Danach schlenderten sie gemächlich durch das Zentrum der Stadt.

Das beeindruckendste Gebäude war die *Cloth Hall*, eine wiederaufgebaute Nachbildung des Originals, das während des Krieges zerstört worden war. Es beherbergte die Büros des Bürgermeisters und seines Stabes, ein Touristenbüro, den Ratssaal oder *Raadszaal* und das *Salient 1914–1918 War Museum*.

Michael verbrachte einige Stunden in dem Museum. Paul dagegen weigerte sich trotz seines Interesses an den Kriegsgeschehnissen, sich noch ein Museum von innen anzusehen. »Es macht dir doch nichts aus, oder?«, fügte er hinzu. »Nach den letzten zwei, drei Wochen habe ich genug von Geschichte. Überall stößt man darauf.«

»Natürlich nicht.« Bens Aufenthalte in Ypern waren im Tagebuch gut dokumentiert, und Michael war gespannt darauf, Aufnahmen des Ortes zu sehen, wie er damals gewesen war. »Wir sehen uns dann später im Hotel.«

Die Exponate der Ausstellung umfassten Ausrüstung, Waffen und Uniformen aller Armeen, sowohl der Alliierten als auch der des Feindes, zudem Abzeichen und Plakate. Landkarten und

Aufnahmen des alten Ypern zeigten in anschaulichen Einzelheiten, wie sehr die Stadt unter den Verwüstungen des Krieges gelitten hatte, und betonten dabei nicht nur das Leiden der Soldaten, sondern auch das der Zivilbevölkerung.

Insbesondere vor einer Fotografie blieb Michael einige Minuten lang stehen. Im Vordergrund war eine Kolonne australischer Infanteristen zu sehen, die an einer verlassen dastehenden Straßenlaterne vorbeimarschierten, obwohl kein Schild darauf hinwies, dass hier jemals eine Straße existiert hatte. Berge aus Schutt und Schotter bedeckten das, was einmal Teil der ursprünglichen Straße gewesen sein musste, während eine Gruppe abgedeckter Wagen hinter der Linie der Soldaten wartete. Im Hintergrund ragte eine zerstörte Fassade auf, die er mühsam als Turm und Außenmauern der *Cloth Hall* wiedererkannte. Die riesigen Torbögen rahmten einen grauen Himmel ein.

Wie konnte es sein, fragte er sich, dass die Stadt wiederaufgebaut worden war, sich wie der sagenhafte Phoenix aus der Asche erhoben hatte, nachdem sie völlig zerstört worden war? Was hatte diese Menschen angetrieben, neu anzufangen?

Er war in Gedanken versunken, als jemand ihn leicht am Ellbogen berührte. Es war eine der Museumsangestellten. »Es tut mir leid, Sir«, entschuldigte sich die Frau. »Es ist halb sechs, und wir schließen jetzt. Sie können gern morgen früh wiederkommen.«

»Nein, danke«, sagte Michael und trat einen Schritt zurück. »Ich denke, ich habe genug gesehen. Guten Tag.«

Plötzlich stand er draußen auf dem Gehsteig und blinzelte in die Sonne. Überrascht sah er die vielen Menschen auf den Straßen und dass das Leben seinen normalen Gang ging.

Callie war überrascht, auf Stuart zu treffen, als sie vom Friseur zurückkam. Er stand wartend an der Treppe, die zu den Wohnungen hinaufführte. »Ich dachte schon, du würdest nie mehr nach Hause kommen«, sagte er mit einem Lächeln, während er vor ihr die Treppe hinaufstieg, immer zwei Stufen auf einmal nehmend.

Er schien eine für ihn untypisch gute Laune zu haben, als er ihr den Schlüssel abnahm, um ihr die Eingangstür aufzuschließen und aufzuhalten.

»Was willst du?«, fragte sie, während sie ihre Tasche auf der Küchentheke abstellte. Sie wusste, wie unfreundlich ihre Stimme klang, aber sie konnte nichts daran ändern. Es schien, als ob Stuart das Schlechteste in ihr zum Vorschein brachte.

»Nicht viel«, erwiderte er leichthin. »Ich bin nur auf einen Sprung vorbeigekommen, um zu sehen, wie es dir so geht.«

»Nun, wie du siehst, lebe ich mein Leben und arbeite weiter an meiner Karriere. Kurz gesagt, ich komme *sehr gut* zurecht.«

»Und wie steht's mit der großen Romanze?«, fragte Stuart mit einem zuckersüßen Ton in der Stimme, ohne auf ihre letzte Bemerkung einzugehen. »Geht es mit Michael auch *sehr gut* voran?«

»Das geht dich nichts an!«

Er trat zurück, und ein amüsiert-abschätzendes Lächeln zog seine Mundwinkel nach oben, während er sie musterte. »Warum denn so gereizt? Sag nicht, ihr beide hattet Streit?«

»Ich weiß nicht, was du meinst! Und wenn du endlich mit dem fertig bist, weshalb du gekommen bist, was offensichtlich nicht viel ist, kannst du wieder gehen.«

Sie ging ärgerlich zur Tür, hielt ihm diese unmissverständlich auf und tippte ungeduldig mit dem Fuß auf den Boden.

»Okay, okay, ich geh ja schon«, stimmte er zu und hob ergeben die Hände. »Meine Versuche, eine Freundschaft aufrechtzuerhalten, sind hier offensichtlich verschwendet. Sag später nicht, ich hätte es nicht versucht, alles gütlich und nett zu regeln.«

»Nett!«, schnaubte Callie, die zu erbost war, um mehr erwidern zu können.

Stuart ging an ihr vorbei ins Treppenhaus und ließ dabei die Duftspur eines teuren Rasierwassers zurück. Im letzten Moment wandte er sich um und lehnte sich lässig gegen das Treppengeländer. »Ach, übrigens, erinnerst du dich an das alte Faxgerät, das du dagelassen hast? Ich habe es entsorgt, zusammen mit einigen anderen Sachen für die Heilsarmee. Du wolltest es doch nicht, oder doch?«

Callie antwortete, indem sie die Tür zuschlug.

Am folgenden Nachmittag sollten sie von Brüssel aus den Rückflug antreten. Bei einem einfachen Frühstück mit Croissants und einem starken, schwarzen Kaffee besprachen sie ihre Pläne für den letzten Tag.

»Ich habe das Beste bis zum Schluss aufgehoben«, erklärte Paul und lächelte geheimnisvoll.

»Und das wäre?«

»Nun, du hast gesagt, dass dein Großvater hier gefallen ist. Wenn sein Grab nicht bekannt ist, dann sollte sein Name eigentlich im *Menin Gate Memorial* aufgeführt sein. Das ist das Mahnmal mit den riesigen Torbögen, das wir von unseren Zimmern aus sehen können«, setzte er als Antwort auf Michaels fragenden Gesichtsausdruck hinzu.

Obwohl es bis zur östlich vom Hotel liegenden Gedenkstätte nur ein kurzer Fußweg war, erforderte Michaels Fotoausrüstung es, den Wagen zu nehmen. Neugierig geworden, verstaute er die Ausrüstung im Kofferraum und dachte dabei, dass Pauls neue Information in der Tat eine Art Dreingabe war. Er hatte während dieser letzten Tag des Öfteren daran gedacht, dass er den weiten Weg bis hierher gekommen war und es keinen Ort gab, an dem er dem Großvater, dem er nie begegnet war, seinen Respekt erweisen könnte.

Sie stellten den Wagen ab. Michael lud seine Ausrüstung aus und ging damit durch den großen Torbogen, der die Straße überspannte. Oben, am südlichen Bogen des Tores wachte ein steinerner Löwe über den Verkehr auf der Menin Road, die, wie Michael durch das Studium der örtlichen Straßenkarten wusste, in Richtung Hooges und Polygon Wood führte. Unterhalb des Löwen befand sich die Inschrift »Den Armeen des Britischen Empire, die hier von 1914–1918 kämpften und ihren Toten, deren Grab nicht bekannt ist«.

»Ziemlich beeindruckend, was?« Paul war neben ihm stehen geblieben. Er hielt die Arme verschränkt, und seine Miene drückte Betroffenheit aus. »Allein schon die Dimension dieses Ortes ist beeindruckend.«

Michael ging einige Schritte weiter, bemerkte die Felder aus Portland-Stein, die die Bögen des Tores füllten, die Seiten der Treppenaufgänge und die Wände der Emporen. Bei näherem Hinsehen entdeckte er die Namen von Soldaten, aufgeführt zuerst unter ihrer nationalen Streitmacht, dann zugeordnet der entsprechenden Einheit.

»Glaubst du, der Name meines Großvaters wird dabei sein?«

»Eigentlich ja. Diese Gedenkstätte wurde für die Soldaten errichtet, deren Leichen noch auf den alten Schlachtfeldern hier ringsherum liegen.«

Michael überließ es Paul, sich um die Ausrüstung zu kümmern und ein paar Notizen niederzuschreiben, während er die Wandinschriften in Augenschein nahm und schließlich die der australischen Kriegsteilnehmer fand, verteilt auf mehrere Felder. Konzentriert suchte er sich seinen Weg, bis er zu der entsprechenden Kompanie kam: *11th Field Company Australian Engineers.* Er folgte den Namen und fand schnell den von Ben.

B. H. Galbraith

Dunkle Buchstaben auf blassbraunem Stein.

Er verharrte in plötzlicher Ehrfurcht, sein Atem stockte ihm in der Kehle, und er war überrascht über seine Ruhe. Was hatte er denn erwartet zu fühlen? Trauer? Zorn über all die sinnlosen Tode, das Leiden, den Schmerz, für den diese Namen standen? Ein Gefühl der Hilflosigkeit?

Er dachte an Bens Leichnam, der in einem einsamen Grab ruhte, irgendwo an einer alten Straße. Ein Leichnam, vergraben im Schlamm, der seitdem lange schon getrocknet war, zerbrochen, abgelöst vom weichen Fleisch. Für die Franzosen und die Belgier hätte es leicht sein können, diese Männer zu vergessen, die das höchste Opfer gebracht und ihr Leben hingegeben hatten, dachte er, während er einen Schritt zurücktrat und den Kopf senkte. Hatten sie nach dem Krieg nicht gewollt, alle Spuren dieses Schreckens aus ihrem täglichen Dasein zu vertreiben? Aber irgendjemand hatte sich die Mühe gemacht, die Namen hier aufzuführen, genauso wie auf Hunderten anderer Gedenkstätten und Grabsteine im ganzen Land.

Langsam hob Michael die Hand und fuhr mit den Fingerspitzen über die eingravierten Buchstaben. Der Stein fühlte sich kalt und glatt unter seiner Berührung an. »Danke«, flüsterte er.

Er merkte sich die Stelle und kehrte zu Paul zurück. Dann baute er die Kameras auf und verbrachte einige Stunden damit, Aufnahmen zu machen. Er hatte einige sehr gute gemacht, von denen er meinte, sie könnten für Callies Buch nützlich sein. Dann machte er noch ein paar Nahaufnahmen von Bens Namensplatte, von den Treppen und Emporen.

»Das reicht für heute«, sagte Paul. Er steckte sein Notizbuch zurück in seine Tasche und wandte sich Michael zu. »Es ist Mittagszeit, und ich bin hungrig. Bist du fertig?«

Michael ließ die Kamera sinken und schaute auf die Uhr. Erstaunt sah er, dass es schon nach zwölf war. »Nur noch ein paar Minuten. Ich will noch ein paar Aufnahmen aus der Entfernung machen. Wenn ich ein Stück die Straße zurückgehe, habe ich einen guten Blick auf die Gedenkstätte.«

»Okay«, sagte Paul, der anfing, Michaels Ausrüstungstaschen und ein Stativ zusammenzupacken. »Ich werde inzwischen die Sachen verstauen. Ich treffe dich dann am Wagen.«

Bei einem Pils, Brot, Wurst und Käse in einem Café in der Nähe dachte Michael an seine Abreise am kommenden Tag und all die Veränderungen, die in der nahen Zukunft auf ihn warteten. Gaby würde für ein Jahr in die Staaten gehen. Timmy würde kommen, um bei ihm zu leben. Der Umzug. Er hatte Callie nichts davon gesagt. Vielleicht hätte ich es tun sollen, dachte er rückblickend. Wenn sie gewusst hätte, wie er sein Leben um sie herum plante …

»Hör auf damit, Paterson«, murrte er. Was geschehen war, war geschehen, und es gab keinen Weg zurück. Callie oder nicht, er hatte bereits entschieden, dass es an der Zeit war, weiterzugehen, seine Lebensmuster zu ändern.

Nach dem Essen schlenderte er über den *Grote Markt*, wo er schließlich vor dem Fenster eines Juwelierladens stehen blieb. Er ging hinein und fragte die Verkäuferin, ob sie goldene Talismane habe.

»Welche Art von Talisman?«, fragte sie in holprigem Englisch. »Wir haben verschiedene Arten.«

Sie zog eine Lade aus einer der Vitrinen. Dort lagen mehrere Dutzend davon auf einem Bett aus Filz, alle aus schimmerndem Gold. Auf eines richtete sich sein Augenmerk im Besonderen: ein kleines Hufeisen.

»Das da«, sagte er und zeigte darauf. »Haben Sie noch mehr davon?«

Es gab insgesamt sechs, die die Verkäuferin aus dem Lager hinten im Laden holte. Als Nächstes fragte Michael nach der Auswahl an Armbändern. Schließlich wählte er eines, das, obwohl einfach im Muster, unverschämt teuer war.

»Ich brauche es heute Nachmittag. Können Sie das einrichten?«

»Das wird kein Problem sein. Kommen Sie in einer Stunde wieder, und das Armband wird fertig sein.«

Während die Talismane am Armband angebracht wurden, ruhte er sich aus, indem er im Café noch ein Bier trank und dabei eine örtliche Zeitung durchblätterte. Nachdem er das fertige Schmuckstück abgeholt hatte, hübsch verpackt nach seinen Wünschen, kehrte Michael ins Hotel zurück, um in Vorbereitung ihres frühen Aufbruchs am nächsten Morgen den Koffer zu packen.

Später lag er auf dem Bett, starrte an die Decke und fühlte

sich unentschlossen. Er dachte daran, Callie wiederzusehen, und sein Vorhaben, ihr das Armband zu schenken, machte ihn plötzlich nervös. Der Kauf war spontan erfolgt, war ein Friedensangebot. Aber was, wenn sie sich weigerte, es anzunehmen?

Unruhig stand er vom Bett auf und klopfte an die Verbindungstür zu Pauls Zimmer. »Ich gehe noch einmal zur Gedenkstätte. Ich hätte nichts gegen ein paar Aufnahmen vom Sonnenuntergang, und das Licht wird in einigen Minuten gerade richtig sein.«

»Macht es dir was aus, wenn ich nicht mitkomme?«, fragte Paul, der es sich vor dem Fernseher mit einer Dose Bier gemütlich gemacht hatte.

»Natürlich nicht.« Michael wollte ohnehin lieber für sich allein sein und war erleichtert. »Ich werde in einer Stunde zurück sein, dann können wir zum Abendessen irgendwohin gehen. Es ist der letzte Abend. Wir sollten das irgendwie feiern.«

Unter einem allmählich dunkler werdenden Himmel wurde die Umgebung der Gedenkstätte von Flutlicht erhellt, deren Schein die Farbe des Steins in ein Buttergold verwandelte. Michael stellte den Motor ab und blieb einige Minuten hinter dem Steuer sitzen, während er die Größe der Anlage in sich aufnahm und sich daran erinnerte, für welche Gräuel sie stand. Nach Pauls Worten trug das Mahnmal die Namen von fünfundvierzigtausend Männern, deren Überreste in der umgebenden Landschaft in namenlosen Gräbern lagen, über sechstausend von ihnen waren Australier. Er versuchte, sich all diese Männer vorzustellen, versammelt in einem Auditorium oder einer Halle, und er war überwältigt von diesem Gedanken.

Plötzlich hatte er keine Lust mehr, die Fotoausrüstung aus dem Auto zu holen. Irgendwie schien es nicht nötig zu sein. Stattdessen verschloss er die Wagentüren und ging zurück zu dem Platz unter dem großen Torbogen, an dem er früher am Tag Bens Namen gefunden hatte.

Es gab eine Sitzgelegenheit dort, eine schlichte Holzbank, und er nahm darauf Platz und betrachtete nachdenklich die

Namensfelder. Ein Kranz stand gegen die unterste Reihe der Namen gelehnt. Michael war sicher, dass er am Vormittag noch nicht dort gewesen war. Es wäre ihm aufgefallen. Ich hätte Blumen mitbringen sollen, dachte er und schalt sich im Stillen. Wie hatte er den langen Weg hierher machen können, ohne *irgendetwas* mitzubringen? Aber es war zu spät. Die Blumenläden würden alle geschlossen sein.

Als er wieder aufschaute, sah er einen alten Mann auf sich zukommen. Der Mann zog ein Bein nach, und es schien ihn zu schmerzen. Er trug eine Mütze und ein Halstuch. Ein Franzose oder Belgier, ohne Zweifel, dachte Michael, als der Mann sich mühsam am anderen Ende der Bank niedersetzte.

»Guten Abend.« Michael erwiderte seinen Blick und lächelte.

»Sie sind Australier?«, fragte der Mann mit zittriger Stimme und schwer zu verstehendem Akzent.

»Ja.«

Der alte Mann wandte für einen Moment den Kopf ab. Als er wieder zu Michael sah, standen ihm helle Tränen in den Augen. »Ihr Australier habt geholfen, unser Land zu retten, ja?«

»Ja«, erwiderte Michael schlicht.

»Ich war zu jung für den Krieg. Aber mein älterer Bruder, er liegt irgendwo da draußen …« Er schwieg eine Weile, dann lächelte er. »Es gibt eine Redensart in Menin Gate: ›Er ist nicht tot, er wird nicht vermisst. Er ist hier.‹«

»Das ist ein tröstlicher Gedanke.«

»Sie erweisen jemandem Ihren Respekt?«

»Meinem Großvater. Er wurde gegen Ende des Krieges getötet. Ich habe seinen Namen heute dort oben gefunden.«

»Es fühlt sich fremd für Sie an, an diesem Ort zu sein, nicht wahr?«

»Ja, sehr fremd«, erwiderte Michael langsam.

Knotige Finger streckten sich aus, ergriffen Michaels Hand. »Empfinden Sie nicht auf diese Weise. Hier gibt es keine Fremden. Das Blut Ihrer Familie ist mit dieser Erde vermischt. Sie sind einer von uns.«

Einfache Worte, auf die Michael keine Antwort hatte. Als der alte Mann seine Hand zurückzog, starrte Michael auf seine eigenen Hände und stellte überrascht fest, dass sie zitterten. Als er wieder aufsah, war der alte Mann aufgestanden und humpelte davon.

Es war inzwischen dunkel geworden. Als Michael zum Wagen zurückging, bemerkte er, dass es geregnet hatte, ein leichter Schauer, der vorübergezogen war, während er drinnen gewesen war; der goldene Glanz des steinernen Monuments wurde in den Wasserpfützen entlang des Weges widergespiegelt.

Als er im Wagen saß, kurbelte er das Fenster herunter, um die regenfrische Luft hereinzulassen. Er schaute auf die Uhr, während er den Motor anließ. Acht Uhr. Zeit, Paul abzuholen und irgendwohin zum Abendessen zu gehen.

Er war kaum losgefahren in Richtung des Torbogens, der die Straße überspannte, als ein Polizist vom Fußweg auf die Fahrbahn trat, die Hand hob und Michael damit anzeigte, stehen zu bleiben. Sein erster Gedanke war, ob er vielleicht irgendeine Vorschrift verletzt hatte. Hatte er daran gedacht, den Blinker zu setzen? Zu schnell konnte er eigentlich nicht gefahren sein, nicht auf diesem kurzen Weg.

Der Polizist trat beiseite, als zwei Männer die Stufen der Gedenkstätte herunterkamen. Sie waren identisch gekleidet, in eine dunkle Uniform mit Messingknöpfen, auf denen sich das Licht fing. Sie trugen Hüte und weiße Handschuhe. Als sie die Mitte der Straße erreichten, wandten sie sich der Stadt zu und setzten Trompeten an ihre Lippen.

Als die ersten Töne erklangen, erkannte Michael die Melodie der *Last Post*. Die Klänge erhoben sich, strichen über die Emporen und Treppen des Mahnmals, schwebten fort in die Nachtluft. Es war eine Melodie, die ein Gefühl von Trauer weckte, vermischt mit Hoffnung, Glanz und Jubel. Eine Melodie, die in der Brise verklang und sich mit der Unendlichkeit darüber vereinte.

Michael saß wie hypnotisiert da, und jeder klare Ton brachte ihm einen tiefen Schmerz. Er erhob sich in ihm, schlug sich seinen Weg in seine Brust, überflutete ihn mit seiner Schwere. Ben!, dachte er in plötzlichem Begreifen. In einem gewissen Sinne war Ben *hier* und nicht irgendwo begraben an einer vergessenen Straße, sondern erinnert und geehrt von allen, die hierherkamen, von den Männern, die ihre Trompeten an die Lippen gesetzt und die Melodie gespielt hatten, um die verstorbenen Geister zu vereinen.

Zu bald war es vorüber. Ihre Referenz war beendet, und die beiden Männer stiegen langsam die Stufen hinauf und verschwanden im Innern der Gedenkstätte. Michael sah in den Rückspiegel. Es war niemand sonst da, nur sein Wagen, geparkt in der Mitte der Straße. Auch von dem Polizisten war nichts mehr zu sehen.

Es schien, als wäre die Vorstellung nur für ihn gewesen, für ihn allein. Ein Abschiedsgruß, ein auf Wiedersehen. Ein besonderer Augenblick, in dem er gespürt hatte, wie sich seine Vergangenheit und seine Zukunft miteinander verbanden, eins wurden. Ben und Hannah, das Kind, das sie verloren hatten: sein Vater. Tom und all die anderen, die gestorben waren, begraben in dieser fremden Erde.

Er wird nicht vermisst. Er ist hier.

Ben – ein Opfer des Krieges, auf die denkbar schlimmste Weise. Aber jetzt hier zu sein und dieses Gefühl von Zusammengehörigkeit zu spüren machte, dass Ben nicht länger irgendein schnell hingeworfener Eintrag in einem Tagebuch war oder einfach nur ein Name an einer Wand. Er war nicht länger ein gespensterhafter Geist oder eine Ansammlung verfaulender Knochen, sondern er war ein Teil von ihm, von seinem eigenen Fleisch und Blut. Er dachte an seinen Sohn Timmy, der unbeschwert in die Zukunft sah und der die Gene von ihnen allen in sich trug. Von Hannah und Ben und Nick, von ihm und Gaby. Eine Art Fortsetzung. Bens Tod war nicht das Ende, sondern Teil eines neuen Anfangs, der sie nach vorne schauen ließ, nicht zurück.

Dieses Erkennen brachte Welle auf Welle von überströmendem Herzschmerz mit sich. Eine bitter süße Qual, die seinen eigenen Kummer und seine Unentschlossenheit überdeckte. Eine Qual, die er fast willkommen hieß, und die von einem Gefühl der Befreiung begleitet wurde, von Begreifen. In den vergangenen sechs Monaten war alles aus dem einen Grund geschehen, ihn aus einer ungewissen Vergangenheit herauszuführen.

Er wusste jetzt, was er von der Zukunft wollte, für sich und Callie. Er wusste, dass es ein Ausgleich für die Sinnlosigkeit all dessen sein würde, was vor so vielen Jahren an Schrecklichem geschehen war. Er hatte es verstanden. Er ließ den Kopf auf das Lenkrad sinken und weinte.

KAPITEL 39

Callie kam in das Haus in der Brunswick Street, um zu helfen, Bonnies und Freyas letzte Sachen zu packen. Wie versprochen hatte Bonnie einige Kartons mit Küchenutensilien zusammengepackt, die sie nicht mehr brauchte, und der kleine Umzugswagen war für sieben Uhr am Freitagmorgen bestellt.

Sie alle waren in das neue Stadthaus gefahren, im Vauxhall, darauf hatte Bonnie bestanden, und organisierten den Telefonanschluss und ein Dutzend oder mehr anderer Dinge, die nach Callies Meinung ebenso gut bis zum Einzug der beiden Zeit gehabt hätten. Sie war in letzter Zeit ungeduldig, und es mangelte ihr an Toleranz. Es hat alles mit Michael zu tun, gestand sie sich im Stillen ein; seine Abwesenheit ließ sie von einer extremen Stimmung in die andere fallen.

Mit dem Buch kam sie gut voran. Am Donnerstag hatte sie alle Tagebucheinträge erfasst und in entsprechenden Dateien abgespeichert, und auch mit den Briefen war sie ein gutes Stück vorangekommen. Von Zeit zu Zeit hatte sie innegehalten, ungeduldig das Telefon angestarrt und sich gewünscht, dass es klingelte, irgendeinen Ton von sich gab, aber es hatte hartnäckig geschwiegen. Doch auch an den darauffolgenden Tagen war sie wieder sicher gewesen, dass es klingeln und ihr sagen würde, wo Michael war.

Aber der erwartete Anruf war nicht gekommen.

Sie stellte den Computer ab und ging im Wohnzimmer hin und her; schließlich blieb sie vor dem hohen Fenster stehen und schaute blicklos hinaus. »Hör endlich auf!«, ermahnte sie sich wütend. »Es ist vorbei, hast du das vergessen?«

Doch ganz egal, wie viele Male sie diese Worte auch sagte, sie wusste, dass es nicht die Wahrheit war. Wie könnte sie die vergangenen wenigen Wochen mit einigen wohlformulierten Phrasen abtun? Was hatte Jill gesagt? *Lass dich nicht darauf ein, dann kannst du nicht verletzt werden.* Das war ziemlich genau das, was Callie auch dachte. Selbsterhaltung, der Wunsch, ihre Gefühle wegzusperren, sich nicht verwundbar zu machen.

Die Abendbrotzeit kam, und sie machte sich ein Sandwich zurecht, an dem sie dann ohne jeden Appetit herumknabberte. Später, als sie in ihr Schlafzimmer ging, wurde ihre Aufmerksamkeit von Hannahs Bild mit den Akazien in Anspruch genommen, das an der Wand über dem Bett hing. Dort war es gewesen, unter dem gerahmten Aquarell, wo sie und Michael sich zum ersten Mal geliebt hatten. Wenn sie sich an jenes Gefühl wilder Preisgabe erinnerte, fühlte sie nichts als Schmerz und Kummer. War das alles vergebens? Sie hatte ihn vertrieben. Warum? Warum? Warum?

Das Bild, dachte sie nachdenklich und schaute durch einen Schwall plötzlicher Tränen angestrengt auf dessen gedämpfte Farben, war zu einem Symbol all der tragischen Verluste geworden, die Hannah erduldet hatte. Und unter jenen hellen Kleckssen gelber Farbe hatten die Blüten ein pathetisches Aussehen von Traurigkeit angenommen, in dem sich ihre eigene Verzweiflung widerspiegelte. Sie verlor die Kontrolle über alles, was gut und vertraut in ihrem Leben war.

Es war fast Mitternacht, als das Flugzeug nach einem anstrengenden Flug mit zwölfstündiger Verspätung landete, da sie in Singapur festgesessen hatten. Erschöpft brachte Michael die Zollformalitäten hinter sich.

Pauls Frau Linda wartete draußen. Sie umarmte ihren Mann und küsste ihn herzlich, was Michaels Gefühl der Einsamkeit noch verstärkte. Er war sich schneidend bewusst, dass Callie nicht da war, um ihn abzuholen. *Es wäre schön, dich am Flughafen zu sehen*, hatte er im Fax geschrieben. Trotz der Verspätung des Flugzeugs hätte sie bei der Airline leicht die neue Ankunftszeit erfahren können. Mit einem Telefonanruf, dachte er düster.

Auf der Taxifahrt nach Hause war er kaum noch fähig, wach zu bleiben. Müde trug er Koffer und Kameraausrüstung ins Haus, ließ alles in der Mitte des Wohnzimmers stehen und ging unter die heiße Dusche.

Niemals zuvor hatte er so unter dem Jetlag gelitten. Zurück im Schlafzimmer, das Handtuch um die Hüften geschlungen, schaute er auf das helle Ziffernblatt des Weckers neben seinem Bett. Es war zwei Uhr morgens. Er sollte Callie anrufen, sie wissen lassen, dass er gut angekommen war, aber sie würde jetzt tief schlafen. Außerdem würde sein Gerede in seinem erschöpften Zustand vermutlich wenig Sinn machen. Besser war es, den Anruf bis zum Morgen aufzuschieben. Seine erste Priorität jetzt war Schlaf, gesegneter Schlaf. Der morgige Tag würde lang genug werden.

Er erwachte, als das Telefon klingelte. Schläfrig tastete er nach dem Hörer und hielt ihn sich ans Ohr. Es war sein Anwalt. »Gott sei Dank, dass Sie zurück sind. Ich brauche Sie gleich heute Morgen für einige wichtige Unterschriften.«

»Mmmm.«

»Sie sollten mich gestern Nachmittag anrufen. Sie haben sicher nicht vergessen, dass der Hauskauf heute vonstatten geht. Ich brauche diese Unterschriften sofort.«

»Mist!«, rief Michael, setzte sich abrupt auf und hielt sich die Uhr dicht vor die Augen. Viertel nach neun. Zur Hölle! »Das verdammte Flugzeug hatte letzte Nacht Verspätung, und ich habe verschlafen. Geben Sie mir eine halbe Stunde.«

»Die Zeit wird dann gerade noch reichen. Bis gleich dann.«

Callie war im Haus in der Brunswick Street, als der Umzugswagen vorfuhr. Niedergeschlagen sah sie zu, wie die Männer die Kisten den Fußweg hinuntertrugen und sie im Transporter verstauten. Als sie fort waren, wurde Callie die Stille im Haus unerträglich. Sie setzte sich in ihren Suzuki und lenkte den Wagen Richtung Norden.

In gedrückter Stimmung fuhr sie den Highway entlang, um ihn nach einigen Kilometern wieder zu verlassen und über die Straße, die durch die Zuckerrohrfelder führte, ans Meer zu fahren. Es war die Stelle, an die Michael sie gebracht hatte, zusammen mit Timmy. Fischerboote lagen vertäut an dem wackligen Steg vor dem kleinen Schuppen mit dem Schild BOOTSVERLEIH. Zwei Pelikane schwammen auf den kabbeligen Wellen, die an den Strand schlugen.

Ihre Gedanken wanderten zurück. Schließlich schob sie die Erinnerungen entschlossen beiseite und öffnete die Tür. Sofort belebte der salzige Geruch der Luft ihre Sinne. Es wehte eine steife Brise, die weiter draußen kleine weiße Hauben auf die Wellen peitschte. Callie ging hinunter an den Wassersaum; der Sand fühlte sich feucht zwischen ihren Zehen an. Es war Ende April, fast schon Herbst, und der Wind auf ihrem Gesicht war kalt. Möwen schwebten über ihr und stießen wie zufällig in das blaue Wasser hinunter.

Den Kopf gesenkt, die Hände tief in die Taschen ihrer Jeans gesteckt, ging sie am Strand entlang. Es ist vorbei, dachte sie düster und fragte sich, wie sie diesen Gedanken ertragen sollte. Michael hatte seinen Job aufgegeben und war fortgegangen, und er hatte sich nicht die Mühe gemacht, es ihr zu sagen.

Es ist alles meine Schuld, dachte sie und war wütend auf

sich. Wenn sie nur nicht so ablehnend auf seinen Heiratsantrag reagiert hätte. Warum war sie nicht fähig gewesen, darüber zu reden, offen zu sein?

Aber sie hatte es nicht getan, und Michael war gegangen.

Callie hatte das Ende des Strands erreicht; vor ihr türmte sich ein Felsen auf, unüberwindbar. Langsam wandte sie sich um und ging denselben Weg zurück, den sie gekommen war. Die weit entfernten Hügel im Westen waren ein Nebel aus Blaugrau. Ihr Auto stand wie verloren auf dem großen Parkplatz, ein kleiner blauer Fleck. Es war Zeit, nach Hause zu fahren, weiterzumachen mit dem Rest ihres Lebens. Irgendwie würde es weitergehen. Es würde weitergehen, denn es konnte einfach nicht noch schlimmer kommen, als es jetzt schon war.

Es war elf Uhr, als Michael nach dem Gespräch mit dem Anwalt wieder in seinen Wagen stieg und sich seinen Weg durch den Verkehr bahnte. Er schaute dabei ständig auf die Uhr, denn er war ungeduldig, endlich auf den Highway zu kommen. Er würde das Radio voll aufdrehen, würde so tun, als sei er wieder zwanzig. Dann grinste er über diesen lächerlichen Gedanken. Er war fast vierzig – aber wann immer er an Callie dachte, fühlte er sich wieder wie ein Teenager. Sie hatte diese Wirkung auf ihn.

Die Wagen vor ihm kamen zum Stehen. Es hatte einen kleinen Unfall gegeben; ein Wagen war bei niedriger Geschwindigkeit gegen die Stoßstange des Wagens davor gefahren. Nichts Ernstes, aber es reichte, um die Straße für weitere zwanzig Minuten zu blockieren, bis die Polizei eintraf und die Fahrzeuge entfernte. Eingekeilt im Stau trommelte Michael ärgerlich mit den Fingern auf das Lenkrad.

Nun, da sie an einem Tiefpunkt angekommen war, gelang es ihr nicht, zurück in ihre eigene Wohnung zu gehen. Stattdessen bog Callie zum zweiten Mal an diesem Tag in die Brunswick Street ein.

Bonnie stand vor dem Haus und spritzte mit dem Gartenschlauch den Fußweg ab. »Hallo, Mum.« Callie küsste ihre Mutter auf die Wange. »Wo ist Freya?«

»In der neuen Wohnung. Sie fängt schon mit Auspacken an. Eigentlich wollte ich auch dort sein und helfen, aber ich habe versprochen zu bleiben, um dem neuen Besitzer die Schlüssel zu übergeben. Aber ich glaube, es ist nur ein Vorwand, um den Moment des endgültigen Abschieds hinauszuzögern.«

Unfähig zu antworten, ging Callie ins Haus. Die Zimmer rochen nach Bienenwachs und Kampfer und wirkten, befreit von den gewohnten kleinen Dingen, recht nackt. Ihre Schritte klangen hohl in den fast leeren Räumen. Im Wohnzimmer strich sie mit dem Finger leicht über den Schreibtisch, der einmal ihrem Großvater gehört hatte, und ein tiefer Schmerz wallte in ihr auf. Warum war sie noch einmal zurückgekommen? Sie hätte wegbleiben sollen, hätte es Bonnie überlassen sollen, sich um die letzten Einzelheiten zu kümmern. Warum quälte sie sich auf diese Weise?

Auf der Straße fuhr ein Auto vor. Eine Tür wurde zugeschlagen, und sie hörte den gedämpften Klang von Stimmen. Bonnie und irgendein unbekannter Mann. Offenbar der neue Besitzer. Ach verdammt! Sie wollte nicht Zeuge dieses Treffens sein, wollte nicht zusehen, wie ein Fremder all das übernahm, was ihr vertraut und lieb war.

Sie floh in den Garten und ging entschlossen auf das hintere Gartentor zu. Tränen verwischten die Farben des Gartens zu einem blassen Ton. Wie konnte sie es schaffen zu gehen? Es gab so viel Geschichte in diesem Haus, Geschichte, die sie erst vor kurzem entdeckt hatte. Die von Hannah und Tom, von David und Ben. Geister, die sich weigerten zu sterben.

Die Stimmen kamen näher, drangen in ihr Inneres ein. Geh

weg, wollte sie laut rufen. Sie wollte die neuen Besitzer nicht sehen. Wie könnte sie das, wenn sie sich so verzweifelt wünschte, das Haus behalten zu dürfen?

»Callie?« Das war die Stimme ihrer Mutter.

Es gab, wie es schien, kein Entkommen. Halb schon den Gartenweg hinunter, wischte sie sich mit der Hand über die Augen und versuchte ohne Erfolg, die Tränen zu trocknen, als sie sich zum Haus umwandte. »Ja, Mum, ich bin hier unten«, erwiderte sie resigniert.

Bonnie stand an der Hintertür, auf dem oberen Treppenabsatz. »Besuch für dich, Liebes«, sagte sie. Selbst aus der Entfernung konnte Callie ihre Mutter lächeln sehen.

Als Bonnie sich umdrehte und ins Haus ging, tauchte ein hochgewachsener Mann neben ihr auf. Es ist Michael, dachte Callie überrascht. Was wollte er hier?

Mit wehem Herzen wandte sie sich ab und setzte ihren Weg fort, auf den hinteren Zaun zu. Die Rosen schienen ihr zuzunicken, als sie vorüberging, die Köpfe wiegten sich in der Brise hinter den exakt angeordneten Reihen aus Agapanthus und Lilien. Hier wuchsen auch Hortensien und Veilchen, Büschel von Alyssum, mit den winzigen weißen Blüten: die vertrauten Blumen ihrer Kindheit. Als sie sich hinunterbeugte, um eine der Blüten zu pflücken, nahm sie den feuchten Geruch der Erde nach Dünger und Moos wahr.

Schließlich richtete sie sich wieder auf. Der Augenblick war gekommen, sich umzudrehen und Michael anzusehen, der auf der Treppe wartete. »Callie«, rief er und kam mit großen, beschwingten Schritten auf sie zu. Er lächelte, ein sie wütend machendes geheimnisvolles Lächeln lag um seinen Mund, das zu beherrschen er sich offensichtlich anstrengen musste. Was sie betraf, so konnte Callie nichts sehen, worüber sie lächeln könnte.

»Bist du gekommen, um auf Wiedersehen zu sagen?«

Sie hoffte, ihre Stimme würde gleichgültig klingen. In ihrer Brust schlug ein Dutzend Trommeln auf einmal. Sie konnte kaum atmen. O Gott! Sie strich sich mit der Hand über das Gesicht, versuchte, seinen Anblick auszusperren. Bitte, lass es rasch vorüber sein, betete sie.

»Nein.« Ein kurzer Ausdruck der Verwirrung huschte über seine Stirn, die sich dann wieder glättete. »Der Flug gestern – der Flieger ist erst um Mitternacht gelandet. Ich weiß, ich hatte dich gebeten, mich abzuholen, aber bei irgendeiner Zwischenlandung auf irgendeinem gottverlassenen Flughafen gab es eine Verzögerung. Ich wollte dich heute Morgen anrufen, aber ich habe verschlafen, und dann war da noch ein unerwartetes Gespräch mit dem Anwalt.«

Sie sah ihn verständnislos an. Wovon um alles in der Welt redete er? »Ich ... ich verstehe nicht ganz«, stammelte sie. »Was für ein Flug?«

»Das Fax«, sagte er. »Ich habe dir doch alles in dem Fax erklärt.« Fragend sah er sie an. »Du *hast* mein Fax doch bekommen, oder?«

Callie schüttelte den Kopf. »Ich weiß von keinem Fax.«

»Aber ich habe es geschickt. Vor drei Wochen. Bevor ich abgereist bin.« Er suchte in seiner Brieftasche und brachte eine kleine weiße Karte zum Vorschein. Ihre Visitenkarte. Ihre *alte* Visitenkarte. »Hier. Das ist die Nummer.«

»Nicht mehr«, erwiderte sie schwach. »Sie gehört jetzt Stuart.«

Er schwieg einen Moment und starrte sie ungläubig an. »Das Fax an dich habe ich also an Stuart geschickt? Er hat meine Nachricht bekommen und dir nichts davon gesagt?«

»Was gesagt?«

»Dass ich meinen Job aufgegeben und auf die letzte Minute einen Auftrag in Europa angenommen habe. Ich hatte versucht anzurufen, um es dir zu sagen, aber ich habe dich nicht erreicht. In meiner Verzweiflung habe ich dir dann das Fax geschickt. An die verdammte falsche Nummer!«

Wut bahnte sich ihren Weg durch ihre Brust. Dass Stuart diese Information nicht an sie weitergegeben hatte, war Absicht gewesen, dessen war sie sicher. Stuart! Dieser hundsgemeine … Eine Vielzahl von Adjektiven schoss ihr durch Kopf.

»Es ist jetzt nicht mehr wichtig. Ich bin zurück und wahnsinnig glücklich, dich wiederzusehen.« Michael lächelte und brachte ein kleines Päckchen zum Vorschein. »Etwas für dich aus Ypern.«

»Was ist es?«

»Mach es auf und sieh selber nach«, forderte er sie auf.

Behutsam schlug sie die Schichten aus Seidenpapier zurück, bis sie auf das goldene Armband mit den Talismanen daran stieß. Bei näherem Hinsehen sah sie, dass sie alle gleich waren: winzige Nachbildungen von Hufeisen. »Auch auf die Gefahr hin, als hoffnungsloser Romantiker abgestempelt zu werden: Ich dachte, es wäre passend.«

»Oh«, wisperte sie und hielt es ins Licht. »Es ist wunderschön.«

»Und das bist du auch. Ich liebe dich.«

Sie schaute zu ihm auf, fragte sich erstaunt, ob sie richtig gehört hatte, und wusste nicht, ob sie lachen oder weinen sollte, als er sich zu ihr beugte und sie küsste. Ein langer verweilender Kuss, der ihr sagte, dass die Dinge immer noch so waren, wie sie sein sollten.

»Ich liebe dich auch«, sagte sie, als sie sich schließlich ein wenig von ihm löste. »Seit dem allerersten Tag, an dem du hierhergekommen bist, habe ich etwas gefühlt für dich.«

»Dann sag, dass du mich heiraten wirst. Hilf mir, dieses wundervolle alte Haus mit Kindern zu füllen. Mit unseren Kindern. Deinen und meinen.« Er legte die Hand unter ihr Kinn, hob ihr Gesicht zu seinem. »Ich denke, wir werden wunderschöne Kinder haben.«

Sie starrte ihn fragend an; ihr Verstand war kaum in der Lage, die Worte zu begreifen. »W… was hast du gesagt?«

Michael holte tief Luft und richtete sich dann zu voller Größe auf. »Callie, ich habe das Haus gekauft. Ich bin der neue Besitzer. Ich weiß, ich hätte dir vorher etwas davon sagen sollen, aber ich wollte, dass es eine Überraschung ist. Bonnie und Freya haben schwören müssen, nichts zu verraten, und Timmy auch.«

Er nahm ihren Arm, führte sie zum Haus zurück und erzählte ihr dabei von seinen Plänen. »Es gibt noch ein paar andere Dinge, die du wissen musst. Die örtliche Zeitung hier hat großes Interesse an einigen meiner Arbeiten, und das würde bedeuten, weniger reisen zu müssen. Dann ist da noch Gaby. Sie geht für mindestens zwölf Monate in die Staaten, deshalb wird Timmy bei mir wohnen. Und das bedeutet, dass du zwei von uns bekommen wirst.«

»Ich habe nichts dagegen.«

»Du hast meine Frage noch nicht beantwortet. Willst du mich heiraten?«

»Ja«, sagte sie einfach und blieb auf der obersten Stufe stehen, um nachdenklich auf den Garten zu schauen. In den sich bewegenden Schatten glaubte sie, sie alle dort sehen zu können – Hannah und Ben, Thomas, Enid und David, Davie mit dem Glas voller Kaulquappen. Lily. Nick. Ihren Vater Alex. Geisterhaftes Leben, das sich durch die Generationen zog, Teil von ihr, und auch Teil von Michael.

»Spürst du es?«, fragte sie und fasste Michaels Hand fester, da sie unwillkürlich zitterte. »Es ist, als wären sie alle da, uns ihre Zustimmung zu geben und um über uns zu wachen.«

»Und so soll es sein. Denn sie haben uns zusammengebracht.«

»Mit Hilfe eines silbernen Hufeisens«, fügte sie hinzu.

»Aber wir sind nicht Hannah und Ben«, sagte Michael und zog Callie fest an seine Brust. »Vielleicht ist unsere Liebe trotzdem eine Wiederholung der ihren, nur eben auf einer anderen Zeitebene.«

»Zeitkreise«, sagte sie nachdenklich und öffnete die Hintertür. »Glaubst du an Wiedergeburt? Ich dachte daran, eines Tages ein Buch darüber …«

»Callie! Sei ernst.«

»Das bin ich.« Sie lachte, küsste ihn wieder und schob ihren Arm unter seinen. »Was die Hochzeit angeht. Wir könnten hier heiraten, im Garten ...«

Die Tür fiel hinter ihnen zu, und der Garten lag friedlich da, schläfrig und träge im Sonnenschein des frühen Nachmittags. Der Maulbeerbaum warf seinen gesprenkelten Schatten auf den sorgsam gemähten Rasen. Aus seiner Krone ertönte der Gesang eines Vogels, dessen klares süßes Lied die Luft erfüllte. Bienen summten zwischen den Gänseblümchen umher und trugen unermüdlich den Pollen zurück in ihren Stock.

Unvermutet erhob sich vom Bach her eine Brise. Wie ein Wispern, wie ein langer Seufzer strich sie durch die Akazien. Sie kam heran durch die vielen Jahre und brachte einen sanft murmelnden Klang mit sich, wie Regen, der auf Blätter fällt. Mit einem leisen Rascheln fielen Rosenblätter auf die feuchte Erde, um auf ihr einen Teppich aus unschuldigem Weiß zu bereiten.

EPILOG

South Coast Times
Dienstag, 18. August 1998

Am vergangenen Sonnabend haben die Schriftstellerin Callie Corduke und Michael Paterson, der Fotograf der South Coast Times, geheiratet. Die Trauung fand im Garten des altehrwürdigen Hauses der Familie Corduke statt. Die Braut trug ein Kleid aus elfenbeinfarbener Guipure-Spitze, dazu einen Brautstrauß aus Akazienblüten. Trauzeugen waren Jill Gordon, eine Freundin der Braut, und Timothy Paterson, der Sohn des Bräutigams. Das glückliche Paar verbringt die Flitterwochen in Frankreich. Nach seiner Rückkehr wird es sich in der Brunswick Street niederlassen.

South Coast Times
Sonnabend, 19. Juni 1999

Die Kritiker bejubeln die kürzlich von der Schriftstellerin Callie Corduke-Paterson veröffentlichte Biografie »Zeitkreise« als den jüngsten australischen Bucherfolg. Das Geschehen des Buches umspannt die Jahre des Ersten Weltkriegs zwischen Brisbane und dem vom Krieg zerrissenen Frankreich. Wie es heißt, soll die Warner Roadshow bereits die Filmrechte erworben haben.

Und für Callie Corduke-Paterson könnte es keinen besseren Zeitpunkt für diesen Erfolg geben. In der vergangenen Woche konnten sie und ihr Mann sich über die Geburt ihres ersten Kindes freuen. Ihr Sohn wird den Namen Benjamin Galbraith Corduke Paterson tragen …